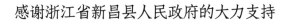

感谢浙江省新昌县人民政府的大力支持

唐诗之路研究丛书·第二辑

唐诗之路研究会 编

浙东唐诗之路的会通与嬗变

杨　琼　胡秋妍　主编

中华书局

图书在版编目（CIP）数据

浙东唐诗之路的会通与嬗变/杨琼，胡秋妍主编. —北京：中华书局，2024.4
（唐诗之路研究丛书）
ISBN 978-7-101-16588-3

Ⅰ.浙… Ⅱ.①杨…②胡… Ⅲ.唐诗-诗歌研究
Ⅳ.I207.227.42

中国国家版本馆 CIP 数据核字（2024）第 062194 号

书　　　名	浙东唐诗之路的会通与嬗变	
主　　　编	杨　琼　　胡秋妍	
丛 书 名	唐诗之路研究丛书	
责任编辑	余　瑾	
责任印制	陈丽娜	
出版发行	中华书局	
	（北京市丰台区太平桥西里 38 号　100073）	
	http://www.zhbc.com.cn	
	E-mail:zhbc@zhbc.com.cn	
印　　　刷	三河市中晟雅豪印务有限公司	
版　　　次	2024 年 4 月第 1 版	
	2024 年 4 月第 1 次印刷	
规　　　格	开本/920×1250 毫米　1/32	
	印张 15　插页 2　字数 372 千字	
国际书号	ISBN 978-7-101-16588-3	
定　　　价	118.00 元	

"唐诗之路研究丛书"总序

卢盛江

经过多方努力,"唐诗之路研究丛书"终于问世了。

这是中国唐诗之路研究会组织编纂的学术丛书。中国唐诗之路研究会自成立以来,就致力于唐诗之路的研究。2019 年 11 月在浙江新昌召开了成立大会,2020 年 11 月又在浙江天台举办了首届年会,两次会议共收到一百六十余篇论文,对唐诗之路的一系列重要问题进行研究。现在又推出"唐诗之路研究丛书",旨在全面反映唐诗之路研究的高层次成果,将唐诗之路研究推向深入。关于"丛书"和唐诗之路研究,我想应该注意以下几点:

一、要进行细致全面的资料整理。无论是对某条诗路的具体研究,还是对某些问题的综合研究,抑或是学理层面的理论研究,都要立足于坚实的史料。专门的史料整理工作,在唐诗之路研究初期,尤为必要和重要;唐诗之路研究今后走向深入,这项工作也不可或缺。这是一切研究的基础。要围绕唐诗之路的主题发掘整理史料,注重规范性和系统性,特别要与考证辨伪结合起来,以确定史料的可靠性。既致力于新出史料的发掘,又立足于传统文献的梳理;既有典籍文献包括地方文献的爬剔缕析,又有民间调查和出土文献等史料的发掘探微。对于唐诗之路研究而言,实地考察也是发掘新史料的一个重要途径。

　　二、要弄清每条诗路的面貌。唐诗之路的关键是"路"与"诗"，路是载体，诗是内涵，而作为灵魂主体一定是"人"。"诗""路"与"人"三个方面的面貌都需要弄清。路是怎样形成的？路与交通有关，唐代交通面貌如何？走过这条"路"的诗人有哪些？这些诗人，何时因何而走上这条"路"？又何时因何而离开这条"路"？他们在这条"路"上的生活状况如何？有怎样的创作和其他活动？漫游，宦游，贬谪，寓居，是个人活动，还是群体活动等等，这些面貌都要弄清。就某个诗人而言，要进行重要行迹的考证；就某条诗路而言，要进行诗歌总集的编纂；就诗路发展而言，要进行源流演变的梳理。诗歌之外，这一诗路有怎样的文化遗存？民俗风物、名山胜迹、宗教文化、石刻文献等等，这些方面怎样共同形成诗路文化？这些面貌都要弄清。把国内各条诗路、各种问题的面貌弄清后，再进一步，可以从国内延伸到海外，研究海外唐诗之路。

　　三、要有问题意识，认清问题研究的重要性。清理史料和面貌的过程，也是清理和研究问题的过程。我们需要现象的描述，更需要问题的研究。史料和面貌的清理，本身就有一系列的问题。我们更要关注，唐代为什么会有诗路？一些诗路为什么流寓的诗人比较多，为什么诗歌创作比较繁荣？为什么一些诗路诗人群体比较多，诗人联唱和唱和比较多？复杂现象的解释，历史原因的分析，学术焦点与前沿问题的回答，一些特有的重要的现象，都是问题。现象与现象之间、事物与事物之间、问题与问题之间的联系，都会有问题。着力于发现、提出和研究问题，从一个问题推向另一个问题，我们就能够把诗路研究由浅入深，层层推进。

　　四、要有科学严格的主题界定。如从地域来说，一条诗路包括哪些范围？其历史行政区划和当代行政区划有何联系和区别？古代不同时期的区划变化如何？主题界定要符合历史面貌，要特别注意文化特点,既要有整体性,又要有包容性和开放性。没有整体性,无法界定范围;没有包容性和开放性,无法把握复杂面貌。

五、要体现“诗路”的特点。各条诗路都与地方文学有关。唐诗之路研究,还与贬谪文学、流寓文学、地域文学、山水文学、隐逸文学等等密切相关,与文学地理学、历史地理学等等密切相关,还与宗教包括佛教道教等等文化有关。具体诗人的诗路研究,必然涉及这些诗人的生平轨迹、他们的生活与创作道路。不要把唐诗之路研究简单地写成地方文学史,不要写成一般的贬谪文学、流寓文学、地域文学、山水文学、隐逸文学研究,不要写成一般的文学地理学、历史地理学研究和宗教文化研究,不要写成一般的作家论、作家传记,或一般的诗人生活与创作道路研究。既要注意与相关研究和问题的联系,扩大我们的视野,启发我们的思路,又不为之所囿,特别是不要落入固有的模式化的套路,要探讨“唐诗之路”作为一个新的学术增长点的丰富内涵和深刻本质,探寻出符合“唐诗之路”特点的新的研究之路。

六、实地考察可以做成学术著作,但一定要有学术性,一定不要写成一般的游记和一般的行踪介绍。要注意利用实地考察,发掘新的史料,补史之所阙。有意识地在实地考察中,体现“诗路”研究,解决学术问题。实地考察诗人行踪,“路”的点、线、面,“诗路”沿线自然地理和地方人文,从而深入发掘诗路之“诗”的内涵和特色,求得重要的新的理解;分析诗路之“人”的思想心态面貌和变化,提出新的看法;进一步弄清诗及诗路之“史”的脉络和发展,对已有学术问题作出新的判断。

七、要有大格局。可以做具体的局部的问题,甚至是比较小的问题,也可以做着眼全局的大选题。只要是唐诗之路的学术问题,都可以做。就目前的研究来说,更需要综合的研究。问题不论大小,不论是综合研究还是其他形式的研究,都要有大的格局,做高层次的研究,切实地沉下心来,用三年五年,甚至十年八年时间,沉潜到材料和问题的最深处,系统全面彻底深入加以清理和研究。做一个题目,就把它做深做细做全做彻底,把课题内所有相关材料和问题一网打尽,使之成为进一步研究的坚实基础。

八、期待从理论的高度研究唐诗之路。理论研究是一项研究的提升和必然发展趋势,唐诗之路的理论研究和理论认识,应该来源于唐诗之路的研究实践。我们需要切实从材料出发,在诗路各种具体问题研究的基础上,进行更为宏观的综合研究和理论研究。理论研究有它的独特性,有它特有的对唐诗之路的思考方式。它要提出更为普遍的问题,进行更为综合的宏观思考,对唐诗之路的普遍问题从理论的高度进行总结和提升。

九、不论什么研究,都要锐意创新。唐诗之路研究在全国刚刚起步,处处都有待拓荒的领地,每一块领地都有创新的课题。有些领地前人已经耕耘过,就要处理好利用已有成果和创新的关系。不论拓荒还是接续前人的研究,创新都是第一位的。要发掘新材料,寻找新视角,发现新问题。切忌四平八稳的老调重弹,也不要刻意标新立异,求险求怪,而要把研究对象本身的面貌弄深弄透,对事物有更为准确全面的把握,在此基础上,站得更高一些,视野更开阔一些,着眼全局和整体,着眼发展和变化,提出独特的见解。有的时候,观点的某些方面不那么完善,但它新颖,能启发人们关注一些新的问题,对事物和现象作进一层的思考。我们需要这样的独到创新的深入思考。

这也是这套“丛书”的宗旨和写作要求。

感谢中华书局接受“唐诗之路研究丛书”出版。感谢浙江省新昌县慨然资助。他们资助了第一辑、第二辑,还计划继续资助以后各辑。

新昌对唐诗之路的贡献有目共睹。新昌是唐诗之路发源地。新昌学者竺岳兵先生发现并首倡唐诗之路。还在 20 世纪 80 年代,他就努力探寻,并首次提出"唐诗之路"的概念。他提前退休,潜心著书研究,又四处奔走呼吁,组建"唐诗之路研究开发社",举办十多次国际国内学术研讨会和其他学术活动,首先倡议唐诗之路申报世界文化遗产。临终之际,还念念不忘,用尽生命的最后力气,嘱托成立全国性的唐诗之路研究会。唐诗之路一直得到新昌县委县政府的高度重视和大力支持。批准竺岳兵先生成立"唐诗之路研究中心",并拨经费,给编制。大力支持竺岳兵先生举办国际国内学术研讨会。比较早就进行唐诗之路的文化建设和旅游开发,积极打造浙东唐诗名城,建成全国首家唐诗之路博物馆,编修唐诗之路名山志,并且在政府层面,联络各方,开展推进唐诗之路文化建设的各项活动。这些努力,最终在浙江省乃至全国各地产生重大影响,唐诗之路被写进省政府工作报告,成为浙江省大花园建设的一项重要工作,唐诗之路被推向全省并开始推向全国。中国唐诗之路研究会成立之际,新昌全力支持,成立大会办得隆重热烈。现在又积极资助"唐诗之路研究丛书"出版,将继续为唐诗之路做出新的贡献。

中国唐诗之路研究会的宗旨,是联络国内外学术力量,进行唐诗之路及相关领域研究和文化建设交流。"唐诗之路研究丛书"的编纂是研究会工作的一个重要方面。唐诗之路研究会自成立以来,得到国内各方,特别是浙江省内各方的大力支持。除新昌之外,浙江天台县就高规格承办了唐诗之路研究会首届年会。我们的理念是会地共建。"唐诗之路研究丛书"的出版,是会地共建的典范。我们希望继续得到各方支持,与各地方联手,与全国各高校联手,共同把唐诗之路事业推向深入。

2023 年 2 月 22 日

目　录

前　言

杨　琼　胡秋妍

　　著名学者傅璇琮先生说：“有唐一代，有两个极具人文景观特色、深含历史开创意义的区域旅程文化，一是河西丝绸之路，另一个便是浙东唐诗之路。”（《从义桥渔浦出发》）这是对于浙东唐诗地位的衡定和价值的阐发。唐代是中国历史上最为鼎盛的朝代，唐诗是中国文学中登峰造极的经典，唐代诗人因为漫游、为宦、征戍、贬谪、旅行，足迹遍及全国各地，形成了一条条绚丽多姿的唐诗之路。浙东唐诗之路便是最富有特色的唐诗之路之一，它以独特的山水奇观、深邃的人文底蕴成为中国东南最美的区域，也留下了两千六百余首脍炙人口的诗篇。正是因为浙东唐诗之路的崇高地位，所以中国唐诗之路研究会创办，就在浙江新昌召开了成立大会，并在浙江台州举行了第一届学术研讨会。

　　浙东唐诗之路命名的首倡之功，应该归于新昌学者竺岳兵先生。竺先生经过多年的研究探索和实地考察，认为从钱塘江开始，沿浙东运河中段的曹娥江经嵊州、新昌、天台、临海、椒江，以至余姚、宁波，形成一条以唐诗为纽带的路线。竺先生1991年首倡并命名“唐诗之路”，1993年经过中国唐代文学学会论证并确定作为中国文学上的专有名词。

三十年余来,浙东唐诗之路研究无论在学术研究界还是在地方文史界,都形成了研究的热潮,取得了丰硕的成果。选取浙东唐诗之路成果的精华,以展示学术研究的深度与广度,已经臻于水到渠成的境地。我们编纂这部论文集的宗旨,定位于"会通"与"嬗变",目的是突出研究的总体格局与发展路径。在众多的研究成果当中,精选了二十四篇论文,聚焦于七个专题板块。

"诗路特稿"　特地组织学术耆献的三篇论文,以突出他们对于浙东唐诗之路的首创和开拓之功。傅璇琮先生高屋建瓴的展望,郁贤皓先生诗路嬗变的论析,陈桥驿先生诗路地理的阐发,树立了浙东唐诗之路研究的高标。

"诗路综论"　选取浙东唐诗之路综合研究的四篇论文,一是通过诗路研究的总体思考,突出浙东唐诗之路研究的领先地位;二是从域外传播的层面,探讨浙东唐诗之路对于日本平安朝汉诗发展的总体影响;三是从"浙东诗"的概念切入,厘清其崇尚自然和具有浓厚宗教情趣的特征;四是论证历时的文化底蕴和共时的山水风物,共同建构起唐代诗人对浙东空间的想象。

"诗路生成"　选取浙东唐诗之路源头研究的三篇论文,一是论述钱塘江上的西陵和渔浦,是浙东唐诗之路的起点,也是中国山水诗的发源地;二是论述六朝浙东人文奠定了唐以前浙东地区特有的人文特点和优势,从而吸引唐代诗人纷纷前来探幽览胜,促进了浙东唐诗之路的形成;三是考证唐代两浙驿路一条干线、三条支线的格局,提供了浙东唐诗之路的参照系和坐标系。

"诗路人物"　选取唐代浙东重要诗人研究的三篇论文,包括三个层面:一是本土诗人代表贺知章的文学成就研究;二是贬谪官员包括重要诗人浙东仕历的考证;三是以元稹为中心的浙东幕府诗人群体的诗酒文会活动研究。

　　"诗路山水"　选取浙东唐诗之路山水研究的四篇论文,前两篇专门考察浙东山水代表的天姥山,在追本溯源的基础上,稽考了天姥山的得名、扬名、式微与复兴,梳理了从晋宋谢灵运开山到盛唐李白天姥吟的过程;第三篇探寻了浙东诗人所作的《状江南》组诗艺术创新价值及其文学史意义;第四篇则论述以谢灵运为首的会稽山水诗对于浙东唐代山水诗发展的影响。

　　"诗路宗教"　选取浙东唐诗之路宗教研究的四篇论文,一是论述唐代浙东的宗教空间与文学创作活动的关系,侧重于佛教寺院与诗歌创作互动的探讨;二是立足于文人游寺和寓寺,揭示佛寺文化融入浙东诗路,进而对诗路文学的影响;三是集中研究天台山诗僧寒山,探讨寒山诗的禅修心路、山水禅境和域外变异情况;四是通过考察唐五代词对于"刘阮遇仙"情事的表现,探讨民间传说经典化过程及其对文体发展的意义。

　　"诗路记忆"　选取浙东唐诗之路历史记忆的三篇论文,一是通过李白《送王屋山人魏万还王屋并序》详叙魏万吴越之游全程以及对自己多次浙东之游的回忆,揭示李白对魏万名士之风的称赏,体现当时文人关于江南的地理意识;二是钩稽李白五入越中的经历,阐明李白驻足时所捕捉的浙东风景与情思,以及离开越中后对浙东的想象与追忆;三是考察沿丝路内迁浙东地区的胡族文人足迹、文学创作,揭示了浙东唐诗之路与丝绸之路的接驳、交流、碰撞与融合。

　　这部论文集呈现出浙东唐诗之路研究强大的学术阵容和精湛的学术成果。一流的作者队伍,上乘的学术质量,代表着唐诗之路研究迄今为止的最高水准。也希望这部论文集能成为一部学术样本,对于今后的唐诗之路研究产生引领和辐射作用。

2022 年 9 月 6 日

诗路特稿

从义桥渔浦出发

傅璇琮

有唐一代,有两个极具人文景观特色、深含历史开创意义的区域旅程文化,一是河西丝绸之路,另一个便是浙东唐诗之路。

浙东素以山川秀美、人文荟萃而闻名遐迩。《世说新语·言语》篇引王子敬言:"从山阴道上行,山川自相映发,使人应接不暇。若秋冬之际,尤难为怀。"顾恺之赞浙东山川:"千岩竞秀,万壑争流,草木蒙笼其上,若云兴霞蔚。"魏晋南朝以谢灵运为代表的名士对浙东的赞美,让这一区域骤增不少向往。李白在《梦游天姥吟留别》诗中直呼"我欲因之梦吴越,一夜飞度镜湖月"。唐代诗人吟咏浙东成为一个时代的印记。

"浙东唐诗之路"的正式提出是在 1991 年。时南京师范大学举行"中国首届唐宋诗词国际学术讨论会",新昌的竺岳兵先生正式提出这一概念,引起学术界的重视。时我任中国唐代文学学会会长,即于 1993 年,学会正式发函,同意成立"浙东唐诗之路"的专称。此后,专门的浙东唐诗之路的研究著作也陆续出版问世,如《唐诗之路综论》《唐诗之路唐代诗人行迹考》《唐诗之路唐诗总集》《唐诗之路唐诗选注》《浙东唐诗之路》等。

浙东唐诗之路涉及的,经考证有四百多位唐代诗人出入浙东,涉及诗篇一千五百多首,涉域面积两万余平方公里。是后浙东唐诗之路的研究还未止步,有待进一步的深入。而其源头的探讨更是一个十分重要的问题,譬如诗人入浙东的起点在哪?

2012 年 11 月 6 日,由中共杭州市萧山区委、杭州市萧山区人民政府主办,由义桥镇党委、政府和萧山区地方志办公室承办的"从义桥渔浦出发——浙东唐诗之路重要源头学术研讨会"在萧山义桥镇举行。参加这次会议的,既有专门研究唐诗的专家,又有研究浙东历史、地理的浙江本省文化工作者,论文学术性强,又极富现实意义。这次研讨会对我们研究唐代文学的确具有开拓性的意义。会议形成的文集论文有 20 篇,充分肯定了义桥渔浦在"浙东唐诗之路"中的历史地位。

欣闻义桥镇将与网络媒体"浙江在线"合作,于 2013 年举办"让飞扬的诗情辉映现实——'浙东唐诗之路'大型网友体验活动"。这个活动还将征集网友代表,一起重走浙东唐诗之路。同时,综合史学专家、网民体验、攻略大赛和当地旅游部门的规划,对"浙东唐诗之路"线路和沿线的吃、住等行业进行命名授牌,并最终整理出版发行《浙东唐诗之路指南》,推荐沿线的旅游休闲场所。旅游开发借助网络等新平台,实在是一件好事。体验活动的发起点是在萧山的义桥,此论文集也将于体验活动启动之日出版发行,为此我谈几点想法:

第一,收存的论文是唐代文学研究开拓性的一次学术研讨,取得了"渔浦是浙东唐诗之路重要源头"的共识。"渔浦"之名最早见于晋人顾夷《吴郡记》:"富春东三十里有渔浦。"渔浦曾是萧山四大古镇之一,乃渔浦古埠所在地,景象繁荣。现在的渔浦古渡口,就在钱塘江、浦阳江和富春江三江交汇之处。义桥渔浦是当时重要的交通要道,是文人雅士至浙东游赏的必经之地。可以说,经由渔浦,沿富春江可以到建德一带甚至远至徽州,沿西小江、浙东运河则可至绍兴等,渔浦成为可以南上、北下、西进、东出的交通枢纽。

第二,进一步挖掘渔浦的地域文化特色及作用。以前研究唐诗,比较注重研究诗人,现在开始关注唐诗里所蕴含的地域文化,比如浙东唐诗之路重要源头——义桥渔浦的地域文化,这是一个新的研究领域。义桥镇应在大力挖掘区域文化、在开发渔浦上做文章。围绕一个地域开展唐代文学研究确是一个新开拓的学术领域,义桥可以邀约专家继续深入研究,将关于渔浦是浙东唐诗之路源头的论文收集起来,整合成义桥地域文化通论方面的著作出版。

第三,申报世界文化遗产。从渔浦出发的浙东唐诗之路可以申报为世界文化遗产。萧山义桥渔浦作为浙东唐诗之路的重要源头,今后可与新昌等地联合申报"浙东唐诗之路"世界文化遗产。建议在义桥建一个浙东唐诗之路博物馆,把浙东唐诗之路上的主要景观建成微型景观,还可以建渔浦诗碑公园。

第四,将浙东唐诗之路作为旅游线路,积极发展与浙东唐诗之路有关的旅游经济。义桥渔浦可以联合新昌、绍兴、上虞等地,与浙江在线、浙江旅游等网络媒体进行联合策划,将从萧山区义桥镇渔浦出发,经绍兴、上虞、嵊州、新昌等地的浙东唐诗之路作为一条旅游线路,并逐渐打造成一条黄金旅游线路,使之真正成为可与丝绸之路相媲美的旅游线路。同时,也可以通过举办渔浦文化节,举办唐诗大赛、唐诗书画摄影比赛等形式,进一步弘扬渔浦传统地域文化。

萧山是浙东唐诗之路的起点,而位于湘湖之东的义桥镇古渡口渔浦,则是浙东唐诗之路的重要起点。渔浦景色奇美、人文绝胜,让历代文人墨客流连忘返,留下了大量讴歌渔浦的诗篇。渔浦唐诗,是唐诗中的精华部分。从南北朝的谢灵运、沈约,到唐朝的孟浩然、崔国辅;从宋朝的苏轼、陆游,到元明清时期的钱惟善、唐寅,诗颂渔浦延绵不绝。义桥在整理当地古诗词时发现有一百多首关于渔浦风光的诗歌。另外,《全唐诗》中关于义桥渔浦等的诗歌也有八十多首,李白、杜甫、白居易等唐代大诗人与渔浦结缘,让渔浦开启了一条生生不息的渔浦诗路。而今地方政府慧眼卓识,对地方文化极其重视,我相信渔浦研究必将翻开新的一页,渔浦文化在浙东文化史上也会书写新的篇章!我希望,在不久的将来能看到一条文化的、休闲的、娱乐的、山水的"浙东唐诗之路"旅游热线。

在这里我还想补述一点,即萧山历史悠久,据当代研究,萧山具有 8000 年文明史、2000 年建县史。且萧山和义桥当地政府领导又十分重视地域文化研究,挖掘文化内蕴。如由萧山区义桥镇人民政府选编的《渔浦诗词》(中华书局 2010 年版),选录南朝至清代有关渔浦的佳作;由义桥镇志编纂委员会编的《义桥镇志》(方志出版社 2005 年版),又选录历朝诗作;另外还有《萧山古诗五百首》(方志出版社 2004 年版),更可见萧山特色鲜明的地域风貌。又,萧山区政协文史委筹划,从《四库全书》及《四库全书总目提要》中编纂《毛奇龄全集》(杭州出版社 2002 年版),当时邀约我撰写序言。据我统计,毛奇龄之书正式收入《四库全书》的有 28 种,列入存目的有 35 种。个人著作著录于《四库全书总目》中,萧山籍的毛奇龄是第一位。由此可见毛奇龄的学术地位,也显示出萧山传统文化的历史成就和独特成果。由此我特建议,萧山区义桥镇等可更广泛挖掘本地的丰富文化资源,并进一步编撰文化通史。这必当促进社会、经济、文化的全面发展。

是为序。

作者系清华大学中文系教授
论文原标题为《〈浙东唐诗之路重要源头学术研讨会论文集〉序》,原载《傅璇琮文集》第十册,中华书局,2023 年,
第 2840—2844 页

唐代诗人与浙东山水

郁贤皓

唐代的浙东，指今浙江省钱塘江、富春江以东地区，包括越州、明州、婺州、台州、温州、括州（后改名处州）、衢州等七州，即今绍兴、宁波、金华、临海、温州、丽水、衢州等地区。这个地区自东晋以后，常有贵族、高僧、名士隐居、旅游、仕宦于此。如现在从新昌到天台要经过的会墅岭，据说就是因为东晋时许多贵族筑别墅于此而得名。唐代诗人白居易在《沃洲山禅院记》中曾说过，东晋时有十八名士、十八高僧隐居于今新昌县境内的沃洲山。到刘宋时代，著名诗人谢灵运曾为永嘉（今温州市）太守，"郡有名山水，灵运素所爱好，出守既不得志，遂肆意游遨，遍历诸县，动逾旬朔……所至辄为诗咏，以致其意焉"（《宋书·谢灵运传》）。后来，他隐居在会稽始宁县（今浙江上虞西南五十里），经常"寻山陟岭，必造幽峻，岩嶂千重，莫不备尽。登蹑常著木履，上山则去前齿，下山去其后齿。尝自始宁南山伐木开径，直至临海"（同上）。谢灵运当年所开小径，至今当地居民仍能识别。浙东的山水本来极美，所谓"从山阴道上行，山川自相映发，使人应接不暇"（《世说新语·言语》）。由于谢灵运在浙东地区到处游览并写下了许多山水诗咏赞这一地区的风景，使这一地区的山水更负盛名。后代许多诗人仰慕浙东山水，踏着谢灵运的足迹到此旅游。

到了唐代,浙东就成为全国知识分子的旅游热点。

下面我们分五个阶段叙述唐代诗人与浙东旅游线的关系和特点。

第一阶段是高宗末到中宗末。这期间有两位诗人被贬到浙东任职。一是骆宾王,他在高宗末由长安主簿被贬为临海丞,大概因为是失意被贬到浙东,所以浙东的风光在他的诗中几乎没有得到反映,今存《早发诸暨》诗所写景色是艰险可畏,使他"独掩穷途泪,长歌行路难"。而《久客临海有怀》诗中的景色也是一片萧瑟,心情十分凄凉:"欲知凄断意,江上涉安流。"另一位诗人宋之问于景龙三年冬被贬为越州长史,但他在越州的心情是愉快的,遍游了越中名胜古迹。下车伊始即去拜谒禹庙,写有《谒禹庙》和《祭禹庙文》。次年春有《景龙四年春祠海》诗,夏有《玩郡斋海榴》诗。在越州期间,他游禹穴,出若耶,游云门寺,游法华,泛镜湖,所游之处都写有诗篇,将越中的名胜都写到了。此外,他还有写越中思妇的乐府诗《江南曲》以及怀古诗《浣纱篇赠陆上人》。

据《新唐书·宋之问传》记载,之问在越州时,还曾"穷历剡溪山,置酒赋诗,流布京师,人人传讽"。可惜这些诗都已失传。在《宿云门寺》一诗中说到:"再来期春暮,当造林端穷。庶几踪谢客,开山投剡中。"说明他是一心想沿着谢灵运的足迹游遍浙东的。

第二阶段主要是在开元、天宝年间。大诗人李白、杜甫以及孟浩然、崔颢、綦毋潜等都曾到浙东旅游,他们都不是宦游。李白在开元十二年出蜀后的主要旅游目标就是浙东剡中。他在《初下荆门》诗中写道:"此行不为鲈鱼脍,自爱名山入剡中。"他沿江东下,又由运河南下,渡浙江到会稽,又沿曹娥江溯流而上到剡县(今嵊州、新昌),又沿剡溪溯流东南行,经沃洲湖,到石桥,在天台山北麓登华顶峰,又下山至南麓国清寺。这条旅游线也是杜甫以及后来许多诗人们所走的路线,后来李白在开元末和天宝六载(747)两次游浙东,基本上也是走这条路线。虽然直接在浙东写的诗不多，仅有《越女词》其三、其四、其五、《越中览古》《越中书怀》《同友人舟行游台越作》《天台晓望》《早望海霞边》《浣纱石上女》《对酒忆贺监》等十余首，但他在其他地方写的许多诗中经常提到浙东的风光，如耶溪、镜湖、剡溪、沃洲、天姥、天台、石梁等等，说明他对浙东风光极为迷恋。

李白写浙东风光最酣畅的有两首诗：一是《梦游天姥吟留别》，描绘天姥山云："越人语天姥，云霞明灭或可睹。天姥连天向天横，势拔五岳掩赤城。天台四万八千丈，对此欲倒东南倾。我欲因之梦吴越，一夜飞渡镜湖月。湖月照我影，送我至剡溪。"把越中景色都写到了。一是天宝十三载（754）所作的《送王屋山人魏万还王屋》诗，描绘浙东景色可谓奇绝："万壑与千岩，峥嵘镜湖里。秀色不可名，清辉满江城。人游月边去，舟在空中行。……天台连四明，日入向国清。五峰转月色，百里行松声。灵溪恣沿越，华顶殊超忽。石梁横青天，侧足履半月。……挂席历海峤，回瞻赤城霞。赤城渐微没，孤屿前峣兀。瀑布挂北斗，莫穷此水端。喷壁洒素雪，空蒙生昼寒……"这里把会稽、剡中、天台、永嘉、缙云等地区的所有美景都做了生动的描绘，读后令人向往不已。

值得注意的是李白在这两首诗中都提到了谢灵运。李白与他的崇拜者魏万，显然对当年谢灵运游历之地非常向往。

孟浩然一生隐居襄阳，但在开元年间也曾专程赴浙东游览。他在杭州观潮后，即赴越州、剡中、天台、永嘉。当时他的好友张子容正在温州乐城（今浙江乐清）当县尉，两人诗酒唱和，相得甚欢。张子容还写有《除夜乐城逢孟浩然》《乐城岁日赠孟浩然》《泛永嘉江日暮回舟》《送孟浩然归襄阳》等诗，孟浩然则有《永嘉上浦馆逢张八子容》等诗。此外，他还写有《耶溪泛舟》《与崔二十一镜湖寄包贺二公》《越中逢天台太乙子》《宿天台桐柏观》等诗。特别是《腊月八日剡县石城寺礼拜》一诗，是唐代诗人描写新昌大佛寺的典范作品，气象庄严肃穆，可见其对此江南大佛的礼敬之情。《舟中晓望》诗云："问我今何去，禾台访石桥！"诗中洋溢着欢欣情绪。《题云门山寄越府包户曹徐起居》诗云："我行适诸越，梦寐怀所欢。久负独往愿，今来恣游盘。台岭践磴石，耶溪溯林湍。舍舟入香界，登阁憩旃檀。晴山秦望近，春水镜湖宽……"说明他对浙东的游历是非常称心满意的。

杜甫在开元十九年（731）至二十三年（735）间也曾漫游吴越。他后来在《壮游》诗中回忆说："枕戈忆勾践，渡浙想秦皇。……越女天下白，鉴湖五月凉。剡溪蕴秀异，欲罢不能忘。归帆拂天姥，中岁贡旧乡。"他赞美越女，描写鉴湖、剡溪，都充满感情。尤其是"归帆拂天姥"一句，前人都不得其解。其实，这说明杜甫从天台山回程是舟行过沃洲湖，遥望天姥山，正和李白一样，看到的是"云霞明灭或可睹"。舟帆一拂而过，故云"归帆拂天姥"。

此外，开元年间崔颢、綦毋潜也曾游浙东，前者有《入若耶溪》《赠怀一上人》等诗，后者有《春泛若耶溪》《若耶溪逢孔九》等诗。特别是崔颢《舟行入剡》诗云："鸣棹下东阳，回舟入剡乡。青山行不尽，绿水去何长。……多惭越中好，流恨阅时芳。"对越中美景印象极好。这一阶段是唐朝最繁荣的时期，诗人们都怀着欢愉的心情，沿着谢灵运游览的路线，到浙东寻幽览古。

第三阶段是中唐前期，即从肃宗时代到德宗时代，这一阶段到浙东游历的诗人特别多。肃宗上元二年（761），诗人李嘉祐为台州刺史。李白在《送杨山人归天台》诗中曾提到："我家小阮贤，剖竹赤城边。诗人多见重，官烛未曾燃。兴引登山屐，情催泛海船。石桥如可度，携手弄云烟。"李白在诗中称李嘉祐为小阮，是用晋阮籍、阮咸典故，表明他们是叔侄关系。李白对石桥印象极深，对李嘉祐为台州刺史很为羡慕。李嘉祐在此期间曾写诗反映台州袁晁起义的情况以及起义被镇压后浙东的一片萧条景象。李嘉祐、刘长卿、皇甫冉都有《和袁郎中破贼后经剡县山水上李太尉》的同题诗，李嘉祐还有《送越州辛法曹之任》《送严维归越州》《同皇甫冉赴官留别灵一上人》，刘长卿有《送台州李使君兼寄题国清寺》，这说明当时台州地区以李嘉祐为中心，有诗人群体互相酬唱。皇甫冉和刘长卿都久滞浙东，写了不少诗。当时秦系避乱剡溪，朱放隐于剡中，严维为诸暨尉，还有和尚灵一、灵澈、清江等人，刘长卿、戴叔伦等都有与他们的唱酬之作，说明当时浙东聚集了一大批诗人，他们在许多诗中赞美浙东山水。

此一期间，顾况、耿沣、张佐、王建等人也曾游浙东。其中顾况居台州、越州甚久，写有《越中席上看弄老人》等诗。其《从剡溪至赤城》诗云："灵溪宿处接灵山，窈映高楼向月闲。夜半鹤声残梦里，犹疑琴曲洞房间。"写得非常优美。耿沣有《登沃洲山》诗，张佐有《忆游天台寄道流》诗，王建有《题台州隐静寺》诗。

这一阶段显然与第二阶段不同，诗人们不再专程到浙东做长途旅行，也不再专门沿着谢灵运的路线游览。

第四阶段是中晚唐之际。长庆三年（823）至大和三年（829）元稹为越州刺史、浙东观察使。隔了四年，大和七年（833）至九年（835），李绅又为越州刺史、浙东观察使。元稹在浙东时，白居易于长庆二年（822）至四年（824）曾为杭州刺史。元稹在越州写有《以州宅夸于乐天》《重夸州宅旦暮景色兼酬前篇末句》《寄乐天》等诗，都盛赞会稽山水。如《寄乐天》诗云："莫嗟虚老海壖西，天下风光数会稽。灵氾桥前百里镜，石帆山崦五云溪。冰销田地芦锥短，春入枝条柳眼底。安得故人生羽翼，飞来相伴醉如泥。"他对自己能在浙东做官非常庆幸,还希望在浙西杭州做官的白居易前去相伴。值得注意的是白居易写有《沃州山禅院记》一文,开头便云:"东南山水,越为首,剡为面,沃洲、天姥为眉目。"元稹自己也写有《修桐柏宫碑》《永福寺石壁法华经记》等文,对浙东名胜做了生动的记载。

元稹在浙东时,有不少诗人曾游越州,与他酬唱。如赵嘏有《浙东陪元相公游云门寺》《九日陪越州元相燕龟山寺》等。赵嘏还到过剡中,有《发剡中》《早发剡中石城寺》等诗。

李绅为浙东观察使时,也有不少描写浙东山水的诗作,如《新楼诗二十首》《若耶溪》《登禹庙》《宿越州天王寺》《题法华寺》等。

这一时期,马戴、项斯、朱庆馀、张祜、徐凝等诗人都曾写下剡中和天台风景的诗篇。马戴有《寄剡中友人》,又有《送道友入天台山作》诗;项斯有《寄石桥僧》诗;张祜有《游天台山》诗;徐凝有《天台独夜》《送寒岩归士》等诗。朱庆馀在台州等地写有不少诗篇。稍后,大中年间许浑也曾游浙东,有《早发天台山中岩寺度关岭次天姥岑》《陪越中使院诸公镜波馆钱明台裴郑二使君》诗等。

这一阶段的特点是,除有些诗人因仕宦而到浙东外,大多数诗人还是出于对浙东山水的歆羡而来旅游的。当时北方军阀间战乱频仍,而浙东则比较安定平静,山川景色依然美好,所以浙东仍有作为旅游热线的吸引力。

第五阶段是唐朝末年。吴融是越州山阴人,写有《题越州法华寺》等不少反映浙东风光的诗篇,另外有《寄贯休上人》诗云:"见拟沃州寻旧约,且教丹顶许为邻。"诗人方干也曾游越州,写越州之事的诗甚多。这一时期有不少诗僧描写剡中风景。如诗僧贯休长期隐于婺州,与婺州、睦州历任刺史酬赠诗甚多。

这一阶段,由于农民起义波及浙东,来浙东游览的诗人显著减少,浙东作为旅游热点渐渐衰退。

从上所述中可知,浙东在唐代作为诗人的旅游点,是与唐王朝盛衰相始终的。在这五个阶段中诗人们所描述浙东风光的诗文,都是值得我们研究的。

作者系南京师范大学文学院教授

论文原载《唐风馆杂稿》,辽宁大学出版社,1999 年,

第 267—273 页

我与唐诗

—— 兼述李白的《梦游天姥吟留别》

陈桥驿

一

唐诗之路研究开发社邀请我参加"李白与天姥"国际学术研讨会,我实在感到惭愧。由于我曾经在新昌执教数年,与这个地方有相当密切的关系,只好汗颜接受邀请。假使我与包括唐诗在内的中国古代诗词歌赋毫无关系,那倒是不会有惭愧之感,因为眼下的不少这类会议中与会者与会议主题毫无关系的有的是。但事实是,我与中国的诗词歌赋特别是唐诗确实有过密切关系。我是在四五岁时由一位清末举人即我的祖父用唐诗为我启蒙的。所以到七八岁就背熟了《唐诗三百首》,同时背熟的还有《神童诗》《千家诗》等。后来又读熟《诗经》中的全部国风(雅、颂因为乏味,所以没有背熟)。中学以后念英文,也读过荷马的《伊里亚特》《奥特赛》,并且涉猎过一点十四行诗。但是所在这些,由于以后从事的专业性质,一切都早已淡忘,现在回忆起来,实在恍如隔世。

在唐诗之路研究开发社邀请我与会的过程中,又读到了竺岳兵先生的几篇大作,里面有许多唐诗的理论。关于这方面,即使在我当年读诗的时候也绝无心得。我的祖父是位小学家,他读熟了《康熙字典》中四万多个字的音训,对《说文解字》和《佩文韵府》之类也滚瓜烂熟。对于诗词,他除了背熟以外,恐怕也不曾有什么钻研。在我的回忆中,他教我读唐诗的过程中,可以拉扯到理论的,或许就是他对李白和杜甫的评价,即所谓"诗仙"和"诗圣",前者豪放自然,后者雕琢精深。他是一位不苟言笑的学者,平时从不说一句俏皮话,但对于李、杜,他居然以俏皮话作了比喻(这当然也是从别处听到的)。他说假使他们二位上毛坑(厕所),李白就吟"大风吹屁股,寒气入膀胱";而杜甫则吟"塔斜尿流急,坑深粪落迟"。不过后来我还是读到了相似的评价,那就高雅得多了。那是在我念高小之时,当时我已是绍兴图书馆(古越藏书楼)的长期借书户,我在一本日本汉学家盐谷温所撰的《中国文学史概论》(孙朗工译)中看到他对李、杜的评价:前者是"神鹰瞥汉",后者是"骏马绝尘"。或许恰如其分。

我的祖父倒是教过我一点作诗的方法,除了要我背诵韵目以外,还有诸如"一三五不论,二四不同二六对"(指七言诗)之类。但是我后来发现,名家名诗是不受这种拘束的。例如按照我祖父的说法,七言诗中大忌"下三连"。但选入《三百首》的崔颢名诗《黄鹤楼》"黄鹤一去不复返,白云千载空悠悠",两句都正是"下三连"。

以上所回忆是我和唐诗的一点因缘。这是因为接到邀请才想起的。但事实是,我既不懂唐诗的理论,过去背熟的,现在又忘了大半。所以实在有愧于会议对我的邀请。

二

由于读过一点诗,后来的专业虽然与诗无涉,但是与我的同行学者们相比,我在专著和论文中,也颇有引及诗特别是唐诗的情况。我的专业除了以地理学为基础外,与史学也有密切关系。但是"诗"不是"史",似乎与我无涉。在我们的专业同行中,精于专业但没有像我这样有过"背诗"经历的人,当然也不会想到在论文中以诗为证。但我的想法却不同,"史"当然重要,像《春秋》经传、"正史"①等等,而且都是权威的。但是"史"与"诗"相比,也有它的某些缺陷。第一,在中国,权威的史书,多半都是官方意志的产物,做学问的人利用时必须小心谨慎,因为其中有不少并不反映真实的材料,古今都是一样。特别是所谓"正史",我在拙著《郦道元评传》②中就批评过"正史"。许多部"正史"都立有《酷吏传》和《佞幸传》。我说:"为什么不立《暴君纪》和《昏君纪》? 在我国历史上,酷吏和佞幸当然很多,但暴君和昏君何尝会少? 而且暴君和昏君给人民造成的灾难,又岂是酷吏和佞幸可比。这实在是'正史'极不公正之处。"但诗却不是这样,诗是个人的作品,没有受过干扰,尽管对任何一种事物,诗人也难免有他的片面看法,但与史相比,可信度较大。第二,史书所记述的都是重大事件,但在我们专业所研究的课题中,有不少问题都是不见经传的事,而诗的涉及面广,许多地方可以补史书的不足。

　　例如 70 年代末,我应约撰写《绍兴史话》③一书。此书当然要涉及越王句践七年(前 490)建成的绍兴城(当时称为小城),这是一座著名的古都。历史上确实有不少文献做过记载。但是此城在全国的地位如何,却未曾有人做过比较。而元稹在他的《再酬复言和夸州宅》中却明确说出:"会稽天下本无俦。"④ 我引用此诗,当然不

① 指二十四史。清乾隆间修纂《四库全书》,诏定二十四史为"正史"。
② 陈桥驿《郦道元评传》,南京大学出版社,1997 年。
③ 陈桥驿《绍兴史话》,上海人民出版社,1982 年。
④ 陈尚君辑校《全唐诗补编》续拾卷二十五,中华书局,1992 年,第 1032 页。

会生硬理解,把绍兴城作为唐代的全国第一。但至少可以说明,它已跻入唐代的全国著名城市之林。在城市地理学研究中,有一门"比较城市地理学"的学问。1989年我在日本广岛大学任客座教授时,曾讲授过这个课题。元稹的这句诗,在比较城市地理学中也很有价值。所以我在广岛大学的讲课中也引及此诗。不久以前,我为《绍兴的中国之最》①一书撰写序言,也提及此诗。我提出了一段我在国外的经历。我在诸如南美亚马孙河原始森林、北美墨西哥湾浩渺海岸等荒僻之处,或是在纽约百老汇路、东京银座大街等繁华地区,都会想到"会稽天下本无俦"的诗句。因为我在这个大千世界中无非跑过几个码头,见识当然不广。但"元稹出生于中原大都会洛阳,官至同中书门下平章事,也就是唐朝的宰相","他口中说出'会稽天下本无俦'的话,足证见过世面的人物,也为绍兴的人杰地灵而倾倒"。

《绍兴史话》当然要述及名擅天下的越窑瓷器。史书和若干笔记确实记及越窑,但大都文字枯燥,不能表达出越窑的光彩。而陆龟蒙诗:"九秋风露越窑开,夺得千峰采色来。"显然是对于这种名窑的最精湛的目击写生。也有人认为越窑不过是一种青瓷器,现在我们看到的青瓷器很多,不过如此,诗人的描写夸张过甚。这是因为现在我们所见的青瓷器,都是一般窑品,陆龟蒙所见无疑是青瓷精品,即后来吴越所称的"秘色器"。记得《绍兴日报》曾约我写篇有关于此的小文章,我写了《越瓷与陶瓷之路》②一文,再次引用陆龟蒙诗句,并且说明,我已在西安法门寺看到了那里收藏的十三件咸通年代(860—874)贡入的越窑青瓷,确实出类拔萃。我当然没有陆龟蒙的

---

① 裘士雄、杨旭《绍兴的中国之最》,浙江摄影出版社,1998年。
② 陈桥驿《越瓷与陶瓷之路》,《绍兴日报》1992年6月28日。

诗才,只能以"胎薄如纸,色明如镜"表达了我的观感。陆龟蒙的诗句确实使我茅塞顿开,我不仅在国内,而且在国外也多次引及这句唐诗。这是因为在 80 年代之初,我的一位日本朋友,国际著名的陶瓷学家三上次男教授,在日本委托我的夫人把他的杰作《陶瓷之路》翻译成中文。此书中译本出版后①,1985 年我又去日本讲学,他为了答谢我夫人的翻译,邀请我们到东京出光美术馆做客,那里收藏了大量越窑青瓷精品。真是美不胜收。最后,在他们的精致留言簿上,我也写上了这句唐诗。

《绍兴史话》中我还引用了杜甫《后出塞曲》中的诗句"越罗与楚练,照耀舆台躯",这是为了说明,绍兴的丝绸,在唐初已经出名。用唐诗说明一种地方事物,在我看来是事半功倍。但是也有人会认为,在我们的专业中,不是人人都有过对我国旧诗"死记硬背"的经历,在其他古代文献中,也可以找到同类的资料。这话不错。但是我也需要指出,在我的研究工作中,也曾经遇到在其他文献中找不到答案而依靠唐诗迎刃而解的例子。我的关于古代鉴湖研究就是这样。鉴湖(初创时不知何名,六朝称大湖或长湖,唐朝称镜湖,宋朝起才称鉴湖)是东汉永和五年(140)创建的一个大型水利工程,曾在山会平原的农业发展中起过重要作用,直到南宋而基本湮废。由于文献记载明确,使我得以在 1∶50000 地形图上测出初创时的面积达 206 平方公里。像这样一个大型水库,其湮废总有一个较长的过程。但所有文献资料都记载鉴湖围垦始于北宋。北宋无非一百六十余年,要在这样短时期中,把偌大一个湖泊基本垦废,实在很难相信。因此,我在撰写我的论文《古代鉴湖兴废与山会平

---

① [日]三上次男著,胡德芬译《陶瓷之路——东西文明接触点的探索》,天津人民出版社,1983 年。

原农田水利》[1] 一文中, 正是由于引用了唐诗, 才获得令中外学术界信服的论据。秦系《题镜湖野老所居》说: "树喧巢鸟出, 路细莼田移。"[2] 说明唐代前期, 湖中已经出现了莼田。而元稹《和乐天十八韵》也说: "柳条黄大带, 莜莼绿文茵。"[3] 由此可以证实, 有唐一代, 鉴湖的围垦已经相当普遍。秦系和元稹都是这种围垦的目击者。在当时, 他们只是把这种现象作为他们的诗材, 客观地写入了诗句。为此, 从后代学者来说, 他们的诗是完全可靠的, 可以作为唐代围垦鉴湖的确凿证据。但是除了唐诗以外, 我们也没有在其他古代文献中找到过这种具有说服力的材料。

三

最后说一说李白的《梦游天姥吟留别》。这是一首选入《三百首》的唐诗, 属于我童年背诵之例。当年, 我只觉得此诗豪放自然。它和七言乐府中的《蜀道难》《将进酒》等一样, 都是我喜爱的李白诗。所以我在为新修《新昌县志》所写的序言中, 特地引及了其中的几句, 并且加了一点我的看法:

"李白《梦游天姥吟留别》诗中有许多令人百读不厌的描写, 如'天姥连天向天横, 势拔五岳掩赤城'; '千岩万壑路不定, 迷花倚石忽已暝。熊咆龙吟殷岩泉, 慄深林兮惊层巅'; '列缺霹雳, 丘峦崩摧。洞天石扉, 訇然中开'。李白对这座道家第十六福地的神奇景色的描写, 反映了唐人对于这座名山的向往和推崇。"

---

① 陈桥驿《古代鉴湖兴废与山会平原农田水利》,《地理学报》1962 年第 3 期, 第 187—202 页。
② 彭定求等编《全唐诗》卷二百六十, 中华书局, 1960 年, 第 2896 页。
③《全唐诗》卷四百八, 第 4536 页。

　　我在《县志》序言中写入此诗，与上述我利用唐诗研究我的专业课题不同。我只是为了说明新昌自然风景的优美，因为在引此诗以前，我开头就说："新昌位于浙东，浙东原是山清水秀之地，而新昌特为出众。"引此诗之后又说："当然，新昌的风光胜迹，远不止上述天姥、沃洲、南明等处，其他还有南岩山的山海遗迹，穿岩十九峰的嵯峨突兀，东仰山水帘洞的悬泉幽邃。新昌的景点之多，不胜枚举，新昌的自然之美，美不胜收。从今天的观点来说，这是新昌得天独厚的旅游资源，它们必然能为新昌的发展做出重要的贡献。"所以我实在是借用名人名诗，以赞扬新昌的名胜。

　　但是我确实也利用此诗做过专业研究。那是 1959 年，当时我在浙江师范学院地理系担任经济地理教研室主任。浙江省交通厅委托地理系从事一项全省交通规划的研究，系里要我负责完成这项任务。于是我组织教研室教师和两班高年级学生，在做了几个月室内资料工作以后，再花两个月时间进行野外调查考察。这项研究是把省内铁路、公路、航运通盘考虑的。当时我们发现，特别是浙东，河道的航行里程不断缩减，也就是说，河流状况不断恶化。我们以曹娥江作为典型对象，进行古今对比和分析研究。这就要涉及这条河流历史上的通航情况。我们查索古代文献，经过比较，最后认为对于这个问题，具有价值的古代文献有两种，一种是《世说新语·任诞》记载的王子猷雪夜访戴逵的故事。王子猷在雪夜，"忽忆戴安道，时戴在剡，即便夜乘小船就之，经宿方至"。说明在东晋，从山阴上溯曹娥江到今嵊州，不过一夜航程，江道畅通可见。当时认为有价值的另一种文献，就是李白的《梦游天姥吟留别》，因为诗中说："我欲因之梦吴越，一夜飞渡镜湖月。湖月照我影，送我至剡溪。"用这两项资料对比，说明曹娥江航道从 5 世纪到 7 世纪没有变化。当年我主持写的课题报告，其中就有李白此诗。现在回忆起来倒是很令人感慨，因为我童年爱读的此诗,不仅由我写入新修《新昌县志》,而且也在我的研究工作中起过作用。

作者系浙江大学地理系教授

论文原载《中国李白研究(1998—1999 年集)·李白与天姥

国际会议专辑》,安徽文艺出版社,2000 年,

第 124—130 页

诗路综论

唐诗之路研究的回顾与思考

卢盛江

《唐诗之路研究》（第一辑），即"中国唐诗之路研究会成立大会暨第一次学术研讨会论文集"出版，需要写几句话。

一

先要写到中国唐代文学学会唐诗之路研究会的筹备和成立。

首先提出成立中国唐诗之路研究会的，是唐诗之路的发现者和研究首倡者竺岳兵先生。我久闻竺岳兵先生大名，为他的事迹所感动，钦佩他的精神和为人。近年来，多次造访浙江新昌和竺先生，多次参加浙东地区唐诗之路的学术活动。2019 年初，竺先生不幸被诊知患胰腺癌，后来病情恶化。这年 5 月，我专程从外地到新昌，看望病重的竺先生，要和这位顽强的老人见最后一面。竺先生这时身体已很虚弱，他拒绝很多人包括他家人的看望，却在 5 月 21 日和 22 日，和我整整谈了两个上午。老人用尽生命的最后力气，嘱托我创建中国唐诗之路研究会。

初创研究会，白手起家，孤掌而鸣，一筹莫展。但是，我很快得到了热情的鼓励和坚定的支持。感谢浙江的肖瑞峰教授、林家骊教授、胡可先教授，我所在的中国唐代文学学会的陈尚君会长，李浩、尚永亮、戴伟华、罗时进几位副会长，竺岳兵先生生前老友、中国李白研究会原会长薛天纬先生，国家图书馆原馆长、《文心雕龙》学会会长詹福瑞教授。我们联络起来，实际组成了最早的筹备小组。

初期筹备，主要在浙江。竺岳兵先生生前好友、台州学院的胡正武教授，为我在浙江四处联络。我还联络了我所认识的时在越秀外国语学院任教的台湾的张高评教授。通过他们，我在浙江与更多原来并不认识、没有过联系的人和学校有了联系。在他们的帮助下，2019年6月15日到25日，我周游浙江，从杭州、金华、台州，到宁波、新昌、绍兴，再回到杭州，从浙江大学、浙江师范大学、台州学院、宁波大学，到新昌县、绍兴文理学院、越秀外国语学院、浙江树人大学、中国计量大学，造访、联络和鼓动，考察、寻找合适的秘书处单位。在秘书处的申报中，台州学院（胡正武教授和李建军教授为代表）、绍兴文理学院（高利华教授为代表）和中国计量大学（邱高兴教授为代表）表现出极高的热情和积极性。在此期间，陈尚君会长从上海到杭州，就研究会筹备工作作了指示。

在此基础上，2019年6月23日，在杭州成功举行了研究会筹委会第一次会议。2019年7月2日，中国唐代文学学会批复准予成立唐诗之路研究会。四天后，7月6日，竺岳兵先生不幸仙逝，我们以研究会筹备的顺利进展告慰这位坚强老人的在天之灵。

研究会筹备工作进一步得到全国各地唐诗之路研究者的积极响应和支持。莫砺锋、钟振振、王兆鹏、刘明华等著名学者积极参与到研究会核心组。核心组成员，很多是国内中国古代文学各大学会的会长、副会长。地方文史研究者，特别是浙江的地方文史研究者，积极参加研究会。在浙江省新昌县委县政府大力支持下，2019年11月3日，中国唐诗之路研究会在浙江新昌正式宣告成立。

二

唐诗之路，研究的是诗路。路，纯从地理上来说，唐代以前就应存在。当然，有些"路"是唐人开发出来，或者说走出来的。"路"而有"诗"，诗路这一现象，也当不始于唐代。但是，作为一种更为普遍的、带有时代特征性的诗歌、文化现象，则在唐代。

为什么会出现唐诗之路？

唐代国力强盛，国家统一，疆域广阔。全国有各种道路，四通八达，诗人可以沿着道路到全国各地，到诗的远方。壮游、宦游、干仕、出使、求学、科举、从军、入幕府、贬谪、流浪、隐逸，可以走各种各样的路。唐代社会开放，包括对海外的开放，西至西域，东通日本、朝鲜，北达鸡林、抚余，南抵安南等等，唐诗之路走得更远。

唐代诗人生活内容丰富多彩。他们追求理想，边塞建功立业，因此有边塞之游，有陇右唐诗之路、西域东北边塞唐诗之路。他们热爱生活，热爱山水，因此有人专门壮游山水，一生好就名山游，也有仕宦沿途的山水之游，专为隐逸的山水之游。他们有的又坎坷多艰，因此有贬谪之游、流浪之游。

唐诗繁荣和诗歌艺术成熟。诗人游旅，一路留下行迹，也就一路留下诗歌。山川、胜迹、旅怀、思乡、宴集、赠别、宗教、各地风情，甚至怀古咏史，因行路进入诗歌，化为唐诗名篇中的意象意境。诗歌因行路中的名山胜迹而生，而诗歌名篇的产生，又使山水胜迹更有一层深厚独特的文化韵味。因了诗歌繁荣和诗歌艺术的成熟，诗与路相得益彰，融为一体。

唐诗之路研究与很多问题相联系，同时又有自己的特点。

它与地域文化相联系，与文学地理学、历史地理学有关，但又不是单纯的地域文化和地理学。地理之路，必然处在一定的地域，但同一地域，有时有不同的唐诗之路。地域是成片的，路是成线的。地域是静态的，而诗路是走出来的，是动态的。

它与山水文学有关系。很多唐诗之路诗歌就是山水诗。但是唐诗之路诗歌写山水，多写行于诗路之时所见所感，多写山水之游。不论漫游、宦游，多是第一次经历，因此更多新鲜感，笔下多写山水新奇的一面。有时有一种名山情结，一种"自爱名山入剡中"的向往。当然，发掘诗路沿线山水名胜的文化内涵，也成为一项重要研究内容。

它与隐逸文学有关。唐代很多隐士隐于诗路，与诗路融为一体。他们往往与漫游或宦游诗路的诗人有密切的交游，他们自己也常常闲游漫游于隐逸之地和居地之外。他们的隐逸之情常常与诗路地域的佛道、民俗文化融为一体。唐诗之路的隐逸，有自己的特点。

它与边塞诗有关。很多边塞诗就是唐诗之路诗，但是，从唐诗之路的角度，视野可以更广一些。它可以考察边塞的交通路线，考察边塞之路的历史地理，考察其千年积淀的地理文化和历史文化，还可研究其他问题。从唐诗之路的角度，对边塞诗会有新的认识。

它与贬谪文学有关。一些诗人的贬谪之路，就是唐诗之路。贬谪和壮游（或者说漫游、闲游），和宦游，和流离之游等等，构成了唐诗之路的主体。贬谪之地的山川风物、民俗文化，对于诗人有着重要影响。同是贬谪，不同地域，不同的诗路，感受不同。很多贬谪之诗，表现怨愤不平之情，表现贬谪途中山水的险恶荒凉，表现孤独感。但有些贬谪诗路，途中清秀宜人的山水，对贬谪诗人却起着疗伤的作用。贬谪之路研究，要注意这些不同特点。

提出唐诗之路，提出一个空间的概念。诗人的心路历程、诗歌思想艺术的发展演变，不但受时间影响，而且受空间影响。沿着唐诗之路，空间移动变化，往往引起心态的变化，诗歌思想艺术也会有所变化。这方面，唐诗之路也可以提出一些新的问题。

　　随着研究的开展，我们对唐诗之路会有更全面更深入的认识，会提出更多的新问题。这是一个很有研究前景的新的学术增长点。

三

　　唐诗之路已经留下了开创者的宝贵足迹。

　　就学术研究来说，目前所知，最早以"唐诗之路"为题写作论文的，是竺岳兵先生。1988 年，竺先生在浙东四市地联谊会筹备会上，首次提出"剡溪是一条唐诗之路"的观点。作成论文发表，则在 1991 年 5 月 26 日在南京举行的中国首届唐宋诗词国际学术讨论会上。在这之前，1984 年，竺先生完成三万多字的论文《李白行踪考异》，可以看作研究浙东唐诗之路的先声。

　　这之后，竺先生出版《唐诗之路唐诗总集》（中国文史出版社 2003 年），汇编他所考证的游于浙东的 451 位唐代诗人留下的一千五百多首浙东诗。《唐诗之路唐代诗人行迹考》（中国文史出版社 2004 年）对这些诗人在浙东的行踪一一考证，其中 61 位诗人，他们在浙东的行踪与关系为前人所不知，而由竺先生细细爬梳史料，一一考证出来。《天姥山研究》[中国国学出版社（香港）2008 年]专考浙东唐诗之路上的名山。竺岳兵先生为浙东唐诗之路研究做了非常重要的基础工作。

　　此外，在浙东，有邹志方编诗选《浙东唐诗之路》（浙江古籍出版社 1995 年），安祖朝编注《天台山唐诗总集》（浙江古籍出版社 2018 年）。又有胡正武《浙东唐诗之路与隐逸文化》（中国社会科学出版社 2006 年）和《浙东唐诗之路论集》（浙江工商大学出版社 2018 年），徐永恩《司马承祯与天台山》（上海古籍出版社 2019 年）。高利华《越文化与唐宋文学》(人民出版社 2008 年)、高利华等《越文学艺术论》(人民出版社 2011 年),相当的章节也是论述浙东唐诗之路。

就论文的情况而言,关于浙东唐诗之路,除竺岳兵、邹志方、胡正武等研究者,肖瑞峰早在 1995 年就在《文学遗产》发表《浙东唐诗之路与日本平安朝汉诗》,吕洪年于 1995 年在《杭州大学学报》发表关于"唐诗之路"新昌境内的山水传说的论文。还有林家骊、胡可先、楼劲、邱志荣、钱茂竹等,论及会稽山水诗与浙东唐诗之路,浙东唐诗之路研究的学术逻辑与学术空间,六朝浙东人文与浙东唐诗之路,浙东唐诗之路的兴衰原因及当代意义,浙东唐诗之路与海上丝绸之路的交汇等问题。自 1995 年至 2020 年,共查得以浙东唐诗之路为题的论文 34 篇。另外,2019 年 6 月 3 日《光明日报》以"浙东唐诗之路是如何形成的"为题,发了专版。

关于浙东唐诗之路,我所知,省级以上科研课题,有浙江大学胡可先教授领衔和中国计量大学邱高兴教授领衔以及台州学院何善蒙教授领衔的浙江省重大项目。另外,中国计量大学房瑞丽老师有教育部项目。中国计量大学、浙江师范大学、台州学院、绍兴文理学院等院校设有唐诗之路的专门研究机构,新昌有唐诗之路研究社和研究中心。

在新昌,竺岳兵先生主持举办了十多次以"浙东唐诗之路"为主题的国际国内学术研讨会和其他活动,其中最重要的,有 1994 年 11 月中国唐代文学学会第七届年会暨国际学术讨论会和 1999 年 5 月"李白与天姥"国际学术研讨会。我所知,绍兴、台州、嵊州等地,都举办过类似主题的学术研讨会。

浙东之外,全国很多研究与唐诗之路密切相关。有地域与文学的研究,李浩《唐代关中士族与文学》(文津出版社 1999 年)和《唐代三大地域文学士族研究》(中华书局 2002 年)、景遐东《江南文化与唐代文学研究》(人民文学出版社 2005 年)、戴伟华《地域文化与唐代诗歌》(中华书局 2006 年)、胡可先《唐诗发展的地域因缘和空间形态》(中国社会科学出版社 2010 年)是这方面的力作。王兆鹏教授有关于文学地图的研究。罗时进《地域·家族·文学：清代江南诗文研究》(上海古籍出版社 2010 年)，所论为清代，对唐诗之路研究也有启示作用。张伟然《中古文学的地理意象》(中华书局 2014 年)、梅新林《中国古代文学地理形态与演变》(复旦大学出版社 2006 年)、梅新林等《文学地理学原理》(中国社会科学出版社 2017 年)、曾大兴《文学地理学研究》(商务印书馆 2012 年)和《文学地理学概论》(商务印书馆 2017 年)以及他主办的文学地理学会及几期论文集，杨义《文学地理学会通》(中国社会科学出版社 2013 年)、胡阿祥《中古文学地理研究》(世界图书出版公司 2014 年)、刘跃进《秦汉文学地理与文人分布》(中国社会科学出版社 2012 年)，或着眼历史文化地理，或着眼理论，或着眼秦汉和中古，都与唐诗之路的研究有关。

贬谪文学研究，尚永亮有《贬谪文化与贬谪文学：以中唐元和五大诗人之贬及其创作为中心》(台北文津出版社 1993 年)和《唐五代逐臣与贬谪文学研究》(武汉大学出版社 2007 年)等力作。唐诗之路，很多就是贬谪之路。贬谪文学的研究，是唐诗之路研究的一个重要方面。

严耕望的《唐代交通图考》(上海古籍出版社 2007 年)，自是唐诗之路研究非常重要的基础性的工作。李德辉的唐代交通与馆驿研究，有《唐代交通与文学》(湖南人民出版社 2003 年)、《唐宋时期馆驿制度及其与文学之关系研究》(人民文学出版社 2008 年)、《唐宋馆驿与文学资料汇编》(凤凰出版社 2014 年)、《唐宋馆驿与文学》

（中西书局 2019 年）等力作。诗路，必有交通，必经过馆驿，这是唐诗之路研究的基础工作。

戴伟华除了地域文学研究之外，其他相关著作，《唐代幕府与文学》（现代出版社 1990 年）、《唐代使府与文学》（广西师范大学出版社 1998 年）、《唐方镇文职僚佐考》（广西师范大学出版社 2007 年），也与唐诗之路研究密切相关。唐代很多诗人，都是经由幕府、使府，在方镇任文职僚佐而走上唐诗之路。使府幕府生活、方镇文职僚佐生活，常常就是唐诗之路生活。研究唐诗之路，必然要研究诗人在诗路中的使府幕府生活、方镇文职僚佐生活。

阎琦主编，邱晓等副主编《商於之路》（中华书局 2019 年），汇编自汉晋唐宋到明清的商於之诗，进行系统整理。2019 年 7 月 20 日在兰州大学举行"陇右唐诗之路"专题研讨会，2019 年 10 月 28 日《光明日报》"文学遗产"专版刊载该会议发言。2020 年 3 月 3 日，《光明日报》"文学遗产"又辟专版，以"贬谪与唐诗之路"为主题，发表 3 篇文章。

此外，有李德辉《唐代两京驿道——真正的"唐诗之路"》（《山西大学学报》2007 年第 1 期）和《长安至荆南驿路——通向南方的"唐诗之路"》（《国学杂志》2007 年第 1 期）、海滨《岑参对唐诗西域之路的双重建构》（《中华文史论丛》2012 年第 2 期）、高建新《"唐诗之路"与岑参的西域之行》（《唐都学刊》2020 年第 2 期）等论文。科学出版社 2019 年 12 月出版《陇蜀古道历史地理研究》，其中与唐诗之路相关的文学艺术类论文 5 篇，有蒲向明《"故道"陇南段的文献和文学考察并"木皮道"的有无》《祁山古道：沟通南北丝路之陇蜀要津——以陇南祁山古道的文献和文学考察为视角》和《阴平古道和河南道及其陇地一段的文献文学考察》，刘雁翔《杜甫陇蜀纪行诗〈木皮岭〉地理位置讨论》和苏海洋《杜甫入蜀行程北段路线新考》。

很多不以"唐诗之路"为题,其实也与唐诗之路研究密切相关,甚至可以说就是唐诗之路研究。一些诗人一生相当多的时间游历于旅途,他们的大部分诗歌作品,就留在唐诗之路。研究他们的生活道路、创作道路,离不开对他们所游历的唐诗之路的研究。从骆宾王、沈佺期、宋之问、孟浩然、李白、杜甫,到韩愈、柳宗元、刘禹锡、元稹、白居易、李商隐,无不如此。就诗歌题材而言,唐代大量的山水诗、贬谪诗、宦游诗、赠别诗、思乡诗、边塞诗,甚至怀古咏史诗,很多都作于唐诗之路。唐诗之路沿线,各个地方,有众多的名山胜迹文化遗存、众多的历史文化名人和丰厚的历史积淀。各个地方,对唐诗之路沿线地方文献的整理,对名山名水胜迹遗存文化内涵的发掘,对历代文化名人及其事迹的发掘、考证和研究,很多也属于唐诗之路研究。还有其他很多领域,都可以看到唐诗之路研究的成果。

这样看,唐诗之路研究留下的成果是很丰富的。

开创者在唐诗之路留下宝贵足迹的,还有实地学术考察。

上世纪六七十年代,竺岳兵先生在县土产公司任公路技术员,就朦胧感到有一条唐诗之路。这可看作是无意识的考察。后来,他前后七次步行考察,并且根据解放军航测地形图进行详细计算,又与《全唐诗》所涉诗篇一一对照归类,并绘制《李白游踪图》,写下三万字的学术论文《李白行踪考异》。这是有意识的考察。

山东大学《杜甫全集》校注组,在年逾七十的萧涤非教授率领和指导下,1979 年 5 月开始历时两个月,后又于 1980 年,行经山东、河南、陕西、四川、重庆、湖北、湖南等地,考察杜甫行踪遗迹,著成《学诗访杜万里行》。

林东海先生和人民美术出版社组成"李杜游踪联合考察采编小组",于 1981 年和 1982 年,实地考察李白游踪。后林先生和夫人宋红老师，自 2009 年起至 2018 年，或隔年，或每年一次、两次，甚至四次，走遍全国 16 个省市，举凡李杜游踪所及，都尽力探寻考察，先出版有《李白游踪探胜》，又著《杜甫游踪考察记》和《李白游踪考察记》即将出版。

左汉林教授自 2012 年前后，用五六年时间，有计划考察，周行万里，走遍杜甫游踪，2018 年出版《朝圣：重走杜甫之路》，并在中央财经大学举办"重走杜甫之路"摄影展。

此外，我所知，安旗、薛天纬、阎琦、房日晰、葛景春、罗宗强、郝世峰、周啸天、简锦松、松浦友久、户崎哲彦、内田诚一、查屏球、徐希平、高建新、萧驰、万德敬、邱晓、吴世民等，有的专程一个月或数月，前后费时数年，有的行程万里，都有过对唐诗之路的实地专门考察，考察所涉诗人包括李白、杜甫、柳宗元、王维等，涉及全国绝大部分地域，包括西北、华北、中南、西南、东南、华南。

还要说到文化建设。1993 年 7 月，浙东宁波、绍兴、舟山、台州四市地政府制定区域经济发展和合作规划，明确提出发挥唐诗之路综合优势，促进旅游事业。此后，浙东各地大力开发唐诗之路为主题的旅游。2018 年 1 月，浙江省十三届人大一次会议召开，浙江省省长袁家军在政府工作报告中指出，要抓好大花园建设，积极建设大运河、钱塘江、浙东、瓯江四条诗路文化带。此后，各市县都在做规划，搞开发和建设，各种唐诗之路研究会、智库等如雨后春笋般成立，举办各种研讨会和论坛，诗路文化建设在浙江如火如荼地开展起来。

要之，"唐诗之路"已经迈出了坚实的步伐，有了规模不算小的开局，已经形成文化建设的潮流，学术研究的趋势。全国性的唐诗之路研究会的成立，正是顺应了这个潮流，这个趋势。

四

这次唐诗之路研究会成立大会暨第一次学术研讨会,聚集了全国的唐诗之路研究者,开得非常成功。大会收到七十四篇论文,另有十八篇论题和发言提纲。收入这个集子的,是其中的部分论文。大会和这个论文集,可以看作唐诗之路研究当前成果的一个巡礼。

很多论文看出有深厚的积累。一些作者,长期从事地方文史工作,对一方风物民情文化历史了如指掌,有的还有厚实的专著,如徐跃龙、徐永恩,其他作者,如唐佳文、邱志荣、唐樟荣、徐景荣、袁伯初、鲁锡堂、释正涵等,笔端带着对故乡的深厚感情,对所论问题无不从容自信。高校的研究者,陈尚君之于唐诗,林家骊之于六朝文学,薛天纬之于李白,刘明华之于杜甫,肖瑞峰之于刘禹锡,钟振振之于韵文,尚永亮之于贬谪文学,王兆鹏之于文学地图,詹福瑞之于理论思考,罗时进、戴伟华之于地域文学,高建新、米彦青、雷恩海、海滨之于西域、陇右、边塞文学,张伟然之于历史地理,李建军之于寒山子,李谟润、钟乃元、石天飞之于佛寺、粤西文学、瑶族石刻,都有出色的学术成就。有的对唐诗之路也久有研究。胡可先、邱高兴分别研究地域文学和佛教,又各自有浙东唐诗之路的省重大项目。薛天纬、左汉林、吴世民、邱晓、万德敬都亲身考察过唐诗之路。他们对相关问题久有思考,厚积薄发,写来无不举重若轻,游刃有余。

注重基础性工作,注重历史面貌的清理和还原。研究浙东唐诗之路的源流发展,浙东唐诗之路如何源于汉晋,会稽山水诗如何发展为浙东唐诗之路,考论六朝浙东诗,谢灵运与剡中,初盛唐之际浙地诗歌如何推介影响到京师,中唐大历诗人群与越州诗文化圈如何生成。考察浙东唐诗之路的名山胜迹,剡溪、越州州城、上虞、天姥山、罕岭、嵊州。考察从西域到粤西的各地唐诗之路,岑参西域之行的旅程,"丝绸之路"上唐代诗人的来往,山西、陇右、西域、商於、粤西和瑶族石刻唐诗之路的面貌,唐诗中的蜀道书写,洛南"三关道"的诗境,丝路人文遗存与唐代文学的西域书写,李德裕对海南文化的影响。考察佛禅传说与唐诗之路,浙东区域佛教传播路线与昙猷大师,山水禅宗与佛教旅游,"支竺遗风"与浙东唐诗之路,寒山子诗的佛道融合意蕴,寒山诗的雅俗跨界与文学史价值,唐五代诗词中的刘阮二郎。考察唐诗之路中的诗人,司马承祯、宋之问、孟浩然、李白、杜甫、高适等。

有一些专门的考证文章。考证武则天召见司马承祯的时间和动因,浙东唐诗之路涉越州佛寺,孟浩然行迹,高适赴河西纪行诗,李白秋浦炼丹问题,杜甫行经寺庙及其遗址。一些考证,既运用地方史料,还细致绘制相关图表。尚永亮考初盛唐浙东八州贬官,将传统典籍材料与地方文史资料,乃至新出土的文献相结合,互为印证,达到很高的学术水准。这些研究和考证,史料清理细致,人物活动轨迹清晰,实实在在地提出和解决了一个一个具体问题。

不少论文视野开阔,立论新颖。陈尚君从他储积的众多杂感类文字中,为会议提供重读杜甫《自京赴奉先县咏怀五百字》的论文,论文分析杜甫诗中抒写自京赴奉先县一路心绪,杜甫对时政的观察与思考,以为此诗不仅在杜甫一生诗歌写作中具有重要地位,在整个中国诗歌史上也具有重大的开拓意义。杜甫是唐诗之路的重要作家,他一生经历坎坷,他走过的路,就是一条唐诗之路。而安史之乱即将爆发之时,杜甫自京赴奉先县,可以看作一条微观的唐诗之路。如何研究微观的唐诗之路,陈尚君文提供了一个范式。戴伟华探讨弱势文化区创作状态及其意义,比如岭南和安西北庭,这些地域,因文士的移入带来某一时期的创作高峰,文士视觉反差给诗歌带来新奇的格调,创作者由强势文化区偶然进入弱势文化区,有能力将文化弱势区的景象用诗的形式表现出来,同时,诗人进入新的创作环境,由于受到外部事物的影响,逐渐调整原来的创作模式,适应新环境,从而形成另一种和原来不同的诗歌创作特点和形态,而他们的诗歌风格又随主体离开特定场所而消失,诗歌创作主体对表现对象的选择有异,诗歌创作影响低于作者期待,创作者往往希望早日离开特定创作环境,这可看作唐诗之路的拓展与延伸。陈才智从接受史的角度考虑,提出历史上存在一条醉白之路,各种名胜遗迹,寻访诗迹成为主题,而贯穿着历代文人对白居易的向往、接受和钦慕,足可为唐诗之路扶翼。李芳民指出,唐代蜀道,创作者有的亲身经行,而有的则未亲历,因此,其书写也形成了悬拟想象与亲历纪行两类,在艺术上也有物象、意象之形塑创造与实录所历、心理呈现之别。刘明华探讨杜诗"会当临绝顶"的异文,而讨论古籍整理中的"较胜"选择问题。陈秋月不是着眼当地文化对唐诗之路的影响,而是反过来,探讨唐诗之路对当地文化的影响,指出,正是在浙东唐诗之路的影响下,形成了天台山和合文化。张如安讨论浙东唐诗之路名山四明山相关的典籍《四明洞天丹山图咏集》,讨论黄宗羲对此书的改编、引用、评论和考证。鲁锡堂从大湾区建设视角提出重塑越州州城(绍兴古城)魅力的问题。吴琦幸从北美中国文化教学的角度考察唐诗之路。俞晓军、李招红则从学术史的角度,介绍唐诗之路发现者和首倡者竺岳兵先生的学术之路。

一些论文有很好的综合性思考,有些思考带有理论性。胡可先介绍他领衔的浙江省重大项目,指出,要从时间维度,浙东唐诗编年史、浙东唐诗发展史、浙东唐诗学术史三位一体,对浙东唐诗发生发展演变进行纵深研究;从空间维度,采取点、线、面三者相互结合的方式,对浙东唐诗之路进行地理与地域层面的研究;从人物维度,完成唐代浙东诗人群体研究、浙东唐代诗人传记丛书等课题；从艺术维度，进行重要诗人、经典名篇、文体交融和区域文化研究，这是浙东唐诗之路研究谱系建构的整体思考。罗时进探讨唐诗之路研究的视界与视点，指出，要研究唐人行走的历史，要有唐代的全域视界，注重其审美特征，具有学科意识，最终能够在理论层面上对唐诗之路问题做出构建与阐述。海滨对西域唐诗之路做总体观照。陶济以为江南浙东、浙江浙东、越州浙东、剡县浙东构成浙东唐诗之路逐步演进而交互开放的四大空间层面。万德敬分析政治、地理、宗教和历史四个要素在山西唐诗之路的形成过程中发挥的巨大作用。雷恩海分析陇右唐诗之路的路径、内容及文化意义。钟乃元讨论唐代粤西诗歌之路，考察秦汉以来粤西伏波故道的形成，流放诗人、贬谪诗人、地方官和幕僚诗人等的活动和创作，分析其地域文化特征。韩震军探讨唐诗之路的概念、研究对象和现实意义等问题。

五

唐诗之路研究会成立，标志着唐诗之路进入新阶段。唐诗之路研究怎么做，大家在思考，我也提几点看法。

对唐诗之路的研究价值和意义，要有恰当估价。整体研究才刚刚开始。不论浙东还是全国，研究过程中必然会不断发现新问题。唐诗之路涉及唐代绝大部分地域，唐代相当一部分诗人都走过唐诗之路，相当一部分诗歌都作于唐诗之路。就唐代而言，时间跨越数百年，如果放眼整个古代，则时间跨度更长，涉及诗人和诗歌数量更多，涉及问题也更多。通过唐诗之路的研究，可以带动一些高校的学科建设，也可以推动一些地方相关的文化建设。这将是一个长期可持续发展的新的研究领域和方向。从这个层面，唐诗之路的研究就要有长期的考虑。可以凭兴趣,偶尔为之,有意愿者,也可以作三年五年甚至十年八年的研究计划。从问题之多、学术价值之高来看,甚至值得一生精力投入其中。什么是唐诗之路,需要从理论上界定,需要有严格的学术规范。但不要因此阻碍我们前行的步伐。特别不能只在概念上兜圈子。现在重要的是,切切实实地清理材料,清理问题,弄清面貌。把这些工作做下来之后,我们对什么是唐诗之路,可能会有更为清晰、更为深入的把握。对事物的认识和真理的探求,应源于实践。就算未能紧扣唐诗之路,只要是真正的学术研究,就有价值。大胆地做起来,持续地做下去,唐诗之路才有发展。

要有大的格局。不满足于小打小闹,游走边缘,而立志于把问题做深做细做全做大,立志于在学术上真正留下一些有用的东西。

浙东唐诗之路研究要继续深入。全国的唐诗之路,陇右、天山、秦蜀、陇蜀、巴渝、商於、终南山、湖湘、宣歙、皖南、浙西、三晋、蓟北、岭南、粤西等等,所有诗人走过的诗路,唐诗之路形成的各种形式,壮游、漫游、闲游、贬谪、宦游、隐逸等等,有关的各种文化现象,佛教、道教、民俗与唐诗之路,唐诗之路相关的其他各种问题,唐诗之路的名山胜迹情结,唐诗之路与唐代交通,与唐代贬官制度、幕僚制度等,唐诗之路的文人集团等等,所有这些问题都做起来。

要做好基础的资料工作。路、人、诗,路是载体,诗是基本内容,而人是灵魂主体,这三个方面,都有大量的资料工作可以做。路是怎样形成的,经过地域有哪些名山胜迹,怎样的风物民俗、历史发展,有怎样的文化遗存? 有哪些诗人经过此路此地域,何时来,何时去,因何来,因何去? 经过此路到此地域,有怎样的活动? 漫游,宦游,贬谪,隐居,家本居此? 有哪些诗作,或者说,有哪些诗涉及此一路一地域? 在这一点上,我很佩服竺岳兵先生。作为一个民间学者,他的几部著作,加上徐跃龙先生的《天姥山志》,就把最基础的工作做起来了。全国每一条唐诗之路,都可以将那里的文化遗存以名山名水名迹志的形式整理出来,都可以编出那一条唐诗之路的《唐诗总集》和《诗人行迹考》。还可以以《元和郡县志》或《太平寰宇记》《舆地纪胜》一类典籍中唐诗之路的相关内容为蓝本,经过考订整理,汇编相关资料。可以将严耕望《唐代交通图考》没有做完的江南与岭南交通、河运与海运交通制度做完。还有其他资料方面的工作。为做好资料工作,又需要相应的考证工作。资料力求全,力求准确可靠,要有原始出处,有严格规范。有这样的资料工作,整个研究就会有一个坚实的基础。

要做系统的研究。唐诗之路涉及很多的问题,可以既考虑问题本身的方方面面,又考虑相联系的问题的方方面面。既切切实实地做好每一个具体的局部的问题,又着眼全局,着眼整体,着眼问题和问题之间的联系,从一个问题推向另一个问题,从较浅的层面推向更深的层面。有些问题,可以做成小论文。很多问题,则可以做成一部一部的书,甚至做成丛书,或者做成一个一个省部级课题或者国家级课题,一般项目或者重点甚至重大项目。前面说到的浙江大学胡可先教授领衔浙江省重大项目,编年史、发展史、学术史,地理与地域研究,诗人群体研究、诗人传记丛书,重要诗人、经典名篇、文体交融、区域文化研究,就是格局宏大、系统研究的典范。要有把课题内所有相关材料和问题一网打尽的气魄。

要沉潜下去。沉潜到材料和问题的最深处。每一个问题,力求做深做细,让它在学术史上站得住脚。既有大的格局,又把每个问题做深做细,我们就会有切实的对得起历史的成绩。

要创新。要发掘新材料。传统典籍的材料需要继续发掘。很多材料我们未必注意到了。有些材料我们注意到了,但是,随着研究的深入和新问题的提出、视角的变换,以前非常熟悉的材料可能需要重新解读,可能会发现其新的内涵。所谓发掘新材料,常常是指发掘传统材料新的内涵。新出土文献当然要注意。近年大家都比较关注唐代新出土文献,但是,从唐诗之路的角度考察这些新出土文献,可能仍会有新的发现。地方文献可能会有更多新材料。这些材料,地方文史研究者可能熟视无睹,不一定将它与重要的学术问题相联系,而高校研究者不一定知道这些材料。加强沟通和交流,是必要的。地方文献,编写情况不一,有的严谨规范,有的比较随意,因此其可靠性需要甄别。地方的民间传说、口传史料也值得注意。中国古代很多史实,都是口耳相传流传下来的。司马迁《史记》,就用了不少口耳相传的材料。但是,这些史实,在口耳相传过程中会有变异,不可全信,但有些确有可信的成分。即使纯是传说,作为一种地方文化现象,它也有可信的一面。这类史料,应该有人用文字的形式记录下来,加以整理。纪录要规范,要严谨。要选择可靠的述说者,记录传说本身,也记录述说者的身份、年龄和述说的地点,以及所述内容的来源。溯源的时间越久远,材料越可靠。可能还有其他新材料。

　　要提出新问题。唐诗之路研究在全国刚起步,可以说处处都有新问题。全国那么多唐诗之路,唐代那么多诗人走过唐诗之路,唐诗之路与那么多文化现象相关,各人游走唐诗之路的方式不同,每一条唐诗之路、每一种文化现象面貌的清理,以及唐诗之路不同方式的研究,都是大问题,新问题。新问题的发现,往往需要新的视角。研究最基本的,是把研究对象本身的面貌弄深、弄透,如果在此基础上,站得更高一些,视野更开阔一些,跳出局部,着眼全局和整体,着眼前后的发展变化,换一个新视角,可能会发现新的问题。从原有的熟悉的研究,把视角转到唐诗之路来,可能会把原有的研究带到一个新的领域,有新的发现和进展。

　　当然要有新的观点。囿于某种狭隘框框偏仄认识的错误观点,应该纠正过来。不是有意标新立异,求险求怪,求新的目的在于对事物有更为准确全面的把握,把研究推向深入。有的时候,观点稳妥,通达,有弹性,在学术上站得住脚。一般说来,能够准确揭示事物的面貌,就是最好的观点。有的时候,观点的某些方面不那么完善,但它新颖,能启发人们关注一些新的问题,对事物和现象做进一层的思考。发现新的问题,提出新的观点,比四平八稳的老调重弹更为重要。

我们主要用实证的方法,就唐诗之路这一研究对象而言,这可能是基本的研究方法。现在研究刚刚起步,提方法创新可能为时过早。但在实证的基础上,根据研究内容的需要,方法的某些创新也不是不可以考虑。当然,任何的方法创新,都是为了对唐诗之路的问题有更准确的把握,更深入的认识。否则,方法的创新就只是一句空话。

还有如何将实地考察的体验化为学术研究的成果,如何处理文化建设与学术研究的关系,还有其他很多问题,都值得思考。

我们要有一种精神,这种精神可以称之为唐诗之路精神。这种精神概括起来,是执着理想和勇于创新,在艰难中不懈奋斗与追求,是忘我无私的奉献,是重情义,讲和谐。靠这种精神,唐代诗人,历代诗人,走出了一条诗歌之路;靠这种精神,我们发现了唐诗之路,并有了很多学术研究和文化建设的成绩。靠这种精神,我们一定能把唐诗之路研究得更好,建设得更好! 我们的成员,包括核心成员,来自不同的学会,相信会把各个学会的优良传统带进来,大家兄弟般和谐相处。我们的成员,有高校的专家学者,也有地方的文史研究者工作者,大家来自五湖四海,一定会像一家人一样和谐相处。一方面,任重而道远,路漫漫其修远兮,吾将上下而求索,另一方面,我坚信,只要一步一步坚实地走下去,总是可以走通的,唐诗之路会越走越宽。

大家齐心协力,共谋共建,一定能把我们的研究会建设成为全国一流的研究会,把唐诗之路建设成我们美丽的家园!

作者系南开大学中文系教授

论文原载《唐诗之路研究》第一辑,中华书局,

2020 年,第 1—18 页

浙东唐诗之路与日本平安朝汉诗

肖瑞峰

剡溪,作为文化意义上的"浙东唐诗之路",曾经吸引与陶醉了多少慕名而来的唐代诗人?"此行不为鲈鱼脍,自爱名山入剡中。"(李白《秋下荆门》)"我欲因之梦吴越,一夜飞度镜湖月。湖月照我影,送我至剡溪。"(李白《梦游天姥吟留别》)仅在李白诗中,我们便能多少回寻觅到剡中风物的艺术显影!这在今天似乎已经不是一个新鲜的话题。但人们也许还没有充分注意到,"浙东唐诗之路"在当时不仅驰名海内,而且蜚声域外。翻检《日本诗纪》,我们至少可以发现,在日本平安朝时代,剡溪曾经以其汇合了天光水色的自然景观和回响着历史足音的人文景观,赢得无数日本汉诗作者的心驰神往。棹舟"剡溪",访道"天台",寻迹"刘晨阮洞",是包括诗坛冠冕菅原道真在内的许多日本汉诗作者梦寐以求的赏心乐事——而这恰好可以成为我们观照"浙东唐诗之路"的一个独特视角。

一

在星罗棋布于"浙东唐诗之路"的诸多景观中,最为平安朝汉诗作者所向往的无疑是剡溪的发源地"天台"。披览平安朝后期的汉诗总集《扶桑集》《本朝丽藻》《本朝无题诗》等,情系天台的吟咏不时跃入眼帘。如：

> 一辞京洛登台岳，境僻路深隔俗尘。岭桧风高多学雨，岩花雪闭未知春。琴诗酒兴暂抛处，空假中观闲念辰。纸阁灯前何所听，老僧振锡似应真。
>
> ——藤原通宪《春日游天台山》
>
> 天台山崄万重强，趁得经行古寺场。削迹嚣尘寻上界，悬心发露契西方。鹤闲翅刷千年雪，僧老眉垂八字霜。珍重君辞名利境，空王门下立遑遑。
>
> ——源为宪《奉和藤贤才子登天台山之什》①

作者并非平安朝诗坛上的佼佼者，诗作本身也平平无足称赏——从谋篇布局到遣词造句，都带有日本汉诗处于发轫阶段时所难以避免的稚拙，但它却传达出关乎我们的话题的信息，那就是在平安朝时期，登临与游历天台，是诗人们乐于吟咏且历久难忘的一种体验。源氏所作题为"奉和藤贤才子登天台山之什"，所谓"藤贤才子"，是指藤原有国（有国字贤）。《本朝丽藻》及《日本诗纪》录有他的《秋日登天台，过故康上人旧房》一诗，当属原唱。诗云：

> 天台山上故房头，人去物存岁几周？行道遗踪苔色旧，坐禅昔意水声秋。石门罢月无人到，岩空掩云见鹤游。此处徘徊思

---

① 二诗分别收录于《本朝无题诗》及《本朝丽藻》，亦见于《日本诗纪》卷三一、四二。《本朝丽藻》《本朝无题诗》及下文引录的《怀风藻》《凌云集》《文华秀丽集》《经国集》等日本汉诗总集均为日本经济杂志社明治三十八年（1905）翻刻《群书类从》本；《日本诗纪》则为日本国书刊行会明治四十四年（1911）刊印本。下文不再一一注明。

往事，不图君去我孤留。

诗以抒发对"故康上人"的怀念之情为主旋律，较多地渲染的是"人去物存"的感怆；展示天台胜迹，表现登临意趣，则非其"题中应有之义"，故而笔墨未及。但"秋日登天台"这一举动本身，却分明昭示了天台对作者所具有的吸引力。而此诗一经吟成，即有人奉和，并且在奉和时有意将"过故康上人旧房"这一层意思略去，转而把"登天台"作为诗的主体加以铺展，这也说明"天台"才是其神思之所驰。

的确，以"登天台"为题相唱和，在当时虽未形成一种时尚，却是许多诗人兴趣之所系。《日本诗纪》卷三三录有大江匡衡的《冬日登天台即事，应员外藤纳言教》一诗，可为佐证：

> 相寻台岭与云参，来此有时遇指南。进退谷深魂易惑，升降山峻力难堪。世途善恶经年见，隐士寒温近日谙。常欲挂冠缘母滞，未能晦迹向人惭。心为止水唯观月，身是微尘不怕岚。偶遇攀云龙管驾，幸闻按雾鹫台谈。言诗谨佛风流冷，感法礼僧露味甘。恩煦岂图兼二世，安知珠系醉犹酣。

这是一首"应教"诗，而所谓"应教"，与"应制"一样，属于一种"命题作文"。诗题既云"应员外藤纳言教"，则命题者当是官居大纳言兼左卫门督的藤原公任。藤原公任是《和汉朗咏集》的编撰者，兼擅诗文，但今存的十三首诗作中，并无咏及天台者。这只有一种可能，即该诗已经亡佚。这里，需要指出的是，无论藤原公任、大江匡衡，还是藤原有国、源为宪，作为遣唐使制度已遭废止的平安朝后期的缙绅诗人，都没有渡海"遣唐"的经历，自也从未涉足过天台。这就意味着他们诗中所描写的登天台、参佛寺、悟禅机的种种情景，皆为想象之辞。元好问《论诗三十首》有句："画图临出秦川景,亲到长安有几人。"倒是可以移评这一创作现象。而骋想象于天台,岂不又见出当时的汉诗作者对天台是何等心驰神往? 当然,天台是普遍信奉佛教的平安朝诗人所顶礼膜拜的圣地,这决定了他们在想象中演绎其"游历"时,自觉或不自觉地出以庄重之笔,营造出一种近乎肃穆的氛围。于是,我们也就难以在作品中感触到其本当具有的淋漓兴会和酣畅意态了。

二

寻绎与"浙东唐诗之路"相关涉的平安朝汉诗作品,我们可以发现,把持平安朝诗坛的缙绅诗人们不仅对"浙东唐诗之路"的自然景观极为神往,屡屡发生"江郡浪睛沈藻思,会稽山好称风情"① 之类的由衷感叹,而且熟谙点缀于其间的由历史遗迹、名人逸闻以及神话传说、民间故事等构成的人文景观——后者同样为他们所喜吟乐咏。就中,刘晨、阮肇天台遇仙的传说和严光富春垂钓的故事尤承青睐。

《日本诗纪》卷二〇录有菅原道真的《刘阮过溪边二女诗》,这是咏及刘阮传说的汉诗作品中流播较广、影响较大的一首:

> 天台山道道何烦,藤葛因缘得自存。青水溪边唯素意,绮罗帐里几黄昏。半年长听三春鸟,归路独逢七世孙。不放神仙离骨录,前途脱屣旧家门。

---

① 大江朝纲《渤海裴大使到越州后,见寄长句,欣感之至,押以本韵》,见《日本诗纪》卷二五。

　　显而易见,此诗粘着于刘阮天台遇仙的本事,而没有过多地生发、拓展开去,因此很难将它推许为"灵光独运"或"别开生面"的作品,尽管它出自大家手笔。不过,其结构之流转自如,毕竟又显示出一点有别于藤原通宪及大江匡衡等人的大家气象。值得注意的是,这是一首题画诗 ①,与《卢山异花诗》《题吴山白水诗》《徐公醉卧诗》《吴生过老公诗》同为题写"唐绘屏风"而作——诗前的序文明白揭示了这一点。由此可以推知的是,刘阮传说曾同时作为流行于平安朝的"唐绘屏风"的素材而受到画师的钟爱,而此诗此画流传的过程,从某种意义上说,也就是负载着刘阮传说的"浙东唐诗之路"向海外播扬与延伸的过程。

　　如果说菅原道真的题咏保持着近乎"实录"式的冷静态度和从容笔法的话,那么,《日本诗纪》所收录的大江以言的句题诗《花时意在山》则染有较为浓烈的感情色彩,庶几可视为摅写心声之作:"庐杏绥桃存梦想,刘蹊阮洞系精神。万缘不起唯林露,一念无他是岭春。"从既定的视角着眼,引人注目的当然是"刘蹊阮洞"一句:它祖示了作者渴望寻迹刘蹊阮洞的情怀,从而表明作者不仅仅是刘阮传说的域外播扬者,而且对刘阮的艳遇是私心慕之的。稍后于大江以言,藤原实纲的句题诗《远近多花色》,也表达了对刘阮的企慕与欣羡之意:"桃夭刘阮仙家迹,柳絮陆张一水邻。"

　　在咏及严光富春垂钓故事的平安朝汉诗作品中,则以高丘五常的《三日山居,同赋青溪即是家》最堪把玩:

　　　　野夫高意趣,云卧几回春。独饮南山水,宁蹈北阙尘。青溪

---

① 题画诗,在日本平安朝亦称"唐绘屏风诗"。参见拙著《日本汉诗发展史》(吉林大学出版社,1992 年)第一卷第二编第一章中的有关论述。

唯作宅,翠洞□为邻。汉曲犹称老,唐朝不要宾。俗人寻访隔,禽鸟狎来亲。自业何为□,严陵濑上纶。

　　题曰"同赋",说明赋写这一诗题的还有其他一些诗人。但除了此诗为《扶桑集》残卷所载录外,其余的作品俱已亡佚。这是何等令人遗憾的事情!此外,由"同赋"还可以推知,这实际上也是一篇具有规定情境的"命题作文"。"同赋"的目的是为了娱情遣兴和逞才竞巧,这又多少反映了绵延于平安朝诗坛的游戏笔墨的倾向。尽管如此,诗中所表现的隐逸意趣仍不失其真切——至少作者是心契于放浪林泉的隐逸生活的。而归结到既定的话题上来,诗中不仅表示要像严光那样以垂纶为业,而且"青溪""翠洞"等意象似乎也与"浙东唐诗之路"上的景致有着脱不了的干系。当然,此诗的着墨点是自抒怀抱,因而对严光的高风亮节以及与之相惬的青山绿水未作赞美之辞。相形之下,藤原能信的《得吴汉》一诗倒是赞美有加:"富春山月当头白,严子滩波与意清。"

<h1 style="text-align:center">三</h1>

　　自然,平安朝的缙绅诗人们更多地吟咏与思慕的还是"浙东唐诗之路"的载体——剡溪。"隐几情思寻友趣,子猷遥棹剡溪舟。"(藤原明衡《秋月诗》)历史上曾经棹舟于剡溪的骚人墨客的流风余韵,是那样振奋着平安朝后期诗人的高情与逸兴,激发着平安朝后期诗人的灵感与藻思。但横亘在两国之间的波涛汹涌的大海以及比大海更难逾越的停止遣唐的政令,却使得他们有心"因之梦吴越",无缘"飞度镜湖月"。于是,他们便转而寄情于近似剡溪的本地风光,朝夕游赏,聊以消弭内心的憾恨。藤原季纲《月下言志》一诗云:"朔管秋

声遥遣思,南楼晓望几伤心。闲褰帘箔有余兴,何必剡溪足远寻?"所谓"何必剡溪足远寻",意在强调眼前风光亦极赏心悦目,较之剡溪"未遑多让"。这即便不是自欺之语,至少也是自慰之辞。

有趣的是,每当清风朗月之夜,缙绅诗人们对剡溪的怀想之情便分外强烈,反映在创作中,其表现是热衷于以"玩月"为题驰骋诗思,并往往在篇末引来剡溪相参照。如:

> 何处月光足放游,寺称遍照富风流。岁中清影今宵好,天下胜形此地幽。池水冰封宁及旦,篱花雪压不知秋。已将亲友成佳会,还笑剡溪昔棹舟。
>
> ——藤原明衡《遍照寺玩月》
>
> 景气萧条素月生,自然个里动诗情。秋当暮律初三夜,时及漏筹四五更。双鬓霜加惊老至,前轩雪袭识天晴。南楼瞻望虽争影,东阁光华欲比明。帷幕高褰云敛后,琴歌不断梦残程。一觞一咏谁能禁,何心剡溪寻友行。
>
> ——藤原有信《玩月》

二诗都采用扬此抑彼的笔法,着意揄扬此地此夜的皓洁月色,而对彼时彼地的剡溪风光故作不屑状。个中原因,或许是对于他们来说,棹舟剡溪,始终只是一个美好却遥远的梦,不及眼前月色、身边韵事来得真切。换言之,纵情于眼前月色与身边韵事,在他们也许仅仅是一种无可奈何的选择。事实上,以剡溪为参照,这本身便表明在他们心目中,剡溪独擅天下风光之胜。

以剡溪为中心,缙绅诗人们将视野拓展开去,对整个吴越地区的风光景物及人文胜迹都充满游赏和题咏的热情,"钱塘水心寺"便屡屡闯入他们的梦境和诗境:

钱塘湖上白沙头，四面茫茫楼殿幽。鱼听法音应踊跃，鸟知僧意几交游。春风岸暖苔茵旧，暑月波寒水槛秋。已对诗章谙胜趣，何劳海外往相求。

——藤原公任《同诸知己钱塘水心寺之作》

余杭萧寺在湖头，传道水心景趣幽。火宅出离门外路，月轮落照镜中游。云波烟浪三千里，目想心驰五十秋。天外茫茫龄已暮，此生何日得相求？

——大江匡房《水心寺诗》

应当说，大江匡房在篇末发出的慨叹，才是脱尽夸矜、略无矫饰的真实心音，从中见出作者此生不能往游钱塘的憾恨之深。

四

"浙东唐诗之路"与日本平安朝汉诗之间的不解之缘略如上述。没有谁能否认，"浙东唐诗之路"既牵系着平安朝诗人的情思，也为他们提供了新的题材领域和意象仓廪。但这并不是最终的结论。有必要进一步探讨的问题是：在遣唐使频繁赴唐的奈良朝的汉诗作品中，几乎没有一篇涉及"浙东唐诗之路"，与此相反，在遣唐使制度废止后的平安朝中、后期，咏及"浙东唐诗之路"的篇什虽不至于俯拾皆是，却稍觅即得。这里究竟有什么奥秘呢？如果仅作静态的平面的分析，也许会百思不得其解；然而，只要对奈良、平安朝诗坛的风会变迁加以动态的立体的考察，问题就会迎刃而解。

正如人们所熟知的那样，日本汉诗不仅是在中国古典诗歌的影响下形成的，而且形成以后也一直自觉接受中国古典诗歌的影响，甚至在它已趋成熟和繁荣的江户时代，仍未能摆脱这种影响——如果我们把对中国古典诗歌的摹拟看作一种影响的方式的话。由于中国古典诗歌"代有新变",所以日本汉诗摹拟的对象也就不断发生转移:由六朝诗转移到唐诗,再由唐诗转移到宋诗。这种转移的过程,亦即诗坛风会变迁的过程。但日本诗坛的风会变迁,并不是与中国诗坛同步进行的,而要落后于中国诗坛半世纪或一世纪。于是,中国诗坛上的"明日黄花",往往成为日本诗坛上的最新标本。而在奈良朝时期,为缙绅诗人们所摹拟并影响着诗坛风会的恰恰是六朝诗而非唐诗。将奈良朝的汉诗总集《怀风藻》与反映六朝风尚的《文选》加以比照并观,可以发现它们从内容到形式都惊人地相似:就形式而言,《怀风藻》所收录的作品中,五言诗占总数的90%,七言诗占总数的5.8%;而《文选》所收录的作品中,五言诗占总数的89%,七言诗占总数的1.8%。二者比例相近,都是五言诗占压倒优势。同时,《怀风藻》中的作品多用对句而犹欠工整、已重声律而尚未和谐,这与《文选》所大量收录的六朝诗的艺术特征也是一致的。就内容而言,《怀风藻》中的侍宴从驾之作、言志述怀之作、写景咏物之作等,都不过是重复表现收入《文选》的六朝诗所早已表现过的题材和主题。这样,"熟精文选理"的读者,在阅读《怀风藻》时不免产生似曾相识之感。且看其例:

　　虞风载帝狩,夏谚颂王游。春方动辰驾,望幸倾五州。山祇跸峤路,水若警沧流。神御出瑶轸,天仪降藻舟。万轴胤行卫,千翼汎飞浮。……德礼既普洽,川岳偏怀柔。

　　　　　　——颜延年《车驾幸京口三月三日侍游曲阿后湖作》

　　帝尧叶仁智,仙跸玩山川。叠岭杳不极,惊波断复连。雨晴云卷罗,雾尽峰舒莲。舞庭落夏槿,歌林惊秋蝉。仙槎泛荣光,风笙带祥烟。岂独瑶池上,方唱白云天。

　　　　　　　　　　　　　　　——伊与部马养《从驾应诏》

　　前诗见于《文选》卷二二,后诗见于《怀风藻》。文辞虽不相袭,意境与情调却是毫无二致的,而造境与抒情的手法也如出一辙。这样,二诗便有一种内在的"神似"——如果说外在的"貌似"并不明显的话,而作为蓝本的当然是前诗而非后诗。

　　但进入平安朝以后,诗坛风会却发生了变迁:由摹拟六朝转变为摹拟唐诗。此时被缙绅诗人们奉为摹拟蓝本的已不是《文选》,而是《白氏文集》。如果说《怀风藻》中更多地看到的是《文选》的影响的话,那么在平安朝前期编撰的"敕撰三集"以及其后编撰的《扶桑集》《本朝丽藻》《本朝无题诗》等汉诗总集中,更多地看到的则是《白氏文集》的影响。对此,笔者另有专文论述,兹不赘及。有必要加以生发的是,除了白居易与《白氏文集》以外,其他许多唐代诗人及其作品也曾成为平安朝诗人所摹拟的对象。当时,通过各种渠道大量流入的唐人诗集恰好为他们提供了摹拟所需的客观条件。嵯峨天皇曾批点《李峤集》,而李峤在唐代诗人中并不属于享有盛名者,这说明他对唐诗的研习范围颇为广泛。确实,检嵯峨天皇所作汉诗,化用或暗合白居易、刘禹锡、张志和、刘希夷等唐人诗意者所在皆有。这里,仅拈出其化用刘禹锡诗意的两篇作品:

　　　一道长江通千里,漫漫流水漾行船。风帆远没虚无里,疑是仙查欲上天。

　　　　　　　　　　　　　　　　　　——《河阳十咏·江上船》

　　青山峻极兮摩苍穹,造化神功兮势转雄。飞壁嵌釜兮帖屏峙,层峦回互兮春气融。朝喷云兮暮吐月,风萧萧兮雨濛濛。乍暗乍晴一旦变,凝烟积翠四时同。神仙结阁,仁智栖托。或冥道而窅映,或晦迹以寂寞。林壑花飞春色斜,登临逸兴意亦赊。甚幽至险多诡兽,离俗远尘绝嚣哗。此地遨游身自老,老来茕独宿怀抱。夜深苔席松月眠，出洞孤云到枕边。

——《青山歌》

是二诗均见《日本诗纪》卷二。前诗似由刘禹锡《浪淘沙词》脱化而来。《浪淘沙词》其一有云："九曲黄河万里沙，浪淘风簸自天涯。如今直上银河去，同到牵牛织女家。"细加比勘，二诗措辞虽异，而风调相仿，情韵相若。因而天皇属于遗其貌而取其神的善学者。至于后诗，则借鉴了刘禹锡的《九华山歌》：

> 奇峰一见惊魂魄，意想洪炉始开辟。疑是九龙夭矫欲攀天，忽逢霹雳一声化为石，不然何至今，悠悠亿万年，气势不死如腾仚。云含幽兮月添冷，月凝晖兮江漾影。结根不得要路津，迥秀长在无人境。轩皇封禅登云亭，大禹会计临东溟。乘楼不来广乐绝，独与猿鸟愁青荧。君不见敬亭之山黄索漠，兀如断岸无棱角。宣城谢守一首诗，遂使声名齐五岳。九华山，九华山，自是造化一尤物，焉能籍甚乎人间。

虽未像《九华山歌》那样着意将伟岸、险峻的青山形象作为作者情志的物化，在一唱三叹中呼出郁积已久的耿介之气，但展现青山姿容时那"腾仚"般的笔法，以及贯注在对青山的规摹和深情礼赞中的宏伟气势，却与刘诗极为相似，令人不能不考虑它们之间的渊源关系。顺带说及，在平安朝前期的缙绅诗人们所模仿、效法的唐代优秀诗人中，刘禹锡是魅力比较持久、影响比较显著的一位。除了嵯峨天皇的这两首诗之外，"敕撰三集"中还有一些作品是以刘禹锡诗为蓝本规摹而成的，如：

河阳风土饶春色，一县千家无不花。吹入江中如濯锦，乱飞机上夺文沙。

　　　　　　　　——藤原冬嗣《河阳花》

山客琴声何处奏，松萝院里月明时。一闻烧尾手下响，三峡流泉坐上知。

　　　　　　　　——良岑安世《山亭听琴》

刘禹锡《浪淘沙词》其五有云："濯锦江边两岸花，春风吹浪正淘沙。女郎剪下鸳鸯锦，将向中流匹晚霞。"这当是前诗所本。而后诗前二句分明脱胎于刘禹锡的《潇湘神》其二："楚客欲听瑶瑟怨，潇湘深夜月明时。"不过，和嵯峨天皇一样，两诗作者大体上都做到了师其意而不师其辞，袭其神而不袭其貌，取其思而不取其境。因而绝无捃扯、剽窃之嫌。

当然，在平安朝汉诗中，学习、模仿其他唐代诗人的作品也随处可见，不胜枚举。试看四例：

今宵倏忽言离别，不虑分飞似落花。莫怨白云千里远，男儿何处是非家。

　　　　　　　　——淳和天皇《饯美州掾藤吉野得花字》

今年有闰春犹冷，不解韶光着砌梅。风夜忽闻窗外馥，卧中想得满枝开。

　　　　　　　　——淳和天皇《卧中简毛学士》

林叶翩翩秋日曛，行人独向边山云。唯余天际孤悬月，万里流光远送君。

　　　　　　　　——巨势识人《秋日别友人》

时去时来秋复春，一荣一醉偏感人。容颜忽逐年序变，花鸟恒将岁月新。

——藤原卫《奉和春日作》

　　熟悉唐诗的读者不知是否能发现,这四首七言绝句并不是一无依傍的,而可以"沿波探源",在唐诗中找到其出处。第一首后二句从句式到情调都脱胎于高适《别董大》:"莫愁前路无知己,天下何人不识君。"第二首后二句反用孟浩然《春晓》:"夜来风雨声,花落知多少。"第三首后二句本于张若虚《春江花月夜》:"愿逐月华流照君。"第四首后二句化用刘希夷《代悲白头翁》:"年年岁岁花相似,岁岁年年人不同。"值得称道的是,这四首七绝借鉴与摹拟唐诗的技巧同样是较为圆熟的,虽将其意或其句楔入诗中,却不露太多的痕迹,因为它们都没有采取"生吞活剥"的做法,而致力于"移花接木",至于"花木"赖以成活的土壤则完全是自配自备的。像第二首虽然在构思上受到孟浩然《春晓》的启迪,却从相反方向加以生发,另运巧思,铸为新词,因而完全称得上是一种带有创造性的模仿。这类深得模仿之要领而较见工巧的作品,多为短小精悍、轻便灵活的七言绝句。从诗体演变的角度看,七言绝句在平安朝前期的激增,也昭示了诗坛风会由倾斜于六朝转变为倾斜于唐代的事实。

　　那么,揭示这一事实,对于我们固有的话题有什么意义呢? 其意义也许就在于:既然直至平安朝时期,诗坛风会才由摹拟六朝诗转变为摹拟唐诗,奈良朝的汉诗作品无一咏及"浙东唐诗之路",也就可以理解了。从另一角度说,正因为平安朝诗人刻意摹拟唐诗,包括他们最为崇拜的偶像白居易在内的许多唐代诗人所涉足过的"浙东唐诗之路"才有可能吸引他们的视线,并进而牵系他们的情思——这是我们依据上述事实做出的推断。

五

但问题并没有全部解决。接着需要探讨的是：唐代诗人并非仅仅以"浙东唐诗之路"为活动半径，而有着更为广阔的漫游天地。既然如此，为什么平安朝诗人对唐代其他地区的风景名胜难得涉笔，而唯独钟情于"浙东唐诗之路"呢？在我看来，这大概与"浙东唐诗之路"发端于天台，而天台又是平安朝诗人渴望朝拜的佛教圣地有关。

自从智𫗱创立"天台宗"后，位于浙东的天台山便声名远播，成为中外奉佛者人人皆欲参谒礼拜的名山。尤其是中唐时期，游天台、谒高僧，至少在佛教界已成风习，以致产生了数量众多的"送僧游天台""送僧适越"诗。如：

> 曲江僧向松江见，又道天台看石桥。鹤恋故巢云恋岫，比君犹自不逍遥。

> ——刘禹锡《送霄韵上人游天台》

> 孤云出岫本无依，胜境名山即是归。久向吴门游好寺，还思越水洗尘机。浙江涛惊狮子吼，稽岭峰疑灵鹫飞。更入天台石桥路，垂珠璀璨拂三衣。

> ——刘禹锡《送元简上人适越》

而在络绎不绝地往游天台的僧侣中，当然也包括来自日本的"留学僧"。刘禹锡另有《赠日本僧智藏》诗，起笔即云："浮杯万里过沧溟，遍礼名山适性灵。""天台"无疑会居于智藏所"遍礼"的名山之列。《怀风藻》中收有"纳子智藏"诗二首，但与刘禹锡所结识的这位智藏显然不是一人，因为《怀风藻》早在刘禹锡出生前21年即已

撰成。赠予往游天台的日本留学僧的唐诗作品,今存的还有张籍的《赠海东僧》和杨虔的《送日东僧游天台》:

> 别家行万里,自说过扶余。学得中州语,能为外国书。与医收海藻,持咒取龙鱼。更问同来伴,天台几处居。
>
> ——张籍《赠海东僧》
>
> 一瓶离日外,行指赤城中。去自重云下,来从积水东。攀萝跻石径,挂锡憩松风。回首鸡林道,唯应梦想通。
>
> ——杨虔《送日东僧游天台》

强烈而迫切的问道求法的意欲和虔诚的佛教徒所固有的殉道精神结合起来,便驱使这些日本留学僧争先恐后地向大洋彼岸的中国,进而向中国浙东的天台进发。当时,船舶尚不坚固,而海上风涛多变,"柂折、棚落、潮溢、人溺"等不测之祸时有发生。因此,以往每当遣唐使出征前,朝廷不仅诏令各大寺院念诵《海龙王经》,祈祷航海安全,而且往往举办盛大的诗宴相钱送。《续日本后纪》记曰:"(承和四年三月)甲戌,赐钱入唐大使参议藤原朝臣常嗣、副使小野朝臣篁。命五位以上赋春晚陪钱入唐使之题。日暮群臣献诗。副使同亦献之,但大使醉而退之。"虽没有"易水送别"的壮烈,但一去不返的深忧却是同样萦绕在人们心头的。否则,大使也就不至于"醉而退之"了。这多少昭示了在当时的条件下赴中国进行交流之不易。但许多有志的僧侣却甘冒九险,必欲向天台一行。而为他们"导夫先路"的则是平安朝前期与空海齐名的高僧最澄。

无论在佛教史上,还是中日文化交流史上,最澄(767—822)都是值得大书一笔的人物。他于桓武天皇延历二十三年(804)从遣唐使入唐,径赴天台诸寺院受教。后又至越州(今浙江绍兴)龙兴寺修习。翌年携《台州录》102部、《越州录》230部等回国,正式创立日本天台宗。在整个平安朝时期,最澄创立的天台宗与空海创立的真言宗并列发展,史称"平安二宗"。这是人们并不陌生的史实。但不知人们注意到没有,在"浙东唐诗之路"向海外传播与延伸的过程中,最澄同样功不可没。之所以这样说,理由有二:其一是他亲自跋涉过"浙东唐诗之路",不仅耳濡,而且目染于其间的自然景观和人文景观,回国后必然在传教的同时,把自己对"浙东唐诗之路"的感受也传达给教徒,诱发起他们的向往之情。其二是自他创立日本天台宗后,留学僧奔赴浙东天台,就具有了寻宗认祖的意味,这样,天台对日本留学僧的感召力与吸引力也就远远超过了其他名山胜刹;而"游天台",势必"入刹中",于是"浙东唐诗之路"便留下了越来越多的留学僧的足迹。

以最澄为首的往游天台的留学僧大多能文善诗,问道求法之余每每与唐代诗人或诗僧相交结,彼此切磋、唱和。当他们回国时,携归的不仅仅是佛教经典,也包括唐人诗集以及他们自己的汉诗创作。最澄虽无作品传世,但他回国时,赋诗为其送别的就有台州司马吴顗、台州录事参军孟光、台州临海县令毛涣、广文馆进士全济时、天台僧行满等九人,所赋诗题均为《送最澄上人还日本国》(见最澄《显戒论缘起》卷上),想来最澄诗才亦非泛泛。就中,全济时所作有云:

> 家与扶桑近,烟波望不穷。来求贝叶偈,远过海龙宫。流水随归处,征帆远向东。相思渺无畔,应使梦魂同。

如果最澄"稍逊风骚",又焉能使以诗赋为进身之价的"广文馆进士"如此相思不已?最澄的弟子圆载回国时,赋诗送别者甚至包括诗坛名流皮日休、陆龟蒙等人。而最澄的另一弟子圆珍，旅唐期间所赠诗达 10 卷，其中，清观法师赠句"叡山新月冷，台峤古风清"，曾被菅原道真许为"绝调"。回国后，他身在"叡山"，而心驰"台峤"，曾赋诗抒写其"思天台"之情。该诗今佚，但晚唐诗人李达的奉和之作却著录于傅云龙《游历日本图经》中："金地炉峰秀气浓，近离双涧忆青松。剧泉控锡净心相，远传法教现真容。"此诗题为"奉和大德思天台次韵"，"大德"即圆珍。作者将"金地""炉烽""双涧"等天台所特有的景观交织入诗，意在稍慰圆珍对天台的思念之情。而圆珍等人创作的这类汉诗作品在当时既经流传，自也能扩大天台及发端于天台的"浙东唐诗之路"在海外，尤其是在东瀛的影响。

　　诚然，最澄、圆珍等擅长汉诗的留学僧并不是平安朝诗坛的把持者，他们的汉诗作品也多已不传，但当时处于诗坛霸主地位的缙绅阶层却与他们过从甚密。这大概是因为前者虽为僧侣，却擅诗；后者虽为缙绅，却奉佛——以菅原道真而言，他不仅终生是佛教的信奉者，有时甚至还以佛门弟子自居，《忏悔会作，三百八言》一诗即云："可惭可愧谁能劝？菩萨弟子菅道真。"在"敕撰三集"产生的时代，最澄、空海等诗僧虽然不可能成为以嵯峨天皇为首的宫廷汉诗沙龙的正式成员，但却被这一沙龙奉为座上宾，经常应邀出席沙龙所举办的吟咏活动；与此同时，包括嵯峨天皇在内的所有沙龙成员也不时过访诗僧所在寺院，主动登门与他们研讨禅理和切磋诗艺。这样，彼此间的奉酬唱和也就是常有常见的事情了。仅《文华秀丽集》与《经国集》"梵门类"，即收有这类汉诗作品 59 首。其中，嵯峨天皇的《答澄公奉献诗》《和澄公卧病述怀之作》等篇皆为酬答最澄而创制，且大多提及最澄游谒天台的经历，如《答澄公奉献诗》开篇即云："远传南岳教，夏久老天台。"良岑安世的《登延历寺拜澄和尚像》一诗亦云："溟海占杯路，天台转法轮。"在《本朝丽藻》《本朝无题诗》产生的时

代,缙绅诗人们同样与擅诗的留学僧保持着密切的交往,源顺的汉诗名篇《五叹吟》其三便为哀悼殉身于浙东天台的诗僧而作:

　　天台山上身遄没,落泪唯闻雅誉残。午后松花随日曝,三衣薜叶与风寒。写瓶辨智独知易,破衣方便□不难。岂计香烟相伴去,结愁长混行云端。

　　可以说,无缘亲履天台的缙绅诗人们是通过游历天台的留学僧来认识天台,并进而认识发端于天台的"浙东唐诗之路"的。不过,一旦获得对天台的全面认识,在他们心目中,天台便不再只是佛教名山,而且成为"造化钟神秀"的风景胜地。桑原腹赤《冷然院各赋一物得瀑布水应制》一诗从侧面反映出这一点:

　　兼山杰出院中险,一道长帛曳布开。惊鹤偏随飞势至,连珠全逐逆流颊。岩头照日犹零雨,石上无云镇听雷。畴昔耳闻今眼见,何劳绝粒访天台。

　　作者认为"眼见"的冷然院瀑布足以与"耳闻"的天台山瀑布相媲美,正说明天台山瀑布为其神往已久。在这里,天台作为风景胜地的一面得以凸现,作为佛教名山的一面则被淡化。这也就意味着平安朝的缙绅诗人们虽然是以留学僧为媒介来认识天台的,却没有采用奉佛者的观察角度与鉴赏眼光——对天台是这样,对发端于天台的"浙东唐诗之路"又何尝不是这样呢?

作者系浙江工业大学人文学院教授

论文原载《文学遗产》1995年第4期,第37—46页

唐代浙东诗论略

俞志慧

"文变染乎世情,兴废系乎时序。"(刘勰《文心雕龙·时序》)因而,凡一代皆有一代之文学,属于唐代最为光耀夺目的文学旗帜当推诗歌,而唐诗中比较突出地表现了大有为时代精神的则是为数两千首左右的雄奇壮美的边塞诗。然而,唐人的恢宏气度、博大胸襟应当不仅仅局限于"骏马西风塞北",唐诗的美学范畴也不只是单一的鼙鼓铿锵、沙漠驼铃的阳刚荒野之美。就在古越旧地,天台山麓,有一个阵容庞大复杂的诗人群落,追求着另外一种人生哲学,构筑起另外一座美学营垒,谱写了同样流芳千古的瑰奇诗章,与边塞诗、新乐府诗等共同组成了唐朝近三百年的灵魂交响曲,并以其无可替代的人文精神赓续着中华文明的血脉。

一

近年,有学者将从古城绍兴至天台山石梁飞瀑这条全长一百三十四公里的水道称为"唐诗之路"[1],并得出了初步的统计结果,在这

---

[1] 参见竺岳兵《李白"东涉溟海"行迹考》,见《唐代文学研究》第一辑,山西人民出版社,1988年。1993年夏、1994年11月中国唐代文学学会第七届年会暨国际学术讨论会专门组织了海内外学者进行考察。

条路上,唐代有二百四十多位诗人行旅所及。"在《唐才子传》所收二百七十九位诗人里,到过'唐诗之路'的占了百分之五十七,他们中有初唐四杰的卢照邻、骆宾王;有'饮中八仙'的贺知章、李白;有中唐'三俊'的元稹、李绅、李德裕;有晚唐著名的'三罗'(罗隐、罗邺、罗虬)等等,站在唐诗顶峰,被誉为中国古代诗歌史上的'双子星座'的唐代两位最伟大的诗人李白、杜甫均到过此地。"①

上述"唐诗之路"所指向的空间阈限大致相当于"越中"的地理位置,如果继续往南踏勘,就会发现一方更为壮观的诗歌境界和一群具有相似人生哲学和共同美学追求的诗歌群落。在南宋嘉定元年(1208)编定的一部台州诗歌选集——《天台集》中,收录了唐及五代诗人一百一十五人的诗歌作品,其中,收录唐及以前诗人的诗歌二百九十九首②,这个数字还仅仅是唐人天台诗中的一小部分,如在《寒山子诗集》中,光是天台山诗僧寒山的作品就有三百多首,《全唐诗》收录台州诗人项斯诗一卷共九十八首……与前述"唐诗之路"上祖居或客游越中的诗人诗作相结合,可以发现,反映这两处紧密相邻的"佳山水"的诗作确实量大质优,其诗人数量也蔚为大观。

从地理位置上看,越中与天台山脉均处于历史地理学概念上的浙东(钱塘江以南),与边塞诗以区域做旗号相呼应,笔者将上述这一区域内繁荣于唐朝的诗歌称作"浙东诗",应当能符合我国历史上许多文学、艺术、史学、理学流派多以区域名称相号召的习惯。

明胡应麟《诗薮》曾就世居浙东的唐代诗人及其地位作了大体

---

① 刘振娅《我心中的"唐诗之路"》,《人民日报》(海外版),1991年7月26日。
② 参见方山《〈天台集〉——天台山现存第一部诗歌总集》,《东南文化》1990年第6期。

的勾勒：

> 唐诗人千数，而吾越不能百人。初唐虞永兴、骆临海，中唐
> 钱起、秦系、严维、顾况，晚唐孟郊、项斯、罗隐、李频辈，今俱有集
> 行世。一时巨擘，概得十二三，似不在他方下。独盛唐贺知章、
> 沈千运稍不竞。《明一统志》复刊落其半，遂益寥寥，今类考诸
> 书，录之于左，文士亦并附焉。
> 越州：虞世南、孔绍安、孔绍新、贺德基、贺德仁、贺知章、贺
> 朝、万齐融、严维、秦系、朱[宋]邕、吴融、朱庆馀。……杭州：褚
> 亮、遂良、许敬宗、褚无量、罗隐、罗邺、罗衮、罗虬。……台州：项
> 斯。婺州：骆宾王、舒元舆、张志和、冯宿、定……。五代刘昭禹。
> 唐诗僧越中独盛，辨才、灵一居会稽，灵澈、处默越州人。皎然吴
> 兴，贯休瀫水，皆其著也。而寒山、拾得显化台州。道士则司马承
> 祯居赤城，而吴筠鲁人居剡中。妇人则徐贤妃姊妹湖州，而刘采
> 春亦云越人。①

从《诗薮》上述记载可以看出，世居浙东的诗人们在整个唐代诗
人群体中多系二三流，如果将许多客游浙东并留下了大量脍炙人口
的诗篇的诗人考虑进去（这是不可或缺的），那么，不仅其诗人和诗作
的数量会更为可观，而且其成就更加显著，地位也更为重要。

抛开他们各自的主观因素、政治遭际和人生经历不说，他们所
接触到并在诗中所反映的地貌（地文）是相近的，乃至相同的。一
般而言，才智越好、成就越高的文艺家，他们对地域特色的体察就越
敏感，传达越真实。譬如白居易在民风淳朴的长安以古拙的《秦中

---

① 胡应麟《诗薮》外编卷三，清光绪广雅书局刻本，第 14B—15A 页。

吟》和《新乐府》见称，一到柔媚秀丽的杭州，笔下便是清新活泼的西湖诗①；又如苏轼在山东密州可以"老夫聊发少年狂"（苏轼《江城子·密州出猎》），在临安任上，则一改而为水光潋滟、山色空蒙、野桃含笑、溪柳自摇的气象②。这种由特定的地貌所规定的文艺作品的共性是任何艺术家都无法超越的，这点汉人已说得极中肯③。所以，尽管唐代祖居和客游浙东的诗人阵容庞大，三教九流思想颇为复杂，时间跨度又大，但浙东山水这给定的地域相同，所以后人仍不难发现其中许多共性。

唐代浙东诗中，占最大篇幅的是两类作品，一是记游之作，其所记之游，又表现得十分多彩，其中有孟浩然、司马承祯等的隐游，有寒山、拾得等的方外游，有郑虔、元稹等的宦游，有杜甫等的壮游，有李白这样的漫游、神游、梦游。记游之作为数甚众，体现出客游人士占浙东诗诗人较大比重的特点。二是寄赠之作，其中又以送人观览山水、寻仙访道或皈依佛门者为最多。两类作品往往无法作明确界定，因为无论是记游山水，还是送别酬赠，每多有言志遣怀之语，且游记之中，常有应答之篇；寄赠之属，也时含写景之词。

从以上两类诗歌作品中，我们大致可窥见浙东诗共同的思想倾向和审美追求。

一是崇尚自然。"东南山水越为首，剡为面，沃洲天姥为眉目"（白居易《沃洲山禅院记》），因为"山水含清晖"，所以生于斯、长于斯的诗歌也必然烙上清新自然的特征。而且，游憩于这一方山水的文人墨客大多物质条件比较优裕，其中有些人本就为艳羡东晋支道

---

① 白居易《钱塘湖春行》《西湖晚归回望孤山诗赠诸客》等。
② 苏轼《望湖楼醉书》《饮湖上初晴后雨》《新城道中》等。
③ 《汉书》卷二八下《地理志第八下》："凡民函五常之性，而其刚柔缓急，音声不同，系水土之风气。"（中华书局，1964年，第1640页）

林买山而隐和刘宋谢灵运放浪山水而来,他们有条件在明山秀水中怡养其性情,高尚其事业,磨砺其诗艺,因而他们笔下的自然较少幽冷孤寂之状;另一方面,这些高蹈的名士和僧道文化品位大多较高,在回归大自然的大合唱中不仅陶冶了自身的审美情操,而且,他们也及时而娴熟地将浙东山水这个审美对象化而为诗,为艺术,因而浙东诗的崇尚自然已经不再是晋宋山水诗简单的模山范水,这里的自然美更多地包容着诗人的心灵感受,是经过艺术升华的自然美。

　　二是宗教情趣。浙东是盛产仙话的地方,剡中是东晋大乘般若学的荟萃之地,天台山是我国第一处将印度佛教本土化、宗派化(天台宗)的所在,又是道教南宗的祖庭。以此为中心,周边集中了几处道家的洞天福地。对于天台山的这个特色,前人曾一言以蔽之:“仙源佛窟。”在这里,一山一水,一草一木,一石一屋都成了具宗教情调的“有意味的形式”。唐代创作浙东诗的许多诗人本就是来追问这“形式”的深长“意味”——寻仙访道,净土求禅和在山水中寻找那率真、袒露的本我,甚至许多诗人本身就是佛道中人,如寒山、拾得为僧人,司马承祯、贺知章、杜光庭为道士。在他们心目中,宗教本身也成了审美对象,他们置身其中并借用诗笔表现出来的“佳山水”,自然也就笼上了神秘的宗教色彩,因而,大量浙东诗富集强烈的宗教情趣自然是题中应有之义。

　　浙东诗的思想倾向和审美追求这两个特征的关系可归纳为:诗中的自然景观为其表,宗教情趣为其里(对这群归真返璞的执着追求者来说,崇尚自然甚至也升华成了他们躬行不移的教条),超自然的宗教情趣、宗教理念常通过表面的对自然的讴歌传达出来,在这里,自然景物成了经过宗教精神净化的艺术。

　　与崇尚自然和宗教情趣密切相关,浙东诗无论是雄奇一路还是清远一脉①,在艺术风格上都呈现着自然、空灵、重韵味、求兴会等特征。名士和僧道们追求遁世、脱俗,过一种优游闲适、了无挂碍、怡然自得的生活,在诗歌创作上,也刻意追求妙在象外、言语道断的空灵境界。从文学自身发展的脉络上看,浙东诗更多地与前此兴盛于江东的玄言诗、游仙诗、山水诗、田园诗发生了授受关系;从诗人群体内部分析,也许因浙东诗相对地少些"下笔证兴亡"的社会学内容,诗人们反而更自觉地追求艺术形式的完美。尤其值得一提的是,浙东诗人特别看重冲和、清虚的意境的表现和创造,力求达到"不顾词彩,而风流自然"(皎然《诗式·文章宗旨》)、"但见情性,不睹文字"(《诗式·重意诗例》)这种"空筐"般的境界。如果说江东名僧皎然的《诗式》是浙东诗诗歌理论事实上的总结,那么,李白、孟浩然、刘长卿等就是这种理论的自觉实践者中的卓越之士。正因有了这样的诗歌理论和创作实践,才有至今令人回味无穷的独特意境。譬如:"猿近天上啼,人移月边棹"(李白《经乱后将避地剡中留赠崔宣城》),"独向青溪依树下,空留白日在人间"(刘长卿《送灵澈上人还越中》),"月在沃洲山上,人归剡县溪边"(朱放《剡山夜月》),"月如芳草远,身比夕阳高"(耿湋《登沃洲山》),"雁过孤峰晓,猿啼一树霜"(贾岛《送天台僧》),"松下石桥路,雨中山殿灯"(温庭筠《宿一公精舍》),"众木随僧老,高泉尽日飞"(方干《登雪窦僧家》)。至于如李白《天台晓望》《梦游天姥吟留别东鲁诸公》诸诗所创造的意境,则更是风流自然,妙合天人。

浙东诗这种借对幽壑清溪、茂林修竹等清静境界的再现和表现,寄寓诗人们闲适淡远的情趣,于己于人确乎能造就"疏瀹五藏,澡雪

---

① 钱仲联《古代山水诗和它的艺术论》一文将中国古代山水诗分为雄奇和清远两派,见《文艺理论研究》1981年第2期。

精神"的高峰体验,产生超越功利实用之上的审美愉悦之情,而这种艺术效果对后来的诗歌创作和文人士大夫的生活情趣的诱导力又远远超出了其所创造的"意境"的价值。

唐朝浙东诗以其中所展示的东南山水独特的自然景观和文人士大夫借高蹈隐逸完善自我的生活方式与边塞诗恰成对照,也因为丰富的宗教内涵与盛唐山水诗相区别,可以这样说,戎马倥偬的边陲烽火、积极入世的奔放精神和"醉卧沙场君莫笑"的豪迈气概是唐朝强盛气象的真实写照,而瑰奇秀丽的浙东景观、无为自化的隐逸生活、"天子呼来不上船"的放达情调和对超自然精神境界的执着追求则是唐朝士民恢宏气度的形象说明和有机组成部分。

二

中国诗歌向来是"言志""缘情"之物,至唐朝而有崇尚自然、涵泳佛道、标举意境之风,但放眼观照,浙东诗也并非空穴来风,而是渊源有自。从文学自身发展的逻辑看,创作实践上,经过郭璞等忧生避祸的游仙诗,孙绰等枯淡寡味的玄言诗,陶潜等平淡爽朗的田园诗,谢客等模山范水的山水诗,到唐朝在新的文化氛围中出现的浙东诗,无疑是以上四个曾经主要兴盛于江东的诗歌流派的薪尽火传,家声重造;诗歌艺术形式美的探求从钟嵘的崇尚"滋味",到皎然对意境的追求,再到司空图高标"韵味",可见浙东诗的繁荣自有其发育良好且自成体系的理论指导,而且,许多世居或者客游浙东的诗人如贺知章、李太白等在创作实践上将诗体的自觉做了积极的迈进,扩展到诗人的自觉,他们比起同时代其他诗人来似更具"独立之精神,自由之思想",因而在思想倾向上显得更为开放和兼容,诗作内涵也更丰富,在审美追求上不仅致力于提高诗歌的美学品味,而且将自然、宗教乃至人生都看作审美对象,艺术地观照二者的结果是,他们本身的游憩、思想和情趣无一不成为悠长绵邈、清新空灵的诗歌。

那么,这样一种诗歌风格为什么偏偏产生、发达于浙东,而不是江东其他地方呢? 这是由当时中国的历史背景和浙东的社会经济、文化和地理特征决定的。

首先,中原兵燹所引发的人口大迁徙为浙东经济的开发尤其是文化的繁荣带来了契机。而这二者又恰恰是高蹈者不可或缺的凭借。自从汉武帝时将这一带人口大批迁往江淮后,东越几成虚地。在其后很长时期里,这一带几乎存在着一个文化断层,然而永嘉南渡以后,浙东土地由北而南得到逐步开发,文教也日渐昌明,特别是有大批文化名流、高僧名道云集剡溪——曹娥江流域①,浙东在全国的文化地位因而迅速提升。此间一个重要的契机是:东晋元嘉六年(429)秋,谢灵运自始宁(今嵊州三界)南山率数百人伐木开径,直到临海,使古代浙东文化旅游线的北段(以剡中为中心)与南段(以天台山为中心)得以沟通②。此后,浙东的开发大大加快,其结果是从根本上改变了浙东经济文化落后的面貌。刘宋时,"会土(指会稽)带海傍湖,良畴亦数十万顷,膏腴上地,亩直一金,鄠、杜(按:两处皆为关中地)之间不能比也"③。浙江经济的发展为东晋以后高僧名士优游其中,从事形而上的追求提供了相对优裕的物质条件,唐代浙东诗的形成和发展就蕴育于这种经济前提之上。

如果说经济的发展为唐代浙东诗的产生提供了基础和可能,那

① 见王志邦《六朝江东史论》,中国青年出版社,1989年,第162页。
② 谢灵运浙东开山事,《宋书·谢灵运传》和《南史》卷一九皆有记载。浙东文化旅游线的贯通,详见陈百刚《浙东古代文化旅游线探源》,《历史教学问题》1988年第5期。
③《宋书》卷五四《沈昙庆传》,中华书局,1974年,第1540页。

么,东晋以后浙东一带丰厚的文化积淀便是催生浙东诗的肥沃土壤。

　　早在东晋时期,孙绰《游天台山赋》就称天台山"山水神秀,释道共栖",剡县(今嵊州和新昌县)是东晋佛教的中心之一,自天竺高僧竺昙猷卜居沃洲东岇间开山授徒后,剡县元化寺(今新昌千佛院)由于法兰弟子分别开创了大乘般若学的缘会宗和识含宗,在剡县东岇山有本无异宗代表人物竺道潜和创心无宗的竺法蕴,在沃洲有创即色宗的支遁①,东晋时期佛学只有大乘般若学得到广泛传播,而般若学六家七宗中的五宗都在剡东,可见剡东在佛教史上地位之重。至陈隋之交,高僧智顗在天台山先后修持十年,建道场十二所,授僧徒数以千计,开创了中国佛教天台宗,最后奠定了浙东在中国佛教史上的地位。——这些就是唐朝浙东诗形成前预设的佛教文化背景。

　　再看浙东诗产生前预设的道家文化背景。桐柏、沃洲、天姥、司马悔山为道家福地,赤城山、金庭为道家洞天,经长期酝酿,到南宋张伯端手上,天台山终于成了道教南宗的祖庭。与道教学说有亲缘关系的天台山仙话,则更使那些"欲求真诀驻衰颜"的名士高人企羡不已,纷至沓来。刘晨、阮肇入天台山采药遇仙的故事②是那样富有魅惑力,以至一下子在江南涌现了许多"桃源""棋盘石""烂柯山",袁相、根硕的仙话也是一则"仙遇"加"艳遇"的神奇故事③,其叙述过

---

① 于法兰、竺道潜、竺法蕴、支遁诸人在南朝梁释慧皎《高僧传》卷四《义解》中均有传,其事迹在南朝梁刘孝标注《世说新语》中也多有记载。

② 《太平御览》卷四一引南朝宋刘义庆《幽明录》,中华书局,1960年,第194—195页。

③ 托名陶潜《搜神后记》卷一:"会稽剡县民袁相、根硕二人猎,经深山重岭甚多,见一群山羊六七头,逐之,经一石桥,甚狭而峻。羊去,根等亦随渡向绝崖。崖正赤壁立,名曰赤城,上有水流下,广狭如匹布,剡人谓之瀑布。羊径有山穴如门,豁然而过。既入,内甚平敞,草木皆香。有一小屋,二女子住其中,年皆十五六,容色甚美,着青衣,一名莹珠,一名□□。见二人至,(转下页)

程中的纰缪是显而易见的,但那些高蹈者看中的只是其中氤氲的仙气。朝廷太险恶,别的山林又太寂寞,有这等接地通天又充溢人间温情的"佳山水",浙东便因此顺理成章地成了徘徊于朝廷魏阙和山林江海之间的唐代文人的游憩之所,更无怪乎李白这样"寻仙不辞远"的谪仙人要心驰神往了。

浙东这种既是佛窟又是仙源的特殊地位使它本身成了一种象征,一种开放心态和文化熔炉的象征。浙东诗的创作者们无疑从中获得了启迪和敏悟,终于迎来了非主流文化在这块土地上的别开生面。

据台州历代地方志记载,南朝宋、齐、梁间的"山中宰相"陶弘景曾在天台山养生修道多年,并开佛道双修之先声;初盛唐间的司马承祯居天台山约三十年,发展了系统的佛道双修学说,以其长生久视之道吸引了大批方外之士和企羡林泉之胜的文人士大夫,这种佛道兼采的思想和方法强化了浙东开放含弘的文化气氛,同时,像司马承祯、寒山、拾得这些方外之士本身就是杰出的诗人,其时在诗歌创作上的影响应该非比一般,只是年代久远,诗作漏失颇多,故而难窥当时盛况①。

追本溯源,永嘉以后,中原许多高姓大族、名流文士侨居剡溪——曹娥江流域,播下了日后唐代浙东诗的文化基因。这批人从

(接上页)欣然云:'早望汝来。'遂为室家。忽二女出行,云复有得婿者,往庆之。曳履于绝岩上行,琅琅然。二人思归,潜去归路,二女追还,已知,乃谓曰:'自可去。'乃以一腕囊与根等,语曰:'慎勿开也。'于是乃归。后出行,家人开视其囊,囊如莲花,一重去,一重复,至五盖,中有小青鸟飞去。根还知此,怅然而已。后根于田中耕,家依常饷之,见在田中不动,就视,但有壳如蝉蜕也。"(中华书局,1981年,第2—3页)

① 胡应麟《诗薮》外编卷三谓:"司马、罗隐辈……今制作多不传,徒空名寄于简册,虽颇胜当时华要,亦可悲也。"(清光绪广雅书局刻本,第13B页)

北方迢迢南来,原来的那套正统思想被对异族的余悸和奔命的惶恐驱迫得所剩无几,而江东本土又没有一种思想和学说处于官方地位,这种看似混乱的局面,反而给文化的交流、融合及士人文化观念的重新整合提供了极好的机会。王羲之、孙绰、支遁各色人等的兰亭雅集正是这种文化百家平起平坐的盛会,白居易《沃洲山禅院记》也有类似的记载:

> 晋宋以来,因山洞开,厥初有罗汉僧西天竺人白道猷居焉,次有高僧竺法潜、支道林居焉,次又有乾、兴、渊、支、遁、开、威、蕴、崇、实、光、识、斐、藏、济、度、逞、印凡十八僧居焉。高士名人有戴逵、王洽、刘恢、许玄度、殷融、郗超、孙绰、桓彦表、王敬仁、何次道、王文度、谢长霞、袁彦伯、王蒙、卫玠、谢万石、蔡叔子、王羲之凡十八人,或游焉,或止焉。[1]

这就是有名的十八高僧、十八学士沃洲雅集,白香山根据转述所作的记录在细节上容或有出入,但各种思想和学问辩难和交流的盛况则庶几近之。可以这样说,没有东晋南朝思想解放运动和百家争鸣的文化氛围,就不会有唐人恢宏博大的胸襟;而没有唐代朝野的开放气度,也不可能有浙东诗人在思想和情调上的非主流倾向。而且,在唐代,这种非主流的文化倾向远不是一种点缀,一种奢侈品,《辞海》文学分册所收录的一百四十二位唐代文学家中,身为僧道或有隐居经历的就有三十人,占百分之二十一。可以认为,浙东诗就是开放的文化氛围的产物和隐逸文化的杰出代表。

复次,从天台山和剡溪——曹娥江流域的地理环境考察,这一带

---

[1] 白居易《白氏长庆集》卷五九,《四部丛刊》本,第22—23页。

远离当时的政治中心建业、长安,政治张力相对微弱,正适合有志高蹈者"独与天地精神相往来",静观社会的盛衰,品味自然的意趣,享受精神的自由。小而言之,这一带恰又介乎浙东三个文化小区——金衢、宁绍、台温处中间,联系浙东的经济条件和文化氛围,这种四塞、四达兼具的地理特征正好利于接纳、消融周边的各种思想、观念,并将它们导向隐逸文化的河床,浙东诗就是流淌在这条河床上的清纯流水。

三

因为浙东诗崇尚自然和具有浓厚宗教情趣的特征,从中国诗歌史的纵向分析,它是东晋南朝玄言诗和山水诗的逻辑延伸;同时,其浓厚的宗教情趣也无不包裹着山水景观的旖旎外壳,所以,要深入了解唐代浙东诗,不能不谈谈南朝山水诗,不能不谈谈谢灵运。

众所周知,中国山水诗从谢灵运开始,其实,山水景观作为审美对象,作为诗料也发源于谢氏所处的晋宋时期。永嘉以后,北方许多望族纷纷举家南迁剡溪——曹娥江流域。《晋书·王羲之传》载:"会稽有佳山水,名士多居之,谢安未仕时亦居焉。孙绰、李充、许询、支遁等皆以文义冠世,并筑室东土(笔者按:南朝以建康为都城,故凡建康东南的江浙土地悉称东土,这一地的山丘也概称东山),与羲之同好。"《晋书·孙绰传》也云孙绰"居于会稽,游放山水,十有余年"。一方面是浙东山水确实秀美,与中原粗犷、壮美的景色构成强烈的对比,使许多住惯了黄土平原的乔迁人士滋生出无比的愉悦感和新鲜感,如《世说新语·言语篇》称:"顾长康从会稽还,人问山川之美,顾云:'千岩竞秀,万壑争流,草木蒙笼其上,若云兴霞蔚。'"王献之云:"从山阴道上行,山川自相映发,使人应接不暇。若秋冬之际,尤难为怀。"那生于斯、长于斯的乡土感情不是审美,只有领悟到对比度和新鲜感的外来户才能将视觉感受升华为审美体验。所以王瑶先生说:"中国诗从三百篇到太康、永嘉,写景的成分是那样少,地理的决定性不能不说是一个重要的因素。"①这"地理的决定性"自然也应包括对于地理的审美感受上的对比度和新鲜感。东晋南朝山水文学是如此,其后唐代浙东诗中客游人士占较大比重的原因也是如此。

　　另一方面,东晋南朝小朝廷缺乏足够的威望,激不起士大夫们为之卖命的热情,他们得以凭着较优厚的生活条件和所拥有的足够的余暇去领略这全新的自然,而优游于浙东山水的这帮高僧名士自身的文化素养大多较高,足以将对山水的新鲜感升华为诗歌,为艺术。有了上述的新鲜感、对比度,足够的余暇和余力以及较高的文化素质,中国山水文学就应运而生,时间是晋宋,地点在浙东。

　　谢灵运由于政治上自觉不得志,乃以放浪山水为自晦之计,而且,始宁、永嘉的山水也确实赏心悦目,赢来谢氏将一部分政治热情移注其中,《宋书》本传称其"出守(永嘉)既不得志,遂肆意游遨,遍历诸县,动逾旬朔,民间听讼,不复关怀。所至辄为诗咏,以致其意焉"。其对山水自然的投入程度也就可想而知。他深入山水,与自然冥合,以严肃的态度从事山水诗创作,准确地捕捉自然景物,并将它们融入诗中,终于在诗的质和量上以前无古人的成就成为中国山水诗的鼻祖,给中国诗坛开辟了全新的道路,给后世文人士大夫以无穷启示。

　　尤其是谢公引景入诗和对自然声色的精构细摩给诗歌境界和创作技巧带来了飞跃。后来唐人如李杜、王孟诸人一谈起二谢无不毕

① 王瑶《中古文学风貌》,棠棣出版社,1952 年,第 61 页。

恭毕敬,奉若神明,一流诗人如此,二三流诗人自然更不敢怠慢,而今当我们朗诵唐诗特别是唐代浙东诗时,总能隐约感受到谢康乐的声气,仅此一端,正可以看出他们之间的源流关系。

谢氏创作时期集中在永嘉、始宁和临川三个时期的十余年间,尤以前两个时期为突出。所以,可以这样说,谢灵运的山水诗就是浙东诗、浙东山水诗。浙东山水的特征不是华山的雄奇壮观、泰山的庄严肃穆、漓江的温柔细腻、湖湘的神秘奔放,它不具备高山大川的恢宏气魄,但也不至于柔弱婉约到滋生靡靡之音的程度,它处于阴阳之间,一个"秀"字,一个"灵"字,这是浙东山水的特色,其实也是谢氏山水诗的内在特质。由于谢氏的成就,从浙东起步的山水文学便从此规定了中国山水文学的基调。唐代在这同一块土地上涌现出来的浙东诗除了在词句结构上更加省净严密,情、景、理结合上更为水乳交融外,其主调还是一样充满灵气和秀色。更耐人寻味的是,即使创作于北方黄土地和关中、秦川的山水诗,也一样打着浙东山水的深刻烙印,而缺乏朴拙爽朗粗犷的情调。如"竹喧归浣女,莲动下渔舟"(王维《山居秋暝》);"白云回望合,青霭入看无"(王维《终南山》);"漠漠水田飞白鹭,阴阴夏木啭黄鹂"(王维《积雨辋川庄作》);"荷风送香气,竹露滴清响"(孟浩然《夏日南亭怀辛大》);"微雨夜来过,不知春草生"(韦应物《幽居》)。如果不了解这些诗歌的创作背景,读者极有可能会误以为是描写东南山水的作品,这正是谢灵运山水诗的巨大影响所在。在如此杰出的创作成就和充满诗意的谢氏生活方式(至少唐代浙东诗人作如是想)的指引下,三百年后在同一块土地上出现后出转精、基调相近、内涵更丰的诗风,是不足为怪的。

从负面看,唐代浙东诗(个别的如李白《梦游天姥吟留别东鲁诸公》等除外)乃至整体中国古代山水诗大多缺乏悲天悯人的情怀,不以民生日用为内容,不以天地至理为矢的,精致而不厚重,细腻而不壮美,有小慧而乏大成,因而与李杜的其他诗篇和韩欧诸公大气磅礴的鸿文不可同日而语,其原因也一样可追溯到谢灵运及其山水诗。

四

如前所说,浙东诗的产生原因绝非单一,而当它既经产生以后,其所取得的成就也是多方面的,当它与浙东的山水、宗教结合在一起,其影响就显得更为广泛而强劲。

浙东诗最直接的影响体现在对中国诗歌理论和创作走向的引导上。唐代浙东诗以自身较高的美学价值实践了由钟嵘开其先,皎然、司空图传其薪火的崇尚自然、高标韵味的诗学理论,并诱导了以后严羽、王士禛等倡导风神韵致般意境的诗歌美学。从诗歌创作的历史看,对山水形相精构细摩的诗歌,晋宋陶谢堪称开山之祖,但其时还是小试身手,初露峥嵘。直到唐朝浙东诗的出现,以拥有数以百计诗人的阵容和贯穿于唐朝近三百年之久的生命力,这类诗歌才洋洋大观。此后,云鹤优游的诗人代不乏人,模山范水的作品络绎于途,从北宋林和靖,南宋永嘉四灵、江湖诗派的诗作乃至唐以后的南宋山水画中,都不难看出其绵绵血脉。

更为重要的是浙东诗对整体中国文化的影响。首先,浙东诗以其强烈的宗教情趣、宗教意识促成了佛道学说在诗歌中的渗透,扩大了诗歌的表现领域。在这个过程中,将自然、宗教,甚至诗人主体对象化,达到物我为一的忘我之境,可以说,唐朝世居或漫游浙东的诗人在哲学、宗教、诗歌的国度作了一次性遨游,这些诗歌就是他们心游哲学、宗教的艺术表现。

其次,是对古代文人生活方式和生活情趣的影响。比起无所逃死、清谈玄理的两晋隐士和沽名钓誉、矫情自许的唐代终南山隐士来，唐代创作浙东诗的许多诗人是才识真正健康的高蹈者。其时社会较为开放，政治气氛相对宽松，浙东又是宜隐宜游的宝地，得如此天时和地利，于是引来李白"龙楼凤阙不肯住，飞腾直欲天台去"（《题桐柏观》），"辞君向天姥，拂石卧秋霜"（《别储邕之剡中》），因为挡不住"青山行不尽，绿水去何长"（崔颢《舟行入剡》）的诱惑，于是"难与英雄论教化，却思猿鸟共烟萝"（杜荀鹤《别四明钟尚书》），过一种"量泉将濯足，阑鹤把支颐"（皮日休《王贶诗·华顶杖》）的闲适生活，达到"静言不语俗，灵踪时步天"（孟郊《送萧炼师入四明山》）的宁谧心境。即使是欲"致君尧舜上"的杜甫，也因为"剡溪蕴秀异，欲罢不能忘"（《壮游》）了；即使是遭受贬谪的士大夫，身处这样的自然景观和文化氛围，其不平之气和怨尤之情也会涣然冰释。他们不为世俗累，不为教规累，乃至不为自身累，不为山水累。正是这种"畅神"的生活方式，被后世士大夫大加发挥，遂有唐尤其两宋以来隐于朝、隐于野、隐于市、隐于词、隐于艺……的隐逸大军，要追溯这种奇特文化现象的渊源，浙东诗人的生活方式和思想观念是不能跨越的。

第三，唐代浙东诗在仙道世俗化和天台宗佛教易教为禅的过程中起了推动作用。在先民的观念中，高山往往是接地通天的桥梁，仙灵出没的境界，天台山也不例外。仙凡异路，神人道阻，给"欲求真诀驻衰颜"的高蹈者带来了太多的无奈，他们慨叹"洞里有天春寂寂，人间无路月茫茫"（曹唐《仙子洞中有怀刘阮》），变通的办法就是先使之变成神人共处的世界，进而请高居云端的仙灵们走到人们近前，甚至凡夫俗子中间（譬如，巧遇仙姝的刘晨、阮肇和袁相、根硕并看不出有什么大德异能），孙绰《游天台山赋》首先使这方仙域成为俗眼凡胎观景揽胜之地。之前汉人刘熙在《释名·释长幼》中云："老而不死曰仙,仙,迁也,迁入山也。"至此,凡人也可经修炼羽化而登仙。也许因为这个心造的神人共处的乐园高处不胜寒,于是,随着人的导引,诸神再次下凡,去食人间烟火,施肩吾不无幽默地说"第一莫寻溪上路,可怜仙女爱迷人"(《晚春送王秀才游剡川》),一语道出了高蹈者的醉翁之意。

仙道如此,佛教也一样,高深的佛理、森严的教条,凭着这群高人逸士的敏悟,随机摄化的解释,以便在度人之前先将自身度往西方乐土,由"一阐提人皆得成佛"演进而成的"无情有性"的佛性论充分体现了天台宗教理的圆融,"一念三千"的认识论则进一步使难窥堂奥的佛教哲学向平民向世俗敞开了大门,启动了天台宗易教为禅的法轮。其后由天台山熏陶出来的济公形象既是佛教世俗化的明证,又是唐代浙东某种隐逸精神的凝结。

最后,但不是最次要的,浙东诗人尤其是客游浙东的许多杰出文人士大夫强化了浙东乃至整个江南地区的崇文风气。两汉后浙东的文化重构,很大程度上得力于客籍人士和内迁的移民。东晋南渡,蕴育了江南的崇文基因,而荣膺"东南财赋地,江浙人文薮"的美誉,则是唐以后的事。客游的文人士大夫的频繁活动,丰富了浙东乃至整个江南的文化内涵,而这批人的活动结果,则提高了这一带的文化品位,他们自身也成了许多学子步趋唯谨的样板。此后,浙东的人才增长加快,"据考,唐宋之际台州入正史有传者共24人,其中唐以前2人,唐代1人,宋代21人"。"南宋后期,宋宁宗赵扩、理宗赵昀在位的70年(1195—1264),前后任用了15位左右丞相,其中台州籍的就有5位。"[①]也是南宋时期,理学家朱熹心慕前贤,影踪高士,长期在浙东授徒讲学,论辩唱和,发明性理之学。陆九渊的心学和陈亮、

---

① 丁锡贤《唐宋之际的台州人物概述》,《东南文化》1990年第6期。

叶适的事功学派也是以浙东为主要发祥地。特别是陆王心学,他们对于孔孟之道和传统纲常礼教的理解,与浙东隐逸消融佛道的方式如出一辙。所有这一切说明,浙东诗所产生的文化影响已远远超出了其自身所达到的美学境界,也许,这正是唐代浙东诗的价值所在。

作者系绍兴文理学院人文学院教授

论文原载《宁波大学学报》1995 年第 1 期,第 14—22 页

浙东唐诗的空间想象

房瑞丽

19世纪,地理环境决定论学者德国的F.拉采尔认为,地理因素,特别是气候和空间位置,是人们的体质和心理差异、意识和文化不同的直接原因,并决定着各个国家的社会组织、经济发展和历史命运。英国历史学家巴克尔的历史学基本框架是:地理、气候条件影响人的生理,生理差异导致人的不同精神和气质,从而有不同的历史进程。虽然二者的说法因为走向极端而受到批评,但也都表明了地理空间环境影响着人们的认识。因而从某种程度上说,特定的地理空间会形成特定的文化心理则是必然的。就唐诗来说,如果说塞外风光为唐诗提供了豪迈的气势,巴山蜀水为唐诗提供了奇险之美,楚湘之地为唐诗提供了哀婉绝唱的萧瑟之风,金陵古道为唐诗提供了悠悠怀古之情,两京关中为唐诗提供了积极进取的壮志情怀,那么,浙东,这片风光旖旎的佳山秀水之地,很显然为唐诗提供了清流婉转的风尚。

浙东地理景观或者说奇山秀水的自然条件是诗意空间建构的前提,其作为山水模范由来已久。如果只有这样的自然条件,没有东晋名士的活动,没有南朝文人的发现,那么这些自然山水仅仅是一个客观的存在。在这片自然山水经过东晋南朝文人的活动渲染和主观加工后,成为诗意的审美空间,上升为具有超自然地理的审美观照对象。《嘉泰会稽志》卷一《风俗》载："粤自汉、晋,奇伟光明硕大之士固已继出。东晋都建康,一时名胜,自王、谢诸人在会稽者为多,以会稽诸山为东山,以渡涛江而东为入东,居会稽为在东,去而复归为还东,文物可谓盛矣。"① 《晋书》卷八〇《王羲之传》:"羲之雅好服食养性,不乐在京师,初渡浙江,便有终焉之志。会稽有佳山水,名士多居之,谢安未仕时亦居焉。孙绰、李充、许询、支遁等皆以文义冠世,并筑室东土,与羲之同好。" ② 这里是魏晋名士畅游遁迹之地。《世说新语·言语》记载:"王子敬曰:'从山阴道上行,山川自相映发,使人应接不暇。若秋冬之际,尤难为怀。'" ③ 刘孝标作注引《会稽郡记》云:"会稽境特多名山水,峰崿隆峻,吐纳云雾。松栝枫柏,擢干竦条,潭壑镜彻,清流泻注。王子敬见之曰:'山水之美,使人应接不暇。'" ④ 这是让行走于其间的人难以忘怀的留恋之地。唐越州刺史李逊《游妙喜寺记》云:"越州好山水,峰岭重叠,逦迤皆见。鉴湖平浅,微风有波。山转远转高,水转深转清。故谢安与许询、支道林、王羲之常为越中山水游侣。" ⑤ 奇山秀水的地理环境和魏晋名士游旅畅怀的人文空间是浙东特有的空间地理感觉。赵汀阳先生在《历史·山水·渔樵》一书中说:"在青史之外的青山没有意义,只因无人在场,无人提问,自然也就没有被赋予任何精神附加值。" ⑥ 反言之,被人进行审美观照,被赋予人的情感的青山就是有意义的,特别是这里的

---

① 浙江省地方志编纂委员会编著《宋元浙江方志集成》,杭州出版社,2009 年,第 1626 页。
② 《晋书》卷八〇,中华书局,1974 年,第 2098—2099 页。
③ 余嘉锡《世说新语笺疏》上卷之上,上海古籍出版社,1993 年,第 145 页。
④ 余嘉锡《世说新语笺疏》上卷之上,第 145 页。
⑤ 《全唐文》卷五四六,中华书局,1983 年,第 5537 页。
⑥ 赵汀阳《历史·山水·渔樵》,生活·读书·新知三联书店,2019 年,第 29 页。

"人"是一个特殊的群体,是唐人仰慕钦羡的有着共同心理记忆的群体。因而这里的青山就更加具有"精神价值"了。他们用诗歌的语言表达对浙东的想象。当然,他们在诗中的描绘和想象绝不仅仅是因为兴趣,更重要的是寻求心灵的慰藉,给自己的心灵建构一个适意的空间。也就是说,历时的文化底蕴和共时的山水风物共同建构起唐代诗人对浙东空间的想象,或者说空间记忆,使得只要与此地发生联想或者置身其中的诗人,都满足了自己的心里的诉求或者说完成了心灵的建构。

张伟然先生在《中古文学的地理意象》一书中提出"感觉文化区"的概念,即"从历史文化地理角度来说,一个具有确定空间范围、能获得广泛认同的区域,其实也就是一个感觉文化区(或曰乡土文化区)。因为这些区域不可能是凭空而来的,其背后必然有着自然山川、历史文化以及社会心理等多方面的支撑"①。那么浙东作为一个唐人安放心灵的诗意空间,这样的一个感觉文化区具体表现在哪些方面呢? 具有儒家理想的诗人在事功的追求受到挫折后,由于向外寻求政治理想道之不通,而将目光转向内寻求心灵的安放之所。心灵的建构是一个内心深处的小空间,浙东是一个地理范围内的大空间,唐代诗人的浙东诗歌中是如何处置这外在客观的大空间与内在主观的小空间的呢? 有着儒家理想的诗人,在面对不同的人生境况时,需要的心灵诉求是不同的,并且诗人的敏感和士人的体验,又使得他们对于心灵深处的空间与周围环境的融合度有较高的要求,这时,给心灵找到可以"憺忘归"的安放空间就非常重要了。

---

① 张伟然《中古文学的地理意象》,中华书局,2014年,第1—2页。

一、"山水寻吴越":失意慰藉之所

浙东山水的发现以谢灵运的山水诗为代表。谢灵运的《石壁精舍还湖中作》:"昏旦变气候,山水含清晖。清晖能娱人,游子憺忘归。"[①] 这就是"清晖"的氤氲氛围。在这样的氛围中,名士们"藉山水以化其郁结"[②]。再进一步说,虽然东晋南朝文人发现了浙东山水,并进行了文学创作,如果唐代诗人不关注他们的笔下描绘了什么样的山水、那些名士们活动的地方和自己有什么关系,可能也不能在唐诗中形成广泛的影响。也就是说,因为唐人的关注和重视,东晋名士的活动和南朝文人的创作在唐代诗人中传播,对唐代诗人产生了重大的影响,也就是我们现在所说的产生了名人效应,于是他们在诗歌中仰慕曾经作为历史存在的那批名士的风范,对他们生活的山水以及那片山水所孕育的文化产生了浓厚的兴趣。正如蒋寅先生所说,从谢灵运开始,浙东山水就成了"逃避官场和世俗,寻求精神安宁的场"[③]。

孟浩然《自洛之越》:"遑遑三十载,书剑两无成。山水寻吴越,风尘厌洛京。扁舟泛湖海,长揖谢公卿。且乐杯中物,谁论世上名。"[④] 洛京是政治的中心,是权力的角逐场,而吴越不仅与之距离遥远且地理方位上是与之相对的东南,更重要的是两个"感觉文化区"所具有的文化气场和氛围截然不同。吴越以"山水"为主,洛京则

---

① 《先秦汉魏晋南北朝诗·宋诗》卷二,中华书局,1983 年,第 1165 页。
② 《全上古三代秦汉三国六朝文·全晋文》卷六一,中华书局,1958 年,第 907 页。
③ 蒋寅《大历诗风》,凤凰出版社,2009 年,第 235 页。
④ 孟浩然著,佟培基笺注《孟浩然诗集笺注》(增订本)卷中,上海古籍出版社,2013 年,第 275 页。

是"风尘"之场,风尘的背后是政治,而"山水"作为中国诗歌的特有意象,除了象征着适意和自由以外,还有"山水意象一经成为自觉意识,就有着一种普遍的精神传染力"①。也就是前面所说的形成了一种气场,一种感觉文化区。浙东的山水成了诗人挥毫泼墨书写自己情志的自带底色的诗意空间。如果说"巴山楚水"让人想到凄凉地,而"稽山镜水"就是栖息地。同样有山有水,因为地理位置不同,因为曾经在各自的空间里上演的历史不同,而具有了不同的文化记忆底蕴。所以,想要逃离洛阳长安政治中心,想要从消磨人世的洛京风尘中解脱出来,最好的选择就是来东南形胜的吴越之地。"山水寻吴越,风尘厌洛京。"这里可以"扁舟泛湖海,长揖谢公卿"。有山水,有文化,有记忆,"且乐杯中物,谁论世上名",足以托此生。可见这个巨大的"感觉文化区",可以涤荡三十年求取功名而不遇的失意,人生因此获得感悟和升华。即由对南朝的文化记忆而上升为对整个地区的想象,从而使这一地区符号化了,代表着一种游离于社会政治体制之外的舒适自由的空间。

又如《越中逢天台太一子》:"问余涉风水,何处远行迈。登陆寻天台,顺流下吴会。兹山夙所尚,安得问灵怪。上通青天高,俯临沧海大。"②在一问一答中,我们就看到了这一场域从天台到吴会,也就是整个浙东,都是自己所要追寻的山水之所,是自己所要游历的目的地。"兹山夙所尚",可知对浙东山水的印象由来已久,有关浙东的记忆和想象早已内化为一种情感、一种情结。"上通青天高,俯临沧海大。"天之青色就是天的真正颜色,《庄子》:"天子苍苍,其正色邪?

---

① 赵汀阳《历史·山水·渔樵》,第 80 页。
② 《孟浩然诗集笺注》(增订本)卷中,第 259 页。

其远而无所至极邪？"①苍色就是青色，这里能够看到天的真正颜色，这里没有浮云蔽日，这里远离是非之场。俯仰天地间，浙东临海是地缘所在，而"沧海"所代表的是孔子的"道不行，乘桴浮于海"的对自由的追求，是庄子的欲展翅九万里高空的大鹏所能够凭借的奋飞之所。所以，"青天""沧海"本身就代表着自由，代表着对世俗的超脱，而孟浩然的越中之行就是寻找天地间可以超脱的自由之所，是可以托付终身的"永此从之游，何当济所界"。虽然最后孟浩然并没有在此托身，也并没有真想在此托身，相比较而言，他肯定是更爱他的家乡襄阳，但至少在置身于中的时刻，他被周围的山水所形成的文化记忆的氛围笼罩着，同化了此时的身心。可见，浙东或者越中作为一个超脱之所的空间想象在诗人的意识中是非常强烈的。这里，与山水景观、与名士风流、与佛道仙源等等所形成的空间记忆有关，整个浙东实际上作为一个超脱之境的符号化的意象是非常鲜明的。

二、"越水洗尘机"：禅意栖息之居

顾云在《在会稽与京邑游好诗序》中云："造化之功，东南之胜，独会稽知名。前代词人才子谢公之伦，多所吟赏。湖山清秀，超绝上国。群峰接连，万水都会。"②权德舆《送灵澈上人庐山回归沃洲序》云："会稽山水，自古绝胜，东晋逸民，多遗身世于此。夏五月，上人自鑪峰言旋，复于是邦。予知夫拂方袍，坐轻舟，溯沿镜中，静得佳句。然后深入空寂，万虑洗然，则向之境物，又其稗稗也。"③"群峰接

① 郭庆藩集释，王孝鱼点校《庄子集释》卷一，中华书局，1961 年，第 4 页。
② 《全唐文》卷八一五，第 8586 页。
③ 《全唐文》卷四九三，第 5027 页。

连,万水都会"的越中能够引人"深入空寂,万虑洗然",自"支遁遣使求买仰山之侧沃洲小岭,欲为幽栖之处"①,谢灵运"修营别业,傍山带江,尽幽居之美。与隐士王弘之、孔淳之等纵放为娱,有终焉之志"②,这里就成了文人向往的禅意栖息之地。

刘禹锡《送元简上人适越》:"孤云出岫本无依,胜境名山即是归。久向吴门游好寺,还思越水洗尘机。浙江涛惊师子吼,稽岭峰疑灵鹫飞。更入天台石桥路,垂珠璀璨拂三衣。"③"孤云出岫本无依"的"孤云"在文人笔下本就是漂浮无定、孤独无依的自我形象,一个"本"字界定了自己此刻的状态。而"胜境名山即是归"的"胜境名山"不仅仅是身体的暂宿之地,更是心灵的安放之所。"孤云无依"是佛家本性,而无依之"归"更见胜境名山的巨大吸引力。葛兆光先生在《禅宗与中国文化》中说:"中国士大夫追求的是内心宁静、清静恬淡、超尘脱俗的生活,这种以追求自我精神解脱为核心的适意人生哲学使中国士大夫的审美情趣趋向于清、幽、寒、静。……在暮色如烟、翠竹似墨的幽境中,士大夫面对着这静谧的自然、空寂的宇宙抒发着内心淡淡的情思,又在对宇宙、自然的静静的观照中,领略到人生的哲理,把它溶化到心灵深处。"④越中的胜境名山是符号化了的空间勾勒。"久向吴门游好寺,还思越水洗尘机。"这里的"吴门好寺"实际上也是越中好寺,是互文的修辞手法,好寺的宁静之所,"越水洗尘机","尘机"是世俗的尘念和心机,与佛教的"空无"与超脱是一对相反概念,"万水都会"的越中是佛教圣地,这样的空间场域

① 释慧皎《高僧传》卷四,中华书局,1992年,第157页。
②《宋书》卷六七,中华书局,1974年,第1754页。
③《刘禹锡集》卷二九,中华书局,1990年,第404页。
④ 葛兆光《禅宗与中国文化》,上海人民出版社,1986年,第122页。

足以实现佛教所追求的"现世的内心自我解脱"①。

　　"永嘉之乱后,剡县、始宁一带成为过江高僧的重要修行之地。"②《续高僧传》卷一七《释智颛传》载:"会稽之天台山也,圣贤之所托矣。昔僧光、道猷、法兰、昙密,晋、宋英达,无不栖焉。"③因而智颛将石城山作为"处所既好,宜最后用心"的佛教中心地。这些远离人间热闹地的山林深处的那一座座佛寺庙宇,正是厌倦或饱受世俗不公的诗人为心灵找到的寄寓之所。鲍溶《送僧择栖游天台二首》:"师问寄禅何处所?浙东青翠沃洲山。"④齐己《默坐》:"灯引飞蛾拂焰迷,露淋栖鹤压枝低。冥心坐满蒲团稳,梦到天台过剡溪。"⑤方干《游竹林寺》:"得路到深寺,幽虚曾识名。藓浓阴砌古,烟起暮香生。曙月落松翠,石泉流梵声。闻僧说真理,烦恼自然轻。"⑥刘长卿《赠微上人》:"禅门来往翠微间,万里千峰在剡山。何时共到天台里,身与浮云处处闲。"⑦孟浩然《腊月八日于剡县石城寺礼拜》:"石壁开金像,香山倚铁围。下生弥勒见,回向一心归。竹柏禅庭古,楼台世界稀。夕岚增气色,余照发光辉。讲席邀谈柄,泉堂施浴衣。愿承功德水,从此灌尘机。"⑧都表明了这里是佛教圣地,是可以绝尘养心之所居。

　　浙东也是道家仙踪,天台赤城山,在司马承祯《天地宫府图》中

① 葛兆光《禅宗与中国文化》,第 122 页。
② 魏斌《"山中"的六朝史》,生活·读书·新知三联书店,2019 年,第 164—165 页。魏书转引自严耕望《魏晋南北朝佛教地理稿》,第 121—122 页。
③ 道宣《续高僧传》卷一七,中华书局,2014 年,第 625 页。
④《全唐诗》卷四八七,中华书局,1960 年,第 5534 页。
⑤《全唐诗》卷八四七,第 9592 页。
⑥《全唐诗》卷六四九,第 7457 页。
⑦《全唐诗》卷一五〇,第 1560 页。
⑧《孟浩然诗集笺注》(增订本)卷上,第 96 页。

位列第六大洞天,葛玄曾在此修道。陶弘景《吴太极左仙公葛公之碑》提到:"公驰涉川岳,龙虎卫从。长山盖竹,尤多去来;天台兰风,是焉游憩。"① 由天台而赤城到石桥,则是进入神仙洞府之途径,可以"寻不死之福庭"②。卢象《送贺秘监归会稽并序》中云:"镜湖之水含杳冥,会稽仙洞多精灵。"③ 许浑《早发天台中岩寺度关岭次天姥岑》:"来往天台天姥间,欲求真诀驻衰颜。"④ 张籍《送施肩吾东归》:"世业偏临七里濑,仙游多在四明山。"⑤ 刘沧《赠道者》:"真趣淡然居物外,忘机多是隐天台。"⑥ 都是把这里当作仙游忘机求真诀之居。

三、"官适莫羡侯":吏隐官适之场

如果说孟浩然诗歌所建构的浙东空间使得失意文人寻求慰藉,安放心灵,李嘉祐《送越州辛法曹之任》"但能一官适,莫羡五侯尊。山色垂趋府,潮声自到门。缘塘剡溪路,映竹五湖村。王谢登临处,依依今尚存"⑦,则把浙东想象成了在官场同样能够适意的理想空间。在人们的记忆中,为官要么像陶渊明那样不为五斗米折腰,要么像李白那样"安能摧眉折腰侍权贵",否则只能像岑参"自怜无旧业,不敢耻微官",只能"只缘五斗米,辜负一渔竿"⑧。想要在官场上适意,哪怕只是想象,可能也只有存在于浙东了,如果辛法曹所任之地

① 陶弘景撰,王京州校注《陶弘景集校注》,上海古籍出版社,2009年,第164页。
②《全上古三代秦汉三国六朝文·全晋文》卷六一,第907页。
③ 孔延之编,邹志方点校《会稽掇英总集》卷二,人民出版社,2006年,第35页。
④《全唐诗》卷五三三,第6090—6091页。
⑤《全唐诗》卷三八五,第4339页。
⑥《全唐诗》卷五八六,第6793页。
⑦《全唐诗》卷二〇六,第2152页。
⑧《全唐诗》卷二〇〇,第2089页。

是京洛之政治中心,即使再是好友的祝愿,恐怕也不会起"官适"之意。在诗人李嘉祐看来,越州是能够"官适"之地。对于能够追求适意而又能满足自己的日常生活来说,能够"官适"之地当然是最佳的选择。对于理想中的儒家知识分子来说,能够"官适"地追求自由,其人生意义是大于"五侯尊"的。为什么越州能够成为"官适"之地呢? 接下来诗中所描绘的适意空间结构,就为这一问题的回答提供了支持。"山色垂趋府,潮声自到门",是诗人对友人所往之越州府郡地理环境的想象和认识。"山色""潮声"不仅是动静的结合,更是不同于他处的所独有之景。谢灵运在《游名山志序》中说:"山水,性之所适。"① 远离社会,接近于自然属性,有利于社会中的人实现和追求与自然相似或相一致的人性。山水则是人可以造访居留之所,因而人更容易在那里见"道",所以在提出"官适"之后的山水描绘,就蕴含着这里本身就是接近自然的"保留地"。而"垂"和"自"两个关键词的选取,也是为"官适"之所服务的。"垂趋府""自到门",本身都是带有非人为的自然状态,非刻意为之,这种自然而然,就是能够官适的前提和空间氛围。如果说这里是大处着笔的话,接下来的"缘塘刻溪路,映竹五湖村"则是近距离的具体描绘,非亲身到过此地的人不能有如此细致的描绘,使得一开始的"官适"落到了实处。在展示了自然的空间之后,既然是为官之所,岂能没有文化内涵作支撑呢?"王谢登临处,依依今尚存",这里是东晋名士大族王谢昔日优游之所,这里有六朝的文化底蕴,名士文化的遗韵依依尚存。山水与文化、大背景与小环境都构成了浙东"官适"之所的理想空间。也正如蒋寅先生所说:"大历诗人思想上的矛盾:他们有体恤百姓之心,愿

① 徐坚《初学记》卷五,中华书局,2004 年,第 94 页。

尽忠职守为民谋福,但同时厌烦俗务,希求一种逍遥闲适的生活。"①

　　韩翃的《送山阴姚丞携妓之任兼寄山阴苏少府》:"山阴政简甚从容,到罢唯求物外踪。落日花边剡溪水,晴烟竹里会稽峰。才子风流苏伯玉,同官晓暮应相逐。加餐共爱鲈鱼肥,醒酒仍怜甘蔗熟。知君鍊思本清新,季子如今德有邻。他日如寻始宁墅,题诗早晚寄西人。"②大历时期的诗人,他们理想中的为官状态就是逍遥为官,在仕宦中实现"吏隐",韩翃的这首送姚丞之诗,"山阴政简甚从容"就是当时文人对于浙东为官的普遍认识,这里政简,这里可以从容为官,这里可以携妓优游,可以说是理想的官宦之所。这与盛唐诗人对于浙东的情感是不一样的,盛唐诗人,他们来此疗伤,来此漫游,来此访禅寻仙都是暂时的,在心灵得到暂时的栖息之后,他们还是心向魏阙,洛阳长安才是他们实现理想的地方,才是他们追求官宦生涯的最高目标之所,但是到了大历时期,这样的理想被压缩,收回到了关注自己内心的体验,因而心中的那份理想也由西北转向了东南,远离长安而又生活环境相对安逸的浙东就成了理想的为官之所,这也是安史之乱以后,浙东在文人心目中地位的转向,由单纯的到此一游的游赏或疗伤成了适合避难和为官的场所。"到罢唯求物外踪","物外踪"是道家的那份逍遥与自我,"唯求"二字就消解了杜甫们的"再使风俗淳"的高尚道德理想。"落日花边剡溪水,晴烟竹里会稽峰",状物描绘对仗工整。"剡溪水""会稽峰"不是实见,而是想象与印象,蒋寅云:"唯其如此,所以更具有选择性和特征性。"③他们对于浙东的想象就体现在这一山一水之中,这是浙东山水的见证,是浙东历

---

①　蒋寅《大历诗风》,第94页。

②　《全唐诗》卷二四三,第2728页。

③　蒋寅《大历诗风》,第102页。

史人文的见证,也是浙东整个场域氛围的构建。"才子风流苏伯玉,同官晓暮应相逐",这里不是孤独寂寞的,这里有一批志趣相投的同志,"独乐乐不如众乐乐",如此内外环境,再加上"加餐共爱鲈鱼肥,醒酒仍怜甘蔗熟",大历年间政府财政极度窘迫,这里肥鱼美酒的物质生活图景的描绘,让许多"俸薄不自给"的清廉士大夫免遭"家人愁斗储"的窘况。这里还有精神的指引,仰慕已久的东晋名士谢灵运的始宁墅可供追寻,如此理想的官宦生涯和精神追求合一的理想境地,就是大历诗人对于浙东这片土地的描绘,这里有他们对于京城长安的失望,是他们寻求内心寄托的希望所在。这里能够使他们留恋官场和归隐山林所导致的矛盾双重人格得以消弭,这也是浙东提供给唐诗的空间场域,让在窘迫的长安官场生存的士大夫有了一片心中的安适之所,可以在这个狭小的空间里,将诗情才思转化为内心的细腻描摹,提供"素以为绚"的底色。这也可以说是浙东地域对于唐诗的贡献之一吧。

刘长卿《送荀八过山阴旧任兼寄剡中诸官》曰"剡溪多隐吏,君去道相思"。在这里,他们追逐官场的疲倦心灵暂时得到安歇,或者是暂时放缓一下脚步,稍做修整,为下一次的征程做好准备。也就是积极昂扬的奋进和儒家的兼济天下的价值观是唐代文人心底的终极追求,但在追求的过程中,他们会遇到瓶颈,也会经受到现实的残酷打击,这时受伤的心灵就需要被抚慰,而浙地优异的自然风光提供的不同于关中地区权力制约的审美感受,有助于将他们从烦扰的争扰中解救出来,而浙地所具有的独特的东晋南朝名士风流底蕴又使得尚古的诗人们找到了心灵的知己。这里的佛道气场,又具有涤荡他们心灵烦扰的作用,从而使得他们从心理上接受了自己暂时的解脱,能够坦然允许自己暂时放纵自我灵魂和疏离社会政治,为心灵找到一片净土,实际上也可以看作对自我的拯救。但当他们调整好以后,又会重新整装待发，政治上的追求永远是受儒家传统观念影响的社会主流。"他们是在尽忠职守的前提下寻求安宁适意的生活，作为对颠沛转徙、羁旅辛勤的宦游生涯的调剂和补充。"①

闻一多先生在《唐诗杂论》中说："当巢由时向往着伊皋，当了伊皋，又不能忘怀于巢由，这是行为与感情间的矛盾。在这双重矛盾的夹缠中打转，是当时一般的现象，反正用诗一发泄，任何矛盾都注销了，诗是唐人排解感情纠葛的特效剂，说不定他们正因有诗作保障，才敢于放心大胆地制造矛盾，因而那时代的矛盾人格才特别多。"②闻一多先生谈到的唐代诗人的这种矛盾人格，也许可以作为唐代诗人浙东"吏隐"的另一种注解。

四、"此中多逸兴"：乘兴恣意之地

王徽之，字子猷，王羲之的第五个儿子。《世说新语》中记载了王子猷在山阴时，雪夜访戴逵的故事："王子猷居山阴，夜大雪，眠觉，开室，命酌酒，四望皎然。因起彷徨，咏左思《招隐诗》。忽忆戴安道。时戴在剡，即便夜乘小舟就之。经宿方至，造门不前而返。人问其故，王曰：'吾本乘兴而行，兴尽而返，何必见戴？'"③王子猷的这种但凭兴之所至的任诞放浪、不拘形迹的行为，给世人的既有观念带来极大的冲击，特别是这句"吾本乘兴而行，兴尽而返，何必见戴"，潇洒率真的个性，也反映了东晋士族任性放达的精神风貌。它是一种潇洒的人生态度，展示了名士潇洒自适的真性情。它不仅成为当时

---

① 蒋寅《大历诗风》，第 99 页。
② 闻一多《唐诗杂论》，岳麓书社，2010 年，第 33 页。
③ 余嘉锡《世说新语笺疏》下卷之上，第 759 页。

世人所崇尚的"魏晋风度",也是唐代诗人所追慕的"魏晋风流"。唐诗中的访戴、忆戴、思戴、寻戴、觅戴、戴家、寻剡客、访剡溪、山阴道、子猷溪、子猷船、王氏船、徽之棹、剡溪船、剡溪棹、乘兴船、乘兴舟、雪舟、雪下船、子猷兴、山阴兴、剡溪兴、回舟兴、雪中兴、乘兴、剡溪雪、山阴雪、子猷归、子猷去,等等,都是对这一典故的借鉴。在诗里,诗人们写朋友思念、见访,或写洒脱任诞,随兴所至,或写山阴风光,睹景思人,这种子猷访戴相类的情趣及雪夜景色成了唐诗中特有的意象,而尽兴优游此地也成了诗人们的游历心态。

李白《送友人寻越中山水》:"闻道稽山去,偏宜谢客才。千岩泉洒落,万壑树萦回。东海横秦望,西陵绕越台。湖清霜镜晓,涛白雪山来。八月枚乘笔,三吴张翰杯。此中多逸兴,早晚向天台。"[1]一个"寻"字,意趣尽在其中。"此中多逸兴",正是在此地敞开心灵,与自然与自我热情拥抱。醉在逸兴中,将山水与文化融合在了一起。"早晚向天台",不仅仅是空间的地理距离,而是心理的方向,心向往之。舒展自我内心的追求一以贯之,不会改变。

罗隐的《寄崔庆孙》:"还拟山阴已乘兴,雪寒难得渡江船。"[2]诗人也想像王子猷一样,潇洒乘兴随访老友,但一句"雪寒难得渡江船",道出了多少现实的无奈。还有《送裴饶归会稽》:"笑杀山阴雪中客,等闲乘兴又须回。"[3]武元衡《中春亭雪夜寄西邻韩李二舍人》:"却笑山阴乘兴夜,何如今日戴家邻。"[4]姚合《咏雪》:"其那知音不相见,剡溪乘兴为君来。"[5]这些都是山阴美景与雪夜访戴相结合,表

①安旗等笺注《李白全集编年笺注》卷一六,中华书局,2015年,第1604页。
②《全唐诗》卷六六三,第7597页。
③《全唐诗》卷六五五,第7596页。
④《全唐诗》卷三一七,第3574页。
⑤《全唐诗》卷四九八,第5669页。

达朋友之间的交往与思念,因为王子猷,因为戴逵,这里成了乘兴恣游之地。

五、"此处是家林":避难安居之寓

安史之乱爆发,士人多避难南迁,浙东也成了诗人们理想的避难之地。穆员《工部尚书鲍防碑》:"是时中原多故,贤士大夫以三江五湖为家,登会稽者如鳞介之集渊薮。"①《旧唐书·权德舆传》:"两京蹂于胡骑,士君子多以家渡江东。"②皇甫冉《送陆鸿渐赴越诗并序》:"夫越地称山水之乡,辕门当节钺之重,进可以自荐求试,退可以闲居保和。"③独孤及"属中原兵乱,避地于越"④。皎然在《诗式》中,概括了这样一个避难浙东的诗人群体:"大历中,词人多在江外,皇甫冉、严维、张继、刘长卿、李嘉祐、朱放,窃占青山白云,春风芳草,以为己有。"⑤"吴中诗派"和以鲍防为首的浙东联唱集团都是这一群体诗人的代表。他们"一方面改变了初盛唐大致以京都为中心的文学格局;一方面也使文学创作集体活动具有了鲜明的地方区域文化的特点"⑥。关于这一问题,胡可先先生在《唐代重大历史事件与文学》一书第二章《安史之乱与唐代文学转型》⑦中有较为详细的考述,可参阅。

---

①《文苑英华》卷八九六,中华书局,1966年,第4720页。

②《旧唐书》卷一四八,中华书局,1975年,第4002页。

③《全唐诗》卷二五〇,第2820页。

④《全唐文》卷四〇九,第4195页。

⑤皎然撰,李壮鹰注《诗式校注》卷四,人民文学出版社,2003年,第53页。

⑥戴伟华《唐代使府与文学研究》,广西师范大学出版社,2007年,第112页。

⑦胡可先《唐代重大历史事件与文学研究》,浙江大学出版社,2007年。

方干《镜中别业二首》其一："寒山压镜心，此处是家林。梁燕窥春醉，岩猿学夜吟。云连平地起，月向白波沉。犹自闻钟角，栖身可在深。"①"寒山压镜心"之"寒"是对人事的体验而物着我色，"镜心"表明自己内心的平静，原因在于自己所处之地是"家林"，家园总是给人温馨之感。中间四句细致描摹家林周身的环境，动静结合，更显幽境。"栖身可在深"呼应首联的"家林"，都表明自己托身镜中，以此为家的志向。这不仅仅是寄身的容与之所，也是安心的归属之地。其二："世人如不容，吾自纵天慵。落叶凭风扫，香粳倩水舂。花期连郭雾，雪夜隔湖钟。身外无能事，头宜白此峰。"也是首尾呼应，开头直接表明自己不容于世人，索性"纵天慵"。"头宜白此峰"，一个"宜"字是仕途无门、退而求其次的上佳选择。中间四句亦是对于周遭环境的细致刻画，格局不大，但足以安放内心。《鉴戒录》云，"方干处士号缺唇先生，有司以唇缺，不可与科名，遂隐居鉴湖，作《闲居》诗"②，即以上二首。以此为家，成了安史之乱后避难和不得志文人的选择。

傅璇琮先生《唐才子传校笺》卷三《陆羽传》："至德元载，乱军入据关中，关中士大夫纷纷渡江南下，陆羽亦随之避乱，辗转至越中，于上元元年隐居于吴兴苕溪之旁。故《自传》又云：'上元初，结庐于苕溪之滨，闭关读书，不杂非类。名僧高士，谈宴永日。'"③《唐才子传》卷五《朱放传》："初，居临汉水，遭岁歉，南来卜隐剡溪、镜湖间，排青紫之念，结庐云卧，钓水樵山。"④"时江浙名士如林，风流儒雅，

---

① 《全唐诗》卷六四八，第 7443 页。
② 陶元藻辑《全浙诗话（外一种）》卷五，浙江古籍出版社，2015 年，第 123 页。
③ 傅璇琮《唐才子传校笺》，中华书局，1989 年，第一册第 625 页。
④ 傅璇琮《唐才子传校笺》，第二册第 343 页。

俱从高义。如皇甫兄弟,皎、彻上人,皆山人良友也。"①《唐才子传》卷三称:秦系"天宝末避乱剡溪,自称东海钓客"②。贾晋华云这批诗人"从盛世回忆中得出的不是中兴帝国的责任感,而是无可奈何的感伤哀婉,结果只能是充耳不闻北方中原的喧喧鼓鼙,把注意力转向眼前的相对平静的江南美景,以此麻醉自己"③。

综上,本文从五个方面,或者五个角度分析了浙东在唐诗中作为一个记忆的空间,是如何建构着安放诗人们心灵的适意空间。其中,在此空间中寻求"失意慰藉"和"乘兴恣意"是从"游"的角度来说的,其他三方面是从"居"的角度来说的,也就是说,无论是"游"是"居",或者说是行是止,以上五方面关于浙东空间的建构,满足了不同的身份或者抱着不同目的来到浙东之地的诗人的心灵需求。但行游和寓居于此地的不同目的所呈现出来的诗歌的空间维度是不一样的。游历其中的诗人的精神是外向的,是带着欣喜的眼光发现或者发掘这里的山水的,所以所呈现的心灵维度是发散型的。而寓居其中的群体则多是安史之乱后受到打击或者被动避乱的选择,所以诗人观察空间的心灵维度是内敛型的。他们精神的指引方向是向内收缩的,是呈现自我保护状态的,所以选择的观照对象往往是一山一水、一草一木,反映出来的就是狭小空间,就是诗人宇宙观的缩小。因为他们是时代之殇,所以他们从内心里把自己收缩和限定在一个最小的空间里,只有这样,他们才能感觉到能够掌控自己的命运,自己才是安全的。而游历于此的诗人,由于从未考虑过安全的问题,他们是来放松自我,或者寻求自然环境对自己心灵支持的,所以他们是

---

① 傅璇琮《唐才子传校笺》,第二册第 345 页。
② 傅璇琮《唐才子传校笺》,第一册第 592 页。
③ 贾晋华《大历年浙东联唱集考述》,《文学遗产》(增刊)18 辑,1989 年,第 104 页。

积极向外探索的,架构起来的空间结构是宏大的。疗伤和避难的心理诉求是不同的,疗伤游历山水慰藉心灵后,拍拍身上的尘土,继续追求那现世的理想;而避难则是拖着疲惫的心灵,试图寻求能够容身的稳定寓所。所以一个是向外的,一个是向内的;一个是探索扩张型的,一个是内敛保护型的。两种不同的心态,面对同样的山水所建构起来的空间必然也是不同的。

作者系中国计量大学人文与外语学院教授
论文原载《中原文化研究》2021 年第 5 期,第 106—113 页

诗路生成

西陵·渔浦:浙东唐诗之路的起点

胡可先

一、引言

唐代以钱塘江为界,分为浙东与浙西。从杭州钱塘江北的樟亭驿出发,渡江到西陵就是浙东了。《水经注·浙江水》曰:"浙江又迳固陵城北。昔范蠡筑城于浙江之滨,言可以固守,谓之固陵。今之西陵也。"①有关固陵的记载,最早见《越绝书》卷八:"浙江南路西城者,范蠡敦兵城也。其陵固可守,故谓之固陵。所以然者,以其大船军所置也。"②《宝庆会稽续志》卷三《萧山》:"西兴镇,前志云:西陵城在萧山县西十二里,吴越武肃王以西陵非吉语,遂改曰西兴。今按《越绝书》:'浙江南路西城者,范蠡屯兵城也。其陵固可守,故谓之固陵。'详此即今之西陵也。《越绝书》所云,图经、前志俱不曾引及,惜哉!"③宋祝穆《方舆胜览》卷六《浙东路·绍兴府》:"西兴渡,在萧山县西十二里。本名西陵,吴越武肃王以非吉语,改西兴。"④西晋

---

① 王国维《水经注校》卷四〇,上海人民出版社,1984年,第1262页。
② 李步嘉《越绝书校释》卷八,中华书局,2013年,第228页。
③ 张淏《宝庆会稽续志》卷三,《宋元方志丛刊》第7册,中华书局,1990年,第7123页。
④ 祝穆《方舆胜览》卷六,中华书局,2003年,第108页。

永嘉元年（307），会稽内史贺循于西陵渡口起开凿运河，这就是后代所称的萧绍运河或称西兴运河，西陵就成为沟通浙东浙西的重要津渡①。唐代的西陵、五代的西兴与现在的西兴具体位置应该没有太大的变化，就是现在杭州的钱江三桥即西兴大桥的南岸。

　　渔浦是钱塘江与浦阳江、富春江三江汇合之处。渔浦之名，最早见于晋人顾夷的《吴郡记》："富春东三十里有渔浦。"②有关宋代以后之渔浦，萧然客先生有《两宋萧山渔浦考》③一书，考论精详。唐代以前的渔浦，因其原始材料有限，也需要通过宋代以后的记载与唐代以前的诗文加以印证与推测。《嘉泰会稽志》卷四："萧山县……渔浦驿，在县南三十六里。"④同书卷一○《水·萧山县》："萧山县……渔浦，在县西三十里。《十道志》云：'渔浦，舜渔处也。'梁丘希范《旦发渔浦潭》诗云：'渔潭雾未开，赤亭风已飐。'谢灵运诗云：'宵济渔浦潭。'钱起诗云：'渔浦浪花摇素壁，西陵木色入秋窗。'"⑤《宝庆会稽续志》卷三《萧山》："渔浦镇，在县西三十里。梁丘希范、宋谢灵运、唐孟浩然皆称为'渔浦潭'。对岸则为杭之龙山，故潘阆诗云：'渔浦风水急，龙山烟火微。'"⑥然《方舆胜览》卷六《浙东路·绍兴府》："渔浦，在萧山县西二十里，对岸则为杭之龙山。"⑦与前之"三十里"有异。《大清一统志》云："浙江，在萧山县西十里，自富阳县流入，与钱塘县接界，又北接海宁县界，又东北入海。其东西渡口曰西

① 陈志富《萧山水利史》，方志出版社，2006年，第184—186页。
② 萧统编，李善注《文选》卷二六《富春渚》，上海古籍出版社，1986年，第1240页。
③ 萧然客《两宋萧山渔浦考》，中州古籍出版社，2015年。
④ 沈作宾修，施宿纂《嘉泰会稽志》卷四，《宋元方志丛刊》第7册，中华书局，1990年，第6780页。
⑤ 沈作宾修，施宿纂《嘉泰会稽志》卷一○，《宋元方志丛刊》第7册，第6886页。
⑥ 张淏《宝庆会稽续志》卷三，《宋元方志丛刊》第7册，第7123—7124页。
⑦ 祝穆《方舆胜览》卷六，第108页。

兴、渔浦，为往来之要津。"[1] 渔浦，自古以来文人汇聚，客商云集，具有深厚的历史积淀，形成了特定的区域。此地物产富饶，风景优美，"渔浦夕照"曾为"萧山八景"之一。但渔浦的地点，不像西陵那样稳定，而是从唐代以前一直到当代，都在沧桑变化。这是由于渔浦处于钱塘江、富春江、浦阳江三江交汇，地理变化无常，特别是浦阳江改道造成了自然环境变迁。

　　在唐代，西陵与渔浦是重要的渡口和驿站。官员的升迁贬谪、文人的寻幽漫游、客商的南来北往，无不经过此地，形成了繁盛的山水文化，在浙东漫长的唐诗之路上，成为重要的起点[2]。而中国古代山水诗的兴盛，无论从人物、地理还是时间，都要追溯到西陵和渔浦。

二、唐前山水诗的发源地

　　刘勰《文心雕龙·明诗》云："宋初文咏，体有因革。庄老告退，而山水方滋；俪采百字之偶，争价一句之奇；情必极貌以写物，辞必穷力而追新。"[3] 魏晋南北朝时期是中国山水诗的勃兴时期，这时产生了很多诗人，谢灵运、谢朓、颜延之、沈约、谢惠连等都各领风骚，而谢灵运对山水诗的发展贡献最大。魏晋南北朝时期的浙东，山水奇胜，钱塘江的西陵、渔浦，文人墨客来往浙东必经此地，留下了众多的

---

① 和坤等《大清一统志》卷二二六，《景印文渊阁四库全书》第 479 册，台湾商务印书馆，1986 年，第 206 页。

② 2012 年 11 月 6 日，杭州市萧山区举办了"从义桥渔浦出发：浙东唐诗之路重要源头学术研讨会"，自此，渔浦作为唐诗之路的重要起点，成为学术界的共识。但渔浦唐诗的深入研究、渔浦在中国山水文学史上的地位、渔浦在唐诗发展史上的作用等方面，还具有巨大的学术空间需要开拓。

③ 刘勰著，范文澜注《文心雕龙注》卷二，人民文学出版社，1958 年，第 67 页。

名篇佳制,成为唐前山水诗的发源地。

(一)西陵

钱塘江大潮千百年来一直引发文人墨客的咏叹,西陵更是观潮的佳地。西晋苏彦《西陵观涛诗》云:"洪涛奔逸势,骇浪驾丘山。訇隐振宇宙,瀄磕津云连。"[1] 这首诗写出了钱塘江大潮奔逸的气势,浩瀚磅礴,动人心魄。惊涛骇浪搏击凌驾于丘山之上,涛声震撼宇宙,潮头直击云霄。这是迄今所见最早描写西陵的诗作。

南朝宋时的谢惠连,辞别会稽经过西陵时,写过《西陵遇风献康乐诗》五章:"我行指孟春,春仲尚未发。趣途远有期,念离情无歇。成装候良辰,漾舟陶嘉月。瞻涂意少惊,还顾情多阙。""哲兄感仳别,相送越坰林。饮饯野亭馆,分袂澄湖阴。凄凄留子言,眷眷浮客心。回塘隐舻栧,远望绝形音。""靡靡即长路,戚戚抱遥悲。悲遥但自弭,路长当语谁。行行道转远,去去情弥迟。昨发浦阳泂,今宿浙江湄。""屯云蔽曾岭,惊风涌飞流。零雨润坟泽,落雪洒林丘。浮氛晦崖巘,积素惑原畴。曲汜薄停旅,通川绝行舟。""临津不得济,伫楫阻风波。萧条洲渚际,气色少谐和。西瞻兴游叹,东睇起凄歌。积愤成疢痗,无萱将如何。"[2] 因为晋惠帝永康(300—301)前后,会稽内史贺循疏凿漕渠即浙东运河,西部从杭州开始,过江即是西陵,西南经过会稽郡城,再东折曹娥江之蒿坝,沿着我们现在所说的浙东唐诗之路主线南行,全长达二百余里。由浙西进入浙东主要选择这条道路。谢惠连辞别会稽北归,经过西陵遇风,就写了这组诗作以赠送谢灵运。谢惠连为谢灵运"四友"之一,二人常常诗歌赠答。第一首

---

[1] 逯钦立《先秦汉魏晋南北朝诗·晋诗》卷一四,中华书局,1983年,第924页。
[2] 逯钦立《先秦汉魏晋南北朝诗·宋诗》卷四,第1193页。

描写辞别，孟春辞别会稽，又与谢灵运作别，颇生眷恋之意，又因遇风阻行，流露出难以言状的伤感。第二首描写惜别，谢灵运相送到越之坰林，在野亭馆饯行，在澄湖阴诀别，惜别之情，跃然纸上。第三首描写献诗，自己登上漫漫长路，悲从中来，无人倾诉，故献诗于谢灵运。第四首描写舟行所见，岸边屯云蔽岭，江中惊风涌流，雨水降落在沼泽，落雪洒遍了林丘，飘动的云雾笼罩着高崖远峰，洁白的积雪辨不清田畴原野，曲折的江浦驻留着行色匆匆的旅人，大江遇风却绝少见到舟船。第五首描写遇风所感，人在渡口而不能渡江，洲渚萧条气色并不和谐，西望兴发漫游的感叹，东望引起凄凉的哀歌，久积愤懑而忧伤成病，无法忘忧更无可奈何。这组诗采用倒叙的方法写作，时间的推移与感情的变化交织进行，景物描写清新淡雅，感情表达回环往复。

　　谢灵运得诗后，写了《酬从弟惠连》诗作答："寝瘵谢人徒，灭迹入云峰。岩壑寓耳目，欢爱隔音容。永绝赏心望，长怀莫与同。末路值令弟，开颜披心胸。""心胸既云披，意得咸在斯。凌涧寻我室，散帙问所知。夕虑晓月流，朝忌曛日驰。悟对无厌歇，聚散成分离。""分离别西川，回景归东山。别时悲已甚，别后情更延。倾想迟嘉音，果枉济江篇。辛勤风波事，款曲洲渚言。""洲渚既淹时，风波子行迟。务协华京想，讵存空谷期。犹复惠来章，祇足搅余思。悦若果归言，共陶暮春时。""暮春虽未交，仲春善游遨。山桃发红萼，野蕨渐紫苞。鹦鸣已悦豫，幽居犹郁陶。梦寐伫归舟，释我吝与劳。"[1]诗在风景的描绘和情境的交融中表现出二人心心相印的知友之情，既是酬答，又有慰勉。谢惠连既是谢灵运的族人，也是谢灵运的至交，更是谢灵运的诗友。钟嵘《诗品》卷中引《谢氏家录》云："康乐

─────────────

[1] 逯钦立《先秦汉魏晋南北朝诗·宋诗》卷三，第1175页。

每对惠连,辄得佳语。后在永嘉西堂,思诗竟日不就,寤寐间,忽见惠连,即成'池塘生春草'。故常云:'此语有神助,非吾语也。'"[1] 谢惠连与谢灵运赠答的这两组诗,是描写西陵渡口的代表作品,作为早期山水诗的佳作,对于唐人游览唐诗之路时描绘浙东山水,具有很大的影响。

(二)渔浦

作为浙东唐诗之路的重要起点,渔浦现存数十首唐诗与数百首古诗。作为山水诗的发源地,渔浦的诗歌文化起源远在唐朝以前。我们现在研究山水诗发展史,一致公认鼻祖是谢灵运,他将山水的美景、心灵的纯净融入凝练含蓄的五言诗当中,创立了中国最早的山水诗派,影响了千余年的诗歌发展。他的《富春渚》诗云:"宵济渔浦潭,旦及富春郭。定山缅云雾,赤亭无淹薄。溯流触惊急,临圻阻参错。亮乏伯昏分,险过吕梁壑。洊至宜便习,兼山贵止讬。平生协幽期,沦踬困微弱。久露干禄请,始果远游诺。宿心渐申写,万事俱零落。怀抱既昭旷,外物徒龙蠖。"[2] 这首诗是谢灵运永初三年(422)被排挤出朝为永嘉太守时所作。他先是买舟南下,经过故居始宁别墅,作《过始宁墅》诗。始宁墅在今上虞境内,是谢灵运先祖晋车骑将军谢玄所建,而谢灵运承继祖业,也传承祖志。离开始宁别墅之后,谢灵运又沿钱塘江向西南富春渚进发,就写了这首《富春渚》诗。诗的首联直接写明行程:"宵济渔浦潭,旦及富春郭。"突出了"渔浦潭"。渔浦潭离富春三十里,经过一夜行船,早晨到达了富春的城郭。诗中的几个地名都与渔浦相关。一是"定山",我们将在下

---

① 钟嵘著,曹旭集注《诗品集注》卷中,上海古籍出版社,1994年,第284页。
② 逯钦立《先秦汉魏晋南北朝诗·宋诗》卷二,第1160页。

面沈约的《早发定山》中讨论；二是"赤亭"，即赤亭山，亦称"赤松子山"。《咸淳临安志》卷二七《山川六·阳县》："赤松子山，在县东九里，高一百五十丈，周回四十里一百步。赤松子驾鹤时憩此，因得名。其形孤圆，望之如华盖，又名华盖山，一曰赤亭山，又曰鸡笼山。"① 故而行经渔浦潭，南望是定山，北望是赤亭山。至于六朝时渔浦的具体位置，王志邦《六朝渔浦新考》给予了确定的定位：南朝的渔浦是永兴与富阳、钱塘三县交界处——富春江注入浙江——浙江东南侧水域②。谢灵运的这首诗，是迄今所见描写渔浦最早也是最为著名的诗作。它将富春渚附近的渔浦潭、定山、赤亭山的美景惟妙惟肖地描绘出来，表现出浙东唐诗之路起点的奇山异水、天下独绝的山水风貌。又由山水美景的欣赏进而感悟人生，故而"平生协幽期"以下八句，是对自己生活历程的回顾，并且从中顿悟出怀抱超旷，即使如同龙蛇蛰伏以屈求伸也能觉得心地光明。谢灵运的山水诗对唐人的诗歌具有极大的影响，浙东山水又集中了天下的奇景，故而唐人漫游浙东者，无不受到谢灵运的影响。

　　丘迟《旦发渔浦潭》诗是集中描写渔浦的诗作："渔潭雾未开，赤亭风已飏。棹歌发中流，鸣鞞响沓障。村童忽相聚，野老时一望。诡怪石异象，崭绝峰殊状。森森荒树齐，析析寒沙涨。藤垂岛易陟，崖倾屿难傍。信是永幽栖，岂徒暂清旷。坐啸昔有委，卧治今可尚。"③ 诗作于丘迟赴任永嘉太守途中，描写的是从渔浦潭出发，舟行富春江的情景。作者买舟渔浦，平明晓发，时值江雾未开，晨光曦微，而到达赤亭山时，已经风飏雾散，天气晴明。诗以渔浦为起点，重在写天气

---

① 潜说友《咸淳临安志》卷二七，《宋元方志丛刊》第4册，中华书局，1990年，第3614页。

② 王志邦《六朝渔浦新考》，《学习与探索》2013年第11期，第150页。

③ 逯钦立《先秦汉魏晋南北朝诗·梁诗》卷五，第1602—1603页。

变化,诗人启航不久,气候就由阴转晴。接着描写旦发渔浦潭后航行于钱塘江的所见所闻:先写江上人物,舟人的棹歌激荡于钱江中流,动听的鞞鼓响彻于江岸山峰,棹歌吸引着村童聚集嬉戏,激发了野老驻足观望。再写山川美景:怪石,呈现出异象;绝峰,呈现出殊状;荒树,森森而齐整;寒沙,析析而丰茂;江岛,因垂藤而易陟;崖屿,因陡峭而难傍。每句突出一景,合之将旦发渔浦后的江上美景如同山水长卷一样展现出来。最后四句见景生情,抒发作者旦发渔浦潭之后的感受:富春江确实是值得永远幽栖之地,不只是见到一时的美景,而在这里既遨游山水,又无为而治,就是自己崇尚的境界。诗的最后两句连用了两个典故:一是成瑨坐啸,据《后汉书·党锢传》记载:"后汝南太守宗资任功曹范滂,南阳太守成瑨亦委功曹岑晊,二郡又为谣曰:'汝南太守范孟博,南阳宗资主画诺。南阳太守岑公孝,弘农成瑨但坐啸。'"[1] 二是汲黯卧治,据《史记·汲黯列传》记载:西汉时汲黯为东海太守,"多病,卧闺阁内不出,岁余,东海大治"。后召为淮阳太守,不受。武帝曰:"吾徒得君之重,卧而治之。"[2] 诗人用这两个典故,表明自己在浙东这山水美景之中委心于无为的心理,也表现出为官要达到政事清简而治理有序的境地。

　　南北朝时期的渔浦,是山水奇胜的风景胜地,周围有定山、赤亭等重要景点。沈约《早发定山》诗云:"凤龄爱远壑,晚莅见奇山。标峰彩虹外,置岭白云间。倾壁忽斜竖,绝顶复孤圆。归海流漫漫,出浦水溅溅。野棠开未落,山樱发欲然。忘归属兰杜,怀禄寄芳荃。眷言采三秀,徘徊望九仙。"[3] 据《梁书·沈约传》记载,南朝齐隆昌元

① 范晔撰,李贤等注《后汉书》卷六七,中华书局,1965年,第2186页。
② 司马迁撰,裴骃集解,司马贞索引,张守节正义《史记》卷一二〇,中华书局,1982年,第3105—3110页。
③ 逯钦立《先秦汉魏晋南北朝诗·梁诗》卷六,第1636页。

年（494），沈约由吏部郎出为东阳太守，由新安江东下，经过定山时写了这首著名的诗篇。定山，在杭州城南钱塘江中。《文选》李善注引《吴郡缘海四县记》云："钱唐西南五十里有定山，去富春又七十里，横出江中，涛迅迈以避山难。辰发钱唐，已达富春。"①《咸淳临安志》卷二三《城南诸山》云："定山，在钱塘。高七十五丈，周回七里一百二步。《太平寰宇记》云：'定山突出浙江数百丈。'又《郡国志》：'江涛至是辄抑声，过此则雷吼霆怒，上有可避处，行者赖之。'"②诗云"归海流漫漫，出浦水溅溅"，是早发定山再出江浦，参照谢灵运《富春渚》诗早发渔浦潭即望到定山云雾，这里的"江浦"，就是渔浦渡口。定山的山脚与渔浦相连。

定山东十余里就是赤亭，江淹秋日入越，经过渔浦东行到了赤亭，写了《赤亭渚》诗，有"水夕潮波黑，日暮精气红。路长寒光尽，鸟鸣秋草穷"③之句，把深秋日暮的赤亭渚景色写绝了。江淹另有《谢法曹惠连赠别》诗，是离别赤亭之后南行入越之作。诗的开头说"昨发赤亭渚，今宿浦阳汭。方作云峰异，岂伊千里别"④，就是到了浦阳江后，又江湾夜宿而作是诗。但江淹这两首诗，吟咏地点"赤亭"是渔浦附近的景点，而其直接写景的文字很少，大概是诗人元徽二年（474）被贬为建安吴兴令（今福建浦城）时赴任途中所作，因心情郁结，故发之为诗，极为沉痛感伤。《赤亭渚》诗有"一伤千里极，犹望淮海风"，《赠别谢法曹惠连》诗有"芳尘未歇席，零泪犹在袂"，都是当时心境的流露。

由上述诸诗也可以看出，南朝首都在建康，而当时官员或文人

---

① 萧统编，李善注《文选》卷二六，第 1240 页。
② 潜说友《咸淳临安志》卷二三，《宋元方志丛刊》第 4 册，第 3579 页。
③ 逯钦立《先秦汉魏晋南北朝诗·梁诗》卷三，第 1559 页。
④ 逯钦立《先秦汉魏晋南北朝诗·梁诗》卷四，第 1578 页。

到浙东任职，多是取道新安江东征，到达东阳、永嘉、建安等地，而渔浦潭则是这一水路的必经之地。因为渔浦潭是浙东与浙西的交汇之地，故而到此可以眺望赤亭山与定山风景。谢灵运、丘迟、沈约有关渔浦的诗歌，是中国早期山水诗的代表，对于唐代山水诗的兴盛起到很大的引领作用，对于后代山水诗更产生了巨大的影响。

三、唐代诗人与西陵

西陵作为唐代京杭大运河的南端，又向越州和明州延伸，成为南北与东西往来的重要枢纽。唐代诗人喜欢漫游，这种风气尤其繁盛于盛唐之后，西陵作为由杭州进入浙东的重要通津，故而引起诗人们的不断吟咏。

（一）盛唐诗人与西陵

盛唐诗坛泰斗李白，在《送友人寻越中山水》诗中，写下了"东海横秦望，西陵绕越台。湖清霜镜晓，涛白雪山来"[1] 的句子，推想李白在其"四入浙江"的过程中，也是经过西陵渡的。另一伟大诗人杜甫，在《壮游》诗中回忆漫游吴越时有这样精彩的描绘："越女天下白，鉴湖五月凉。剡溪蕴秀异，欲罢不能忘。归帆拂天姥，中岁贡旧乡。……忤下考功第，独辞京尹堂。放荡齐赵间，裘马颇清狂。……快意八九年，西归到咸阳。"[2] 杜甫到浙东漫游大约在开元十九年（731）到开元二十二年（734）之间。他到江南后在湖州停留，因为他的叔父杜登在湖州武康担任县尉。然后就到了杭州，由杭州渡钱

---

① 《全唐诗》卷一七五，中华书局，1960 年，第 1790 页。
② 仇兆鳌《杜诗详注》卷一六，中华书局，1979 年，第 1439—1442 页。

塘江,杜甫是经过西陵渡的。他的《解闷十二首》其二云："商胡离别下扬州,忆上西陵故驿楼。为问淮南米贵贱,老夫乘兴欲东游。"[1] 说明杜甫漫游吴越,先是经过扬州的,到了杭州后登过西陵的故驿楼。因为从杭州赴越,要经过西陵渡口,杜甫才有登上故驿楼之举。杜甫这首诗很新颖别致,用的是交错格,即第三句承第一句,都说的是扬州;第四句承第二句,都说的是西陵。

盛唐诗人孙逖,开元二年(714)进士及第,之后担任山阴县尉。开元五年(717)辞别山阴赴京时,写了一首《春日留别》诗:"春路逶迤花柳前,孤舟晚泊就人烟。东山白云不可见,西陵江月夜娟娟。春江夜尽潮声度,征帆遥从此中去。越国山川看渐无,可怜愁思江南树。"[2] 据诗意,孙逖离开越地由钱塘江北行,应是开元五年(717)由山阴尉赴任秘书正字的留别之作。诗有"西陵江月夜娟娟"之语,则是由西陵渡口渡江北上的。

盛唐诗人崔国辅于开元十九年(731)在山阴尉任,有《宿范浦》诗云:"月暗潮又落,西陵渡暂停。村烟和海雾,舟火乱江星。路转定山绕,塘连范浦横。鸥夷近何去,空山临沧溟。"[3] 范浦在钱塘江北岸,崔国辅赴山阴县尉任,傍晚因潮水渐落,暂时不能渡江,故寄宿于范浦。《咸淳临安志》记载有"范浦镇市",属仁和县,并云:"在艮山门外,去县四里。"[4] 范浦在宋时已经设镇,而唐代崔国辅时是靠近钱塘江边的一个地方。

盛唐诗人薛据有《西陵口观海》诗:"长江漫汤汤,近海势弥广。在昔胚浑凝,融为百川泱。地形失端倪,天色溃溟漾。东南际万里,

① 仇兆鳌《杜诗详注》卷一七,第1512页。
② 《全唐诗》卷一一八,第1188页。
③ 《全唐诗》卷一一九,第1201页。
④ 潜说友《咸淳临安志》卷一九,《宋元方志丛刊》第4册,第3550页。

极目远无象。山影乍浮沉，潮波忽来往。孤帆或不见，棹歌犹想像。日暮长风起，客心空振荡。浦口霞未收，潭心月初上。林屿几迢回，亭皋时偃仰。岁晏访蓬瀛，真游非外奖。"①薛据又有《题丹阳陶司马厅壁》诗，与《西陵口观海》诗均见于《河岳英灵集》卷下。润州天宝元年（742）改为丹阳郡，《河岳英灵集》成书于天宝十二载（753），故而薛据为山阴尉过西陵渡在天宝中，应约在六载（747）或七载（748）。

（二）中唐诗人与西陵

中唐诗人群体中最值得关注的是"大历十才子"，钱起、卢纶、司空曙、韩翃、耿沣、李端、崔峒等人都在浙东留下诗作，其中经过西陵作诗或诗歌涉及西陵者至少有李嘉祐和皇甫冉。

李嘉祐《送朱中舍游江东》诗云："孤城郭外送王孙，越水吴洲共尔论。野寺山边斜有径，渔家竹里半开门。青枫独映摇前浦，白鹭闲飞过远村。若到西陵征战处，不堪秋草自伤魂。"②诗中"朱中舍"应为朱巨川，《金石萃编》卷一〇二《颜真卿书朱巨川告身》："朝议郎行尚书司勋员外郎、知制诰朱巨川……可守中书舍人，散官如故。建中三年八月十四日。"③"八月"为"六月"之误。朱巨川还江东，需要行经西陵渡口。诗有"若到西陵征战处"句，既是用典，因为这里曾经是范蠡屯兵征战之地，即《水经注·浙江水》曰"浙江又迳固陵城北。昔范蠡筑城于浙江之滨，言可以因守，谓之固陵。今之西陵也"④，同时也是说经过安史之乱以后，社会动乱战争也连及杭州的情况。

---

① 《全唐诗》卷二五三，第 2853 页。
② 《全唐诗》卷二〇七，第 2162 页。
③ 王昶《金石萃编》卷一〇二，中国书店，1985 年，第 6 页。
④ 王国维《水经注校》卷四〇，第 1262 页。

皇甫冉《西陵寄灵一上人》诗云："西陵遇风处，自古是通津。终日空江上，云山若待人。汀洲寒事早，鱼鸟兴情新。回望山阴路，心中有所亲。"① 按皇甫冉至德二载（757）春就任无锡县尉，故而皇甫冉与灵一赠答诗应是至德元载（756）所作。灵一《酬皇甫冉西陵见寄》云："西陵潮信满，岛屿没中流。越客依风水，相思南渡头。寒光生极浦，落日映沧洲。何事扬帆去，空惊海上鸥。"② 即收到皇甫冉诗后的酬谢之作。皇甫冉还有《赋得越山三韵》诗："西陵犹隔水，北岸已春山。独鸟连天去，孤云伴客还。只应结茅宇，出入石林间。"③ 是与灵一酬答又关合西陵的诗作。

灵一是著名诗僧，也是浙东唐诗之路上的焦点人物。刘长卿有《西陵寄一上人》诗："东山访道成开士，南渡隋阳作本师。了义惠心能善诱，吴风越俗罢淫祠。室中时见天人命，物外长悬海岳期。多谢清言异玄度，悬河高论有谁持。"④ 亦当与皇甫冉、灵一诗同时而作。张南史有《西陵怀灵一上人兼寄朱放》诗："淮海风涛起，江关忧思长。同悲鹊绕树，独坐雁随阳。山晚云藏雪，汀寒月照霜。由来濯缨处，渔父爱沧浪。"⑤ 灵一与众多的诗人赠答往还，特别是诸人有关西陵的吟咏，更呈现了作为唐诗之路起点的无限风光。

中唐诗人朱长文《送李司直归浙东幕兼寄鲍将军》诗云："翩翩书记早曾闻，二十年来愿见君。今日相逢悲白发，同时几许在青云。人从北固山边去，水到西陵渡口分。会作王门曳裾客，为余前谢鲍

① 《全唐诗》卷二四九，第 2794 页。
② 《全唐诗》卷八〇九，第 9123 页。
③ 《全唐诗》卷二五〇，第 2819 页。
④ 杨世明《刘长卿集编年校注》，人民文学出版社，1999 年，第 243—244 页。
⑤ 《全唐诗》卷一五一，第 3358 页。

将军。"① 该诗一作朱湾诗,"鲍将军"一作"鲍行军"。"鲍行军"就是鲍防,大历中薛兼训镇浙东时,鲍防为行军司马,是大历诗人联唱集团的领袖人物,"李司直"应该是浙东幕府中的一位文人幕吏,其时从浙西治所的润州到浙东越州赴任,故诗有"人从北固山边去,水到西陵渡口分"之语。中唐诗人严维也有《酬王侍御西陵渡见寄》诗:"前年万里别,昨日一封书。郢曲西陵渡,秦官使者车。柳塘薰昼日,花水溢春渠。若不嫌鸡黍,先令扫弊庐。"② 严维是越州人,隐居于会稽,经常往来于浙东浙西,故与人交往诗中涉及西陵。

作为浙东镇帅,元稹是来往于西陵的代表人物。元稹有《别后西陵晚眺》诗云:"晚日未抛诗笔砚,夕阳空望郡楼台。与君后会知何日,不似潮头暮却回。"③ 白居易酬和之作为《答微之泊西陵驿见寄》诗:"烟波尽处一点白,应是西陵古驿台。知在台边望不见,暮潮空送渡船回。"④ 元稹于穆宗长庆三年(823)八月自同州刺史授越州刺史兼浙东观察使,十月途经杭州,拜访杭州刺史白居易,二人颇多唱和。元稹与白居易分别后,到了西陵渡口,就写下此诗,并以竹筒贮诗,递送杭州。白居易收到诗后就酬答了《答微之泊西陵驿见寄》诗,这样的"竹筒递诗"也就成了文坛佳话。

不仅如此,中唐时期于西陵题诗者也有寒士。宋计有功《唐诗纪事》卷四五《周匡物》条记载:"匡物,字几本,潭州人。元和十一年李逢吉下进士及第。时以歌诗著名,家贫,徒步应举,至钱塘,乏僦船之资,久不得济,乃题诗公馆云:万里茫茫天堑遥,秦皇底事不安桥。钱塘江口无钱过,又阻西陵两信潮。郡牧见之,乃罪津吏。《及

① 《全唐诗》卷二七二,第3064页。
② 《全唐诗》卷二六三,第2914页。
③ 《元稹集》(修订本)卷二二,中华书局,2010年,第280页。
④ 朱金城《白居易集笺校》卷二三,上海古籍出版社,1988年,第1527页。

第后谢座主》云：'一从东越入西秦，十度闻莺不见春。试向昆山投瓦砾，便容灵沼洗埃尘。悲欢暗负风云力，感激潜生土木身。中夜自将形影语，古来吞炭是何人。'"①表现的是一种较为困顿的应试举子的寒士心态。而其经过西陵渡的过程以及津吏的表现，都惟妙惟肖。

中唐诗中吟咏西陵者，还有刘长卿《送朱山人越州贼退后归山阴别业》诗："越州初罢战，江上送归桡。南渡无来客，西陵自落潮。"②皎然《送刘司法之越》诗："三山期望海，八月欲观涛。几日西陵路，应逢谢法曹。"③张籍《送李评事游越》诗："未习风尘事，初为吴越游。露沾湖草晚，月照海山秋。梅市门何处，兰亭水尚流。西陵待潮处，知汝不胜愁。"④这些诗句，或描写战乱后的萧条，或描写漫游时的心绪，都无一例外地将西陵渡口与钱江大潮融合在一起。

（三）晚唐诗人与西陵

与元稹一样，李绅也是浙东镇帅往来于西陵的代表人物，只是李绅镇浙东时已经到了晚唐时期。

李绅有《渡西陵十六韵》诗，序云："七年冬十有三日，早渡浙江，寒雨方霁，军吏悉在江次。越人年谷未成，淫雨不止，田亩浸溢，水不及穗者数寸。余至驿，命押衙裴行宗先斋祝辞，东望拜大禹庙，且以百姓请命。"⑤诗序中的"七年冬"是指大和七年（833）冬，他赴浙东

---

① 计有功《唐诗纪事》卷四五，上海古籍出版社，1987年，第689页。

② 杨世明《刘长卿集编年校注》，第253页。

③《全唐诗》卷八一八，第9223页。

④《全唐诗》卷三八四，第4315页。按，这首诗一作郎士元诗，题为《送李遂之越》，末二句为"西兴待潮信，落日满孤舟"；又作刘长卿诗，题为《送人游越》，末二句为"西陵待潮处，落日满扁舟"。考"西陵"，吴越钱镠时才改名"西兴"，郎士元诗误。

⑤《全唐诗》卷四八一，第5475页。

观察使任从西陵渡江入越州。大和九年（835）七月，李绅离浙东观察使任，入朝为太子宾客，北上时仍然取道西陵，并作《却渡西陵别越中父老》。需要追溯的是，李绅最早渡西陵是在元和四年（809），他有《欲到西陵寄王行周》诗，首句注："西陵渡在萧山县西二十里。钱王以陵非吉语，改曰西兴。"[①] 李绅元和三年（808）受浙东观察使薛苹之招游浙东，次年返回长安时由西陵渡钱塘江北上，诗即是时寄友人王行周之作。

吴融《西陵夜居》诗云："寒潮落远汀，暝色入柴扃。漏永沉沉静，灯孤的的清。林风移宿鸟，池雨定流萤。尽夜成愁绝，啼蛩莫近庭。"[②] 诗人夜居西陵，未眠而作诗，突出地表现了西陵的夜景：应该是深秋季节，寒潮在远处的沙洲中回落，夜色渐渐地侵入了柴扉；到了深夜，静谧之中漏声不断，一盏孤灯显得格外明亮；山林之风吹动了宿鸟，池塘的微雨限制了不定的流萤；处于这样的夜色之中，本来就愁肠欲绝，更害怕寒蛩近庭而啼鸣。

罗隐《钱塘江潮》诗云："怒声汹汹势悠悠，罗刹江边地欲浮。漫道往来存大信，也知反复向平流。任抛巨浸疑无底，猛过西陵只有头。至竟朝昏谁主掌，好骑赪鲤问阳侯。"[③] 这首诗是描写钱塘江潮的名篇，首联描写潮水的声势，颔联描写潮水的变化，颈联描写潮水到达西陵渡口的情景，尾联拓开一笔，写出日夜朝昏是由潮水掌控。

喻坦之《题樟亭驿楼》诗云："危槛倚山城，风帆槛外行。日生沧海赤，潮落浙江清。秋晚遥峰出，沙干细草平。西陵烟树色，长见伍员情。"[④] 樟亭驿在钱塘江北，西陵渡在钱塘江南，隔江相对，经过樟

---

① 《全唐诗》卷四八三，第 5493 页。
② 《全唐诗》卷六八四，第 7856 页。
③ 《全唐诗》卷六五八，第 7556 页。
④ 《全唐诗》卷七一三，第 8199 页。

亭驿渡江就到达西陵渡，渡口也有西陵驿。故诗写樟亭驿，实际上是与西陵渡对照着笔的。首联写江堤之高，好像一道护城的危槛，而船在钱塘江中就好比在槛外航行；颔联描写江潮，以日出与潮落对比，日出时映红沧海，潮落后江面平静；颈联描写深秋时节江岸之景，遥远的山峰秋晚更显苍翠，江边的沙地细草长满呈现一片平芜；尾联特写西陵之景，秋晚烟树苍苍，令人触景生情，更加怀念伍子胥。

晚唐江南的送往赠别中，经常提及"西陵"。方干《送吴彦融赴举》诗："西陵柳路摇鞭尽，北固潮程挂席飞。"[1] 又《贻高谠》诗："西陵晓月中秋色，北固军鼙半夜声。"[2] 又《送王霖赴举》诗："北阙上书冲雪早，西陵中酒趁潮迟。"[3] 又《送钱特卿赴职天台》诗："雾昏不见西陵岸，风急先闻瀑布声。"[4] 张乔《越中赠别》诗："东越相逢几醉眠，满楼明月镜湖边。别离吟断西陵渡，杨柳秋风两岸蝉。"[5] 储嗣宗《送顾陶校书归钱塘》诗："水色西陵渡，松声伍相祠。"[6] 春风杨柳，水色松声，中秋晓月，潮迟月早，西陵的四时佳景和盘托出。

四、唐代诗人与渔浦

与西陵类似，唐代诗人在渔浦留下的诗歌，也是以盛唐以后居多。唐人由新安江东下入浙东，一般都要经过渔浦，而到了渔浦再沿浦阳江向诸暨、婺州到达永嘉，这是一条路线；另一条路线是由钱塘

---

① 《全唐诗》卷六五一，第 7475 页。
② 《全唐诗》卷六五〇，第 7464 页。
③ 《全唐诗》卷六五一，第 7473 页。
④ 《全唐诗》卷六五二，第 7493 页。
⑤ 《全唐诗》卷六三九，第 7326 页。
⑥ 《全唐诗》卷五九四，第 6888 页。

江继续东行到了西陵渡转入浙东运河再向越州、嵊州、天台。

(一)盛唐诗人与渔浦

唐代诗人有漫游的风气,盛唐时期尤盛。盛唐的大诗人李白、杜甫、王维、孟浩然、常建都曾漫游浙东。李白由广陵、金陵再至越中,杜甫则由姑苏南行,"枕戈忆勾践,渡浙想秦皇"[①],其路线经过西陵。而李白《送王屋山人魏万还王屋》诗云:"挥手杭越间,樟亭望潮还。"[②] 参以陶翰《乘潮至渔浦作》诗"樟台忽已隐,界峰莫及睹"[③]之句,"樟台"即樟亭,是位于钱塘县的驿站,过了樟亭就到了渔浦。可证李白是确实到过渔浦的。

孟浩然入浙东经过渔浦,并且留下了重要的诗作,成为我们研究唐诗之路起点的重要印证材料。其《将适天台留别临安李主簿》诗云:"枳棘君尚栖,匏瓜吾岂系。谁念离当夏,漂泊指炎裔。江海非堕游,田园失归计。定山既早发,渔浦亦宵济。泛泛随波澜,行行任舻枻。故林日已远,群木坐成翳。羽人在丹丘,吾亦从此逝。"[④] 这首诗是孟浩然开元十八年(730)赴浙东会稽途中所作。浙东之行的目的地是天台山,而他是先到临安的,在临安出发时给李主簿的诗中说"定山既早发,渔浦亦宵济",是取道富春的定山,再到渔浦渡口乘船而向浙东进发。到了渔浦时,他又作了《早发渔浦潭》诗:"东旭早光芒,渚禽已惊聒。卧闻渔浦口,桡声暗相拨。日出气象分,始知江湖阔。美人常晏起,照影弄流沫。饮水畏惊猿,祭鱼时见獭。舟行自无

---

① 杜甫《壮游》,仇兆鳌《杜诗详注》卷一六,第1439页。

② 李白著,王琦注《李太白全集》卷一六,中华书局,1977年,第750页。

③《全唐诗》卷一四六,第1476页。

④ 佟培基《孟浩然诗集笺注》(增订本)卷中,上海古籍出版社,2013年,第288页。

闷，况值晴景豁。"①作者由临安过了定山，清晨到了渔浦潭，将乘舟出发而作了这首诗。开头四句写早发，夏日晴天，太阳早出，惊动渚禽，鸣声聒耳，作者卧于舟中，听到隐隐棹声，已觉在渔浦口出发了。接着六句写渔浦之景：长空日出，气象万千，天气晴朗，江面空阔。晚起的美女，照影自怜。惊猿下山饮水，令人望而生畏，水禽捕捉鲤鱼，陈列在岸边。最后两句是作者抒情，富春江夏日清晨，晴空万里，江上舟行轻松畅快，心旷神怡。

　　盛唐诗人的名篇，还可以举出常建的《渔浦》诗："春至百草绿，陂泽闻鸽鹏。别家投钓翁，今世沧浪情。沤纻为缊袍，折麻为长缨。荣誉失本真，怪人浮此生。碧水月自阔，安流净而平。扁舟与天际，独往谁能名。"②春日渔浦百草葱绿之景、鸽鹏和鸣之声，触动了作者隐逸的情怀。"别家投钓翁，今世沧浪情"，用《孟子·离娄上》典："有孺子歌曰：'沧浪之水清兮，可以濯我缨；沧浪之水浊兮，可以濯我足。'孔子曰：'小子听之，清斯濯缨，浊斯濯足矣。自取之也。'"③表现自己不失本真的追求。故而描写渔浦之景也是"碧水月自阔，安流净而平"，月照碧水，渔浦宁静而空阔；江潮未涨，江流安闲而清幽。这样的境界，令人无限向往，乐而忘忧。

　　盛唐诗人陶翰也有《乘潮至渔浦作》诗："舣棹乘早潮，潮来如风雨。樟台忽已隐，界峰莫及睹。崩腾心为失，浩荡目无主。眍懂浪始闻，漾漾入鱼浦。云景共澄霁，江山相吞吐。伟哉造化工，此事从终古。流沫诚足诫，商歌调易苦。颇因忠信全，客心犹栩栩。"④诗中的

① 佟培基《孟浩然诗集笺注》（增订本）卷上，第 1 页。

② 《全唐诗》卷一四四，第 1460 页。

③ 赵岐注，孙奭疏《孟子注疏》卷七上，阮元校刻《十三经注疏》下册，中华书局，
　　1980 年，第 2719 页。

④ 《全唐诗》卷一四六，第 1576 页。

"樟台",亦即"樟亭"。《乾道临安志》卷二:"樟亭驿,晏殊《舆地志》云:'在钱塘县旧治之南五里,白居易有《宿樟亭驿》诗。'"①《淳祐临安志》卷六:"浙江亭,旧为樟亭驿。祥符旧经云:在钱塘旧治南到县一十五里,府尹赵公与重建。"② 陶翰乘舟趁早潮从樟亭出发,樟亭渐远渐没之后,经过界峰,就看到了渔浦。全诗写舟中观望之景,趁早潮过江,大浪席卷而来如同暴风骤雨,顺着惊涛骇浪,到达了波澜荡漾的渔浦。这时波浪擎空,惊涛拍岸,云景澄霁,江山吞吐,大自然鬼斧神工,千古永恒,浪花飞溅令人惊戒,商歌悲凉震人心弦。在这样的环境中行船,心情欢畅,欣喜无比。

(二)中唐诗人与渔浦

中唐诗人漫游浙东经过渔浦者,"大历十才子"非常值得注意,尤其是钱起与韩翃。钱起《九日宴浙江西亭》诗云:"诗人九日怜芳菊,筵客高斋宴浙江。渔浦浪花摇素壁,西陵树色入秋窗。木奴向熟悬金实,桑落新开泻玉缸。四子醉时争讲习,笑论黄霸旧为邦。"③ 重九佳节,诗人来到杭州,宴于浙江亭。浙江亭就是樟亭。到了樟亭,可以渡江的两个重要渡口渔浦与西陵都可以看到,故诗有"渔浦浪花摇素壁,西陵树色入秋窗"之句。这时正值深秋,是收获的季节,柑橘熟了,枝头垂挂着金黄色的果实,桑葚落了,做成了美味的佳酿。尾联的"四子讲习"用王褒《四子讲德论序》事:"褒既为益州刺史,王襄作《中和乐职宣布》之诗,又作传,名曰《四子讲德》,以明其意

---

① 周淙《乾道临安志》卷二,《宋元方志丛刊》第4册,中华书局,1990年,第3232页。

② 施谔《淳祐临安志》卷六,《宋元方志丛刊》第4册,中华书局,1990年,第3273页。

③ 《全唐诗》卷二三九,第2670页。

焉。"① 可见参加宴会者有当时的杭州刺史，故而在这果实丰满的深秋季节，笑谈前朝太守治理邦国的情况。钱起还有《渔潭值雨》诗云："日入林岛异，鹤鸣风草间。孤帆泊枉渚，飞雨来前山。客意念留滞，川途忽阻艰。赤亭仍数里，夜待安流还。"② "渔潭" 即渔浦潭。时值秋晚，日入林岛，鹤鸣草间，此时雨来前山，故而孤舟晚泊。因为遇雨，更易引发客子之情，川途之阻也融于字里行间。

韩翃《送王少府归杭州》诗云："归舟一路转青苹，更欲随潮向富春。吴郡陆机称地主，钱塘苏小是乡亲。葛花满把能消酒，栀子同心好赠人。早晚重过鱼浦宿，遥怜佳句箧中新。"③ 当时在杭州担任县尉的王姓友人要回到杭州，韩翃相送而作了这首诗。全诗描写王少府取道渔浦归于杭州的路线，是我们认识渔浦津渡的重要诗篇。王少府大概是由北方回杭州，取道富春江，乘上归舟，随潮进发，所见青苹满路。首句用曹丕《秋胡行》诗："泛泛渌池，中有浮萍。寄身流波，随风靡倾。"④ 说明前此王少府游子在外，好像浮萍一样漂流不定，而今要回到家乡，故心境愉悦。接着写出了两个名句："吴郡陆机称地主，钱塘苏小是乡亲。" 运用历史事实，极写杭州的人杰地灵。同时赞美王少府像陆机一样，文采风流，传播乡邦。闻名于钱塘的苏小小也会将自己作为乡亲看待。值得注意的是，作者用苏小小事是关合 "西陵" 的，因为南朝民歌说苏小小 "妾乘油壁车，郎乘青骢马。何处结同心，西陵松柏下"⑤《乐府诗集》引《乐府广题》云："苏小小，钱塘名倡也，盖南齐时人。西陵在钱塘江之西，歌云'西陵松

① 萧统编，李善注《文选》卷五一，第 2246 页。
②《全唐诗》卷二三七，第 2648 页。
③《全唐诗》卷二四五，第 2751 页。
④ 逯钦立《逯钦立先秦汉魏晋南北朝诗·魏诗》卷四，第 390 页。
⑤ 郭茂倩《乐府诗集》卷八五，中华书局，1979 年，第 1203 页。

柏下'是也。"①接着两句描写送别时的场景，送行饯别，把酒言欢，故以葛花消酒，别时以栀子相赠，以表同心。最末两句是韩翃对于王少府的期待，乘舟归杭，重过渔浦，即兴赋诗，堪多佳句。这首诗将通向浙东的钱塘江中的两个渡口渔浦和西陵都关合进去了。渔浦是富春江、浦阳江、钱塘江的汇合之处，不仅奔赴浙东者要经过，就连回归杭州者也要在这里停泊。

　　与"大历十才子"同时且交往颇深的诗人有独孤及。独孤及《早发龙沮馆舟中寄东海徐司仓郑司户》诗云："沙禽相呼曙色分，渔浦鸣根十里闻。正当秋风渡楚水，况值远道伤离群。津头却望后湖岸，别处已隔东山云。停舻目送北归翼，惜无瑶华持寄君。"②独孤及在乾元元年（758）侍母如越，六月渡过楚水，七月到达会稽，诗即是年初秋时所作。诗人取道新安江入越，龙沮馆应该是渔浦渡之前的一个驿站，故诗称"渔浦鸣根十里闻"，也就是说再航行十里就快到渔浦了。这里独孤及想到了身在东海的友人徐司仓和郑司户，故而写诗寄赠，以表出离别之感。

　　中唐诗人与浙东关系最深者要数严维，严维有好几首诗描写渔浦，其中一首是送"大历十才子"崔峒之作。《送崔峒使往睦州兼寄薛司户》诗云："如今相府用英髦，独往南州肯告劳。冰水近开渔浦出，雪云初卷定山高。木奴花映桐庐县，青雀舟随白露涛。使者应须访廉吏，府中惟有范功曹。"③崔峒出使睦州，取道新安江，必经渔浦，故有"冰水近开渔浦出，雪云初卷定山高"之句。渔浦与定山相连，故诗人想象冬日的渔浦、定山之景。睦州治所在桐庐县，故而后四句

① 郭茂倩《乐府诗集》卷八五，第 1203 页。
②《全唐诗》卷二四七，第 2776 页。
③《全唐诗》卷二六三，第 2915 页。

归结到桐庐的景色和人物。严维还有《书情上李苏州》诗："东土苗人尚有残，皇皇亚相出朝端。手持国宪群僚畏，口喻天慈百姓安。礼数自怜今日绝，风流空计往年欢。误着青袍将十载，忍令渔浦却垂竿。"① 这里的"李苏州"应为李涵，大历七年（772）五月由兵部侍郎为御史大夫出守苏州，故诗有"皇皇亚相出朝端"之语。严维是越州人，长期退隐，故有"误着青袍将十载，忍令渔浦却垂竿"之语，这里的"渔浦"也是渔浦潭。

（三）晚唐诗人与渔浦

晚唐诗人吟咏渔浦的诗歌仍然不少，最为典型者是著名诗人许浑与方干。许浑《寄天乡寺仲仪上人富春孙处士》诗云："诗僧与钓翁，千里两情通。云带雁门雪，水连渔浦风。心期荣辱外，名挂是非中。岁晚亦归去，田园清洛东。"② "天乡寺"在润州，"仲仪上人"是作者的朋友。"孙处士"应该是孙璐，许浑同时的诗人项斯有《寄富春孙璐处士》诗可证。因为寄诗的对象之一是"富春孙处士"，故而诗歌写到了"渔浦"，这是作者的想象。许浑又有《和李相国》诗，序云："蒙宾客相国李公见示《和宣武卢仆射以吏部高尚书自江南赴阙贶大梨白鹇因赠五言六韵》，攀和。"③ 诗中"李相国"为李珏，"高尚书"为高元裕。序称"江南赴阙"，高元裕会昌末由宣歙观察使入拜吏部尚书，与诗题合。诗为大中元年（847）所作。诗的首联"巨实珍吴果，驯雏重越禽"以吴、越对举，故颔联接着写"摘来渔浦上"，可以确证是渔浦潭。

方干为睦州青溪人，长期隐居会稽。他有《送弟子伍秀才赴举》

① 《全唐诗》卷二六三，第 2918 页。
② 《全唐诗》卷五二八，第 6037—6038 页。
③ 《全唐诗》卷五三七，第 6132 页。

诗,中有"倚棹寒吟渔浦月,垂鞭醉入凤城尘"①句,以"渔浦"与"凤城"对举。其弟子在越中,要赴京应举必须是由钱塘江北上,途中要经过渔浦。"凤城"即长安,是伍秀才应举要去的目的地。方干《别喻凫》诗云:"知心似古人,岁久分弥亲。离别波涛阔,留连槐柳新。蒗陵寒贳酒,渔浦夜垂纶。自此星居后,音书岂厌频。"②喻凫是毗陵人,曾经做过乌程县令,是一位江南才子,故方干为他送行时表现出知心交契。诗的中间四句是写景之笔,"渔浦夜垂纶"则是方干自喻,说自己隐居于家乡睦州,过着垂纶渔浦的生活,故而这一"渔浦"也是特指渔浦潭。方干又有一首《送人宰永泰》诗有"舟停渔浦犹为客,县入樵溪似到家"③之句,永泰县属福建,由浙东赴永泰,水路须经过渔浦,故诗有"舟停渔浦犹为客"句,而永泰县又是群峰叠翠、山水环绕的优美之地,故诗有"县入樵溪似到家"句。

晚唐五代有关渔浦的诗作,值得重视者还有徐夤的《回文诗二首》,其中第二首提到了"渔浦":"轻帆数点千峰碧,水接云山四望遥。晴日海霞红霭霭,晓天江树绿迢迢。清波石眼泉当槛,小径松门寺对桥。明月钓舟渔浦远,倾山雪浪暗随潮。"④这首回文诗非常新颖别致,它写出了钱塘江的优美景色:千峰翠碧,轻帆数点,水接云山,四望阔远。晴日海霞映江,霭霭橙红;白天江树夹岸,迢迢翠绿。清泉流出石眼,犹似门槛;小径通向松门,还对溪桥。在这样的风景之下,遥远的渔浦正有明月映照,钓舟往来,而倾山的雪浪也正在钱江暗涌。作者的视线是眺望渔浦,而立足点却在较远的峰边江上,这样的渔浦景色,也堪称独绝了。

---

①《全唐诗》卷六五〇,第 7464 页。
②《全唐诗》卷六四八,第 7442 页。
③《全唐诗》卷六五〇,第 7467 页。
④《全唐诗》卷七〇八,第 8144 页。

五、西陵·渔浦：浙东唐诗之路的起点

　　浙东唐诗之路是由新昌文人竺岳兵先生 1991 年首倡与命名，1993 年经过中国唐代文学学会论证并确定的作为中国文学上的专有名词。浙东唐诗之路的自然路线是指渡过钱塘江以后，开始沿浙东运河中段的南向曹娥江溯古代的剡溪经嵊州、新昌、天台、临海，东向余姚、宁波、舟山，西南通向金华、诸暨的道路。这样在由浙西渡钱塘江之前再到渡过钱塘江之后的津渡或驿站就是浙东唐诗之路的起点。而据《大清一统志》卷二六云："其东西渡口，西兴、渔浦为往来之要津。"[1] 也就是说，钱塘江上两个渡口极为重要，这就是西兴渡和渔浦渡。西兴在唐代以前称为"西陵"，五代时改为"西兴"。魏晋南朝以后，特别是唐代诗人到浙东漫游，常常取道西陵或渔浦而入浙东。因此，西陵和渔浦就成为浙东唐诗之路的起点。

　　就渔浦而言，权德舆《送王仲舒侍从赴衢州觐叔父序》云："新安江路，水石清浅，严陵故台，德风蔼然，渔浦潭、七里濑，皆此路也。二谢清兴，多自兹始。今日出祖，可以言诗。"[2] 可见唐人赴浙东可以取道新安江路，经严陵钓台、渔浦潭、七里濑，而权德舆从王仲舒赴衢州即走此路，而且送别之时，吟诗作饯。有关渔浦的诗作，如孟浩然《早发渔浦潭》"卧闻渔浦口，桡声暗相拨"之句，陶翰《乘潮至渔浦作》"瓲懂浪始闻，漾漾入鱼浦"之句，钱起《九日宴浙江西亭》"渔浦浪花摇素壁，西陵树色入秋窗"之句，都将渔浦与西陵融入一首诗中进行对照描写，把钱塘江上的两个渡口都表现出来，成为表现浙东唐诗

---

① 和坤等《大清一统志》卷二二六，《景印文渊阁四库全书》第 479 册，第 206 页。
② 权德舆《权德舆诗文集》卷三九，上海古籍出版社，2008 年，第 582 页。

之路重要起点的著名诗句。而从魏晋南朝到唐代诗人的作品所记载的地点来看,从渔浦入浙东者,大多经过浦阳江入诸暨、婺州、衢州以至永嘉,这条路线上留下了很多诗作,而这条道路是竺岳兵先生所提出的浙东唐诗之路尚未清晰揭示的。

就西陵而言,隋唐时期,萧绍运河经过了开凿、发展、完善、繁盛的过程,交通运输、水利建设、文化旅游都能成体系地发展,因而带动了唐代诗人从西陵渡江,经萧山、会稽,沿曹娥江入剡溪,再登天姥山与天台山。因为唐代萧绍运河的繁盛,加以渔浦渡口的变化,诗人的浙东之行取道西陵就较取道渔浦者更多。无论是"诗仙"李白还是"诗圣"杜甫,他们往来于浙东,都经过了西陵。李白有"东海横秦望,西陵绕越台",杜甫有"商胡离别下扬州,忆上西陵故驿楼"的诗句。盛唐诗人孙逖、崔国辅、薛据任职于浙东,都是由西陵渡江入越,并且留下了脍炙人口的杰作。中唐时期"大历十才子"中的钱起、皇甫冉等人都经过西陵渡。更值得重视的是,中唐以后唐王朝设置浙东观察使,以越州为治所。其长官与幕僚赴任,以取道西陵为多,并且留下了众多的诗篇,这以元稹与李绅最为典型。而作为隐逸诗人,中唐时期的严维、晚唐时期的方干,他们常常往来于浙东浙西,过钱塘江多次经过西陵,留下了不少描写西陵渡口与钱塘江风光的作品。

但西陵和渔浦,历史命运并不相同。渔浦处于钱塘江、富春江、浦阳江三江交汇处,汉魏六朝以及隋唐时期,交通便捷,商贸云集,但由于钱塘江地理变化无常,特别是浦阳江改道造成的自然环境变迁,使得渔浦经历了从繁盛到湮废的过程。近年,萧山义桥镇也在启动渔浦的修复工程,努力再现昔日唐诗之路的山水风景。西陵地处钱塘江要冲,是京杭运河与萧绍运河的连接地带,千百年来交通、商贸、旅游、文化等各方面的交流长盛不衰。直至当代,1996年西兴大桥的建成,使得古时的西陵渡进入了一个全新发展时期。杭州地铁又专门在当地设了"西兴站"，集中了繁荣便捷的现代城市特点。就在钱塘江南岸地铁"西兴站"附近，还隐藏着一个历史底蕴极为深厚的西兴古镇，历史与现实在这里交融，西兴的魅力将随着时代的发展更加展现异彩。

作者系浙江大学文学院教授

论文原载《浙江社会科学》2022 年第 6 期，第 133—143 页
又见《唐诗之路与文学空间研究》，中华书局，2023 年，

第 253—278 页

六朝浙东人文与"浙东唐诗之路"

楼　劲

自 1991 年学界提出"浙东唐诗之路"这个概念以来 [1],对其内涵概要及其在中国文学史上的地位和影响,现在已有不少研究成果足资参考。有必要继续明确的是,此路所以能在众多涌现唐诗的地带中脱颖而出,自应有其特定因缘和条件,从其历史渊源来看,则是与六朝时期浙东的发展及汇聚于此的若干人文要素分不开的。本文即拟由此出发讨论此期浙东的相关特点和优势,以有助于解释"为什么会有四百多位唐代诗人接踵往来于浙东,在此流连忘返并且留下一千五百多首诗篇"的问题。

一、关于浙东唐诗之路形成的条件

要讲浙东唐诗之路,首先需要考虑其物质基础,考虑唐以前浙东经济社会的发展水平。这方面一个不错的视角,是看其交通状况如何,尤其是考虑从建康至钱唐的江南运河,从西兴渡至余姚以东的浙

---

[1] 见傅璇琮《从义桥渔浦出发:浙东唐诗之路重要源头学术研讨会论文集序》,沈迪云等主编《从义桥渔浦出发:浙东唐诗之路重要源头学术研讨会论文集》,浙江人民出版社,2013 年,第 1 页。

东运河的发展史,这是古代各地连接浙东最为重要的交通线。

据陈桥驿、邹逸麟等先生的运河史研究[1],江南运河与浙东运河从春秋末年吴越争霸时已有若干雏形,至秦始皇南巡时,开凿、疏通了从长江岸边的丹徒(今镇江)南至曲阿(今丹阳)的丹徒道(或称曲阿道),以及从由拳(今嘉兴)至钱唐(今杭州)的陵水道,吴地旧有水道得以进一步连通。到六朝建都建康(今南京),江南运河作为建康通向其南腹地的交通干线愈受关注。孙吴凿破岗渎(在今镇江西南、句容东南25里),萧梁开上容渎(在句容东南5里),均为解决建康至丹阳这一丘陵地段的水路运输。至于丹阳向南至杭嘉湖及于宁绍平原,六朝各时期又陆续作堰设埭,蓄陂修堤,改善了江南运河的航行条件,维护了从西兴渡东至余姚一带,贯通钱塘江、钱清江、曹娥江、姚江流域的浙东运河,使之在六朝江东地区的发展中起到了重要作用。至隋炀帝全面修治南北大运河,大业六年(610)"敕穿江南河,自京口至余杭八百余里,广十余丈,使可通龙舟"[2]。自此江南水运得以与江北邗沟、通济渠、永济渠及漕渠相通,构成了南达余杭,北经河洛抵于燕蓟,西至长安的完整水运干线。这对此后历史和各相关区域的发展均有重大而深远的影响,唐宋时期浙东地区的迅速发展和浙东运河重要性的持续提升,与此有着直接的关联。

六朝至隋唐江南运河、浙东运河的这种疏通整治历程,及其与全国交通网络连接愈趋于通畅的发展态势,集中体现了当时浙东地区经济社会的发展背景,同时也构成了浙东唐诗之路形成的基础。这里举两个例子:

---

① 陈桥驿《中国运河开发史》,中华书局,2008年;邹逸麟、李泉《中国运河志总述大事记》,江苏凤凰科学技术出版社,2019年。
② 《资治通鉴》卷一八一《隋纪五》,中华书局,1956年,第5652页。

一是李白《别储邕之剡中》诗:"借问剡中道,东南指越乡。舟从广陵去,水入会稽长。竹色溪下绿,荷花镜里香。辞君向天姥,拂石卧秋霜。"[1] 这是开元年间身在扬州的李白规划南游越州剡中的诗篇,其路线即是经江南运河南下,至浙东运河鉴湖东湖段,再循曹娥江南溯剡溪,以抵天姥。

二是代宗时转运使刘晏《与元载书》:"浮于淮泗,达于汴,入于河,西循底柱、砥石、少华,楚帆越客,直抵建章、长乐,此安社稷之奇策也。"[2] 刘晏这里说的是中唐时期江南财赋通过运河系统接济北方至于长安一带的重要性,其路线也是走运河北上,入黄河,经漕渠可直抵关中。顺便指出,即便在汴、洛及淮、泗等地因战乱受阻的情况下,以越州为中心的浙东商客,在当时也还可由水运至于长江中游,再循汉水北上,经由武关从陆路干线抵达长安,又可从长江中游进至湖湘、巴蜀及于西南地区。

这类例子反映了两个与浙东唐诗之路直接相关的史实:一是从六朝整治江南运河、浙东运河到隋修大运河以来,唐代浙东已与全国水陆交通干线相衔接。其向外交通已空前便利,区内交通亦不断完善,越州、婺州、台州等交通节点愈显重要,明州设州和明州港在海上丝绸之路中的地位逐渐凸显。这种甚便于人流、物流往来的交通状态,对当时浙东地区的迅速发展起到了重要作用。二是经六朝以来整个江东地区的长足发展,唐代浙东地区已开始商客繁炽,游士甚众。其开发进程从沿海平原不断向山区盆谷地带扩展,在籍人口则从唐初约六七万户,四十万人上下,至盛唐迅速增至四十多万

---

[1] 李白著,王琦注《李太白全集》卷一五,中华书局,1977年,第725页。
[2] 《旧唐书》卷一二三《刘晏传》,中华书局,1975年,第3512页。

户,二百多万人①。这都表明浙东经济社会发展程度已甚可观,至中晚唐遂成充当朝廷财赋支柱的江南八道之重要一道,是其地非惟景色秀丽,名胜遍布,且亦交通便利,供应无虞,尤宜于四面八方的文士前来游历。

但在此同时也要看到,在唐以前各历史时期,浙东地区只在春秋末年吴越争霸时短暂进入过历史舞台中心,此后其不仅远离各大都城,亦无全国性交通枢纽位于区内,繁华程度更不能与扬、益等州相比。这又说明当时浙东从经济社会到思想文化基本上仍属边缘地区,并不是各方人物的必经之地。在这样的前提下,为什么出现浙东唐诗之路? 为什么会有众多杰出诗人(其中只有贺知章等几位本地人)转辗或一再来到这里,写下那些千古流传的诗篇呢? 这里面一定有着特别的理由,这些理由也一定值得今人很好地借鉴,以有助于浙东地区的进一步发展。

在回答这个问题时,浙东自然风光的秀美恐怕不是排到前列的一个理由。各地风光绝胜处数不胜数,留下如此众多唐诗的地带却很少,况且这些地带从边荒塞上到繁华京师,其风光可谓各有千秋,也很难说此地一定胜过其他各地。由此看来,在讨论浙东唐诗之路形成的条件时,还是要特别注意其地长期蕴积的人文资源而不是自然风光本身,要考虑其绮丽的风光已屡被讴歌、刻画,成了"名山""名水",更不必说其间还活跃着大量"名人"及其行迹所及的"名湖""名园""名寺""名观"之类。也就是说,当历史发展到盛产诗人和诗篇的唐代,已有无数得到人文滋养,与之交相辉映的各类名

---

① 梁方仲编《中国历代户口、田地、田赋统计》,甲表24 :《唐贞观十三年各道府州户口数及每县平均户数和每户平均口数》;甲表26 :《唐天宝元年各道郡户口数及每县平均户数和每户平均口数》,上海人民出版社,1980 年,第82 页、第90—91 页。

胜烘托了浙东、弘扬了浙东的方方面面，才能使之为各方注目，令人虽不能至而心向往之①，一见之下又更胜百闻而倍值吟味，于是不能不触发诗心形诸笔端，遂有所谓浙东唐诗之路的奇观。

二、王、谢等士族名士与浙东人文

在考虑浙东唐诗之路所依托的人文资源时，六朝时期汇聚于此的士族名士、山水记咏及宗教文化，可以说是其中的荦荦大端。从人能弘道，非道弘人的角度来看，这一带萃集的士族名士及其所代表的文化传统，无疑是一个首要因素。

作为六朝都城建康的腹地，会稽郡是永嘉南渡诸多侨姓名族的置业居家之地。陈寅恪先生曾述东晋初年过江名士的"求田问舍"之道："新都近旁既无空虚之地，京口、晋陵一带又为北来次等士族所占有，至若吴郡、义兴、吴兴等皆是吴人势力强盛之地，不可插入。故惟有渡过钱塘江，至吴人士族力量较弱之会稽郡，转而东进，为经济之发展。"② 其时琅邪王氏、陈郡谢氏、太原王氏、高平郗氏、太原孙氏、陈留阮氏、高阳许氏、谯国戴氏、鲁国孔氏等，多在会稽置有田业。具体如琅邪王氏各房的王穆之、王胡之、王裕之、王镇之及王羲之等，均曾在山阴一带安家；陈郡谢氏更以上虞一带为家族聚居地，东晋后

---

① 孟浩然撰，徐鹏校注《孟浩然集校注》卷一《游云门寺寄越府包户曹徐起居》开头有句："我行适诸越，梦寐怀所欢。久负独往愿，今来恣游盘。"同书卷四《济江问同舟人》："潮落江平未有风，轻舟共济与君同。时时引领望天末，何处青山是越中？"（人民文学出版社，1989 年，第 31 页、第 300 页）二诗境旨皆堪与李白《梦游天姥吟留别》的"我欲因之梦吴越，一夜飞渡镜湖月"呼应。

② 陈寅恪《述东晋王导之功业》，《金明馆丛稿初编》，上海古籍出版社，1980 年，第 61 页。

期名相谢安及子谢琰、孙谢混,安侄谢玄及玄孙谢灵运等,均曾居家于此;其余如傅敷、郗愔、阮裕、孙绰、李充、许询、戴逵等,皆为一时之杰而曾长住会稽。

这些置业居家于会稽的侨姓士族具有一些引人注目的特点,其中不少都对浙东发展影响深远。比如,会稽侨姓可以说是当时天下最热衷于游览山水胜观的一群士人。像东晋名流孙绰即"居于会稽,游放山水,十有余年"。王羲之给谢万写信说:"比当与安石东游山海,并行田视地利,颐养闲暇。"① 谢安"居会稽,与支道林、王羲之、许询共游处。出则渔弋山水,入则谈说属文,未尝有处世意也"②。南朝谢灵运更以纵情于山水著称于世,其山居始宁及为官永嘉等地的胜游,皆有大量佳作、逸闻,更曾为出游临海开路百里而引起轰动。这些人物之所以热衷游览,其中既有为浙东秀美风光所吸引的成分,也有占山行田,经营其田庄等产业的缘由;既有因官场失意而寄情于山水的背景,也有同声相求四出访友论学的原因;既有受当时崇尚自然、率性放达风潮影响的一面,也有追求长生解脱而采药求仙、访道学佛的动机。无论如何,其活动均在多个方面深度开发了浙东,也不断渲染、放大了其地景色和众多名胜的举国声誉。

更为重要的是,会稽一些著名侨姓既出于与司马睿共同创立东晋的重要家族,也就多有成员在朝为官,并在建康有稳定的居处,著名的如王、谢二家即聚居于乌衣巷一带。这些家族的建康居处与其会稽的庄园田产,其族在朝身居高位者与长居会稽的本房或别房长幼,其间关系是一个很值得注意的问题。田余庆先生即指出,由于会

① 《晋书》卷五六《孙绰传》、卷八○《王羲之传》,中华书局,1974年,第1544页、第2102页。
② 余嘉锡《世说新语笺疏》卷中之上《雅量第六》"谢太傅盘桓东山"条,并刘孝标注引《中兴书》,中华书局,2007年,第437页。

稽郡特有的条件，"东晋成、康以后，王、谢、郗、蔡等侨姓士族争相到此抢置田业，经营山居，卸官后亦遁迹于此，待时而出"①。这就揭示了会稽在侨姓高官谋划自身出处进退之际的重要地位，与之相连的当然还有一系列影响深远的结果。以王、谢为代表的侨姓高门上承魏晋风流而下启江东新局，其中领袖人物的追随依从之士尤众，各家纷纷以建康与会稽为立足江东两大据点的状态，不仅极大推进了宁绍平原向南部山区的垦殖开发，更显著加强了都城建康与会稽的多重联系。这都易使浙东成为四方人物景附、风气汇聚之区，并且因其相对来说并不切近朝廷风云，更多一份从容议论、闲适游历及文会雅集的诗酒风流，从而得以先于当地经济社会的发展进程，成为建康以外六朝精神及文化的另一前沿重镇。

　　自东汉以来，会稽郡也已发展出一批当地大姓，著名的有虞氏、孔氏、贺氏、谢氏、魏氏、丁氏、钟离氏等②。其中如山阴贺氏，在王导辅佐东晋元帝立足江东之时，即把贺循与吴郡顾荣并列为必须招引的"此土之望"③。余姚虞球、虞存，则与山阴孔沈、谢奉、魏颉一起，被侨姓名士孙绰誉为会稽的"四族之俊，于时之杰"④。这些会稽旧姓士

①　田余庆《东晋门阀政治》，北京大学出版社，2005年，第64页。

②　敦煌文书北图藏位字七十九号（今编BD08679）拟名《氏族谱》，或反映了贞观《氏族志》修纂时的各地郡姓之况，也有学者认为是天宝八载氏族谱的改写本，其中列有"会稽郡七姓：越州，虞、孔、贺、荣、盛、钟离"；英藏S.2052原题《新集天下姓望氏族谱一卷并序》，学界多以为是天宝以后至德宗时期所修，其中列"越州会稽郡出十四姓：夏侯、贺、康、孔、虞、盛、资、钟离、骆、兹、俞、荣、汜"。两处所列"七姓""十四姓"而实列唯六姓、十三姓，当因其中某姓二房皆为郡姓之故。无论如何，从中可见魏晋以来不少会稽旧族至唐仍绵延不绝。

③　《晋书》卷六五《王导传》，第1745—1746页。

④　余嘉锡《世说新语笺疏》卷中之下《赏誉第八下》"会稽孔沈、魏颉"等姓条，对于其中的虞球、虞存，刘孝标注引《虞氏谱》："球字和琳，会稽余姚人。祖授，吴广州刺史；父基，右军司马。球仕至黄门侍郎。"（第556页）（转下页）

人除为官作宦并在本地广占田园山泽，兼事造纸、制瓷等产业发展以外，在学术文化上亦有可观建树。在经学上，如虞翻的易学早被誉为“东南之美”，礼学名家贺循东晋人称“当世儒宗”，二家之学自汉以来皆子孙相承，授徒尤众，流风余韵不绝。论史学则谢承撰有《后汉书》百余卷，为首部私家纂修的东汉史而多所创制；谢沈撰有《晋书》三十余卷、《后汉书》百卷、《汉书外传》。二人堪称浙东史学之祖，对六朝会稽士人撰史亦有重要影响。至于其他诗赋记论等各体之作，及其所抒发阐释的思想观念，更所在多有而各擅胜场。如虞预少以文章著名，长则“雅好经史，憎疾玄虚”，“著《晋书》四十余卷，《会稽典录》二十篇，《诸虞传》十二篇，皆行于世，所著诗赋碑诔论难数十篇”①。谢沈虽长于史学，而亦撰有《毛诗外传》，“所著述及诗赋文论皆行于世。其才学在虞预之右云”②。从会稽旧姓的大量著述及其所示倾向来看，以往学界认为这些旧姓在学术上偏于保守的看法，似忽略了他们在上承汉学的同时，也弘扬了东汉以来学术递变而思想活跃的传统，且明显体现了其浙东前辈王充所代表的博综百家、务实开新之风。

正是因为接踵此风，在过江侨姓各携所擅之学包括河洛一带尤

（接上页）同书卷上之下《政事第三》“何骠骑作会稽”条，刘孝标注引孙统《虞存诔叙》曰：“存字道长，会稽山阴人也。祖阳，散骑常侍；父伟，州西曹。存幼而卓拔，风情高逸，历卫军长史、尚书吏部郎。”（第213页）球、存皆余姚虞氏，存家当因居籍郡治，故孙统载其为山阴人。此亦同郡一姓二房皆为郡姓之例。

① 《晋书》卷八二《虞预传》，第2147页。又如预兄虞喜曾“释《毛诗略》，注《孝经》，为《志林》三十篇，凡所注述数十万言，行于世”，其礼学亦为朝廷所重，又著《安天论》以难浑天、盖天说，为当时天论六家之一。见《晋书》卷九一《儒林·虞喜传》，第2349页。

② 《晋书》卷八二《谢沈传》，第2152页。

为流行的玄学,与会稽士人往复过从之际,彼此之学方得较快地交光互摄而融汇一体,从而构成了六朝浙东学术在各个方面愈趋于绚丽多彩的重要背景。如成帝时褚衷曾与孙盛在建康共论南北之学,认为北人学问"渊综广博"而南人之学"清通简要",时在会稽的高僧支遁闻之,强调其为南、北"中人以还"的一般特点①。此事上距东晋建立仅二十年,除可说明当时建康与会稽学术互动之密切外,也说明江东包括会稽士人的治学特点,总体上并未保守旧时的汉学,而是较早形成了不务枝蔓而重在透彻的倾向,其学的"清通简要",准确说来乃是南渡士人所携玄学等学与江东学术激荡共鸣而焕发的夺目光华。又如上面提到虞预所撰的《会稽典录》,即与汉晋间圈称《陈留耆旧传》、周斐《汝南先贤传》、陈寿《益部耆旧传》一起被唐代史家刘知几所重,推为诸家"郡书"的代表之作②。虞书所记为古来会稽人物及诸掌故,大旨亦为"矜其乡贤,美其邦族"以梳理本土传统,所透露的正是浙东地方意识在孙吴至东晋的多重刺激下抬头自觉的趋势③。在此前提下会稽旧姓与过江侨姓的互动,绝非只有单向的影响,而是有着远为丰富而复杂的内涵。

　　总体看来,会稽旧姓与王、谢等过江侨姓之间,自然会有资源的争夺,也不免留有曹、孙对峙和西晋灭吴诸事所致的芥蒂,但其大势

---

① 余嘉锡《世说新语笺疏》卷上之下《文学第四》"褚季野语孙安国"条,第255页。此事应在褚衷任司徒府从事中郎、给事黄门侍郎,孙盛任著作佐郎之时,即在东晋成帝咸和年间的建康,支遁时在会稽。

② 浦起龙《史通通释》卷一〇《内篇·杂述第三四》,中华书局,2009年,第254页。

③ 除《会稽典录》外,《隋书》卷三三《经籍志二》史部杂传类著录约略同期的类似著作还有谢承《会稽先贤传》、钟离由(《旧志》作岫)《会稽后贤传记》、不知名氏《会稽先贤像赞》(《旧唐书》卷四六《经籍志上》史部杂传类著录为"贺氏撰")等书(中华书局,1973年,第975页)。

仍是在共同面临的北方压力下相互依存,在各骋所长中共生共荣,这是至为深切地影响六朝浙东经济社会和思想文化发展的基本因素。其典型如永和九年(353)的兰亭修禊之会,相传与会42人中,包括了王羲之父子7人,以及谢安、谢万、谢瑰和孙绰、孙统、孙嗣,皆属侨居会稽的著姓;其余如虞谷、孔盛、谢胜(一作藤)、谢绎等,则为会稽旧姓人物;而宦游会稽的袁峤之、郗昙、桓伟、庾友、庾蕴、卞迪等,亦多出于东晋最为著名的将相家族而聚于此会。诸人所留诗作37篇,类皆情思清幽而韵致高标,加以王羲之乘兴所作的《兰亭集序》影响巨大,故足视为六朝会稽侨、旧士人交流甚密而志趣相融,常作雅集胜会并与众多外来名士往来过从,从而留下无数佳话的一个缩影。

也正是这类佳话,集中体现了活跃于此的六朝士族名士在传承、弘扬浙东人文传统时不可磨灭的贡献。没有《兰亭集序》和雪夜访戴等故事的兰亭和剡溪,固然也不失为一方胜景,却很难设想其会拥有如此重大而广泛的影响。对此期浙东地区喷发式涌现的诸多名胜,对后来浙东唐诗之路的形成来说,聚于会稽的侨旧名士吟咏所及、胜游所至及其相互交流影响的大量逸闻遗事,往往都是最为直接的原因,其所承载、凝聚的魏晋遗风、六朝精神更随时代变迁而倍增异彩。

三、六朝浙东地志与山水记咏之作

浙东山水清奇秀峻,极为可观。但再美的自然风光,如果鲜为人知,少所刻画传诵,也只能默默无闻,只是一种潜在的资源,难以发生广泛影响,更谈不上形成冠绝一时的审美意象,及对一代代骚人墨客的心灵感召了。如果考虑浙东山水胜观逐渐著称于世的过程,那就不能不意识到:六朝实为中国历史上山水地记、山水诗歌及山水画骤然兴盛的时期,其中多有描绘浙东景观风物之作,此期无数风流名士对于会稽山川草木的赞美渲染及寄托于中的人文情怀,亦多通过这些作品抒发或被记录。这无疑是催成、激活浙东景观巨大声望和永恒价值的一大要素,是此期会稽风光所积美誉和美学意象得以大幅提升增厚的基本原因,也是唐代诗人之所以竞相前来探幽览胜的重要背景。

记载浙东一带地理风物的著述,较早的可以追溯到东汉时期成书的《越绝书》,至于六朝而骤然兴盛。鲁迅早先整理乡邦文献时指出:"会稽古称沃衍,珍宝所聚,海岳精液,善生俊异,而远于京夏,厥美弗彰。吴谢承始传先贤,朱育又作《土地记》。载笔之士,相继有述。于是人物山川,咸有记录。"[①] 即道出了孙吴谢承、朱育以来相继撰述的会稽人物传和地志杂记等各种作品,乃是其地之美得以广为人知不断彰显的要因。据《隋书·经籍志》著录及散见于其他文献的有关记载,今仍可知六朝浙东地区的地志杂记,孙吴之时有朱育《会稽土地记》、沈莹《临海水土物志》、不知名氏《会稽郡十城地志》及《会稽旧记》等,东晋则有贺循《会稽记》、虞预《会稽典录》、孔晔《会稽郡记》等,南朝时期有孔灵符《会稽记》、郑缉之《永嘉记》及《东阳记》、虞愿《会稽记》、夏侯曾先《会稽地志》、孙诜《临海记》等。至于其他各体散篇之作,则有孙绰《游天台山赋》及《太平山铭》、支遁《天台山铭》、谢灵运《山居赋》、沈约《桐柏山金庭观碑》、陶弘景《太平山日门馆碑》等等,还有大量并不专叙而多及浙东的作品如谢灵运《游名山志》《居名山志》之类,则数不胜数。

在这些作品中,地志杂记之书多为本地士人所撰,各体散篇则作

———————————

① 《鲁迅辑录古籍丛编》第三卷《会稽郡故书杂集·序》,人民文学出版社,1999年,第235页。《会稽郡故书杂集》最早有1915年绍兴木刻本,1938年收入《鲁迅全集》。此序原稿交代辑书缘起自称"作人",序末署名亦为"周作人"。

者来源不一,值得注意的是无论侨姓还是会稽旧姓,其作品中均多浙东掌故逸事及历史传统的记叙。如贺循《会稽记》:"少康,其少子号曰於越,越国之称始此。"① 对越国之始做了不同于以往的记载。另一作者不详之《会稽记》:"始皇崩,邑人刻木为像祀之,配食夏禹。后汉太守王朗弃其像江中,像乃溯流而上。人以为异,复立庙。"② 保存了会稽郡人曾以秦始皇配祀大禹的资料。王彪之《登会稽刻石山诗》则有"文命远会,风淳道辽;秦皇遐巡,迈兹英豪"之句③,亦强调了禹会诸侯及秦皇南巡等事对于会稽历史的重大意义。这类记叙不仅使当地诸多传说、遗迹得与公认的古帝王谱系相连,更说明当时侨旧士人因共生共荣于此,已就浙东文化从属于统一王朝发展轨辙的前提形成了一定共识。在浙东地区从僻处一隅到名闻天下,在会稽诸地方性名胜古迹逐渐具有全国性声誉的过程中,六朝时期这类记叙的扩散流播,所起作用是不容忽略的。

　　对当地山水之美的渲染及其地理之况的记载,更是六朝会稽地志及有关记咏之作的重要内容。如孔晔《会稽郡记》:"会稽境特多

① 《史记》卷四一《越王勾践世家》"其先禹之苗裔"条《正义》引。《正义》同处引《吴越春秋》述少康"封其庶子於越,号曰无余"。又引《越绝记》云:"无余都会稽山南,故越城是也。"(中华书局,1982 年,第 1739 页)另如《史记》卷一《五帝本纪》述"虞舜",《正义》引《会稽旧记》云:"舜上虞人,去虞三十里有姚丘,即舜所生也。"(第 31 页)《艺文类聚》卷八《山部下·会稽诸山》引孔皋《会稽记》:"永兴县东北九十里有余山,传曰是涂山。按《越书》:禹娶于涂山,涂山去山阴五十里。检其里数,似其处也。"(上海古籍出版社,1999年,第 145 页)凡此之类,皆与当时通行之说不同。

② 沈作宾修,施宿纂《嘉泰会稽志》卷六《祠庙》"诸暨县秦始皇庙"条引。李能成《会稽二志点校》,安徽文艺出版社,2012 年,第 105 页。

③ 欧阳询《艺文类聚》卷八《山部下·会稽诸山》引,其前引郭璞《山海经图赞》之《会稽山赞》:"禹徂会稽,爰朝群臣;不虔是讨,乃戮长人;玉匮表夏,玄石勒秦。"(第 146 页)所述突出了大禹与秦皇东巡对会稽历史的意义。

名山水。峰嶂隆峻,吐纳云雾;松栝枫柏,擢干竦条;潭壑镜澈,清流写注。王子敬见之曰:山水之美,使人应接不暇。"可见王献之赞美山阴道景色的名言"从山阴道上行,山川自相映发,使人应接不暇,若秋冬之际,尤难为怀"①,正是通过这类作品而得流传于世的。又如孙绰《太平山铭》:"隗峨太平,峻逾华霍。秀岭樊蕴,奇峰挺嶂。上干翠霞,下笼丹壑。有士冥游,默往奇托。肃形枯林,映心幽漠。亦既觐止,涣焉融滞。悬栋翠微,飞宇云际。重峦蹇产,回溪萦带。被以青松,洒以素濑。流风仁芳,翔云停蔼。"②孙绰为东晋一代文宗,此铭所述太平山色峻秀,人迹飘渺,极具情景交融之美,其影响之大不言而喻。孔晔《会稽记》③亦记此山:"余姚县南百里有太平山,山形似繖,四角各生一种木,木不杂糅,三阳之辰,花卉代发。"孔灵符《会稽记》又载:"余姚江源出太平山,东至汉江口入海。"④综合这些记叙,太平山美景及其方位道里、河川流向可谓历历在目,即未亲至而愈令人向往。这也典型地说明了浙东那些原本不甚著名的山水风光,因得六朝名士揄扬及相关著述的传播而闻名遐迩。

　　六朝兴起的山水诗中的浙东风光,则尤其显得旖旎秀丽而情景

---

① 余嘉锡《世说新语笺疏》卷上之上《言语第二》"王子敬云从山阴道上行"条,第172页。在其他文献中,《会稽郡记》或引作《会稽记》。

② 欧阳询《艺文类聚》卷八《山部下·太平山》引,第145页。

③ 唐宋以前文献多引孔晔《会稽记》及孔晔《会稽记》,章宗源《隋书经籍志考证》卷六《地理》"孔灵符《会稽记》"条,以"晔"为"曅"之讹,曅即晔,章氏疑其为孔灵符之名,故三书实为一书(《二十五史补编》第四册,中华书局,1955年,第4981页)。今案《太平御览》等处引晔、曅《会稽记》内容有类同者,两者当为一书。不过曅是否孔灵符之名?孔灵符《会稽记》是否即是孔晔之书?仍有不少反证,应存疑为妥。

④ 据欧阳询《艺文类聚》卷八《山部下·太平山》引。同处又引孔稚珪《游太平山诗》:"石险天貌分,林交日容缺。阴涧落春荣,寒岩留夏雪。"(第145页)

兼美。如孙绰《兰亭集诗》之二:"流风拂枉渚,停云荫九皋。莺语吟修竹,游鳞戏澜涛。"① 其中传递的兰亭景色之美,非唯笔调丰富,更弥漫着勃勃生机,无妨视为山水诗风正在悄然兴起的反映。到谢灵运诸多关于浙东景色的作品,如《过始宁墅》的"白云抱幽石,绿篠媚清涟";《登池上楼》的"池塘生春草,园柳变鸣禽";《登永嘉绿漳山》的"涧委水屡迷,林回岩逾密";《初去郡》的"野旷沙岸净,天高秋月明";《石壁精舍还湖中作》的"林壑敛暝色,云霞收夕霏"等等②,其写景已化平凡为神奇,其笔触情致的敏感细腻和审美意境的绮丽幽远,确可代表一段时期以来山水诗发展已臻成熟的状态。值得一提的是谢灵运诗风对后世的影响,如承光其风的谢氏族人谢朓,至萧齐时亦在山水诗上大放异彩,遂与谢灵运并称"大小谢"而尤为李白倾心。甚慕谢灵运诗的萧梁王籍宦游会稽,作《入若耶溪》诗述"蝉噪林逾静,鸟鸣山更幽",不仅当时大获赏誉,唐宋以来亦公认为极尽写景之妙的名句③。这也可见以谢灵运为代表的六朝浙东山水诗作,不仅使得其地美景誉满天下令人神往,更因诗风、诗境本身继承发展的传统而持续影响着后世诗人,故足视为浙东唐诗之路形成的又一重渊源。

与山水诗相伴兴起的六朝山水画,诸多名家皆曾居游浙东,其

---

① 张溥《汉魏六朝百三家集题辞注》之《孙廷尉集》,中华书局,2007年,第204页。

② 黄节注《谢康乐诗注》卷二、卷三,中华书局,2008年,第55页、第61页、第80页、第87页、第98页。

③ 王利器《颜氏家训集解》卷四《文章第九》:"王籍《入若耶溪》诗云:蝉噪林逾静,鸟鸣山更幽。江南以为文外断绝,物无异议。简文吟咏,不能忘之。孝元讽味,以为不可复得,至《怀旧志》载于《籍传》。"(上海古籍出版社,1980年,第273页)《南史》《梁书》皆承梁元帝所撰《怀旧志》为王籍立传而存录此句,其诗全文则失传,后世诗话亦多以此为名句。

地风光自易成其画作题材。为人熟知的如东晋顾恺之说会稽山川之美："千岩竞秀,万壑争流,草木蒙笼其上,若云兴霞蔚。"① 从其文字的强烈画面感,令人悬想作为丹青圣手的顾氏是否图绘此景②。长居剡中的戴逵、戴勃父子皆擅山水画③,其画恐亦及于当地景色。历代画作皆因易毁而甚难传世④,今仍可知描绘浙东景物风貌而传至唐初的六朝名画,有毛惠秀《剡中溪谷村墟图》、顾宝光《越中风俗图》、宗炳《永嘉屋邑图》、张善果《灵嘉塔样》等⑤,可谓劫后余烬而弥足珍贵。除这些名家之作外,还有不少无名画匠的浙东山水之作,如孙绰《游天台山赋》极尽渲染其景之神秀绝胜而影响巨大,其序即称此山长期失于记载,幸有图像存其仿佛,流传于方术士之间。其赋正文

① 余嘉锡《世说新语笺疏》卷上之上《言语第二》,第 170 页。

② 张彦远《历代名画记》卷五《晋·顾恺之》载其"画谢幼舆于一岩里,人问所以,顾云:'一丘一壑,自谓过之。此子宜置岩壑中。'"(浙江人民美术出版社,2011 年,第 86 页)谢鲲为谢尚之父,曾自言较之庾亮胸多丘壑,顾恺之画鲲以岩壑为背景,很可能即其盛赞为气象万千的会稽岩壑草木。又杜甫《题玄武禅师屋壁》有句:"何年顾虎头,满壁画瀛洲。赤日石林气,青天江海流。"是顾氏画景确多云气之类。谢思炜《杜甫集校注》卷一二《近体诗一百三首(在成都及绵汉梓州作)》,上海古籍出版社,2015 年,第 1954 页。

③ 裴孝源《贞观公私画史》著录"戴逵画隋朝官本"中有《吴中溪山邑居图》及《十九首诗图》,《四库全书》浙江鲍士恭家藏本。《历代名画记》卷五《晋·戴逵》载后者为《嵇阮十九首诗图》。而嵇康、阮籍之诗往往以林泉景观寓意,戴逵绘其诗图自应有取于剡中风光。又《历代名画记》卷五《晋·戴勃》著录其有《九州名山图》《风云水月图》,且载人称其画"山水胜顾"(第 96—97 页)。

④ 如《宋书》卷九三《隐逸·宗炳传》载其好水山,爱远游,"凡所游履,皆图之于室",以备老疾"卧以游之"(中华书局,1974 年,第 2279 页)。而《贞观公私画史》著录"宗炳画隋朝官本"四幅,其中有描绘浙东风貌的《永嘉屋邑图》;《历代名画记》卷六《宋·宗炳》所录有七幅,也包括了《永嘉屋邑图》(第 105 页)。

⑤ 皆裴孝源《贞观公私画史》所著录之"隋朝官本"。又《历代名画记》卷七《南齐·谢约》述其善山水,有《大山图》传世(第 116 页)。谢约亦谢氏族人,此图所绘未知是否浙东名山。

有"赤城霞起而建标,瀑布飞流以界道"之句,李善注引《天台山图》曰:"赤城山,天台之南门也。瀑布山,天台之西南峰,水从南岩悬注,望之如曳布。"这份《天台山图》形成在唐初以前而配有文字,似近于舆图。孙绰此赋历述天台胜景,却未必一一亲履,其写作过程即应参考了东晋流传的天台山图像。又如徐灵府《天台山记》载刘宋文帝元嘉年间,朝廷曾遣高手画匠前往天台山,绘天姥峰状于圆扇,以标灵异,以广流传①。凡此之类的画作,无论是画匠写实的景物还是名家所抒的意象,其对浙东风光的写照、渲染,在便于后人案图索骥或向往其景的美妙上,也应起到了重要作用。

　　以上所述六朝地志及山水记咏之作,包括山水诗及山水画的兴起和发展,俱受魏晋以来士人因崇尚自然而重新看待自然,因寄情山水而尤其爱好山水的风气影响②,故其相互之间存在着千丝万缕的联系。正其如此,当所有这些作品不约而同地刻画了浙东风光,其中又多影响巨大的名家传世之作时,自会相互烘托和格外放大当地景色的声誉。如上面所引会稽地志对当地传统及山水名胜的记叙,孙绰参考图像而撰《游天台山赋》,谢灵运浙东山水诗佳句的如画意境,毛惠秀因剡中景色绝秀、名士流连而作《剡中溪谷村墟图》,不仅各为

---

① 方瀛观、徐徽君《天台山记》:"宋元嘉中,台遣画工匠写山状于圆扇,以标灵异,即夏禹时刘、阮二人采药遇仙之所也。"收入黎庶昌《古逸丛书》中册,广陵书社,2013年,第555页。

② 如孙绰《游天台山赋》的开头几句:"太虚辽廓而无阂,运自然之妙有,融而为川渎,结而为山阜。嗟台岳之所奇挺,实神明之所扶持。"(严可均《全上古三代秦汉三国六朝文》之《全晋文》卷六一,中华书局,1958年,第1806a页)王羲之《兰亭集诗》之二:"仰视碧天际,俯瞰渌水滨,寥阒无涯观,寓目理自陈。大矣造化工,万殊莫不均,群籁虽参差,适我无非亲。"(丁福保《全汉三国晋南北朝诗》之《全晋诗》卷五,中华书局,1959年,第431页)这都是以山川为自然之道所凝,神明造化所成,可以说是万物出于自然说的直接体现。

相关作品的典型代表,而且在提升浙东风光的美誉方面起到了广泛持久又不可取代的作用。

四、道、佛教与儒、玄学之交响

六朝时期浙东人文的又一突出积累,是道教、佛教在此的盛行及其与玄学、儒学的多重交流。这就使得此期的浙东,弥漫着采药求仙、修道长生、崇佛觉悟、解脱俗谛、谈玄论儒、扬弃名教的浓厚氛围,涌现了众多修为深湛、世所推重的名道、高僧,他们与当地信众的多重联系,与大批风流名士的酬唱往还,可以说是六朝浙东人文传统中极为夺目的一页。而所有这些的奏鸣交响,均直接关乎人心世道、信仰执念、玄言哲思,及于轮回、长生等千古之秘,也就构成了其地对后人心灵的多重召唤,构成了浙东唐诗之路形成的要因。

浙东是六朝道教的重要传播区。如道教上清派茅山宗继魏华存、杨羲的第三代宗师许谧做过余姚县令,其父东晋时曾为剡县令,其兄则定居于此,在这一带建立了较好的教众基础。约东晋末上清派原典多由许谧之孙许黄民携之入剡,又托付给当地马朗、马罕兄弟,二人后来被尊为继承许谧少子许翙的第五、六代宗师。这都足见剡县实为上清派早期发展的重镇和杨、许真经至为重要的集散地①。天师道在会稽势力尤大,王、谢、孔氏等侨旧高门不少都世为其信徒。王羲之去官闲居,即"与道士许迈共修服食,采药石不远千里,遍游东中诸郡,穷诸名山,泛沧海"②。孔稚珪之父孔灵产则于禹井山立道

---

① 陶弘景《真诰》卷一九《翼真检第一·真经始末》,中华书局,2011年,第339—345页。

② 《晋书》卷八〇《王羲之传》,第2101页。又谢灵运《山居赋》有句:"采石上之地黄,摘竹下之天门,搋曾岭之细辛,拔幽涧之溪荪,访钟乳于洞(转下页)

馆,"事道精笃,吉日于静屋四向朝拜,涕泗滂沲"①。谢灵运出生旬日,其家即因"子孙难得",将其寄养于江东天师道领袖钱塘杜氏家中至十五岁②。钱塘杜氏与浙东关系至为密切,东晋末年作乱于会稽的孙恩,即为杜氏家主杜子恭门徒孙泰的弟子。杜子恭之裔杜道鞠、杜京产父子刘宋以来亦活跃于会稽,京产则徙居剡县南墅大墟,曾聚集顾欢、戚景玄、朱僧摽等整理道经,山阴、吴兴等四方道众多有前来③。凡此之类,不仅表明了魏晋以来道教在浙东生根传播蔚然成风的状态,也反映了浙东地区在道教发展史上的重要地位。

与道教传播直接相关的一个显著现象,则是诸神仙传说密集于浙东。如《水经注》述始宁有坛谦山,"尝有采药者,沿山见通溪,寻上于山顶,树下有十二方石,地甚光洁。还复更寻,遂迷前路。言诸仙之所憩谦,故以坛谦名山"。又述上虞县南有兰风山,山有三岭,"丹阳葛洪,遁世居之,基井存焉。琅邪王方平,性好山水,又爱宅兰风,垂钓于此,以永终朝"④。《名山略记》述会稽有小白山,"阳城赵广信以魏末入小白山,受李氏服气法,又师左元放受守中之道"⑤。坛

<hr/>

（接上页）穴,讯丹砂于红泉。"（严可均《全上古三代秦汉三国六朝文》之《全宋文》卷三一,第 2608a 页）是其采药于始宁居处左近山岭的写照。另如《太平御览》卷四七《地部十二·会稽东越诸山》"乌带山"条引孔灵符《会稽记》诸暨县西北有乌带山产紫石英,相传为谢敷游览其地时,因山神托梦而发现于不经意间（中华书局,1960 年,第 228 页）。《嘉泰会稽志》卷六《祠庙》"诸暨县乌带庙"条又引夏侯曾先《会稽地志》述梁武帝时亦遣人开采此山之紫石英（《会稽二志点校》,第 105 页）。可见六朝时人往往渲染浙东一带多出灵药,甚便信奉道教者服食炼丹之用,遂与修神仙长生之术者所趋骛。

① 《南齐书》卷四八《孔稚珪传》,中华书局,1972 年,第 835 页。
② 曹旭注《诗品集注》卷上,上海古籍出版社,1994 年,第 160—161 页。
③ 陶弘景《真诰》卷二〇《翼真检第二》,第 346 页。
④ 俱见陈桥驿《水经注校证》卷四〇,中华书局,2007 年,第 945—946 页。
⑤ 《太平御览》卷四七《地部十二·会稽东越诸山》"小白山"条引,第 228 页。

谶、兰风、小白山等等,本来仅为当地名胜,却皆因其仙踪飘渺,并与葛洪、王方平等道教神仙人物结缘而得远近闻名。至于本就名声甚著,相传又有禹遇东海圣姑的会稽山、黄帝游仙之处的缙云山、葛玄等灵仙所居的天台山之类,则更仙迹密布而聚集了众多著名道观,也就愈为天下人所神往了。这方面还有一个重要的事实值得注意,即道教推崇的洞天福地,不少都分布在区区浙东一地。据北宋道士张君房《云笈七签》所记,唐以来公认的道教"十大洞天"中,浙东有天台赤城山等三处;"三十六小洞天"中,浙东有四明、会稽山等八处;"七十二福地"中,浙东有东、西仙源,天姥岑等十五处[1]。所谓洞天福地即道教史上影响巨大的神仙名道居处所在,为天下修道成仙的最佳之地,而大多成名于六朝时期[2]。浙东地区在其中所占的比重若此之高,正是唐以前其地已为天下道众趋鹜向往的体现[3]。

佛教在六朝浙东的传播亦蔚为大观。东晋以来活跃于此的高僧,如竺法潜本为王敦之弟,出家为僧而擅《法华》《大品》等经,永嘉初避乱过江,甚为东晋诸帝王将相所重,后长驻剡县仰山寺讲经传教,远近信众结队而来,所授门徒竺法友、竺法蕴、康法识、竺法济等各有成就。支遁则自吴地支山寺东徙会稽,永和年间与王羲之定交,延住山阴灵嘉寺。后入剡,先在沃洲小岭立寺行道,"僧众百余,常

---

① 详见张君房《云笈七签》卷二七《洞天福地》,中华书局,2003年,第608—631页。

② 陶弘景《真诰》卷一一《稽神枢第一》:"大天之内,有地中之洞天三十六所,其第八是句曲山之洞。"(第195页)是三十六洞天说在六朝已经出现,第八为句曲山洞。《云笈七签》则述句曲山洞为"十大洞天"之八,可见其说上承六朝的调整变化。

③ 南朝文豪江淹撰有《赠炼丹法和殷长史》诗,其开头两句即为"琴高游会稽,灵变竟不还。不还有长意,长意希童颜",反映了其受会稽神仙传说影响之况(丁福林、杨胜朋《江文通集校注》卷三,上海古籍出版社,2017年,第444—445页)。

随秉学"。晚年又移石城山立栖光寺，间至山阴、建康等地讲经论道，交游甚广，多为一时名士[1]。刘宋释慧基先在建康师事释慧义及西域高僧僧伽跋摩，后自钱塘显明寺徙止山阴法华寺，"尚学之徒，追踪问道"，又在会稽龟山修立宝林精舍，"设三七斋忏，士庶鳞集，献奉相仍"。齐初因其"被德三吴，声驰海内，乃敕为僧主，掌任十城，盖东土僧正之始也"[2]。至于佛教史上声名显赫的智𫖮、吉藏两位大师，智𫖮在陈时自建康瓦官寺移驻天台山，创弘禅法，判释经教，为天台宗创始人，因其极受隋朝尊奉而号称国师[3]。吉藏为生于建康的安息人，陈时出家，名播一方，隋朝灭陈后徙止会稽嘉祥寺，以讲授三论著称，为三论宗创始人，隋及唐初皆为朝廷所重[4]。智𫖮、吉藏传教创宗的经历，皆得名于建康而大成于会稽，足见浙东在佛教中国化进程中亦有重大地位。

六朝时期先后出现于浙东地区的佛寺，今仍可考于文献记载的约近三百所，在同期南北可考者近三千所佛寺中占了1/10[5]，这就集中说明了当地佛教信徒之多及基础之广。另有一事更值得注意，据严耕望先生《魏晋南北朝佛教地理稿》统计，慧皎《高僧传》所载东

---

① 以上二人事迹俱见慧皎《高僧传》卷四《义解一·晋剡东仰山竺法潜传》《晋剡沃洲山支遁传》，中华书局，1992年，第156—158页、第159—164页。

② 慧皎《高僧传》卷八《义解五·齐山阴法华山释慧基传》，第323—325页。

③ 释道宣《续高僧传》卷一七《习禅篇之二·隋国师智者天台山国清寺释智𫖮传》，中华书局，2014年，第623—635页。

④ 释道宣《续高僧传》卷一一《义解篇七·唐京师延兴寺释吉藏传》，第392—396页。

⑤ 据封野《汉魏晋南北朝佛寺辑考》目录及"浙江"部分统计，凤凰出版社，2013年，第1—29页。此书所辑今江苏境内佛寺达710所，浙江463所居次，以下江西211所，湖北169所，安徽124所，其余南方各省皆在百所以下。由于汉建佛寺甚少，故其统计绝大部分皆是魏晋至隋以前佛寺。

晋高僧的驻锡地,北方最多的是长安,达 17 人;南方最多的是建康与会稽,皆 10 人,其中剡县即达 6 人。其他地方绝大部分皆仅 1 人,最多的如庐山、荆州也都只有 5 人。严氏又统计《高僧传》所载的东晋高僧游止之地,人数最多的也是在长安、建康和会稽,分别达 27 人次、23 人次和 17 人次,其中剡县一地达 8 人次。应当强调的是,这些高僧无一不是品格弘毅、学问渊综的盖世之才,可以说是一代风云人物的杰出代表,其所聚集的长安、建康则为都城所在,也就尤其显得其集中驻锡往来于会稽的不同寻常了。以此联系上面所述南渡士人纷纷进至钱塘江以东巩固家族根基,道教洞天福地亦较多分布于此而令天下信众向往其地的种种事实,那就不能不令人吟味:浙东唐诗之路是否在东晋以来就已形成了某种雏形呢?

　　至于佛、道、儒、玄在浙东地区的交流佳话,如竺法潜在东晋明帝以后,“乃隐迹剡山,以避当世,追踪问道者,已复结旅山门。潜优游讲席三十余载,或畅方等,或释《老》《庄》,投身北面者,莫不内外兼洽”。王羲之虽信奉道教,亦与僧人多有往来,其与支遁定交,则因遁与之讲论《庄子·逍遥游》篇,“才藻新奇,花烂映发。王遂披襟解带,留连不能已”①。谢灵运则著有《辨宗论》,欲以道家得意之说诠解顿渐,折中孔释,并与僧人法勖、僧维、慧驎、法纲等往复问难②。这些都是佛、道、玄学在浙东共为士人所好而讨论交流的场景。梁末江总避乱会稽,憩于龙华寺,撰有《修心赋》,序述此寺为其六世祖建于刘宋文帝时,以七世祖江彪居于山阴都阳里的故宅为基。赋中述其居寺心态:“折四辩之微言,悟三乘之妙理,遣十缠之系缚,祛五惑之尘

---

① 余嘉锡《世说新语笺疏》卷上之下《文学第四》,第 264 页。
② 释道宣《广弘明集》卷一八《与诸道人辨宗论》,《四部精要》,上海古籍出版社,1993 年,第 189—191 页。

淬。"① 沈约《桐柏山金庭观碑》叙其早慕仙道,曾修道汝南而"固非息心之地",至齐明帝时得居于天台山此观,"翘心属念,晚卧晨兴,餐正阳于停午,念孔神于中夜,将三芝而延伫,飞九丹而宴息"②。江、沈二例正是宦游会稽的南朝儒臣与佛、道关系密切的写照。前已提到东晋褚裒、孙盛在建康共论南北学术特点,并得会稽支遁进一步概括而举世瞩目。余嘉锡先生以为《北史·儒林传》序称"南人约简,得其英华,北学深芜,穷其枝叶",语即本此③。是为六朝建康与会稽儒、玄、佛人士清谈名理而交相呼应,又影响到唐初总结南北经学特点的典型事例。这也可见浙东人文之所以得在六朝不断彰显其异彩纷呈的魅力和影响,是与佛教、道教和儒、玄等学在此的交相辉映分不开的。

　　以上所述六朝浙东在士族名士、山水记咏和宗教文化等方面呈现的事态,当可在很大程度上代表浙东唐诗之路形成的基础条件,也在很大程度上解释唐代诸多诗人接踵前往浙东地区,留下大量动人诗篇的原因。最后还须说明的是,隋唐虽然是承北朝一脉建立起来的一统王朝,但其受六朝文化影响极大,尤其是在士人传统、生活方式、审美如文风、诗风、书风等方面更多地崇尚六朝。这是在历史与现实的交织、反差中持续存在的一重价值取向,也是唐代士人内心深处难以割舍的一份深沉情感。也正是在此驱动之下,曾为六朝名士所流连激赏,到处留下了其文影诗踪和风流逸闻的浙东山水名胜,也就为唐代的文人墨客平添了想象、向往的无穷意境。

　　这一点在唐人作品中多有体现。如初唐四杰之一的王勃亦曾修

---

① 《陈书》卷二七《江总传》,中华书局,1972 年,第 344—345 页。
② 高似孙《剡录》卷五,浙江古籍出版社,2015 年,第 95 页。
③ 余嘉锡《世说新语笺疏》卷上之下《文学第四》,第 255—256 页。

褉于王献之所筑云门山亭,其所作序言感景怀古云:"杂花争发,非止桃蹊;迟鸟乱飞,有余莺谷。王孙春草,处处皆青;仲阮芳园,家家并翠。"①可谓《兰亭集序》的余响。盛唐杜甫有《奉先刘少府新画山水障歌》,其末吟曰:"若耶溪,云门寺,吾独胡为在泥滓?青鞋布袜从此始。"②是其欲效六朝名士的向佛修道之心可掬。晚唐白居易撰《沃洲山禅院记》,述"东南山水,越为首,剡为面,沃洲、天姥为眉目。夫有非常之境,然后有非常之人栖焉",故晋宋以来有白道猷等十八高僧居此,又有戴逵等十八高士游止于此,至唐文宗初又有头陀僧白寂然来游此山,与时任浙东观察使的元稹创修禅院,成而又请白居易为之作记。故白居易在记末感慨:"道猷肇开兹山,寂然嗣兴兹山,乐天又垂文兹山。异乎哉,沃洲山与白氏,其世有缘乎!"③在这些诗文中,唐人的六朝情结,以及六朝浙东人文对于浙东唐诗之路形成的影响,不是已鲜活生动地展现出来了吗?

作者系中国社会科学院历史研究所研究员

论文原载《绍兴文理学院学报》2019年第1期,

第1—12页

---

① 蒋清翊注《王子安集注》卷七《序·三月上巳祓禊序》,其文述此序作于"永淳二年暮春三月",在一般认为勃卒于上元三年之后,上海古籍出版社,1995年,第210—212页。
② 谢思炜《杜甫集校注》卷二,第334页。
③ 高似孙《剡录》卷五,第97页。

唐代两浙驿路考*

华林甫

一、引子

　　唐代馆驿制度十分发达。大者称驿,小者称馆,政府尝设馆驿使、诸道馆驿巡官以掌之。每驿有驿长一人、驿夫若干人,备有马、驴、车等交通工具,水驿还配有渡船。总计开元时置驿 1639 处,其中陆驿 1297 处,水驿 260 处,水陆兼驿 86 处 ①。若以唐制 30 里一驿计,则当时驿路长度约近五万华里。

　　唐代驿制的研究,肇始于陈源远先生,而以严耕望先生成就最为卓著,冯汉镛、王文楚、李之勤等先生的研究亦颇有创见。他们涉及的领域非常广大、地域范围相当辽阔,惟江南、淮南两道驿路尚无人问津。笔者不揣浅陋,从唐诗和地理志书中钩稽出唐代两浙驿路的零星资料(个别含五代时情况),撰成此文,希望得到专家、学者指正。

　　"两浙"为浙东、浙西的合称。乾元元年(758)置浙江东、西二道观察使,浙东领越、睦、衢、婺、台、明、温、括八州,浙西领润、升、常、

---

* 教育部中华优秀传统文化专项课题(A 类)重大项目(批准号:23JDTCA094)阶段性成果。

① 参见李林甫等《唐六典》卷五,中华书局,1992 年,第 162 页。按:三数之和与总数差 4 处,当有小误。

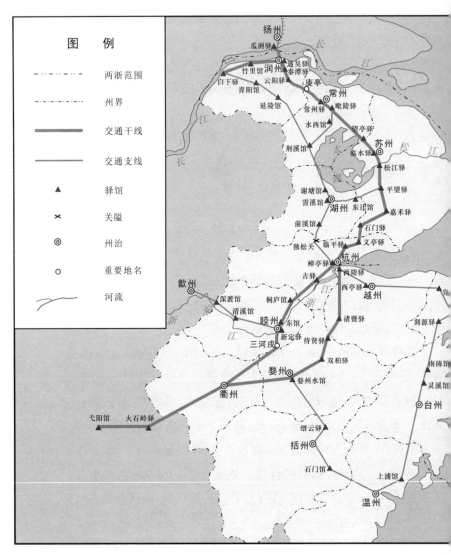

唐两浙驿路图

苏、湖、杭、宣、歙、饶、江十州（不久罢领宣、歙、饶三州另置观察使），贞元四年（788）又割江州隶江西观察使，所以长期稳定的两浙辖区为润、升、常、苏、杭、湖、睦、越、明、台、婺、衢、括（处）、温十四州[①]，相当于今天的浙江全省、上海市和江苏省长江以南部分。唐代的两浙，在经济上已居于举足轻重的地位，尤其是到了唐代后期，两浙成了朝廷的重要经济支柱，"财赋所出，江淮居多"，"嘉禾穰，江淮为之康；嘉禾歉，江淮为之俭"，以至于韩愈说"今赋出天下，江南居什九"。经济的发展，促成了交通的发达；发达的交通反过来又进一步促进了经济的繁荣。

二、干线

唐代的两浙驿路，干线起自润州通吴驿：

> 《全唐诗》卷一三八储光羲《京口送别王四谊》："落潮洗渔浦，倾荷枕驿楼。"诗中写到驿楼，然不知其名。《至顺镇江志》卷一三："通吴驿，在府治南三里，创始于唐，旧名向吴亭。"由此则知储诗中之驿楼，乃指通吴驿，故址在今江苏镇江市南郊。

润州为一交通枢纽，上承扬州瓜洲驿：

> 《全唐诗》卷一五〇刘长卿《瓜洲驿奉饯张侍御公拜膳部郎中……》，同卷又有刘长卿《瓜洲驿重送梁郎中赴吉州》。

---

① 《新唐书》卷四一，中华书局，1975年，第1056页。

扬州乃一大都会,有"扬一益二"之谚,驿路可北通两京(西京长安、东京洛阳)。自瓜洲驿南渡长江,即至润州,其渡曰蒜山:

> 《元和郡县志》卷二五润州丹徒县:"蒜山,在县西九里。"《旧唐书·李德裕传》:"臣今于蒜山渡点其过者,一日一百余人,勘问唯十四人是旧日沙弥,余是苏、常百姓。"《通鉴》卷二二二上元二年正月:"田神功兵败蒜山。"胡三省注:"蒜山,在润州城西三里。"

又,润州亦西承金陵白下驿(别名临江驿)。升州附郭为"舟楫之所交者,四方士大夫多憩焉"①,交通可西达襄、汉。

> 《李白集校注》卷一二《献从叔当涂宰阳冰》"小子别金陵,来时白下亭",王琦注引《景定建康志》云:"白下亭,驿亭也,旧在城东门外。"②又《李白集校注》卷一五《金陵白下亭留别》:"驿亭三杨树,正当白下门。"《全唐诗》卷一九七有张谓《登金陵临江驿楼》。

白下驿至通吴驿之间,尚有竹里馆:

> 《元和郡县志》卷二五润州句容县:"竹里山,在县北六十里。"《文苑英华》卷二九八有卢象《竹里馆》诗。《景定建康志》卷一六:"竹里驿在句容县北六十里仓头市。"故址在今江苏句

---

① 胡文焕选编《稗家粹编》卷二,中华书局,2010年,第51页。
② 今传本《景定建康志》佚此内容。

容市北之仓头乡。

自润州通吴驿南下,可至秦潭驿:

《嘉定镇江志》卷一二有秦潭驿,云"唐置",故址约在今江苏丹徒县境内。

秦潭驿而南,可至云阳驿:

《全唐诗》卷一一六有张子容《云阳驿陪崔使君邵道士夜宴》,卷五三三有许浑《秋晚云阳驿西亭莲池》。张子容诗中的崔使君,系指开元前期任润州刺史的崔操[1],诗中"一尉东南远"系用扬雄"东南一尉"旧典,故知"云阳驿"系指南方云阳无疑[2],故址在今江苏丹阳市。《全唐诗》卷二四四尚有韩翃《送苏州姚长史》"江城驿路长,烟树过云阳",可见云阳驿正当通衢大道上。

自云阳驿而东南,有废亭:

《旧唐书·沈法兴传》:武德三年时李子通陷京口,"法兴使蒋元超拒之于废亭"。《元和郡县志》卷二五润州丹阳县:废亭垒"在县东四十七里"。故址在今江苏常州市奔牛镇西与丹阳市吕城镇接界处。

---

[1] 郁贤皓《唐刺史考全编》卷一三七,安徽大学出版社,2000年,第1852页。编者按:原文为"《全诗》卷一一六张子容有《云阳驿陪崔使君邵道士夜宴》,'崔使君',疑即崔操"。

[2] 当时京兆府云阳县别有云阳馆,有司空曙《云阳馆与韩绅宿别》诗为证。

自废亭东南可达常州,州城有驿:

《全唐诗》卷七五四有徐铉《常州驿中喜雨》。故址在今江苏常州市。

自常州驿东南,又有毗陵驿:

《全唐诗》卷七五六有徐铉《又绝句题毗陵驿》,卷四八二有李绅《毗陵东山诗序》:"东山在毗陵驿,南连水西馆。"《读史方舆纪要》卷二五常州府:"毗陵宫在府东南十五里,地名夏城镇。"

自毗陵驿又东南,可至望亭驿:

《全唐诗》卷二○七有李嘉祐《自苏台至望亭驿人家尽空春物增思怅然有作因寄从弟纾》,同书卷五○五有郭良骥《自苏州至望亭驿有作》,《白居易集》卷二四有《望亭驿酬别周判官》。故址在今江苏吴县市北之望亭镇。

望亭驿而南,即至苏州,州城有临水驿:

《全唐诗》卷二八有孙光宪《杨柳枝》:"阊门风暖落花乾,飞遍江南雪不寒。独有晚来临水驿,闲人多凭赤阑干。"按:阊门为苏州西北部城门名,门前濒临江南运河。

自苏州而南,有松江驿:

《全唐诗》卷一五一有刘长卿《登松江驿楼北望故园》,卷五九〇有李郢《晚泊松江驿》,卷六五二有方干《题松江驿》。按陆广微《吴地记》:"松江一名松陵。"松江驿故址应在今江苏吴江市市府所在地松陵镇。元和时,苏州刺史王仲舒尝"堤松江为路"①,便利了交通。

自松江驿而南,有平望驿:

《全唐诗》卷五一〇有张祜《题平望驿》,卷六五八有罗隐《秋日平望驿寄太常裴郎中》;《全唐诗外编》有张祜《平望驿寄吴兴徐使君玄之》②,有李郢《平望驿感先辈李从实处士、周锽二故人》③。按:平望驿故址在今江苏吴江市南之平望镇。

自平望驿而南,至嘉兴县,县城有嘉禾驿:

《全唐诗》卷三五六有刘禹锡《送裴处士应制举诗》:"忆得童年识君处,嘉禾驿后联墙住。垂钩斗得王余鱼,踏芳共登苏小墓。"按:"嘉禾"为今浙江嘉兴雅称,嘉禾驿清时为嘉禾递运所④,故址在今嘉兴市市区西部。

自嘉禾驿而西南,有石门驿:

---

① 《新唐书》卷一六一,第4985页。
② 《全唐诗外编》,中华书局,1982年,第479页。
③ 《全唐诗外编》,第522页。
④ 李卫等修《雍正浙江通志》卷八八,《中国地方志集成》,上海书店,2000年,第1621页。

《读史方舆纪要》卷九一嘉兴府石门塘："唐有石门驿,在石夷门。"《雍正浙江通志》卷八八《驿传·上》:"唐有石门驿,在石门县。"故址在今浙江桐乡市西石门镇。

石门驿西南,有义亭驿(旧名桑亭驿):

《全唐诗》卷八一七有皎然《自义亭驿送李长史纵夜泊临平东湖》。《咸淳临安志》卷五五:"义亭驿在(盐官)县西北二十五里,唐贞观五年置,旧号桑亭驿,八年改今名。"《雍正浙江通志》卷八八《驿传·上》:义亭驿"元至元间改长安水驿,明革"。故址在今浙江海宁市西长安镇。

自义亭驿西南,又有临平驿:

《全唐诗外编》有张祜《题临平驿亭》[①](又见《张祜诗集》卷八)。故址在今浙江余杭市市府所在地临平镇。

自临平驿而西南,即至杭州,州城有樟亭驿:

《全唐诗》卷四三六有白居易《宿樟亭驿》,卷五〇六有章孝标《题杭州樟亭驿》,卷五二九有许浑《九日登樟亭驿楼》,卷六七四有郑谷《题樟亭驿楼》,卷六九七有韦庄《樟亭驿小樱桃》,卷七一三有喻坦之《题樟亭驿楼》。《咸淳临安志》卷五五:"樟亭驿在钱塘县旧治之南五里,今为浙江亭。"《读史方舆纪

---

① 《全唐诗外编》,第168页。

要》卷九〇杭州府："浙江驿,府南十里龙山闸左滨江,宋有浙江亭,置于候潮门外,亦曰樟亭。"故址约在今杭州市南玉皇山南麓。

自樟亭驿而南,驿路分为两条,其一西去,经桐庐、睦州而达衢州,可称为"睦州路";其二南渡钱塘江,经诸暨、婺州而西南达于衢州,可称为"婺州路"。

兹先述睦州路如下:

自樟亭驿而西南,至富阳,有古驿:

《雍正浙江通志》卷八八《驿传·上》:"古驿,在(富阳)县西,梁贞明间(915年—921)立,今废。"

富阳古驿西南至桐庐,有桐庐馆:

《全唐诗》卷四三六白居易《宿桐庐馆同雀存度醉后作》,杜牧《樊川文集》卷三《夜泊桐庐先寄苏台卢郎中》:"水槛桐庐馆。"故址约在今浙江桐庐县。

自桐庐西南行,有东馆:

《全唐诗外编》有贯休《宋使君罢新定移出东馆》[1],诗中说东馆是"江馆",宋使君是离新定(睦州)而赴杭州去任刺史的,则东馆当南离睦州不远。《淳熙严州图经》卷一:"东馆,在东津,

———————————
[1]《全唐诗外编》,第625页。

旧有东馆楼,钱文肃公更其名曰分歆。"

东馆而南,至睦州,州城有新定驿:

《淳熙严州图经》卷一:"新定驿,旧在州门外,今废。"按:
睦州于北宋末年改名严州,治所在今浙江建德市东之梅城镇。

新定驿之南,有三河戍,西南可至衢州:

《新唐书·地理志》:睦州有"三河戍"。《读史方舆纪要》卷
九〇严州府:三河关"有三河渡,即东阳江渡口也,唐置三河戍
于此"。《淳熙严州图经》卷二:"三河驿在(建德)县南五十里,
当婺州大路。"故址在今建德市东南三河乡。

次述婺州路如下:

自樟亭驿渡钱塘江,为浙江渡,有渡船三只、渡工四人[1],过江即
为西陵驿:

《杜诗详注》卷一七《解闷十二首·其二》:"商胡离别下扬
州,忆上西陵故驿楼。"《又玄集》卷中有李绅《欲至西陵岸寄王
行周》:"忆上西陵故驿楼,驿吏递呼催下缆。"[2]《白居易集》卷
二三有《答微之泊西陵驿见寄》。西陵驿故址在今浙江萧山西北

---

[1] 李林甫等《唐六典》卷七,第 225 页。
[2] 原诗:"西陵沙岸回流急,船底粘沙岸去遥。驿吏递呼催下缆,棹郎闲立道齐
桡。"韦庄《又玄集》卷中,傅璇琮等《唐人选唐诗新编》(增订本),中华书局,
2014 年,第 839 页。

之西兴镇（该镇于 1996 年划属杭州市滨江区）。

自西陵驿南下，至诸暨县，有诸暨驿：

《读史方舆纪要》卷九二绍兴府诸暨县："待宾驿在县城西南。"乾隆《诸暨县志》卷二引《旧志》云："唐初名待馆，大历中令丘岳改诸暨驿。"

诸暨驿南有待贤驿：

《读史方舆纪要》卷九三金华府义乌县："待贤驿，在县北三十里，唐置，宋废。"《雍正浙江通志》卷八九《驿传·下》："待贤驿，（义乌）县北三十里，唐文德二年置，废久。"

待贤驿南至义乌县，县城有双柏驿：

《读史方舆纪要》卷九三金华府义乌县："双柏驿在县治东，唐置。"《雍正浙江通志》卷八九《驿传·下》："绣川驿，在（义乌）县西北一百步，旧在城东四十步，唐名双柏驿，宋名义乌驿。"

自义乌而西至婺州，有婺州水馆。自此而西即至衢州：

《全唐诗》卷六九八有韦庄《婺州水馆重阳日作》。按：五代时，吴越钱氏尝于此置金华驿。①

———————————

① 顾祖禹《读史方舆纪要》卷九三，中华书局，2005 年，第 4289 页。

　　睦州路、婺州路于何处汇合,史无明文,以舆地考之,当在衢州以东不远。自衢州而西,驿路入江南西道的信州大石岭驿、弋阳馆,于今已属江西省。

　　唐代两浙驿路干线,自润州至杭州 730 里 [1],沿江南运河伸展,始终没有偏离江南运河。李翱说自润至杭"渠有高下,水皆不流" [2],可能这一带都是水驿或水陆兼驿,但没有更为详细的记载。自杭州而南,虽分两路,然以睦州路较为重要,可能是水驿,《元和郡县志》卷二六"婺州八到":"正北微西至睦州一百六十里,水路一百八十里。"今所见唐人行经路线,多取此道,如唐德宗贞元二年,权德舆赴任江西观察使判官,自丹阳练湖出发,经嘉兴、临平、湖墅(今杭州市北部湖墅路一带)、富阳、严子陵钓台、桐庐、七里泷等地,过衢州经玉山岭而赴洪州,沿途均有诗作 [3];元和四年,李翱奉使南下,二月丁卯至扬州,第四天渡过长江到达润州,以下的行程依次为:常州、苏州、杭州、富春(即富阳)、七里滩、睦州、盈川、衢州、常山、玉山、信州、洪州 [4]。《千唐志斋藏志》有《故泉州龙溪县尉李君墓志并序》"越闻门,欲观禹穴,维舟于浙江之滨,遘病于杭州之馆……往过桐庐,次于衢州信安县之籍坊",可见这位李君是从苏州出发,经杭州、桐庐而到达衢州信安县的。敬宗时外放温州刺史的张又新,南下时未经诸暨、义乌,而是经过桐庐到温州去的 [5]。当然,婺州路并非没人走,乾符五年黄巢从润州南下广州,大约走的是此路 [6]。

[1] 系《元和郡县》润、常、苏、杭四州里距之和。

[2] 《全唐文》卷六三八,中华书局,1983 年,第 6442 页。

[3] 参见《权德舆诗集》,《唐五十家诗集》本,上海古籍出版社,1981 年。

[4] 《全唐文》卷六三八,第 6442 页。

[5] 《全唐文》卷七二一,第 7420 页。

[6] 参见方积六《黄巢起义考》,中国社会科学出版社,1983 年。

三、支线

唐代两浙驿路除上述干线外,尚有三条支线。兹依次分述如下。

支线一:起自金陵白下驿,东南至句容县,县境有青阳馆:

《全唐诗》卷二〇六有李嘉祐《句容县东青阳馆作》。《景定建康志》卷一六:"青阳驿在句容县东二十里。"

自句容县东南至金坛县,县城有延陵馆:

《嘉定镇江志》卷一二金坛县:"延陵馆在县治西五十步,唐圣历中建,后废。"

金坛县东南至义兴,有荆溪馆(别名阳羡馆):

《全唐诗》卷二六三有严维《荆溪馆呈丘义兴》,卷五一〇有张祜《晚次荆溪馆呈崔明府》"舣舟阳羡馆",则知荆溪馆、阳羡馆原为一地。《咸淳毗陵志》著录阳羡馆在宜兴县遵义坊,北临荆溪,故名。

荆溪馆东北可承常州水西馆,与干线相接:

《全唐诗》卷四八二李绅《毗陵东山诗序》:"东山在毗陵驿,南连水西馆,馆即独孤及在郡所置。"同书卷二四七有独孤及《水西馆泛舟送王员外》,卷五一〇有张祜《题常州水西馆》,

《白居易集》卷八有《郡斋暇日辱常州陈郎中使君早春晚坐水西馆……》。

自荆溪馆南下而至湖州,州西有谢塘馆:

《太平寰宇记》卷九四湖州乌程县:"谢塘,在县西四里,晋太守谢安开,唐大历间刺史裴清于州西起谢塘馆。"

湖州州城尚有霅溪馆:

《樊川文集》卷三《八月十二日得替后移居霅溪馆因题长句四韵》,《全唐诗》卷八一八皎然《霅溪馆送韩明府章辞满归》。《寰宇记》卷九四湖州乌程县:"今废霅溪馆。"

此驿路至湖州而分为两路,一路向东,经太湖馆(一名东迁馆)至平望驿,可接上干线:

《全唐诗》卷八一八有皎然《太湖馆送殷秀才赴举》。《读史方舆纪要》卷九一湖州府:东迁城"唐开元廿九年刺史张景尊置太湖馆于此,大历九年颜真卿改曰东迁馆"。今为浙江湖州市东迁乡。另,《嘉泰吴兴志》卷九乌程县:"旧《图经》载驿四所:升山馆在县东二十四里,东迁馆在县东四十里,震泽馆在县东九十一里,平望驿在县东一百三十里,并云今废,则其废久矣。"升山、震泽二馆有可能亦为唐制,存此备考。

另一路往南,至武康县,县城有前溪馆:

　　《全唐诗》卷二〇七有李嘉祐《题前溪馆》,卷一四七有刘长卿《恩敕重推使牒追赴苏州次前溪馆作》。按:前溪即余英溪,在今浙江德清县(武康镇)西。武德五年,辅公祏败绩,由丹阳、常州南遁,至武康被执,走的即是此路。①

自前溪馆而南,过独松关,东南至杭州而与干线接合:

　　《旧唐书·王雄诞传》:武德四年“李子通以精兵守独松岭,雄诞遣其部将陈当率千余人,出其不意,乘高据险,多张旗帜,夜则缚炬火于树上,布满山泽间,子通大惧,烧营而走”。《读史方舆纪要》卷八九:独松关“为江浙二境步骑争逐之交”。

支线二:起自西陵驿,东至越州,州城西门有西亭驿:

　　《读史方舆纪要》卷九二绍兴府:蓬莱驿“在府西迎恩门外,唐曰西亭驿,宋曰仁风驿,明朝改今名”。

越州境内尚有镜波馆、苦竹馆,故址今地待考:

　　《全唐诗》卷五三〇有许浑《陪越中使院诸公镜波馆饯明台裴郑二使君》,卷一四七有刘长卿《晚次苦竹馆却忆干越旧游》。

自越州而东,至慈溪县,有凫矶江馆:

---

① 《新唐书》卷八七,第 3724 页。

《全唐诗》卷五四九有赵嘏《泊凫矶江馆》,《大清一统志》卷二九二:"凫矶馆,在慈溪县东南二里,唐开元中令房琯建。"按:旧慈溪县治在今浙江宁波市慈城镇。

自慈溪南下,至奉化县,有刿源驿:

《读史方舆纪要》卷九二奉化县:连山驿"在县东五里,唐置刿源驿,在大溪东"。

自奉化南下,至宁海县,有南陈馆:

《资治通鉴》卷二五〇咸通元年五月:"王式破裘甫于宁海;甫既失宁海,率其徒屯南陈馆下。"胡三省注:"南陈馆在宁海县西南六十余里。"

宁海而南,天台县有灵溪馆:

《全唐诗》卷五〇四有郑巢《泊灵溪馆》,《嘉定赤城志》卷三天台县:"灵溪驿在县东三十里。"

自灵溪馆南下而至乐城(今乐清),有上浦馆,复南行即至温州:

《全唐诗》卷一六〇有孟浩然《永嘉上浦馆逢张八子容》。按:此"永嘉"乃指永嘉郡,据《全唐诗》卷一一六张子容《除夜乐城逢孟浩然》,上浦馆应在乐城县(今乐清市)境。

按：这条支线二为唐代文人往来的热线，举凡李白遨游天姥、孟浩然南下永嘉、元稹观察浙东等，走的都是此路；尤其是北段，诗人、官吏、僧侣，来往不绝。

支线三：起自婺州水馆，西南至缙云县，县城有缙云驿：

> 《全唐诗》卷一一八孙逖《送扬法曹按括州》："东海天台山，南方缙云驿。"

缙云县尚有永望馆，具体位置不详。《全唐诗》卷八五三有吴筠《题缙云岭永望馆》。自缙云县东南至青田县，有石门馆，往东即是温州：

> 《全唐诗》卷三〇七、卷八八三有丘丹《秋夕宿石门馆》。按：石门馆故址在今青田县高市乡。

四、结语

综上所考，唐代两浙驿路有一条干线、三条支线。干线北起今江苏镇江市，南沿江南运河经今丹徒县、丹阳市、常州市、吴县市、苏州市，纵贯吴江市，进入今浙江境内，经今嘉兴市、桐乡市、海宁市、余杭市、杭州市。再往南就分为两路，一路（睦州路）西过今富阳市、桐庐县、建德市而至衢州市，另一路（婺州路）则在杭州渡过钱塘江后，经今萧山市，又南经今诸暨市、义乌市、金华市，西至衢州市与睦州路汇合，再往西就进入江南西道境内了。干线南段以睦州路较为重要。支线之一北起今江苏南京市，东南经句容市、金坛市，与常州市趋西南之分支汇合而南下宜兴市，跨过今江、浙两省省界进入湖州市。此支线往东经今东迁乡东至平望镇接上干线,往南则经今德清县和余杭市西部,至杭州市也接上了干线。支线之二西起今杭州市滨江区西兴镇(该镇 1996 年前一直属于萧山),东过绍兴、宁波两市,南下奉化、宁海、天台,经乐清而达于温州。支线之三西起今金华市,东经缙云、青田两县而至于温州。此外,由睦州而西北,经清溪馆、深渡馆可至歙州(今安徽歙县)[①]。

　　总计唐代两浙境内有文献可考的驿 24 座、馆 20 座,驿程一千三百多华里。今日浙江全省和江苏南部之交通路线,唐时已初具轮廓。

作者系中国人民大学清史研究所教授

论文原载《浙江社会科学》1999 年第 5 期,第 129—134 页

(收入本书时,责任编辑对脚注做了完善和更新)

---

① 《全唐诗》卷一一四,中华书局,1960 年,第 1162 页;卷二七二,第 3064 页。

诗路人物

贺知章的文学世界

陈尚君

　　贺知章是唐代知名度很高的著名文人。他最为人称道的事迹，一是对李白的赏识和称扬，称李白为谪仙人，又有金龟换酒的豪气；二是官至三品之秘书监，年近八十，忽然申请出家为道士，南行返乡，玄宗亲自作诗宠行，满朝公卿一起赋诗赠别，刚赐金离朝的李白在半途有诗相送（据敦煌本伯二五六七号）；三是传世有贺知章草书《孝经》卷，为唐代草书之代表作。这些都为历代所称赞，为学者研究，为大家所熟知。当然也可以有更进一步探讨的空间。贺知章赏识李白，在于好道好酒且以豪爽处世，他与李白几乎完全相同，因而能独加揄扬，不遗余力。他的弃官入道，是否有政治方面的忧虞，或个人身体状况的担心，都值得分析，天宝间陷狱冤死的李邕诸人和他名声相仿，而他归乡不久即病故，也属事实。

　　不过贺知章在文学方面，虽然有几首传世的名篇，但因他的诗文在生前身后都没有结集，估计一是因他生性率意，所作可能随作随弃，没有很好保存，身后也无人作用心搜辑，保留至今者不多，这是很可惜的。因此而使他享重名，有佳什，但难以跻身一流作家之列。我对其作品关心经年，长期积累，本次因参加浙江萧山区政府举办的贺知章研讨会，将历年所得贺知章诗文辑为《新编贺知章集》上下二编，较清编全唐诗文所收诗文，不啻倍之，且来源广泛，多存佳作，因此而得对其文学成就有许多新的认识。

一、贺知章的诗歌

《全唐诗》卷一一二存贺诗一卷,共收诗十九首又二句。近代张寿镛编《四明丛书》,有《贺秘监集》一卷,增加《董孝子黯复仇》一首,虽来历不明,但也难以证伪。这些诗中,稍有一些疑问。一是《开元十三年禅社首山祭地祇乐章》,全组诗八首,最后一首为源乾曜作,其他七首是否都是贺知章所作,因早期文本署名的不统一,稍有疑问。《云溪友议》卷下《杂嘲戏》载贺知章与顾况答朝士诗,因为二人之年辈相差太大,恐难有同时在朝班的经历。事伪,诗有疑问,但考虑到唐人传闻故事颇有据原诗敷衍事实之例,也很难完全否定不是贺诗。另外南宋俞文豹《唾玉集》说传诵名句"但存方寸地,留与子孙耕"是贺知章作,显然记错了,可以否定。而今可据日本所存唐抄本《新撰类林抄》卷四补录五绝《春兴》一首,据陕西抱腹寺石刻补五言古诗《醉后逢汾州人寄马使君题抱腹寺□》①一首,据《分门纂类唐歌诗·天地山川类》将《晓发》诗区分作二首看待,另外《宝真斋法书赞》卷八收唐人草书《青峰诗帖》:"野人不相识,偶坐为林泉。莫漫愁沾酒,囊中自有钱。回瞻林下路,已在翠微间。时见云林外,青峰一点圆。"可能是贺知章《偶游主人园》一诗的全篇。这样增减之下,今存贺诗约为二十三首②。

---

① 叶昌炽撰,柯昌泗评《语石·语石异同评》卷四,中华书局,1994年,第223—224页。

② 本文所引贺知章诗歌,均据拙辑《新编贺知章集》,收入浙江杭州萧山湘湖研究院编《九个世纪的嬗变——中国·杭州湘湖开筑900周年学术论坛文集》,浙江古籍出版社,2014年。

　　贺知章存世诗歌中,《开元十三年禅社首山祭地祇乐章》是为玄宗封禅泰山所作祭祀乐章,庄重肃穆,为此类诗之套式。开元间的应制诗三首,分别因《张说之文集》和《文苑英华》之引录而得保存。同时唱和者人数众多,贺知章所作中规中矩,未必很出色。这些诗从写作行为来说都属于工作职责,并不显示贺之个人风格,可以不必深究。但其他十多首诗,则均很有特色,足以传世。就内容来说,可以分以下几类。

　　《望人家桃花》一首,是一篇沿袭六朝初唐乐府歌行风格的七言长诗,我很怀疑是贺知章早年的作品,因为类似的作品在刘希夷、骆宾王等诗集中很多见,流连风景,稍涉风情,流丽宛转,文辞讲究,但没有太多的开创意义。贺知章年轻时,正是这类歌行主导的时代,他必然受其影响而有所试作。

　　他的最好诗歌,是抒写豪爽酒脱的个性和情怀的。贺知章自称四明狂客,终身嗜酒,生性豪迈,风流俊爽,在诗中有许多表达。唐僧皎然《诗式》卷一录其《放达诗》残句:"落花真好些,一醉一回颠。"写其在落花时节饮酒之醉态,生动传神,可惜全篇不存。日本藏唐抄本《新撰类林抄》卷四存其《春兴》:"泉喷(疑)横琴膝,花黏漉酒巾。杯中不觉老,林下更逢春。"原卷为行草,不易辨识,故"喷"字有待校定。诗所写为对清泉而横琴,落花黏上漉酒巾,诗人生活其间,感叹酒乡岁月不觉流逝,欣然于优游林下而又见满园春色。此诗写出在琴酒林泉间诗人的惬意生活,表达的是率性而不受羁绊的放达情怀。《国秀集》卷上录《偶游主人园》,《文苑英华》卷三一八题作《题袁氏别业》:"主人不相识,偶坐为林泉。莫谩愁酤酒,囊中自有钱。"所写也是随兴而行,因见林泉佳景而流连徘徊,虽主人不相识,也无妨他赏景的兴致。后面两句,是说只要囊中有钱,可以随处酤酒畅饮。这种情怀,和他与李白金龟换酒的豪情是一贯的。近年长沙窑瓷器发现大量题有诗歌的瓷壶,其中即有此诗,仅"林泉"误作"林全","囊中"作"怀中",足可见此诗流传之广,为民间所喜爱①。山西抱腹寺石刻《醉后逢汾州人寄马使君题抱腹寺□》一诗,末有两段尾题,一云:"四明狂客贺季真,正癫发时作。"一云:"庚辰岁首十二日,故人太子宾客贺知章敬呈。"庚辰为开元二十八年(740),贺知章已经到了"八十余数年"的高龄,也可能是他今存最后的诗作。诗云:"昔年与亲友,俱登抱腹山。数重攀云梯,□颠□□□。一别廿余载,此情思弥潺。不言生涯老,蹉跎路所艰。八十余数年,发丝心尚殷。"因逢汾州人,想到早年曾与亲友登临抱腹山,想到道途之艰难,虽然相隔二十多年,但此情依然流水般潺潺不绝。最后说到自己虽然年近暮年,但依然雄心殷殷,颇有老骥伏枥的感慨。诗中有大段自注,叙述当年攀登的细节,似乎是应彼州来信索诗,因醉后作此寄马使君,并嘱其送寺题壁上。虽然再三说到"醉后""正癫发时作""狂痫",但诗中很强烈地表述执着殷切的入世态度,正可看出他精神世界积极的一面。

　　抒写回乡思旧之感,有《回乡偶书二首》,现代较称道的是第二首:"幼小离家老大回,乡音难改鬓毛衰。家童相见不相识,却问客从何处来?"直白如话,但近乡之情娓娓道来,当然是一首好诗。从"老大""鬓毛衰"的叙述,应该是中年以后回乡,而非暮年辞官归隐所作。但在唐宋时期流传更广的,则是第一首:"离别家乡岁月多,近来人事半消磨。唯有门前镜湖水,春风不改旧时波。"感叹离家日久,人事消磨,时光流逝,事业无成,诗意更为蕴藉深沉。后二句从镜湖依旧春风涟漪,反衬年光过隙,自己已老,寄意遥深,感慨无限。关

---

① 参拙文《从长沙窑瓷器题诗看唐诗在唐代下层社会的流行》,见2010年末台湾"清华大学"物质文化与唐史研究会议论文集,待刊。

于此诗有两段故事。一是南唐静、筠二僧撰《祖堂集》卷一○载唐末闽僧雪峰义存的法嗣师郁，在回答门人问禅时，举"唯有门前镜湖水，清风不改旧时波"二句作答，可见此诗流传甚广，且诗意蕴藉而含禅趣，故为僧人所引用。二是北宋文学家苏轼撰《东坡志林》卷二曾叙述一故事云：

> 虔州布衣赖仙芝言，连州有黄损仆射者，五代时人。仆射盖仕南汉官也，未老退归，一日忽遁去，莫知其存亡。子孙画像事之，凡三十二年。复归，坐阼阶上，呼家人，其子适不在，孙出见之。索笔书壁云："一别人间岁月多，归来人事已消磨。惟有门前鉴池水，春风不改旧时波。"投笔竟去，不可留。子归，问其状貌，孙云："甚似影堂老人也。"连人相传如此。其后颇有禄仕者。[①]

这应该是苏轼贬窜南方期间听到的一个传说。黄损是五代时期连州人，事迹见《五代史补》卷二、《诗话总龟》卷一○引《雅言杂载》、《广州人物传》卷四，为后梁龙德进士，南归后仕南汉。所谓退归后三十二年忽然回家，作诗一首而不见，殆为传闻故事，其时似已入宋。苏轼说"连人相传如此"，就是说他本人也不大相信。虽然与贺知章诗有几处文字出入，但显然是同一诗。《全唐诗》卷七三四另收黄损名下，显属误录。但贺诗在五代到宋初传闻如此，且引起苏轼之兴趣，足见其流布之广，影响之大。

送别行旅诗歌。《送人之军中》云："常经绝脉塞，复见断肠流。送子成今别，令人起昔愁。陇云晴半雨，边草夏先秋。万里长城寄，

---

① 苏轼著，王松龄点校《东坡志林》卷二《异事上·黄仆射》，中华书局，1981年，第44页。

无贻汉国忧。"开元时期边疆战争的规模虽还不大,但始终未曾间断。此诗之写作原委不详,但因送别而起离愁,是古诗中常见内容。从前四句推测,贺知章也曾有过边塞的经历,因友人之远行而触动愁绪。五、六两句写边塞景色,寓关怀之意。最后则曲终奏雅,要求努力边事,不要让朝廷担忧。顺便提到"万里长城寄"中"万里长城"一词,是古代典籍中首次提到这一当代耳熟能详的伟大建筑,不过贺诗与此无关,他则是说国家把边事托付给边将,责任重大。万里言其广阔,长城是为国干城,极言边事之重要,并非当时已有万里长城之存在。《晓发》二首,写行旅感受,下文还要说到。五律一篇写晨钟初动,理舟将行,写海潮夜涌,川露晨溶,近舟沙鸟,绰约远峰,每句都写景寓情,最后以思乡怀朋作结,是很有情韵的诗歌。但五绝一篇则将五律中的四句重新组装,突出晨行闻钟,怀乡情切,将写景两句作结,将此情此景定格于画面,引人无限感叹。二诗是同一事之不同诗体表达,其文体意义容下文另述。

　　贺知章是出身南方的诗人,他对六朝以来南方流行的民间诗歌肯定很熟悉,并写作清新晓畅的民歌。今存二首,都是很优秀的作品。如世所传诵的《柳枝词》:"碧玉妆成一树高,万条垂下绿丝绦。不知细叶谁裁出,二月春风是剪刀。"此诗诗题和文本都颇有异文,这里选用今知最早的《云溪友议》卷下、《才调集》卷九的文本。《唐诗纪事》卷一七、《全唐诗》卷一一二都题作《咏柳》,可能是原题。《云溪友议》云元稹在越州时,歌女刘采春歌此为《柳枝词》,可能《才调集》即据以收入。本诗之异文,较重要的是"二月春风是剪刀"的"是"字,《唐诗纪事》《全唐诗》作"似",诗意更为摇曳,《锦绣万花谷前集》卷七作"作",则更有动感,都可以成立。因见春来柳绿,满树新叶,忽发奇想,以春风为剪刀,裁出万条绿绦,设喻新妙明白,得从唐代传唱至今而不衰。另一首《采莲曲》:"稽山罢雾郁嵯峨,镜水无风也自波。莫言春度芳菲尽，别有中流采芰荷。”也以越州采莲女的生活，以稽山、镜水为背景，前二句写湖光山色之秀丽，后二句有淡淡的忧伤，后以中流采荷为结，诗意健康而明朗。

这里还应说到存世贺诗的一个有趣现象，即有两组诗各有繁简二本。一是《晓发》，四句五绝为：“故乡杳无际，江皋闻曙钟。始见沙上鸟，犹埋云外峰。”八句五律为：“江皋闻曙钟，轻曳履还舼。海潮夜漠漠，川雾晨溶溶。始见沙上鸟，犹埋云外峰。故乡眇无际，明发怀朋从。”从宋初即有二本之流传，显非传误所致，应该是诗人所作即有繁简二本。五绝取五律之七、一、五、六四句以成篇，虽然省略了夜行到晨景的描写，省去了怀友的内容，但诗意更为凝练强烈，可以看到唐人推敲诗意，或者说从律诗到绝句技法之进步。《全唐诗》以五律为正文，以五绝为注，我认为还是《分门纂类唐歌诗·天地山川类》作二诗收录更为妥当。另一例是前引《偶游主人园》：“主人不相识，偶坐为林泉。莫谩愁酤酒，囊中自有钱。”诗意当然已经完整。而《宝真斋法书赞》卷八录唐人草书《青峰诗帖》：“野人不相识，偶坐为林泉。莫漫愁沽酒，囊中自有钱。回瞻林下路，已在翠微间。时见云林外，青峰一点圆。”这首诗书者不详，可能是中唐前人抄写前人诗。与前引贺诗比较，前四句仅有首句一字不同，而后半段则是前诗的延续，即前半写得见园林之愉悦，后半回看来路，再放眼远望，因此而有联想和感悟，诗意是连续而完整的。因此我倾向认为此即贺之全诗。而《偶游主人园》最早见载于《国秀集》，该书收诗止于天宝三载（744），即贺知章辞官归道那年，即贺知章生前流行文本就是如此。此又一例。类似情况还有畅诸《登鹳鹊楼》诗的两本，即北宋司马光、沈括在鹳鹊楼上所见“迥临飞鸟上，高谢世人间。天势围平野，河流入断山”四句，以及敦煌遗书伯三六一九号所载八句：“城楼多峻极，列酌恣登攀。迥林（临）飞鸟上，高榭（谢）代人间。天势围平野,河流入断山。今年菊花事,并是送君还。"也属此例。可能还可补充几例。我认为这一改写,正是以古诗为主的六朝诗歌向以近体律绝过渡时期,在同一诗题写作中,更为集中更为强烈地表达某种感受的努力,显示绝句具有更为特殊的魅力。有理由相信,贺知章在盛唐诗风形成过程中,做过许多这方面的努力。

虽然贺知章诗歌存世仅二十多首,但具备了从初唐到盛唐诗歌的各种体式和内容,无论抒情写景都达到很高的成就,其中至少有七八首可以列入唐代最优秀作品的行列。从这些诗中,我们可以看到他对越中风光和民歌的深厚感情,诗中表达对家乡的热烈情怀,同时,他的豪迈洒脱个性和嗜酒重道偏好,在诗中也有强烈抒发。而这一切,与大诗人李白的个性和才华完全相通,甚至可以说如出一辙,难怪两人一见,能如此相知,彼此推挽,惊为天人,许为知己。我相信贺知章平生所作诗歌数量应该很巨大,证据是从其今存诗歌的流播史来分析,既曾编入《国秀集》《才调集》等唐人选唐诗,也曾流传于越中歌女之口,为长沙窑工匠书于瓷壶,为禅宗僧人所引据,写本流入东瀛,石刻存于汾州,在各类文献中都有保存,足见影响之广。可惜存世数量毕竟不多,大约因为他的个性率意,生前身后都没有结集,终至大多亡佚。相比较来说,李白晚年病中授稿于李阳冰,前此魏颢也曾帮助编次文集,因为二人的努力,得有近千首作品流传至今。诗人之幸或不幸,即此可知。贺知章以一流名士而有诸多名篇,但却无法在文学史上占据一流地位,可发浩叹。

二、贺知章的文章

贺知章文章当时也很有名,可惜传世者不多。《全唐文》卷三〇〇仅收两篇,《上封禅仪注奏》是开元十三年(725)随玄宗登泰山时的奏议,《唐龙瑞宫记》残缺过甚,难以卒读。清末陆心源编《唐文拾遗》,据《汝帖》和《宝真斋法书赞》录短简四则,文意较简单。笔者二十多年前编纂《全唐文补编》,据唐王泾著《大唐郊祀录》补开元十一年(723)与张说共进言南郊大礼仪注之奏议一篇;据清末人著《越州金石记》卷一和《文物考古资料》1984年刊绍兴市南宛委山南坡飞来石上摩崖石刻,相对完整地写定了龙瑞宫记之文本(后半残损),知原题为《龙瑞宫山界至记》,是记载开元二年(714)越州怀仙馆敕改龙瑞宫后,其管辖之四至范围及其周边之名胜。据此可以知道贺知章之信道可以追溯到开元初年,而此碑所记越州诸胜迹对地方史研究具有重要价值,但本身的文学价值并不高。

　　真正具有文学研究价值的,是近代以来出土的贺知章撰文的唐代墓志,达八篇之多,内容也极其丰富。笔者曾对唐代墓志作者作过详尽记录(陈尚君编《唐五代文作者索引》,中华书局,2010年),出土墓志在五篇以上者人数大约不足十人。就墓志出土的偶然性来分析,贺知章曾撰文的墓志应该数量非常巨大,总数应该在五十篇以上,相信今后还会有新的发现。

　　贺知章撰墓志最早的一篇是开元二年(714)撰《唐故朝议大夫给事中上柱国戴府君墓志铭并序》[①],当时贺知章任太常博士,地位尚低。志主戴令言,湖南长沙人,先世仕陈、隋,官职随时渐降,但其颇禀湘人梗概之个性。贺知章写他"甫及数岁,有若成童。垂髫能诵《离骚》及《灵光》《江》《海》诸赋,难字异音,访对不竭",可称神童。而其性格则"颇侠烈",自称"吾不能为小人儒","好投壶、挽强、击刺","历览群籍,尤好异书,至于算历卜筮,无所不晓。味老庄道

---

① 周绍良主编《唐代墓志汇编》,上海古籍出版社,1992年,第1156—1157页。吴钢主编《全唐文补遗》第七辑,三秦出版社,2000年,第32页。

流,蓄长往之愿,不屑尘物"。州乡欲推荐他参加科举,他傲然便曰:
"大丈夫非降玄纁不能诣京师,岂复碌碌从时辈也。"不愿追随俗流,
附会平庸以晋身,因"家近湘渚,地多形胜,每至熙春芳煦,凛秋高节,
携琴命酌,棹川藉墅,贵游牧守,虽悬榻入舟,不肯降志"。颇具傲岸
之性格。直到三十多岁,武后降诏旌表,方应召入京,但他不愿受官
场局促,"犹怀江湖,因著《孤鹤操》以见志",乃弃宦归乡。此后五六
年,大约四十岁以后,再被征召,且得宣室召对,方脱褐从官,先后任
右拾遗、□补阙、长社令,都有善政。睿宗景云初,历任左台侍御史、
三原令、库部郎、水陆运使,官至给事中,卒年五十六。戴令言一生经
历从隐到仕的过程,任官的实际建树并不十分清楚,贺知章的叙述也
难免因墓志文体而有所溢美。但志文用较大篇幅叙述他博学、任侠、
好道、孤傲的性格,写他在归隐与为官之间的追求自由人格、不愿受
尘俗羁绊的兀傲表现,在一定程度上寄托贺知章本人的人生选择与
好恶。这些性格,在李白身上表现最为强烈,而贺知章写下以上文字
时,李白还仅是蜀中一位未成年的少年。可以说这是盛唐的初声,也
可以理解贺知章赏识李白的深层原因。

　　《大唐故中散大夫尚书比部郎中郑公墓志铭并序》[1] 撰成于开
元十五年(727),志主郑绩出身世家大族,是一位勤勉的学者。墓
志称赞他"行先王之道,读圣人之书。观其仪形,朗如明月;挹其文
藻,晔若春华",从仪貌、重道、文采三方面写其个性。他在对策后,
即授越州永兴主簿,在今萧山任官。后来担任吐蕃分界使,因撰《柘
州记》一卷,柘州在今四川松潘一带,是唐与吐蕃常发生冲突的地
区。郑绩因出使而详记其风土地理,墓志称"深明长久,有识称之",

---

[1] 王关成、刘占成、吴晓丛《〈郑公墓志铭〉及其史料价值》,《文博》1989 年第 4
期。参陈尚君辑校《全唐文补编》卷三五,中华书局,2005 年,第 425 页。吴
钢主编《全唐文补遗》第一辑,三秦出版社,1994 年,第 116 页。

似乎还提出与吐蕃之经营方略。墓志又称其任秘书郎后，"讨论七阁，综核九流"，可能参加开元前期整理群书之工作，并"著《新文类聚》一百五十卷，依《春秋》作《甲子纪》七十篇"。仅就书名推测，我觉得《新文类聚》是仿《艺文类聚》体例而主收唐人诗文的大型类书，而《甲子纪》应属《春秋》以来历史大事记一类著作，类似司马光在著《资治通鉴》前编《稽古录》一类著作。郑绩续任职方员外郎，掌管天下地志图籍，乃撰《古今录》二百卷，应该是古今地理沿革或汇聚地图之著作。此外，贺知章还提到他"有书一万卷藏于家，有集五十卷传于代"，是关于唐人藏书的重要记录，文集五十卷也颇具规模。十分可惜的是，郑绩的所有著作没有留下任何只言片纸，史籍中也没有郑的任何记录，若非贺知章详细加以记录，我们无从知道这位学者的存在。

贺知章撰《唐银青光禄大夫使持节曹州诸军事曹州刺史上柱国颍川县开国男许公墓志铭并序》①所记志主许临，其曾祖许胤、祖许叔牙、父许子儒，都是陈、隋以来的著名学者，世为帝师。许临早年曾任相府骑曹，也算睿宗潜邸之门客。后来历官谘议、虢州长史、邠王府司马等。开元初任羽林将军、右武卫将军，参与平定常元楷之乱。官至曹州刺史。墓志最有学术价值的记录是提到其长子为嵩，应该就是六朝史专著《建康实录》的作者许嵩，解决了学术史上一个长期悬而未决的问题。一是可知许嵩得承家学，专存南朝事实；二是许临开元二年卒时年五十三，许嵩居长而下有七弟，估计年龄应近三十。《建康实录》叙事止于肃宗至德间，知成书时应已年过七旬。

_____

① 齐运通编《洛阳新获七朝墓志》刊拓本，中华书局，2012年，第158页。赵君平、赵文成编《河洛墓刻拾零》刊拓本，北京图书馆出版社，2007年，第214页。韦娜、赵振华《贺知章撰许临墓志跋》，《河南科技大学学报》2005年第1期，第23页。

　　《大唐故银青光禄大夫行大理少卿上柱国渤海县开国公封□□□□》[①] 撰于开元九年（721），署"秘书□□会稽贺知章撰"，所缺疑为"少监"二字，为贺知章在秘书监前之任职。封氏是十六国前后燕至北朝以来河北沧景一带的大族，近代出土墓志很多。墓志记载封祯在武后末年任大理丞，"时有恩幸之臣，宠狎宫掖，履霜冰至，将图不轨。公案以直绳，处之严宪，犯颜固执，于再于三"。可称廉吏，在酷吏盛行的时代尤属不易，对武后宠昵的幸臣坚决处置更加难得。较特别的是封祯在神龙、唐隆二次政变中皆有立功。"寻而北军祖左，乘舆反正，褒公忠壮，锡以殊章。"是说张柬之等五王逼武后退位，中宗复辟，封祯立场坚定而得表彰。"今上剪除凶悖之夕，擢授御史中丞，与大夫东平毕构连制，夜拜明朝，急于用贤，宵分轸虑。"则指玄宗起兵诛除韦后母女之政变，封祯在当晚被授以御史中丞要职，在关键时刻发挥了重要作用。就我所知，在这两次重要政变中都参与并立功者，很为少见。

　　《大唐故大理正陆君墓志铭并序》[②] 是近年在洛阳龙门出土的墓志，署"礼部侍郎贺知章词"，作于开元十三年（725）五月。志主陆景献，字闻贤，是武后时宰相陆元方第四子，睿宗时宰相陆象先之弟。墓志叙述其"爰在妙年，早闻词赋，未及弱冠，能而老成。经淮中及使蜀，篇什盛传于代，风体雅丽，坐致高流"。是一位早慧且曾有许多诗作为当时称道的诗人，可惜其诗作无一留存。其后叙述他的从仕经

---

① 孟繁峰、刘超英主编《隋唐五代墓志汇编·河北卷》，天津古籍出版社，1991年，第60页。邓文华编《景州金石》，中国文史出版社，2004年，第167页。中国文物研究所编《新中国出土墓志·河北卷》，文物出版社，2004年，第81页。
② 拓片见赵君平、赵文成编《秦晋豫新出墓志搜佚》，国家图书馆出版社，2012年，第510页。研究论文有王丽梅《新出唐大理正陆景献墓志铭考略》，《唐史论丛》第十四辑，陕西师范大学出版社，2012年，第169—170页。

历,“初补修文生,从门也。选授洛州参军……俄应词藻宏丽科,试策高第,擢授河南尉。……无何,拜监察御史里行。满岁,即真转殿中侍御史。历屯田员外郎、起居舍人。……授大理正”。以开元十三年四月病卒,年仅三十九。墓志最后之铭,则为“中书舍人彭城刘升”撰,是墓志写作的特例。贺知章任礼部侍郎,严耕望《唐仆尚丞郎表》考证为开元十三年四月在任,与墓志所载契合。

寒斋藏洛阳新出墓志《□□□银青光禄大夫沧州刺史始安郡开国公张府君墓志铭并序》,署“秘书少监贺知章撰”。志主张有德,襄城人。在隋任陈、亳二州刺史。唐义旗初起,即“委质秦府”,从“破介州”,义宁初授上柱国。寻受命还乡,“征兵宛叶”,因王世充据有巩洛,乃于瀔州招辑逃亡。以功授始安县开国公,食邑一千户,加左鹰扬中郎将,除左武卫中郎将。贞观间先后任桂州都督、沧州刺史。贞观十八年病卒。至开元九年(721)迁窆,贺知章因其孙左羽林军大将军张玮之请而撰墓志。本志保留了唐初一位功臣的事迹,贺知章在任秘书监前曾任少监,也因此而可得补充。但就文学价值来说,则内容一般。

另两篇墓志,《皇朝秘书丞摄侍御史朱公妻太原郡君王氏墓志并序》① 是一位女性的墓志,较特别的是其卒于“侍御所职沧州海运坊之官第”,留下唐代海运史的重要文献。《大唐故金紫光禄大夫行鄜州刺史赠户部尚书上柱国河东忠公杨府君墓志铭并序》② 是八篇墓志中规模最大的一篇,志主杨执一出身显耀,历官通显,墓志叙述周详,价值很高,今人已多有研究,在此从略。

---

① 周绍良主编《唐代墓志汇编》,第 1403 页。

② 吴钢主编《全唐文补遗》第一辑,第 114 页。周绍良主编《唐代墓志汇编》,第 1336—1338 页。

以上略述贺知章撰文墓志八篇的内容、价值,特别强调的是这些墓志在今已发表的唐人大约八千篇墓志中,是有很高文学造诣的作品。虽然墓志的特点就是记录志主的生平经历,并叙丧葬始末,表达哀挽之情,也难免溢美掩恶,以歌颂为主。但贺知章所作如戴令言墓志,着重写出他傲兀的个性和追求自由的性格,着力写有独特精神世界的不平凡人物,明确表达自己的好恶,是难得的佳作。而郑绩墓志写其勤于学问,奋力著述,也具特点。许临、封祯、杨执一三篇墓志也各具学术和历史价值,值得肯定。在文风上,贺知章虽然还没有摆脱唐初以来的骈俪文风,但叙事明快晓畅,骈散兼行,具有转变时期的文章特点。

因为这些墓志的出土,我们不能不提出一个有趣的问题,以贺知章率真疏狂的个性,何以有兴趣如此广泛地为各种人等撰写墓志?其中友朋只是很少一部分,多数好像与他并没有太多的交往。我以小人之心揣度,大约在一定程度上不能说与接受请托、收取润笔没有关系。以贺知章的率性生活,花费是很巨大的,虽然我们无法还原他的经济来源,但此应属情理中事。贺知章对平生诗文都没有做过认真保存编录,多数随作随弃,在唐代一流文士中,他的作品保存不多,是很可惜的。所幸地不爱宝,当年所埋铭石,得以一一出土,让我们有机会逐渐还原他文学写作的面貌。

2011 年 10 月 26 日初稿

2012 年 4 月 1 日增订

作者系复旦大学中文系教授

论文原载《杭州师范大学学报》2012 年第 3 期,第 23—29 页

初盛唐浙东八州贬官考

尚永亮

　　从唐代行政区划看，"唐初分十道，江南东、西道与二浙总为江南道"①；开元二十一年（733），"分天下为京畿、都畿、关内、河南、河东、河北、陇右、山南东道、山南西道、剑南、淮南、江南东道、江南西道、黔中、岭南，凡十五道"②，就中两浙总为江南东道；至乾元元年（758），于江南东道又分置浙江西、东二道节度使，浙西道"领升、润、宣、歙、饶、江、苏、常、杭、湖十州，治升州"，浙东道"领越、睦、衢、婺、台、明、处、温八州，治越州"③。在浙东八州中，处州、括州二名曾交替使用④，睦州一度析置严州⑤。就大致脉络言，其辖地、名称及领属关系虽屡

---

① 《资治通鉴》卷二三二，中华书局，1956年，第7481页。
② 《资治通鉴》卷二一三，第6804页。
③ 《资治通鉴》卷二二〇，第7063页；参见《旧唐书》卷三八《地理志一》、《新唐书》卷六八《方镇表五》。
④ 《旧唐书·地理志三·江南东道·处州》谓："武德四年……置括州……领括苍、丽水二县。……天宝元年，改为缙云郡。乾元元年，复为括州。大历十四年夏五月，改为处州。"（《旧唐书》卷四〇，中华书局，1975年，第1596页）
⑤ 《旧唐书》"睦州·桐庐"条谓："武德四年，于县置严州，领桐庐、分水、建德三县。七年，废州及分水、建德二县。以桐庐属睦州。"此为严州得名之始，见《旧唐书》卷四〇，第1595页。至宋宣和三年五月，"改睦州建德军为严州遂安军"，其后《严州图经》出，严州之名遂大行于世。见《宋史》卷二二，中华书局，1977年，第408页。

有分合,然行政区划未有大变①。故本文拟以此八州为主要范围,考察初、盛唐(618—761)间被贬至浙东之官员,以期从贬谪史之角度,清理相关史料、史实,为深入考察浙东唐诗之路提供借鉴。

一、太宗朝(627—649)贬官 3 人

贞观初,荆王李元则,出为婺州刺史。

《新唐书》卷七九《高祖诸子传》:"彭思王元则字彝。初王荆,出为婺州刺史。贞观十年徙王,为遂州都督。"②

按:据两《唐书》之《高祖本纪》《太宗本纪》,元则武德四年(621)为荆王,贞观十年徙彭王。则其出刺婺州,当在贞观初。惟《旧唐书》卷六四《彭王元则传》未及出婺事,而谓"贞观七年,授豫州刺史"③。则其刺婺或在贞观七年(633)前,或"豫"为"婺"之误。存疑待考。

贞观十四年(640),行军总管赵元楷,为御史所奏,左迁括州刺史。

《资治通鉴》卷一九五贞观十四年:"十二月……侯君集马病疮颡,行军总管赵元楷亲以指沾其脓而嗅之,御史劾奏其谄,左迁括州

---

① 嵇曾筠纂辑《浙江通志》卷一:"元至正二十六年,置浙江等处行中书省,而两浙始以省称,领府九。明洪武九年,改浙江承宣布政使司。十五年,割嘉兴、湖州二府属焉,领府十一。国朝因之,省会曰杭州,次嘉兴,次湖州,凡三府,在大江之右,是为浙西;次宁波,次绍兴、台州、金华、衢州、严州、温州、处州,凡八府,皆在大江之左,是为浙东。"(《浙江通志》第三卷《政区志》,浙江人民出版社,2019,第 243 页)

② 《新唐书》卷七九,中华书局,1975 年,第 3552 页。

③ 《旧唐书》卷六四,第 2428 页。

刺史。"①《太平广记》卷二四〇引《谭宾录》所载略同。

按：据《册府元龟》卷九八五《外臣部·征讨》："十八年七月，太宗以高丽莫离支自杀其主，发兵击新罗……于是敕将作大匠阎立德、括州刺史赵元楷、宋州刺史王波利往洪、饶、江等州造船舰四百艘可以载军粮泛海攻战者。"②知元楷至贞观十八年仍在括州刺史任。又，《册府元龟》卷九三八《总录部·奸佞》系其时于"武德中"，误。

贞观中，判佐强玄英，事缘谤黩，除婺州信安县令。

《轻车都尉强君（玄英）墓志铭并序》："君讳伟，字玄英，扶风人也。……贞观七年，任国子生。……至十四年，复应诏举，授豪州钟离县令。至十八年，将作大匠阎立德江南造船，召为判佐。……纠谬绳愆，刚肠疾恶。事缘谤黩，为执事所疑，改除婺州信安县令。"③

按：详玄英仕历，其除婺州信安令当在贞观十八年（644）后。

二、高宗朝（650—683）贬官 10 人

永徽四年（653），蜀王府长史兼巴州长史夏侯绚，坐府废，累改授睦州刺史。

《大唐故使特节睦州诸军事睦州刺史夏侯府君（绚）之墓志铭》："公讳绚，字□□，沛国谯人也。……（永徽）三年，授蜀王府长史兼行黄州长史。未几，王改巴州，又兼巴州长史，王府如故。四年，王以荆吴构逆，缘坐废府。授公使持节江州诸军事、江州刺史。未行，会

---

① 《资治通鉴》卷一九五，第 6160 页。
② 《册府元龟》卷九八五，凤凰出版社，2006 年，第 11404 页。
③ 吴钢主编《全唐文补遗》第四辑，三秦出版社，1997 年，第 360—361 页。

陈硕真伪徒猖起,妖类鸱张,江东之地,多从寇壤……改授使持节睦州诸军事睦州刺史。"①

按:《新唐书》卷三《高宗本纪》:四年十月"戊申,睦州女子陈硕真反"②。据此,知夏侯绚刺睦在本年。

永淳间(682—683),太孙府从事李景由,坐府废,累迁越州都督府功曹。

《唐故蒲州猗氏县令陇西李府君(景由)墓志铭并序》:"公讳景由,字逸客,陇西成纪人也。……故年在总角,应神童举。高宗亲自召见……拜太子通事舍人……太孙府从事。故悯惑左右,称得正人。武氏燕喙,府诛官贬。出为泾州司兵参军,从例也。永淳之季,祸福速哉。后补越州都督府功曹,稍迁益州大都督府士曹参军。"③

按:据《旧唐书》卷八六《高宗中宗诸子传》,知显庆元年(656)废太子忠为梁王,所谓"府诛官贬",即谓其事。至永淳间(682—683),景由始得移补越州功曹,迁益州参军。

显庆二年(657),中书令兼太子詹事来济,坐谏立武昭仪为皇后,左授台州刺史。

《旧唐书》卷四《高宗本纪上》:"(显庆二年)八月丁卯,侍中、颍川县公韩瑷左授振州刺史,中书令兼太子詹事、南阳侯来济左授台州刺史,皆坐谏立武昭仪为皇后,救褚遂良之贬也。"④《资治通鉴》卷二○○显庆二年:"秋,七月……许敬宗、李义府希皇后旨,诬奏侍中

---

① 吴钢主编《全唐文补遗》第三辑,三秦出版社,1996年,第355—356页。

②《新唐书》卷三,第55页。

③ 周绍良、赵超主编《唐代墓志汇编续集》,上海古籍出版社,2001年,第564—565页。今据张乃翥辑《龙门区系石刻萃编》,重新订正文字如上,国家图书馆出版社,2011年,第183页。

④《旧唐书》卷四,第77页。

韩瑗、中书令来济与褚遂良潜谋不轨,以桂州用武之地,授遂良桂州都督,欲以为外援。八月,丁卯,瑗坐贬振州刺史,济贬台州刺史,终身不听朝觐。"① 参看《旧唐书》卷八○《来济传》,《新唐书》卷三《高宗本纪》、卷一○五《来济传》。

显庆、龙朔中(656—663),给事中敬播,坐事,出为越州都督府长史。

《旧唐书》卷一八九上《敬播传》:"敬播,蒲州河东人也。……永徽初,拜著作郎。……后历谏议大夫、给事中,并依旧兼修国史。……后坐事出为越州都督府长史。龙朔三年,卒官。"② 参看《新唐书》卷一九八《敬播传》、《全唐文》卷一五四韦挺《敬播》。

按:敬播永徽初拜著作郎,卒于龙朔三年(663),其间多历官职并纂成《高祖实录》《太宗实录》等,皆需时日,则其出守越州,疑已至显庆末或龙朔中。

咸亨中(670—674),弘文馆学士李嗣真,以上司恃宠骄盈且京中大饥,求出,补婺州义乌令。

《旧唐书》卷一九一《李嗣真传》:"李嗣真,滑州匡城人也。……时左侍极贺兰敏之受诏于东台修撰,奏嗣真弘文馆参预其事。嗣真与同时学士刘献臣、徐昭俱称少俊,馆中号为'三少'。敏之既恃宠骄盈,嗣真知其必败,谓所亲曰:'此非庇身之所也。'因咸亨年京中大饥,乃求出,补义乌令。"③ 参看《新唐书》卷九一《李嗣真传》、《大唐新语》卷八《聪敏》。

上元二年(675),驸马都尉、定州刺史赵瑰,坐为武后所恶,贬括

---

① 《资治通鉴》卷二○○,第6303—6304页。
② 《旧唐书》卷一八九上,第4954—4955页。
③ 《旧唐书》卷一九一,第5098页。

州刺史。

《新唐书》卷七六《后妃传上》:"帝为英王,聘后为妃。高宗于公主恩尤隆。武后不喜,乃幽妃内侍省。瑰自定州刺史、驸马都尉贬括州,绝主朝谒,随瑰之官。"① 同书卷八三《诸帝公主传》:"常乐公主,下嫁赵瑰。生女,为周王妃,武后杀之。逐瑰括州刺史,徙寿州。"② 参看《旧唐书》卷五一《后妃传上》。《资治通鉴》卷二〇二系赵瑰贬括州事于上元二年四月。

永隆元年(680),左卫将军高真行,坐手刃其子为高宗所鄙,贬睦州刺史。

《旧唐书》卷六五《高真行传》:"(高)履行弟真行,官至右卫将军。其子典膳丞岐坐与章怀太子阴谋事泄,诏付真行令自惩诫。真行遂手刃之,仍弃其尸于衢路。高宗闻而鄙之,贬真行为睦州刺史,卒。"③《资治通鉴》卷二〇二永隆元年:"(八月)乙丑,立左卫大将军、雍州牧英王哲为皇太子……左卫将军高真行之子政为太子典膳丞,事与贤连,上以付其父,使自训责。政入门,真行以佩刀刺其喉,真行兄户部侍郎审行又刺其腹,真行兄子璇断其首,弃之道中。上闻之,不悦,贬真行为睦州刺史。"④ 参看《新唐书》卷九五《高真行传》、《册府元龟》卷九四一《总录部·残虐》。

按:据出土垂拱元年《高真行墓志》:"上元三年,恩诏追入,授右骁卫将军,俄拜右卫将军。……公长子岐,先任东宫典膳,□□少海沸流,前星悖道,缘斯负谴,遂寘严科。公以方回暮年,更累郗超之罪。子真洁己,翻婴刘夏之愆,降为睦□□史。……文明元年,以公

---

① 《新唐书》卷七六,第 3485 页。
② 《新唐书》卷八三,第 3644 页。
③ 《旧唐书》卷六五,第 2446 页。
④ 《资治通鉴》卷二〇二,第 6397—6398 页。

为潮州司马。……其年九月二日薨于虔州之旅舍。"① 知真行于文明元年自睦刺移潮州司马，卒于旅次。

开耀元年（681），长安主簿骆宾王，坐赃，贬台州临海丞。

《旧唐书》卷一九〇上《文苑传上》："骆宾王，婺州义乌人。少善属文，尤妙于五言诗，尝作《帝京篇》，当时以为绝唱。然落魄无行，好与博徒游。高宗末，为长安主簿。坐赃，左迁临海丞，怏怏失志，弃官而去。"②《新唐书》卷二〇一《文艺传上》："武后时，数上疏言事。下除临海丞，鞅鞅不得志，弃官去。"③ 参看《旧唐书》卷六七《李敬业传》、《新唐书》卷九三《李敬业传》、《册府元龟》卷八四〇《总录部·文章》、《唐才子传》卷一《骆宾王》。

按：宾王贬临海时间，《资治通鉴》卷二〇三光宅元年载："九月，甲寅，赦天下，改元。……时诸武用事，唐宗室人人自危，众心愤惋。会眉州刺史英公李敬业及弟敬猷亳令敬猷、给事中唐之奇、长安主簿骆宾王、詹事司直杜求仁。皆坐事，敬业贬柳州司马，敬猷免官，之奇贬括苍令，宾王贬临海丞……皆会于扬州，各自以失职怨望，乃谋作乱，以匡复庐陵王为辞。"④ 此乃追叙之辞，而非被贬之时。据《唐才子传校笺》卷一"骆宾王"条考订，宾王获罪后曾絷狱一年之久；入狱时当为调露元年（679）冬至永隆元年（680）秋，至开耀元年（681）夏，乃贬职临海⑤。今从之。

---

① 胡戟《珍稀墓志百品》，陕西师范大学出版社，2016年，第86页。原文"子真洁己翻，婴刘夏之愆"标点误，今正之。又，高真行子，《旧唐书》《册府元龟》作"岐"，《通鉴》作"政"，今据墓志当作"岐"。
②《旧唐书》卷一九〇上，第5006页。
③《新唐书》卷二〇一，第5743页。
④《资治通鉴》卷二〇三，第6421—6422页。
⑤ 傅璇琮《唐才子传校笺》卷一，中华书局，1987年，第一册，第60页。

常州司马阳简,以公事贬括州司马。

《唐故朝散大夫常州司马龙川郡开国公阳府君(简)墓志并序》:
"君讳简,字简,北平无终人也。……年十八,以太宗即晏,选为挽郎。
解褐密王府西阁祭酒。迁许州许昌令,转扬州大都督府户曹参军。
加朝散大夫,江王府谘议。出为常州司马,以公事贬为括州司马。享
年五十一,以永淳元年六月六日,遘疾终于官舍。"①

崔讷,左转越州会稽县丞。

《唐故雍州鄠县丞博陵崔君(讷)墓志铭并序》:"君讳讷,字思
默,博陵安平人也。……授雍州泾阳尉,俄转乾封尉。……左转越州
会稽县丞,迁雍州鄠县丞。嗟乎! 四至上卿,出于巧宦。三黜下位,
称其直道。……粤以大唐永淳三年三月四日,遘疾终于永宁里之私
第,春秋五十二。"②

三、武后朝(685—704)贬官 16 人次

文明元年(684)③,给事中唐之奇,迁处州括苍令。

《旧唐书》卷六七《李勣传附敬业传》:"(李)勣孙敬业。高宗
崩,则天太后临朝,既而废帝为庐陵王,立相王为皇帝,而政由天后,
诸武皆当权任,人情愤怨。时给事中唐之奇贬授括苍令,长安主簿骆
宾王贬临海丞,詹事司直杜求仁黝县丞,敬业坐事左授柳州司马,其

---

① 胡戟、荣新江编《大唐西市博物馆藏墓志》,北京大学出版社,2012 年,第
477 页。
② 吴钢主编《全唐文补遗》第六辑,三秦出版社,1999 年,第 373 页。
③ 按:本年有三年号,即中宗之嗣圣、睿宗之文明、武后之光宅(二月改文明,九
月改光宅),然政皆出武后。为叙述之便,姑皆纳入武后朝。

弟螯厔令敬猷亦坐累左迁,俱在扬州。"[1] 同书卷八五《唐临传附之奇传》:"子之奇,调露中为给事中,坐尝为章怀太子僚属徙边。文明元年,起为括苍令,与徐敬业作乱伏诛。"[2] 参看《新唐书》卷九三《李敬业传》、卷一〇六《杜求仁传》、卷一一三《唐之奇传》。

垂拱中(685—688),凤阁舍人孟诜,为武后所不悦,出为台州司马。

《旧唐书》卷一九一《方伎传》:"孟诜,汝州梁人也。举进士。垂拱初,累迁凤阁舍人。诜少好方术,尝于凤阁侍郎刘祎之家,见其敕赐金,谓祎之曰:'此药金也。若烧火其上,当有五色气。'试之果然。则天闻而不悦,因事出为台州司马。"[3] 参看《新唐书》卷一九六《隐逸传》、《太平御览》卷七二四《方术部·医四》、《太平广记》卷一九七《孟诜》。

按:孟诜垂拱初迁凤阁舍人,刘祎之垂拱三年(687)被武后赐死(参看《旧唐书》卷八七《刘祎之传》、《资治通鉴》卷二〇四垂拱三年五月条),则孟诜之贬台州,疑在垂拱三年或稍后。

永昌元年(689),司勋员外郎平贞眘,遭凶党网罗被奏,贬温州固安令,后降括州员外司仓。

《全唐文》卷二二九张说《常州刺史平君(贞眘)神道碑》:"公讳贞眘,字密,一字间从,燕国蓟人也。……开耀间……授监察御史……再拜司勋员外郎。永昌中,遭凶党网罗,为周兴所奏,贬温州固安令。州特举清白,改鸿州栎阳令。……诏书嘉誉,加朝散大夫。又罗密徒贝锦,为河内所鞫,降括州员外司仓,寻而事白,进吉州司马。"[4]

---

[1]《旧唐书》卷六七,第 2490 页。
[2]《旧唐书》卷八五,第 2813 页。
[3]《旧唐书》卷一九一,第 5101 页。
[4]《全唐文》卷二二九,中华书局,1983 年,第 2322 页。

按：永昌仅一年，至该年十一月即改载初元年，史谓"永昌中"，当即永昌元年。

天授元年（690），科判入高等颜惟贞，以亲累授衢州参军。

《全唐文》卷三四〇颜真卿《唐故通议大夫行辥王友柱国赠秘书少监国子祭酒太子少保颜君（惟贞）碑铭》："君讳惟贞，字叔坚……天授元年糊名考试，判入高等。以亲累授衢州参军。……又选授洛州温县、永昌二尉。"[1]

天授中（690—692），大理丞殷楷，以议狱平反为酷吏所陷，贬台州永宁丞。

《全唐文》卷六二四冯宿《天平军节度使殷公家庙碑》："十九代至工部府君讳楷，字文绚，高宗朝四岳举高第，释褐拜雍州新丰尉，累迁大理丞，天授中以议狱平反，为酷吏所陷，贬台州永宁丞。"[2]

疑天授中或稍后，太子司议郎裴仲将，坐其妻父纪王慎案，累迁婺州司仓。

《故银青光禄大夫贝州刺史上柱国闻喜县开国公裴君（仲将）墓志》："君讳仲将，字亘，河东闻喜人也。……拜许州许昌县令。以清白闻，改华州司功参军事。……累迁魏州贵乡县令、宁州司马，加朝散大夫。……永昌之季，贬为潭府法曹。历婺州司仓、汾州孝义县令。洎神龙开泰，产、禄就诛……擢拜太子司议郎。"[3]

按：《新唐书》卷八〇《太宗诸子·纪王慎传》："慎女东光县主……长适太子司议郎裴仲将。"[4]《资治通鉴》卷二〇四永昌元年："诸王之起兵也，贝州刺史纪王慎独不预谋，亦坐系狱；秋七月，丁巳，

---

[1]《全唐文》卷三四〇，第3448—3450页。

[2]《全唐文》卷六二四，第6303页下。

[3] 吴钢主编《全唐文补遗》第六辑，第37—38页。

[4]《新唐书》卷八〇，第3578页。

槛车徒巴州,更姓虺氏,行及蒲州而卒。"① 据此,知仲将之贬,盖坐其妻父纪王慎案,于永昌元年末先贬潭府法曹,继转婺州司仓,姑系于天授中或稍后。

约天授中,左千牛将军、京师留守豆卢钦望,坐弟累,出为婺州刺史,移越州都督。

《大唐故开府仪同三司尚书左仆射上柱国赠司空芮国元公豆卢府君(望)之碑并序》:"公讳望,字思齐,昌黎徒河人。……时高宗厌俗上仙,太后临朝称制。囗国以之作难……凶党克平……乃拜公左千牛将军、京师留守囗囗囗囗时囗囗囗公弟钦文以飞言得罪,窜于炎方,公坐出为婺州刺史。未几,除越州都督。"②《新唐书》卷一一四《豆卢钦望传》:"钦望累官越州都督、司宾卿。长寿二年,拜内史,封芮国公。"

按:据《会稽掇英总集·唐太守题名》:"豆卢钦望,如意元年三月自婺州刺史授。"知钦望出刺婺州在如意元年前;至如意元年,始由婺刺转越刺。《唐刺史考全编》卷一四五系其刺婺于如意元年,不确。姑系其刺婺于天授中。

久视元年(700),司府少卿杨元亨,坐忤张易之意被劾奏,贬睦州刺史。

《旧唐书》卷七七《杨弘礼传附元亨传》:"子元亨,则天时为司府少卿。元禧,尚食奉御。元禧颇有医术,为则天所任。尝忤张易之之意,易之密奏元禧是杨素兄弟之后,素父子在隋有逆节,子孙不合供奉。则天乃下制曰:……于是左贬元亨为睦州刺史……张易之诛后,元亨等皆复任京职。"③《资治通鉴》卷二〇七久视元年:闰月"壬

---

① 《资治通鉴》卷二〇四,第 6458 页。
② 吴钢主编《全唐文补遗》第七辑,三秦出版社,2000 年,第 30—31 页。
③ 《旧唐书》卷七七,第 2675 页。

寅,制∶'杨素及其兄弟子孙皆不得任京官。'左迁元亨睦州刺史"①。
参看《新唐书》卷一〇六《杨弘礼传》、《全唐文》卷九五徐惠《停杨素
子孙京官侍卫制》。

**久视元年,著作郎兼右史内供奉崔融,坐忤张昌宗意,左授婺州
长史。**

《旧唐书》卷九四《崔融传》∶"崔融,齐州全节人。……久视元
年,坐忤张昌宗意,左授婺州长史。顷之,昌宗怒解,又请召为春官郎
中,知制诰事。"②

按∶《资治通鉴》卷二〇七久视元年十二月后载"时屠禁尚未解,
凤阁舍人全节崔融上言";《通典》卷一六九《刑法七·禁屠杀赎》、
《唐会要》卷四一《断屠钓》亦载"圣历三年,断屠杀。凤阁舍人崔融
上议",知其本年十二月在凤阁舍人任,疑其左授一事在同月。《蜀中
名胜记》卷九"绵州"引《成都文类》∶"魏城县南五里有长岭……旁
有旧铭,隐磷余字,即久视元年崔司业融守莅兹邑,高禖致祷,刻石斯
存焉。"③《唐刺史考全编》卷二二七据此谓∶"岂由婺州长史量移绵
州刺史欤?"④ 可参考。

**久视元年,天官侍郎、同凤阁鸾台平章事吉顼,以弟作伪官,贬温
州安固尉。**

《旧唐书》卷一八六上《吉顼传》∶"吉顼,洛州河南人也。身长
七尺,阴毒敢言事。……圣历二年腊月,迁天官侍郎、同凤阁鸾台平

---

① 《资治通鉴》卷二〇七,第 6548—6549 页。

② 《旧唐书》卷九四,第 2996 页。

③ 曹学佺《蜀中名胜记》卷九,丛书集成初编本,商务印书馆,1936 年,第 2 册,
第 150 页。

④ 郁贤皓《唐刺史考全编》卷二二七,安徽大学出版社,2000 年,第 3001 页。

章事。……其年十月，以弟作伪官，贬琰川尉，后改安固尉。寻卒。"①
参看《新唐书》卷一一七《吉顼传》、《大唐新语》卷一《匡赞》、《册府
元龟》卷三三三《宰辅部·罢免》。

　　按：吉顼贬时贬地，诸书所载不一。前引《旧书》本传谓圣历二
年（699）贬琰川，同书卷六《则天皇后本纪》谓："（圣历）三年（700）
正月戊寅……天官侍郎吉顼配流岭表。"②《新唐书》卷四《则天皇后
本纪》谓："久视元年（700）正月戊午，贬吉顼为琰川尉。"③（同书卷
六一《宰相表上》同）《资治通鉴》卷二〇六久视元年谓："正月，戊
寅……天官侍郎、平章事吉顼贬安固尉。"④综合诸说，吉顼贬琰川、
改安固似均当在久视元年，盖因此年五月始改元，圣历三年即久视元
年，疑《旧书》本传所载"圣历二年"有误。又，《朝野佥载》卷二、卷
三均谓顼"坐与河内王武懿宗争竞，出为温州司马而卒"⑤。查《旧唐
书》卷四〇《地理志三·江南道·温州上》，知"上元二年，分括州之
永嘉、安固二县置温州"⑥，则安固、温州实属一地；惟《佥载》谓其贬
职为温州司马，与上引诸书异，存疑待考。

长安初（701—702），御史张鷟，出为处州司仓。

　　《旧唐书》卷一四九《张荐传附鷟传》："祖鷟，字文成，聪警绝
伦，书无不览。……鷟凡应八举，皆登甲科。再授长安尉，迁鸿胪
丞。……天后朝，中使马仙童陷默啜，默啜谓仙童曰：'张文成在
否？'曰：'近自御史贬官。'默啜曰：'国有此人而不用，汉无能为

①《旧唐书》卷一八六上，第4848—4849页。
②《旧唐书》卷六，第128页。
③《新唐书》卷四，第100页。
④《资治通鉴》卷二〇六，第6544页。
⑤张鷟《朝野佥载》卷二、三，中华书局，1979年，第33、57页。
⑥《旧唐书》卷四〇，第1597页。

也。'"①《朝野佥载》卷二："周长安年初,前遂州长江县丞夏文荣,时人以为判冥事。张鹭时为御史,出为处州司仓,替归,往问焉。荣以杖画地,作'柳'字,曰:'君当为此州。'至后半年,除柳州司户,后改德州平昌令。荣刻时日,晷漏无差。"② 参看《大唐新语》卷八《文章》《册府元龟》卷八四〇《总录部·文章》。

银青光禄大夫长孙元翼,除睦州司马。

《大唐故云麾将军左监门将军上柱国赵国公长孙府君（元翼）墓志铭并序》:"君讳元翼……曾祖无忌……（元翼）年及弱冠,以勋臣子孙,特授银青光禄大夫,袭封赵国公……皇属运中圮,外戚专政,侯籍不修,勋门是屏,乃除公为睦州司马。俄而睿图光启,王业聿兴,恤胤锡美,存亡继绝,乃发驿征公,授太子率更令。"③

按:据《墓志》"皇属运中圮,外戚专政"数语,疑元翼贬睦州在武后朝。

通事舍人甘元柬,以公事左迁婺州司兵。

《大唐故鸿胪卿兼检校右金吾大将军上柱国赠兵部尚书曹国公甘府君（元柬）墓志文》:"君讳元柬,丹阳人也……慨然以功名为志,乃求使西域。……补雍州参军,固辞自免,转右卫率府仓曹……迁通事舍人。……以公事左迁婺州司兵,转泽州高平县令。"④

按:元柬后期曾官至鸿胪卿,为武三思羽翼（参看《资治通鉴》卷二〇八神龙二年条）,神龙三年,武三思被杀,元柬亦当死于同年。细详墓志,左迁婺州疑为其早年事,姑系于武后朝。

---

① 《旧唐书》卷一四九,第4023—4024页。

② 张鹭《朝野佥载》卷二,第37页。

③ 张永华、赵文成、赵君平编《秦晋豫新出墓志搜佚三编》,国家图书馆出版社,2020年,第529—530页。

④ 吴钢主编《全唐文补遗》第五辑,三秦出版社,1998年,第21页。

太常寺鼓吹丞王履贞,坐乐律出轨,出为衢州司功。

《唐故朝议郎行衢州司功上柱国王府君(履贞)墓志铭并序》:"公讳履贞,字政平,太原人也。……弱岁从师,壮年入仕。声华藉甚,令问昭彰。为太常寺鼓吹丞。乐不合雅,苟勖见讥。曲不中律,公瑾数顾。后出为衢州司功。……春秋五十有一,以神龙三年六月四日,卒于饶州官舍。"[①]《文苑英华》卷八〇、卷一三三存《六街鼓赋》《宁戚饭牛赋》《目无全牛赋》三篇。

按:以履贞享年及"壮年入仕"计,其出衢州当在武后朝。

四、中宗朝(705—710)贬官 10 人次

神龙初(705—706),华州长史崔孝昌,坐兄累,贬衢州长史。

《唐故正议大夫行太子右赞善大夫判太子率更令上柱国清河崔府君(孝昌)墓志铭并序》:"公讳孝昌,字庆之,清河东武城人也。……父知温,皇朝英府司马兼尚书右丞、黄门侍郎同中书门下三品……(公)俄以清白尤异闻,迁华州长史。神龙初,公兄以叶赞经纶为奸臣所忌,转徙边郡,公亦随贬衢州长史。景云二岁,征拜太子右赞善大夫。"[②]

按:两《唐书·崔知温传》并《新唐书》卷七二下《宰相世系表二下》崔氏许州鄢陵房知温条,均仅载知温二子泰之、谔之,无孝昌。因难确知神龙初"叶赞经纶为奸臣所忌,转徙边郡"之孝昌兄为何人,姑系于此,俟再考。

神龙二年(706),曹州司士参军桓归秦,坐兄累,降括州司功

---

① 吴钢主编《全唐文补遗·千唐志斋新藏专辑》,三秦出版社,2006 年,第 110 页。
② 吴钢主编《全唐文补遗》第六辑,第 380—381 页。

参军。

《唐故楚州司马桓府君（归秦）墓志铭并序》："公讳归秦……长寿三年，解褐任恒州灵寿县丞，转曹州司士参军。……居无何载，韦后匪淑，秽德彰闻。厥弟业广惟勤，功崇惟志，图政弗难，有废有兴。……公坐因谪，降括州司功参军。……迁朝议郎行楚州司马上柱国。"①

按：据《墓志》"韦后匪淑，秽德彰闻"语，知其时当为韦后柄政之神龙中。另据《资治通鉴》卷二〇八神龙二年条，桓彦范为武三思、韦后所谮，是年正月被贬泷州刺史，三月贬亳州刺史，六月贬泷州司马，七月长流瀼州，寻被杀。归秦为彦范堂兄，彦范累遭贬黜，归秦自不能保。故其贬降括州司功当在本年；至景云元年，因朝廷追复彦范官爵始得离贬所，迁楚州司马。

神龙三年（707），太子斋师李瑱，坐太子累，贬括州司户。

《大唐故朝议郎行河南府陆浑县令上柱国李府君（瑱）墓志铭并序》："公讳瑱，字良玉，赵郡赞皇人也。……以府君共理营丘，授公左卫司戈。……属王登明两，主贵臣迁，授太子斋师。神龙之中，王室多难。太子荐湖城之祸，宫寮遘戾园之责，贬公栝州司户。岁满，凶渠殄戮……录资授怀州获嘉县令，转河南府陆浑县令。"②

按：《旧唐书》卷七《中宗本纪》：神龙三年"秋七月庚子，皇太子重俊与羽林将军李多祚等，率羽林千骑兵三百余人，诛武三思、武崇训……上自临轩谕之，众遂散去，杀李多祚。重俊出奔至鄠县，为部下所杀"③。据此，知李瑱贬括州在本年。

① 吴钢主编《全唐文补遗》第五辑，第 330 页。
② 吴钢主编《全唐文补遗》第四辑，第 411 页。
③ 《旧唐书》卷七，第 144 页。

景龙元年（707），邢州刺史冯昭泰，以戚累，贬睦州刺史，稍后复除温州长史，移括州刺史。

《全唐文》卷二二九张说《故括州刺史赠工部尚书冯公（昭泰）神道碑》：“俾公检校邢州刺史。……其后以戚累移睦州刺史，复为群小所谮，左授泉州司马，未之任，又贬荣州司马。公砥节荒服，天高听卑，旋除温州长史。俄复旧阶，拜括州刺史。水国灊泗，告疾言归。景龙三年六月十三日，终于苏州之逆旅。”①

按：据《旧唐书》卷一八五下《良吏下·李尚隐传》：景龙中“又有睦州刺史冯昭泰，诬奏桐庐令李师等二百余家，称其妖逆，诏御史按覆之”②。《（淳熙）严州图经》卷一《贤牧附题名》：“冯昭泰，景龙元年十月十九日自邢州刺史拜。”③据此，昭泰出刺睦州当在本年。又，昭泰卒于景龙三年六月，则其莅温、括二州约在景龙二、三年间。

景龙末（709—710），考功员外郎宋之问，为太平公主所嫉，下迁越州长史。

《旧唐书》卷一九〇中《文苑传中》：“宋之问……寻转越州长史。”④《新唐书》卷二〇二《文艺传中》：“宋之问……景龙中，迁考功员外郎，谄事太平公主，故见用。及安乐公主权盛，复往谐结，故太平深疾之。中宗将用为中书舍人，太平发其知贡举时赇饷狼藉，下迁汴州长史，未行，改越州长史。”⑤参看《太平广记》卷九一《骆宾王》、

---

① 《全唐文》卷二二九，第2317页。

② 《旧唐书》卷一八五，第4822页。

③ 董棻纂修《（淳熙）严州图经》卷一，浙江省地方志编纂委员会编《宋元浙江方志集成》，杭州出版社，2009年，第5611页。

④ 《旧唐书》卷一九〇中，第5025页。

⑤ 《新唐书》卷二〇二，第5750页。

《唐才子传》卷一《宋之问》。

　　按:《唐才子传校笺》卷一系之问迁越于景龙三年(709)冬末、四年(710)春初①。可从。

　　凤阁舍人刘穆之,左授括州司马。

　　《唐故石州刺史刘君(穆之)墓志铭并序》:"君讳穆,字穆之,河间鄚人也。……寻除凤阁舍人……左授括州司马。寻丁司仓府君忧……服阕,授原州都督府司马兼知朔方道行军司马。……无何,丁太夫人忧。服阕,除石州刺史……以大唐先天元年十二月廿二日卒于汾州介休县官舍,春秋六十有二。"②

　　按:穆之左授括州司马后历经丁父忧、丁母忧及原州、石州数任,据其卒于先天元年(712)事逆推之,其左迁括州疑在中宗朝。

　　汝州刺史韦铣,坐公事,贬授台州刺史。

　　《大唐故银青光禄大夫使持节邢州诸军事邢州刺史上柱国汶阳县开国男韦府君(铣)墓志铭并序》:"公讳铣,字籛金,京兆杜陵人也。……寻拜尚书祠部郎中、洛阳永昌县令、雍州司马,出为汝州刺史。……以公坐贬,授台州刺史,迁润州刺史兼江东道按察使。"③

　　按:《旧唐书》卷一〇〇《裴宽传》:"景云中,(宽)为润州参军,刺史韦铣为按察使,引为判官。"④景云仅二年,韦铣景云中既为润刺,则其出刺台州当在此前,姑系于中宗朝。

　　宣州刺史长孙元翼,以亲累,贬授台州刺史。

　　《大唐故云麾将军左监门将军上柱国赵国公长孙府君墓志铭并

①　傅璇琮《唐才子传校笺》卷一,第一册,第93页。

②　吴钢主编《全唐文补遗》第五辑,第312页。今据拓本重新订正文字如上。

③　毛阳光、余扶危编《洛阳流散唐代墓志汇编》,国家图书馆出版社,2013年,第193页。

④　《旧唐书》卷一〇〇,第3129页。

序》："俄而睿图光启，王业聿兴，恤胤锡美，存亡继绝，乃发驿征公，授太子率更令。未几……以公为宣州刺史。……以亲累贬授台州刺史，寻入为右宗卫率，迁左武卫将军。"①

　　按：元翼先于"皇属运中圮，外戚专政"之际被贬睦州司马（见前元翼条），继于"睿图光启，王业聿兴"后被征入朝，"未几"出刺宣州，贬黜台州。以时推之，其刺宣、贬台疑均在"王业聿兴"之中宗朝。

五、睿宗朝（710—712）贬官 1 人

　　景云元年（710），国子司业郭山恽，为人劾奏，左授括州长史。

　　《旧唐书》卷一八九下《郭山恽传》："郭山恽，蒲州河东人。……寻与祝钦明同献皇后助祭郊祀之议。景云中，左授括州长史。"②《资治通鉴》卷二一〇景云元年："十二月……侍御史藁城倪若水，奏弹国子祭酒祝钦明、司业郭山恽乱常改作，希旨病君；于是左授钦明饶州刺史，山恽括州长史。"③参看《全唐文》卷二七七倪若水《劾奏祝钦明郭山恽疏》。

六、玄宗朝（712—756）贬官 39 人次

　　开元二年（714），太子少保刘幽求，为姚崇所嫉，贬睦州刺史。

　　《资治通鉴》卷二一一开元二年闰二月："或告太子少保刘幽求、

---

① 张永华、赵文成、赵君平编《秦晋豫新出墓志搜佚三编》，第 529—530 页。
② 《旧唐书》卷一八九下，第 4970—4971 页。
③ 《资治通鉴》卷二一〇，第 6660 页。

太子詹事钟绍京有怨望语,下紫微省按问……戊子,贬幽求为睦州刺
史。"① 《旧唐书》卷九七《刘幽求传》:"姚崇素嫉忌之,乃奏言幽求郁
快于散职,兼有怨言,贬授睦州刺史,削其实封六百户。岁余,稍迁杭
州刺史。"② 参看《新唐书》卷一二一《刘幽求传》。

**开元三年(715),御史大夫宋璟,坐监朝堂杖人杖轻,贬睦州
刺史。**

《旧唐书》卷九六《宋璟传》:"寻拜国子祭酒,兼东都留守。岁
余,转京兆尹,复拜御史大夫,坐事出为睦州刺史,转广州都督,仍为
五府经略使。"③ 《资治通鉴》卷二一一开元三年:"春,正月……御史
大夫宋璟坐监朝堂杖人杖轻,贬睦州刺史。"④ 《(淳熙)严州图经》卷
一:"宋璟,邢州南和人。开元三年三月十一日,自御史大夫坐小累,
为睦州刺史。"⑤ 参看《历代石刻史料汇编·宋璟碑》《全唐文》卷
三四三颜真卿《有唐开府仪同三司行尚书右丞相上柱国赠太尉广平
文贞公宋公神道碑铭》。

按:《新唐书》卷一二四《宋璟传》:"(璟)历充冀魏三州、河北
按察使,进幽州都督,以国子祭酒留守东都,迁雍州长史。玄宗开元
初,以雍州为京兆府,复为尹。进御史大夫,坐小累为睦州刺史。"⑥
所叙较《旧书》本传翔实,可补其阙。《唐刺史考全编》卷一仅取《新
书》本传"迁雍州长史"等数语,即谓其误⑦,实则不误。盖因宋璟先

---

① 《资治通鉴》卷二一一,第 6697 页。

② 《旧唐书》卷九七,第 3041 页。

③ 《旧唐书》卷九六,第 3032 页。

④ 《资治通鉴》卷二一一,第 6709 页。

⑤ 董棻纂修《(淳熙)严州图经》卷一,《宋元浙江方志集成》,第 5610 页。

⑥ 《新唐书》卷一二四,第 4391 页。

⑦ 郁贤皓《唐刺史考全编》卷一,第 15、16 页。

自东都留守迁雍州长史,其后雍州改京兆府,璟即由雍州长史转京兆尹,进御史大夫(时在开元二年,见颜真卿《神道碑》),至开元三年,复贬睦州刺史也。

开元四年(716),御史大夫李杰,为人所构,左迁衢州刺史。

《旧唐书》卷一〇〇《李杰传》:"李杰,本名务光,相州滏阳人。……初,杰护作时,引侍御史王旭为判官。旭贪冒受赃,杰将绳之而不得其实,反为旭所构,出为衢州刺史。俄转扬州大都督府长史,又为御史所劾,免官归第。"① 《资治通鉴》卷二一一开元四年:"冬,十月……庚午,葬大圣皇帝于桥陵,庙号睿宗。御史大夫李杰护桥陵作,判官王旭犯赃,杰按之,反为所构,左迁衢州刺史。"② 参看《旧唐书》卷七〇《王珪传》、卷一八六下《酷吏下·王旭传》,《新唐书》卷二〇九《酷吏·王旭传》,《册府元龟》卷九二九《总录部·不知》。

约开元四年,户部郎中李邕,为姚崇所嫉,左迁括州司马。

《旧唐书》卷一九〇中《文苑传中》:"李邕……开元三年,擢为户部郎中。邕素与黄门侍郎张廷珪友善,时姜皎用事,与廷珪谋引邕为宪官。事泄,中书令姚崇嫉邕险躁,因而构成其罪,左迁括州司马。后征为陈州刺史。"③ 《新唐书》卷二〇二《文艺传中》:"玄宗即位,召为户部郎中。张廷珪为黄门侍郎,而姜皎方幸,共援邕为御史中丞。姚崇疾邕险躁,左迁括州司马,起为陈州刺史。"④ 《册府元龟》卷七〇〇《牧守部·贪黩》:"李邕为陈州刺史。开元十三年,车驾东封

---

① 《旧唐书》卷一〇〇,第3111—3112页。
② 《资治通鉴》卷二一一,第6722页。
③ 《旧唐书》卷一九〇中,第5041页。
④ 《新唐书》卷二〇二,第5755页。

回,邕于汴州谒见。"①

按:李邕左迁括州之年,史无明言,然其开元三年为户部郎中,故贬年必在此后;又因其于开元十三年(725)已在陈州刺史任(参上引《元龟》及同书卷三三九《宰辅部·忌害》),则亦必在此前。而据两《唐书》本传,其左迁括州前,姜皎用事,张廷珪为黄门侍郎,姚崇为中书令(按:开元元年改中书令为紫微令,五年复为中书令,然史臣于此二者多混用)。查姚崇开元元年(713)十二月壬寅兼紫微令,至四年十二月乙丑,由兵部尚书兼紫微令罢为开府仪同三司(参两《唐书·玄宗本纪》,《通鉴》卷二一〇开元元年条、卷二一一开元四年条);张廷珪于开元三年已任职黄门侍郎,至五年或稍前出为沔州刺史(参《册府元龟》卷一七二《帝王部·求旧》);姜皎于开元元年七月至五年七月,先后任职银青光禄大夫、工部尚书、殿中监、太常卿,至五年七月放归田园(参《旧唐书·玄宗本纪》及本传);据此,则三人用以"谋引邕为宪官"或"构成其罪"之时间,当在开元四年前后。

开元初,蒲州司法参军孟景仁,贬授括州松阳令。

《大唐故衢州龙丘县令孟府君墓志铭并序》:"君讳景仁,字景仁。其先平昌郡人也。……秀才擢第,解褐绛州翼城尉,河南府济源县尉,拜蒲州司法参军事,贬授栝州松阳令。又拜泾县、龙丘二令。……以开元八年八月寝疾终于官第,春秋七十有五。"②

按:据墓志所述官历及其卒年,景仁贬松阳约在开元初。

开元初,羽林将军马崇,以直道受黜,贬括州别驾。

---

① 《册府元龟》卷七〇〇,第 8087 页。
② 赵君平、赵文成编《秦晋豫新出墓志搜佚》,国家图书馆出版社,2011 年,第 540 页。

《唐故左羽林将军马君(崇)墓志铭并叙》："君讳崇,其先出扶风。远祖因官居陕,今为陕人。……首应平射举,授左执戟。……俄应孙吴举,授右羽林军郎将,历都水监使者、羽林将军、幽州都督。未几,拜羽林将军。……岂谓以高见外,直道受黜,贬为括州别驾。俄拜羽林将军……开元九年四月廿七日寝疾薨于京宣阳里之第,甲子六十三。"①

开元初,蒲城县令邓宾,为权宠所忌,贬睦州分水县令。

《大唐故闽州司马邓府君(宾)志石铭并序》："公讳宾,字光宾,京兆长安人也。……先天初,归妹窃权,嗣皇养正,阴有夺宗之计,潜窥偶都之隙。公义形于色,奋不顾身,与左丞相刘幽求等同心戮力,以辅一人。……累迁河北、蒲城二县令。……素为权宠所忌,不欲公久留京师,遂阴中以他事,复贬为睦州分水县令。久之,迁闽府司马。……以开元十年闰五月十三日,遘疾终于建州唐兴县之旅馆,时年卅二。"②

开元九年(721),阳翟尉皇甫憬,坐上书陈括客不便,贬衢州盈川尉。

《资治通鉴》卷二一二开元九年二月:"(宇文)融奏置劝农判官十人,并摄御史,分行天下。其新附客户,免六年赋调。使者竞为刻急,州县承风劳扰,百姓苦之。阳翟尉皇甫憬上疏言其状;上方任融,贬憬盈川尉。"③《旧唐书》卷一五〇《宇文融传》:"阳翟尉皇甫憬上疏曰:……左拾遗杨相如上书,咸陈括客为不便。上方委任融,侍中源乾曜及中书舍人陆坚皆赞成其事,乃贬憬为盈川尉。"④参看《新

① 赵君平、赵文成编《秦晋豫新出墓志搜佚》,第548页。
② 吴钢主编《全唐文补遗》第六辑,第41—42页。
③《资治通鉴》卷二一二,第6744—6745页。
④《旧唐书》卷一〇五,第3218页。

唐书》卷五一《食货志一》、《唐会要》卷八五《逃户》、《册府元龟》卷五四六《谏净部·直谏》。

开元十年（722），太子中允源光乘，缘夫人兄姜皎坐累，左迁衢州长史。

《故通议大夫守太子詹事上柱国源府君（光乘）墓志铭并序》："府君讳光乘，河南洛阳人也。……俄召拜太常寺协律郎假绯鱼袋，转蒲州司兵、太仆寺丞，尚辇奉御、太子中允，加朝散大夫。……后缘夫人兄皎坐累，遂罹于左迁，授衢州长史，俄徙润州别驾，拜左卫率府中郎。"①

按：志文所谓"夫人兄皎"，即姜皎，《旧唐书》卷一〇六《李林甫传》"乾曜侄孙光乘，姜皎妹婿"②；又，同书卷五九《姜晦传》："（开元）十年，（皎）坐漏泄禁中语……配流钦州。……自余流死者数人。"③据此，知光乘坐姜皎事左迁衢州在开元十年。

开元十一年（723），右金吾将军张嘉祐，坐赃事发，贬越州浦阳府折冲。

《旧唐书》卷九九《张嘉贞传附嘉祐传》："（开元）十一年，上幸太原行在所，嘉祐赃污事发，张说劝嘉贞素服待罪，不得入谒，因出为幽州刺史。……嘉祐，有干略，自右金吾将军贬浦阳府折冲，至二十五年，为相州刺史。"④参看《新唐书》卷一二七《张嘉贞传附嘉祐传》、《资治通鉴》卷二一二开元十一年条。

按：浦阳，越州、婺州、骧州均有同名者，然为府者仅一处。《新唐

---

① 吴钢主编《全唐文补遗》第一辑，三秦出版社，1994年，第165页。

② 《旧唐书》卷一〇六，第3235页。

③ 《旧唐书》卷五九，第2337页。

④ 《旧唐书》卷九九，第3092—3093页。

书》卷四一《地理志五》越州会稽郡下载："有府一，曰浦阳。"① 则《旧书》本传之浦阳府当属越州。嘉祐贬年无明载，然其以赃污事被举在开元十一年，其兄亦坐此出刺幽州，则其贬浦阳自当在本年。《全唐文》卷三五八柳贲《唐故左金吾将军范阳张公墓志铭并序》："公讳嘉祐……贬补阳府折冲。"② "补阳"，两《唐书·地理志》无此地，当为"浦阳"之俗写。

约开元中前期，鄠县令魏靖，贬温州岳城主簿。

《唐故右金吾将军魏公墓志铭并序》："公讳靖，字昭绪，钜鹿曲阳人……弱冠应制举，授成武尉，转郑县尉、大理评事、监察御史、殿中侍御史，出为鄠县令。又贬为温州岳城主簿、符离县令、幽冀郴蕲鄎五州司马……以开元十四年八月廿四日遘疾，终于邠州□定驿，春秋六十八。"③

按：魏靖卒于开元十四年（726），此前又有符离令及幽、冀等数州司马之任，则其贬温似当在开元中前期。

豫州刺史潘好礼，左迁温州别驾。

《旧唐书》卷一八五下《潘好礼传》："潘好礼……开元三年，累转邠王府长史。俄而邠王出为滑州刺史，以好礼兼邠王府司马，知滑州事。……寻迁豫州刺史……俄坐事左迁温州别驾卒。"④《新唐书》卷一二八《潘好礼传》："复以公累，徙温州别驾。"⑤

按：好礼徙温州别驾，当在开元中前期。《唐会要》卷三《皇后》："（开元）十四年四月，侍御史潘好礼闻上欲以惠妃为皇后，进疏谏

---

① 《新唐书》卷四一，第 1061 页。
② 《全唐文》卷三五八，第 3636—3637 页。
③ 吴钢主编《全唐文补遗》第七辑，第 41 页。
④ 《旧唐书》卷一八五下，第 4818 页。
⑤ 《新唐书》卷一二八，第 4465—4466 页。

曰：……苏冕驳曰：'此表非潘好礼所作。且好礼先天元年为侍御史，开元十二年为温州刺史致仕。表是十四年献，而云"职参宪府"，若题年恐错，即武惠妃先天元年始年十四，王皇后有宠未衰，张说又未为右丞相，竟未知此表是谁献之。'"①据此，知好礼开元十二年（724）已于温州任上致仕，惟《会要》所载为"温州刺史"而非"别驾"，未知孰是。或史臣误记，或后由别驾升任刺史。疑未能明，待考。

郴州别驾钟绍京，迁温州别驾。

《旧唐书》卷九七《钟绍京传》："及坐事，累贬琰川尉，尽削其阶爵及实封。俄又历迁温州别驾。开元十五年，入朝，因垂泣奏曰：……玄宗为之悯然，即日拜银青光禄大夫、右谕德。"②《新唐书》卷一二一《钟绍京传》："后坐它事，贬怀恩尉，悉夺阶封，再迁温州别驾。"③《册府元龟》卷一三四《帝王部·念功》："十年三月，制曰：'漳州怀恩县尉员外置钟绍京……可郴州别驾。'"参看《全唐文》卷二二《授钟绍京郴州别驾制》。

按：绍京自开元二年左迁果（绵）州刺史，复贬溱州刺史后，累贬琰川尉、怀恩尉、郴州别驾、温州别驾。据前引《旧书》本传及《元龟》所载诏令，知其自温州别驾入京，已是开元十五年，则其贬温当在此前数年；而由怀恩移郴州为开元十年，则其贬琰川、怀恩当在是年前，迁温乃在是年贬郴后。

驸马都尉、太子家令、光禄少卿温曦，出为明州司马。

《新唐书》卷九一《温彦博传》："彦博曾孙曦，尚凉国长公主。"④《唐故明州司马温府君（曦）墓志铭并序》："公讳曦，字曜卿，太原人

①　王溥《唐会要》卷三，中华书局，1960年，第29—31页。
②《旧唐书》卷九七，第3042页。
③《新唐书》卷一二一，第4329页。
④《新唐书》卷九一，第3783页。

也。……高祖父彦博,光启王室……(公)解褐千牛,转豫州司士参军,以选尚梁国长公主,拜驸马都尉,除太子家令、光禄少卿。而公主寻薨,天私不借,谤言乃及,因从外贬,出为明州司马。……春秋卅三,开元十四年十月廿一日终于官舍。"①

按:《全唐文》卷二八七张九龄《南郊赦书》:"自开元十一年十一月十六日昧爽已前……内外文武官及致仕并前资陪位者赐勋一转。……正衣驸马都尉王守一、王繇、温曦、宗正少卿崔澄,各赐物三百匹。"②据此,知温曦出明州当在开元十二、三年间。

张子容,贬温州乐城尉。

《唐才子传》卷一《张子容》:"子容,襄阳人。开元元年常无名榜进士。仕为乐城令。初与孟浩然同隐鹿门山,为死生交,诗篇唱答颇多。"③

按:乐城,《旧唐书》卷四〇《地理志三·江南东道·温州上》:"武德五年置,七年并入永嘉县。载初元年,分永嘉复置也。"④《全唐诗》卷一一六张子容《贬乐城尉日作》:"窜谪边穷海,川原近恶溪。有时闻虎啸,无夜不猿啼。地暖花长发,岩高日易低。故乡可忆处,遥指斗牛西。"⑤据此,知子容乃贬为乐成尉,而非"仕为乐城令"。其《永嘉作》:"拙宦从江左,投荒更海边。"⑥《永嘉即事寄赣县袁少府瑾》:"曾为谢客郡,多有逐臣家。……题书报贾谊,此湿似长沙。"⑦

① 毛阳光、余扶危主编《洛阳流散唐代墓志汇编》,国家图书馆出版社,2013年,第225页。
② 《全唐文》卷二八七,第2913页下—2914页上。
③ 傅璇琮《唐才子传校笺》卷一,第一册,第156—159页。
④ 《旧唐书》卷四〇,第1598页。
⑤ 《全唐诗》卷一一六,第1177页。
⑥ 《全唐诗》卷一一六,第1176页。
⑦ 《全唐诗》卷一一六,第1176页。

当皆为谪居乐城时所作。又，孟浩然开元中游吴越，曾于永嘉遇子容，有《永嘉上浦馆逢张八子容》："逆旅相逢处，江村日暮时。……乡园万余里，失路一相悲。"① 又有《除夜乐城逢张少府》："云海泛瓯闽，风潮泊岛滨。何知岁除夜，得见故乡亲。余是乘槎客，君为失路人。平生复能几，一别十余春。"② 详诗意，二人乃于故乡襄阳别十余年后再度相聚，其时子容"失路"，显系谪居乐城。据陈贻焮《孟浩然事迹考辨》③，浩然游吴越在开元十八年；而据王辉斌主编《孟浩然大辞典》及氏著《孟浩然诗歌编年》④，浩然一生曾三游越中，初游在开元十三年至十五年（727），其《永嘉别张子容》诗即作于开元十五年。诸说不同，存疑待考。

中书侍郎、同中书门下平章事裴光庭，贬台州刺史？

《新唐书》卷二〇四《方技·张憬藏传》："时有长社人张憬藏，技与天纲埒。……裴光廷当国，憬藏以纸大署'台'字投之，光廷曰：'吾既台司矣，尚何事？'后三日，贬台州刺史。"⑤ 参看《刘宾客嘉话录》附编、《太平广记》卷七七引《尚书故实》"张景藏"条。

按："光廷"，当为"光庭"误笔。《旧唐书》卷八《玄宗本纪上》：开元十七年六月甲戌，"兵部侍郎裴光庭为中书侍郎，并同中书门下平章事"；二十一年三月乙巳，"侍中裴光庭薨"⑥。据此，则光庭刺台似当在此数年内。《唐刺史考全编》卷一四四谓疑在开元十九年

---

① 《全唐诗》卷一六〇，第1654页。
② 《全唐诗》卷一六〇，第1655页。
③ 陈贻焮《孟浩然事迹考辨》，原载《文史》第4辑，收入《唐诗论丛》，湖南人民出版社，1980年，第1—63页。
④ 王辉斌主编《孟浩然大辞典》，黄山书社，2008年，第2页；王辉斌《孟浩然诗歌编年》，载《山西大学师范学院学报》2001年第3期。
⑤ 《新唐书》卷二〇四，第5802页。
⑥ 《旧唐书》卷八，第193、199页。

（731）①,陶敏谓贬台州者非光庭②,俟再考。

　　开元二十二年（734）,监察御史房琯,坐鞫狱不当,贬睦州司户,后迁明州慈溪县令。

　　《旧唐书》卷一一一《房琯传》：“（开元）二十二年,拜监察御史。其年坐鞫狱不当,贬睦州司户。历慈溪、宋城、济源县令,所在为政,多兴利除害,缮理廨宇,颇著能名。”③参看《新唐书》卷一三九《房琯传》、《明皇杂录》卷上。

　　开元二十四年（736）,朔方、河东节度使李祎,坐事,出为衢州刺史。

　　《旧唐书》卷七六《太宗诸子传》：“琨子祎……（开元）二十二年,迁兵部尚书,入为朔方节度大使。久之,坐事出为衢州刺史。俄历滑、怀二州刺史。”④《资治通鉴》卷二一四开元二十四年四月：“乙丑,朔方、河东节度使信安王祎贬衢州刺史。”⑤参看《新唐书》卷八〇《太宗诸子传》、《册府元龟》卷二八一《宗室部·领镇》、陆增祥《八琼室金石补正》卷六六《衢州刺史韦公于石桥寺桥下以外祖信安郡王诗刻石记》。

　　河西讨击副使王忠嗣,为人所陷,贬东阳府（婺州）左果毅。

　　《旧唐书》卷一〇三《王忠嗣传》：“王忠嗣,太原祁人也……（开元）二十一年再转左领军卫郎将、河西讨击副使……尝短皇甫惟明

---

① 郁贤皓《唐刺史考全编》卷一四四,第2040页。
② 陶敏《论唐五代笔记——〈全唐五代笔记〉前言》谓《太平广记》卷七七引《尚书故实》“张景藏”条,于“河东公”下径增“裴光庭”三字（《湖南科技大学学报》2008年第3期）。姑存疑待考。
③《旧唐书》卷一一一,第3320页。
④《旧唐书》卷七六,第2651—2652页。
⑤《资治通鉴》卷二一四,第6817页。

义弟王昱,憾焉,遂为所陷,贬东阳府左果毅。属河西节度使杜希望谋拔新城,或言忠嗣之材足以辑事,必欲取胜,非其人不可。希望即奏闻,诏追忠嗣赴河西。既下新城,忠嗣之功居多,因授左威卫郎将。"①《新唐书》卷一三三《王忠嗣传》:"王忠嗣,华州郑人。……与皇甫惟明轻重不得,构忠嗣罪,贬东阳府左果毅。"② 参看《册府元龟》卷三八四《将帅部·褒异》、卷四二二《将帅部·任能》。

　　按:据《旧唐书》卷一九六上《吐蕃传上》:"(开元)二十六年四月,杜希望率众攻吐蕃新城,拔之。"③ 则忠嗣贬东阳,当在开元二十一年(733)后,至开元二十五年(737)末或二十六年初,自东阳赴河西。

御史中丞兼都畿采访处置使徐恽,以横议,谪东阳(婺州)别驾。

　　《新唐书》卷七五下《宰相世系表五下》北祖上房徐氏:巩丞有道子"恽,字揖,河内采访使"。《唐通议大夫使持节陈留郡诸军事守陈留郡太守河南采访处置使上柱国徐公(恽)墓志铭》:"公讳恽,字辑,东海人也。……特拜御史中丞,兼都畿采访处置使。……以横议见谪东阳别驾。迁徙东平、吴兴太守。……以天宝四载十月七日,薨于午桥里之私第,春秋六十有六。"④

　　按:《全唐文》卷二八九张九龄《贺昭陵征应状》:"右御史中丞徐恽从京使还,向臣等说:妖贼刘志诚四日从咸阳北原向南……"据《旧唐书》卷八《玄宗本纪上》:开元二十三年六月,"京兆醴泉妖人刘志诚率众为乱,将趋京城",知徐恽是年为御史中丞;又,据《嘉泰吴兴志》卷一四《郡守题名》:"徐恽,开元二十三年自登州刺史授,不

---

①《旧唐书》卷一〇三,第3197—3198页。

②《新唐书》卷一三三,第4551—4552页。

③《旧唐书》卷一九六上,第5234页。

④ 吴钢主编《全唐文补遗》第八辑,三秦出版社,2005年,第392—393页。

曾之任。迁洪州刺史，充江西采访使。《统记》云：二十九年。"① 知徐
恽开元二十九年有吴兴、洪州之任，则其谪东阳别驾当在此期间。

辰州都督云遂，累移睦州别驾，又移台州别驾。

《唐故朝议大夫泉州刺史上柱国鄱阳县开国男云府君（遂）墓志
铭并序》："公讳遂，字勖，河南人。……又除辰州都督……旋迕中台
之旨，贬永州别驾……开元中，移睦州别驾，又转歙州别驾，加朝请大
夫。又移台州别驾。……以开元廿六年正月五日终于东京永丰里私
第，春秋六十有五。"②

鸿州司户秦晙，贬临海郡（台州）始丰县令。

《大唐故吉州司马秦府君墓志铭并序》："府君讳晙，字景嗣……
以门荫补弘文生，孝廉擢第，授左率府兵曹参军，转鸿州司户，以公事
免，寻贬临海郡始丰县令，改吉州司马。……开元廿七年九月十九日
遘疾终于官舍，春秋七十有一。"③

按：临海郡即台州。《旧唐书》卷四〇《地理志三·江南东道》：
"台州上，隋永嘉郡之临海县。武德……五年，改为台州。……天宝元
年，改为临海郡。乾元元年，复为台州。"④

开元二十六年（738），剑南节度使王昱，以兵败，贬括州刺史。

《旧唐书》卷一九六上《吐蕃传上》：开元二十六年七月，"时王
昱又率剑南兵募攻其安戎城。……其年九月，吐蕃悉锐以救安戎城，
官军大败，两城并为贼所陷，昱脱身走免，将士已下数万人及军粮资

---

① 谈钥纂修《嘉泰吴兴志》卷一四，浙江省地方志编纂委员会编《宋元浙江方志
  集成》，杭州出版社，2009 年，第 6 册，第 2653 页。
② 毛阳光、余扶危主编《洛阳流散唐代墓志汇编》，第 189 页。
③ 参见何一昊、原瑕、何飞《秦琼嫡孙秦晙墓志与唐代高僧湛然》，《中原文物》
  2015 年第 6 期。
④《旧唐书》卷四〇，第 1591 页。

仗等并没于贼。昱坐左迁括州刺史"①。《资治通鉴》卷二一四开元二十六年："九月……剑南节度使王昱筑两城于其侧,顿军蒲婆岭下,运资粮以逼之。吐蕃大发兵救安戎城,昱众大败,死者数千人。昱脱身走,粮仗军资皆弃之。贬昱括州刺史,再贬高要尉而死。"②参看《册府元龟》卷一三六《帝王部·慰劳》,卷四四三《将帅部·败衄》,《全唐文》卷八《宣慰剑南将士诏》(按:此诏署名"太宗",然其中有"王昱缘此,亦已贬官"等语,故当为"玄宗"。劳格《读〈全唐文〉札记》已辨之)。

开元二十七年(739),幽州节度使兼御史大夫张守珪,以隐其败状并厚赂内臣,贬括州刺史。

《旧唐书》卷九《玄宗本纪下》:开元二十七年六月甲戌,"幽州节度使、兼御史大夫张守珪以贿贬为括州刺史"③。《资治通鉴》卷二一四开元二十七年："六月……幽州将赵堪、白真陁罗矫节度使张守珪之命,使平卢军使乌知义击叛奚余党于横水之北;知义不从,白真陁罗矫称制指以迫之。知义不得已出师,与虏遇,先胜后败;守珪隐其败状,以克获闻。事颇泄,上令内谒者监牛仙童往察之。守珪重赂仙童,归罪于白真陁罗,逼令自缢死。仙童有宠于上,众宦官疾之,共发其事。……守珪坐贬括州刺史。"④参看《旧唐书》卷一〇三《张守珪传》,《新唐书》卷一三三《张守珪传》,《册府元龟》卷六六九《内臣部·谴责》、卷七一五《宫臣部·罪谴》,《全唐文》卷二四玄宗《贬张守珪括州刺史制》,《隋唐五代墓志汇编·唐故辅国大将军右羽林大将军幽州长史兼御史大夫括州刺史(张守珪墓志)》。

①《旧唐书》卷一九六上,第5234页。
②《资治通鉴》卷二一四,第6835页。
③《旧唐书》卷九,第211页。
④《资治通鉴》卷二一四,第6837—6838页。

按：守珪被贬，高适有诗纪其事。《全唐诗》卷二一一《宋中送族侄式颜（时张大夫贬括州，使人召式颜，遂有此作）》云："大夫击东胡，胡尘不敢起。胡人山下哭，胡马海边死。部曲尽公侯，舆台亦朱紫。当时有勋业，末路遭谗毁。转旆燕赵间，剖符括苍里。"[①] 据《全唐诗人名汇考》，张大夫即为张守珪[②]。又，参看《高适诗集编年笺注》[③]。

开元二十七年（739），京兆参军韦某，量移东阳。

《全唐诗》卷一六八李白《见京兆韦参军量移东阳二首》其一："潮水还归海，流人却到吴。相逢问愁苦，泪尽日南珠。"[④]

按：韦参军，不详其名。宋本题下注有"宋中"二字，当为作诗之地。顾炎武《日知录》卷三二《量移》："唐朝人得罪，贬窜远方，遇赦改近地谓之'量移'。《旧唐书·玄宗纪》：'开元二十年十一月庚午，祀后土于睢上，大赦天下，左降官量移近处。''二十七年二月己巳，加尊号，大赦天下，左降官量移近处。''量移'字始见于此。"[⑤] 并引李白此诗以为证。安旗等《李白全集编年笺注》卷四系此诗于开元二十七年五月[⑥]；郁贤皓《李太白集校注》卷七谓："开元二十年李白正是初入长安时期，疑此诗作于开元二十七年。李白在东阳附近遇韦参军从海南量移至此，作此二诗赠之。"[⑦] 今从之。

尚舍直长杜该，坐亲累，移括州括苍县丞，迁括州缙云县令。

---

① 《全唐诗》卷二一一，第 2199 页。

② 陶敏《全唐诗人名汇考》，辽海出版社，2006 年，第 361 页。

③ 高适撰，刘开扬注《高适诗集编年笺注》，中华书局，1981 年，第 102—104 页。

④ 《全唐诗》卷一六八，第 1733 页。

⑤ 顾炎武著，黄汝成释《日知录集释》卷三二，上海古籍出版社，2006 年，第 1831 页。

⑥ 安旗等《李白全集编年笺注》卷四，中华书局，2015 年，第 319 页。

⑦ 郁贤皓《李太白全集校注》卷七，凤凰出版社，2015 年，第 1068—1069 页。

《大唐故括州缙云县令杜府君（该）墓志铭并序》："公讳该，字该，京兆杜陵人也。……父嗣及，皇曹、宁、青三州刺史。公则青州府君之第三子也。……公年弱冠，起家尚舍直长。亲累，贬思州甯夷县尉，移括州括苍县丞，转青州司法参军，迁括州缙云县令。……以开元廿九年六月三日，遘疾卒于官舍，春秋五十有六。"①

河北按察使杜咸，坐用法深，贬睦州司马。

《新唐书》卷一〇六《杜正伦传附杜咸传》："（杜正伦）从孙咸……开元中，为河北按察使。坐用法深，贬睦州司马。"②

万年县尉崔涣，贬睦州桐庐丞。

《明皇杂录》卷上："开元末，杭州有孙生者，善相人，因至睦州，郡守令遍相僚吏。时房琯为司户，崔涣自万年县尉贬桐庐丞。"③《太平广记》卷二二二引《定命录》："仆射房琯、相国崔涣并曾贬任睦歙州官，时有婺州人陈昭见之云：'后二公并为宰相，然崔公为一大使，来江南。'及至德初，上皇入蜀，房、崔二公，同时拜相。"④参看《太平广记》卷一四八、卷二二二，惟所载相者皆"孙生"。

彭州蒙阳县令裴光朝，为执宪者所诬，累迁温州长史。

《皇唐故温州长史裴府君（光朝）墓志》："公讳光朝，字光朝，河东人也。……年十四，斋郎擢第，解褐，历晋州参军、怀州司功、青州录事、彭州蒙阳县令。为执宪者所诬，贬邠州金池府别将，迁同州永泰府果毅、汝州鲁阳府折冲，加五品。除永州别驾。累迁潭府司马、温州长史。遘疾终于温州官舍，春秋六十四。天宝元年二月十八日，

---

① 胡戟、荣新江编《大唐西市博物馆藏墓志》，第531页。
②《新唐书》卷一〇六，第4039页。
③ 郑处海《明皇杂录》卷上，中华书局，1994年，第11页。
④《太平广记》卷二二二，中华书局，1961年，第1707页。

嗣子荣宗等自温州扶翊灵儭,归葬于龙门北平原。"①

天宝五载(746),刑部尚书韦坚,为李林甫所构,贬缙云(处州)太守。

《旧唐书》卷九《玄宗本纪下》:"(天宝五载)春正月癸酉,刑部尚书韦坚贬括苍太守……秋七月丙子,韦坚为李林甫所构,配流临封郡,赐死。"②同书卷一〇五《韦坚传》:"五载正月……玄宗惑其(林甫)言,遽贬坚为缙云太守。……六月,又贬坚为江夏员外别驾。又构坚与李适之善,贬适之为宜春太守。七月,坚又长流岭南临封郡。"③参看《新唐书》卷一三四《韦坚传》、《全唐文》卷三二玄宗《贬韦坚并免从坐诏》。

按:韦坚初贬地,诸书所载异,或谓括苍,或谓缙云,《通鉴》天宝五载胡三省注:"缙云郡本括州永嘉郡,元年更郡名。"《通鉴考异》曰:"《旧纪》'贬括苍太守'。今从《实录》及《旧传》。"④又,《册府元龟》卷九四〇《总录部·患难》谓"天宝五载,右相李林甫构刑部尚书韦坚,贬苍梧太守;七载,又重贬江夏别驾"⑤,"七载"当为"七月"之误。又,《旧唐书》卷四〇《地理志三·江南东道·处州》:"天宝元年,改为缙云郡。乾元元年,复为括州。大历十四年夏五月,改为处州。"⑥

杨子丞第五琦,累迁至衢州须江丞。

《旧唐书》卷一二三《第五琦传》:"第五琦,京兆长安人。……

① 毛远明整理《西南大学新藏墓志集释》,凤凰出版社,2018年,第452页。
② 《旧唐书》卷九,第219—220页。
③ 《旧唐书》卷一〇五,第3224页。
④ 《资治通鉴》卷二一五,第6871页。
⑤ 《册府元龟》卷九四〇,第10893页。
⑥ 《旧唐书》卷四〇,第1596页。

有吏才,以富国强兵之术自任。天宝初,事韦坚,坚败贬官。累至须江丞,时太守贺兰进明甚重之。会安禄山反,进明迁北海郡太守,奏琦为录事参军。"①《新唐书》卷一四九《第五琦传》:"天宝中,事韦坚。坚败,不得调。久之,为须江丞。"②《唐故相国太子宾客扶风郡公赠太子少保第五公墓志铭并序》谓其贬前为杨子丞,未及迁须江丞事③。

按:由两《唐书》本传之"累至""久之"可推知,第五琦似在天宝五载韦坚贬后数年为须江丞;至天宝末,方由须江入贺兰进明幕府为录事参军。参看《册府元龟》卷六八七《牧守部·礼士》、卷七二二《幕府部·裨赞》。

彭城长史李延年,坐赃贬永嘉(温州)司士。

《旧唐书》卷六四《高祖二十二子传》:"开元二十六年,封(延年)嗣徐王,除员外洗马。天宝初,拔汗那王入朝,延年将嫁女与之,为右相李林甫所奏,贬文安郡别驾、彭城长史,坐赃贬永嘉司士。"④参看《册府元龟》卷二八四《宗室部·承袭》。

按:《册府元龟》卷九七一《外臣部·朝贡》:"(天宝)三年闰二月,新罗遣使,拔汗那王阿悉烂达乾遣大首领,并来贺正,并献方物。"⑤《资治通鉴》卷二一五天宝三载十二月:"癸卯,以宗女为和义公主,嫁宁远奉化王阿悉烂达乾。"胡注:"帝以拔汗那助平吐火仙,册其王为奉化王,改其国曰宁远。"⑥据此,疑延年欲嫁女在本年,因

①《旧唐书》卷一二三,第3516页。

②《新唐书》卷一四九,第4801页。

③赵文成、赵君平编《秦晋豫新出墓志搜佚续编》,第912页。

④《旧唐书》卷六四,第2427页。

⑤《册府元龟》卷九七一,第11243页。

⑥《资治通鉴》卷二一五,第6862页。

违礼而为李林甫所奏,年末始有帝嫁宗女之举。又,延年始贬文安郡别驾、彭城长史,继因坐赃贬永嘉司士,则其至永嘉,或已在数年之后。又,《旧唐书》卷四〇《地理志三·江南东道·温州上》:"上元二年,分括州之永嘉、安固二县置温州。天宝元年,改为永嘉郡。乾元元年,复为温州。"①

天宝九载(750),汉东太守宋尚,坐赃,贬临海(台州)长史。

《旧唐书》卷九六《宋璟传》:"(宋璟)子升,天宝初太仆少卿。次尚,汉东太守。次浑,与右相李林甫善……至九载,并为人所发,赃私各数万贯。……尚,其载又为人讼其赃,贬临海长史。"② 参看《新唐书》卷一二四《宋璟传》、《资治通鉴》卷二一六天宝九载条。

天宝十载(751),济源令严迪,左迁睦州。

《唐故冯翊严氏二子权圹墓文》:"严氏子昆曰亢,季曰房。……郑州长史迪之子。……天宝十年,大人自济源令黜官,二子随侍江表,风波辛勤,死生契阔。呜呼! 疾厉不诚,亢以十二年四月二十八日,房以十三年九月二十八日,俱仅弱冠,相次夭于睦州官舍。十四年,大人恩移江宁丞。双旌北迁。"③《全唐文》卷四〇三有严迪《对张侯下纲判》,作者小传云:"迪,天宝时擢书判拔萃科。"④

按:据《墓文》严氏二子"相次夭于睦州官舍",知睦州当为严迪贬地,其于天宝十载自济源令贬睦州(疑为丞、尉),至十四年移官江宁丞。

天宝十二载(753),水部员外郎赵自勤,出为括州刺史。

---

① 《旧唐书》卷四〇,第1597页。
② 《旧唐书》卷九六,第3036页。
③ 吴钢主编《全唐文补遗》第四辑,第461页。拓片漶漫不清,陈尚君先生另有录文见于《贞石诠唐》,复旦大学出版社,2016年,第293页。
④ 《全唐文》卷四〇三,第4127页上。

《新唐书》卷五九《艺文志三》"赵自勤《定命论》十卷",下注："天宝秘书监。"①《太平广记》卷二二二引《定命录》:"天宝十四年,赵自勤合入考。……至冬,有敕赐紫。"②同书卷二一七、卷二七七谓自勤官左拾遗。《全唐文》卷四〇八赵自勤小传:"自勤,天宝中官秘书监。十二年,自水部员外郎出为括州刺史。"③未知所据,待考。

七、肃宗朝(756—762)贬官4人

乾元元年(758)初,著作郎郑虔,陷贼受伪职,贬台州司户参军事。

《新唐书》卷二〇二《文艺传中》:"郑虔,郑州荥阳人。……安禄山反,遣张通儒劫百官置东都,伪授虔水部郎中,因称风缓,求摄市令,潜以密章达灵武。贼平,与张通、王维并囚宣阳里。三人者,皆善画,崔圆使绘斋壁,虔等方悸死,即极思祈解于圆,卒免死,贬台州司户参军事,维止下迁。后数年卒。"④《大唐故著作郎贬台州司户荥阳郑府君并夫人琅琊王氏墓志铭》:"无何,狂寇凭陵,二京失守,公奔窜不暇,遂陷身戎虏。初胁授兵部郎中,次国子司业。国家克复日,贬公台州司户。"⑤《全唐诗》卷二二二杜甫《八哀诗·故著作郎贬台州司户荥阳郑公虔》纪其事:"晚就芸香阁,胡尘昏坱莽。反复归圣朝,点染无涤荡。老蒙台州掾,泛泛浙江桨。覆穿四明雪,饥拾楢

---

① 《新唐书》卷五九,第1542页。
② 《太平广记》卷二二二,第1709页。
③ 《全唐文》卷四〇八,第4173页下。
④ 《新唐书》卷二〇二,第5766页。
⑤ 吴钢主编《全唐文补遗·千唐志斋新藏专辑》,第249页。

溪橡。"① 参看《太平广记》卷一四八引《前定录》、《唐才子传》卷二
《郑虔》。

　　按：郑虔贬地，《太平广记》卷八二引《广异记》谓"贬衢州司
户"，误。此由前引郑虔墓志可证，亦由《全唐诗》卷二二五杜甫《送
郑十八虔贬台州司户伤其临老陷贼之故阙为面别情见于诗》及《题
郑十八著作虔》所谓"台州地阔海冥冥，云水长和岛屿青"可证。又，
郑虔之贬，当在至德二载末或乾元元年初。《唐才子传校笺》卷二谓：
"崔圆于至德二载十二月至明年乾元元年五月为相，则郑虔因崔圆之
故得'减罪'贬官，亦当在此数月内。"② 姑系于乾元元年初。

　　**乾元二年（759），历阳太守季广琛，疑坐从永王乱事，贬温州
刺史。**

　　《旧唐书》卷一〇《肃宗本纪》："（乾元二年四月乙巳）贬季广琛
宣州刺史。……（上元二年春正月）辛卯，温州刺史季广琛为宣州刺
史。"③

　　按：前一"宣"字当为"温"之误。盖广琛先于乾元二年贬刺温
州，至上元二年复由温州移刺宣州也。又据《新唐书》卷一二二《韦
安石传附陟传》、《资治通鉴》卷二二〇乾元元年条，知季广琛初从永
王，为韦陟表荐，任历阳太守，继由历阳贬刺温州；至上元二年自温州
迁宣州。

　　**上元元年（760），秘书少监李皋，欲请外官而故抵微法，贬温州
长史。**

　　《旧唐书》卷一三一《李皋传》："李皋字子兰，曹王明玄孙，嗣王

---

① 《全唐诗》卷二二二，第 2354 页。
② 傅璇琮《唐才子传校笺》卷二，第一册，第 411 页。
③ 《旧唐书》卷一〇，第 256、260 页。

戡之子。少补左司御率府兵曹参军。天宝十一载嗣封,授都水使者,三迁至秘书少监,皆同正。……上元初,京师旱,米斗直数千,死者甚多。皋度俸不足养,亟请外官,不允,乃故抵微法,贬温州长史。无几,摄行州事。"① 《全唐文》卷五六一韩愈《曹成王碑》:"上元元年除温州长史,行刺史事。"② 参看《新唐书》卷八〇《李皋传》《太平御览》卷四七七《人事部·施恩》。

礼部员外王晃,贬温州司仓(刺史?)。

《太平广记》卷二一七《路生》:"补缺王晃,七月内访卜于路生。路云:'九月当入省,官有礼字。' 时礼部员外陶翰在座,乃曰:'公即是仆替人。' 九月,陶病请假,敕除王礼部员外。后又令卜,云:'必出当为"仓"字官。' 果贬温州司仓。"③

按:《广记》所载,未详出处。史多谓王晃任温州刺史。如《新唐书》卷一七九《王涯传》:"父晃,历左补阙、温州刺史。"④ 同书卷七二中《宰相世系表二中》乌丸王氏:"晃,温州刺史。"⑤《全唐文》卷六〇八刘禹锡《唐兴元节度使王公先庙碑》:"第四室曰温州刺史赠太尉府君讳晃……天宝中历右拾遗、左补阙、礼部司驾二员外郎,属幽陵乱华……中原甫宁……乃以府君牧温州。"⑥《唐尚书省郎官石柱题名考》卷二〇于王晃名下有考辨,谓《广记》所载"与碑不合"⑦,然亦难遽定《广记》为误。或其先贬温州司仓,后迁刺史,亦属可能。

---

① 《旧唐书》卷一三一,第 3637 页。
② 《全唐文》卷五六一,第 5683 页下。
③ 《太平广记》卷二一七,第 1660 页。
④ 《新唐书》卷一七九,第 5317 页。
⑤ 《新唐书》卷七二中,第 2647 页。
⑥ 《全唐文》卷六〇八,第 6148 页上、页下。
⑦ 《唐尚书省郎官石柱题名考》卷二〇,中华书局,1992 年,第 848—849 页。

又,《唐刺史考全编》系其刺温于代宗初①,然若其先贬温州司仓,则当早于此。姑系于肃宗朝,俟再考。

综上,初、盛唐近一百五十年间贬至浙东八州官员共 83 人次,其中太宗朝 3 人,高宗朝 10 人,武后朝 16 人次,中宗朝 10 人次,睿宗朝 1 人,玄宗朝 39 人次,肃宗朝 4 人,以玄宗朝人数最多,武后、高宗、中宗朝次之;其所贬州郡,婺州 10 人,处州 21 人,台州 11 人,睦州 13 人,越州 6 人,温州 12 人,衢州 8 人,明州 2 人,以处、睦、温、台诸州贬官居多;其贬后所任官职,刺史 24 人,长史、别驾 12 人,县令、县丞 15 人,县尉、主簿、司马、司户、司兵、司士、司仓、司功参军等 31 人,官职不详者 1 人,以任刺史及县尉、司马等类者为多;其诗作流传者,有来济、骆宾王、崔融、王履贞、宋之问、张鹭、刘幽求、宋璟、李邕、裴光庭、张嘉贞、张子容、房琯、李祎、郑虔、韦坚 16 人,就中尤以骆宾王、崔融、宋之问、李邕、张子容、郑虔等人文名为著。

作者系武汉大学文学院教授

论文原载《唐诗之路研究》第一辑,
中华书局,2020 年,第 54—81 页

---

① 郁贤皓《唐刺史考全编》卷一五〇,第 2143—2144 页。

元稹浙东幕诗酒文会活动考论

咸晓婷

　　中唐著名诗人元稹于长庆三年（823）至大和二年（828）任浙东观察使兼越州刺史，在此期间他广辟文士幕僚，山水游赏，诗酒文会，《旧唐书·元稹传》载："会稽山水奇秀，稹所辟幕职，皆当时文士，而镜湖、秦望之游，月三四焉。而讽咏诗什，动盈卷帙。"[①] 文人入幕及幕府文学创作是中晚唐文学的一大特色，它改变了盛唐到中唐的文坛格局，呈现出新的特点和风貌。但就地域而言，各地幕府文学创作的活跃程度并不平衡，元稹所镇的越州，有着深远的诗酒宴集传统，洵为唐代诗酒文会活跃频繁之地。元稹以著名诗人和地方长官的双重身份组织诗酒文会，其规模之大影响之广堪称一时之盛，在中晚唐幕府文学中极具典型性和代表性。但迄今为止，这一问题的内涵和意义尚未得到充分挖掘。本文试从各种文献资料中钩稽出元稹浙东幕诗酒文会活动的盛况，分析其独有的时代特色与文化内蕴，并进一步探讨其所反映的社会风尚和文人心态。

---

① 《旧唐书》卷一六六，中华书局，1975 年，第 4336 页。

一、元稹浙东诗会钩稽

　　唐代越州地区,经济繁荣,山水奇秀,又有着深厚的文化传统,大量的文人墨客或仕宦或漫游于此,在明山丽水之间,追踪东晋王羲之兰亭宴集的风流雅韵,频繁而广泛地开展诗酒文会活动,形成了一个个诗会联句唱和的高潮,如大历年间鲍防主持的联唱、元和年间薛苹主持的唱和等,而这其中又以元稹长庆至大和年间的诗酒文会活动最有代表性。元稹观察浙东七年,在唐代后期的浙东观察使中任职时间最长,地方首脑与诗人的双重身份,使他在诗酒文会活动中居于领袖地位。唐张固《幽闲鼓吹》有这样一则记载:

　　　　元稹在鄂州,周复为从事。稹尝赋诗,命院中属和,复乃籊笏见稹曰:"某偶以大人往还,谬获一第,其实诗赋皆不能。"稹嘉之曰:"质实如是,贤于能诗者矣。"①

　　这件事虽然并不是发生在元稹观察浙东时并且周复最终也没有唱和,但是从另一个角度看,这恰恰反映出元稹对诗酒文会的热衷程度:唱和几乎成了僚佐们的任务。浙东诗酒文会活动的兴盛,与元稹的努力和倡导是分不开的。

　　在州府内部,元稹广辟文士为幕僚,这些文士或诗文兼擅,如卢简求、郑鲂、周元范,或能文工书,如韩杼材、陆泻、刘蔚、王璹等。掌书记卢简求,《旧唐书》载其致仕后在东都"有园林别墅,岁时行乐,

①《太平广记》卷四九八,中华书局,1961年,第4085页。

子弟侍侧，公卿在席，诗酒赏咏，竟日忘归”①。观察判官郑鲂，新出土《郑鲂墓志》云其“为诗七百篇，及陈许行营功状，思理宏博，识者见其志焉”②。观察判官周元范，张为《诗人主客图》置其于白派“及门”人中，现在可以看到的周元范诗尚有七绝一首、七律一首、断句四联。观察推官韩杼材，《墨池编·能品》云：“元稹观察浙东，幕府皆知名士，梓（当作‘杼’）材其一也。笔迹睎颜鲁公、沈传师而加遒丽，披沙见金，时有可宝。”③ 从事陆洿，《嘉泰会稽志》载：“禹穴碑，郑昉（鲂）撰，元稹铭，韩杼材行书，陆洿篆额。”④ 从事刘蔚，《书史会要》补遗载：“刘蔚……善篆书。”⑤ 从事王璹，据《宝刻丛编》：“唐《春分投简阳明洞天并继作》，唐元威明、白居易撰，王璹分书，刘蔚篆额。”⑥ 元稹喜爱文士，与这些僚佐诗人们相处甚洽，如郑鲂，字嘉鱼，白居易酬元稹诗《和酬郑侍御东阳春闷放怀追越游见寄》谓“君得嘉鱼置宾席，乐如南有嘉鱼时。劲气森爽竹竿竦，妍文焕烂芙蓉披”⑦；周元范，张籍《送浙东周阮范判官》诗云“吴越主人偏爱重，多应不肯放君闲”⑧。僚佐诗人们围绕在元稹周围，成为浙东诗酒文会活动的主体。

---

① 《旧唐书》卷一六三，第4272页。

② 赵君平、赵文成编《河洛墓刻拾零》，北京图书馆出版社，2007年，第557页。

③ 朱长文编《墨池编》卷三，《景印文渊阁四库全书》，台湾商务印书馆，1986年，第812册，第748页。

④ 沈作宾修，施宿纂《嘉泰会稽志》卷一六，《宋元方志丛刊》，中华书局，1990年，第7021页。

⑤ 陶宗仪《书史会要》补遗，上海书店，1984年，第449页。

⑥ 陈思编辑《宝刻丛编》卷一三，王云五主编《丛书集成初编》，商务印书馆，1937年，第335页。

⑦ 白居易撰，谢思炜校注《白居易诗集校注》卷二二，中华书局，2006年，第1752页。

⑧ 张籍撰，徐礼节、余恕诚校注《张籍集系年校注》卷四，中华书局，2011年，第570页。

　　元稹在广辟幕僚的同时还广泛结交当地的文士和佛道人物,以其地位和影响吸引了诸多名士参与其使府的唱和,这些本土文士和佛道人物成为浙东唱和活动的另一生力军。当时与元稹交往的浙东文士有:徐凝,睦州人,有《奉酬元相公上元》《酬相公再游云门寺》《春陪相公看花宴会》等,曾自谓"一生所遇唯元白"①。章孝标,睦州人,有《上浙东元相》。赵嘏,字承祐,楚州山阳人,游历浙东时犹未进士及第,有《九日陪越州元相燕龟山寺》《浙东陪元相公游云门寺》等。另外有韩秀才、卢秀才等,名字待考。与元稹交往的佛道人物有:冯惟良,《嘉定赤城志》载:"冯惟良,相人,字云翼,修道衡岳。元(大)和中,入天台,廉使元稹闻其风,常造请方外事。"②徐灵府,据元稹《重修桐柏观记》:"岁大和己酉,修桐柏观讫事,道士徐灵府以其状乞文于余。"③僧直言(一作直玄或亘玄、真元),有《观元相公花饮》。另外还有范处士、郭虚州、刘道士、王炼师等。这些人或应元稹所邀,参与唱和,或者慕名而来,投诗献赠,其中多能诗善文者,为元稹所器重。他们与元稹及其幕僚往来唱和,谈禅论道,在生活态度和创作风格上相互影响,相互渗透。

　　尤其值得称道的是,长庆四年(824)春,时任杭州刺史的白居易与任湖州刺史的崔玄亮曾共赴越州,与元稹一起游赏赋诗。白居易《会二同年》诗云"照湖澄碧四明寒"④,"照湖"即"镜湖",在越州。"二同年"指的是元稹和崔玄亮,白居易《得湖州崔十八使君书喜与杭越邻郡因成长句代贺兼寄微之》自注云:"贞元初同登科,崔君名

---

① 《全唐诗》卷四七四,中华书局,1960年,第5384页。
② 黄𩠇、齐硕修、陈耆卿纂《嘉定赤城志》卷三五,《宋元方志丛刊》,中华书局,1990年,第7556页。
③ 元稹《元稹集》外集卷八,中华书局,1982年,第712页。
④ 白居易撰,谢思炜校注《白居易诗集校注》外集卷上,第2913页。

最在后。"①崔、白二人的到来为越州诗会增添了一番热闹,他们与元稹共同游览了镜湖、法华山、云门山等地,留下了不少诗篇,如元稹《春分投简阳明洞天作》《题法华山天衣寺》《游云门》,白居易《和春分日投简阳明洞天作》《题法华山天衣寺》《宿云门寺》等,浙东诗酒文会活动因而增色不少。

以元稹及其幕僚为主体,以浙东本土文士和佛道人物为生力军,并有邻郡府主诗友的参与,在元稹的努力和倡导下,浙东诗酒文会活动达到了相当的规模,前后参与者仅现在可考的就接近三十余人,而实际人数当不止如此。

元稹浙东诗会作品可考者有:元稹《酬郑从事四年九月宴望海亭次用旧韵》,郑从事即郑鲂,郑鲂原作佚。元稹《春分投简阳明洞天作》,白居易《和春分日投简阳明洞天作》。元稹《题法华山天衣寺》七绝一首,白居易《题法华山天衣寺》七律一首。元稹《游云门》七绝一首,白居易《宿云门寺》五古一首。白居易《会二同年》。元稹《正月十五夜呈幕中诸公》,徐凝和《奉酬元相公上元》。徐凝《春陪相公看花宴会二首》。徐凝《酬相公再游云门寺》,元稹原唱佚。元稹《醉题东武》。元稹《拜禹庙》。元稹《酬周从事望海亭见寄》,周从事即周元范,周元范原唱佚。元稹《赠刘采春》。元稹《修龟山鱼池示众僧》。赵嘏《浙东陪元相公游云门寺》。赵嘏《九日陪越州元相燕龟山寺》。章孝标《上浙东元相》。僧直言《观元相公花饮》。计二十一首。另有元稹佚诗两首:《新楼北园偶集从孙公度周巡官韩秀才卢秀才范处士小饮郑侍御判官周刘二从事皆先归》《朝回与王炼师游南山下》,二诗皆据白居易《和微之诗二十三首》。

应该说,元稹浙东诗会留存下来的诗作是极少的,如果说唐诗所

---

① 白居易撰,谢思炜校注《白居易诗集校注》卷二三,第 1814 页。

存十不一二,那么浙东诗会所留存的恐怕远远低于这个比例。我们只能从目前可考知的有限材料里略窥浙东诗会当年的规模及盛况。从内容看,浙东诗会所表现的主题范围是相当广泛的,有宴集、登游、访道、送别、禅悟、隐逸等等。其中游赏宴集诗所占的比重较大。元日观灯,春日赏花,端午竞渡,重九登高,春秋佳日无不大摆酒宴,歌舞音乐,献酬唱和。或几位好友相聚小饮,如《新楼北园偶集从孙公度周巡官韩秀才卢秀才范处士小饮郑侍御判官周刘二从事皆先归》;有时场面宏大,如赵嘏《浙东陪元相公游云门寺》"松下山前一径通,烛迎千骑满山红"①,徐凝《酬相公再游云门寺》"远羡五云路,逶迤千骑回"②,二人皆云"千骑",未免有些夸张,但其场面之宏大却可以想见。就体裁而言,元稹浙东幕府中的文学创作,以诗歌酬唱居多,这与大历年间鲍防集团偏重联句有所不同。"大约是联句之诗,需众人合作,既可逞才使气,亦需雕章琢句,故拘束与限制颇多。而唱和之诗,既能表现群体的氛围,又能发挥自己的个性,因而颇受元稹等人的喜爱。"③

二、浙东诗会特征之一:世俗性

由于社会政治背景的变化与时代风尚的影响,元稹浙东诗酒文会活动表现出与前此浙东、浙西联唱不同的特色。首先,元稹幕诗酒文会活动文人雅趣的淡逸色彩消减了,而以歌舞侑酒、放逸娱游的世俗性特征增强了。

---

① 《全唐诗》卷五四九,第6353页。
② 《全唐诗》卷四七四,第5376页。
③ 胡可先《唐代越州文学试论》,中国陆游研究会编《陆游与越中山水》,人民出版社,2006年,第554页。

出于娱乐和政治的需要，唐代幕府大多置放大量的饮妓、歌妓。《唐会要》卷三四载，宝历二年京兆府奏："伏见诸道方镇，下至州县军镇，皆置音乐，以为欢娱，岂惟夸盛军戎，实因接待宾旅。"① 幕府举凡活动皆有乐，大到庆典，小到私宴。到中晚唐，官伎制度进一步普及，好声妓、频宴饮是当时方镇幕府的普遍风气，听歌看舞成为诗人日常生活的一部分。元稹浙东幕当然也不例外，更何况浙东地区是一个风景优美、物产丰富的大邦盛府，有更多的物质基础蓄置歌妓，举办各种大型的游赏宴会。白居易《霓裳羽衣歌》云："今年五月至苏州……不听笙歌直到秋。秋来无事多闲闷，忽忆霓裳无处问。闻君部内多乐徒，问有霓裳舞者无？"② 可见元稹幕内确是有许多歌妓，以至白居易都要向元稹讨要霓裳舞者。

元稹幕府中的歌妓不仅能歌善舞，有的还能诗善词，可考者如刘采春。《云溪友议》卷下《艳阳词》载："乃廉问浙东，别涛已逾十载。方拟驰使往蜀取涛，乃有排优周季南、季崇及妻刘采春，自淮甸而来。善弄陆参军，歌声彻云，篇韵虽不及涛，容华莫之比也。元公似忘薛涛，而赠采春诗曰：'新妆巧样画双蛾，幔裹恒州透额罗。正面偷轮光滑笏，缓行轻踏皱文靴。言词雅措风流足，举止低回秀媚多。更有恼人肠断处，选辞能唱望夫歌。'……采春所唱一百二十首，皆当代才子所作。其词五、六、七言，皆可和矣。……采春一唱是曲，闺妇行人莫不涟泣。"③ 可见刘采春是著名的歌者，所唱之曲皆为当代文人才子所制，且甚为元稹所重。《全唐诗》卷八〇二录《啰唝曲》六首，即"望夫歌"，以刘采春为作者，虽尚有疑窦，但这六首诗是刘采春所唱，

① 王溥《唐会要》卷三四，中华书局，1960年，第631页。
② 白居易撰，谢思炜校注《白居易诗集校注》卷二一，第1669页。
③ 范摅《云溪友议》卷下，古典文学出版社，1957年，第63—64页。

则无可疑。无论如何,刘采春其人才貌兼擅是可以肯定的。

　　幕府文人与歌妓交往密切,可以说举凡接待宾旅,迎来送往,宾主欢聚,游赏宴饮,无不活跃着歌妓们的舞姿歌态:"雁思欲回宾,风声乍变新。各携红粉妓,俱伴紫垣人。"① "妆梳妓女上楼榭,止欲欢乐微茫躬。"② 元稹及其幕僚们就这样在歌舞酒色之中诗酒狂放、纵情欢乐。元稹《酬郑从事四年九月宴望海亭次用旧韵》:"兴余望剧酒四坐,歌声舞艳烟霞中。酒酣从事歌送我,歌云此乐难再逢。"③《酬白乐天杏花园》:"刘郎不用闲惆怅,且作花间共醉人。"④ 赵嘏《浙东陪元相公游云门寺》:"小槛宴花容客醉,上方看竹与僧同。"⑤《九日陪越州元相燕龟山寺》:"佳晨何处泛花游,丞相筵开水上头。"⑥ 徐凝《春陪相公看花宴会》:"丞相邀欢事事同,玉箫金管咽东风。百分春酒莫辞醉,明日的无今日红。"⑦

　　歌舞酒宴之间,幕府文人与歌妓一方面是欣赏者与表演者之间的关系,听歌看舞是文人的娱乐方式,但是另一方面,随着日日听歌看舞,朝夕相处,文人与歌妓的关系往往变得丰富而复杂起来。这首先是由于"才色兼擅"的歌妓与"才情并茂"的文人较之其他人群更容易相互沟通而产生内心情感上的共鸣。且不说白居易与琵琶女"同是天涯沦落人,相逢何必曾相识"式的同病相怜,单就元稹与刘采春而言,也已经超越了一般的欣赏者与表演者之间的关系,而更进

---

① 杨军《元稹集编年笺注·诗歌卷》,三秦出版社,2002年,第902页。
② 杨军《元稹集编年笺注·诗歌卷》,第910页。
③ 杨军《元稹集编年笺注·诗歌卷》,第910页。
④ 杨军《元稹集编年笺注·诗歌卷》,第924页。
⑤《全唐诗》卷五四九,第6353页。
⑥《全唐诗》卷五四九,第6348页。
⑦《全唐诗》卷四七四,第5382页。

一步,心灵相通,臻于"才才相惜"之境。元稹对刘采春的赏识不仅在于她的容貌,更在于她的才情,"更有恼人肠断处,选词能唱《望夫歌》"①,才情过人才是刘采春深深打动元稹的原因。关于元稹与刘采春另有一段有趣的故事:"元稹相廉问东浙七年。因题东武亭曰:'役役闲人事,纷纷碎簿书。功夫两衙尽,留滞七年余。病痛梅天发,亲情海岸疏。因循归未得,不是恋鲈鱼。'卢简夫(求)侍御曰:'丞相不恋鲈鱼,为好鉴湖春色。'春色谓刘采春。"②可以看得出,刘采春是深受元稹青睐的。

　　幕府文人与歌妓关系密切的另一个重要原因是歌妓们把文人创作的诗歌拿来演唱,他们之间同时也是一种创作者与歌唱者的关系,歌妓成为文人诗歌传播的重要途径。如上述刘采春,《云溪友议》云其"所唱一百二十首,皆当代才子所作"③,这其中定有不少"元才子"元稹的诗作。《诗话总龟》前集卷四二"乐府门"云:"商玲珑,余杭之歌者。……元微之在越州闻之,厚币来邀,乐天即时遣去,到越州住月余,使尽歌所唱之曲,即赏之。后遣之归,作诗送行兼寄乐天曰:'休遣玲珑唱我词,我词都是寄君诗。却向江边整回棹,月落潮平是去时。'"④商玲珑是杭州歌妓,从这段记载来看,她非常熟悉元稹的诗歌,所唱之曲多有元稹的作品,至于元稹幕下的歌妓演唱元稹等人的诗作也就可想而知了。

　　以诗入乐,供歌妓演唱,文人们的诗歌借歌者得到广泛传播,这一方面扩大了诗人的知名度,激发了诗人们的创作热情,而另一方面,诗人诗歌创作的内容、风格也必然随之发生变化。筵席之间写给

① 杨军《元稹集编年笺注·诗歌卷》,第935页。
② 阮阅《诗话总龟》前集卷一六,人民文学出版社,1987年,第185页。
③ 范摅《云溪友议》卷下,第64页。
④ 阮阅《诗话总龟》前集卷四二,第408页。

妓人演唱的诗不同于一般的言志抒情诗,因为要入乐,这类诗就特别注重诗体的协律可歌性,而内容往往以风情为主,风格清怨婉媚。元稹深谙歌法,擅长风致宕逸的艳丽小诗,作诗有意追求"韵律调新,属对无差,而风情自远"①。元稹浙东时期留下来的艳丽小诗很少,可见者仅《赠刘采春》一首:"新妆巧样画双蛾,谩裹常州透额罗。正面偷匀光滑笏,缓行轻踏破纹波。言辞雅措风流足,举止低回秀媚多。更有恼人肠断处,选词能唱《望夫歌》。"②对妇女容貌、服饰的描写极为细致,含情婉转,风格柔媚清怨。

三、浙东诗会特征之二:佛教文化色彩

元稹浙东诗酒文会活动的另一个显著特征是浓郁的佛教文化色彩。

浙东是一个有着浓厚佛教文化底蕴的地区,自东晋南渡以来,佛教发展迅速,寺院林立,名僧辈出。隋唐时期,中国佛教走向了它的繁荣期,而浙东地区佛教尤为繁盛,中国佛教的两大重要宗派华严宗及天台宗即发源于此。元稹本身有着很深的佛学造诣,一生喜游佛寺,结交僧禅人物。在任浙东观察使的七年间,屡经宦海沉浮的元稹利用职权之便更加频繁地与幕僚们游历佛寺,结交僧禅人物,并兴修佛寺,经营佛藏,促进了浙东佛教文化的发展。

浙东幕重要的佛教活动可考者有:(一)长庆四年,元稹与白居易、崔玄亮等九刺史资助杭州永福寺石壁刻经,元稹为该寺作《永福寺石壁法华经记》。(二)大和二年春,为白寂然卜筑沃洲山禅院。白

---

① 杨军《元稹集编年笺注·散文卷》,三秦出版社,2008年,第291页。
② 杨军《元稹集编年笺注·诗歌卷》,第935页。

居易《沃洲山禅院记》载："大和二年春,有头陀僧白寂然来游兹山,见道猷、支、竺遗迹,泉石尽在,依依然如归故乡,恋不能去。时浙东廉使元相国闻之,始为卜筑,次廉使陆中丞知之,助其缮完。三年而禅院成,五年而佛事立。"[1](三)大和二年九月,元稹僚佐韩杼材为慈溪清泉寺撰《清泉寺大藏经记》,刘蔚篆。《金石录》卷九载"第一千七百八十五,唐清泉寺大藏经记,韩杼(杼)材撰并行书,刘蔚篆,太和二年九月"[2]。(四)修筑龟山寺鱼池。《会稽掇英总集》卷九:"(龟山寺鱼池)此池微之所修,戒其僧以护生之意。"[3]元稹有诗《修龟山寺鱼池示众僧》:"劝尔诸僧好护持,不须垂钓引青丝。云山莫厌看经坐,便是浮生得道时。"[4]

　　佛寺更是元稹及其僚佐们游赏唱和的重要场所。唐代寺院在某种程度上具有公共游赏场所的性质,会稽地区佛寺众多,元稹浙东幕的诗酒文会活动大多是在寺院中举行的,如云门寺、法华山天衣寺、龟山寺等。我们现在所能见到的浙东诗会作品,有接近半数是关于佛寺游赏或佛寺宴饮的。这一方面是由于佛寺大多依山傍水,环境清幽,为游赏佳境。另一方面,又可与高僧大德谈禅论道,修身养性。

　　寺院题材诗歌内容一般以描绘寺院风光或者阐发佛理为主,而艺术风格则主要表现为清幽静谧。浙东诗会佛寺题材的诗歌也离不开山寺幽静风光的描写和诗人方外之思的抒发,并且不乏这方面的佳作。如元稹的《游云门》:"遥泉滴滴度更迟,秋夜霜天入竹扉。明

---

① 白居易著,朱金城笺校《白居易集笺校》卷六八,上海古籍出版社,1988年,第3685页。

② 赵明诚《金石录》卷九,《景印文渊阁四库全书》,第681册,第226页。

③ 邹志方《〈会稽掇英总集〉点校》,人民出版社,2006年,第126页。

④ 杨军《元稹集编年笺注·诗歌卷》,第934页。

月自随山影去,清风长送白云归。"① 这首七绝情景兼备、意境浑融、明月青山、清风白云,动中见静,忙中有闲,自然而流畅,淡泊而爽丽,表现出诗人从容不迫豁达闲适的超然心境。但是浙东诗会寺院唱和之作与一般的寺院游赏诗歌又有一个很大的不同,那就是热闹与清幽并存。之所以热闹,是因为诗会唱和属群体活动而且又多以歌舞佑酒;之所以清幽,是由于佛寺本是参禅论道的寂静之所。浙东诗会的许多诗作都集中表现了这一特点,如《九日陪越州元相燕龟山寺》:"双影旆摇山雨霁,一声歌动寺云秋。林光静带高城晚,湖色寒分半槛流。"② 一面是歌舞佑酒的欢娱,一面是参禅悟道的清寂,而这两点正是当时知识分子普遍的生活情趣。因此,可以说浙东诗会所表现出来的歌舞佐欢和参禅悟道的文人风尚是带有时代普遍性的。

四、结语

歌舞佑酒和参禅悟道,看似矛盾,实际上都是中晚唐之际时代风尚及士人心态变化的反映。安史之乱给李唐王朝带来了巨大的破坏,整个帝国由盛转衰,一蹶不振。尽管代宗、德宗、顺宗等人即位之初,也有过重振朝纲、中兴王室的抱负和一些相应的措施,如削藩、平边、抑制宦官等,一些进步的改革家也曾试图励精图治,拯民于水火,但这些都不过是昙花一现。随着宦官专权、藩镇跋扈、朋党倾轧愈演愈烈,到穆宗时,唐王朝的政治统治日趋黑暗腐败。在这种政治背景下,士人们对前途、理想丧失了信心,心态渐趋内敛、消极。几经宦海沉浮的元稹哀叹着"休学州前罗刹石,一生身敌海波澜",镇守浙东七

----

① 杨军《元稹集编年笺注·诗歌卷》,第 937 页。
②《全唐诗》卷五四九,第 6348 页。

年,几乎不再参与朝政,白居易走上了"吏隐"的道路,就连中兴名臣裴度晚年也为自安之计,沉浮以避祸。中晚唐之际的士人们对现实感到失望,对理想感到幻灭,从政热情和谋求功名事业的进取心大大衰退,他们已经无复致君尧舜的进取豪情,而是在另一个天地里寻求心灵的安慰和精神的寄托。元稹浙东幕的诗酒文会活动,正是这种时代心理的反映。他们或者沉醉在歌舞酒色之中,逃避现实政治的迫害,尽欢纵情,狂放不羁;或者参禅悟道,逃避现实,以忘怀得失,获得暂时的苟安与满足。

总而言之,元稹浙东幕诗酒文会活动,既是东晋兰亭宴集传统的延续,也是中晚唐之际时代政治的折射,更是东南地域文化精神的表现,它的意义,已经超越了集会本身而具有更为广远的价值。以越州为中心的诗酒文会活动,不仅集结了当地著名的诗人文士,而且扩展到杭州白居易、湖州崔玄亮等文士群体。诗酒文会活动的领袖人物元稹,在长庆中曾入朝为相,但不久即遭排挤被外放为地方官,他在镇守越州期间纵情山水,饮宴赋诗,未始不是政治失意的表现。诗会活动所呈现出的处于精英阶层的文人士大夫的特殊心态,与穆宗以后日趋衰微的政治局势密切相关,而这种心态又惟妙惟肖地映射于存留至今的集会诗文当中。这些珍贵的诗文作品,是我们了解中晚唐之交文学多元发展演变的重要线索。通过元稹浙东幕诗酒文会活动的考索,尽可能地还原集会的原生状态,我们或许能够找到进一步解读中晚唐之际政治、文化与文学既互相影响又各显个性的发展规律的独特视角。

作者系浙江大学文学院副教授

论文原载《阅江学刊》2012 年第 3 期,第 103—108 页

诗路山水

天姥山的文化高度

薛天纬

"文化高度"是笔者因表达需要杜撰的一个语词,它相对于"地理高度"而言。无论何种高度,都需要一个比照物,与天姥山形成比照的,是天台山。

有两首唐人的诗,以纪实之笔显示了天台山与天姥山的地理高度。一首是张祜《游天台山》,诗的开首写道:"崔嵬海西镇,灵迹传万古。群峰日来朝,累累孙侍祖。"诗中又写道:"视听出尘埃,处高心渐苦。才登招手石,肘底笑天姥。"另一首是灵澈《天姥岑望天台山》:"天台众峰外,华顶当寒空。有时半不见,崔嵬在云中。"这两首诗或从天台望天姥,或从天姥望天台,结论是一样的,即天台山高于天姥山。诗人的感受,可从方志的记载中得到证实。《清一统志》"台州府"下有"天台山",引陶弘景《真诰》语:"山高一万八千丈,周八百里。""绍兴府"下有"天姥山","高三千五百丈,周六十里"。上述说法又见于其他地志,如王琦注《李太白集》卷七五三引《临海记》,称天台山"凡高一万八千丈",而万历《新昌县志》亦说天姥山"高三千五百丈"。一万八千丈与三千五百丈都不是科学数据,但天台山高于天姥山却是无疑的。

然而,李白的《梦游天姥吟留别》却把天台与天姥的地理高度颠倒了过来。诗云:"天姥连天向天横,势拔五岳掩赤城。天台四万八千丈,对此欲倒东南倾。"此处说"天台四万八千丈",犹如《蜀道难》说"尔来四万八千岁",系极度夸张之辞。但即使高可如许的天台山,也倾倒在了天姥足下。诗中又将天姥与五岳、与赤城相比,应是受了孙绰《游天台山赋》的影响。孙赋曾说天台山之"所以不列于五岳",乃是因为"所立冥奥,其路幽迥""举世罕能登陟,王者莫由裡祀",意谓天台事实上可与五岳相匹;孙赋又有名曰"赤城霞起而建标",《文选》李善注:"赤城山,天台之南门也。"在李白心目中,是将五岳、赤城与天台联系为一体,来充当天姥山之比照物。李白在这里加以比照的,乃是山的文化高度。

所谓文化高度,取决于由文化传统形成的天台、天姥这类名山各自特有的文化意蕴,以及这种意蕴与诗人的创作意图、创作心态产生即时共鸣的程度。共鸣程度的强弱,与山之文化高度成正比。

从文化意蕴上说,天台山乃是一座仙山。《艺文类聚》卷七:"《名山略记》曰:天台山在剡县,即是众圣所降,葛仙公山也。"著名的刘晨、阮肇入天台山采药遇二仙女的故事(见《幽明录》),也给天台山蒙上了浓重的仙家色彩。而作为东晋辞赋名篇的《游天台山赋》,更是对这座仙山作了大力铺写与渲染,赋曰:"天台山者……皆玄圣之所游化,灵仙之所窟宅。""非夫遗世玩道,绝粒茹芝者,乌能轻举而宅之;非夫远寄冥搜,笃信通神者,何肯遥想而存之。""仍羽人于丹丘,寻不死之福庭。苟台岭之可攀,亦何羡于层城?""虽一冒于垂堂,乃永存乎长生。必契诚于幽昧,履重险而逾平。"赋作者是怀着极度的虔诚,甚至甘冒风险来游此山,以寻求长生仙境。孙绰这篇赋作,对于确定天台山作为仙山之文化意蕴,具有至为重要的作用。

李白也将天台山视为仙山。试读其《天台晓望》:

天台邻四明,华顶高百越。门标赤城霞,楼栖沧岛月。凭高远登览，直下见溟渤。云垂大鹏翻，波动巨鳌没。风潮争汹涌，神怪何翕忽？观奇迹无倪，好道心不歇。攀条摘朱实，服药炼金骨。安得生羽毛，千春卧蓬阙。

　　诗人确实登上了天台山最高处的华顶峰，诗的前半，也有几分写实意味，但后半完全是抒发对于仙道的虚幻向往。这是诗人身处这座仙山中时，被其浓厚的文化意蕴所感染，一时心理活动所呈现的特征。

　　天姥山却不是仙山，它的文化意蕴，是由谢灵运《登临海峤初发强中作与从弟惠连见羊何共和之》一诗奠定的。这首诗以抒发因惠连远去而产生的浓重愁怀为主旨。《宋书》本传记："灵运既东还（按，指元嘉五年以疾去朝东归），与族弟惠连、东海何长瑜、颍川荀雍、泰山羊璿之，以文章赏会，共为山泽之游，时人谓之'四友'。"惠连小灵运22岁，幼时即深受灵运知赏与喜爱。《宋书·谢方明传》记，"元嘉七年，（惠连）方为司徒彭城王义康法曹参军"。灵运此诗应作于惠连赴任高乡不久的元嘉七年秋。诗云："杪秋寻远山，山远行不近。与子别山阿，含酸赴修轸。中流袂就判，欲去情不忍。顾望脰未悁，汀曲舟已隐。隐汀绝望舟，鹜棹逐惊流。欲抑一生欢，并奔千里游。"惠连去时当沿剡溪水道，灵运为其送行，诗中充满依依惜别之情。"日落当栖薄，系缆临江楼。岂惟夕情敛，忆尔共淹留。淹留昔时欢，复增今日叹。兹情已分虑，况乃协悲端。秋泉鸣北涧，哀猿响南峦。戚戚新别心，凄凄久念攒。"惠连去后，灵运苦苦思念，无以解脱，遂踏上出游途程："攒念攻别心，旦发清溪阴。瞑投剡中宿，明登天姥岑。高高入云霓，还期那可寻。傥遇浮丘公，长绝子徽音。"灵运前一天平旦出发，晚宿剡中，翌日登山。当他登上"天姥岑"时，心胸颇为舒张，并联想到仙人浮丘公；但随即又想到，如果像王子乔那样随浮丘公仙去,那就永远与惠连断绝了音信,这又为灵运所不忍。诗到最终,仍然未能摆脱人间别情。灵运在这首诗中抒写的对惠连的深挚感情,又可从其《酬从弟惠连》及谢惠连《西陵遇风献康乐》二诗得到印证,兹不具言。

　　登临天姥之际,深藏于灵运心中的郁愁,除了别情之外,更本质的实为政治失意所致。作为山水诗创始人的谢灵运,其纵情山水的行为从一开始就与政治失意相伴随。《宋书》本传的记述清楚地说明了这一点。灵运是很有政治抱负的,"自谓才能宜参权要,既不见知,常怀愤愤"。宋少帝时,"灵运构扇异同。非毁执政,司徒徐羡之等患之,出为永嘉太守。郡有名山水,灵运素所爱好,出守既不得志,遂肆意游遨……所至辄为诗咏,以致其意焉"。这是谢灵运纵游的一个高峰期。宋文帝即位后,灵运先任秘书监,"寻迁侍中,日夕引见,赏遇甚厚。……既自以名辈才能应参时政,初被召,便以此自许。既至,文帝唯以文义见接,每侍上宴,谈赏而已",其政治才抱仍未被朝廷重视。"灵运意不平,多称疾不朝直。……出郭游行,或一日百六七十里,经旬不归。"这是其纵游的又一高峰期。元嘉五年以疾东归不久,又被免官,灵运遂与惠连等"共为山泽之游","寻山陟岭,必造幽峻,岩嶂千重,莫不备尽",由此进入了纵游的第三个高峰期。登天姥山正是这一时期事,其时因政治长期失意,灵运心中蓄积的郁愤是可以想见的。"戚戚新别心,凄凄久念攒","新别心"是与惠连相别新增的伤感,"久念攒"则是蓄积已久的郁愤之情。而"新别心"事实上正是加重了"久念攒"的分量,造成"攒念攻别心"的感情重负。为了寻求感情的排解,灵运遂有登天姥山之举。天姥山为灵运提供了一时的精神寄托,亦自灵运始,获得了特有的、恒久的文化意蕴,成了后世失意文人抒解心中郁愁、追求精神自由的理想之境,为他们造就了一种心理期待。

天姥山的文化意蕴,在李白的一次梦游中唤起了最强烈的共鸣。关于李白《梦游天姥吟留别》的诗旨,笔者在 1991 年撰写的《〈梦游天姥吟留别〉诗题诗旨辨》一文(刊于《中国李白研究》1991 年集,署名啸流)中已有阐述。破译诗旨的关键,是"世间行乐亦如此,古来万事东流水"二句。李白天宝五载将游东越之际,已从去朝后一段时间内甚为痴迷的游仙梦幻中觉醒过来,此刻,充斥于诗人心中的是从政与游仙的双重幻灭。他把现实的与幻想的一切全都看透了,也全都否定了,同时,他也陷入了"仙宫两无从"(《留别曹南群官之江南》)的精神困境。为了摆脱这种困境,诗人面前的出路只有一条,就是踏上隐逸之路,放情山水,归向自然,即"且放白鹿青崖间,须行即骑访名山"。竺岳兵先生在《〈梦游天姥吟留别〉诗旨新解》一文中,对李白与谢灵运相似的怀抱气度、人生经历和精神追求有很好的论述,得出了李白"与谢公意气相接"的结论。正因为如此,李白才有寻谢公遗踪而梦游天姥之事。当此之时,天下名山没有比天姥山更使李白向往的了,因而天姥在李白诗中被赋予了最为挺出的"文化高度"。另一方面,诗人当时并无游仙热情,因而诗的开头就对"烟涛微茫信难求"的瀛洲仙境表示了冷漠。冷漠了仙境,连带地对作为仙山的天台也就不以为然了。

谢灵运《登临海峤》诗为天姥山造就的文化意蕴,不独引起李白强烈共鸣,而且博得了唐代诗人的普遍认同。储光羲《酬綦毋校书梦耶溪见赠之作》有句:"以我采薇意,传之天姥岑。"杜甫《奉先刘少府新画山水障歌》有句:"悄然坐我天姥下,耳边已似闻清猿。"这两首诗都说到了"沧洲心""沧洲趣",诗人显然是以天姥来寄托一种隐逸情思。皇甫冉《曾东游以诗寄之》有这样一段描述:"嵯峨天姥峰,翠色春更碧。气凄湖上雨,月净剡中夕。钓艇或相逢,江蓠又堪摘。迢迢始宁墅,芜没谢公宅。朱槿列摧墉,苍苔遍幽石。顾予任疏懒,期尔振羽翮。沧洲未可行,须售金门策。"诗人自己欲追踪谢公,萧散徜徉于天姥、剡中的山水间,却劝友人积极入仕,不可存"沧洲"之想,天姥的寓意也是很清楚的。贾岛《夕思》诗云:"秋宵已难曙,漏向二更分。我忆山水坐,虫当寂寞闻。洞庭风落木,天姥月离云。会自东浮去,将何欲致君。"温庭筠《宿一公精舍》诗云:"夜阑黄叶寺,瓶锡两俱能。松下石桥路,雨中山殿灯。茶炉天姥客,棋席剡溪僧。还笑长门赋,高秋卧茂陵。"李洞《赠宋校书》诗云:"曾伴元戎猎,寒来梦北军。闲身不计日,病鹤放归林。石上铺棋势,船中赌酒分。长言买天姥,高卧谢人群。"这些诗说到天姥,都表达了摆脱世俗、回归自然的意思。与此同时,李白的名篇《梦游天姥吟留别》也已经融入天姥山的文化传统,深化了天姥山的文化意蕴,并引起后来者的心灵共鸣。如张为有一首《秋醉歌》,写自己"金风飒已起"时,"携酒天姥岑","醉眠岭上草",做了一场游仙的梦,梦醒后深致慨曰:"珍重此一醉,百骸出天地。长如此梦魂,永谢名与利。"张为游天姥而醉梦游仙,显然受了李白梦游天姥的影响,尤其是梦醒后谢别世俗的感慨,更与李白诗如出一辙。还有晚唐僧鸾《赠李粲秀才》诗,赞扬粲诗有李白之风,因而引出对《梦游天姥吟留别》的一番议论:"前辈歌诗惟翰林,神仙老格何高深……倾湖涌海数百字,字字不朽长拟金。"僧鸾诗只讲诗的格调,没有说到诗的思想感情内涵,但它毕竟对《梦游天姥吟留别》作了高度评价,使我们感受到这首诗在唐人心目中的地位和分量。

作者系新疆师范大学中文系教授

论文原载《中国李白研究(1998—1999年集)·李白与天姥国际会议专辑》,安徽文艺出版社,2000年,

第127—132页

天姥山考论

徐跃龙

　　中国历史文化名山天姥山,地处今浙江省绍兴市新昌县东南部。据古代文献,春秋战国时期至秦汉时期,此地为越国荒徼,草莽奥区,属剡县东鄙,古称剡东。吴越国王钱镠析剡县十三乡置新昌县,天姥山处县城东南五十里。周围,天台四明,会稽大盘,名山簇拥,盘亘交错,唯剡东之天姥,孤秀迥拔,苍然天表,为一地之望,众山之主。晋宋谢灵运开山,唐李白天姥吟,明徐霞客科考,即此山。

一

　　据现今史料稽考,最早记载天姥山的文献典籍为西晋张勃所撰的《吴录》(也称《后吴录》),距今约一千七百年①。张勃在《吴录·地理志》中记载:"剡县有天姥山(《文选注》引作天姥岑),传云:登者闻天姥歌谣之响。"②后因《吴录》命运多舛,不幸散佚,而关于"天姥

① 参见赵莉《张勃〈吴录〉考论——重构孙吴国史的尝试》,宁波大学 2013 年硕士学位论文。
② 王谟《汉唐地理书钞》,中华书局,1961 年,第 156 页。

山"的记载,先后为梁萧统编、唐李善注的《文选》[①]、北宋乐史编撰的《太平寰宇记》[②]、清代王谟编撰的《汉唐地理书钞》等历史典籍所辑录,有幸保存至今。

西晋张勃《吴录·地理志》关于"天姥山"的记载,包涵了极为丰富的历史地名信息。首先,界定了"剡县有天姥山"。据考,剡地,春秋战国时先后属越国、秦国。秦始皇二十六年(前221),置会稽郡(治吴县,今苏州),县境为郡属地。汉景帝前元四年(前153),已置剡县,属会稽郡。三国吴时,剡县属扬州会稽郡。西晋、东晋至南朝、隋朝,剡县属会稽郡。唐武德四年(621)始属越州。五代吴越国时,剡县属越州东府。梁开平二年、吴越天宝元年(908),吴越王钱镠析剡县东南部十三乡即剡东鄙置新昌县,剩余之乡改置称赡(一作瞻)县,后于北宋宣和三年(1121)改称嵊县(今嵊州)[③]。因此,古之剡县,即今之嵊州、新昌。而"天姥山"则于剡县分置嵊、新后,至今仍归属新昌县未变。准确地说,天姥山在古代剡县剡东鄙即今新昌县东南部。

天姥山,历史上虽无专志,但从晋唐以来至明清,中国古代地理总志等历史地理文献中,则名列其中,属地明确,史载不绝。西晋张勃撰《吴录·地理志》记载"剡县有天姥山"之后,南北朝末期顾野王所编的地理总志《舆地志》也曾记述"剡东百里有石桥,里人传云,

① 萧统编,李善注《文选》,注谢灵运《登临海峤初发强中作与从弟惠连见羊何共和之》一首"暝投剡中宿,明登天姥岑":"《楚辞》曰:夕投宿于石城。《汉书》曰:会稽有剡县。《吴录·地里志》曰:剡县有天姥岑。"(中华书局,1977年,第365页)

② 乐史《太平寰宇记》卷九六《剡县·天姥山》:"后《吴录》云:'剡县有天姥山,传云登者闻天姥歌谣之响。'"(中华书局,2007年,第1933页)

③ 参见《新昌县志》,上海书店出版社,1994年,第7—8页、第41—47页;《嵊县志》,浙江人民出版社,1989年,第1—3页。

旧路自石笕入天姥"（见《嘉泰会稽志》①《水经注疏》②等辑佚和摘引）。中国现存最早的古代地理总志，唐李吉甫撰《元和郡县图志》卷二六《江南道·越州·剡县》记载："天姥山，在县南八十里。"③宋代有五部著名的全国性地理总志，即北宋的《太平寰宇记》《元丰九域志》《舆地广记》和南宋的《舆地纪胜》《方舆胜览》，都分别记载了这座历史名山。宋乐史撰《太平寰宇记》卷九六《江南东道八·越州·剡县》记载："天姥山，在县南八十里。"④宋王存撰《元丰九域志》卷五《两浙路·越州·剡县》注："有天姥山、剡溪。"《越州·新昌》记载："紧，新昌。……有沃洲山、真水。"⑤宋欧阳忞《舆地广记》卷二二《大都督越州·剡县》记载："望剡县，汉属会稽郡，东汉、晋、隋皆因之，唐武德四年，平李子通，置嵊州，六年，州废，来属，有天姥山。"《新昌》记载："紧新昌县，本剡县地，五代时，置新昌县，属越州，有沃洲水。"⑥宋王象之撰《舆地纪胜》卷一〇《两浙东路·绍兴府·新昌县》记载："天姥山，在新昌东南五十里。东接天台，西联沃洲。""谢灵运诗云：'暝投剡中宿，明登天姥岑。'又李白《天姥歌》云'天姥连天向天横……'。"另见《天姥峰》记载："《图经》云：'天台西北有一峰，孤秀峭峻，与天台山相对，曰天姥峰，下临剡县，行人仰望如在天表。'"⑦宋祝穆撰《方舆胜览》卷六《浙东路·绍兴

① 李能成《南宋会稽二志点校》，安徽文艺出版社，2012年，第223页。
② 杨守敬《京都大学藏钞本水经注疏》，辽海出版社，2012年，第1877页。
③ 李吉甫《元和郡县图志》卷二六，中华书局，1983年，第620页。
④ 乐史《太平寰宇记》卷九六，第1933页。
⑤ 王存《元丰九域志》卷五，中华书局，1984年，第209页。
⑥ 欧阳忞《舆地广记》卷二二，《丛书集成初编》本，商务印书馆，1937年，第233—234页。
⑦ 王象之《舆地纪胜》卷一〇、卷一二，浙江古籍出版社，2012年，第382页、第480页。

府·天姥山》记载："天姥山、在新昌县东四十五里,接天台山。谢灵运诗:'暝投剡中宿,明登天姥岑。高高入云霓,安期还可寻?'李白有《梦游天姥歌》。"另见《台州·天姥山》记载:"天姥山、在天台县之西北,有一峰崛起,孤峭秀拔,与天台山相对。"①元、明、清三代官修的地理总志《大元一统志》《大明一统志》和《大清一统志》,除《大元一统志》散佚失记外,另外两部均有关于天姥山的记载。《大明一统志》记载:"天姥山。在新昌县东南五十里,东接天台。《寰宇记》:登此山者,或闻天姥歌谣之声。道书以为第十六福地。唐李白诗:'天姥连天向天横,势拔五岳掩赤城。'"②《大清一统志》记载:"天姥山,在新昌县东五十里。"③又检"二十四史",唯清张廷玉等撰《明史·地理志》对天姥山有记载:"新昌府东南。东有沃洲山。东南有天姥山。"④明清时期还有两部著名的地理总志,即《肇域志》和《读史方舆纪要》,也有关于天姥山的记载。明末顾炎武《肇域志·浙江·新昌》记载:"天姥山,在东五十里,东接天台华顶峰,西北连沃洲山。"另见《天台县》记载:"天姥峰,在县西北,与天台山相对,孤悬天表,下临新昌、嵊县。详新昌(条)"。⑤清初顾祖禹撰《读史方舆纪要·浙江·绍兴府·新昌县》记载:"天姥山,县东南五十里。高三千五百丈,周六十里,脉自括苍来,盘亘数百里,至关岭入县界,东接天台,西连沃州(洲),道书以为第十六福地,山之最高峰曰拨云尖。"另见《台州府·天台山》:"曰天姥峰,在县西北百里。其峰孤峭,下邻嵊县,仰望如在天表。"⑥除上述全国性总志外,浙江地

① 祝穆《宋本方舆胜揽》卷六、卷八,上海古籍出版社,2012年,第93—94页、第108页。

② 李贤等撰修《大明一统志》卷四五,巴蜀书社,2017年,第2043页。

③ 安旗等《李白全集编年笺注》,中华书局,2015年,第721页。

④《明史》卷四四,中华书局,1974年,第1108页。

⑤ 顾炎武《顾炎武全集·肇域志》,上海古籍出版社,2012年,第3383页、第3403页。

⑥ 顾祖禹《读史方舆纪要》卷八九,中华书局,2005年,第4235页、第4104页。

方志对天姥山有更翔实的记载。明嘉靖吴宗宪、薛应旂撰《浙江通志·绍兴·新昌》记载:"天姥山,东接天台华顶峰,西北联沃洲山。道书谓第十六福地,下有石井,唐李白诗(略)。"另《台州·天台》记载:"天姥峰,在县西北,与天台山相对,孤悬天表,下临新昌、嵊县,详见《新昌县志》中,唐许浑诗(略)。"① 南宋施宿等撰《嘉泰会稽志》记载:"天姥山,在县东南五十里。东接天台华顶峰,西北联沃洲山。"② 新昌现存最早的县志《明成化新昌县志》记载:"天姥山,在县东五十里。"③ 另外,还有与天姥山相关的历代舆地图,如明嘉靖刻本《广舆图·浙江舆图》,南宋《绍兴府境域图》,明万历《绍兴府志·明绍兴府八县总图》及《天姥山图》,明成化、万历《新昌县志·舆地图》,当代谭其骧先生主编的《中国历史地图集》④ 等均标注天姥山在新昌县境内东南部。由上可见,天姥山不仅史载不绝,而且归属确切,即在古剡县今新昌境内,东接天台华顶,西北连沃洲,处于天台县西北方,与天台山相对,李白梦游天姥即此。

二

　　天姥山,又称天姥、天姆山、天姥岑、天姥峰、天姥岭等。根据地名分类,"天姥山"为古代神话传说类地名。"天姥山"得名,应与秦

① 胡宗宪、薛应旂《浙江通志》卷九、卷一一,台北成文出版社,1983年,第555页、第635页。

② 沈作宾修,施宿纂《嘉泰会稽志》卷九,《宋元浙江方志集成》第四册,杭州出版社,2009年,第1842页。

③ 李楫修,莫旦纂《明成化新昌县志》卷三,《天一阁藏明代方志选刊》,上海古籍出版社,1964年,第6页。

④ 谭其骧编《中国历史地图集》第七册,中国地图出版社,1991年,第76—77页。

汉之际西王母神话传说密切相关、一脉相承。自古至今,有关天姥山得名有诸多说法,主要有"天姥"说,出自张勃《吴录·地理志》[①];"鬓女"说,出自民国《新昌县志》"山状如鬓女因名"[②];"天台之姥"说,"天姥者,天台之来山也,故称姥焉",出自明王士性《入天台山志》等[③],可谓众说纷纭,莫衷一是。近年,新昌学者竺岳兵先生在《天姥山得名考辨》论文中提出的"天老本天姥""天姥即王母"的观点[④],受到学术界的关注和认可,解开了围绕天姥山得名的千古谜团。

从天姥山得名的由来和最早记载于西晋初年来推算,天姥山得名应早于西晋,在秦汉之际,与剡县置县同一时期,距今约两千两百年。其时,道家方士神仙思想弥漫,西王母的神话传说也正盛行于这一时期。据文献考查,西王母神话故事,经历了两次重大演化过程。春秋战国时期,是西王母神话演化的第一阶段。据《山海经》描述,西王母是一个穴居善啸,蓬发戴胜,似人非人的怪物。秦汉至魏晋南北朝时期,西王母神话演化进入第二阶段,在《穆天子传》和《汉武帝内传》中,把西王母神话传说与周穆王西征、汉武帝西巡的历史事实联系起来,把西王母形象人格化,神话传说故事化,其中周穆王和西王母昆仑瑶池相会的故事广为流传,影响很大。这时已把西王母描绘成雍容平和、能唱歌谣、容貌绝世的女神,而且在天掌管宴请各路神仙之职,拥有长生不死之药,还能赐福、赐子及化险消灾,俨然成为天上之王母。"西王母"在古代典籍中又简称"西母""王母""西

---

① 王谟《汉唐地理书钞》,第 156 页。

② 金城修,陈畲等纂《新昌县志》卷二,台北成文出版社,1919 年,第 252 页。

③ 王士性《五岳游草》卷四,浙江古籍出版社,2013 年,第 84 页。

④ 竺岳兵《天姥山研究》,中国国学出版社,2008 年,第 46—70 页。竺岳兵《天姥山得名考辨》发表在 1999 年"李白与天姥"国际学术研讨会上。

老""天老""西姥"等。如汉代《淮南子·览冥训》:"西老折胜,黄神啸吟。"张衡《同声歌》:"众夫所希见,天老教轩皇。"东晋郭璞《不死树赞》:"不死之树,寿蔽天地。请药西姥,乌得如羿。"据著名训诂学家朱起凤先生《辞通》卷一五注释,西母,即西王母,母字古通姥(梁萧统编,唐李善注《文选》:姥,莫古切;陶宗仪《说郛》卷八五《金壶字考》:天姥,姥,音母,山名),老即姥字讹缺。西老、天老应为西姥、天姥,为西王母是矣。由此可知,"天老本天姥",而"天姥即王母"①。因此,东汉张衡是最早在《同声歌》中称西王母为天姥的人。

　　天姥山得名,更大的机缘应当是与西王母神话传说演化东移有关。在古代越国,越人崇信鬼神,也曾弥漫西王母配东皇公的神话传说。据东汉赵晔《吴越春秋》,越王勾践十年,越王勾践欲报怨复仇,破吴灭敌,大夫文种授之九术。其第一术即尊天地事鬼神以求其福。勾践"乃行第一术,立东郊以祭阳,名曰东皇公;立西郊以祭阴,名曰西王母。祭陵山于会稽,祀水泽于江州。事鬼神二年,国不被灾"②。如此神灵,影响甚广。从已出土的古越会稽青铜镜铭刻图案上,我们就可以窥知,至少有三款西王母与东皇公神话传说题材的铜镜③。而在新昌西岭发掘的东汉古墓"新昌10号墓"出土的两件汉代车马神兽镜上,也有西王母会见东皇公神话题材的纹饰铭刻④,说明西王母神话传说,通过这些精美的日常用品,早就在于越先民的脑海里留下深深的烙印,甚至影响至今。而天姥山得名,正是秦汉时期西王母神

① 朱起凤编《辞通》卷一五,上海古籍出版社,1982 年,第 1573 页。编者按:原书内容为:"西母,即西王母。"
② 赵晔撰,周生春辑校汇考《吴越春秋辑校汇考》,中华书局,2019 年,第 137 页。
③ 参见王士伦编《浙江出土铜镜》,文物出版社,2006 年。
④ 参见潘表惠主编《新昌文物志》,当代中国出版社,2010 年,第 7—9 页。

话演化流变的重要时期,与这一历史文化背景在时间地点上也十分契合。可以说是西王母神话造就了天姥山之名,天姥山也正是西王母神话演化流变的历史见证,而"登者"即于越先民就是天姥山最早的命名者和传播者。

三

天姥山处华夏古陆浙东东北部,近北纬 30°,处嵊新盆地东南缘,属浙闽低山丘陵一部分。天姥山,源自大盘山脉至天台山脉,自天台万年山脉入新昌县境的分支,最高峰拨云尖及周边山峰,海拔均在 800 米以上,迤西纵贯于新昌江与澄潭江之间,绵延至新昌城郊区。天姥山脉为正中列,绵亘于三十六渡溪、新昌江与王渡溪、桃源江之间,即古传一邑主山天姥山核心区所在。天姥山在长期的地质演变中,经历地壳断裂隆起、火山喷发、冰川运动和海侵海退等地质活动,尤其是史前时期的海侵海退,对天姥山区人类文明发展产生了重大影响。

人类开拓天姥山,大约始于史前时期的海侵海退。据陈桥驿先生《浙江地理简志·史前时代》,在这一时期,于越先民从宁绍平原向南退缩到接近会稽山、四明山、天台山等山区。当海岸线继续向南侵进,平原沦为浅海后,于越先民进入浙东山区,成为"山越族",也就是《吴越春秋》记载的"人民山居"的历史见证。近年发掘的嵊州小黄山文化遗址和位于天姥山麓的兰沿河谷平原文物遗存,就反映了这次海侵的过程,说明海侵时期海水曾逼近天姥山北麓。天姥山成为靠近海边小而高的山,即《说文解字》所称的"岑"。晋宋之际的谢灵运就称天姥山为"天姥岑",正印证了这一海侵景象。今天姥山区兰沿、甘湾等地出土的新石器时代文物还证明,天姥山是新昌先民最早的定居地^①。

在漫漫的历史长河中，天姥山历来被尊为一地之望、诸山之主。天姥山在得名之初，还处于朦胧时期，因与广义天台山脉相连，也被泛称为天台山或剡之天台山、抑或剡山等，至晋宋时期才逐渐清晰。西晋初年张勃撰《吴录·地理志》载："剡县有天姥山。"自此，天姥山载入史册，代代相传。

现存最早的《明成化新昌县志》，首先提出天姥山为"新昌之望"的观点，得到广泛认同。《明成化新昌县志·山川》论曰："孔子登东山而小鲁，东山，鲁望也！夫欲览一方之胜，必求所望而登之。古今人品虽不同，目同于视也。求新昌之望，其惟天姥乎?! 所望既得，其他山川可从而知矣！""天姥山，其脉自括苍山，盘亘数百里，至关岭入县界。层峰叠嶂，千态万状。其最高者名拨云尖，次为大尖细尖。其高（南）为莲花峰，北（西）为芭蕉山。道家称为第十六福地。"

明代徐霞客在《游天台山日记（后）》，详细记述了崇祯五年（1632）四月十八日自天台万年寺抵新昌沿天姥山脉徒步考察周边源流的经历。日记记述："万年为天台西境，正与天封相对，石梁当其中。寺中古杉甚多，饭于寺。又西北三里，逾寺后高岭。又向西升陟岭角者十里，乃至腾空山。下牛牯岭，三里抵麓。又西逾小岭三重，共十五里。出会墅，大道自南来，望天姥山在内，已越而过之，以为会墅乃平地耳。复西北下三里，渐成溪，循之行五里，宿班竹旅舍。""天台之溪，余所见者：……又正西有关岭、王渡诸溪，余屐亦未经；从此再北有会墅岭诸流，亦正西之水，西北注于新昌；再北有福溪、罗木溪，皆出天台阴，而西为新昌大溪，亦余屐未经者矣。"从

---

① 参见潘表惠主编《新昌文物志》，第4—5页。

而科学界定了天姥山山脉水系和核心区范围①。

　　明万历和民国《新昌县志》还提出天姥山为"一邑诸山之主"的观点，并对天姥山做出了比较明确的地域划分。

　　根据古代地理学"水以山分，山以水界""河源唯远，主峰唯高"的通则和以上各条史料，天姥山的山川形势，大体可分为三类地域范围：一是天姥山核心范围，以天姥山最高峰拨云尖为中心，东起腾空山，北至央于拜经台，西至会墅岭，南至莲花峰，以环绕最高峰的三十六渡溪、新昌江、惆怅溪、王渡溪为"四至"，周围约六十公里的天姥山主脉，即宋《舆地纪胜》等记述为"东接天台，西（北）联沃洲"的范围，也即明代徐霞客科考的范围。这是传统上的天姥山地域核心所在，也是天姥山文化核心所在。二是广天姥山范围，指以天姥山拨云尖为最高峰，东与天台万年山地脉相连，以三十六渡溪为界，北至新昌江，南至王渡溪，西至石城山、南岩山的连绵群山，古代所谓广天台山西峰天姥山和西门石城山范围。三是泛天姥山范围，即新昌县东南新昌江以南、澄潭江以东，绝大部分山地，为整个大天姥山脉。同时根据天姥山"一邑诸山之主"的认识，从地脉相连和文化相通的角度，天姥山还包括比邻山沃洲山等新昌江、潭澄江、黄泽江三江两岸的广泛山区。

四

　　地以山望，山以人名。天姥山之所以成为中国历史文化名山，与晋宋谢灵运开山、唐代李白梦游、明代徐霞客科考，因缘际会，相得益彰。纵观天姥山兴衰变迁之势，从其得名至今，大体可分为成名、扬

---

① 徐霞客《徐霞客游记》，中华书局，2009年，第46—47页。

名、式微和复兴四个时期。

　　天姥山得名于秦汉时期,成名于魏晋南北朝,其标志就是谢灵运开山。魏晋以前,天姥山属会稽郡腹地,草莽奥区,人迹罕至,时称剡东鄙。据汉代行政建制,五百户为一鄙,五鄙为一县,当时天姥山麓也不过三千左右人口,而且丛林之中时有猿猴甚至虎豹出没。早期有关天姥山的神话传说已有不少记载和传播,如《吴越春秋》中关于西王母东移配东皇公的神话传说,《搜神记》《幽明录》中关于刘阮遇仙的神话传说,《述异记》中关于鲁班天姥山刻木为鹤的神话传说,《异苑》中关于剡县陈务妻飨茗获报的神话传说,《庄子·外物》中关于任公子南岩钓鳌的神话传说,民间关于大禹治水的神话传说,以及"两火一刀可以逃"的谶言等,由此可见,天姥山区是一个道教盛行、神秘莫测的地方,可望而不可及。

　　至晋宋,天姥山一带发生了一系列历史上有影响的事件,使天姥山名闻遐迩。一是东晋支遁等十八高僧、王羲之等十八名士,"胜会"于天姥之阴沃洲山,共创佛教般若学,号称"六家七宗","支竺遗风",影响深远,这里成为"江东佛学中心"(《重修浙江通志稿》),为佛教中国化发祥地。支遁曾作《天台山铭序》:"剡县东南有天台山,盖仙圣之所栖翔,道士之所鳞萃。"孙绰作《游天台山赋》:"天台山者,盖山岳之神秀也! 涉海则有方丈、蓬莱,登陆则有四明、天台。"王羲之作《鼓山题辞》:"奚翅沃洲,岂让天姥。"高僧名士,纷纷赋辞赞颂天台天姥,对后世产生较大影响。二是晋宋时谢灵运伐木开道始通临海。据《宋书·谢灵运传》载:宋元嘉六年(429)"尝自始宁(今嵊州三界)南山伐木开径,直至临海,从者数百人"[1],史称"谢公道",由此,谢灵运应被推为天姥山真正的开山祖。谢灵运尝过天姥,

──────────

[1]《宋书》卷六七,中华书局,1974年,第1775页。

曾作《登临海峤》诗："暝投剡中宿,明登天姥岑。高高入云霓,还期那可寻?"(此诗收录《昭明文选》)并作《名山志》:"(天姥)山上有枫千(十)余丈,萧萧然。"① 这些诗文均成为中国早期山水诗和名山志的"开山"之作,天姥山因而成为中国山水诗的发祥地。三是南朝宋元嘉朝廷遣画师楷模山状于团扇。天姥山,上接台云,下临剡曲,群峰过峡,层峦叠嶂。故东晋大画家顾恺之赞叹:"千岩竞秀,万壑争流!"《历代名画记》著录有顾恺之弟子毛惠秀曾作《剡中溪谷村墟图》,被宫廷收藏。更有影响的是"元嘉团扇",据唐徐灵府《天台山记》:"宋元嘉中,台遣画工匠写山状于圆扇。"② 宋《太平御览·天姥山》载,"元嘉中,遣名画(师)写状于团扇,即此山也"③,此后,"元嘉团扇"成为中国山水画的代名词,而天姥山则是中国山水画的发祥地。再是梁武帝命高僧僧祐赴天姥余脉石城山雕凿弥勒大石像,号称江南第一大佛,刘勰特为之撰《梁建安王造剡山石城寺石像碑》④,石壁金相,轰动朝野,成为剡东佛教兴盛的标志。从此,剡东天姥,灵山秀水,人文胜迹,开始走进人们的视野,奠定了天姥山风景名山、宗教名山、人文名山、诗画名山的重要地位。

　　时至大唐,诗仙李白一首《梦游天姥吟》成千古绝唱,遂使天姥山名声大振,如日中天,进入天姥山名扬天下的全盛期。据唐诗之路学者竺岳兵先生考证,在唐代,李白、杜甫、孟浩然、王维、皎然、刘长卿等著名诗人追慕先贤,上溯剡溪,吟诗感怀,翩翩而至,踏出了一条"浙东唐诗之路"。有近四百五十位诗人,自钱塘到剡中,或壮游,或宦游,或遁游,或神游,一路留下一千五百余首不朽诗章,成就了一条

① 乐史《太平寰宇记》卷九六,第 1933 页。
② 徐灵府《天台山记》,浙江大学出版社,2010 年,第 8 页。
③《太平御览》卷四七,中华书局,1960 年,第 229 页。
④ 陈百刚主编《六朝剡东文化》,上海书店出版社,1995 年,第 240—268 页。

飘逸着翰墨清香的山水人文长廊。唐代诗人入剡成风,可以说是魏晋时期高僧名士入剡的流风余绪。唐代诗人偏爱浙东剡中,也有种种动因,主要是大唐盛世,诗人胸襟博大,以仗剑去国辞亲远游为人生一大快事;而剡东山水,风光殊胜,天姥沃洲,眉兮目兮,故李白有"自爱名山入剡中"之慨;更为主要的是,剡东深厚的人文渊薮,影响深远的烟霞原委、佛宗道源、魏晋风度,其山川人文,相得益彰,令人神往,故唐代诗人丘为感叹:"此地饶古迹,世人几忘归!"(《送阎校书之越》)

　　李白与杜甫,被尊为中国唐诗两座并峙的高峰。李白一生曾多次畅游浙东,三入剡中,留诗十余首,均为名作,其中最有名的当数《梦游天姥吟》,唐代殷璠编选入《河岳英灵集》。据考证,李白此诗作于天宝六载(747)第二次入剡中临行之前,即李白奉诏入京又赐金还山次年(746),在山东兖州留别东鲁诸公时所作,表达了李白倾慕谢公高风、不畏朝中权贵,魂归天姥仙山的曲折心迹[1]。此诗一出,名扬天下,成为历史上颂扬天姥山的千古绝唱!同时,唐代杜甫,年轻时曾裘马轻狂,入剡有年,晚年作《壮游》诗,忆及剡中,仍心驰神往:"剡溪蕴秀异,欲罢不能忘。归帆拂天姥,中岁贡旧乡。"[2] 诗人白居易于大和六年(832),为剡东撰《沃洲山禅院记》:"东南山水越为首,剡为面,沃洲天姥为眉目。"[3]

　　隋唐至北宋,是中国道教发展的兴盛期,尤其是唐王朝,尊道教为国教,道家洞天福地学说盛行,唐司马承祯《上清天地宫府图经》、

---

① 詹锳《李白诗文系年》,人民文学出版社,1984年,第67—68页;安旗等《李白全集编年笺注》卷七,第721—722页;竺岳兵《唐诗之路唐代诗人行迹考》,中国文史出版社,2004年,第33—38页。

② 参见陈贻焮《杜甫评传》,上海古籍出版社,1982年,第51—52页。

③ 陈百刚主编《六朝剡东文化》,第240—268页。

杜光庭《洞天福地岳渎名山记》等著名道家经典,均将天姥岑(岭)列为第十六福地,影响甚广。

世间万物,盛极则衰。宋元明清时期,天姥山逐渐湮没寡闻,也难以摆脱无数名山的宿命,失落为式微时期。这在中国名山演进史上也是一个"谜",究其原因,非常复杂。从古代历史地理角度考察,主要原因还是唐中叶以后,战乱波及天姥山区,唐代宗时台州袁晁起义,唐宣宗时沃洲寨裘甫起义,涉及剡邑天姥,以致"两火一刀可以逃"的地方也不得安宁,成为刀火相拼的地方,于是在五代吴越国钱王时将剡县一分为二,分置赡县、新昌,也有恶"剡"字不祥以避兵火之象的意思。另一重要原因是唐末五代,吴越国临安城(今杭州)崛起,剡东居台、越、明、婺四大郡之间,天姥山处天台山、四明山、大盘山、会稽山四大名山余脉,万山重叠,舟车不便,交通阻隔,历代文人名流虽垂爱天姥,但大多或过而不居,或爱而未到,或到而不识,逐渐被人淡忘,以致明朝散文家袁宏道在游览绍兴山水时,也喟叹:"然则山水亦有命运耶!"清代散文家方苞则将天姥寺旁之莲花峰误作天姥峰,借仆夫之口叽为"小丘耳,无可观者"!

诚然,天姥山名声逐渐式微,但天姥山麓的子民则奋发图强,耕读传家,儒风昌盛,南宋程明道、朱熹诸多理学大儒,往来新昌,集贤传道,一时成理学名儒往来麇集之地。新昌唐末至清代,科第连绵,登进士者近二百人。名公巨卿,接踵而出,宋代的黄度、石公弼、王爞,明代的何鉴、吕光洵、潘晟等,都是入朝理政的天姥骄子!因而区区新昌小邑,被誉为"风俗淳庞而人材杰特"的东南望邑,被蔡元培誉为绍兴八县中"唯有新昌人物秀"。

天姥山,虽名声式微,但始终没有淡出人们的视线,也不乏高僧名士流连忘返。自五代两宋至明清,历代有钱镠、罗隐、张浚、王十朋、陆游、朱熹、张即之、徐渭、范仲淹、宋濂、方孝孺、刘基、汤显祖、张岱^①、徐霞客、王思任、齐召南、袁枚、方苞、俞樾、金农、蒲华等名人，日本高僧最澄、成寻、荣西、奝然等，均莅天姥，追慕先贤，眷恋山水。他们入则游弋，出则咏言，为天姥山留下无数精彩篇章。

否极泰来。当今，中国历史文化名山天姥山，命运发生重大转折，经全国中小学教材审定委员会通过，李白《梦游天姥吟》列入人民教育出版社出版的全国高中语文教科书，并注明天姥山在浙江省新昌县境内；2010 年 1 月，国务院批准颁布新昌县天姥山国家级风景名胜区；2016 年 5 月，新昌县"天姥山周边源流考察区"通过徐霞客游线标志地认证，天姥山开始跨入新的复兴时期。

作者系浙江省新昌县《天姥山志》主编

论文原载《浙江社会科学》2017 年第 4 期，第 138—143 页

---

① 参见张岱著《夜航船》卷二《地理部·山川》："天姥山，在浙之新昌县，李白梦游天姥即此。"（中华书局，2012 年，第 44 页）

《状江南》的艺术创新及其诗史意义

戴伟华

　　大历年间鲍防、严维等人创作的《状江南》，是长篇《春江花月夜》后有关江南的集体发声。如果基于文本判断，《春江花月夜》的出现客观上反映了江南文化的诗歌叙述，呈现出与《帝京篇》《长安古意》不同的文化圈的精神气息；而《状江南》则是弘扬南方文化的自觉行为和艺术实践。唐代月令节气诗，《状江南十二咏》之前主要有李峤《十二月奉教作》十首、敦煌《咏廿四气诗》，和李峤、敦煌诗比较，《状江南》以比喻体叙事呈现出崭新的风貌和写作方法，在月令诗写作中独树一帜，在诗歌发展史上具有特别意义。

　　关于敦煌月令诗研究，任中敏先生在 1980 年 10 月曾组织词曲研究团队，团队中封桂荣和季国平专门研究了敦煌月令诗，写成专文《试论唐代民间时序文艺"十二月"的发展》，分上下两篇发表。"于探讨'十二月歌辞'之后，继续研讨了'十二月书仪'。因此创立了'时序文艺'这一名目，追求其发展步骤。歌辞已循齐言声诗的渠道流入《敦煌歌辞总集》。"[①] 论文贯彻任先生重民间文艺的观点，论证敦煌"十二月"是民间文艺，是在民间文艺发展中形成的，在传统文人创作外，另开一途。廖美玉《唐代〈月令〉组诗的物候感知与地志

① 封桂荣、季国平《试论唐代民间时序文艺"十二月"的发展》，《扬州师院学报》1981 年第 1 期。

书写》论及《状江南》《忆长安》:"由于是'状'眼前景物,十一位诗人所吟咏的月令物候,最能映现江南浙东地区的自然生态。江南的春天,东风送暖,水资源丰沛,大地一片生意盎然,显然大不同于北方色彩浓厚的《月令》知识体系。"① "相对于《忆长安》的盛世记忆,《状江南》乃以近距离捕捉江南的物色,有湖泊江浦的野生植物,如荇叶、莼叶、莲花、白藕、苍芦等;有农业植栽作物,如稻花、柳树、枫叶、芭蕉、橘柚、紫蔗、栗实等,乃至蚊蚋、蛙声、红蟹等多样性生态环境与农渔物产,共同形塑出江南丰富多元的十二月物候。诚如贾晋华所指出:'这一组词在文学史上的另外一个重要意义是引出了大批专咏南方风物的诗词。'更重要的,浙东诗人群体以相互唱和而激发出一年四季十二月的不同物候,留下了极为珍贵的第一手江南物候资料,可与《月令》的物候知识体系相互对照,有助于厘清南、北的物候差异,并可更细微观察由汉至唐的物候变迁。"② 《状江南》月令诗创作为群体组诗创作提供了全新的写作方法和写作角度,具有重要的诗歌写作史研究意义,对了解江南社会也颇具价值,但长期为人们所忽视。《状江南》的写作特点和价值应从两个方面去认识,一个方面是其咏物的价值,因《状江南》的"状"在以往研究中没有落实,或有误读。"状"即"比",状江南就是用比喻来写江南,故出题有附加条件"每句须一物形状"③。《状江南》一首四句,首句点明月份,其余三

---

① 廖美玉《唐代〈月令〉组诗的物候感知与地志书写》,《唐代文学研究》第十六辑,广西师范大学出版社,2016年,第15页。

② 廖美玉《唐代〈月令〉组诗的物候感知与地志书写》,《唐代文学研究》第十六辑,第17页。

③ 《古今岁时杂咏》作"状江南十二月每句须一物形状",蒲积中《古今岁时杂咏》,三秦出版社,2009年,第547页。贾晋华《唐代集会总集与诗人群研究》,作"状江南十二月每月须一物形状","每月"误(北京大学出版社,2001年,第290页)。文中所引《状江南》据贾著。

句皆用比喻写物。这一手法在咏物诗史中具有独特性和创造性,改变了之前咏物诗一首只咏一物的写作传统。另一方面《状江南》唱和分咏十二月,属于月令诗。封桂荣和季国平对月令诗的关注,贾晋华、廖美玉等研究从月令诗角度,指出《状江南》在描写岁时和江南风物方面的贡献,这诸家论说皆有助于《状江南》研究的深入。

一、《状江南》之前的月令和节气组诗

1. 李峤《十二月奉教作》①

在唐代大历《状江南》前,月令或节气组诗写作一般以李峤《十二月奉教作》十首为代表,诗中写岁时景物,概括某月时令物候,广涉北方和南方,都尽量写出当月的物候景致及人物活动。分析这些作品,可以看出李峤在区分相邻月份特点和体物上颇下了功夫。如《二月奉教作》诗:“柳陌莺初啭,梅梁燕始归。和风泛紫若,柔露濯青薇。日艳临花影,霞翻入浪晖。乘春重游豫,淹赏玩芳菲。”《三月奉教作》:“银井桐花发,金堂草色齐。韶光爱日宇,淑气满风蹊。蝶影将花乱,虹文向水低。芳春随意晚,佳赏日无暌。”诗歌大致为散点透视,多泛写一月景物,写作目标是能在更大范围内反映月份的气象物候。两首诗中柳莺、梅燕、和风、柔露、日影、霞晖、井桐、堂草、韶光、淑气、蝶影、虹文等,都具有较强的概括力和表现力,全方位展现了二月、三月景象。

历来对李峤诗歌评价总体不高,其诗“整齐”有余而“生意”不

────────────

① 《全唐诗》卷五八,中华书局,1960 年,第 696—698 页。有李峤二月至六月、八月至十二月奉教作诗,缺一月、七月奉教作二首,十首现拟题为《十二月奉教作》。文中所引李峤《十二月奉教作》据《全唐诗》。

足,王夫之云:"又其卑者,饾凑成篇,谜也,非诗也。李峤称'大手笔',咏物尤其属意之作,裁剪整齐,而生意索然,亦匠笔耳。"①古人的批评也会注入情感,对李峤诗评价兼及其人品,《后村诗话续集》卷三云:"李峤有三戾:性好荣迁,憎人升进;性好肥鲜绮罗,断人食肉衣锦;性好行房,憎人畜声色。"②刘克庄所载当有依据,李峤人品如此低劣,诗歌却非面目可憎。单就作品而论,李峤擅咏物,对物的摹写心手相应,这在月令诗中也有表现。如《八月奉教作》:"黄叶秋风起,苍葭晓露团。鹤鸣初警候,雁上欲凌寒。月镜如开匣,云缨似缀冠。清尊对旻序,高宴有余欢。"③前六句不仅平仄调和,对仗工稳,而且能抓住八月物候特征,果断落笔,不乏生意。写物候有层次感,先平视,后仰观,再远看。黄叶、苍葭皆平视之物,鹤鸣、雁上为仰视之物,月、云为远视之物。"鹤鸣初警候,雁上欲凌寒",动态感强,生动而切时令。"月镜如开匣,云缨似缀冠"二句,句式奇幻,富有意味,为押韵之需,将"月如开匣镜,云似缀冠缨"句式变为"月镜如开匣,云缨似缀冠"句式。缨,此当作"颈毛"解,八月云如鸟颈之羽毛;"缨"又谐声系冠之"缨"。《状江南》"每句须一物形状"和李峤诗中"月镜如开匣,云缨似缀冠"两句分咏"月""云"二物手法正相对应,这有可能为大历诗人所借鉴。只是结句"清尊对旻序,高宴有余欢"露出富贵之态,减损了之前六句中的遒劲之气。

　　2. 敦煌《咏廿四气诗》当为开元、天宝间作品

　　只有确定敦煌《咏廿四气诗》的写作时间,才能和《状江南》做有效比较,辨析各自特色,以彰显《状江南》的艺术个性,准确判断其

---

① 王夫之撰,戴鸿森笺注《姜斋诗话笺注》,上海古籍出版社,2012年,第157页。
② 刘克庄撰,辛更儒笺校《刘克庄集笺校》卷一七九,中华书局,2011年,第6922页。
③《全唐诗》卷五八,第697页。

价值。敦煌卷子中二十四节气诗,作者存疑,但反映了人们对节气的认识,用诗歌形式表述,方便人们记忆,有实用功能。徐俊《敦煌诗集残卷辑考》卷上云:"《咏廿四气诗》今存两个写卷,伯二六二四卷首尾完整,题'卢相公咏廿四气诗'。斯三八八〇卷首残,存诗二十首。卷末题:'甲辰年夏月上旬写记,元相公撰,李庆君书。'陈尚君《全唐诗续拾》卷二五附收于元稹诗末,并加按语云:'至其作者,二书有异。元相公可确定为元稹,卢相公不详为谁。究为谁作,今已难甄辨。亦有可能元、卢二人皆为依托之名。''元相公''卢相公'与'白侍郎'等一样,应都出于流传过程中的托名,真实作者的姓名却佚失难考了。"[1] 不管作者为谁,敦煌《咏廿四气诗》的民间立场是明显的,这和李峤《十二月奉教作》比照可知。《咏廿四气诗》也有类似于李峤诗中的物候描写,但李峤诗写十二月不同物候是提供给皇帝和大臣生活参考的,而敦煌《咏廿四气诗》是提供给一般人,甚至是农民生活参用的。当然,二十四节气本是与农耕社会相关联的,是指导农事的补充。

像这样承袭传统题材、敷衍历法的诗作,应该在民间一直流传,在特定的时间写成定本。一般情况下,因作者难考,写作时间也不能确定。《咏廿四气诗》清新明丽,有盛唐气息。如从风格上判断,可归入盛唐,事实也是如此,《资治通鉴》开元十六年载:"八月,乙巳,特进张说上《开元大衍历》,行之。僧一行推大衍数立术以应气朔及日食,以造新历,故曰《大衍历》。"[2] 至宝应元年改用《五纪历》,"宝应元年,代宗以《至德历》不与天合,诏司天台官属郭献之等复用《麟

<hr/>

[1] 徐俊《敦煌诗集残卷辑考》卷上伯二六二四、斯三八八〇《咏廿四气诗》,中华书局,2000年,第99页。文中所引《咏廿四气诗》据徐著。
[2] 《资治通鉴》卷二一三,中华书局,1956年,第6782页。

德》元纪,更立岁差,增损迟疾交会及五星差数,以写《大衍》术,曰《五纪历》"①。从诗歌清丽格调和明朗气息看,当为配合《开元历》而作,为开元、天宝之间的诗歌。比照《开元大衍历》和敦煌《咏廿四气诗》的相关内容,可知《咏廿四气诗》约产生于开元、天宝间,上限为开元十六年,下限为宝应元年,而不是中和四年(884)②。应该说明的是,《旧唐书》载:"前史取傅仁均、李淳风、南宫说、一行四家历经,为《历志》四卷。近代精数者,皆以淳风、一行之法,历千古而无差,后人更之,要立异耳,无逾其精密也。《景龙历》不经行用,世以为非,今略而不载。但取《戊寅》《麟德》《大衍》三历法,以备此志,示于畴官尔。"③ 其二十四节气物候则用《开元大衍历》,《新唐书》亦承袭之。而《新唐书》云:"唐终始二百九十余年,而历八改。初曰《戊寅元历》,曰《麟德甲子元历》,曰《开元大衍历》,曰《宝应五纪历》,曰《建中正元历》,曰《元和观象历》,曰《长庆宣明历》,曰《景福崇玄历》而止矣。"④ 可见唐代历法屡经改易,其中二十四节气物候亦当有异。因此,在现有文献基础上,只能将详见于记载的《魏书·律历志》和《开元大衍历》做比较来确定敦煌《咏廿四气诗》的写作时间。

从《开元大衍历》的推行,到更换为《五纪历》,其原因应与政治相关,但主要还是人们对天象认识的结果。僧一行考察气朔、日食,而修订历法;唐代宗则认为至德仍在使用的《开元大衍历》"不与天合"("天",指天象,自然现象)。故令郭献之等人在高宗《麟德历》基础上,"更立岁差,增损迟疾交会及五星差数",制成新的历法,名为

---

① 《资治通鉴》卷二二七,第7337页。
② 徐俊《敦煌诗集残卷辑考》卷上伯二六二四、斯三八八〇《咏廿四气诗》,第99—100页。
③ 《旧唐书》卷三二,中华书局,1975年,第1152—1153页。
④ 《新唐书》卷二五,中华书局,1975年,第534页。

《五纪历》，便施行。这也含有复古改制的意味，《麟德历》是开元前一直采用的《魏书》所载律历系统。

　　古人很重历法，所以对自然现象的观察极其认真。掌握节气月令气候特征，主要用于农耕，《礼记·月令》讲得很清楚，后世大致据此略有改动。如《开元大衍历经》云："惊蛰二月节，坎上六。桃始华，仓庚鸣，鹰化为鸠。""春分二月中，震初九。玄鸟至，雷乃发声，始电。""清明三月节，震六二。桐始华，鼠化为鴽，虹始见。""谷雨三月中，震六三。萍始生，鸣鸠拂羽，戴胜降桑。""立夏四月节，震九四。蝼蝈鸣，蚯蚓出，王瓜生。"[1] 可见，历法对节气呈现的自然现象记载详细，并尽可能精准。

　　《大衍历》之前二十四节气物候应采用《魏书·律历志》，《开元大衍历经》与《魏书·律历志》所记系统似乎彼此相似，实有差别。《魏书》所载历法云："惊蛰，始雨水，桃始华，仓庚鸣。春分，鹰化为鸠，玄鸟至，雷始发声。清明，电始见，蛰虫咸动，蛰虫启户。谷雨，桐始华，田鼠化为鴽，虹始见。立夏，萍始生，戴胜降桑，蝼蝈鸣。"[2] 而从敦煌《咏廿四气诗》内容看，它不是来自《魏书·律历志》，而是来自《开元大衍历经》。这说明《咏廿四气诗》敷衍传统月令节气的律历，其核心内容皆出于《开元大衍历经》。《开元大衍历经》修改了前代历法，而成唐代首创新历，一行等人观察天文、核实地理，力求精准，功不可没。敦煌《咏廿四气诗》配合新历，普及社会，亦当给予恰当而充分的肯定。这里引敦煌二十四节气诗中的惊蛰、春分、清明、谷雨、立夏[3] 和《开元大衍历经》相应内容对比如下，说明敦煌《咏廿

---

① 惠栋《易汉学》卷二，中华书局，2007 年，第 549—550 页。文中《开元大衍历经》引文据此。

② 《魏书》卷一〇七下，中华书局，1974 年，第 2680 页。

③ 徐俊《敦煌诗集残卷辑考》卷上，第 101—103 页。

四气诗》与《魏书·律历志》异，而与《开元大衍历经》同。

《咏惊蛰二月节》云："阳气初惊蛰，韶光大地周。桃花开蜀锦，鹰老化春鸠。时候争催迫，萌芽护矩（短）修。人间务生事，耕种满田畴。"《开元大衍历经》云："惊蛰二月节，坎上六。桃始华，仓庚鸣，鹰化为鸠。"此处所写为"惊蛰"之"桃始华"在诗中对应的是"桃花开蜀锦"；"鹰化为鸠"在诗中为"鹰老化春鸠"。可见诗中所写惊蛰和《大衍历经》所写惊蛰物象是对应的，但《魏书·律历志》将"鹰化为鸠"放置在"春分"中，而不在"惊蛰"里，说明敦煌诗中惊蛰描写和《魏历》不对应。敦煌诗是敷衍《大衍历经》的，故诗、历严格对应，可以证明敦煌诗产生的时间只能是《大衍历》使用的开元十六年到宝应元年之间，所谓"元相公"者，只是抄写人把长期流传于民间的无名氏作品借托于名人而已。

《咏春分二月中》："二气莫交争，春分两处行。雨来看电影，云过听雷声。山色连天碧，林花向日明。梁间玄鸟语，欲似解人情。"《开元大衍历经》："春分二月中，震初九。玄鸟至，雷乃发声，始电。""玄鸟至"在诗中为"梁间玄鸟语"，"雷乃发声，始电"在诗中为"雨来看电影，云过听雷声"。在《魏书·律历志》中，"雷始发声"置于"春分"中；"电始见"置于"清明"中。而《开元大衍历经》将"雷乃发声，始电"同置于"春分"中，这和《咏春分二月中》"雨来看电影，云过听雷声"一致。

《咏清明三月节》："清明来向晚，山渌正光华。杨柳先飞絮，梧桐续放花。鸳声知化鼠，虹影指天涯。已识风云意，宁愁谷雨赊。"《开元大衍历经》："清明三月节，震六二。桐始华，鼠化为鴽，虹始见。""桐始华"在诗中为"梧桐续放花"，"鼠化为鴽，虹始见"在诗中为"鸳声知化鼠，虹影指天涯"。《魏书·律历志》则云："谷雨，桐始华,田鼠化为驾,虹始见。"①其将《咏清明三月节》《开元大衍历经》中的清明物候现象放在谷雨节气中。

《咏谷雨三月中》:"谷雨春光晓,山川黛色青。桑间鸣戴胜,泽水长浮萍。暖屋生蚕蚁,喧风引麦葶。鸣鸠徒拂羽,信矣不堪听。"《开元大衍历经》:"谷雨三月中,震六三。萍始生,鸣鸠拂羽,戴胜降桑。""萍始生"在诗中为"泽水长浮萍","鸣鸠拂羽"在诗中为"鸣鸠徒拂羽","戴胜降桑"在诗中为"桑间鸣戴胜"。而《魏书·律历志》则将"萍始生,戴胜降桑,蝼蝈鸣"放在立夏中。

《咏立夏四月节》:"欲知春与夏,仲吕启朱明。蚯蚓谁教出,王茋自合生。簇蚕呈蕈样,林鸟哺雏声。渐觉云峰好,徐徐带雨行。"《开元大衍历经》:"立夏四月节,震九四。蝼蝈鸣,蚯蚓出,王瓜生。""蚯蚓出"在诗中为"蚯蚓谁教出";"王瓜生"在诗中为"王茋自合生","茋"即"瓜"。

从上引诸例比对可以看出,敦煌诗与《大衍历经》内容吻合,产生于同一时代。具体说,敦煌诗为开元十六年至宝应元年时段的作品,早于大历年间写作的《状江南》。

《魏志·律历志》和《大衍历经》对节气所呈现物象记载有差异并不奇怪,这应与编撰者所处环境有关系,与人们对自然天象观察结果有关系。作为关乎农事的节气月令,即使是耕种方式都有不同要求,《咏惊蛰二月节》云"人间务生事,耕种满田畴",耕种之事在全国也未必都在惊蛰。《齐民要术》所特别重视的旱耕,也因地域不同而时间有异:"慎无旱耕! 须秡生。至可种时,有雨,即种土相亲,苗独生,秡秽烂,皆成良田。此一耕而当五也。""不如此而旱耕,块硬,苗秽同孔出,不可锄治,反为败田。"据石汉声注释:"旱耕"一词,从字

---

① 《魏书》卷一○七下,第2680页。

面上说,是可以解释的。但《氾书》所记耕种方法,专就西北干旱地区的情形立论,和《齐民要术》中的耕种方法背景相同。《齐民要术》极反对湿耕:"宁燥不湿:燥耕虽块,一经得雨,地则粉解;湿耕坚垎,数年不佳。谚云'湿耕泽锄,不如归去!'言无益而有损!"可见在黄河流域,并不反对旱耕。问题在于该在什么时候耕:过了清明,天气日暖,风又很干,大气相对湿度低;耕翻土地,增加蒸发,只会"跑墒"(损失水分),这时根本不该耕。立春之后惊蛰以前,"春气未通",耕翻后,原来地面未化的冰翻到地里,土壤温度不会增高;原来地面下翻上来的土块中所含水分,到夜间却可能结冰,于是土壤温度上升较迟,对作物不利,对微生物的活动也不利,因此"非粪不解",这时便不宜过早耕翻。"须艸生",艸,草也。把草耕翻到地里,这时,"有雨,即种土相亲,苗独生,艸秽烂,皆成良田"。如果耕得太早,杂草还没有发芽,耕翻的结果,把一部分杂草种子翻到可以发芽的环境中,播种作物后,便会"苗秽同孔出,不可锄治"。因此,现在关中的习惯,在播种之前十天左右,翻一次,目的在于除草,只能是十天左右,太早没有用①。石汉声结合对现实生活的了解去探求古人文字的意思,切实而精到。但某一时期的律历当适用于同一时期,而不可以诸历并用。

韦应物《观田家》是一首写惊蛰的农家诗,和开元历法惊蛰比较,没有"桃始华,仓庚鸣,鹰化为鸠"词句的化用,"微雨众卉新,一雷惊蛰始。田家几日闲,耕种从此起。丁壮俱在野,场圃亦就理。归来景常晏,饮犊西涧水。饥劬不自苦,膏泽且为喜。仓廪无宿储,徭役犹未已。方惭不耕者,禄食出闾里"②。由此可以观察文人悯农之

---

① 贾思勰著,石声汉校释《齐民要术今释》卷一《耕田》,中华书局,2009年,第15—16页。

② 孙望《韦应物诗集系年校笺》卷三,中华书局,2002年,第165页。

作和敦煌承继传统节令诗的实用性不同。

二、《状江南》异于《十二月奉教作》《咏廿四气诗》

从月令诗景物描写角度看,《状江南》改变了月令诗对当月景物泛写的模式。据现存作品可知,一月写三物,集中而又典型地在诗中以物象展示当月当地的物候特征。

《状江南》分赋十二月,在这里和传统的月令诗是相同的,而和传统发生密切联系;但《状江南》注云"每句须一物形状",以"状"("比")为手法描写十二月,这又和传统月令诗有了区别。事实上,参与唱和者在规定下写作已经给自己出了难题,因为"每句须一物形状"的要求和前提,使写作就有了更高更具体的标准。就全诗而言,每句必须写一物;就每一物而言,必须写出此物的形状。

无论是李峤十二月奉教诗,还是敦煌廿四节气诗,大致兼顾了东西南北中各地各类人群的生活需求,有日常生活教科书的意义。但主要还是写黄河以及长江流域的物候,缺少地域差异,求同而少异。而《状江南》则不同,相对于全方位呈现,它是锁定目标,缩小范围的,只是对江南景象的描写,甚至是对越州景物的描写,这一定是群体写作者的智慧和策略。面对着前面的历书内容和诗歌,选择"每句须一物形状",实在令人佩服,就此开出一条新路。如谢良辅《状江南》:"江南仲春天,细雨色如烟。丝为武昌柳,布作石门泉。"[1] 严维《状江南》:"江南季春天,莼叶细如弦。池边草作径,湖上叶如船。"[2]

---

①《全唐诗》卷三〇七,第3484页。
②《全唐诗》卷二六三,第2925页。

同样是写二月和三月，与李峤就有区别。根据"每句须一物形状"的要求，除首句写月份外，其他三句中，每一句必须写一物。仲春三物：细雨、柳丝、布泉，季春三物：莼菜、池草、湖叶。这些物象都是江南风物。

从月令诗结构看，因"每句须一物形状"的硬性规定，诗中不再直接写人物活动和人物情绪。李峤诗的结尾常常是写人的情绪和活动。如《四月奉教作》："暄钥三春谢，炎钟九夏初。润浮梅雨夕，凉散麦风余。叶暗庭帏满，花残院锦疏。胜情多赏托，尊酒狎林篷。"① 诗的结构大致为前六句写景状物，七、八句以主观感情写人物活动。现存李峤《十二月奉教作》诗十首，其结构大致相同。《二月奉教作》诗尾联："乘春重游豫，淹赏玩芳菲。"《三月奉教作》尾联："芳春随意晚，佳赏日无睽。"另《五月奉教作》"欲逃三伏暑，还泛十旬觞"；《六月奉教作》"劳饵（阙一字）飞雪，自可（阙三字）"；《八月奉教作》"清尊对旻序，高宴有余欢"；《九月奉教作》"还当明月夜，飞盖远相从"；《十月奉教作》"别有欢娱地，歌舞应丝桐"；《十一月奉教作》"平原已从猎，日暮整还镳"；《十二月奉教作》"裴回临岁晚，顾步伫春光"② 。当然这些人物感情及活动是和月份物候相配合的，是月令诗的有机部分。而且《奉教作》有人物活动的加入，可直接表现人物的欢乐情感，歌功颂德在尾联中起了画龙点睛的作用。《状江南》不涉及人物活动，如《状江南十二咏》云："江南仲春天，细雨色如烟。丝为武昌柳，布作石门泉。""江南孟冬天，获穗软如绵。绿绢芭蕉裂，黄金橘柚悬。"③ 两首诗中，没有像李峤作品中的人物活动描

---

① 《全唐诗》卷五八，第 697 页。

② 《全唐诗》卷五八，第 697—698 页。

③ 《全唐诗》卷三〇七，第 3484 页。

写,其他十首亦复如此。其原因有三:一是创作时有"每句须一物形状"的规定,如此,写或不写人物活动,都未违背写作规则;二是一首诗四句,虽只有三句"每句须一物形状",但首句都是"江南××天",交代月份,四句中没有可供写人物活动的诗句了;三是《状江南》没有必要如"奉教"中必须加入的歌颂成分,参与《状江南》组诗写作的越州文人只是在写居住或生活之地的物候,一句中写出当地"一物形状",即完成写作任务。

李峤诗中人物活动是游冶居多:"裴回临岁晚,顾步伫春光。""平原已从猎,日暮整还镳。""别有欢娱地,歌舞应丝桐。""胜情多赏托,尊酒狎林篘。""欲逃三伏暑,还泛十旬觞。""清尊对旻序,高宴有余欢。""还当明月夜,飞盖远相从。"①诗中人物活动没有农事,基本上是文人贵族官僚的娱乐生活,侧重精神享受。而《咏廿四气诗》中的人物活动不一样,以关心农事为写作出发点。农事之时间节点在春夏秋冬各有其事,侧重不同。晁错《论贵粟疏》:"春耕夏耘,秋获冬臧,伐薪樵,治官府,给徭役。春不得避风尘,夏不得避暑热,秋不得避阴雨,冬不得避寒冻,四时之间亡日休息。"②农耕是四时之事,劳作各不相同。

《咏廿四气诗》涉农事者甚多,如"人间务生事,耕种满田畴"(惊蛰)、"已识风云意,宁愁谷雨赊"(清明)、"相逢问蚕麦,幸得称人情"(芒种)、"气收禾黍熟,风静草虫吟"(处暑)、"火急收田种,晨昏莫告劳"(白露)、"化蛤悲群鸟,收田畏早霜"(寒露)、"田种收藏了,衣裘制造看"(立冬)等等。除有关农事外,也有农民式的祈盼生活、享受生活的意愿和体现,如《咏立春正月节》"万物含新意,同欢圣日

---

① 《全唐诗》卷五八,第697—698页。
② 《汉书》卷二四上,中华书局,1962年,第1132页。

长"，作为第一首诗，为组诗染色，甚为得体。"漫酌樽中酒，容调膝上琴"（处暑）、"横琴对渌醑，犹自敛愁眉"（小雪）写出随节气更换的农家乐趣。

可贵的是，个别诗中也反映了农人的不满，尽管非常含蓄。如"田家私黍稷，方伯问蚕丝"，方伯，泛指地方长官。这里应该不是互文，而是田家和方伯对举，有鲜明的对比。为何"方伯问蚕丝"？据《唐六典》："凡金银、宝货、绫罗之属，皆折庸、调以造焉。"① 以金银、宝货、绫罗等折庸调，"凡赋役之制有四：一曰租，二曰调，三曰役，四曰杂徭。课户每丁租粟二石。其调，随乡土所产绫绢绝各二丈，布加五分之一。输绫绢绝者，绵三两。输布者，麻三斤"②。蚕乡当随乡土所产输绫绢，"方伯问蚕丝"，应指地方长官向养蚕之乡征税之事。

从月令诗咏物角度看，《状江南》将无意识的咏物变为有意识的咏物，规定一句一物，且构成"物—形"固定关系。月令诗离不开写景写物，故李峤诗中包括了景和物两个方面。如《四月奉教作》："暄钥三春谢，炎钟九夏初。润浮梅雨夕，凉散麦风余。叶暗庭帏满，花残院锦疏。胜情多赏托，尊酒狎林樗。"《五月奉教作》："绿树炎氛满，朱楼夏景长。池含冻雨气，山映火云光。果院新樱熟，花庭曙槿芳。欲逃三伏暑，还泛十旬觞。"不仅有物，如暄钥、炎钟、梅雨、绿树、朱楼、冻雨、火云、新樱等物，而且物含景中、物融景中，如炎钟九夏初、润浮梅雨夕、花残院锦疏、朱楼夏景长、花庭曙槿芳等。李峤诗的景物之间是有关联的，如"暄钥三春谢，炎钟九夏初。润浮梅雨夕，凉散麦风余。叶暗庭帏满，花残院锦疏。胜情多赏托，尊酒狎林樗"，"三春谢"对"九夏初"，"润浮"对"凉散"，"叶暗"对"花残"。

---

① 李林甫等撰《唐六典》卷三，中华书局，1992年，第80页。
② 《旧唐书》卷四三，第1826页。

又如"绿树炎氛满,朱楼夏景长。池含冻雨气,山映火云光。果院新樱熟,花庭曙槿芳","绿树"对"朱楼","池含雨"对应"山映云","果院"对"花庭",在对仗中使上下句有了形式联系。而《状江南》中直接咏物,不要求与景相融合,如贾弇《状江南》:"江南孟夏天,慈竹笋如编。蜃气为楼阁,蛙声作管弦。"樊珣《状江南》:"江南仲夏天,时雨下如川。卢橘垂金弹,甘蕉吐白莲。"一句一物,没有像李峤诗追求事物彼此的关联和协调,但也很讲究,基本诗式第一句"江南××天",第二句"×××如×",第三句和第四句相对自由,多数以"作""为"及其他动词连接主语和宾语,以"如""似"为比喻,连接主体和喻体。

三、敦煌诗与孟浩然诗之地气

按时间顺序排列,李峤《十二月奉教作》、敦煌《咏廿四气诗》《状江南十二咏》构成先后关系。其中可以准确判断作时的是《状江南》,李峤诗作时亦可判断为李峤生活的初唐,而《咏廿四气诗》对应《开元大衍历》,也可以确定产生的大致时间,但其毕竟是民间文艺,从流传到写定应有一过程。从风格上可以判断,《咏廿四气诗》大约为盛唐开元、天宝年的作品,在文人作家中,孟浩然与之有近似处,这在《咏廿四气诗》"儒客"形象中露出痕迹。

《咏廿四气诗》写到大暑农休时,表现农人在农事之余的读书期待,其情感也是一位"田家"人淳朴真切的表现。《咏大暑六月中》云:"大暑三秋近,林钟九夏移。桂轮开子夜,萤火照空时。菰菓邀儒客,菰蒲长墨池。绛纱浑卷上,经史待风吹。"以瓜果待客,表现对"儒客"的尊敬。这自然让人联想起孟浩然《过故人庄》,故人即为富足的农人:"故人具鸡黍,邀我至田家。绿树村边合,青山郭外斜。开筵面场圃,把酒话桑麻。待到重阳日,还来就菊花。"① 要理解孟浩然诗歌的人物关系,《咏大暑六月中》中儒客与农人的关系是其情境最好的注释,孟诗尾联亦同《咏霜降九月中》"仙菊遇重阳"。而《咏芒种五月节》"相逢问蚕麦,幸得称人情",可与"开筵面场圃,把酒话桑麻"对读。尽管孟浩然《过故人庄》和《咏廿四气诗》都是盛唐时代的作品,写作的具体时间还是无法确定,二者的先后也无法确定。既然《咏廿四气诗》被确定为盛唐作品,其意义不可忽视。至少可以说,《咏廿四气诗》是较为稀罕的民间作品,是盛唐呈现的和文人不同的风貌。那么,文人与民间如何互动,彼此处于何种互动状态中,值得借助《咏廿四气诗》做深入思考。

孟浩然《过故人庄》一诗"故人具鸡黍,邀我至田家",写文人与农人的交往,这在"苾莱邀儒客,菰蒲长墨池"找到了解释。其一,孟浩然诗的情感表现接近敦煌《咏廿四气诗》,而与李峤诗的姿态不同。其二,真切把握孟浩然诗的情感,除诗歌本身所提供的信息外,还应结合敦煌《咏廿四气诗》来解读。其三,农事诗的保存具有重要的社会认识价值,尤其有助于了解社会的底层活动,以及阐述文学创作中文人和民间的互动形态。其四,孟浩然诗中清新自然一面和民间文学的联系,正说明文人向民间学习,汲取民间文艺的滋养,能创作出优秀的作品。这不是空洞的说教,而是由创作实绩所证明的道理。

大历诗人《状江南》唱和似乎有意规避了此前文人如李峤诗、民间如《咏廿四气诗》的写作模式和写作侧重点。合观三者,客观上有了区别,李峤《十二月奉教作》比较文人化、贵族化,侧重描写上层人士的游赏和在游赏中的体验;敦煌《咏廿四气诗》比较民间化,有农事诗的色彩,侧重描写农人生活和农事安排;《状江南》则处于二者

---

① 《全唐诗》卷一六〇,第 1651 页。

之间，兼文人化和民间化。

《状江南》"每句须一物形状"的规定，无疑限制了传统咏物诗中的抒情表现，诗中无我，不写个体的活动，不是借物抒情。无论是李峤《十二月奉教作》诗，还是敦煌《咏廿四气诗》，都直接写人物活动，而《状江南》十二首几乎没有写个体的行为；"每句须一物形状"，关键在"物"，咏物是写作要求，这就回避了一诗一物的传统咏物模式；而《状江南》一首咏三物的模式，使之与以前十二月令诗、二十四节气诗有了重要区别。在月令、节气诗歌发展过程中，《状江南》以其别样风采和表现手法以及鲜明地域特征，具有了特别重要的开拓精神和创新价值。

作者系广州大学人文学院教授

论文原标题为《〈状江南〉的艺术创新及其诗史意义——兼论敦煌〈咏廿四气诗〉的性质与写作时间》，原载《文学评论》2020 年第 3 期，第 113—119 页

会稽“山水诗”与“浙东唐诗之路”

林家骊　汪妍青

“浙东唐诗之路”即是以浙江（钱塘江）为发端，渡江抵萧山西陵渡口，入运河至于越州（今浙江绍兴），后沿剡溪上溯，经剡中而至佛教天台宗发源地与道教胜地台州天台山。此条游览路线大致可拟如下图：

↗ 诸暨→剡县 ↘

钱塘江南岸—越州（绍兴）

↘ 上虞→明州（宁波）↗ 天台

图1　古时“浙东唐诗之路”游览路线

在“浙东唐诗之路”上，绍兴（又名会稽、越州）颇具独特性。以会稽为代表地的越州山水诗，启盛唐山水诗先声，对唐代山水诗的发展具有重要意义。

一、晋室南渡后对越中山水之美的认知与琅琊王氏会稽“兰亭”雅集

西晋末年，北方士人避难至江左。浙东山水颇为中原士人所重。《世说新语·言语》有：“顾长康从会稽还，人问山川之美，顾云：‘千

岩竞秀，万壑争流，草木蒙笼其上，若云兴霞蔚。'"① 又"王子敬曰：'从山阴道上行，山川自相映发，使人应接不暇。若秋冬之际，尤难为怀。'"梁刘孝标注引《会稽郡记》曰："会稽境特多名山水，峰崿隆峻，吐纳云雾。松栝枫柏，擢干竦条，潭壑镜彻，清流泻注。王子敬见之曰：'山水之美，使人应接不暇。'"余嘉锡笺疏引刘盼遂曰："《戏鸿堂帖》载子敬《杂帖》云：'镜湖澄澈，清流泻注，山川之美，使人应接不暇。'"②《法苑珠林》卷四八载："晋剡沃洲山有支遁，字道林，本姓关氏，陈留人，或云河东林虑人。幼有神理，聪明秀彻。晋王羲之睹遁才藻，惊绝罕俦。遂披衿解带，留连不能已。仍请住灵嘉寺，意存相近。又投迹剡山，于沃洲小岭立寺行道。"③

　　这种对浙东山水的欣赏赞叹，贯穿于绍兴至天台一路。孙绰《游天台山赋》云："天台山者，盖山岳之神秀者也。涉海则有方丈蓬莱，登陆则有四明天台。皆玄圣之所游化，灵仙之所窟宅。夫其峻极之状，嘉祥之美，穷山海之环富，尽人神之壮丽矣。所以不列于五岳，阙载于常典者，岂不以所立冥奥，其路幽迥，或倒景于重冥，或匿峰于千岭；始经魑魅之途，卒践无人之境；举世罕能登陟，王者莫由禋祀，故事绝于常篇，名标于奇纪。"④ 顾恺之《启蒙记》注曰："天台山去天不远，路经油溪。水深险清泠，前有石桥，路径不盈尺，长数十丈，下临绝涧。唯忘其身，然后能济。济者梯岩壁、援萝葛之茎，度得平路，见天台山蔚然绮秀，列双岭于青霄。上有琼楼玉阙，天堂、碧林、醴泉，仙物毕具也。晋隐士白道猷得过之，获醴泉、紫芝、灵药。"⑤《世

① 余嘉锡《世说新语笺疏》卷上之上，中华书局，2007年，第170页。
② 以上三条，皆见《世说新语笺疏》卷上之上，第172页。
③ 释道世著，周叔迦、苏晋仁校注《法苑珠林校注》，中华书局，2003年，第1463页。
④《全上古三代秦汉三国六朝文·全晋文》卷六一，中华书局，1958年，第1806页。
⑤ 乐史《太平寰宇记》卷九八，中华书局，2007年，第1966页。

说新语·文学》："孙兴公作《天台赋》成，以示范荣期，云：'卿试掷地，要作金石声。'范曰：'恐子之金石，非宫商中声。'然每至佳句，辄云：'应是我辈语。'"①

晋室南渡后，江左士人眼中的山水，渐趋由行旅感官的附属而转变为独立的审美对象。士人们登山临水，感受山水之美。庾阐《三月三日临曲水诗》《三月三日诗》《观石鼓诗》，谢混《游西池诗》，湛方生《帆入南湖诗》《还都帆诗》《天晴诗》等等，皆是佳篇。山水在这些诗篇中含灵秀之质，颇有韵味。琅琊王氏的会稽兰亭雅集，即于此大背景下发生。

《晋书·王羲之传》记载："羲之雅好服食养性，不乐在京师，初渡浙江，便有终焉之志。会稽有佳山水，名士多居之，谢安未仕时亦居焉。孙绰、李充、许询、支遁等皆以文义冠世，并筑室东土，与羲之同好。"②又《晋书·谢安传》载："（谢安）寓居会稽，与王羲之及高阳许询、桑门支遁游处，出则渔弋山水，入则言咏属文，无处世意。"③琅琊王氏兰亭之会，可与曹丕南皮之游、石崇金谷雅集相媲美，且其山水书写的主体性愈为突出。逯钦立将兰亭雅集所存于世者辑入《先秦汉魏晋南北朝诗》中，并冠以《兰亭诗》之名。

除了王羲之的《兰亭集序》颇有盛名之外，孙绰为《兰亭诗》题的序《三月三日兰亭诗序》亦为佳篇，兹将其全文录下：

古人以水喻性，有旨哉斯谈。非以停之则清、混之则浊邪。情因所习而迁移，物触所遇而兴感。故振辔于朝市，则充屈之心

---

① 余嘉锡《世说新语笺疏》卷上之下，第 316 页。
② 《晋书》卷八〇，中华书局，1974 年，第 2098—2099 页。
③ 《晋书》卷七九，第 2072 页。

生；闲步于林野，则辽落之志兴。仰瞻羲唐，邈已远矣；近咏台阁，顾深增怀。为复于暧昧之中，思萦拂之道；屡借山水，以化其郁结。永一日之足，当百年之溢。以暮春之始，禊于南涧之滨。高岭千寻，长湖万顷，隆屈澄汪之势，可为壮矣。乃席芳草、镜清流、览卉木、观鱼鸟，具物同荣，资生咸暢。于是和以醇醪，奇以达观，决然兀矣，焉复觉鹏鷃之二物哉。耀灵纵辔，急景西迈，乐与时去，悲亦系之。往复推移，新故相换，今日之迹，明复陈矣，原诗人之致兴，谅歌咏之有由。①

孙绰将山水与性情相系联，认为山水是士人心灵的重要慰藉，以山水之乐排遣胸中郁结与人生苦闷。其叙兰亭雅集之盛，以明丽之笔描绘会稽山水澄澈之美，同时冥想感发，以遣人生苦短的悲怀，与王羲之所作序中的惆怅与幽情颇为相通。而这种惆怅与幽情，亦是彼时士人们的普遍心态。

诸人笔下的会稽山水，有纯粹写山水者，如谢万："司冥卷阴旗，句芒舒阳旌。灵液被九区，光风扇鲜荣。碧林辉英翠，红葩擢新茎。翔禽抚翰游，腾鳞跃清泠。"② 色彩浓郁，动静相宜。再如王玄之诗："松竹挺岩崖，幽涧激清流。消散肆情志，酣畅豁滞忧。"③ 幽峭中带着潇洒疏阔之意。再如王肃之诗："嘉会欣时游，豁尔畅心神。吟咏曲水濑，渌波转素鳞。"④ 拟山水草木情状，心神畅游，实为乐事。

然而诸生书写的山水诗，以山水玄理二者互参为主线。如王羲之诗：

---

① 《全上古三代秦汉三国六朝文·全晋文》卷六一，第 1808 页。
② 《先秦汉魏晋南北朝诗·晋诗》卷一三，中华书局，1983 年，第 907 页。
③ 《先秦汉魏晋南北朝诗·晋诗》卷一三，第 911 页。
④ 《先秦汉魏晋南北朝诗·晋诗》卷一三，第 913 页。

三春启群品,寄畅在所因。仰望碧天际,俯磐绿水滨。寥朗无厓观,寓目理自陈。大矣造化功,万殊莫不均。群籁虽参差,适我无非新。①

暮春之初,山阴兰亭,曲水流觞,千古雅事。此诗雅致天成,寄以老庄玄言,韵味悠然。再如谢安之诗:

伊昔先子,有怀春游。契兹言执。寄傲林丘。森森连岭,茫茫原畴。回霄垂雾,凝泉散流。②

此篇兰亭,效古之贤者,寄傲于林丘间,望山林森连,原畴苍茫。云雾回环,泉水散流,似于春日中多了一份清冷之意。又如袁峤之《兰亭诗》:"四眺华林茂,俯仰晴川涣。激水流芳醪,豁尔累心散。遐想逸民轨,遗音良可玩。古人咏舞雩,今也同斯叹。"③ 前三句写山水之景,疏阔静好。后五句则是人世感发,即期盼隐遁的潇洒,又欣羡舞雩的从心所欲,将内心的小隐忧寄之于山水之间。情与景的转承自然和畅。再如王彬之的两首:"丹崖竦立,葩藻暎林。渌水扬波,载浮载沈。""鲜葩映林薄,游鳞戏清渠。临川欣投钓,得意岂在鱼。"④ 山水朗丽,动静相宜,篇幅虽小,却灵动有味。篇二又寄之以玄理,颇有情致。诸《兰亭诗》中,值得一提的,还有孙绰的两首:

春咏登台,亦有临流。怀彼伐木,宿此良俦。修竹荫沼,旋

①《先秦汉魏晋南北朝诗·晋诗》卷一三,第895页。
②《先秦汉魏晋南北朝诗·晋诗》卷一三,第906页。
③《先秦汉魏晋南北朝诗·晋诗》卷一三,第911页。
④《先秦汉魏晋南北朝诗·晋诗》卷一三,第914页。

濑萦丘。穿池激湍,连滥筋舟。

流风拂枉渚,停云荫九皋。莺语吟修竹,游鳞戏澜涛。携笔落云藻,微言剖纤毫。时珍岂不甘,忘味在闻韶。[①]

篇一写水与竹,篇二写风、云、莺、游鱼。篇一纯写春景山水之美,篇二诗末寄之以体悟之理。体悟山水方式各殊,而其志一也。此篇对山水景致的体悟生动有味。历来以孙绰为玄言诗的代表,然而此二首却是灵动有致。

兰亭雅集之外,王彪之《登会稽刻石山诗》亦是对越中山水的书写。其诗曰:"隆山嵯峨,崇峦岩峣。傍觌沧州,仰拂玄霄。文命远会,风淳道辽。秦皇遐巡,迈兹英豪。宅灵基阿,铭迹峻峤。青阳曜景,时和气淳。修岭增鲜,长松挺新。飞鸿振羽,腾龙跃鳞。"[②]此诗写登山风景,登山而遥想古之世,发思古之幽情。山水作为其述志的承载,含醇厚之气。其以飞鸿与腾龙收尾,在端庄的四言体中多了几分活泼与自然。

以此可见,以兰亭雅集为代表的江左山水诗写作,将庄老情致渐趋融于山水景致中,清丽明朗,思理有致,渐趋接近于后世对于山水诗的定义。

二、山水方滋:南朝以谢灵运为代表的会稽山水诗书写

刘勰《文心雕龙·明诗》所谓:"宋初文咏,体有因革,庄老告退,

---

① 《先秦汉魏晋南北朝诗·晋诗》卷一三,第901页。
② 《先秦汉魏晋南北朝诗·晋诗》卷一四,第921页。

而山水方滋。"① 历经由曹魏至两晋的孕育打磨,山水诗于刘宋时期正式成形。而后的齐、梁、陈三朝,山水诗不断成熟而至于圆融。其中,谢灵运的山水诗书写,是山水诗发展的中坚力量。

谢灵运生于东晋太元十年(385),卒于南朝宋元嘉十年(433),祖籍陈郡阳夏,出生于会稽始宁,谢玄之孙,袭封康乐公。东晋义熙元年(405),初入仕途。入宋,降爵为公。永初三年(422),出任永嘉太守。任职一年后,托病回故乡会稽始宁隐居。元嘉三年(426),被诏至京,为秘书监,寻迁侍中。元嘉五年(428),再次托病回始宁,二次隐居,寻免官。因请求决湖为田,与会稽太守孟颛有隙。元嘉八年(431),出守临川,后流放广州。元嘉十年,因被诬与农民谋反事有所系联,诏被刑于广州。观其一生,于仕与隐间徘徊,作为名门之后,存重兴家族之心,却无此机缘,其一生桀骜,清狂,充满不甘,以玩世与放浪的姿态进行反抗,充满悲剧性。

于玩世之间,谢灵运的山水诗却奠定了后世山水诗发展的基础。"从谢灵运的山水诗,到谢朓的山水诗,再到唐代的山水诗,大致代表了我国山水诗发展的三个阶段:奠基—发展—成熟。"② 以目见材料观之,谢灵运有关会稽山水的书写,存十二篇,集中作于两次隐居会稽始宁之时。

《过始宁墅》作于永初三年赴永嘉太守任途中,期间其绕道故乡会稽以游:

> 束发怀耿介,逐物遂推迁。违志似如昨,二纪及兹年。缁磷
> 谢清旷,疲薾惭贞坚。拙疾相倚薄,还得静者便。剖竹守沧海,

---

① 周振甫《文心雕龙今译》,中华书局,2013年,第61页。
② 谢灵运著,顾绍柏校注《谢灵运集校注》,台北里仁书局,2004年,第33页。

枉帆过旧山。山行穷登顿,水涉尽洄沿。岩峭岭稠叠,洲萦渚连绵。白云抱幽石,绿筱媚清涟。葺宇临回江,筑观基曾巅。挥手告乡曲,三载期归旋。且为树枌槚,无令孤愿言。①

此篇起首以《楚辞》之典,明己身之心性,以仕途为"违志",却因时局之无奈而违背本心夙愿,故而绕道家乡,以为旧游。"山行穷登顿"至"筑观基曾巅"是对会稽山水的描写。其登山临水,壁立千仞。"白云抱幽石,绿筱媚清涟"灵动地描绘了始宁山水的神韵。诗人遂发隐居之愿,以期三载秩满,遁世乡里,徜徉山水以度余生。

实际上,谢灵运于永嘉太守任一年后便归隐始宁,其"修营别业,傍山带江,尽幽居之美。与隐士王弘之、孔淳之等纵放为娱,有终焉之志"②。以现存材料观之,其于第一次归隐时,写下六篇与会稽相关的山水诗:《石壁立招提精舍》《石壁精舍还湖中作》《田南树园激流植楥》《南楼中望所迟客》《于南山往北山经湖中瞻眺》《从斤竹涧越岭溪行》。

《石壁立招提精舍》《石壁精舍还湖中作》中,"石壁"为山名,在今浙江上虞。《石壁立招提精舍》有诗曰:"四城有顿踬,三世无极已。浮欢昧眼前,沈照贯终始。壮龄缓前期,颓年迫暮齿。挥霍梦幻顷,飘忽风电起。良缘迨未谢,时逝不可俟。敬拟灵鹫山,尚想祇洹轨。绝溜飞庭前,高林映窗里。禅室栖空观,讲宇析妙理。"③其于山水中关照人生,发挥想象,以咫尺间之山水想见千里外之灵山,体物禅理,希冀于此中解己生之惑。

----

① 《先秦汉魏晋南北朝诗·宋诗》卷二,第1159—1160页。
② 《宋书》卷六七,中华书局,1974年,第1754页。
③ 《先秦汉魏晋南北朝诗·宋诗》卷二,第1165页。

《田南树园激流植楥》有诗:"樵隐俱在山,由来事不同。不同非一事,养疴亦园中。中园屏氛杂,清旷招远风。卜室倚北阜,启扉面南江。激涧代汲井,插槿当列墉。群木既罗户,众山亦当窗。靡迤趋下田,迢递瞰高峰。寡欲不期劳,即事罕人功。唯开蒋生径,永怀求羊踪。赏心不可忘,妙善冀能同。"① 此诗写养病隐居游山之乐。"激涧代汲井,插槿当列墉"以明谢灵运于登山临水之外,亦足躬耕之乐。山水与田园,相得益彰。而末四句,则是运用了蒋诩与求仲、阳仲的三径故事。据《汉书·鲍宣传》记载,蒋诩隐居杜陵,于住宅门前的竹林中辟三条小路,只允许故人求仲、羊仲来访。谢灵运以此典故,以明与二三子徜徉山水、体道人生之心。

《南楼中望所迟客》有诗:"杳杳日西颓,漫漫长路迫。登楼为谁思?临江迟来客。与我别所期,期在三五夕。圆景早已满,佳人殊未适。即事怨睽携,感物方悽戚。孟夏非长夜,晦明如岁隔。瑶华未堪折,兰苕已屡摘。路阻莫赠问,云何慰离析?搔首访行人,引领冀良觌。"② 有关南楼,谢灵运《游名山志》有言:"始宁又北转一汀。十里直指舍下园南门楼,自南楼百步许对横山。"③ 此篇谢灵运于南楼等候故人,虚与实糅合得恰到好处。眼前杳杳日暮为实景,而瑶华与兰苕既是虚写,又有所指代。末两句既写现实路途之难行,又兼有人生实难的喟叹,由此更期待与故人的相聚,以慰忧愁幽思之心。此篇与其他山水诗不同,它削弱了对山水景物的描绘,而增强了内心忧思之情的表达,在山水与内心间自如切换。

《于南山往北山经湖中瞻眺》有诗:"朝旦发阳崖,景落憩阴

---

① 《先秦汉魏晋南北朝诗·宋诗》卷三,第 1172 页。
② 《先秦汉魏晋南北朝诗·宋诗》卷三,第 1173 页。
③ 《全上古三代秦汉三国六朝文·全宋文》卷三三,第 2616 页。

峰。舍舟眺迥渚,停策倚茂松。侧径既窈窕,环洲亦玲珑。俛视乔木杪,仰聆大壑淙。石横水分流,林密蹊绝踪。解作竟何感,升长皆丰容。初篁苞绿箨,新蒲含紫茸。海鸥戏春岸,天鸡弄和风。抚化心无厌,览物眷弥重。不惜去人远,但恨莫与同。孤游非情叹,赏废理谁通。"①"南山"即是指今浙江嵊州西北的崌山、石门山一带,为谢灵运所辟之卜居之地,为新居。"北山"即是今浙江上虞南的东山一带,为谢灵运祖父谢玄所创,有故宅及别墅。"湖"即指大小巫湖,也称太康湖。谢灵运此诗,即是从南山新居经巫湖返回东山故居时,一路游览,晚眺诸景所作。此诗兴象玲珑,其写晚景,洲渚、乔木、初篁、新蒲、海鸥、天鸡,诸景交错,动静相宜,充满色彩感与灵动感。而末三韵,平添悲愁,与日暮之冷相应,所欣赏之美景无二三子之共赏,终究有所遗憾与落寞。此诗的这三韵,不再是玄理的介入,而是情感的自然流露,其对故人的情义,感人至深。

　　《从斤竹涧越岭溪行》有诗:"猿鸣诚知曙,谷幽光未显。岩下云方合,花上露犹泫。逶迤傍隈隩,迢递陟陉岘。过涧既厉急,登栈亦陵缅。川渚屡径复,乘流玩回转。蘋萍泛沈深,菰蒲冒清浅。企石挹飞泉,攀林摘叶卷。想见山阿人,薜萝若在眼。握兰勤徒结,折麻心莫展。情用赏为美,事昧竟谁辨。观此遗物虑,一悟得所遣。"②此诗既是山水游览之篇,亦是怀念旧友之作。而谢灵运所思之旧友,所谓"想见山阿人,薜萝若在眼",据相关学者考证,以庐陵王刘义真为宜③。"猿鸣诚知曙"至"攀林摘叶卷"写斤竹涧越岭溪一路之风光,其行一路登山,观山中诸景,至山顶而观川渚之色。于是下山乘舟,

①《先秦汉魏晋南北朝诗·宋诗》卷三,第1172—1173页。
②《先秦汉魏晋南北朝诗·宋诗》卷二,第1167页。
③详见谢灵运著,顾绍伯校注《谢灵运集校注》,第179页。

见蘋萍深沉,菰蒲清浅,飞泉濯濯,林叶青青,诸景清丽脱俗,遂思及故友,景色依旧,而故人已矣,悲从中来,益用增劳,只能以玄理慰己心,体道而灭烦恼。

元嘉三年,谢灵运入职建康,然不得重用,于元嘉五年再度归隐。此番始宁之归隐,所作山水诗目见五篇。其中,《登临海峤初发疆中作与从弟惠连可见羊何共和之》有诗曰:"杪秋寻远山,山远行不近。与子别山阿,含酸赴修畛。中流袂就判,欲去情不忍。顾望脰未悁,汀曲舟已隐。隐汀绝望舟,骛棹逐惊流。欲抑一生欢,并奔千里游。日落当栖薄,系缆临江楼。岂惟夕情敛,忆尔共淹留。淹留昔时欢,复增今日叹。兹情已分虑,况乃协悲端。秋泉鸣北涧,哀猿响南峦。戚戚新别心,悽悽久念攒。攒念攻别心,且发清溪阴。瞑投剡中宿,明登天姥岑。高高入云霓,还期那可寻。傥遇浮丘公,长绝子徽音。"[1]据《宋书·谢灵运传》记载:"灵运既东还,与族弟惠连、东海何长瑜、颍川荀雍、泰山羊璿之,以文章赏会,共为山泽之游,时人谓之四友。"[2]其诗为行旅之诗,非仅书写会稽始宁山水。彼时谢灵运自始宁南山伐木开径,直至临海,此诗即作于自始宁至临海的途中。"杪秋寻远山"至"汀曲舟已隐"为会稽山水风光,并抒与谢惠连的惜别之情。"隐汀绝望舟"至"忆尔共淹留"为会稽始宁至台州临海的行旅历程,以抒怀为主。"淹留昔时欢"至"悽悽久念攒"为以景写情之章,回忆昔时与谢惠连之游,以目见之秋泉、北涧、哀猿、南峦之景,书写对惠连之思念。而"攒念攻别心"至"长绝子徽音"则是写行程安排,自清溪而发,登天姥而归。其虽有仙道之思,但却难以抛却尘世凡心,浮丘公难遇而子徽音不可绝。

---

① 《先秦汉魏晋南北朝诗·宋诗》卷三,第 1176 页。
② 《宋书》卷六七,第 1774 页。

而《石门新营所住四面高山回溪石濑茂林修竹》《登石门最高顶》《发归濑三瀑布望两溪》《石门岩上宿》四篇,悉数是对"石门"山水的书写。"石门"为山名,位于浙江嵊州西北。这些山水诗,除了陈述游览路线,书写山水风貌,体悟玄理之道外,更为动人之处,则在故人之思。这四首石门山水诗,每一首中,皆饱含着对故人同游山水的期盼。无论是"结念属霄汉,孤景莫与谖"①,还是"惜无同怀客,共登青云梯"②,或是"倘有同枝条,此日即千年"③,抑或是"妙物莫为赏,芳醑谁与伐。美人竟不来,阳阿徒晞发"④,皆以无知音共赏为遗憾。山水之间融入的这种情感表达,作为连接山水与玄思的纽带,渐趋将景、情、理相融合,使山水诗的书写更有灵性,更为自然。

谢灵运族弟谢惠连,存《泛南湖至石帆》《泛湖归出楼中望月》两诗,书写会稽山水之美。其中《泛湖归出楼中望月》有诗曰:"日落泛澄瀛,星罗游轻桡。憩榭面曲汜,临流对回潮。辍策共骈筵,并坐相招要。哀鸿鸣沙渚,悲猿响山椒。亭亭映江月,飀飀出谷飙。斐斐气幂岫,泫泫露盈条。近瞩祛幽蕴,远视荡喧嚣。晤言不知罢,从夕至清朝。"⑤此诗写始宁风光,诗中之湖,据李善注当为始宁墅的大小巫湖。月夜湖中泛舟,猿声缭绕,山中寒意渐浓,仿佛隔绝人世,寒意与清冷又掩映着孤高之心。其后的江淹、虞骞等人亦有关于会稽山水的书写,江淹《刘仆射东山集》:"萧萧云色滋,惟爱起长思。乔木啸山曲,征鸟怨水湄。共惜玉樽暮,愿是光阴迟。绅裳视绝云,衔意

---

①《先秦汉魏晋南北朝诗·宋诗》卷二,第1166页。
②《先秦汉魏晋南北朝诗·宋诗》卷二,第1166页。
③《先秦汉魏晋南北朝诗·宋诗》卷三,第1179页。
④《先秦汉魏晋南北朝诗·宋诗》卷二,第1167页。
⑤《先秦汉魏晋南北朝诗·宋诗》卷四,第1195页。

方此时。诵饰江皋驾,终从海滨诗。"[1] 此诗写景清冷,叹宴集光阴之易逝。虞骞存《寻沈剡夕至嵊亭》:"命楫寻嘉会,信次历山原。扪天上云纠,磐石下雷奔。澄潭写度鸟,空岭应鸣猿。榜歌唱将夕,商子处方昏。"[2] 其诗书写乘舟寻友人经嵊亭之景,空旷壮丽。

以此观之,谢灵运的山水诗,逐渐发展成早期山水诗的一种书写范式。其首述游览概况,中绘山水景致,末悟玄理之道。值得注意的是,其诗在景致书写与体道玄理间虽有割裂之弊,但已有了情感介入的主观意识。而其诗一旦介入己身情感,则具备了圆融的可能性。其以感情为纽带,缔结情、景、意三者,使三者渐趋融为一体。这一方式,则对后世产生了重要影响。

三、"浙东唐诗之路"延伸段上的山水诗书写

随着交通的发达与审美的发现,士人们的足迹已不满足于绍兴至于天台山一路(即传统意义上的"浙东唐诗之路"),他们向南至于永嘉(温州),又沿着瓯江溯流而上,回至钱塘江:

> 天台→温州、永嘉(温州)→瓯江(逆流而上)→青田→处州、括州(丽水)→缙云→永康→婺州、金华(东阳)→兰溪→睦州、建德→桐庐→富阳、富春→严子陵钓台(严陵)→钱塘江。

在这条路线的开发上,谢灵运又有着重要意义。谢灵运在出任永嘉太守的一年里,写下的永嘉山水佳篇甚夥。如《登永嘉绿嶂

---

[1]《先秦汉魏晋南北朝诗·宋诗》卷三,第1560—1561页。
[2]《先秦汉魏晋南北朝诗·梁诗》卷五,第1610页。

山》："褁粮杖轻策,怀迟上幽室。行源径转远,距陆情未毕。澹潋结寒姿,团栾润霜质。涧委水屡迷,林迥岩逾密。眷西谓初月,顾东疑落日。践夕奄昏曙,蔽翳皆周悉。蛊上贵不事,履二美贞吉。幽人常坦步,高尚邈难匹。颐阿竟何端,寂寂寄抱一。恬如既已交,缮性自此出。"① 此诗作于永初三年秋,由登山而冥想体悟道家思想。再如《登江中孤屿》："江南倦历览,江北旷周旋。怀新道转迥,寻异景不延。乱流趋孤屿,孤屿媚中川。云日相辉映,空水共澄鲜。表灵物莫赏,蕴真谁为传。想像昆山姿,缅邈区中缘。始信安期术,得尽养生年。"② 此"江"即为"永嘉江",又名"瓯江",江上有孤屿山,在今温州市北瓯江中,素有"瓯江蓬莱"之称,其诗因新景而欣喜,产生养生之念。再如其名篇《登池上楼》:

> 潜虬媚幽姿,飞鸿响远音。薄霄愧云浮,栖川怍渊沉。进德智所拙,退耕力不任。徇禄反穷海,卧疴对空林。衾枕昧节候,褰开暂窥临。倾耳聆波澜,举目眺岖嵚。初景革绪风,新阳改故阴。池塘生春草,园柳变鸣禽。祁祁伤豳歌,萋萋感楚吟。索居易永久,离群难处心。持操岂独古,无闷征在今。③

彼时诗人久病初愈而为此篇。其写节候更替的新生之象,有所寄寓。"池塘生春草,园柳变鸣禽"一句,笔墨寥寥而天然成韵,清新怡人。而诗至此处,诗笔一转,援引豳歌楚声之典解伤怀惶惑之愁思:"索居易永久,离群难处心。持操岂独古,无闷征在今。"古今之

---

① 《先秦汉魏晋南北朝诗·宋诗》卷二,第1163页。
② 《先秦汉魏晋南北朝诗·宋诗》卷二,第1162页。
③ 《先秦汉魏晋南北朝诗·宋诗》卷二,第1161页。

思虑,境遇不一而心境一也。愁思固在而解忧之道亦相伴而生。

　　谢灵运于赴永嘉途中,还写有关于富春诸景的山水诗,如《富春渚》:"宵济渔浦潭,旦及富春郭。定山缅云雾,赤亭无淹薄。遡流触惊急,临圻阻参错。亮乏伯昏分,险过吕梁壑。洊至宜便习,兼山贵止托。平生协幽期,沦踬困微弱。久露干禄请,始果远游诺。宿心渐申写,万事俱零落。怀抱既昭旷,外物徒龙蠖。"[1] 又如《初往新安至桐庐口》:"绨绤虽凄其,授衣尚未至。感节良已深,怀古亦云思。不有千里棹,孰申百代意。远协尚子心,遥得许生计。既及泠风善,又即秋水驶。江山共开旷,云日相照媚。景夕群物清,对玩咸可喜。"[2] 其诗作于秋,以秋景写秋情,清冷中又带有温暖之色。再如《七里濑》:

　　　　羁心积秋晨,晨积展游眺。孤客伤逝湍,徒旅苦奔峭。石浅水潺湲,日落山照曜。荒林纷沃若,哀禽相叫啸。遭物悼迁斥,存期得要妙。既秉上皇心,岂屑末代诮。目睹严子濑,想属任公钓。谁谓古今殊,异代可同调。[3]

　　七里濑位于浙江省桐庐县南,北岸便是富春山。诗人于清朗的秋日之晨,孤身行于山水之途,并对沿途景致展开细腻的描写。其关照山水清音,发思古幽情,感念严陵钓台,既有恨不同生的遗憾,又有异代逢知音的欣喜。

　　齐梁时期,"浙东唐诗之路"延伸段上的山水诗书写代有继作。

---

① 《先秦汉魏晋南北朝诗·宋诗》卷二,第 1160 页。
② 《先秦汉魏晋南北朝诗·宋诗》卷三,第 1179 页。
③ 《先秦汉魏晋南北朝诗·宋诗》卷二,第 1160 页。

沈约、江淹、任昉、何逊等人皆有佳作传于世。任昉有《严陵濑》,绘濑峰之奇丽:"群峰此峻极,参差百重嶂。清浅既涟漪,激石复奔壮。神物徒有造,终然莫能状。"①江淹有《赤亭渚》,以山水之冷暖遣胸中之苦闷:"吴江泛丘墟,饶桂复多枫。水夕潮波黑,日暮精气红。路长寒光尽,鸟鸣秋草穷。瑶水虽未合,珠霜窃过中。坐识物序晏,卧视岁阴空。一伤千里极,独望淮海风。远心何所类,云边有征鸿。"②丘迟《旦发渔浦潭》,亦为富春江而作:"渔潭雾未开,赤亭风已飚。棹歌发中流,鸣鞭响沓障。村童忽相聚,野老时一望。诡怪石异象,嵚绝峰殊状。森森荒树齐,析析寒沙涨。藤垂岛易陟,崖倾屿难傍。信是永幽栖,岂徒暂清旷。坐啸昔有委,卧治今可尚。"③而沈约于东阳太守之任上的山水诗则庶几可入"浙东唐诗之路"的延伸段范畴。如《早发定山》:

> 夙龄爱远壑,晚莅见奇山。标峰彩虹外,置岭白云间。倾壁忽斜竖,绝顶复孤圆。归海流漫漫,出浦水溅溅。野棠开未落,山樱发欲然。忘归属兰杜,怀禄寄芳荃。眷言采三秀,徘徊望九仙。④

据《梁书·沈约传》记载,隆昌元年(494),沈约除吏部郎,出为宁朔将军、东阳太守。此诗以"奇"为诗眼,极写钱塘江景定山之奇美。山峰高耸入云,似在霓虹之外而置于白云间,凌厉而奇伟。悬崖陡峭,极尽姿态。钱塘江水激切成韵。此时,野棠纷纷盛开,山樱绽

---

① 《先秦汉魏晋南北朝诗·宋诗》卷二,第1601页。
② 《先秦汉魏晋南北朝诗·梁诗》卷三,第1559页。
③ 《先秦汉魏晋南北朝诗·梁诗》卷五,第1602—1603页。
④ 《先秦汉魏晋南北朝诗·梁诗》卷六,第1636页。

蕾怒放。在一开一落的悠然间缤纷满地。山水之景的单纯美好与朝廷政治的复杂胶着形成强烈的对比,诗人不禁起了归隐之念。末四句,诗人虽身在宦海沉浮,却愿释怀尘世苦厄,倾心于兰杜,寄情于芳荃。诗人愿效法"山鬼"之行,采三秀(即灵芝)而望九仙,在山水清辉间畅游。该诗写景既注重气势,又注重色彩,画面舒展,意境开阔。又如其于东阳太守任上的《登玄畅楼》:"危峰带北阜,高顶出南岑。中有陵风榭,回望川之阴。岸险每增减,湍平互浅深。水流本三派,台高乃四临。上有离群客,客有慕归心。落晖映长浦,焕景烛中浔。云生岭乍黑,日下溪半阴。信美非吾土,何事不抽簪。"① "玄畅楼"位于金华城区东南隅,坐北朝南,面临婺江。此诗登楼眺望,见北峰危耸,南峰层叠绵延,上有高树凌风,下有长川湍流,落日辉映山川。诗人遂生归隐之心,表现了对自然优美风光的无限眷恋和热爱。又如《游金华山》:

> 远策追凤心,灵山协久要。天倪临紫阙,地道通丹窍。未乘琴高鲤,且纵严陵钓。若蒙羽驾迎,得奉金书召。高驰入阊阖,方睹灵妃笑。②

此诗写自己与旧友慧约一同游赏道教圣地金华山,表达在远离了皇权争夺激烈、政权更替频繁的政治中心之后,复归自然的喜悦之情。此诗以扬鞭远策来到金华,与知交旧友一同赏玩山水,实现自己返归自然的夙愿为开篇,而后通过山峰高峙入仙第、下通神仙洞宇的描写,刻画了金华山之高峻深邃,描绘出道教仙山的美好景致,再

---

① 《先秦汉魏晋南北朝诗·梁诗》卷六,第 1634 页。
② 《先秦汉魏晋南北朝诗·梁诗》卷六,第 1633—1634 页。

以琴高与严光的典故,表现自己追慕神仙高士,纵情山水,悠游自得的乐趣,末叙渴望成仙的愿望。全诗紧扣金华山作为道教仙山的特点,既写出了仙山的雄峻旖旎之美,又展现出了诗人高雅的情怀。诗歌因景生情,情景交融,并注意节奏韵律之美,偶句押仄声韵,清新峻切。再如《泛永康江诗》:

> 长枝萌紫叶,清源泛绿苔。山光浮水至,春色犯寒来。临眺信永矣,望美暧悠哉。寄言幽闺妾,罗袖勿空裁。①

此诗为沈约在春寒料峭的初春时节泛游永康江而作。首写初春江边的景象,树枝发芽,长出紫叶,而水草在明净清澈的江水中飘动,充满生机。次写远处山色,无边山色倒映于水中,似从清澈的水中潜浮而来,而春天则冒着严寒而来,其写初春之冷与春天之勇,充满动感而又有生趣。其后作者将笔触转于江水上,极写江水之渺远的朦胧之美。篇末以思妇加以烘托,将景致与人情结合,江水因思妇之情而更加充满朦胧迷离之感,而思妇之闺情忧思也因江水之朦胧渺远而愈为深重。

概之,自谢灵运以后的山水诗,其山水书写愈发自然,渐渐淡退玄言的痕迹,而将其融入对山水的体道与感悟之中。以山水体悟哲思,蕴藏感情,寄言志向。而在谢灵运的带动下,"浙东唐诗之路"延伸段上的山水诗书写,于数量上、质量上,甚至是书写方式上,皆有所突破,从而进一步推动了山水诗的发展。

---

① 《先秦汉魏晋南北朝诗·梁诗》卷七,第 1648 页。

结　语

　　《世说新语·容止》刘孝标注引孙绰《庾亮碑文》曰："公雅好所托,常在尘垢之外,虽柔心应世,蠖屈其迹,而方寸湛然,固以玄对山水。"[①] 有学者认为："要不忘'自尔',做到物我同一,'以玄对山水'则是必然的途径,而山水自然也正因为这样'玄同'的过程而成为审美对象的山水自然,而摆脱野生环境或道德喻体的地位。"[②] 山水诗的发展,由魏晋至隋唐,由附庸至独立,由雕琢至圆融。个体对山水的感知,以审美的觉醒为契机,以情感为媒介,以玄理为旨归,使审美主体体道自然。其中,以谢灵运诗作为代表的南朝山水诗,具有关键的转捩作用,其带动了后世"浙东唐诗之路"上的山水诗书写,为盛唐山水诗的成熟导夫先路。

作者系浙江树人学院教授

论文原载《浙江树人大学学报》2019 年第 1 期,第 63—70 页

---

① 余嘉锡《世说新语笺疏》卷下之上,第 727 页。
② 刘云飞《山水方滋——魏晋南北朝山水诗画兴起探源》,浙江大学 2015 年硕士学位论文。

诗路宗教

论浙东的宗教空间与文学创作活动

李芳民

两浙处古越之地,山水之美,天下称奇。自晋室过江,此地即以岩壑秀丽、林泉清迥的自然风光,吸引了诸多南下世家大族与文化精英徙居于此,遂使山水之邦进而兼为人文之地,其中浙东地区,尤以儒释交流、释玄会通、文采风流而名闻天下,其流风余韵,影响深远。隋唐以降,承六朝之遗风,浙东亦为佛徒弘法重地,不仅高僧云集,梵宫林立,而且儒释交流与诗文唱和风流不坠,乃至超越往古,踵事而增华。儒释交往与文学创作之关联,因也成为此地令人瞩目的文学现象。其中值得注意的是,在释俗交往活动中,众多的佛教寺院,不仅是这一时期二者交往的活动空间,而且还是双方唱和的场所与诗文表现的重要题材与内容。由此,浙东的佛寺在促进本地区文学创作的活动中,不仅扮演着重要的角色,而且还发挥着十分重要的作用。本文所关注与讨论的,主要是浙东佛教寺院这一空间场所与唐代浙东地区文学生成之间的关联。据唐代行政地理区划,浙东在唐属江南东道,包括越、明、台、婺、衢、处、温七州,而杭州因濒临钱江,为古越之西境,且自盛中唐以后,其政治经济地位渐趋重要,文化上与浙东具有一体之特点,故文中所论,虽以浙东七州为主,同时亦将浙西之杭州列入考察的范围。另外,浙西之湖州,因人物交往之关系,亦间或涉及,这是需要特别说明的。

一、尝览高逸传，山僧有遗踪：唐前浙东佛寺之特征及其文化意义

　　佛教自东汉传入中土，其中心主要在长安、洛阳等北方之大都市。江南地区自东吴起，虽已有僧人传法，然其发展之情形，终究不能比侔中原。不过，这里的山川之美，已逐渐为佛徒所瞩目。东晋之后，随着政治、文化重心之偏移，东南地区的佛教亦迅速发展起来，一批高僧于山川佳胜之地，择地栖居，究心佛理，传译佛法，遂使这里渐成高僧云集之地。而这些高僧，伴随其弘法活动，也多肇造寺舍，创设招提，加上世家大族之舍宅为寺，乃形成了两浙地区名僧与名寺相辉映的宗教文化景观，所谓"民性敏柔而慧，尚浮屠氏之教"[①]"吾瓯多名山水，然皆错以佛老之庐"（《万历温州府志》）也。由于寺之初创，多与名僧相关，而名僧驻锡，亦为寺院增辉，二者相辅相成。特别是后世之文人，仰慕前代风流，名僧驻锡之寺，常成为触动感慨、兴发诗情的现地场景，故以下先就僧传中所及浙东名僧所居之佛寺，分别时代，略做钩稽呈示。

　　浙东佛寺，其初创者多大德耆宿，故而往往文化蕴涵深厚。唐人姚合曾慨叹说，"越中多有前朝寺，处处铁钟石磬声"（《送文著上人游越》）[②]，而皎然则又因读僧传而怀想其人，"尝览高逸传，山僧有遗踪"（《奉陪陆使君长源诸公游支硎寺寺即支公学道处》）[③]。下表即是慧皎《高僧传》及道宣《续高僧传》所及六朝至隋时名僧所居之浙东佛寺（兼及余杭）之情况。

---

① 王象之《舆地纪胜》卷一〇，浙江古籍出版社，2013年，第368页。
②《全唐诗》卷四九六，中华书局，1999年，第5671页。
③《全唐诗》卷八一七，第9282页。

《高僧传》《续高僧传》浙东名僧与佛寺情况表

序号	寺名	高僧	属地	出处	备注
1	栖光寺	支遁	越州剡县	《高僧传》卷四	"（支遁）晚移石城山，又立栖光寺。宴坐山门，游心禅苑，木喰涧饮，浪志无生。"
2	元华寺	于法兰 于法开	越州剡县	《高僧传》卷四	《晋剡山于法兰》："后闻江东山水，剡县称奇，乃徐步东瓯，远瞩嶀嵊，居于石城山足，今之元华寺也。"
3	白山灵鹫寺	于法开	越州剡县	《高僧传》卷四	《晋剡白山于法开》："（开）还剡石城，续修元华寺，后移白山灵鹫寺。"
4	嘉祥寺	慧虔 释超进 释慧皎	越州山阴	《高僧传》卷五 《高僧传》卷七 《续高僧传》卷六	"虔乃东游吴越，嘱地会通。以晋义熙之初，投山阴嘉祥寺。" 《宋山阴嘉祥寺释超进》："郡守琅琊王珉请居西嘉祥寺，寺本岷祖荟所创也。" 《梁会稽嘉祥寺释慧皎》："释慧皎，未详氏族，会稽上虞人，学通内外，博训经律，住嘉祥寺，春夏弘法，秋冬著述。"
5	方显寺	僧诠	杭州余杭	《高僧传》卷七	《宋余杭方显寺释诠》："后平昌孟顗，于余立方显寺，请诠居之……吴国张畅，谯国戴颙、戴勃，并幕德结交，崇以师礼。"
6	灵嘉寺	释超进	越州山阴	《高僧传》卷七	《宋山阴灵嘉寺释超进》："时平昌孟顗，守在会稽，藉甚风猷，万遣使迎送，安置山阴灵嘉寺。"
7	显明寺	释慧基	杭州钱塘	《高僧传》卷八	《齐山阴法华山释慧基》："基法应获半，还正钱塘显明寺。悉舍以为福……"

续表

序号	寺名	高僧	属地	出处	备注
8	法华寺	释慧基	越州山阴	《高僧传》卷八	《齐山阴法华山释慧基》："倾之，进适会稽，仍止山阴法华寺。尚学之徒，追踪问道。"
		释僧翼		《高僧传》卷一三	《宋山阴法华山释僧翼》："以晋义熙十三年（417），与同志昙学沙门，俱游会稽，履访山水。至秦望西北，见五岫骈峰，有耆阇之状，乃结草成庵，称曰法华精舍。太守孟顗，富人陈载，并倾心挹德，赞助成功。"
9	宝林精舍（寺）	释慧基	越州会稽	《高僧传》卷八	《齐山阴法华山释慧基》："元徽中，复被征诏。始行过浙水。复动疾而还。乃于会稽龟山立宝林精舍。何胤为造碑文宝林寺，铭其遗德。"
10	城傍寺	释慧基	越州会稽	《高僧传》卷八	《齐山阴法华山释慧基》："（慧基）以齐建武三年（496）冬十一月卒于城傍寺，春秋八十有五。"
11	云门寺	释智顺	越州山阴	《高僧传》卷八	《梁山阴云门山寺释智顺》："后东游禹穴，止于云门精舍。法轮之盛，复见江左。"陈郡袁昂制文，举又为之墓志。"
12	法华台寺	释昙斐	越州剡县	《高僧传》卷八	《梁剡法华台释昙斐》："释昙斐，本姓王，会稽剡人……居于乡邑法华台寺，讲说相仍，学徒成列。"
13	南岩寺	释法藏	越州剡县	《高僧传》卷八	《梁剡法华台释昙斐》："斐同县南岩寺有沙门法藏，亦以戒素见称，慧解生命，兴立图像。"

续表

序号	寺名	高僧	属地	出处	备注
14	隐岳寺	帛僧光	越州剡县	《高僧传》卷一一	《晋剡隐岳山帛僧光》："……经三日，又梦见山神，自言移往章安县东石山住，推室以相奉。尔后薪来学者，起茅茨于室侧，渐成寺焉，因名隐岳。"
15	临泉寺	释昙超	杭州钱塘	《高僧传》卷一一	《齐钱塘灵隐山释昙超》："超明日即往临泉寺，令，办船于江中，转《海龙王经》。"
16	显义寺	竺法纯	越州山阴	《高僧传》卷一二	《晋山阴显义寺竺法纯》："竺法纯，未详何许人。少出家，止山阴显义寺。"
17	天柱寺	释法慧	越州山阴	《高僧传》卷一二	《齐天柱山释法慧》："释法慧……以宋大明之末，东游禹穴，隐于天柱山寺，诵《法华》一部。"
18	齐坚寺	释道琳	杭州富阳	《高僧传》卷一二	《齐富阳齐坚寺释道琳》，据传题，杭州富阳有齐坚寺。
19	泉林寺	释道琳	杭州富阳	《高僧传》卷一二	《齐富阳齐坚寺释道林》："后居富阳泉林寺，寺常有鬼怪，自琳居则消。"
20	齐熙寺	释道琳	杭州富阳	《高僧传》卷一二	《齐富阳齐坚寺释道林》："梁初，琳出居齐熙寺。"（按，传题作"齐坚寺"，而文中作"齐熙寺"，或有讹误。）
21	乐林精舍	释僧翼	越州山阴	《高僧传》卷一三	《宋山阴法华山释僧翼》："翼同游云学沙门，后移卜秦望山之北，号曰乐林精舍。"

续表

序号	寺名	高僧	属地	出处	备注
22	悫瑠精舍	释道敬	越州山阴	《高僧传》卷一三	《宋山阴法华山释僧翼》："时有释道敬者，本琅琊胄族，晋右将军王羲之曾孙。避世出家，栖于若耶山，立悫瑠精舍。"
23	北仓寺	释法开	杭州余杭	《续高僧传》卷六	《梁余杭西寺释法开传》："释法开，姓俞，吴兴余杭人，稚年出家，住北仓寺。"
24	西寺	释法开	杭州余杭	《续高僧传》卷六	《梁余杭西寺释法开传》："吏部尚书琅琊王峻，永嘉太守吴兴丘墀，皆揖敬推尚，愿求勖诚，后还余杭，止于西寺。"
25	国清寺	释智顗	台州始丰	《续高僧传》卷一七	《隋国师智者天台山国清寺释智顗传》《隋天台山国清寺释智越传》
26	瀑布寺	释慧达	台州始丰	《续高僧传》卷三〇	《隋天台山瀑布寺释慧达传》："释慧达，姓王，家子襄阳，幼年在道，缮修成务，或登山临水，或邑落游行，但据形胜之所，皆晋心寺宇，或木缉残废，为释门之所居也。后居天台之瀑布寺，修禅系业。"

表中所钩稽者,仅只是僧传作品中涉及的六朝至隋时浙东及杭州与名僧相关之佛寺。尽管并非全部,但亦可从中看出其一些大致特点:一是越州是整个浙东佛寺中名僧最多的地区;二是除了有名僧驻锡弘法外,其中一些佛寺还为名僧所创或修造,如剡县的栖光寺、元华寺、隐岳寺,山阴的法华寺、悬溜精舍,会稽之宝林精舍(寺),即分别与支遁、于法开、帛僧光、僧翼、道敬、慧基等密切相关。三是当时的一些地方官礼敬名僧,相关佛寺的创设也多与其襄助支持不无关联。如孟颛曾于余杭立方显寺,迎僧诠居之;任会稽守时,迎僧超进居灵嘉寺;又与富人陈载,襄助僧翼建造法华寺。这都反映了当时浙东地区地方官员对佛教的态度。其实,浙东士庶虔诚奉佛,舍宅为寺者,非仅个例与偶然,见于《嘉泰会稽志》所载者,即有如下数寺,仅从中钩稽如下:

大中禹迹寺,在府东南四里二百二十六步。晋义熙十二年骠骑郭将军舍宅置寺,名觉嗣。唐会昌五年例废,大中五年僧居玄诣阙,请僧契真复开此寺,并置禅院于北庑,诏赐名大中禹迹,且命契真居所置禅院。

大能仁禅寺,在府南二里一百四步。本晋许询舍宅,号祇园寺。

戒珠寺在府东北六里四十七步戴山之南。本晋右将军王羲之故宅。或曰其别业也。门外有二池,曰鹅池、墨池。其为寺不知所始。

光相寺,在府西北三里三百七步,后汉太守沈勋公宅,东晋义熙二年宅有瑞光,遂舍为寺。安帝赐光相额,给事中傅公崧卿退居北海里第,去寺最近,数杖屡过之。

淳化寺在县南三十里,中书令王子敬所居也。义熙三年,有五色祥云见,安帝诏建云门寺。会昌毁废,大中六年观察使李褒奏再建,号大中拯迷寺。淳化五年十一月改今额。

天衣寺在县南三十里。晋义熙十三年高僧昙翼结庵,诵《法华经》,多灵异,内史孟颛请置法华寺。至梁,惠举禅师亦隐此山,武帝征之不至。

祇园寺,在县西北一百步。东晋咸和六年许询舍山阴、永兴二宅建寺,号崇化,穆帝降制云:山阴旧宅名曰祇园,永兴新宅号曰崇化。会昌废。建隆元年重建。

觉苑寺,在县东北一百三十步。齐建元二年江淹子昭玄舍宅建。会昌废。大中二年重建,赐名昭玄寺。祥符中避圣祖名改今额。

福庆寺,在县东南七十里。晋将军何充宅也。世传充尝设大会,有一僧形容甚丑,斋毕掷钵腾空而去,且曰:"此当为寺,号灵嘉。"充遂舍为灵嘉寺。唐会昌五年废。晋天福七年重建。[①]

　　浙东地区当时名僧与官僚士庶对佛寺创设有如此之兴趣,实与当时浙东士族性好山水、崇尚文义以及当时江左儒、玄、释合流的风气有关。《晋书·王羲之传》即载云:"羲之雅好服食养性,不乐在京师,初渡浙江,便有终焉之志。会稽有佳山水,名士多居之,谢安未仕时亦居焉。孙绰、李充、许询、支遁等皆以文义冠世,并筑室东土,与羲之同好。"[②] 王羲之、谢安、孙绰、李充、许询皆为当时著名文人,而支遁则为一代高僧,他们之间的关系,所体现的即是当时名士与名僧的交往关系。名僧的学养及其玄辨,往往能够打动名士,并加深他们

① 沈作宾修,施宿纂《嘉泰会稽志》卷七—卷八,台北成文出版社,1983年,第6262—6294页。
② 《晋书》卷八〇,中华书局,1974年,第2098—2099页。

之间的思想交流。《高僧传》中有关支遁与谢安、王羲之交往的记述，可为此之注脚：

> （支遁）每至讲肆，善标宗会，而章句或有所遗，时为守文者所陋。谢安闻而善之，曰："此乃九方堙之相马也，略其玄黄，而取其骏逸。"王洽、刘恢、殷浩、许询、郗超、孙绰、桓彦表、王敬仁、何次道、王文度、谢长遐、袁彦伯等，并一代名流，皆著尘外之狎。

> 遁尝在白马寺与刘系之等谈《庄子·逍遥篇》，云："各适性以为逍遥矣。"遁曰："不然，夫桀跖以残害为性，若适性为得者，彼亦逍遥矣。"于是退而注《逍遥篇》。群儒旧学，莫不叹服。后还吴，立支山寺，晚欲入剡。谢安为吴兴，与遁书曰："思君日积，计辰倾迟，知欲还剡自治，甚以怅然。人生如寄耳，顷风流得意之事，殆为都尽。终日戚戚，触事惆怅，唯迟君来，以晤言消之，一日当千载耳。此多山县，闲静，差可养疾，事不异剡，而医药不同，必思此缘，副其积想也。"王羲之时在会稽，素闻遁名，未之信，谓人曰："一往之气，何足言。"后遁既还剡，经由于郡，王故诣遁，观其风力。既至，王谓遁曰："《逍遥篇》可得闻乎？"遁乃作数千言，标揭新理，才藻惊绝。王遂披襟解带，流连不能已。乃请住灵嘉寺，意存相近。[1]

谢安、王羲之作为东晋王、谢世家的代表人物，乃当时江左士族之精英，他们与支遁于玄辨之际形成的崇尚妙理、钦敬高明之风，遂成为后世儒释交流令人极为神往的风流徽标。这些发生于浙东佛寺

---

[1] 慧皎《高僧传》卷四，中华书局，1992 年，第 159—160 页。

创设及释俗交流之流风余韵,经过历史的积淀,尤为后世文人所赏。柳宗元在追溯晋宋之际儒、释交往关系时即称赏云:

> 昔之桑门上首,好与贤士大夫游。晋宋以来,有道林、道安、远法师、休上人,其所与游,则谢安石、王逸少、习凿齿、谢灵运、鲍照之徒,皆时之选。①

而李逊则特别提到越中山水之美与越中释俗交往的地域性特征:

> 越州好山水,峰岭重迭,逦迤皆见。鉴湖平浅,微风有波,山转远转高,水转深转清。故谢安与许询、支道林、王羲之常为越中山水游侣。以安之清机,询、道林之高逸,羲之之知止,虽生知者,思过已半,乌知其又不因外奖,积成精洁邪? ②

因此,可以说晋宋已降浙东地区的儒佛交往之风,在中国宗教史、文化史、文学史上,都产生了极为深远的影响,而唐代文人与释门僧徒的交往,也因对这种流风余韵的歆羡而深受其熏染。

二、满庭秋月对支郎:浙东佛教寺院与释俗交往

由于文学与佛教的同步兴盛,唐代文人和僧徒的交往关系,无论

---

① 《柳宗元集》卷二五《送文畅上人登五台遂游河朔序》,中华书局,1979年,第667页。
② 李逊《游妙喜寺记》,《全唐文》卷五四六,中华书局,1983年,第5452页。

是广度、频度还是深度，都要远过于六朝，特别是随着唐代僧人中能诗文以及擅长音乐、绘画等技艺者人数之增多，文人和僧人的交往关系也变得更为密切。而经过隋唐两代，浙东佛寺的数量也较六朝时期大为增加[①]，江南地区作为唐代佛教传播的密集区，驻锡浙东佛教寺院的高僧人数也就非常可观。中唐以后，由于江南诗僧的涌现，以及中原文人因避乱而南下侨居，佛徒与文人的交往在数量与层次上，都达到了中国文学史上的高峰[②]。佛寺作为僧徒的生活、栖息之地，也往往成为释俗交往中佛徒与文人交流的空间场所。就佛寺作为空间场所在唐代释俗之间文学与宗教的交往关系呈现的形式而言，从现有文献看，主要有以下几种样态：

　　一是爱好诗文的高僧以及地方官员，多在寺院中举行文会，主持唱和吟咏。由于江南多诗僧，寺院中的文会活动即较其他地区更为热闹，而中唐时期两浙寺僧的文会，影响尤大。最突出的当然是浙西以皎然、颜真卿为主导的湖州诗会，但浙东以地方官及寺僧为首的寺院诗歌唱和活动，亦完全可比肩浙西。如明州国宁寺之宗亮，《宋高僧传》即载云：

　　　　晚年专事禅寂，不出寺门。处士方干赠诗云："秋水一泓

①　据拙作《唐五代佛寺辑考》统计，属于唐江南东道的杭州、越州、明州、台州、婺州、衢州、处州、温州八州，佛寺总数为120所。其中杭州36所、越州35所、明州10所、台州14所、婺州4所、衢州5所、处州12所、温州4所。虽然可能还有遗漏，但大致可以看出浙东各州寺院的数量与分布情形（《唐五代佛寺辑考》，商务印书馆，2006年）。

②　关于江南诗僧的创作特点，刘禹锡在《澈上人文集纪》中曾有论及，见瞿蜕园《刘禹锡集笺证》，上海古籍出版社，1989年，第519—520页。较为系统详细地讨论浙东诗僧及创作情况的，则有姜光斗先生的《论唐代浙东的僧诗》，《唐代文学研究》第六辑，广西师范大学出版社，1996年，第756—789页。

常见底,洞松千尺不生枝。空门学佛知多少,剃尽心花只有师。"……亮恒与沙门贯霜、栖梧、不吟数十人,皆秉执清奇,好迭为文会,结临下之交。撰《岳林寺碑》《诗集》三百许首,赞颂并行于代……亮为江东生罗隐追慕,乐安孙郃最加肯重,著《四明郡才名志序》,诸儒骏士之外,独云:"释宗亮多为玄士先达仿仰焉。"①

　　中唐浙东地方官主导的寺院唱和活动,也可充分说明浙东佛教寺院空间与文学创作活动的关联。如果说大历浙西诗会唱和活动的主导者是时任湖州刺史的颜真卿与僧人皎然,那么,浙东诗会的主导者则分别为地方官鲍防、元稹。浙东诗会活动可分为前后两次,前一次在大历中,以任浙东观察使从事的鲍防为主导;后一次则在穆宗长庆三年至文宗大和二年(823—828),以任浙东观察使的元稹为主导。

　　大历中浙东诗歌唱和活动的开展,鲍防的作用极为重要。穆员《鲍防碑》载:"(鲍防)天宝中……举进士高第,调太子正字。中州兵兴,全德违难,辞永王,去来瑱,为李光弼所致,光弼上将薛兼训授专征之命于越,辍公介之……东越仍师旅饥馑之后,三分其人,兵盗半之。公之佐兼训也,令必公口,事必公手,兵兼于农,盗复于人。自中原多故,贤士大夫以三江五湖为家,登会稽者如鳞介之集渊薮,以公故也。"②可知鲍防在浙东所任之职,乃薛兼训之从事,但以其德能,却对当时文人的汇集与聚拢产生了巨大影响。据邹志方考证,"鲍防在越州,作为浙东观察使薛兼训从事,前后九年(肃宗宝应元年至代

---

① 赞宁《宋高僧传》卷二七,中华书局,1987年,第686页。
② 《全唐文》卷七八三,第8190页。

宗大历五年,即 762—770)" ①。由此也可以知其时诗歌唱和活动的
时间区间。围绕大历中以鲍防为主导的浙东唱和活动的勾勒,学界
的研究已较充分 ②,但对于联唱活动与寺院之间的关联,则未能给予
特别的关注。根据今人对大历浙东唱和的考证成果,其十四场联句
中,以寺院为活动空间或唱和内容与之相关的有五场,分别是:《寻法
华寺西溪联句》《云门寺小溪茶宴怀院中诸公》《自云门还泛若耶溪
入镜湖寄院中诸公》《花严寺松潭》《登法华寺最高顶忆院中诸公》。
这些唱和诗原本都收在《大历年浙东联唱集》二卷之中,惜其已散佚
不存,所幸宋人孔延之所编《会稽掇英总集》保存了其中之部分内
容,而上述与寺院相关的唱和诗,恰好保存了下来。关于《大历初浙
东联唱总集》的具体内容与联唱诗人,邹志方《"浙东唱和"考索》及
许仙、彭卫红《浙东联唱集团的人员构成与创作特点分析》皆有钩
稽,此不俱论。不过,从联唱内容看,《寻法华寺西溪联句》《自云门
还泛若耶溪入镜湖寄院中诸公》《登法华寺最高顶忆院中诸公》三首
联句,是以游赏寺院周边山水为主要内容的,因要切题,其中也有涉
及寺院的句子,但毕竟不以寺院为中心。而《云门寺小溪茶宴怀院中
诸公》《花严寺松潭》两首,则其联唱活动就在寺院之中,描写内容也
多围绕寺院之环境、人事展开,比较典型地反映了寺院空间与诗歌创

① 邹志方《"浙东唱和"考索(续)》,《绍兴师专(文理学院)学报》1992 年第
　 1 期。
② 相关成果见邹志方《"浙东唱和"考索》,《绍兴师专(文理学院)学报》1991
　 年第 4 期;《"浙东唱和"考索(续)》,《绍兴师专(文理学院)学报》1992 年第
　 1、2 期。尹占华《大历浙东和湖州文人集团的形成和诗歌创作》,《文学遗产》
　 2000 年第 4 期。俞林波《〈大历浙东联唱集〉考论》,《东南大学学报》2008 年
　 第 2 期。许仙、彭卫红《浙东联唱集团的人员构成与创作特点分析》,《三峡论
　 坛》2015 年第 6 期。另外,贾晋华的《唐代集会总集与诗人群研究》(北京大
　 学出版社,2001 年)也有"《大历年浙东联唱集》与浙东诗人群"专节论述。

作之间的关系。这里且以《云门寺小溪茶宴怀院中诸公》为例，略做呈示：

> 喜从林下会，还忆府中贤（严维）。石路云门里，花宫玉笥前（谢良弼）。日移侵岸竹，溪引出山泉（裴晃）。猿饮无人处，琴听浅溜边（吕渭）。黄粱谁共饭，香茗忆同煎（郑槩）。暂与真僧对，遥知静者便（阙允初）。清言皆亹亹，佳句又翩翩（庾骕）。竟日怀君子，沈吟对暮天（贾肃）。

从联唱诗可知，本次联唱共有八人参加，以严维为首唱。严维开头两句，即切题中"云门寺小溪茶宴"之意，又包含题中"怀诸公"之旨，可谓入手擒题，起得不错。谢良弼、裴晃二人，继严维之后，承接其意，进一步破题，点出小溪及茶宴之位置与环境。吕渭、郑槩则以溪猿、听琴做渲染，引入茶宴之旨。阙（据《全唐诗》参与唱和者，或当为"陈"）允初、庾骕则围绕唱和的寺院特点对诗题中之"云门寺"作照应。贾肃二句收尾，以景句作结，点出怀人之意，是对题中"怀院中诸公"的照应。一场联句，能够将诗题之意严整而有层次地展开，并做到承接自然，首尾圆合，这确是难能可贵的。它不仅需要联唱者有敏锐的诗才，还要对诗歌之结构艺术有精到的把握。可以看出，这一场寺院空间场所的联唱活动，对于诗人的诗歌才艺，既是一场考验，也是一次磨炼，从而也就说明了寺院与诗人创作活动、诗思锻炼之间的关联。

而另一次由鲍防组织的寺院唱和活动，则是对诗人佛教体悟能力的考验。鲍防《云门寺济公上方偈序》云："己酉岁，仆忝尚书郎，司浙南之武，时府中无事，墨客自台省而下者，凡十有一人，会云门济公之上方,以偈者,赞之流也,始取于佛事云。"① 可知这次联唱,专以偈语为主。此次联唱参加者亦为八人,共作偈语十一篇,皆存于《会稽掇英总集》卷一五中。偈语是与佛教关涉的一种特殊文体,这场寺院诗歌创作活动,以偈语写作为主,既切合佛教寺院的环境特点,又突出了诗人的禅理智慧,还扩大了诗人文体创作的范围,其意义当然是值得注意的。

　　穆宗长庆至文宗大和时以浙东观察使元稹为核心的唱和活动,成员以其幕府之内的文人为主。《旧唐书·元稹传》载:"会稽山水奇秀,稹所辟幕职,皆当时文士,而镜湖、秦望之游,月三四焉。而讽咏诗什,动盈卷帙。"② 但"元稹在广辟僚属的同时还广泛结交当地的文士和佛道人物,以其地位和影响吸引了诸多名士参与其使府的唱和,这些本土文士和佛道人物成为浙东唱和活动的另一主力军" ③。另外在杭州任刺史的白居易也曾参与与元稹的唱和。以上这些唱和活动也多有与越州著名寺院相关者,如徐凝的《酬相公再游云门寺》,赵嘏的《九日陪越州元相公燕龟山寺》《陪元相公游云门寺》,元稹的《题天衣寺》《游云门寺》,白居易的《题法华山天衣寺》《宿云门寺》等。从诗题可知,其游寺活动频繁,曾在寺院宴饮并留宿。

　　除了以寺院僧人、地方官员主导的诗会外,文人自发组织的浙东寺院的唱和活动,也不鲜见。梁肃在《游云门寺诗序》中即载云:

　　　　上德与汗漫为友,无江海而闲;其次则仁智相从,有山水为乐。故合志同方,贤者有柴桑之隐;游道同趣,吾徒为云门之会,

---

① 陈尚君《全唐文补编》卷五四,中华书局,2005 年,第 648 页。
② 《旧唐书》卷一六六,中华书局,1975 年,第 4336 页。
③ 咸晓婷《元稹浙东幕诗酒文会活动考论》,《阅江学刊》2012 年第 3 期。

其造适一也。先会一日,沙门释去諲命我友,相与探玉笥,上会稽,然后溯若耶,过凤林而南。意欲脱人世之羁鞅,穷林泉之遐奥。于是舍舟清澜,反策闲原;递杳霭而历岖嵚,入深翠以泛回环,遂至于云门。观其群山迭翠,秦望拔起;五峰巉巉,列壑沉沉,上摩碧落,旁涌金界。其下则百泉会流,蓄为澄潭,涵虚镜彻,激濑玉漱。泠泠之声,与地籁唱和,不待笙磬,而五音叠作。眺听不足,则凝思宴息,恍焉疑诸天楼观,列在咫尺。庭衢之中,别有日月。既而动步真境,静聆法音。合漆园一指之喻,诣净名无住之本。万累如洗,百骸坐空。视松乔为弱丧,轻世界于枣叶。盖道由境深,理自外奖故也。昔之远公纪庐山,谢客题石门,道流胜赏,今古一贯。曷可不赋,贻云山羞? 乃各为诗,以志斯会。同乎道者,有陇西李公受、高阳齐霞举,约会未至,亦请同赋此篇,用广夫游衍之致云。①

二是浙东寺院多高僧,其常成为官僚文人交往的对象,不仅促进了唐代儒释之间思想的交流,还促生了不少重要的佛教碑铭与赠序之文的写作,官僚文人因而也成为佛教思想的重要传播者。关于儒释交流的情形,相关的佛教僧传,见诸记载者甚多。如越州法华寺玄俨:"故洛州刺史徐峤、工部尚书徐安贞,咸以宗室设道友之礼;国子司业康希铣、太子宾客贺知章、朝散大夫杭州临安县令朱元昚,亦以乡曲具法朋之契。开元二十六载,恩制度人,采访使润州刺史齐澣、越州都督景诚、采访卢见义、泗州刺史王弼,无不停旟净境,秉承法训。"② 会稽开元寺之昙一:"刃有余地,时兼外学,常问《周易》于左

---

①《全唐文》卷五一八,第5264 页。
② 赞宁《宋高僧传》卷一四,第344 页。

常侍褚无量,论《史记》于国子司业马贞。遂渔猎百氏,囊括《六籍》,增广闻见,自是儒家,调御人天,皆因佛事。公卿向慕,京师藉甚。时丞相燕国公张说、广平宋璟、尚书苏瑰、兖国陆象先、秘书监贺知章、宣州泾县令万齐融,皆以同声并为师友,虽支许之会虚(灵?)嘉,宗雷之集庐岳,未足多也。"① 余杭宜丰寺灵一:"每禅诵之隙,辄赋诗歌事,思入无间,兴含飞动。潘阮之遗韵,江谢之阙文,必能缀之,无愧古人。循循善诱,门弟子受教,若良田之纳膏雨焉。一迹不入族姓之门,与天台道士潘志清、襄阳朱放、南阳张继、安定皇甫曾、范阳张南史、吴郡陆迅、东海徐嶷、景陵陆鸿渐为尘外之友,讲德味道,朗咏终日。其终篇必博之以文,约之以修,量其根之上下而授之药焉。"② 越州称心寺大义:"海贼袁晁窃据剡邑,至于丹丘。义因与大禹寺迥律师同诣左溪朗禅师所,学止观,而多精达。前后朝贵归心者,相国杜鸿渐、尚书薛兼训、中丞独孤峻、洺州刺史徐峤、次徐浩,皆宗人也。"③ 高僧大德的碑铭文中,也不乏这样的记录。如杭州余姚龙泉寺之道一,"以儒墨者般若之笙簧,词赋者伽陀之鼓吹,故博通外学,时复著文。在我法中,无非佛事。故李大理升期、崔河南希逸,尝抚本州,麾幢往复;故成御史广业、卢华州元裕、兵部韩员外赏,屈身郡邑,轮舸洄沿"④ 衢州龙兴寺体公卒后,"信安王祎、赵太常颐真、郑庶子倬、李中丞丹、前相国李梁公岘皆为此州,躬往围绕。赵太常敬因长老,立文殊万圣之象;李梁公增感先人,泣下双林之见"⑤。在一些高僧碑铭或赠序之作中,文人也常通过此类文章的写作,弘传佛

① 赞宁《宋高僧传》卷一四,第352—353页。
② 赞宁《宋高僧传》卷一五,第360页。
③ 赞宁《宋高僧传》卷一五,第362—363页。
④ 李华《杭州余姚县龙泉寺故大律师碑》,《全唐文》卷三一九,第3234页。
⑤ 李华《衢州龙兴寺故律师体公碑》,《全唐文》卷三一九,第3236页。

教宗派之大旨。梁肃的《送沙门鉴虚上人归越序》即总结归纳天台宗之止观法门,云:"昔如来乘一大因缘,菩萨以普门示现,自《华严》肇开,至双林高会,无小无大,同归佛界,及大雄示灭,学路派别。世既下衰,教亦陵迟。故龙树大士病之,乃用权略,制诸外道,乃诠《智度》,发明宗极。微言东流,我惠文禅师得之,由文字中入不二法门,以授南岳思大师。当时教尚简密,不能广被,而空有诸宗,扇惑方夏。及大师受之,于是开止观法门。其教大略,即身心而指定慧,即言说而诠解脱。演善权以鹿菀为初,明一实用法花为宗。合十如十界之妙,趣三观三智之极。自发心至于上圣,行位昭明,无相夺伦。然后诞敷契经,而会同之,涣然冰释,心路不惑。窥其教者,藏焉修焉,盖无入而不自得焉。"[1] 李吉甫《杭州径山寺大觉禅师碑铭并序》则对禅宗源流及其在中土的传承与思想特点做了简要概述,云:"如来自灭度之后,以心印相付嘱,凡二十八祖,至菩提达摩。绍兴大教,指授后学。后之学者,始以南北为二宗。又自达摩三世传法于信禅师,信传牛头融禅师,融传鹤林马素禅师,素传于径山,山传国一禅师。二宗之外,又别门也。于戏! 法不外来,本同一性。惟佛与佛,转相证知。其传也,无文字语言以为说;其入也,无门阶经术以为渐。语如梦觉,得本自心。"[2] 由此可以看出,唐代文人由于儒释交往关系的密切,其不仅在更深的层次上,容受领悟了佛教思想,而且还成为这种思想的自觉传播者。

　　佛教在唐代发展兴盛的同时,也不断接受中国文化的影响,寺院及高僧树立碑志即是其表现形式之一。沈亚之云:"自佛行中国已来,国人为缁衣之学,多几于儒等。然其师弟子之礼,传为严专。到

---

① 《全唐文》卷五二〇,第 5287 页。
② 《全唐文》卷五一二,第 5206 页。

于今世,则儒道少衰,不能与之等矣。"①元稹也说:"僧之徒思得声名人文其事以自广。予始以长庆二年相先帝无状,遣于同州,明年徙会稽,路出于杭。杭民竞相观睹,刺史白怪问之,皆曰:'非欲观宰相,盖欲观曩所闻之元、白耳。'由是僧之徒误以予为名声人,相与日夜攻刺史白乞予文。予观僧之徒所以经于石、文于碑,盖欲相与为不朽计,且欲自大其本术。"②可见,佛教徒为了扩大影响,著名文人往往成为其追逐的对象。浙东地区当时名僧辈出,梵宫众多,故唐代有许多官僚与著名文人都为浙东的寺院与高僧撰写过碑铭文字,其中著名者,即有李邕、李华、万齐融、权德舆、李吉甫、梁肃、冯宿、元稹、白居易、卢简求、沈亚之、于季友等③。这些著名文人的文章,不仅对于扩大浙东佛教高僧的影响产生了很大的作用,同时也使浙东的佛教寺院平添风韵而声名大著。

三是浙东的高僧、诗僧,在以诗文切劘为中心的儒释交往中,往往起着纽带与中介的作用,并在培养诗人、提高诗艺方面多所贡献。灵澈是越州著名的诗僧,诗名甚高,《唐才子传》谓其"虽结念云壑,而才名拘牵,馨息经微,吟讽无已。所谓拔乎其萃,游方之外者

---

① 沈亚之《送洪逊师序》,《全唐文》卷七三五,第7594页。
② 元稹《永福寺石壁法华经记》,《全唐文》卷六五四,第6645页。
③ 李邕有《越州华严寺钟铭并序》《国清寺碑并序》《秦望山法华寺碑并序》;李华有《台州乾元国清寺碑》《杭州开元寺新塔碑》《杭州余姚县龙泉寺故大律师碑》《衢州龙兴寺故律师体公碑》《故左溪大师碑》;万齐融有《阿育王寺常住田碑》《法华寺戒坛院碑》;权德舆有《会稽虚上人石帆山灵泉北坞记》;李吉甫有《杭州径山寺大觉禅师碑铭并序》;梁肃有《越州开元寺律和尚塔碑铭并序》;冯宿有《兰溪县灵隐寺东峰新亭记》;元稹有《永福寺石壁法华经记》;白居易有《沃洲山禅院记》;卢简求有《杭州盐官县海昌院禅门大师塔碑》;沈亚之有《移佛记》;于季友有《阿育王寺碑后记》。可见浙东寺院及其僧徒与官僚文人之间的互动关系。

也"①。权德舆称赞曰:"上人心冥空无,而迹寄文字,故语甚夷易,如不出常境,而诸生思虑,终不可至。其变也,如风松相韵,冰玉相叩,层峰千仞,下有金碧。耸聩夫之目,初不敢视,三复则淡然天和,晦于其中。故睹其容览其词者,知其心不待境静而静。况会稽山水,自古绝胜,东晋逸民,多遗身世于此。夏五月,上人自炉峰言旋,复于是邦。予知夫拂方袍,坐轻舟,溯沿镜中,静得佳句,然后深入空寂,万虑洗然,则向之境物,又其秭秭也。"②其实灵澈虽属方外,但其早年学诗,却师从越中诗人严维,成名后,又教授诗法于著名诗人刘禹锡。刘禹锡《澈上人文集纪》曾记述说:"上人在吴兴,居何山,与昼公为侣。时予方以两髦执笔砚,陪其吟咏,皆曰孺子可教。后相遇于京洛,与支、许之契焉。"③

灵一是居于越州云门寺的著名诗僧,声望较高,也有较大的影响。《唐才子传》谓其"白业精进,居若耶溪云门寺,从学者四方而至矣。尤工诗,气质淳和,格律清畅……与皇甫昆季、严少府、朱山人、澈上人等为诗友,酬赠甚多。刻意声调,苦心不倦,驰誉丛林"④。所谓皇甫昆季、严少府、朱山人、澈上人,分别指皇甫冉、皇甫曾兄弟,诗人严维、朱放及诗僧灵澈,他们都是当时越中著名诗人与诗僧。由此也可见灵一以其所居云门寺为中心,对释俗两界诗歌创作交流活动所起的作用。

另一著名的江左诗僧皎然,居浙西之湖州杼山寺,但在扩大两浙诗坛的影响以及促进释俗两界诗歌交流方面,曾发挥了积极的影响与作用。他与当时文坛的领袖人物或具有重要地位的官僚文人之

---

① 傅璇琮《唐才子传校笺》卷三,中华书局,1987年,第一册第620页。
② 权德舆《送灵澈上人庐山回归沃洲序》,《全唐文》卷四九三,第5027页。
③《全唐文》卷六〇五,第6114页。
④ 傅璇琮《唐才子传校笺》卷三,第一册第530—532页。

间,都保持着良好的关系。在给权德舆的书信中,曾述及他对权德舆的仰慕以及与当代著名诗人的交往,云:"初贫道闻足下盛名,未睹制述,因问越僧灵澈、(阙)古豆卢次方,佥曰:'杨、马、崔、蔡之流。'贫道以二子之言,心期足下,日已久矣!但未识长卿、子云之面,所恨耳。先辈作者故李员外遐叔、故皇甫补阙茂正、故严秘书正文、故房吴县元警、故阎评事士和、故朱拾遗长通、故处士韦,此数子,畴昔为林下之游。遐叔当时极许贫道四十韵之作,其略曰:'中宵发耳目,形静神不役。色天夜清迥,花漏明滴沥。东风吹杉梧,幽月到石壁。此中一悟心,可与千载敌。'又曰:'不然作山计,改服乘下泽。君�元亮冠,我脱潜师屐。各倚高松根,共逃金闺籍。'又《能、秀二祖义门赞》,其略曰:'二公之心,如月如日。四方无云,当空而出。'遐叔因此相重。元警著《道交论》,比于高云独鹤,意谓关于诗而不关于事。贫道亦无推焉。今再遇足下见知,则东山遗民,时免擗琴绝弦于知己矣!"同时,他在信中还极力向权德舆推介越中诗僧灵澈及其诗歌以及豆卢次方的文章,称:"灵澈上人,足下素识,其文章挺拔瑰奇,自齐梁以来,诗僧未见其偶。但此子迹冥累迁,心无营营。虽然,至于月下风前,犹未废是。公远之友豆卢次方,才识超迈,所得经奇,飘飘然有凌云之气而不轻浮。此乃山僧惠眼远见。亦尝与论物理,极天人之际,言至简正,意不虚诞。足下精鉴,岂无此子乎?在于贫道,不得不言耳!"① 不仅如此,他还投赠书函,将灵澈推荐给当时诗坛的领袖人物包佶,竭力推奖灵澈的诗歌创作成就。文甚恳切感人,读之令人感慨,虽其文稍长,但为展现当时两浙释俗两界的诗歌交往关系,乃不避烦琐,引述如下:

---

① 皎然《答权从事德舆书》,《全唐文》卷九一七,第9551—9552页。

今海内诗人，以中丞为龙门，贤与不肖，雷同愿登。仰测中丞之为心，固进善而拒不工也。昼无西施之容，不合辄议西施之美，然心之服矣，其敢蔽诸？今之驰疏，实有所荐。有会稽沙门灵澈，年三十有六，知其有文十余年，而未识之。此则闻于故秘书郎严维、随州刘使君长卿、前殿中皇甫侍御曾，尝所称耳。及上人自浙右来湖上见存，并示制作，观其风裁，味其情致，不下古手，不傍古人，则向之严、刘、皇甫所许，畴今所觌，则三君之言，犹未尽上人之美矣。读其《道边古坟》诗，则有"松树有死枝，冢上唯莓苔。石门无人入，古木花不开"，答《范秘书》作，则有"绿竹岁寒在，故人衰老多"，《云门雪夜》作，则有"天寒猛虎叫岩雪，松下无人空有月。千年像教人不闻，烧香独为鬼神说"，《石帆山》作，则有"月色静中见，泉声深处闻"，《题李尊师堂》，则有"古庙茅山下，诸峰欲曙时。真人是皇子，玉堂生紫芝"，《题曹溪能大师蒋山》作，则有"禅门至六祖，衣钵无人得"，《登天姥岑望天台山》作，则有"天台众山外，岁晚当寒空。有时半不见，崔嵬在云中"，《伤古墓》作，则有"古墓碑表折，荒垄松柏稀"，《福建还登黎岭望越中》作，则有"秋深知气正，家近觉山寒"，《九日作》，则有"山僧不记重阳日，因见茱萸忆去年"，《宿延平津怀古》作，则有"今非古狱下，莫向斗间看"。又有《归湖南》诗，则有"山边水边待月明，暂向人间借路行。如今还向山边去，惟有湖水无行路"。此僧诸作皆妙，独此一篇，使昼见欲弃笔砚。伏惟中丞高鉴宏量，其进诸乎？其舍诸乎？方今天下有故，大贤勤王，辄以非急干请视听，亦昭愚老不达时也。然上人秉心立节，不可多得。其道行定慧，无惭安远。尝著《律宗引源》二十一卷，为缁流所归。至于玄言道理，应接靡滞，风月之间，亦足以助君子高兴也。①

信中大量征引灵澈诗篇与佳句，推赏之情，溢于言表。这既是擅长诗道的高僧对于诗艺的品鉴，也是当时两浙释俗两界诗歌交流所留下的极为珍贵的文献资料，从中也可以了解越中诗僧灵澈被引入诗坛著名诗人视野的过程。

三、云门、法华、沃洲、天台：唐代浙东佛教题材诗文的典型文学地理意象

唐代的浙东地区，以山水风光、人文蕴涵及宗教景观等，吸引了众多文人，并留下了数量可观的诗文作品，当代学者因以"唐诗之路"来概括此地这一独特的文化与文学景观②。但是，就浙东对唐代文人的吸引力而言，自然山水、人文蕴涵及宗教景观三者，常常是紧密结合，融为一体的，而其在后世的文学表现中，围绕宗教景观的书写，则是较为突出的。故在唐代与浙东相关的文学作品中，宗教特别是佛教景观题材之作，就占了相当的比重，而与佛教寺院及其高僧相关的诗文又是其中最具有特点与价值者。据不完全统计，唐代浙东佛教题材的诗歌约有二百首左右，文章四十四篇（另有涉及杭州者九篇未

---

① 皎然《赠包中丞书》，《全唐文》卷九一七，第9552—9553页。

② "唐诗之路"是由当地学者竺岳兵先生于20世纪90年代提出的。据竺岳兵先生统计，唐代与浙东"唐诗之路"相关的诗人达三百四十多人。见竺岳兵《剡溪——唐诗之路》，《唐代文学研究》第六辑，广西师范大学出版社，1996年，第867页。又据袁因、周一渤、竺岳兵、傅璇琮《唐诗之路——中国文人的山水走廊》文称，"有四百多位诗人在这里流连忘返，吟咏不绝，留下了1500多首唐诗"。见《艺苑》2008年第10期。

计），以佛教寺院为背景的小说一篇。应该说，这些以诗文为中心的作品，因其表现的频率与影响，则又因长期积淀而形成了一些典型性的文学意象，这些意象的蕴涵，虽各有侧重，但大致则是以山水与宗教为核心的。就浙东而言，山水为宗教提供了良好的环境，宗教则为山水注入了丰厚的文化蕴涵，而寺院、山水与僧人，又成为浙东文学表现的独特对象。其中能够体现浙东之地域宗教与山水特征的，则又以云门、法华、沃洲、天台以及相关的人事最为典型。

越州佛寺众多，而云门、法华为最。云门、法华之所以成为越州佛教寺院之冠冕，则又是基于其所处的山水环境与所居之地理位置。同为越州寺院，称心寺也堪称名寺，虽与云门、法华相埒，但在诗人的表现中，却远不及后者。施宿云："称心在唐为名寺，与云门、天衣埒……云门、天衣，至今游会稽山水者必至焉，惟称心在海隅，独以僻远，寺又芜茀，故诗人骚客有终不一到者，名亦晦而不彰。岂独人材有不遇哉！"[1] 云门、法华则不同，它们位于越州之秦望山麓，这里山水绝胜，地理位置亦殊优越。关于秦望山，《嘉泰会稽志》引《太平御览》云："山在州城正南，涉境便见。秦始皇帝登山以望南海，自平地取山顶七里，悬磴孤危，峭路险绝，攀萝扪葛，然后得至。山上无甚高木，当由地迴多风所致。山南有谯岘，中有大城，王无馀之旧都也。句践语范蠡曰：'先君无馀国，在南山之阳，社稷宗庙在湖之南。'山有三巨石屹立如笋，龙池冬夏不竭，俗号圣水。傍有崇福侯庙。"[2] 关于云门寺，《嘉泰会稽志》载云："在县南三十里，中书令王子敬所居也。义熙三年，有五色祥云见，安帝诏建云门寺。会昌毁废，大中六年观察使李褒奏再建，号大中拯迷寺。……有弥陀道场，杭僧圆照

---

① 沈作宾修，施宿纂《嘉泰会稽志》卷七，第 6272 页。
② 沈作宾修，施宿纂《嘉泰会稽志》卷九，第 6298 页。

书额,门外有桥亭,名丽句亭,刻唐以来名士诗最多。……或谓云门寺本面东,主秦望而对陶宴等山,如列屏障……"①诗人对云门寺记忆最深的,即是其山水之胜观。宋之问的诗描写其环境云:"云门若耶里,泛鹢路才通。黄缘绿筱岸,遂得青莲宫。"(《宿云门寺》)孙逖诗则描写更细:"香阁东山下,烟花象外幽。悬灯千嶂夕,卷幔五湖秋。画壁馀鸿雁,纱窗宿斗牛。更疑天路近,梦与白云游。"(《宿云门寺阁》)朱放则写到云门寺给他最深刻的印象是:"长忆云门寺,门前千万峰。"可见山水之于云门寺的重要性。法华寺也是如此。法华寺亦称天衣寺,对其创建缘起及周围山色景观,李邕《秦望山法华寺碑铭并序》曾记述云:"法华者,晋义熙十二年,释昙翼法师之所建也。师初依庐山远公,后诣关中罗什,深入禅慧,尤邃佛乘,虽礼数抠衣,而名称分坐。与沙门昙学俱游会稽,觏秦望西北山,其峰五莲,其溪双带,气象灵胜,林壑虚闲。比兴耆阇,营卜兰若,羞涅盘食,纳如来衣,专积法华,永言实意。"②万齐融《法华寺戒坛院碑》也称道说:"越邑精舍,时称法华。晋沙门昙翼曾结庵层巅……信如来之福庭,是菩萨之隐岳。"③对此,诗人在诗中也有生动的描写:"高岫拟耆阇,真乘引妙车。空中结楼殿,意表出云霞。"(宋之问《游法华寺》)"岩空驺驭响,树密旆旌连。阁影凌空壁,松声助乱泉。开门得初地,伏槛接诸天。向背春光满,楼台古制全。群峰争彩翠,百谷会风烟。香象随僧久,祥乌报客先。"(皇甫冉《奉和独孤中丞游法华寺》)宋人孔延之《会稽掇英总集》中,所汇辑以云门寺、天衣寺(法华寺)相关

---

① 沈作宾修,施宿纂《嘉泰会稽志》卷七,第6274页。
② 《全唐文》卷二六二,第2664页。
③ 《全唐文》卷三三五,第3392页。

的唐人诗歌即分别为六十首和十三首,合计七十三首①。由于云门、法华二寺之于越中佛教寺院的意义,故唐人孙郃送僧人游越即云:

> 越中山水,名于天下,山寺云门、法华又名焉。尝忆北海游越,越帅日率从事乐妓酒馔访北海,北海不乐,因曰:"某久住此,盖为云门、法华二寺,今日携酒乐,大似方便发遣。"越帅乃已。(此出孙相公《谱书》,《谱书》是颜鲁公作)又见朱仿(放)诗曰:"长忆云门寺,门前千万峰。"郃尝居越中,每吟此诗,未游二寺常以为过。上人名僧也,又游名寺。前欲游天台,今游云门、法华二寺。乃知灵鹊不之蓬岛则在青田,有异凡禽游不择地。②

沃洲于唐属越州剡县,本以山名,但其山水佳胜,已非山所限,特别是东晋时高僧与名士聚集于此,遂成为融山水、人文、宗教为一体的越州胜境。《万历绍兴府志》云:"沃洲山在县东三十五里,山高五百余丈,围十里,与天姥山对峙,道家称为第十五福地。晋白道猷、法深、支遁皆居之,戴、许、王、谢十八人与之游,号为胜会,亦白莲社之比也。吴虎臣《漫录》:沃洲、天姥,号山水奇绝处。有鹅鼻峰,支遁放鹤峰、养马坡。又有石封门、题字岩、灵澈锡杖泉,有瀑布泉,飞注雪潭。又有钟井,疾者饮之或愈。通剡四明山,外绕大溪。"③ 其中白道猷、法深、支遁、戴逵、王羲之、许询、谢安等于此流连赏会,尤增魅力,白居易《沃洲山禅院记》对其山水、人物以及二者之相得益彰,

① 孔延之编,邹志方点校《会稽掇英总集》卷六、卷八,人民出版社,2006年,第82—103页、第104—108页。

② 孙郃《送无作上人游云门法华寺序》,《全唐文》卷八二〇,第8634—8635页。

③ 萧良干、张元忭等纂《万历绍兴府志》卷五,台北成文出版社,1983年,第500页。

做了最出色的概括,云:"东南山水,越为首,剡为面,沃洲、天姥为眉目。夫有非常之境,然后有非常之人栖焉。晋、宋以来,因山洞开,厥初有罗汉僧西天竺人白道猷居焉,次有高僧竺法潜、支道林居焉,次又有干、兴、渊、支、遁、开、威、蕴、崇、实、光、识、裴、藏、济、度、逞、印凡十八僧居焉,高士名人有戴逵、王洽、刘恢、许玄度、殷融、郗超、孙绰、桓彦表、王敬仁、何次道、王文度、谢长霞、袁彦伯、王蒙、卫玠、谢万石、蔡叔子、王羲之凡十八人,或游焉,或止焉。故道猷诗云:'连峰数千里,修林带平津。茅茨隐不见,鸡鸣知有人。'谢灵运诗云:'暝投剡中宿,明登天姥岑。高高入云霓,还期安可寻。'盖人与山相得于一时也。"① 十八僧人与十八高士,无疑提升了沃洲的文化高度。至唐代,沃洲成了唐人诗歌中为人所最熟悉的隐逸的代名词,且将此地之高隐,常与支遁相联系。"孤云将野鹤,岂向人间住。莫买沃洲山,时人已知处"(刘长卿《送方外上人》),"沃洲能共隐,不用道林钱"(刘长卿《初到碧涧召明契上人》),"身归沃洲老,名与支公接"(皇甫曾《赠沛禅师》),"坚轻筇竹杖,一枝有九节。寄与沃洲人,闲步青山月"(高骈《邛竹杖寄僧》)。梁肃在送僧归越时,也将沃洲作为越州佛教胜境之代名词:"至人不在方,实相无所住,此沙门鉴虚所以顺理而随世也。适游皇都,谈天于重云之殿;今也于归,将休于沃洲之山。泛然无事,独与道俱。遇物成不迁之论,闲吟有定后之作,可谓远也矣。"② 将沃洲与支遁相联系,并成为具有文化蕴涵与指称意义的文学意象,在唐时已经定型,宋以后则为文人所习用。宋人吴处厚《游沃洲山真封院并序》即将自晋唐以来的文学描写作为典实,并以其作为游览追寻之胜观,虽因世易时移,未能惬其初怀,但却也别

---

①《全唐文》卷六七六,第6905—6906页。

② 梁肃《送沙门鉴虚上人归越序》,《全唐文》卷五一八,第5269页。

有解会，亦可作为越州沃洲山文化蕴涵之诠注：

> 越山惟沃洲最著，乐天之记详矣。晋人喜旷达而尚清虚，故山水之游一时特盛。在九江庐阜，则浮屠慧远为之主，而宗、雷辈十有八人从之；在剡之沃洲，则浮屠支遁为之主，而王、谢辈亦十有八人从之。要皆遁世避地，相与为方外之适耳。余尝历九江，浮浔阳，过于柴桑之间，访其所为东、西二林者，而慧远、宗、雷之迹，往往犹可辨识，彷徨不能去者久之。念沃洲窜于一隅，无因而至，上下其心者数矣。近偶祗役于新昌，初甚不慊，徐而闻沃洲乃在其境，遂挐而东，不惮奔走顿撼之劳，欲促偿其愿，又且幸为沃洲一时主人也。一日风甚寒，天姥盛雪，适会邑有移文，乘兴便往，值暝不及，遂宿于默林僧舍。平明过真封院，先至养马坡，陟鹅鼻峰，入门谒道猷影堂，访支遁庵基，观锡杖泉，前眺放鹤峰，徘徊而还。大抵山川气象皆荒替雕落，非向时所闻之沃洲也。虽然，环抱之意趣，奔骤之态度，尚皆一一可爱，乃知古人选胜皆有所谓，唯嗜山之深者知之，不可为俗人言也。因为古格长韵以纪之云。[①]

天台山为越之东南名山之一，唐改州称台州，即因天台山以为名。天台山盛名传于天下，一缘于其天然的山水形胜，二缘于东晋时孙绰著赋称扬之，三则与其所具有的宗教蕴涵有关。《嘉定赤城志》即云：“台以山名州，自孙绰一赋，光价殆十倍。今以其所登载，质之见闻，秀概神标，炳炳如星日，非若野史浪记谈河说海诬诞而不经也。按道书，洞天福地于是邦为盛。夫神仙之事，虽圣贤所不齿，然必有

---

① 孔延之编，邹志方点校《会稽掇英总集》卷四，第 58 页。

灵区异境而后宅焉。故州于东南，无虑百数，而台山之诡异巉绝，独称雄于世，闉阓之间家面帊帻，亦他邦所无也。夫岂以其巉然之阜、卷然之石，能使人铺说而诵咏哉？隐几澄思，必有得诸其山之外者矣。"[1] 天台山虽以神秀幽隽著称，但早期却未能如五岳一般著名天下而为登临览胜者所趋鹜。孙绰《游天台山赋》即慨叹："天台山者，盖山岳之神秀者也。涉海则有方丈、蓬莱，登陆则有四明天台。皆玄圣之所游化，灵仙之所窟宅。夫其峻极之状，嘉祥之美，穷山海之瑰富，尽人神之壮丽矣。所以不列于五岳，阙载于常典者，岂不以所立冥奥，其路幽迥。或倒景于重溟，或匿峰于千岭。始经魑魅之途，卒践无人之境。举世罕能登陟，王者莫由禋祀。故事绝于常篇，名标于奇纪。"[2] 但自东晋以后，随着南下世家大族之徙居，东南地区遂逐渐得到开发，天台山之美，亦渐为人所关注，孙绰之赋天台，应是其受到士人关注的表现之一。而这一时期志怪小说中演绎的"刘晨阮肇"故事，则既是当时人们对天台山充满好奇与兴趣的体现，同时也大大增强了天台山的文化魅力。

　　如果说六朝时期天台山主要是作为道教福地而著称的仙山，那么，隋唐以降，随着佛教势力的发展，天台山亦逐渐成为佛教重要的弘法之地。从方志所载看，六朝时期天台山虽已有佛教寺院，但声名闻于天下的大寺则阙如，而至隋时，则有了大的改观，其中智颛入天台创立国清寺，则是这一转变的标志。国清寺的创立，是佛教势力对天台这一道教色彩很浓的名山的强力介入。李邕《国清寺碑并序》记载云："国清寺者，隋开皇十八年智者大师之所建也。大师强植之根，已于千万佛所；本性之照，岂于一百年间？是以相眉雪光，慈目水

---

① 陈耆卿纂《嘉定赤城志》卷一九，台北成文出版社，1983 年，第 7208 页。
② 萧统《文选》卷一一，上海古籍出版社，1986 年，第 493—494 页。

净,入不住地,得无上缘。五部律仪,具分金界;三昧定力,更立宝山。
始入天台,居于佛陇,则知冥符事现,玄感名征,构室者不立于空,托
迹者必兴于物。是寺本题天台,先是大师尝梦定光禅师教曰:'寺若
成,国必清。'大业元年,僧智璪启其禅以为号,炀帝从而改焉。至义
宁之初,寺宇方就,事属皇运,言符圣僧。"① 智颉初入天台,居于佛
陇,当尚未有寺院之创设,他借助定光禅师托梦语,实是以此向政治
力量靠拢。果然,他后来得到了隋炀帝的帮助,完成了寺院的创设,
以"至义宁之初,寺宇方就,事属皇运,言符圣僧",完成了寺院创设与
预言神话的照应,而国清寺也借此在原本以道教为主的天台山,赢得
了自己的发展空间。国清寺与世俗政治相联系而提升地位,后来又
再次得到体现。李华《台州乾元国清寺碑》载云:"天宝十五载,逆将
犯阙,虏尘翳郊庙。上皇哀苍生,避狄幸蜀;皇帝誓复君父之耻,理兵
于朔方。避狄,仁之盛也;复耻,孝之大也。惟仁盛孝大,故不逾年而
收京师,奉陵寝。凶孽走而天降之戮,化气和而人至于道。巍巍乎!
尧舜之烈,不足比崇。天子齐心玄默,运行慈煦,为元吉卿士妙讲化
之宗,以为五帝三王之道,皆如来六度之余也。厥初生人,降及中古,
君臣父子,日用而不知,故元圣师竺乾而升有古。先师宣尼有言:三
皇五帝,皆非圣者,而西方有圣人,其为大千之尊,乳育群圣明矣。夫
玉帛非为礼之本,舍玉帛则无以为礼;象饰岂施教之源,舍象饰则无
以为教。建塔庙为礼容,履霜坚冰,物有其渐,于是卿士从,兆人从,
九围之中,列刹相望矣。盈川,非古邑也,襟东江西山,因而城之。寺
在远郊,信者劳止。自官吏耆耋,至于商旅,咸以津梁未建,为愧为
羞。邑城之西,有净名废寺,背连山而面通川。杉栝昼暝,缁褐经行;
寒潭夕清,车马无声,境胜心闲,十金果成。耆寿徐君赞、录事徐知古

---

① 《全唐文》卷二六二,第 2661 页。

等请于县令陇西李公平，平请于前刺史赵郡李公丹，丹请于河南等五道度支使御史中丞京兆第五公琦，琦闻于天子，墨制曰可。僧义璇等伏以乾元之初，元恶扫除，国步既清，庙易名榜，因改曰乾元国清寺，昭睿功也。"①将安史之乱的平定、王朝之中兴，再次和国清寺联系起来，并赐以新的寺额"乾元国清寺"。

国清寺在天台山的创建，标志着天台山的宗教蕴涵从此兼有了佛、道二家的特色。其中道观也不乏著名者，如金庭观，即被认为是处于天台北门第二十七洞天桐柏洞中，为天台山水之佳胜处。这种佛、道兼具的天台山文化性格，在唐人的诗歌中，也有所表现。许浑的《早发天台中岩寺度关岭次天姥岑》诗即写到："来往天台天姥间，欲求真诀驻衰颜。星河半落岩前寺，云雾初开岭上关。丹壑树多风浩浩，碧溪苔浅水潺潺。可知刘阮逢人处，行尽深山又是山。"吴越僧的《武肃王有旨，石桥设斋会进一诗，共六首》其二也有句云："仙源佛窟有天台，今古嘉名遍九垓。石磴嵌空神匠出，瀑泉雄壮雨声来。景强偏感高僧上，地胜能令远思开。一等翘诚依此处，自然灵贶作梯媒。"其中"仙源佛窟有天台"，可以看出其对天台山宗教蕴涵的体认。

但是从更多的诗歌表现来看，天台山在唐人心中，对佛教的体认已大大超越对道教的体认。一是诗人似已将天台当作佛教的胜地。唐诗中送人尤其是送僧人赴天台之诗，为数甚众，其大都表现为对佛教趣味的崇尚。如"孤云出岫本无依，胜境名山即是归。久向吴门游好寺，还思越水洗尘机。浙江涛惊狮子吼，稽岭峰疑灵鹫飞。更入天台石桥去，垂珠璀璨拂三衣"（刘禹锡《送元简上人适越》），"天台山最高，动蹋赤城霞。何以静双目，扫山除妄花。何以洁其性，滤泉去

泥沙。灵境物皆直,万松无一斜。月中见心近,云外将俗赊。山兽护方丈,山猿捧袈裟。遗身独得身,笑我牵名华"(孟郊《送超上人归天台》),等等。二是在书写佛寺情境时,也常把天台作为佛教名寺指代的对象。如方干《寒食宿先天寺无可上人房》:"双扉桧下开,寄宿石房苔。幡北灯花动,城西雪霰来。收棋想云梦,罢茗议天台。同忆前年腊,师初白阁回。"张乔《游歙州兴唐寺》:"山桥通绝境,到此忆天台。竹里寻幽径,云边上古台。鸟归残照出,钟断细泉来。为爱澄溪月,因成隔宿回。"除此之外,唐人有时也还赋予其更复杂丰富的意义,如任华《送虔上人归会稽觐省便游天台山序》:

　　图书所载名山,如天台者鲜矣,故老莱游于斯,应真游于斯,虔上人亦游于斯。老莱崇于孝者也,应真崇于道者也,二公之美,上人兼而有焉。上人缁侣之澄、肇,词场之沈、谢,读尽贝叶,能了于空,净如莲花,不著于水。不然,安得众君子礼敬若是焉?言归膝下,则孝名为戒;将游物外,而朗咏长川。岂徒荫长松以隐身,承瀑布以洗足?是将采掇灵药,搜访仙经,归献北堂,永同西母也。镜湖秋月,当见色空;稽山片云,能引诗兴;剡溪白鸟,知尔无机;云门疏钟,讶君来暮,岂不谓然耶? ①

　　其中还将具有儒家孝道特色的老莱子融入天台山文化中,但从总体来看,天台山在唐代诗人中,由于国清寺及智顗的巨大影响,其作为佛教空间的意象象征,则已超越儒、道两家。因此可以说,从六朝以来作为以道教福地著称的天台山,经过隋唐的演变,在唐人诗文中,其佛教性体认已经完成,并在诗歌中形塑为典型的文学地理

①《全唐文》卷三七六,第3823页。

意象。

　　浙东属古越之地，自晋宋已降，渐为江南最具有魅力的地区之一。至唐代有众多的文人留恋吟咏，遂为浙东留下了大量的精彩华章。而佛教寺院，作为实体性的空间存在，由于儒释交流的流风余韵的影响，成了众多文人栖息、流连、活动的场所，这些佛寺空间中的诗歌唱和活动、与浙东佛教空间相关的文学景观以及唐代诗文中因浙东佛教空间而形塑的典型本土文学地理意象，都是唐代文学研究中值得总结与关注的话题。对其做出深入研究，不仅对于挖掘浙东宗教空间的文学特色很有意义，同时对于揭示唐代文学中佛教文学景观及其意义，也将大有裨益。"闻道稽山去，偏宜谢客才。千岩泉洒落，万壑树萦回。东海横秦望，西陵绕越台。湖清霜镜晓，涛白雪山来。八月枚乘笔，三吴张翰杯。此中多逸兴，早晚向天台。"（李白《送友人寻越中山水》），山水、才藻、宗教，既是浙东文化的基本特征，也是浙东地域文学书写的主要对象，而佛教寺院这一空间场景，则是特别值得关注的联系三者的中介。

作者系西北大学文学院教授

论文原载《中国俗文化研究》2019 年第 2 期，第 69—89 页

佛寺与浙东唐诗之路

李谟润

　　佛寺为浙东唐诗之路的重要支点,佛寺文化是浙东诗路文化不可或缺的组成部分。浙东诗路兴盛于唐而萌发形成于六朝,伴随六朝佛寺文化的发展而逐渐形成兴盛局面。

一

　　早在唐代文人因宦游、漫游、隐寓或流寓等原因行走浙东诗路之前,佛寺已陆续布满浙东诗路各个支点之上。甚至还在东晋王羲之、许询、孙绰等兰亭雅集、山水畅玄,诗僧群体活跃在含浙东在内江南一带并走向诗坛之前[①],浙东诗路上就已建有不少佛寺。

　　《汉唐佛寺文化史》"寻蓝篇",唐属浙东地区西晋以前并没有探寻到伽蓝,西晋也仅有会稽郡山阴 1 所、剡县 1 所、鄞县 1 所,临海郡临海县 2 所共计 5 所[②]。这不应是西晋及之前唐浙东地区佛寺分布的实际情形。

---

① 诗僧群体出现在东晋是文人与僧侣清谈对话延伸的结果。详参拙文《东晋诗僧现象解读》,《广西民族学院学报》2005 年第 1 期。

② 张弓《汉唐佛寺文化史》,中国社会科学出版社,1997 年,第 18—29 页。

　　据现存方志及寺志文献,西晋及以前唐浙东地区所创佛寺至少有 24 所。其中,越州 5 所。据《嘉泰会稽志》卷七,会稽有晋永嘉建长乐寺,山阴有晋永康建灵宝寺,同书卷八载剡县(五代嵊州与新昌)有晋太熙建新建寺①。据《万历绍兴府志》卷二一,诸暨有吴赤乌年间建佚名寺②;据《(乾隆)诸暨县志》卷三五,县北有赤乌建佚名寺③。明州 5 所。据《明恩寺志》卷二,宁海有汉建明恩寺④。据《保国寺志》卷上,慈溪有东汉建灵山寺⑤;据《禅悦寺志》,慈溪有赤乌建禅于庵⑥;据《宝庆四明志》卷一七,慈溪东北有吴阚泽建佛寺⑦。据《天童寺志》卷二,鄞县东南有晋永康建太白精舍⑧。台州 10 所。据《嘉定赤城志》卷二八,黄岩有赤乌建广化院、演教院、广孝院及兴福寺⑨。据《万历黄岩县志》卷七,县南有赤乌建宝轮寺⑩。据《嘉定赤城志》卷二八,南始平(天台)⑪赤乌建寺,南有回峦院,县西南有翠屏庵,东南有清化寺;卷二七,临海县东南有晋太康建涌泉寺及晋永康

① 沈作宾修,施宿纂《嘉泰会稽志》,《宋元方志丛刊》本,中华书局,1990 年,第 8631、6838、6853 页。
② 萧良干、张元忭等纂修《万历绍兴府志》,《四库全书存目丛书》本,齐鲁书社,1996 年,第 730—731 页。
③ 楼卜瀍等纂《(乾隆)诸暨县志》,台北成文出版社,1983 年,第 1446 页。
④ 林友王编《明恩寺志》,《寺观志专辑》本第 16 册,上海书店出版社,2016 年,第 13 页。
⑤ 释敏庵编辑《保国寺志》,《寺观志专辑》本第 11 册,第 497 页。
⑥ 释实振辑《禅悦寺志》,《寺观志专辑》本第 11 册,第 603 页。
⑦ 参胡榘修、方万里等修纂《宝庆四明志》,《宋元方志丛刊》本,第 5220 页。
⑧ 释德介纂《天童寺志》,《寺观志专辑》本第 12 册,第 19 页。
⑨ 陈耆卿纂《嘉定赤城志》,《宋元方志丛刊》本,第 7491、7493 页。
⑩ 袁应祺辑《万历黄岩县志》,上海古籍书店,1963 年,第 572 页。
⑪ 南始平县,据清顾祖禹《读史方舆纪要》卷九二,三国吴时置,晋太康初改始丰,六朝至中唐前沿其旧名,上元二年改为唐兴,五代梁开平中更名天台县。

中建灵穆寺[①]。衢州寺2所。据《弘治衢州府志》卷七，信安（咸通后改西安）有吴建郑觉寺，龙游有明化寺[②]。处州2所。据《道光丽水县志》卷七，括苍（大历末改丽水）北有赤乌建普慈寺[③]；据《乾隆缙云县志》卷三，缙云北有赤乌建广严寺[④]。

浙东地区佛寺，更多为东晋至唐五代间所建。据《辩正论》卷三《十代奉佛》载历代佛寺，东晋1768所，宋1913所，齐2015所，梁2846所，后梁108所，陈1232所，隋3985所[⑤]。据《唐会要》卷四九载唐有佛寺5358所[⑥]，此为官颁寺额，规模较小的兰若、招提并不在此数内。笔者统计《汉魏晋南北朝佛寺辑考》[⑦]所考唐浙东地区汉魏六朝佛寺，其中越州（今绍兴，含今杭州萧山）110所，台州（含今宁波宁海）78所，明州（今宁波，含舟山定海区）23所，婺州（今金华）31所，温州7所，处州（今丽水）24所，衢州25所，共计298所。笔者统计《唐五代佛寺辑考》[⑧]所考浙东地区唐五代佛寺，其中越州35所，明州10所，台州14所，衢州5所，处州12所，温州4所，婺州4所，总计84所。唐五代浙东地区佛寺应非如此稀疏。

浙东诗路沿线各地，唐五代间已布满了佛寺。先看唐浙东越、台、明三州佛寺分布情形。浙东诗路起点为萧山，由会稽、山阴出发，

---

① 参《嘉定赤城志》，《宋元方志丛刊》本，第7501、7482、7483页。

② 参见吾冔、吴夔编《弘治衢州府志》，上海书店出版社，2014年，第227、235页。

③ 参张铣纂《道光丽水县志》，国家图书馆藏清光绪二十六年刊本。

④ 令狐亦岱修《乾隆缙云县志》，台北成文出版社，清乾隆三十二年刊本影印，第137页。

⑤ 释法琳《辩正论》，《大正新修大藏经》，台北新文丰出版公司，1934年，第503—509页。

⑥ 王溥《唐会要》，中华书局，2017年，第863页。

⑦ 封野《汉魏晋南北朝佛寺辑考》，凤凰出版社，2013年。

⑧ 李芳民《唐五代佛寺辑考》，商务印书馆，2006年。

经上虞、剡县至唐兴、临海,主干线上的佛寺分布更多、更密。笔者曾统计《嘉泰会稽志》卷七至卷八,萧山有东晋建崇化寺等33所,会稽有东晋建云门寺等47所,山阴有东晋建祇园寺等42所,剡县有晋建梁扩石城寺等55所。新昌往南至唐兴(天台),唐兴往东为宁海,往南为浙东诗路干线终点临海。临海西南为乐安(仙居),临海再南为黄岩。据《嘉定赤城志》卷二七至卷二九,唐兴有东晋建中岩寺、隋建天台寺等62所,宁海有梁建清泉寺等25所,临海有刘宋建禅房寺等98所,乐安有梁建显元寺等23所,黄岩有晋建安宁寺等68所。

　　诗路支线,一线由越州上虞向东经余姚至明州慈溪,向南至鄞县(五代鄞县),鄞县往西为奉化,入东南为象山,往东北为翁山(宋昌国)、定海。此支线亦布满佛寺。据《嘉泰会稽志》卷八,上虞有梁建化民院等33所,余姚有东晋建龙泉寺等31所。据《宝庆四明志》卷一一至二一,慈溪有应天德润寺等33所,鄞县有晋建阿育王寺等79所,奉化有梁建大中岳林寺等63所,象山有寺9所,定海有19所,翁山16所。另一支线,由会稽、山阴往西南至诸暨。据《嘉泰会稽志》卷八,诸暨有梁建法乐寺等59所。

　　再看唐浙东婺、衢、处、温四州佛寺分布情况。此四州诗路,魏晋六朝至唐五代间亦布满了佛寺。据《万历金华府志》卷二四,婺州金华有晋建法幢寺等15所,兰溪有和安寺等10所,东阳有梁建法华寺等10所,义乌有梁建双林寺等5所,永康有齐建兴圣寺等16所,浦阳(浦江)有左溪寺等4所①。据《弘治衢州府志》卷七,衢州信安(西安)有郑觉寺等34所,龙丘(龙游)有吴建明化寺等16所,须江(江山)有梁建招贤寺,常山有钦教寺等6所佛寺②。据《道光丽水县

---

① 王懋德等修《万历金华府志》,台北成文出版社,清乾隆三十二年刊本影印,第1735—1762页。
② 吾冔、吴夔编《弘治衢州府志》,第227—249页。

志》卷七,处州丽水有吴建普慈寺等 33 所。据《顺治松阳县志》卷七,松阳有梁建田石寺等 27 所①。据《康熙缙云县志》卷一〇,缙云有吴建广严寺等 29 所。据《康熙遂昌县志》卷四,遂昌有梁建佛陇寺等 26 所②。据《康熙青田县志》卷七,青田有披云寺等 17 所③。据《乾隆龙泉县志》卷四,龙泉有五代建寺 2 所④。据《弘治温州府志》卷一六,温州永嘉有东晋建崇安寺等 58 所,安固(瑞安)有梁建栖霞寺等 24 所,乐成(乐清)有隋建寿昌寺等 9 所,横阳(平阳)有东林寺等 35 所⑤。

笔者所考浙东诗路干线佛寺有 453 所,支线 342 所,婺、衢、处、温四州诗路 377 所,总计 1172 所。

佛寺布满诗路,存在某种巧合,但也可能是自然的过程。佛寺要造成影响,寺僧事业要发展,离不开文人的参与。佛寺建造在文人经常行走的诗路沿线,也就自然而然。一些佛寺声名远扬,会吸引一些文人包括诗人。诗人行走,留下诗篇,也就形成诗路。佛寺的建成与诗路的形成,构成某种相辅相成的关系。浙东诗路,正是伴随佛寺文化的发展而形成、兴盛。

二

唐前浙东佛寺,逐渐形成了浓烈的文化氛围。

很多佛寺或为名僧、名士所建,或为名僧所居。据《高僧传》,东

① 佟庆年主修《顺治松阳县志》,上海书店出版社,1993 年,第 112—119 页。
② 缪之弼主修《康熙遂昌县志》,上海书店出版社,1993 年,第 115—118 页。
③ 张皇辅修《康熙青田县志》,台北成文出版社,第 198—206 页。
④ 苏遇龙修《乾隆龙泉县志》,国家图书馆藏清乾隆二十七年刊本。
⑤ 邓淮修《弘治温州府志》,上海书店出版社,2014 年,第 747—766 页。

晋支遁于沃洲小岭立寺行道,晚移剡地石城山立栖光寺。于法兰,居石城山元华寺,于法开晋升平五年(361)后亦居此寺,后移居白山灵鹫寺。昙光,晋永和初往石城山建隐岳寺。竺法义,晋兴宁中憩始宁(上虞)保山。史宗,居上虞龙山寺。竺法纯,止山阴显义寺。竺道壹,应帛道猷与郡守王荟之请,居山阴嘉祥寺,僧慧虔及刘宋僧超、僧昙机后亦居此。昙猷、支昙兰曾游剡地,后憩始丰(天台)赤城山。释僧翼,与同志游会稽,至秦望山结草为法华精舍。宋僧慧静,先栖天柱山寺,大明中迁剡地法华台,后憩新昌东仰山。慧基,先居钱塘显明寺,后入山阴法华寺,元徽中于会稽龟山立宝林精舍。齐释弘明,初止山阴云门寺,后至萧山立柏林寺。释法慧,东游会稽禹穴,隐于天柱山寺。释僧护,居石城山隐岳寺,立誓镌造十丈石佛,未成而亡。梁释智顺,止云门精舍。释昙斐,居山阴法华寺。僧祐,梁天监十五年(516)造石城山弥勒大像成,扩建石城寺(今大佛寺)。

　　唐前聚集高僧最多的浙东佛寺,当属沃洲山禅院(今属新昌)。白居易《沃洲山禅院记》,记此寺开山以来,有白道猷、竺法潜、支道林驻锡,"次又有乾(虔)、兴、渊、支(友)、道、开、威、蕴、崇、实(宝)、光、识、斐、藏、济、度、逞、印(仰),凡十八僧居焉"。此十八僧,据谢思炜注,即竺法友、竺法蕴、康法识、竺法济、法虔、竺法仰、于法兰、竺法兴、支法渊、于法道、于法开、法威、竺法崇、道宝、竺僧度、昙斐、帛僧光、竺法猷,均为《高僧传》中有名高僧[①]。

　　中国佛教史、文化史一些重要事件与浙东佛寺有关,或直接发生在浙东佛寺。

　　佛教般若学"六家七宗"的大部分代表人物,一生主要活动在浙

---

① 谢思炜《白居易文集校注》卷三一,中华书局,2017年,第1862—1869页。

东佛寺。"六家七宗"的代表人物,据汤用彤先生考证,有本无宗释道安,本无异宗竺法深与竺法汰,即色宗支道林,识含宗于法开,幻化宗道壹,心无宗支愍度、竺法蕴、道恒,缘会宗于道邃①。如前所述,除支遁、于法开、竺道壹等居越地佛寺外,据《沃洲山禅院记》,竺法蕴、竺法潜曾居沃洲山禅院;据《高僧传》,于道邃与于法兰俱过江,多游履浙东名山,随法兰居石城山元华寺。

国清寺创立了中国佛教史上第一个宗派天台宗。天台宗的创立,是佛教传入中国与本土文化交融的必然结果,与隋朝统一南北前夕各种纷纭的教说趋于折中、融通密切相关。其教义,源于北齐慧文依龙树《中论》提出的一心三观及慧思的诸法实相,至智颉则进一步提出"圆融三谛"的中道教义,成为天台宗实际创始人。智颉手度一万四千余僧人,传法弟子32位,一生建寺36所,着意经营的还是天台山国清寺,居天台山前后达22年之久。

东晋六朝的浙东佛寺,与中国文化史上另一重要事件即清谈密切相关。

佛寺的主要文化活动是讲经论道宣法。魏晋玄学的兴起,为佛寺文化活动的发展、繁荣带来了契机。文人与寺僧的清谈对话,随着佛寺不断扩建而逐渐展开,至东晋已成大规模清谈对话局面。

东晋高僧与名士清谈的地点,已从洛阳及其周边的北方随着晋室南渡移至含浙东在内的江南地区。从《世说新语·文学》②中所载看,名士与高僧的清谈场所,一些在浙东佛寺之外,也有在浙东之外的佛寺,但也有不少在浙东佛寺之内。如于法开与支公争名,于法开遣弟子前往探听支遁讲《小品》,在剡下会稽佛寺;许询与王修论理,

---

① 汤用彤《汉魏两晋南北朝佛教史》,商务印书馆,2015年,第220—221页。
② 余嘉锡《世说新语笺疏》卷上之下,上海古籍出版社,2007年,第223—331页。

在会稽西寺即光相寺中。

佛寺成为文人经常活动的场所，融入并成为浙东诗路文化的组成部分。

浙东建寺不久，文人就常至佛寺活动。兼具文人身份的高僧在佛寺活动自不必说，东晋不少俗家文人的身影也常出现在一些佛寺的清谈中。如在东安寺、祇洹寺与支遁共语的，均为王濛；于法师在会稽西寺讲经，有许询与王修等文人；除孙绰、王修、王濛外，尚有许询、谢安、孙盛、殷浩、王羲之、王坦之等东晋名士与名僧清谈玄学之义，如支遁造《即色论》示王坦之，殷浩读《小品》与支遁相辩，都有可能在佛寺。白居易记沃洲山禅院十八僧之外，还有戴逵、王洽、刘恢、许玄度、殷融、郄超、孙绰、桓彦表、王敬仁、何次道、王文度、谢长霞、袁彦伯、王蒙、卫玠、谢万石、蔡叔子、王羲之等十八位俗家文人，或游或止于此寺。

谢灵运在始宁(上虞)石壁山建招提精舍并应在佛寺中生活过。其《石壁立招提精舍》中云：“绝溜飞庭前，高林映窗里。禅室栖空观，讲宇析妙理。”显示出精舍环境非常幽雅，而栖息佛寺参禅谈玄则应是谢灵运日常生活中的重要部分。谢灵运《山居赋》述其钦鹿野华苑，羡灵鹫名山，建招提精舍，远僧前来，近众云集，法鼓朗响，颂偈清发，析旷劫微言，说像法遗旨。正是其会稽佛寺生活的真实写照①。

东晋六朝文人在佛寺清谈，或游历佛寺咏诗，在唐人看来都是佛寺文化的一个部分。

---

① 顾绍柏《谢灵运集校注》，中州古籍出版社，1987年，第110、318—345页。

三

　　至唐代,浙东诗路上的文人游寓佛寺更为普遍。

　　一些因仕宦而来浙东的文人即宦游文人,常常游寺。初唐宋之问,景龙三年(709)冬贬越州长史,谪越期间,《唐才子传》卷一载其"穷历剡溪山水"[①];从存诗看,除游镜湖、若耶溪等胜迹,还遍游法华寺、云门寺、称心寺;据《全唐诗》卷五三宋之问《题鉴上人房二首》,还曾游鉴上人房,而据同卷《湖中别鉴上人》,考知鉴上人房,在会稽灵嘉寺。沈佺期,于开耀至垂拱间(681—688)谪为台州司录参军,《全唐诗》卷九六录其有《乐城白鹤寺》,当作于此时而游邻州乐城。盛唐李邕,于开元三年(715)出为括州司马,又于开元二十三年至二十六年(735—738)任括州刺史。《全唐诗补编·全唐诗续拾》卷一二补录李邕《游法华寺》诗,当游越州法华寺;《全唐文》卷二六二录李邕《越州华严寺铭并序》《国清寺碑并序》,其应还曾游越州华严寺、台州国清寺。孙逖,开元三年任越州山阴尉,据诗曾游云门寺、称心寺并曾宿云门寺。崔国辅,开元十八年(730)前后任山阴尉,曾宿法华寺。中唐顾况,约于广德元年(763)后任职临海,大历六年至九年(771—774)任温州永嘉盐官,或在此时曾宿越州云门寺,游天台赤城山灵山寺。元稹,长庆三年至大和三年(823—829)九月任浙东观察使,曾游云门寺、天衣寺,修龟山寺。陆亘于大和三年(829)迁越州刺史,曾游天衣寺。晚唐李褒,大中三年(849)授浙东观察使,曾宿云门香阁院。李绅贞元十六年至大和九年(800—835)秋三次入越,曾宿越州天王寺,游龙宫寺、昌安寺与宝林寺。

---

① 傅璇琮《唐才子传校笺》,中华书局,2000年,第一册第93页。

　　一些幕府文人也常游寺。比如张继。据傅璇琮《唐代诗人丛考》考证，张继至德二载（757）入会稽太守于幼卿幕，曾游剡县法台寺[①]。晚唐张祜，大和七年至九年（833—835）入浙东观察使李绅幕，曾游石头城寺、招隐寺、东山寺。

　　游历佛寺的更多的是，大量未仕浙东而专程从外地来漫游浙东的文人。

　　盛唐孟浩然、綦毋潜、王维、李白等曾游浙东而游佛寺。中唐与晚唐更多。中唐有钱起、郎士元、皇甫冉、李端、皇甫曾、于良史、刘长卿、皎然、白居易、崔子向、卢纶、权德舆、王建、徐凝等。晚唐如无可、姚合、周贺、郑巢、许浑、顾非熊、刘得仁、马戴、温庭筠、于武陵、王铎、许棠、张乔、李山甫、吕岩、张蠙、唐彦谦、薛能、罗邺、皮日休、陆龟蒙、魏璞、黄滔、周朴、齐己等。五代仍有吴仁璧、卢士衡、许坚等。其中，有失官后游浙东者，如刘长卿、姚合；仕于邻州而游浙东者，如白居易；下第后而游浙东者，如罗邺、黄滔；干谒使府而未入幕者，如罗隐。

　　漫游浙东佛寺，多在越州。孟浩然、钱起、严维、刘长卿、皎然、崔子向、朱放、李涉、杨衡、白居易、权德舆、徐凝、姚合、顾非熊、刘得仁、杜牧、赵嘏、马戴、于武陵、薛能、罗邺等曾游或宿云门寺。皇甫冉、于良史、白居易、李绅、吴仁璧曾游或宿法华寺（天衣寺）。李端、卢纶曾游或宿剡县兴善寺。李绅、赵嘏、张蠙曾游龟山寺。此外，孟浩然还曾游大禹寺、剡县石城寺、符公兰若，曾宿立公房。李白曾游浙东，《全唐诗》《全唐诗补编》未载有游浙东佛寺之诗，然《万历新昌县志》卷三收录李白有游新昌石城寺诗[②]，知其曾游此寺。《全唐诗》卷

[①] 傅璇琮《唐代诗人丛考》，中华书局，2003年，第220—231页。
[②] 田琯纂《万历新昌县志》，上海古籍书店，1963年，第119页。

一四七刘长卿有《过隐空和尚故居》,据笔者考证,隐空和尚故居,在会稽悬溜寺①。徐凝曾游妙喜寺。杜荀鹤曾题五泄山江山寺。唐彦谦曾游新昌南明寺。赵嘏曾游剡中石城寺。罗隐曾游秦望山僧院。欧阳炯曾游应天寺。

漫游文人游台州佛寺也较多。王建曾题隐静寺。刘长卿、皮日休、周贺、陆龟蒙、杜荀鹤曾游国清寺。郑巢曾游天台瀑布寺。皇甫冉、许浑曾游中岩寺、郁林寺与龙兴寺崇隐上人院。李山甫曾游天台禅林寺。

此外,郎士元曾游婺州双林寺,周贺曾题明州四明兰若昼公院,许棠曾宿温州灵山兰若。

浙东本土或长期寓居浙东的文人游寓佛寺的情况较复杂。部分如隐居天台山四十年的司马承祯、隐居天台北玉霄峰的诸暨人陈寡言,四明人胡幽贞、婺州人厉玄、温州人吴畦、浙东处士卢溆、永嘉人朱著与薛正明等诗人,因留存诗作仅一首两首,无从了解更多游寓佛寺的详情。

有不少浙东本土或长期寓居浙东的文人确实游寓过佛寺。如括苍人常建,曾宿云门寺;山阴人贺朝,曾宿云门山香山寺;崔国辅、吴融曾宿法华寺;严维除参与鲍防等五十七人在佛寺中举行的浙东联唱外,还曾宿云门寺、法华寺;明州奉化人邢允中曾游奉化西山禅寺;台州人项斯曾宿云门寺;唐末任翻寓居台州十余年,曾三次游台州临海巾子山寺;婺州人刘昭禹曾游国清寺。

隐寓浙东的文人中,秦系与方干最为典型。秦系,越州会稽人,自开元八年至贞元元年(720—785)居越地约六十余年,曾宿云门

---

① 参拙文《浙东唐诗之路涉越州佛寺略考》,《唐诗之路研究》第一辑,中华书局,2020 年,第 745—746 页。

寺,从《云门山》"十年游罢古招提"等句,知其曾多次游宿此寺;其《题僧明惠房》,寺应在越地;其《过僧惟则故院》,寺当在台州①。方干,睦州人,应举不第而隐居会稽,从存诗看曾游称心寺、法华寺、宝林禅院、应天寺、岳林寺、云门寺、雪窦寺与龙泉寺,且游雪窦寺、宝林寺、法华寺等寺,不止一次。

据不完全统计,除去常住佛寺的诗僧,留存有游宿佛寺诗的本土或长期寓居及宦游、漫游浙东的文人多达百余位。另有不少文人,虽无游宿佛寺诗存世,但与僧人频频有诗文往来,照理也应会游宿佛寺。越地云门、法华等名刹,历代均有不少文人,或游,或宿,或题。宋之问谪越,不过半年,两游法华寺,两游称心寺,还曾游灵嘉寺、云门寺;其《忆云门》云:"树闲烟不破,溪静鹭忘飞。更爱幽奇处,斜阳艳翠微。"②应是离越之后的追忆,对越州佛寺怀有深深的眷恋。沈佺期任台州司录参军时,曾游距离台州较远的温州乐城白鹤寺。李邕任括州司马或括州(大历末改处州)刺史期间,曾游距离括州较远的越州法华寺、台州国清寺。白居易守浙西,亦往浙东游宿佛寺。沈、李、白等诗人,不顾路途之远而前往他州游寺。

在唐代,在浙东,文人游寓佛寺,确实已成为一种习尚。

四

本节讨论唐代文人在浙东佛寺活动的情形。

从游、寓浙东佛寺文人的诗文描写,知其在佛寺的主要活动为赏

---

① 陈尚君《全唐诗补编·全唐诗续拾》卷一九,中华书局,1992年,第931页。秦系《题僧明惠房》《秋日过僧惟则故院》,《全唐诗(增订本)》卷二六〇,中华书局,2018年,第2892、2889页。

② 《全唐诗补编·全唐诗续拾》卷八,第761页。

景,感受佛寺的氛围。宋之问游云门寺,所见是"沓嶂围兰若,回溪抱竹庭";孟浩然宿立公房,感受到的是"苔涧春泉满,萝轩夜月闲";严维同韩员外宿云门寺,迷恋"竹翠烟深锁,松声雨点和"的氛围;皇甫冉题昭上人房,赞美"鹤飞湖草迥,门闭野云深"的景色。文人把游赏山水之情移到了游赏佛寺。张谓同诸公游云公禅寺,是"看花寻径远,听鸟入林迷",颇有类于王子敬从山阴道上行,山川自相映发,使人应接不暇的感叹①。

　　不过,文人感受更多的,是佛寺的幽静清净。宋之问《游法华寺》写:"苔涧深不测,竹房闲且清。"权德舆《月夜过灵彻上人房因赠》说:"今夜幸逢清净境,满庭秋月对支郎。"李绅《晏安寺》道:"寺深松桂无尘事,地接荒郊带夕阳。啼鸟歇时山寂寂,野花残处月苍苍。"另诗《寒林寺》云:"地无尘染多灵草。"马戴《赠别空公》:"云门秋却入,微径寂无人。后夜中峰月,空林对坐身。"感受佛寺,是清闲,清净,寂静,无尘事,无尘染,当然也无尘虑②。

　　迷恋佛寺幽静清闲的同时,也感受佛寺建筑的庄严雄伟。宋之问《游法华寺》:"空中结楼殿,意表出云霞。"另诗《游云门寺》:"雁塔骞金地,虹桥转翠屏。"孟浩然《腊月八日于剡县石城寺礼拜》:"石壁开金像,香山倚铁围。"徐浩《宝林寺作》:"塔庙崇其巅,规模称

---

① 宋之问、孟浩然、严维、皇甫冉、张谓等人诗句,分见《全唐诗(增订本)》卷五三《游云门寺》、卷一六〇《宿立公房》、卷二六三《同韩员外宿云门寺》、卷二五〇《题昭上人房》、卷一九七《同诸公游云公禅寺》,第 655、1652、2908—2909、2822、2026 页。

② 宋之问、权德舆、李绅、马戴等人诗,分别录于《全唐诗(增订本)》卷五一、卷三二二、卷四八一、卷五五六,第 625、3631、5513、5514、6500 页。另,《全唐诗》载李绅《晏安寺》《寒林寺》两诗诗题均误,分别应为"昌安寺"与"宝林寺"。详参拙文《浙东唐诗之路涉越州佛寺略考》,第 749—751、746—749 页。

壮哉。"①

　　当然，还有感受佛寺的名士氛围、文化氛围。卢象《寄云门亮师》："玄度常称支道林，南山隐处白云深。"孟浩然《宿立公房》："苔涧春泉满，萝轩夜月闲。能令许玄度，吟卧不知还。"另诗《晚春题远上人南亭》："给园支遁隐，虚寂养身和。……林栖居士竹，池养右军鹅。"李端《宿山寺雪夜寄吉中孚》："独爱僧房竹，春来长到池。……鄙夫今夜兴，唯有子猷知。"游浙东佛寺，想到的是东晋名士与名僧许询、支遁、王羲之，是吟卧、居士竹、右军鹅、乘兴夜访，是东晋名士与其风流故事②。

　　文人游寓佛寺，很多时候是访有修养的高僧。刘长卿有《云门寺访灵一上人》，从诗题可知，其游寺，为访灵一上人。方干《题龟山穆上人院》："我爱寻师师访我，只应寻访是因缘。"薛能有《再游云门访僧不遇》。魏璞《寻鸟窠迹》："为访名僧迹，言寻小曲阿。"都是文人浙东游寺访名僧的例子。如此看来，僧人访文人、文人访僧人，互相寻访，应是普遍现象，而文人访僧，主要应是前往佛寺③。

　　文人与僧人，往往有比较深的交情。皇甫冉《早发中严寺别契上人》："行役方如此，逢师懒话心。"诗题为"早发中严寺"，皇甫冉应属夜宿佛寺。既然"懒话心"，又为何要夜宿于此，且以诗出之？从诗题与诗中描写看，此契上人应为诗人好友；从诗中"素壁寒灯暗，

① 宋之问、孟浩然、徐浩等人诗，分见《全唐诗（增订本）》卷五三、卷一六〇、卷二一五，第 653、655、1665、2246 页。
② 卢象诗，见《全唐诗补编·全唐诗续拾》卷一四，第 861 页。孟浩然二诗与李端诗，分别录于《全唐诗（增订本）》卷一六〇、卷二八五，第 1652、3250 页。
③ 方干诗，见《全唐诗（增订本）》卷六五一，第 7529 页。薛能诗、魏璞诗，分见于《全唐诗补编·全唐诗续拾》卷三二、《全唐诗补编·全唐诗补逸》卷一三，第 1170、243 页。

红炉夜火深"句来看,两人应对坐至深夜。合理的解释,应是诗人有感行役艰辛,因此夜宿佛寺,想找好友即僧人倾诉,而一旦见面,又觉无须多谈,一切释然,素壁寒灯,红炉夜火,相对而坐即已满足^①。

　　寺院里,文人与高僧清谈。钱起《宿云门寺》:"支公方晤语,孤月复清辉。"是一般的晤语。严维《僧房避暑》:"支公好闲寂,庭宇爱林篁……明月谈空坐,怡然道术忘。"一边悠然避暑,一边怡然"谈空"、谈"道术",使人物我两忘。浙东联唱《云门寺小溪茶宴怀院中诸公》陈允初与庾骁有句:"暂与真僧对,遥知静者便。清言皆亹亹,佳句又翩翩。"与真僧相对,既有清言,又有佳句。孙逖《奉和崔司马游云门寺》:"香台花下出,讲坐竹间逢。"应是听"讲"。孟浩然《腊月八日于剡县石城寺礼拜》:"讲席邀谈柄,泉堂施浴衣。"寺僧讲经后,既而相邀清谈。孟浩然另诗《寻香山湛上人》:"法侣欣相逢,清谈晓不寐。"石门当即石门山,在剡县北五十里。诗写石门访益,僧俗谈兴极浓,至晓不寐。但有时候,是相对无语的心心相印。如周贺《题昼公院》:"夕雨生眠兴,禅心少话端。频来觉无事,尽日坐相看。""少话端",不应是无话可谈,"觉无事"之所以还"频来",不但两人坐相看,而且"尽日坐相看",就因一切尽在不言中,禅意本重心心相印^②。

　　当然,还吟诗、饮酒、品茗、抚琴、赏画、弈棋。严维《奉和独孤中丞游云门寺》:"异迹焚香对,新诗酌茗论。"焚香而对,酌茗论诗。浙东联唱《自云门还泛若耶入镜湖寄院中诸公》严维联句:"章句怀文

---

①　皇甫冉《早发中严寺别契上人》,《全唐诗(增订本)》卷二五○,第2825页。

②　钱起诗,陈允初与庾骁联句,分见《全唐诗补编·全唐诗续拾》卷一六、卷一七,第895、905页。严维、孙逖、孟浩然、周贺等诗,分见《全唐诗(增订本)》卷二六三、卷一一八、卷一六○与卷一五九、卷五○三,第2916、1190、1665、1628、5766页。

友,途程问楫师。"因吟诗而有章句,因章句而有文友,吟诗、章句,都
在佛寺。皇甫冉《奉和独孤中丞游法华寺》:"法证无生偈,诗成大
雅篇。"法证是诵佛,诗成是吟诗,文人在佛寺,既诵佛,也吟诗。张
祜《题灵彻上人旧房》:"寂寞空门支道林,满堂诗板旧知音。"题诗
用诗板。看来那时寺中不仅吟他人诗作,自己也新作题诗。"满堂诗
板",可见题诗之多,风气之盛。浙东联唱《登法华寺最高顶忆院中诸
公》鲍防联句:"啸侣时停策,探幽或抚琴。"此为抚琴。崔国辅《宿
法华寺》:"壁画感灵迹,龛经传异香。"这是赏画。郑巢《瀑布寺贞
上人院》:"古壁灯熏画,秋琴雨润弦。"则是赏画兼抚琴。郑巢《送
象上人还山中》:"高户闲听雪,空窗静捣茶。"此为捣茶。浙东联句
《云门寺小溪茶宴怀院中诸公》郑概句:"黄粱谁共饭,香茗忆同煎。"
在佛寺,不仅共饭黄粱,而且同煎香茗。朱庆馀《与石昼秀才过普
照寺》:"更共尝新茗,闻钟笑语间。"这是尝新茗。方干《寒食宿先
天寺无可上人房》:"收棋想云梦,罢茗议天台。"温庭筠《宿一公精
舍》:"茶炉天姥客,棋席剡溪僧。"则是弈棋[1]。

　　唐代文人在浙东佛寺,有一些群体性活动,包括文学活动。广德
元年至大历五年(763—770),鲍防主浙东,与严维等联唱,有五十多
位文人参与其中,《寻法华寺西溪联句》《云门寺小溪茶宴怀院中诸
公》《花严寺松潭》《登法华寺最高顶忆院中诸公》几次联句,活动地
点应在佛寺。《全唐文》卷五一八有梁肃《游云门寺诗序》,序称"游

---

[1] 严维、皇甫冉、张祜、崔国辅、郑巢、朱庆馀、方干、温庭筠等人诗,分见《全唐诗
　（增订本）》卷二六三、卷二五〇、卷五一一、卷一一九、卷五〇四、卷五一四、卷
　六四九、卷五八三,第 2912、2815、5879、1199、5775、5777、5912、7509、6814 页。
　浙东联唱严维、鲍防、郑概等人联句,见《全唐诗补编·全唐诗续拾》卷一七,
　第 906、908、905 页。朱庆馀《与石昼秀才过普照寺》,《全唐诗》卷五一〇又录
　为张祜诗。竺岳兵《浙东唐诗之路唐诗总集》(中国文史出版社,2003 年,第
　135 页),认为普照寺在绍兴柯桥并收录朱庆馀此诗。可备一说。

道同趣,吾徒为云门之会"云云,说明不是个人独游,而是文人群游且赋有诗作,因此作"序"。换言之,这是一次游寺的文人团体文学活动。《全唐文》卷五四六又有李逊《游妙喜寺记》:"时从事四五人,天气清爽,同登共览……时有从事李翱、僧灵彻请纪,故琢于片石云。"也是一次寺院文人集团活动。《全唐文》卷三九〇有独孤及《唐故扬州庆云寺律师一公塔铭并序》,云:"初舍于会稽南山之南悬溜寺焉,与禅宗之达者释隐空、虔印、静虚相与讨十二部经第一义谛之旨……每禅诵之隙,辄赋诗歌事……由是与天台道士潘清、广陵曹评、赵郡李华、颍川韩极、中山刘颖、襄阳朱放、赵郡李纾、顿邱李汤、南阳张继、安定皇甫冉、范阳张南史、清河房从心相与为尘外之友,讲德味道,朗咏终日。"亦证为一文人团体,其活动中心在佛寺。《全唐诗》卷一九七张谓有《同诸公游云公禅寺》,此诗又见《会稽掇英总集》卷六,题《同僚友游云门》。从诗题看,应是一次群体游寺活动①。

五

　　唐代浙东有一些诗僧。诗僧在浙东佛寺的活动,有必要单独考察。

　　有些诗僧,漫游、赋诗,与一般文人没有太大差别。如会稽人清江,幼年出家,大历至贞元年间(766—805),除曾居杭州天竺寺及偶游中原与上都外,基本驻锡在越州开元寺。台州临海人清观,幼投天台山国清寺出家,十八岁受戒,大中初曾入长安,大中七年(853)在台州赋诗送日僧圆珍归国,其时应已居天台国清寺,后往翠屏山寺独

---

① 梁肃、李逊、独孤及等人文,见《全唐文(影印本)》,中华书局,1983年,第5264、5537、3962—3963页。文中所引《全唐文》,均为此本。

栖。会稽人灵澈，自幼出家云门寺，曾从严维学诗，居吴兴何山寺期间与诗僧皎然交游唱和，后赴长安，约贞元初取道庐山、洪州归会稽，其《云门寺》《云门寄陈丘二侍郎》《云门雪夜》等诗，即居越州云门寺时所作。广陵人灵一，初居会稽南悬溜寺，后游扬州庆云寺、杭州余杭宜丰寺，肃宗至德年间居越州云门寺，《全唐诗》卷八〇九收录灵一《酬皇甫冉将赴无锡于云门寺赠别》诗。婺州兰溪人贯休，七岁出家于本县和安寺圆贞长老处，二十受戒后入山依无相道人，后来往于鄱阳、庐山等地，咸通末回婺州，后又云游吴、越、荆、湘，乾宁三年（896）后赴蜀并卒于此。贯休出家居越约三十年，有游金华山禅院与雁山十八寺等浙东佛寺诗存世。

　　诗僧主要应居寺院中，而佛寺对于他们而言太过熟悉，没有新鲜感，因此描写佛寺的诗反而不多。即使写，也与一般文人无大差异。从贯休七岁出家于本县和安寺圆贞长老处，与邻院的处默每隔篱论诗，可知论诗吟对，是诗僧佛寺生活的重要内容。贯休《桐江闲居作十二首》其十一："忆在山中日，为僧鬓欲衰。一灯常到晓，十载不离师。水汲冰溪滑，钟撞雪阁危。从来多自省，不学拟何为。"① 提及诗僧作为僧侣特有的佛寺生活内容。

　　值得讨论的是寒山、拾得、丰干。严格而言，三人当中，只有丰干为国清寺僧。拾得于数岁时被遗弃于赤城道侧，为丰干拾得而养于寺中，遂以"拾得"为名，在寺中掌管寺库及食堂等杂务。至于寒山，则为隐居于台州始丰县翠屏山的隐士。故托名闾邱允的《寒山子诗集序》与《宋高僧传》均只称丰干（《僧传》作"封干"）为"禅师"，称寒山为贫人风狂之士，与寒山诗"时人见寒山，各谓是风颠"所述情形相合。《寒山子诗集序》称拾得为"行者"，《宋高僧传》只为封干立

---

① 贯休此诗，见《全唐诗（增订本）》卷八三〇，第 9438 页。

传,附述寒山、拾得。寒山与拾得,应未剃度,但行径与僧人无异。故《寒山子诗集序》赞寒山是"菩萨遁迹,示同贫士",称拾得"南无普贤,拾得定是",已把寒山与拾得认定是得道高僧①。今人著作,比如《中国文学家大辞典》(唐五代卷),就称三人都是诗僧。

丰干为国清寺禅师,拾得在寺院执役,主要在佛寺生活。至于寒山,虽自述"栖迟寒岩下",常"携篮采山茹,挈笼摘果归。蔬斋敷茅坐,啜啄食紫芝",而《寒山子诗集序》称其"每于兹地,时还国清寺"。大抵因栖迟寒岩,仅凭山茹野果,不能完全度日,而拾得利用执役便利,"收贮余残菜滓於竹筒内,寒山若来,即负而去"。寒山,其实还"频往国清寺止宿",因"细草作卧褥,青天为被盖"的寒岩,隆冬时节,恐无法抵御严寒。更重要的是,寒山虽然狂逸,但并不甘孤独,与丰干、拾得甚有交情。寒山诗曾写:"惯居幽隐处,乍向国清中。时访丰干道,仍来看拾公。独回上寒岩,无人话合同。"拾得诗也曾写:"寒山住寒山,拾得自拾得。凡愚岂见知,丰干却相识。""从来是拾得,不是偶然称。别无亲眷属,寒山是我兄。两人心相似,谁能徇俗情。"丰干《壁上诗二首》其一写道:"寒山特相访,拾得常往来。论心话明月,太虚廓无碍。"三人诗作均写到三人间的交往,从诗中描写看,交往还相当密切。《寒山子诗集序》虽可能托名闾邱允作,但所述内容与寒山的实际情形相合,大体当属真实。国清寺,应是寒山活动的一个重要地点②。

在佛寺,他们都有自己的生活。《寒山子诗集序》说:"丰干在日,唯攻舂米供养,夜乃唱歌自乐。"乘虎来往的故事,可能掺有传说

---

① 《全唐文》卷一六二,第1662—1663页。

② 寒山各诗,为《诗三百三首》其二九四、其一六四、其四〇,见《全唐诗(增订本)》卷八〇六,第9185、9173、9163页。拾得二诗,见《全唐诗(增订本)》卷八〇七,第9189页。丰干诗,见《全唐诗(增订本)》卷八〇七,第9193页。

的成分，因为丰干身量七尺有余。拾得，则如《宋高僧传》所说，在厨房"执爨洗器"。至于寒山，如《寒山子诗集序》所述，时还国清寺，"或长廊徐行，叫唤快活，独言独笑，时赠遂促骂打趁，乃驻立抚掌，呵呵大笑，良久而去"。不知寒山栖迟寒岩之下，除采山茹野果、烧火煮菜之外，是否也会作此类疏狂之态。至少在其诗里没有看到描写。但在国清寺，他是那样放狂！笔者以为寒山是做给世人看的，他是孤独的、愤世的，而孤独、愤世，因此走向狂放。国清寺有丰干、拾得这样的知音，寺院自由的环境氛围，也使他可以无拘无忌地放狂①。

前引丰干《壁上诗二首》其一叙三人往来："论心话明月，太虚廓无碍。"论心，即谈心；话明月，明月非谈话之资，而是喻三人心明如月，交谈无碍。拾得有诗："闲入天台洞，访人人不知。寒山为伴侣，松下啖灵芝。每谈今古事，嗟见世愚痴。个个入地狱，早晚出头时。"诗述寒山、拾得相伴，闲入天台洞，松下啖灵芝事，但三人相知相交，在佛寺也应常谈今说古。寒山栖迟寒岩，独往独来，与世人接触有限，诗中所写"东家一老婆""富儿多鞅掌""低眼邹公妻""我见东家女""柳郎八十二"之类世情故事，应是其所谈今事；而"徒劳说三史""董郎年少时""自古多少圣"等，应是其所谈古事。谈论古今，应是三人佛寺生活的一个重要内容。当然，不限于谈今古事。拾得有诗："有偈有千万，卒急述应难。若要相知者，但入天台山。岩中深处坐，说理及谈玄。共我不相见，对面似千山。"说理谈玄，此次虽是在岩中深坐之处，但实际上也应是平时三人佛寺相聚的一个内容②。

① 见《全唐文》卷一六二，第 1662 页。拾得事，见《宋高僧传》卷一九《唐天台山封干师传》，中华书局，1987 年，第 483 页。
② 拾得二诗，见《全唐诗（增订本）》卷八〇七，第 9191、9189 页。寒山谈古说今等诗，见《全唐诗（增订本）》卷八〇六，第 9163—9178 页。

　　还有赋诗。他们很看重自己所作诗歌。寒山多次谈到。其《诗三百三首》其一〇七："满卷才子诗，溢壶圣人酒……此时吸两瓯，吟诗五百首。"似说自己吟诗五百首。另多篇所云，明确自己会作诗。其一："凡读我诗者，心中须护净。悭贪继日廉，谄曲登时正。驱遣除恶业，归依受真性。今日得佛身，急急如律令。"对读其诗提出要求，要有清净之心。其一四一："下愚读我诗，不解却嗤诮。中庸读我诗，思量云甚要。上贤读我诗，把著满面笑。杨修见幼妇，一览便知妙。"自谓其诗是高雅之作，而常人不解。其二八六："有个王秀才，笑我诗多失。云不识蜂腰，仍不会鹤膝。平侧不解压，凡言取次出。我笑你作诗，如盲徒咏日。"寒山与王秀才有过争议，王秀才讥笑其诗不合诗律，而寒山讥笑王秀才诗如盲徒咏日，瞎写一气。其三〇三又说："有人笑我诗，我诗合典雅。不烦郑氏笺，岂用毛公解。不恨会人稀，只为知音寡。若遣趁宫商，余病莫能罢。忽遇明眼人，即自流天下。"感叹己诗知音甚寡，若论宫商，余病不能，若有明眼人识得，自然会流布天下。拾得也如此，诗云："我诗也是诗，有人唤作偈。诗偈总一般，读时须子细。缓缓细披寻，不得生容易。依此学修行，大有可笑事。"认为自己所作诗歌，而非一般的偈，须仔细读，细披寻。《全唐诗》录丰干、拾得诗一卷，应该主要作于国清寺。丰干有《壁上诗二首》(《全唐诗》卷八〇七)，应该是题于寺院壁上。寒山诗，据《寒山子诗集序》，"唯于竹木石壁书诗，并村墅人家厅壁上所书文句三百余首"。但笔者认为，很多应也作于国清寺，像丰干一样，题于寺院壁上。即使题于寺外村墅人家厅壁与竹木石壁上的，很多诗的构思，也可能在寺院。寺院为他们提供了很好的作诗环境①。

---

① 寒山诗，见《全唐诗(增订本)》卷八〇六，第 9169、9160、9171、9185、9186 页。
　　拾得诗，见《全唐诗(增订本)》卷八〇七，第 9189 页。

　　要之，还在魏晋南北朝时期，佛寺即布满浙东诗路。很多佛寺，或为名僧所创，或为名僧、名士所居。佛教般若学"六家七宗"，中国佛教史第一个宗派天台宗，东晋的清谈，中国佛教史、中国文化史上一些重要事件，多直接发生在这些浙东佛寺，或与浙东这些佛寺有关。这些佛寺，在浙东形成了浓烈的文化氛围。建寺不久，文人就经常到佛寺活动。到唐代，浙东诗路上，不论是宦游、漫游，还是本土以及长期寓居的文人，游寺、寓寺更普遍并成为一种习尚，佛寺成了文人经常活动的场所。文人游寺、寓寺，感受寺院环境的幽静清净，建筑与塑像的庄严雄伟，以及前代名士的流风余韵，与僧人交往、吟诗、饮酒、品茗、抚琴、赏画、弈棋，还有一些群体性的文学活动。一些诗僧，特别是寒山、拾得与丰干，有着独特的寺院生活。佛寺文化，因而融入浙东诗路，影响诗路文学与诗路文化。国内其他诗路，应该也受到佛寺文化的影响。佛寺如果影响文学，国内其他诗路佛寺文化的特点，需要另写专文讨论。

作者系广西民族大学文学院副教授

论文原载《南开学报》2022 年第 1 期，第 144—154 页

寒山禅诗综论

王　正

寒山开一代白话禅诗新风,诗中的禅修思想和山水意境别具一格,作为一种"寒山体"广为禅林和诗界拟作,且形成风靡海外的"寒山热"和影响深远的"寒山现象"。与此不相称的是,由于文献匮乏,他的真名、时代、身世和禅修经历,仍存许多空白,至今成谜。他的禅心诗境,既为后人留下了"人问寒山道,寒山路不通"的怅惘,又触发了"登陟寒山道,寒山路不穷"的兴味。

一、寒山诗的禅修心路

寒山的诗歌写作,是处于盛唐风流已逝、乱后生机未复的中唐沉寂期,文人士大夫为抚慰心灵创伤,舒解情怀惆怅,多走上了一条寄情山水、参禅访道的精神解脱之路,顾况诗中所说"野人本自不求名,欲向山中过一生",即代表了诗人心声。隐士寒山,便是其中的一个缩影,同时,他的独特诗风,也开启了唐代禅诗的另类面目。

对寒山 313 首诗进行统计,除了 41 首自述生平之外,有禅诗165 首、咏仙诗 18 首、隐逸山水诗 64 首,另有托物言志,表达儒家礼义、人生机遇、择友而交、励志向上、随遇而安、婚姻匹配等内涵的诗歌 25 首。显而易见,禅诗是其中的主体。不少学者认为,寒山本人,就是"禅僧"与"诗人"的完美结合。但对其禅诗的分析,却不是简单套用"禅+诗"的公式所能奏效的,需要细辨其中与别家禅诗不同的特质。

寒山的禅诗大致可以分为两类①:

第一类是阐释佛典,劝人向善。即运用佛教文献里的典故直接诠释佛学道理,共29首。譬如"莲花生沸汤"(70),借《阿育王传》和《大唐西域记》中的典故,比喻凡人也能证得圣果;"盲儿问乳色"(92),用《大般涅槃经》中的典故,表明外道终究不识佛学精义;第190、255、272首,均以《妙法莲华经·譬喻品》中"三车""火宅""露地白牛"的典故,开善巧方便法门,启迪世人脱离尘世苦海步入清净佛地。这类诗彰显了寒山涉猎佛经之广和佛学造诣之深,又因为《妙法莲华经》是天台宗的宗经,所以从中也透露了寒山与天台宗之间的某种渊源。

第二类是比喻说理,自述禅修。这类诗共136首。读寒山的禅诗,会感到一股质朴、纯净、自然的气息扑面而来。它不像其他的佛偈诗,或宣扬理深旨宏的佛经原理,充满说教意味,或充当机锋棒喝,又让人丈二和尚摸不着头脑。寒山的诗歌却是以亲切的比喻和幽雅的意象来表现禅意。照寒山自己的说法,诗里蕴含着人生的真谛和禅学的精髓,"上贤读我诗……一览便知妙"(141)、"若能会我诗,真是如来母"(271),它的作用甚至胜过"看经卷"(313),只是遗憾"知音寡"(305),一般的人无从领会其中的深意和精妙。那么,我们就要追问,寒山独坐山林到底悟到了什么至理妙法? 他又是通过怎样的禅修次第路径而达到彻悟的? 他圆证觉悟之后有什么特殊的感受和体验?

---

① 下文引用寒山诗,均依项楚《寒山诗注》(中华书局,2019年)排序。

寒山的诗歌,首先呈现给我们的是一种寂静、旷远、明亮的禅修境界,"碧潭清皎洁"(51)、"寒山月华白"(81),这是空明澄澈的心境对文学意象所做的选择。纵观寒山禅诗,始终贯穿着一种"寂冷"的格调,葛兆光认为"清、幽、寒、静"的审美趣味最适合表达空灵淡远、澹泊无为的禅思和禅境①。因为,禅者始终将守望一颗"清净心"置放于修行的终极地位。而要修得这样一颗清净无染的本心和真心,实非一日之寒。寒山在诗中叙述了自己坐观空寂、"了自心""见自性"和妙有显真的次第修行的心路历程。

寒山以"默知神自明,观空境逾寂"(81)作为禅修的基本方法,这也是禅宗特色。"神自明"即精神自觉,或称"本性自觉",在"自觉"的前提下作空观,则境界尤为深远幽寂,即"境逾寂"。而"万丈岩前一点空"(201)、"云路在虚空"(257)等,就是寒山静坐观空时的心理体验。花开花谢,云聚云散,世间万物都是因缘和合而生、无常迁流而变。就像一只瓶子,无法自我生成,总是由材质、工艺、工匠等因素缘起作用而成,毕竟没有独立存在的实体—自体,本来就空无自性("性空")。寒山在第189首中通过金瓶和泥瓶之间的比较,指出制作材料(业因)不同,牢固程度(功果)必有差异,启迪人们要重视因缘和合中的因果福报,"今生过去种,未来今日修"(269),"善根今未种,何日见生芽"(301)?而天下万物瞬息万变、稍纵即逝,"美人颜似玉"(294),"还成甘蔗滓"(13);"恰似春日花"(265),"一朝成萎黄"(21),富儿一夜成贫士的现象比比皆是,到头来终归是"今日风流都不见,绿杨芳草髑髅寒",所有的良辰美景都不过是刹那烟云、梦幻泡影。寒山诗中足足有20首,专写无常的流变生灭,可见无常思想在寒山禅诗中的分量。万物无法固化为永恒不变的实

---

① 葛兆光《禅宗与中国文化》,上海人民出版社,1986年,第122页。

体一自体,经不起时间的摧残,终将朽坏漏尽,因此无常恰好证明了"空性"才是一切事物的本性。"色即是空",不是我们要把"色"给看"空"了,而是"色"的本身即无自性("空性")。依此类推,受想行识所产生的种种意念和法,也同样是空无自性的。

既然万物随缘起而生灭、随无常而迁流,无法主宰自己的命运,那么,人生是否就因此而万念俱灰、消沉厌世呢?那当然不是,寒山提出了"了自心""见自性"的方法,以自我禅定修行、圆证菩提的彻悟,启示世人明心见性,去妄存真,以达到精神的圆满。禅宗一向重视修"心""悟"道,经文及高僧语录中常说"诸佛心第一""拟作佛者,先学安心""凝守此心,妄念不生",所以有"即心即佛"的思想传统。寒山在自己的诗中指出,心是修禅开悟的精神本源和思维枢机,"一念了自心,开佛之知见"(168),"一佛一切佛,心是如来地"(241)。可是,许多世人不明白修禅首先要"了自心"这个道理,"不知清净心,便是法王印"(217),"为心不了绝,妄想起如烟"(228),在自己的身外求佛保佑,去身外寻求一个天神一般的"佛",如此做法,是人的攀缘心、分别心滋生了妄想与执着,结果就遮蔽了自己的真心真源,"不识心中无价宝,犹似盲驴信脚行"(196),"可贵天然无价宝,埋在五阴溺身躯"(202),由此修行,无异于竹篮打水、水中捞月,因此,寒山唤醒世人"回心即是佛,莫向外头看"(213)。

寒山强调"修心",是要修一颗"挂在青天是我心"的"空明心","心中无一事,水清众兽现"的"无为心"。这样的"心悟",在寒山诗中也提到了很多方便的法门,如需要从缘起、无常契入空性,"净洁空堂堂,光华明日日"(162),"露地四衢坐,当天万事空"(255),以实现从妄想、执着到无我、不执的转变。这显然不是靠理论的逻辑推导所能完成的,语言文字也难以传达其中"只能意会"的言外之意,甚至整日的打坐、修证也不过是"磨砖作镜",白费功夫,无法替代顿悟的禅机。这倒不是说,平日的苦修冥想都毫无意义,遵规守戒,都是为了隔绝俗世的纷扰,安住真心正见,为"悟入"提供宁静心境和一方净土,一旦遇到禅机的触发,遇到了善的种子,就能发芽开花。即所谓"体究练磨","一朝自省"。所以,寒山在诗中倡导戒除"五逆""十恶""三毒"等恶趣、恶业,以及愁思、争竞、嫉妒、悭惜、分别等愚痴无明的顽疾;从修行导引的角度,劝人"欲伏猕猴心,须听师子吼"(152),以读经聆圣的方式拴住心猿意马,静坐观心,意不妄起,慧剑杀贼,无为无事,忍辱精进,并且要养成如"园中韭"一样,"日日被刀伤,天生还自有"(209)的柔软的善良。同时,又不能束缚在打坐清修的形式上,而是通过"悟入",将自心的颠倒梦想"了"掉,恢复"心"的本真面目。这也是寒山禅诗所揭示的重点。寒山的禅诗中,共有28首以"真心""真性""天然物""法王印""衣中宝""摩尼珠"(心珠、明珠)等核心范畴及其喻象,强调修禅不在身外求,贵在修心悟空、求证佛智。获得"真心",在于去妄想的阴云,还清净的日月之光,但是这不等于说"想"就是"妄想","不想"就是明净,这样我们又会执着于"非想"的那颗心,"排除杂念"的那个念头横梗于心,也是一种执着①。真实不虚、空明澄澈的"真心",是"一念未生之际""应无所住"的那颗心,是"心无挂碍","想"与"不想"都无碍无染的那颗心,是"想"与"不想"时都仍在的那颗心。这就是铃木大拙借"无"的范畴和"零"的状态,从本体的维度所说的真实、鲜活的"整体性存在",也是寒山诗中所说的"明珠元在我心头"(199)的"元心灵"。

寒山所说的"了自心""见自性",当然是要明真心、见佛性。"达道见自性,自性即如来"(239),"性月澄澄朗,廓尔照无边"(228),

---

① 葛兆光《中国禅思想史》,北京大学出版社,1995年,第159页。

悟道之后必能见到自性—佛性,如同云散天开,万里碧空。这与禅宗的理念"顿了心源,明见佛性"和"若识自性,一悟即至佛地"是一脉相承的。禅宗所谓的"自性",不是缘起法所否定的事物不变的自有本质,而是万法清净无染的自然本性,也即人人具足的佛性。《坛经》中说,"世人性净,犹如青天","自性常清净,日月常明",只是被妄念的浮云覆盖,无法彰显,一旦遇到"善知识","吹却迷妄,内外明彻,于自性中,万法皆见"①。可见,人人身上自性—佛性具足,只是被妄念的浮云压住,尚未发现尚未觉悟而已。这就需要像海德格尔说的那样,让"存在者"的遮蔽性走向"存在"的敞亮性,让自性重新回到"日月常明"的状态。在"静坐观空"阶段,一切色相,包括心念、万法,都因为缘起和无常而归于"空寂",是没有自在的实体,是空无自性的。当你对世间万物看空勘破之后,由爱憎造成的执着与纠缠,也就毫无意义,我们因攀缘心、分别心而酿成的妄想、执着,就被破掉了,烦恼也就烟消云散。这叫作智证空如,获得解脱。当我们回复到清净无为、不生不灭的这颗"真心"之后,那个"空空如也"的自性也因为无妄无执、无挂无碍而得涅槃,成了清净无染、本性元明,且具有无量智慧和无量慈悲的自性。如同云散月明,妄念一消,善性与善智慧就可以无遮蔽地完美地敞现出来,像迎风开放的白莲花,所以是"自性具足"。寒山的诗中,就充溢着这种"天真元具足"(239),"一得即永得"(215)的禅意光辉,具有豁然顿悟、永不退转的明彻性与圆满性。因此,寒山诗中的月亮意象,就不会是那种如钩的弯月,而是处处青天圆月。"石床孤夜坐,圆月上寒山"(227),"岩前独静坐,圆月当天耀"(279),"白云朝影静,明月夜光浮"(283),以月亮的浑圆澄明,象征自性具足和精神超脱。美国保罗·卢泽翻译"林明月正

---

① 郭朋《坛经校释》,中华书局,1983年,第40、60页。

圆"（68）时，就摒弃"round"（圆形），而是用"full"（丰满）表达"圆满"之内涵。

寒山诗中的圆月意象表明，寒山在静坐观空和明性见性之后，并没有沉滞于心性的清净澄明，并没有将"自性—佛性"框在一个静止、封闭的禅境中，当作沉思默想的本体对象来赏玩，他没有沉溺在"空"与"净"的相上，而是"悟入"了"空"与"净"的心源与本体，统一了"真空"与"妙有"、"真心"与"妙明"之间的体用关系，达到"空有不二""妙有显真"的圆融境界。我们说"真心"是"想"与"不想"都不会改变的那颗心，那么，自性就是无论你见与不见、闻与不闻、触与不触，那观照大千、洞烛万象的特性和能力一直都在，本自具足，所以不必依赖和执着于根、尘、识，而是靠你的妙明本性，就完全可以映现。"万象影现中，一轮本无照"（279）的诗句，写的就是无须刻意去"照"去"观"，在一面"无我"的镜子中，就可以纯净澄明无染无碍地映现出世界的本真与曼妙、鲜灵与生动。理解了这一特性，普通的认识就会转化为妙观察、妙智慧。譬如对"真心"与"妄念"、"菩提"与"烦恼"这样的命题，就不会以世俗的眼光去妄加分别，就像波浪与水，原为一物，波浪平静也就恢复了水的本性[1]。那么，色与空、幻与真、垢与净等，都可以依此类推。所以，寒山就发挥这种种妙智慧，在诗中直接写出了禅宗的诸多命题及答案，如"菩提即烦恼"（210）和"须弥小弹丸"（119）。

综上所言，寒山诗中所述静坐观空、明心见性、妙有显真的禅修心路历程，实现了由"外"向"内"、由"有"转"无"、由"空"融"真"的三个转变，即由身外求佛到心内悟禅的转变、由静坐清修向无我见性的转变、由契入空寂向融入妙法的转变，而且终于在"寒山一自

---

[1] 释印顺《佛法概论》，中华书局，2010年，第104页。

性—禅意"的互喻中得以证悟。诗中那一以贯之的"寂冷"格调,雪山松风、圆月闲云等文学意象,也成为空寂、澄明、幽深、淡远的禅境写照。当寒山彻悟禅意、圆满具足、空明澄澈之时,我们再也见不到当年那个愁容满面、悒郁不平的寒山了,呈现在我们眼前的寒山,是一个身无尘垢、心无挂碍、无为无染、自在自由的青山老客。他在悟到禅法无上妙旨、获得妙智慧之后的心灵静悦,流泻出来的,却是一种比获得无价珍宝还要开心的感觉,"逍遥实快乐"(247),"快活长歌笑"(303),这是一种人生通透无碍的潇洒与欢乐。他曾经自信地预言过自己的诗歌:"忽遇明眼人,即自流天下。"(305)

二、寒山诗的山水禅境

如果我们认为,寒山的诗歌便是充斥说教意味的"禅修大全",那不免低估了寒山的文学艺术修为。倒是应该这样表述,寒山诗歌中的文学意象和清新境界,那种禅意的文学化表达,不逊于历代优秀诗人。这就是寒山的山水诗,山水意境,深蕴妙旨。共64首。

以山水寄寓禅思的"山水诗",在唐代臻于成熟,并超越了此前的文化传统。诗骚时代,"秩秩斯干,幽幽南山"和"山峻高以蔽日兮,下幽晦以多雨",山水只是人物活动的衬景,而不是独立的审美意象。而儒学文化中的"乐山""乐水",又浸染着以山水象征人格的"比德"色彩,尚未形成对"自然"的审美自觉。老庄主张"道法自然"和"心斋""坐忘",徜徉山水中追求精神的欣然忘怀、超然放旷和逍遥自在,发现了"山水有清音"的自然美,也形成了澹泊宁静的独特审美趣味。钱锺书认为"山水方滋,当在汉季",汉赋以"画意"铺陈山水,充满了对山水的瑰丽想象。此后,经过魏晋南北朝禅僧支道林、慧远的"畅游"山水和心灵"寂照",以及孙绰、陶渊明、谢灵运等人的创作实践,山水终于成为修身悟道的重要载体和人生审美的精神寄托。宗炳提出"山水以形媚道",自然中蕴含着生机和神韵,山水画家应该以无心无念的"澄怀味象",艺术地呈现自然美,达到修身、悟道、审美的统一。这一时期,禅与山水与诗,都结下了不解之缘。当禅境一旦化入山水诗,诗歌便生出一种新的审美原则,具有清寂玄远、透彻玲珑之美,故有"诗不入禅,意必肤浅"之说。无怪乎钱穆在《中国文化史导论》中指出,中国文学艺术"一切活泼自然空灵脱洒的境界","几乎完全与禅宗的精神发生内在而很深微的关系"。山水中原始鲜灵的意象、静寂淡远的禅境以及"空中之音"和"味外之旨",就是唐代山水诗独特美学意蕴之所在。

　　这里不妨略做比较。提及山水田园诗,大家必会联想到陶渊明和王维。陶渊明一扫东晋"玄言诗"抽象乏味的玄谈哲理风气,还原诗歌的意象性和抒情性,"暧暧远人村,依依墟里烟",就赋予田园具象以明净温暖的家园感。同时,又以老庄的自然哲学为底蕴,坐忘山水,"采菊东篱下,悠然见南山",在素朴真淳之中渗透着一种沉静、旷达、悠远的味道。所以,苏东坡认为晋唐诗人之作"皆莫及也"。王维的诗歌被人称为"得山林之神髓",叶维廉说他的诗最能体现"以物观物",传释出自然物象那种"原始的新鲜感"[①],像"人闲桂花落,夜静春山空",就是一幅自然之象"自呈自现"的唯美画面。而木芙蓉在寂静无人的山涧"纷纷开且落",自开自谢,刹那生灭,更具有一种幽寂的禅境。顾随称之为"静穆",袁行霈称之为"空寂",这也代表了唐代山水禅诗的一种审美倾向。王维自身具有乐师、画师的经历,为他的诗歌又平添了音韵和视觉的美感,前者如"红豆生南国"所吸收的民间小调,后者如"大漠孤烟直,长河落日圆""日落江湖白,潮

① 叶维廉《中国诗学》,生活·读书·新知三联书店,1992年,第89、97页。

来天地青"，在空间构思上错落有致，在色彩晕染上单纯明丽，而且给人一种夕阳照水、光影浮动的感觉。可见，王维山水诗的艺术是非常精致圆熟的，总体上是澄明、空灵、隽永的风格。

陶渊明的诗素朴自然，王维的诗唯美精巧，而寒山诗可以用八个字形容，即"超逸清绝，虚灵淡远"。不少诗评者都对寒山巧借谢灵运的诗句"白云抱幽石"（2）叹赏不已；而"凋梅雪作花，杌木云充叶"（154）的意象互融，被项楚誉为"似有神助"；"杳杳寒山道"（31）这首诗，钱锺书认为通篇叠字，而不觉得它"堆垛"，是因为寒山的诗歌"妥贴流谐"①。"微风吹幽松，近听声愈好"（20），完全写出了山居闲适，无事侵扰，只以谛听风声、松声为乐，而且心境空明，由远渐近，慢慢深入与浸润，像在寻味一首袅袅于空中的缥缈天乐，正所谓"三界横眠闲无事，明月清风是我家"（198）。寒山诗30首写月，50首写云，孤月松月的寂静超脱，闲云烟云的自由飘逸，无不给人以圣洁而美妙的禅境。入矢义高等人，以日本的"幽玄"美学，解读"寒山多幽奇"的诗句，认为寒山的诗境在幽雅、朦胧、深远中，还带有一种梦幻般的空灵感和神秘性，给人一种含味隽永的禅意。

下面我们一起来欣赏三首寒山的诗歌。

> 寒山寒，冰锁石。藏山青，现雪白。日出照，一时释。从兹暖，养老客。（307）

这首诗有三个层次的境界。第一层是冰天雪地。寒山被冰雪裹挟，险峻而高冷。一个"锁"字更凸显了寒冰的厚实、坚硬和冰冷。联系寒山另一首诗"山中何太冷，自古非今年"（67），都突出了天台

---

① 钱锺书《谈艺录》，中华书局，1984年，第225页。

山特别寒冷的冬季。"寒山"一词的出现,可以追溯到《楚辞·大招》的"北有寒山,逴龙赧只"。在古典诗词中,"寒山"一般指"秋冬之际寒冷的山",给人以萧瑟、寂寥之感,李白的"寒山一带伤心碧"、柳宗元的"木落寒山尽,江空秋月高",就是其中的范例。而在寒山诗中,提到"寒山"(含"寒岩"与"重岩")的共43首,其中11首指诗人寒山,其余32首专写自己长期栖隐之山。古代隐士选择险峰幽林作为隐居之所和修行兰若,主要是因为山林不受红尘浸染,也无俗世纷扰,清幽静寂,与隐者超逸尘外、孑然独立、任性逍遥的自由追求,具有内在的契合,所以既是身体栖息之地,又是心灵安顿之所。而山石的浑然质朴,又有一种来自太空破晓的寂静之光,代表着远古的本源、原始的本真、自然的本性①,混沌自然的山,蕴含着"杳兮冥兮"的道,诗人由此而"得入""悟入"。日本白隐禅师等人就认为,与其说"寒山"是隐逸的栖居地,倒不如说是悟禅时的心境②,无论烟光漫雪还是空山灵雨,无论有情与无情,对于禅修的人而言,都是一样的清寂,无处不是寒山。自性清净的隐士"寒山",可以自由无碍地"入得"澄澈空灵的寒山。寒山,就成为诗人悟禅契入的一个法门。

第二层是美好风景。蕴藏着一个山清水秀的寒山,"藏"和"现"相对应,藏一座美丽的青山,外面看上去却是一片白雪皑皑。寒山擅长运用清冷的色调,诗歌中多用"青""白"二色,像"下望山青际,谈玄有白云"(229)、"泉中且无月,月自在青天"(287)、"住兹丹桂下,且枕白云眠"(297),以及"青萝"与"白莲"(268)、"白云"与"青嶂"(278)等,表达纯净澄明的意境,基本上没有喧嚣繁杂的浓艳色

① 傅道彬《晚唐钟声——中国文化的精神原型》,东方出版社,1996年,第388页。
② 郑文全《白隐与寒山诗解读——以〈人问寒山道〉为例》,《日语学习与研究》2012年第2期。

彩。这种清寂之色,给人一种古旧、单纯、朴素、清瘦的颜色感,展现了孤高、空寂、淡泊的心境。所以,"寂色"特别吻合离群索居、寂然独立,不执着、不胶着的隐士的人生态度。而且这种颜色还具有"枝折"意象的"细柔"之美,可以让寂静的精神状态如风筝般自由放飞①。

　　第三层是温暖世界。"日出照,一时释",太阳一出来,冰雪刹那间就融化了。这对于"其山深邃,当暑有雪"的自然环境而言,未必说得通。但在诗中,它是一个隐喻,人生顿悟之后,无相、无执着,一切幻象错觉和烦恼纠结都随之烟消云散。"从兹暖,养老客",清净无染的自性,如阳光之下寒山的清澈澄明,滋养着自己的心田。人与山、人与自然,构成了一种相亲相依的关系,如李白诗所言,"相看两不厌,只有敬亭山"。寒山诗中曾出现"当阳拥裘坐,闲读古人诗"(295)的情景,可见冬天在寒岩洞前沐浴阳光、翻书读诗的闲适生存方式,对一个青山老客而言,是一件多么惬意温暖的事!诗中"石"与"释""白"(古韵入声)与"客"隔句用韵,另两首"有蝉鸣,无鸦噪。黄叶落,白云扫"(306)和"明月照,白云笼。独自坐,一老翁"(310)是偶句用韵。本文无意于对寒山诗展开"诗"与"非诗"的具体讨论,但由上述数例可知,寒山的诗歌虽然俗白,但也并非是完全不顾音韵的糙诗。

　　　　人问寒山道,寒山路不通。夏天冰未释,日出雾朦胧。似我何由届,与君心不同。君心若似我,还得到其中。(9)

---

① 王向远《论"寂"之美——日本古典文艺美学关键词"寂"的内涵与构造》,《清华大学学报》2012年第2期。

　　诗中的"寒山道"既是山路，又是禅路、心路。为什么人们要登上寒山道，寒山就路不通了呢？诗里写得很明白："夏天冰未释，日出雾朦胧。"一是因为高山寒冷，冰雪难以融化；二是因为山雾缭绕，看不清方向，容易迷路。这和上一首诗歌所写的"日出照，一时释"发生了矛盾。从实际的生活样态来看，有可能存在着古代天台寒岩冬天特别寒冷的实际情形，而从人的心境来考察，当悟到了人生真谛之后，一切冰消雪融，所以是"日出照，一时释"，而那些仍然在人生迷途中彷徨的人，心中的郁结痛苦难以消除，对人生还有无数的感伤和迷茫，所以是"夏天冰未释，日出雾朦胧"，关键就是心境完全不一样。但也有禅师从寒山自身的角度解读这两句，认为当人发现自己的"真心"之后，即不再执着于外部世界和内心欲望，也不再受其他事物的左右和影响，即使夏天冰不融化，即使太阳出来依然山雾迷蒙，对于清寂澄明、不生不灭的心灵来说，已经没有分别了。但从全诗文脉来分析，"夏天冰未释，日出雾朦胧"是承接上文的"路不通"来说的。

　　"似我何由届，与君心不同"，我为什么能够抵达，能够通向寒山之巅，而你们却是"路不通"？日本释交易曾为此诗作注，可以作为我们上述分析的佐证。他认为诗歌通过"我"与"君"的对比，昭示出这样一个道理：寒山高胜，有人能进入，而有人却不能，其间的差异就是心境不同。如果自性清净，不为声色、名利等欲望所动，心无执着，念念不住，自然就入得"寒山"这一禅境；而一旦被声色、名利所诱惑而陷入迷惘，那么禅悟之路就充满险阻，无法抵达通透的境界。美国赤松就将其中的"心"翻译为"mind"而不是"heart"，以表示"禅心"与"凡心"的区别。"君心若似我，还得到其中"，如果你（君）的心也能做到清澈纯净，那么，你也照样可以进入"寒山"这一禅境的真如门。而《大珠禅师语录》也引用过慧海法师回答有源律师的话，讨论"饥来吃饭，困来即眠"的两种情形。自性清净的人总有一颗"平常心"，吃饭像吃饭，睡觉像睡觉，而心境浮躁的人却是"吃饭时不肯吃饭，百种须索；睡时不肯睡，千般计较"。一般的人做不到心灵澄明，自性清净，达不到寒山诗歌所写的那种境界，就会在日常生活中徒增烦恼。所以，朝着寒山走去的寒山道、寒山路，就成为人生心性自我修炼、自我修行的一种象征。诗人寒山是将禅的意境，用非常明白形象的对比方式表达出来。而在诗歌的音乐性上，它类似于乐府诗那种民谣歌调的韵律，"寒山道"与"寒山路"、两次"似我"、两个"君心"，重唱叠韵，舒缓绵连，循环往复，如盘旋而上的山路。另一首"独坐无人知，孤月照寒泉。泉中且无月，月自在青天"（287），首尾蝉联，音韵回荡，与此有异曲同工之妙。而本诗中的意象，冰的凝结和雾的飘忽，更为寒山蒙上了一层变幻万千的神奇色彩。

> 登陟寒山道，寒山路不穷。溪长石磊磊，涧阔草濛濛。苔滑非关雨，松鸣不假风。谁能超世累，共坐白云中。（28）

这首诗和上一首也有一个明显的矛盾。上一首是"寒山路不通"，这一首不是不通，而是不穷，它和不通刚好相反，不穷就是不尽。以"登临"的视角观山，只见山峦绵延起伏，山路蜿蜒不尽，给人以山重水复、重峦叠嶂的画面感。而且山道弯弯，无穷无尽，也意味着人生修行是路漫漫而修远。接着写山路难行，"溪长石磊磊，涧阔草濛濛"，从文学意象的角度看，先写溪流中石头的坚硬和棱角分明，以及层层堆叠、杂乱无章的样子，然后由中间向两边进行视野的拓展、瞭望，在宽阔的溪流两岸，茅草在疯长，野草丰茂，它和石头的坚硬、棱角分明不一样，它是柔软的、朦胧的、模糊的、飘忽的、淡若轻烟的。寒山在意象刚柔浓淡、有形无形的营构和搭配方面，似乎特别具有艺术审美的敏感性，上一首诗"夏天冰未释，日出雾朦胧"也是如此。

然后,寒山从低头和抬头两个角度写,"苔滑非关雨",深山密林,树荫蔽日,即使无雨,地势也比较阴湿潮润,而根据项楚《寒山诗注》考证,这里的"苔"指"莓苔",孙绰《游天台山赋》就说过"践莓苔之滑石,搏壁立之翠屏"。登寒山的路,因为有莓苔滑溜之险,更不容易行走。"松鸣不假风",即使没有风,松树林也在鸣响,或者雨落松针,或者鸟儿惊飞,或者松树自身成长拔节崩裂,总之,这是一座原生态、野生态的山。

因为是一座野山,所以,山路杳杳,征途迢迢,而且十分险峻,有"将登太行雪满山"的味道,如人生命运之坎坷崎岖,又象征自我修行的任重道远。但千世百劫、挫折磨难,都是谛悟人生必经的"历劫",因此不必将困苦艰辛当作人生负累;万物缘起性空、无常变幻,一切苦难都不过是虚相幻影,更不应沉溺其中,而是要超越性地坐在"白云"中,将曾经的磨难看得云淡风轻。这就是"谁能超世累,共坐白云中"。"谁""共"二字,有"谁可与共"的意思,似乎发出一个邀请,唤起众生与自己一起彻悟禅意,解脱痛苦,获清净自由。

诗中的"云"意象,素有澹泊清净、随缘不执、自由飘逸等意蕴。《五灯会元》卷四载志勤禅师诗云"青山元不动,浮云任去来",以"青山"指证清寂无为的自性,以"浮云"隐喻心无所住、妄念不起的心境。在诗人眼中,"云无心以出岫,鸟倦飞而知还","云"是一种超尘忘俗、闲适自在的生存方式,也是一种淡然无心、随缘任运的散淡性情。"行到水穷处,坐看云起时",那种如行云流水般的自在观瞻,人已经完全化入山水之中,"云""水"就成了空明无碍的纯自然。而在寒山的心头,更有一片纯净不染的禅云。"白云常自闲"(165)、"且枕白云眠"(297)、"黄叶落,白云扫"(306)等诗境,呈现出恬淡悠然、空寂澄明的气象。而"谁能超世累,共坐白云中",则是一种禅悟之后,超脱尘累,跃升到自由飘逸的"白云"境界的轻松感。

　　这首诗基本上符合五律的平仄和韵脚，而且颔联和颈联也属于工对。寒山诗中像这样精雅的句子也不少，如"淅淅风吹面，纷纷雪积身"（31）、"沓嶂恒凝雪，幽林每吐烟"（67）、"庭廓云初卷，林明月正圆"（68）、"月照水澄澄，风吹草猎猎"（154）等。元代虞集评寒山诗是"音节清古，理致深远"，后人形容为"天然古淡"，具有"汉魏古诗那种秋风老树、崖岸古石的风味"。可见，寒山诗漫溢着一股书卷气，古朴典雅，俗白中含一种"雅调"，与一般的白话禅诗不同。

　　崔小敬认为，寒山诗歌具有多样性和复杂性，作为一种极其独特的"异样的用语与表达"，形成了学界公认的"寒山体"①。关于这种"异样"的语体，清朝王士禛在《居易录》里称之为"有工语，有率语，有庄语，有谐语。至云'不烦郑氏笺，岂待毛公解'，又似儒生语"，是白话诗和文人诗的融合，看似洒脱随意之中，又有很深的意境。如果说王梵志的白话禅诗始终没有脱离民间视角，以质朴明快为主要风格，那么，寒山的诗歌则以其深厚的文化底蕴而显得"更文雅、更含蓄"②，禅理的审美化、诗化的意味也更浓，他将禅悟境界与山水意境高度融合所创作的诗歌，被公认为在寒山所有诗中具有最高价值，且被项楚评价为"具备了民间诗歌、文人诗歌与佛教诗歌的多重性格，是佛教思想在中国诗歌领域中结出的最重要的果实"③。所以，"寒山体"应该是"白话诗"与"清雅风"、"山水境"与"禅悦心"、"幽玄味"与"古淡色"的综合体。如果单纯就文学意象而言，寒山的诗或许还不能像王维那样完全达到淡而无痕的"以物观物"，但在以山水之境传达幽玄之思，在禅悟的彻底和深邃方面，在表现禅趣的满目生机方

① 崔小敬《寒山及其诗研究》，复旦大学中国语言文学系 2004 年中国古代文学专业博士论文，第 22 页。
② 张锡厚《王梵志诗校辑》，中华书局，1983 年，第 299 页。
③ 项楚《唐代的白话诗派》，《江西社会科学》2004 年第 2 期。

面，却比其他诗人都更加澄澈通透，他仿佛就是"禅的化身"。

"山水即道"，"寒山即禅"，寒山禅悟的契入、见性和妙显皆由寂冷之山水点化，我们不妨以"山水禅"命名这独具禅心诗境的寒山诗体。

"山水禅"不同于描写"山水"的"禅诗"。"山水禅诗"指以清寂、邈远的山水意象传释自性空寂、无染无碍的禅理妙境的诗歌；而"山水禅"则是"即山水而见禅"，由自然山水参悟和契入禅机。"山水质有而趣灵"，由于"山水"与"禅"之间有着天然的因缘，山水的清幽静寂与禅趣的空灵妙明，本就是一种内在的默契。"春来草自青"，"山光悦鸟性"，澄澈清明、自闲自在的山水，又正好彰显了禅宗"无念""自性清净"的底色。如同《指月录》所说，"山河大地，总是我之性净明体"，无论是郁郁黄花还是淡淡白云，无不自性具足，敞开它们洁净的本性。天台宗的湛然曾主张"无情有性"，自然山水也同样是法性周遍。寒山诗中说"野情便山水，本志慕道伦"（229），他要在"山水"中发现天地之"道"和禅法"真如"，在澄然静坐，与山水"素处以默，妙机其微"的静穆对话中，等待与禅机的灵感不期而遇。就像志勤禅师见桃花灼灼而悟道，山谷居士闻木犀花香而恍然，而寒山也是在"碧涧泉水清，寒山月华白"（81）之中修心观境，获得觉悟的圆满。登临山水，以山水修身，观山水悟道，本就是禅修的一种妙智慧法门。寒山通过这一法门，修到了像朗照无边的圆月一样的境界。一般的禅僧和诗人，无非将山水当作一种禅喻，禅门中的传法、示法和开悟等偈颂，也是运用赋比兴等方法演说禅理。而王维则是以山水的唯美意象呈现空寂的禅境。单就静寂明净的文学意象而言，王维艺境精妙；若论圆满妙明的禅修觉悟，寒山法缘深厚。在寒山那里，山水不是禅的喻体，而是禅的本身或化身，山水是"禅"的山水。禅者寒山与山水寒岩，达到了完全的互化与浑融。寒山笔下的幽林碧嶂、孤月寒泉和松风晴云，无不是禅心自性的天籁妙境，而在诗歌中表现为鲜灵的意象、幽寂的境界、玄远的韵味,达到了"寂美双照",禅学与美学高度统一。所以,寒山诗不是描写"山水"的"禅诗",而是体悟"山水禅"的本真的"诗"。

"古磬清霜下,寒山晓月中",在黑夜未尽、晨曦未吐之际,山中晓月,最能给行路迷茫之人以澄明之光。寒山以禅入诗,以诗喻禅,以山水悟禅,以禅显山水,"寒山晓月"意象,便是这种独特的禅心诗境的唯美写照。

三、寒山禅诗域外变异与还原

关于寒山诗的影响,曾有学者认为,在国内是"雪藏"千年,被"边缘化",在国外却是文化"宠儿",被"经典化",言下之意,寒山诗是"墙内开花墙外香"。这个结论并不完全确切。

早在唐代,寒山诗就引起张继、刘长卿、贯休等诗人的关注,晚唐李山甫《山中寄梁判官》一诗也提及"寒山子亦患多才"。至于某些传闻,像杜甫"一览寒山诗结舌"(《寒山诗阐提记闻》)、"寒山诗乐天多效之"(《义门读书记》)之类,或许是偏爱寒山诗之人的夸饰,但从另一侧面,也折射出寒山诗在历史上并非籍籍无名。至宋代,王安石曾拟寒山拾得二十首,黄庭坚称自己是"前身寒山子,后身黄鲁直",陆游诗云"掩关未必浑无事,拟遍寒山百首诗",可见寒山诗在文坛的反响。禅林中"拟"与"和"的诗作更是络绎不绝,自善昭禅师首开"拟寒山诗"之风,至元代楚石梵琦和明末石树通隐"二石"的和诗[1],寒山诗一直受到青睐。因此,寒山诗并不像西方译介学所

---

[1] 陈耀东《寒山诗之被"引""拟""和"——寒山诗在禅林、文坛中的影响及其版本研究》,《吉首大学学报》1994 年第 6 期。

想象的那样,是敦煌学研究中与王梵志一起被挖掘出来,在写入胡适《白话文学史》之后,才得以重见天日,而是在古代就作为一种"寒山现象"而"在场"。当然,诗评家对寒山诗褒贬不一,刘克庄认为属于"巧匠""良冶",方回称其"诗律精妙",但明代王衡等人却斥之为"不歌不律,鸟鸣泉流而已",如果仿拟不善,将落得满纸"蔬笋气"。相对于寒山在国外被当作顶礼膜拜的一代宗师和偶像而言,国内缺少那种趋之若鹜的狂热性,这也是事实。

寒山诗在域外的传播,随着近年来大数据和外文资料的叠显,许多线索浮出水面,其传译路线和事件节点的脉络更为清晰。

宋神宗熙宁五年(1072)5月,日本僧人成寻拜谒天台山,受国清寺主持弟子禹珪赠予《寒山子诗》一帖[①],由其弟子赖缘带回翻译后付梓,成为首部日文版寒山诗集。连山交易、白隐慧鹤、大鼎宗允等禅师都曾为寒山诗作注,而松村昂(与入谷仙介合著)、入矢义高、西谷启治等人的注译亦为善本。文学家坪内逍遥、森鸥外、夏目漱石、井伏鳟二等都发表过以"寒山拾得"为题的作品。高丽现存最早的寒山诗集,是元仁宗延祐元年(1314)朴景亮根据宋东皋寺本覆刻的版本[②]。解读者首推慧谌法师,文坛拟诗有《益斋乱稿》《雪谷先生集》等。

在日本和高丽的禅师那里,浅显俗白又富含禅理的寒山诗,具有禅学教材的意义,往往成为禅门讨论的"话头",譬如"饶邈虚空写尘迹,无因画得志公师"(193),为什么画家张僧繇和吴道子画不出禅师宝志的形象? 就成为僧人追问—思悟的禅机。毋庸讳言,寒山诗

---

① 王丽萍《新校参天台五台山记》,上海古籍出版社,2009年,第74页。
② [韩]李钟美《高丽时代文学中的寒山》,《第四届寒山寺文化论坛·国际和合文化大会论文集(2010)》,上海三联书店,2011年,第92页。

浅白的语体,是域外接受和喜爱寒山诗的触媒和因缘,譬如"欲识生死譬,且将冰水比"(100),以"冰""水"相互转化譬喻人的生死循环,浅俗明快的语言像一缕清风吹开读者心扉。但作为禅门热议的话题,他们显然对白话背后的禅意更感兴趣。白隐禅师就认为,寒山诗的根本精神就在于超脱名利与生死的束缚,放下妄念,复归清寂,"一片灵心高明如秋月,清洁如碧潭,应物如秋风,不动如巨岳,是名寒山"。他借"寒山路不通"一句指出,如果只是表面化、形式化地模仿寒山衣衫褴褛、蓬头垢面、憔悴枯槁等形相,实际上仍沉溺于逐声色、爱憎会的生活,那是梦不到寒山,当然也是无法真正进入"寒山"的。

在翻译和解读的过程中,文化误读和异化在所难免,日本化的"寒山"未必再是中国式的"寒山"。"书判全非弱,嫌身不得官"(113),诗中的"嫌身",已有学者根据李廓《落第》、白居易《放言》和姚合《赠刘义》等诗的同词归义,指出它并非表示科举中以貌取人,而是含有反思、愧疚和自责考试落榜的意思[1]。当然,也流露了怀才不遇的心境。而日本读者却误解了诗中"天命"和"非难"的含义,将能者落榜、弱者居上的不公平现象,归因于天意和宿命,并认为人在命运面前不必怨天尤人、失意惆怅,而要永不言弃。如此解读,显然是缩小和淡化了寒山感怀身世的悲凉意味,无形中放大和渲染了诗中旷达廓然的襟怀。由此可见,日本化的"寒山",倒也不一定就是日本文化视野中的"寒山",而是日本读者以其积淀的中国传统文化基础为背景,所理解的那个"寒山"。这是以中国文化的别样意蕴,解读寒山诗的此一内涵,以"弘毅"替代"幽愤"。这样的"误读"依

---

① 郑文全《日本传播渠道与寒山诗误读的产生——以寒山诗〈书判全非弱〉为例》,《国际汉学》2016 年第 1 期。

然是"中国式"的张冠李戴,因为日本读者心目中遇任何痛苦磨难都"含笑乐呵呵"的寒山性格,蕴含着"宠辱偕忘""上下求索"的中国质素。

不过,倘若由此认为日本读者解诗的视角,完全是以中国看中国,那也有失公允。解读过程中,从日本文化中"幽玄"和"寂"的审美维度,切入寒山的生存物境和禅修心境,从而勾勒一个无欲无求、随性自然、空寂澄明的寒山形象,也不在少数。江户时代画家长泽芦雪所绘寒山像,挟有其一贯的奇妙趣味和诡异风格,在保持寒山"笑口常开"的同时,还给他配了一副歌舞伎的白脸。这样的"诡异",就是要将寒山与凡俗区别开来,赋予他超越性的"另类"和"怪异"的特质,正像寒山诗中所言"时人见寒山,各谓是风颠"(221)。作家芥川龙之介有两篇散文小品《寒山拾得》和《东洋之秋》,从寒山拾得至今活着、永远不会消逝的理念出发,也为我们勾画了"面相怪异"的寒山,头发乱如鸟窝,衣不蔽体,长着"与兽爪难以区分的长指甲",乌鸦盘旋落在肩上、头上,他挥动竹帚在清扫公园落叶[1]。作家笔下的寒山,物境孤寂、萧索,但精神丰满、飞扬。这,也是大洋彼岸的青年为之着迷、狂热的根本原因。

美国最初介绍寒山诗歌的,是亨利·哈特于1933年翻译的《城北仲家翁》(140),其后,日本早稻田大学冈田哲藏于1937年英译出版了6首寒山隐逸诗,但均影响不大。直至1950年后,寒山诗通过日本铃木大拙对中国禅宗的推崇而传到美国[2],并在美国逐渐升温。真正掀起美国"寒山热"的,是1955年史耐德翻译的24首寒山

---

① [日]芥川龙之介《芥川龙之介全集》第三卷,山东文艺出版社,2005年,第44—47页。

② 卞东波《寒山诗日本古注本的阐释特色与学术价值》,《南京大学学报》2016年第3期。

诗,后刊于《常春藤评论》,被白之的《中国文选》(1962年)全部收入,在该文选中,寒山成为与王维、李白相提并论的唐代诗人,而且诗歌占比更多,由此开启了寒山诗在美国的"经典化"之路。寒山诗之艺术成就,未必可与王维、李白相匹,但其精神趣味却与那个年代的美国青年更为投合。1983年,赤松(Red Pine)出版了寒山诗的第一个全译本《寒山诗歌集》,他与史耐德一样,既精通汉学,又亲历禅修,而且翻译过《菩提达摩禅法》和《道德经》。他又在经历十数年禅修深悟之后,于2000年重译寒山诗,譬如"朝朝不见日,岁岁不知春"(31),省略了人称和动词,改写成"no sun"和"no spring",消泯时空维度,进入自性清寂的深层禅境;"身上无尘垢,心中那更忧"(283),摒弃"body"和"mind"前面的主体词"my",而替换上不定冠词"a",破除了人与自然之间的主客对立,从而达到"无我"之境①。译文因为吸纳了禅语言质朴凝练、意象鲜明的特点,不仅简洁流畅,还给人一种陌生化的清新感,真正实践了"翻译即禅修"的理念。韩伯禄继赤松之后,出版了第二个全译本(1990年),收入311首寒山诗。另有韦利翻译的27首(1954年)、华生翻译的100首(1962年)等,影响都不及史耐德和赤松之大。不过赫伯逊译本(2003年)中包含的两篇论文《寒山在文学史上的地位》和《寒山诗译本研究》,颇具参考价值。

在诸多译介者中,最具影响力的当然是史耐德(Gary Snyder)。他翻译的底本是1928年日本东京审美书院出版的宋刻影本《寒山诗集》②。虽只译了24首,却风靡整个美国。24首中未出现"寒山"一

---

① 秦思、陈琳《论赤松的寒山诗翻译对经典的建构》,《复旦外国语言文学论丛》2019年春季号。

② 许明《加里·斯奈德英译寒山诗底本之考证》,《中国比较文学》2019年第3期。

词的只有 2 首,6 首属于自述身世和解读禅理,其余均为山水诗。可见史耐德的审美选择,主要是以"寒山"的山水意境和诗人的禅修心境为标准的。他的译文,虽然也存在望文生义之处,譬如将"可笑寒山道"(3)中的"可笑(可爱)"译为"滑稽可笑",将黄泉(地下)、红尘(俗世)翻译为黄色泉水、红色尘土,但总体上多为符合禅意的精妙译文,譬如将"缘"翻译成源自梵语的"karma"(羯磨),表示因果福报的"业",就比较准确。他尝试在译文中保留"杳杳""落落"这些叠音词的汉化特征,而且将"钟鼎家"这一极为中国古典式的名称作了本土化、归化的处理,翻译成"银餐具"和"小车",贴近读者生活,不失为一种创新。而对"淅淅风吹面"(31)、"风吹草猎猎"(154)中的"吹"字,又用"whip""swish"之类表示鞭打、风啸的"冷硬"词语,以烘托寂冷的荒野意象。史耐德译文中的"寒山",那沉寂的"荒野"与另类的"自我",像一道清冷之光,直击美国青年迷惘、躁动的心灵。

在 20 世纪 50、60 年代,美国的"垮掉一代"(The Beat Generation)和"嬉皮士"(Hippies)正在推行文化逆行运动,他们背弃美国生活中的主流价值观和中产阶级的梦想,回归自然,希望通过"民族幻象",从极具东方情调和神秘色彩的佛学禅宗中汲取中国智慧和精神灵感,而寒山"冷然"的心境和"放旷"的性情,化作他们传统中睿智的"男巫",成为他们渴望模仿的偶像①。甚至连寒山那一身"头发蓬乱,拖着木屐,敝袍飞扬"的标志性打扮,也成为美国青年追捧的生活方式。"浑然天成的寒岩美景,坐拥青山白云的东方诗人","抚慰了他们充满动荡感、空虚感的心灵"②。史耐德的寒山诗翻译,以及

① 钟玲《史耐德与中国文化》,首都师范大学出版社,2006 年,第 169—172 页。
② 何善蒙《荒野寒山》,江西人民出版社,2015 年,第 303 页。

1957 年前后杰克·凯鲁亚克以史耐德为原型创作的小说《达摩流浪汉》,都是这场文化逆行运动的有力推手。

在法国,继吴其昱、戴密微的寒山研究之后,1975 年,雅克·班巴诺(中文名"班文干")翻译并出版了《达摩流浪汉:寒山诗 25 首》,其标题明显受到凯鲁亚克小说的影响。1985 年卡雷·帕特里克的《云深不知处:流浪汉诗人寒山作品集》,较完整地收入 311 首寒山诗。至此,寒山诗经由法国的译介,传播到德国、比利时、荷兰、瑞典和捷克诸国,在各国的际遇虽有分殊,却"如摩尼珠,体非一色,处处皆圆"。

值得一提的是,查尔斯·弗雷泽的小说《冷山》,它的扉页写了一句寒山诗"人问寒山道,寒山路不通"(9),可见与寒山之间的渊源。史耐德当初翻译寒山诗集即用 Cold Mountain Poems (《寒山诗》)为题,而小说和电影的译者因为对"寒山"的隔膜,而将 Cold Mountain (寒山)误译成"冷山"。同名电影以木匠英曼和牧师女儿艾达的爱情故事为主线,配乐中渗透进蓝草音乐那种迷茫的怀旧感,衬托男女主人公在历经磨难的"漂泊—回归"和"等待—守望"中,对人生的谛悟。犹如电影歌词所唱"我的死就是我的重生",那通向寒山小镇的漫漫长路以及白雪皑皑的幽深山谷,昭示我们:人生修道之路,须上下求索才能超越生死,进入心灵净化和精神救赎的澄明之境。

寒山的异国形象,概言之,由三个维度构成,即放浪形骸的叛逆狂人、回归荒野的孤寂个体,以及在风雪掩埋中依然不动的"禅定"姿态。读者们通过心中的"寒山",目睹到了中国禅的冰山一角。即便是一角,也足以让他们晕眩与热狂。而他们所执之一角,显然是要疏离现实适彼大荒,成为那个另类和怪异的寒山,而不是寻其真心净其自性,就能超脱世累闲坐白云的寒山,不是那个随性自然、澄澈无碍的寒山。真正的禅,真正的寒山,是任何凡俗平庸的生活,都能化作一首首明月诗的。正因如此,寒山的山水诗境和深蕴的禅意,最能给人生感悟以澄明之光。

寒山的禅诗,也像智者大师的天台宗、司马承祯的《坐忘论》一样,在云霞明灭的天台山,在山水焕然的浙东唐诗之路,在烟波渺茫的大洋彼岸,都散发出超逸清绝、虚灵淡远的幽香!

作者系台州学院人文学院教授

唐五代诗词中的刘阮遇仙

高 平

东汉刘晨、阮肇入天台遇仙的故事最早记载于南朝宋刘义庆文学集团的《幽明录》。该仙话在先唐志怪小说中占有重要地位，然在诗文中的出现，则未见考查。以笔者所见，刘阮遇仙进入诗文领域，应以南朝陈徐陵的《天台山徐则法师碑》为最早："樵人看博，信未始乎淹留；仙客弹琴，固不移于俄顷。然而子孙皆其数世，乡党咸为草莱。"清吴兆宜注曰："《幽明录》：汉永平中，刘晨、阮肇采药失故道。行至溪浒，二女迎归，食以胡麻饭。求去，指示之。至家，已七世矣。"① 以《异苑》《琴书》及《幽明录》中的三个故事说明仙凡两界时间流速的不同。唐代众多文体中，最早涉及刘阮遇仙的文学作品是初唐张鷟的《游仙窟》。该传奇以青年士子的狭斜游为题材，其结构框架、情节安排受到了《幽明录》原始文本的深刻影响，将刘阮遇仙作为典故运用也很自然。传奇中主人公张氏"身体若飞，精灵似梦。须臾之间，忽至松柏岩，桃华涧"，随后即与十娘、五嫂多次对吟，其中一个回合张氏吟咏道："何须杏树岭，即是桃花源。"十娘答道："梅蹊

---

① 徐陵撰，吴兆宜笺注《徐孝穆集笺注》卷五，《景印文渊阁四库全书》第 1064 册，台湾商务印书馆，2008 年，第 902 页。

命道士,桃洞仵神仙。……欲知赏心处,桃花落眼前。"① 这是文学史上首次将刘阮遇仙与陶渊明的桃源故事结合来写,亦即取刘阮遇仙之人神遇合主题作为叙述结构,推动情节向前发展;取桃源故事之桃花意象作为女性与艳情的象征,渲染瑰丽浪漫的气氛,从而奠定了刘阮桃源的经典模式。

与张鷟同时的杨炯《和刘侍郎入隆唐观》一诗则将故事发生地天台与海上神山蓬莱相关联。其诗云:"还如问桃水,更似得蓬莱。汉帝求仙日,相如作赋才。自然金石奏,何必上天台。"② 桃水乃刘阮遇仙之天台山的桃花洞。诗人将天台山与蓬莱岛相提并论,或许是受到东晋孙绰《游天台山赋》将天台山与蓬莱、方丈相类比的影响:"天台山者,盖山岳之神秀者也。涉海则有方丈、蓬莱,登陆则有四明、天台,皆玄圣之所游化,灵仙之所窟宅。"③ 诗中的天台、蓬莱乃神仙居所,与艳情无关。杨炯将二者融合来写,为后来刘阮遇仙的书写扩展了更大的艺术空间。如晚唐黄滔《祭先外舅文》云:"神游蓬岛,洞入桃源。"④ 明确将蓬莱与桃源融为一体。李商隐《无题》(来是空言去绝踪)云:"刘郎已恨蓬山远,更隔蓬山一万重。"⑤ 清朱鹤龄以为此处是用汉武求仙典故,然细玩诗意,此处蓬山当为情人所在地之代称:刘郎已恨蓬山路途遥远,而"我"所爱之人则远在蓬山之外,其绝望无奈之情可想。同样,"蓬山此去无多路,青鸟殷勤为探看"⑥,

① 李剑国辑校《唐五代传奇集》,中华书局,2015 年,第 171、185 页。
② 《全唐诗》卷五〇,中华书局,1999 年,第 619 页。
③ 萧统选编,吕延济等注《(日本足利学校藏宋明州本六臣注)文选》卷一一,人民文学出版社,2008 年,第 172 页。
④ 《全唐文》卷八二六,中华书局,1983 年,第 8707 页。
⑤ 《全唐诗》卷五三九,第 6213 页。
⑥ 《全唐诗》卷五三九,第 6219 页。

亦是将仙山改造为情人相会之所。

　　盛唐崔令钦的《教坊记》中载有《阮郎迷》曲名,这表示刘阮遇仙故事至迟此时已成为音乐表现的对象,而众多诗人对此题材的书写,亦表明此故事已成为文学领域广泛关注的一个热点。李白、杜甫、刘长卿、卢纶、李端、武元衡、权德舆、白居易、元稹、房孺复、张祜、许浑、张贲、李商隐、王涣、鱼玄机、李冶、红绡妓等,或吟咏本事,或作为典故,刘阮遇仙在诗中的运用繁富出色。至于大规模的以刘阮遇仙为题材的诗歌,当首推晚唐曹唐《大游仙诗》中的刘阮系列五首、《小游仙》中的两首以及《题武陵洞》五首。后者虽名为专咏桃源故事,但末首的"仙人来往无行迹,石径春风长绿苔"[1] 则表明武陵与刘阮已密不可分。值得注意的还有晚唐孙棨《北里志》"王苏苏"条所载进士李标题窗诗:"洞中仙子多情态,留住刘郎不放归。"[2] 这表明刘阮遇仙作为艳情叙事的符号运用很广泛。

　　从上列诸人诗歌来看,刘长卿的《过白鹤观寻岑秀才不遇》、武元衡的《送严侍御赴黔中》、权德舆的《桃源篇》、王涣的《惆怅诗》已将刘阮遇仙与桃源故事完全融为一体。杜甫的《卜居》、元稹的《代曲江老人百韵》、房孺复的《酬窦大闲居见寄》、李商隐的《寄恼韩同年》《中元作》聚焦于"阮郎迷"中的"迷"字,而此迷又有入山迷、洞里迷、归思迷、重寻迷之不同。就意象使用而言,除了桃花流水、胡麻饭之外,还增添了月、风、云、烟、霞、露、草、鹤、鸡、犬、瑟、树木、苍苔、岩石等事物,这以曹唐的游仙诗最为杰出。此类意象虽有一定的人间气息,但整体上都笼罩着幽暗的悲剧性气氛。在故事的深

---

① 《全唐诗》卷六四一,第 7404 页。
② 崔令钦等撰,曹中孚等点校《教坊记(外七种)》,上海古籍出版社,2012 年,第154 页。

层挖掘上,此类诗歌也取得了比较重要的成果。如元稹《古艳诗》之
"等闲弄水流花片,流出门前赚阮郎"① 着一"赚"字,突出了事件前
期仙子的主动性。曹唐的《小游仙》亦以"偷来""等""缓步""轻
抬""擘""掷""倚"等动作描写,生动刻画出仙子的心理。王涣
《惆怅诗》"晨肇重来路已迷,碧桃花谢武陵溪"② 则借鉴了桃源故事
重寻未果的构架,将《幽明录》结尾的"至晋太元八年,忽复去,不知
何所"落实为刘阮重寻仙洞而迷路,将其纳入重寻主题的范畴,启发
了后世同题材的文学创作。如清蒲松龄《聊斋志异》中的《翩翩》,
其结尾为"后生思翩翩,偕儿往探之,则黄叶满径,洞口云迷,零涕而
返",作者感慨道:"山中十五载,虽无'人民城郭'之异,而云迷洞口,
无迹可寻,睹其景况,真刘阮返棹时矣。"③ 而元代戏曲家王子一的
《刘晨阮肇误入天台》则反其道而行,以重返桃源再结良缘收尾,是成
功的再度改写。

　　诗是唐五代的强势文体,对其他文体影响广泛,其中尤以词为
深刻。刘阮遇仙在诗中呈现的寻仙、思归、迷惘等主题在词中得到了
全方位的书写,表现出独特的艺术风貌。我们可以从道教文化的角
度来考察唐五代词中的刘阮遇仙。道教是唐代的国教,五代时期的
各个割据政权也延续了唐对道教的基本政策,少有变更。道教在社
会生活、意识形态、文化艺术等各个方面都有着深刻的影响,仅以词
来说,《女冠子》《天仙子》《谒金门》《醉妆词》《临江仙》《步虚词》
《洞仙歌》《谪仙怨》《广谪仙怨》《巫山一段云》等词牌,最初都主要
是反映道教徒的生活,尤其是女道士的幽怨孤独。刘阮及二仙子作

---

① 《全唐诗》卷四二二,第 4656 页。
② 《全唐诗》卷六九〇,第 7990 页。
③ 蒲松龄《聊斋志异》,上海古籍出版社,1986 年,第 436 页。

为道教中的神话人物,在这类词中不是作为主人公加以刻画,就是作为方外艳情的符号而出现。现存以刘阮遇仙作为仙道题材的词,应以晚唐的皇甫松《天仙子》(晴野鹭鸶飞一只)、温庭筠《女冠子》(霞帔云发)最早。前者将《幽明录》中刘阮离洞的时间由暮春改为秋日,地点改为十二峰,说明其词仅是以刘阮作为离去者的代称。后者中的霞帔、云发、钿镜、绣帏、玉楼、花洞以及鸾鸟等暗示了仙境的风月旖旎,"花洞恨来迟"① 呼应了《幽明录》中二仙初见刘阮时"来何晚邪"的惊喜娇嗔。

　　五代时期,以刘阮遇仙为题材的创作,主要有三个中心:后唐、西蜀与南唐。后唐庄宗李存勗的《忆仙姿》是五代最早的以词吟咏刘阮遇仙者,其词深具道教文学的虚幻迷离之美。李氏早年文韬武略,励精图治,终成北方霸主,然其宠幸伶官,荒诞失政,导致仓皇出逃,中矢而亡。宋陶岳《五代史补》云:"庄宗公子时,雅好音律,又能自撰曲子词。其后凡用军,前后队伍皆以所撰词授之,使揭声而唱,谓之御制。"② 欧阳修《新五代史·伶官传》亦云:"庄宗既好俳优,又知音,能度曲,至今汾晋之俗,往往能歌其声,谓之御制者,皆是也。其小字亚子,当时人或谓之亚次,又别为优名以自目,曰李天下。自其为王,至于为天子,常身与俳优杂戏于庭。"③ 清王士禛《五代诗话》卷一引《坚瓠集》褚人获云:"李存勗搽画粉墨,与敬新磨等日闹优场,粗犷之极,岂有清思者?乃其作《如梦令》词云'曾宴桃源深洞'……抑何婉丽如此?"④ 按,宋胡仔《苕溪渔隐丛话》前集卷四一引苏轼语云:"余尝浴泗州雍熙塔下,戏作《如梦》两阕,云(略)。曲

① 《全唐五代词》正编卷一,中华书局,1999 年,第 119 页。
② 陶岳《五代史补》卷二,后唐"庄宗能训练兵士"条,明虞山毛氏汲古阁刻本。
③ 《新五代史》卷三七,中华书局,1974 年,第 398 页。
④ 王士禛《五代诗话》,人民文学出版社,1989 年,第 2 页。

名本唐庄宗制，一名《忆仙姿》，嫌其不雅，改云《如梦》。庄宗作此词，卒章云：'如梦，如梦，和泪出门相送。'取以为之名。"[1] 据后集卷三九所引庄宗《忆仙姿》词曰：

> 曾宴桃源深洞（"曾"字原无，今据徐钞本、明钞本校补），一曲舞鸾歌凤。长记欲别时，残月落花烟重。如梦，如梦，和泪出门相送。[2]

明梅禹金藏抄本《尊前集》中，"残月落花烟重""和泪出门相送"二语位置互换。《尊前集》于苏轼前已出现，胡仔所记可能有误。从艺术性来说，亦以《尊前集》为佳。"和泪出门相送"是"欲别时"的具体场景，而"残月落花烟重"紧随"如梦如梦"之后，以景结情，使如梦人生更为迷离苍茫。俞陛云《唐五代两宋词选释》云："五代词嗣响唐贤，悉可被之乐章，重在音节谐美，不在雕饰字句。而能手作之，声文并茂。此词'残月落花'句以闲淡之景，寓浓丽之情，遂启后代词家之秘钥。"[3] 深得此词三昧。清张宗橚《词林纪事》卷二引查慎行语云："叠二字最难，唯此恰好。"[4] "如梦，如梦"恰似一声声叹息，弥散在残月浓雾之中，这或许是苏轼易词牌名《忆仙姿》为《如梦令》的原因。本词是李存勖对刘阮遇仙本事的诗意描述，气氛亦真亦幻，有着形而上的超拔，体现了道教文化对词的深刻影响。

南唐词人中，冯延巳的《阳春集》载有《醉桃源》三首、《如梦令》一首。《醉桃源》词牌最早出现于《阳春集》，当为冯氏取《忆仙姿》

---

① 胡仔《苕溪渔隐丛话》前集，人民文学出版社，1962年，第278页。
② 胡仔《苕溪渔隐丛话》后集，第326页。
③ 俞陛云《唐五代两宋词选释》，上海古籍出版社，2011年，第40页。
④ 张宗橚《词林纪事》，成都古籍书店，1982年，第31页。

首句"曾宴桃源深洞"①而得，至宋代又有《阮郎归》之别名。后者题作《如梦令》显然有误，五代的冯氏如何能用苏轼改订之词牌？故此词牌应以《忆仙姿》为是。冯词笔下的刘阮遇仙道教色彩淡泊，如其《酒泉子》云："陇头云，桃源路，两魂销。"《点绛唇》云："荫绿围红，梦琼家在桃源住。"但一云"庭树霜凋，一夜愁人窗下睡"②，一云"颦不语，意凭风絮，吹向郎边去"③，主人公皆为人世间的痴男怨女，与刘阮遇仙之神异本事无涉。梦琼虽为道教神仙人物，但此处也只是世间女子之代称。韦庄《谒金门》云："满院落花春寂寂。"④这显然化用了曹唐的《大游仙》名句"洞里有天春寂寂"⑤。值得一提的还有李煜的《菩萨蛮》："蓬莱院闭天台女。"⑥这是互文句法，以神山天台、蓬莱代指女子的处所。

　　与后唐、南唐词人相比，西蜀词人以刘阮遇仙入词最多，这在后蜀赵崇祚所辑《花间集》中体现鲜明。《花间集》录有十八位词人，词作涉及刘阮遇仙的有皇甫松、温庭筠、韦庄、欧阳炯、和凝、薛昭蕴、牛峤、张泌、毛文锡、顾敻、鹿虔扆、阎选、李珣等十三人，其中除皇甫松、温庭筠、和凝与西蜀无涉外，其他十位皆活动于蜀地。该团体在此题材上的最大特色是善于渲染道教色彩：从词牌来看，以用《女冠子》最多；从意象来看，多用道教斋醮科仪所祷之所、所用之物，如五云、三清、洞天、醮坛、玉堂、药院、斋殿、金磬、珠幢、法箓、降真函、瑶缄、霞裙、月帔、莲冠等，俯拾皆是。如鹿虔扆《女冠子》上阕中的"凤

---

① 《全唐五代词》正编卷三，第 445 页。
② 《全唐五代词》正编卷三，第 666 页。
③ 《全唐五代词》正编卷三，第 702 页。
④ 《全唐五代词》正编卷一，第 161 页。
⑤ 《全唐诗》卷六四〇，第 7388 页。
⑥ 《全唐五代词》正编卷三，第 756 页。

楼琪树"① 直接运用了温庭筠《女冠子》（含娇含笑）"雪胸鸾镜里，琪树凤楼前"② 的表述。"凤楼"乃秦穆公为萧史、弄玉所筑之楼，此处代指女子居所，"琪树"出自孙绰《游天台山赋》中的"琪树璀璨而垂珠"。二者合称，含蓄表明了天台山上的仙凡遇合之事。"洞里愁空结，人间信莫寻"亦是对曹唐名句"洞里有天春寂寂，人间无路月茫茫"的暗用。下阕的"斋殿""醮坛"揭示了主人公的女道士身份。结句呼应上阕，点明女冠对已去情人的思念。该词抒情与叙事交错进行，曲调哀而不伤，深具中和之美。与之相比，顾敻《虞美人》中的"少年艳质胜琼英，早晚别三清"以及"醮坛风急杏花香，此时恨不驾鸾凰，访刘郎"③ 之直抒胸臆，则写出了少年女冠青春觉醒的冲动与斋醮难守的苦闷。

　　刘阮遇仙对于词体风格的成熟裨益甚多。词产生伊始，表现范围相当广泛，举凡战争、佛道、婚恋、经济、都市、山川、历史等等，无不包含，几乎和诗一样题材广阔。然而词毕竟不是诗，其文体风格的形成有着一个去粗存精、与诗分离的过程。我们从敦煌所存民间词集《云谣集》与文人词集《花间集》的比较中可以清楚地看出这一历史趋势。与其他题材相比，婚恋词最能体现词体文学的独特之美。词将作家从"诗言志"的宏大叙事中解放出来，重新回到魏晋时确立的"缘情而绮靡"的抒情传统。题材的精简又影响到风格的纯净与定型，清曹尔堪《峡流词序》云："词之为体，如美人，而诗则壮士也；如春华，而诗则秋实也；如夭桃繁杏，而诗则劲松贞柏也。"④ 以形象的语言辨析了诗词文体风格之差异。清张惠言《词选序》云："唐之词

---

① 《全唐五代词》正编卷三，第 570 页。
② 《全唐五代词》正编卷一，第 119 页。
③ 《全唐五代词》正编卷三，第 551 页。
④ 田同之《西圃词说》，唐圭璋编《词话丛编》，中华书局，2005 年，第 1450 页。

人……温庭筠最高,其言深美闳约。"① 其实"深美闳约"未尝不可作为词体的美学境界,刘阮遇仙入词正是该命题的注脚。如阎选的《浣溪沙》"刘阮信非仙洞客,常娥终是月中人"② 昭示着仙凡相隔的宿命,表现了人生悲剧的深刻性与普遍性("深""闳");毛文锡《诉衷情》的"愁坐对云屏,算归程。何时携手洞边迎,诉衷情③ 是"哀而不伤",李煜《菩萨蛮》的"潜来珠锁动,惊觉银屏梦。脸慢笑盈盈,相看无限情"④ 是"乐而不淫",体现了"约"的中和精神。与巫山云雨的典故相比,唐五代词中的刘阮遇仙绮靡清新而不淫靡烂熟,流露出一种形而上的超脱气质。一种文体的确立,离不开该文体使用的语言材料,刘阮遇仙所衍生出的众多意象,为词体文学提供了丰富的语汇。这是刘阮遇仙对词体特征确立的一大贡献。

从词牌来看,我们倘不拘泥于唐五代,而将时段下延至有宋一代,则除了巫山云雨之外,还没有哪个题材为词体提供如此众多的词牌名:《忆仙姿》(又名《如梦令》《宴桃源》《不见》《如意令》《比梅》)、《醉桃源》(又名《阮郎归》《醉桃园》《碧桃春》)、《武陵春》(又名《胡捣练》《武林春》)、《桃源忆故人》(又名《虞美人影》《醉桃园》《花想容》)等。宋黄升曰:"唐词多缘题,所赋《临江仙》则言仙事,《女冠子》则述道情,《河渎神》则咏祠庙,大概不失本题之意。尔后渐变,去题远矣。"⑤ 黄氏此言自是高论,唐五代词以《女冠子》写刘阮遇仙最多,表明了神仙道教思想对词体文学的渗透。但刘阮遇仙入词并不仅仅如此:作为一个包蕴丰富的文学原型,刘阮遇仙自由

---

① 张惠言《词选序》,唐圭璋编《词话丛编》,第 1617 页。
②《全唐五代词》正编卷三,第 574 页。
③《全唐五代词》正编卷三,第 539 页。
④《全唐五代词》正编卷三,第 756 页。
⑤ 黄昇《花庵词选》卷一,中华书局,1958 年,第 32 页。

地穿梭于各个词牌，具有强大的表现力。言为心声，乐为情动，不同的词牌意味着不同的音乐程式，折射出词作对人心灵世界的多方位挖掘。作为一个情节曲折动人、不断融合其他故事的神话传说，词人对刘阮遇仙做出的众多个性化处理，展示了刘阮遇仙这一经典母题的永恒魅力。

　　唐帝国是东亚文明的中心，随着遣唐使到中国广泛深入地学习考察，中国的律令制、佛教、儒学以及诗歌、书法、绘画、雕塑、音乐、舞蹈等艺术，源源不断地输入东瀛，经过将近两个半世纪的消化改造，终于融为日本的民族文化。在此过程中，刘阮遇仙作为含蕴深厚的文学母题，也成为日本汉学家表现的重要对象。如有日本白居易之称的菅原道真为著名画家巨势金冈所绘的长寿故事图画题诗，其中即有《刘阮遇溪边二女》。而日本最早的汉学典籍之一的《风土记》之《丹后风土记》中的《浦岛子传》，则明显采用了刘阮遇仙的叙事结构，成为日本五大神话故事之一浦岛神话的源头。

　　唐五代是刘阮遇仙经典化的重要阶段，各种文体尤其是诗词对此做出了巨大贡献。刘阮遇仙与陶渊明桃源故事的合流，刘阮遇仙吸纳道教文化，衍生出众多文学意象与词牌，以及该故事的远播东瀛，对于考查文学题材与文体风格之相互促进、文学与宗教的融合、唐代文学向东亚世界的传播等文学史命题都具有一定的意义。

作者系台州学院人文学院教授

论文原载《古典文学知识》2016 年第 2 期，第 48—54 页

诗路记忆

盛唐诗人江南游历之风与李白
独特的地理记忆

查屏球

送别既是唐人的一种社交方式,也是他们发表作品的一种方式,李白长于写送别诗,其中送游诗尤见特色,其天性好游,地理思维活跃,这一题材尤能触发诗兴,如其代表作《蜀道难》就是以送游诗方式展开的。在这些作品中,《送王屋山人魏万还王屋并序》别具一格。诗一百二十句,有六十四句叙写了魏万江南之游的过程,可视为一篇比较完整的江南游记。因为魏万是第一个为李白编集并作序的人,李白及魏万答诗《金陵酬李翰林谪仙子》,自然受到研究者的关注,对于诗之编年、魏万身世及与李白交往情况已有了比较具体的考辨。但在内容上的这一特点,前人少有论及。以下参照李白其他游越之作,并联系同时代诗人相关作品,通过分析该诗的创作机制来透视盛唐诗人漫游江南风尚及其中的历史文化内涵。

一、浙东之游与魏、李投缘

魏万是李白崇拜者,小李白约二十岁 ①,天宝十二载七月到宋

---

① 两人相见于天宝十三载(754),魏万在上元初(760)所写的李集序(转下页)

州、兖州李白居处,未见李白就顺运河南下吴越追寻,直至来年五月才在扬州与李白相见^①,用时十个月,走了近三千里路。这种"追星"热情自然让李白感到兴奋,分手时以长诗相送,先赞魏万"爱奇好古,独往物表",末叙两人同游金陵之乐,中间用一大半篇幅详叙魏万漫游江南的行程,具体内容可分为八节:

第一站:钱塘观潮。

> 东浮汴河水,访我三千里。逸兴满吴云,飘飘浙江汜。挥手杭越间,樟亭望潮还。涛卷海门石,云横天际山。白马走素车,雷奔骇心颜。

魏万沿汴河、运河到扬州,再沿邗沟过长江,入江南运河到杭州。李翱《来南录》记:"自洛州下黄河汴梁,过淮至淮阴,一千八百有三十里,顺流;自淮阴至邵伯,三百有五十里,逆流。自邵伯至江九十里,自润州至杭州八百里。"^②这与李白所说的"访我三千里"大致相符。观潮时间多在八月十五左右,魏万大概是在此前后到达杭州。樟亭是一所很有名气的观潮亭,李白《与从侄杭州刺史良游天竺寺》已言"挂席凌蓬丘,观涛憩樟楼"。在他的地理意识中这是杭州的地标。

第二站:会稽访古。

(接上页)中言自己两个儿子可编辑李白后出之诗。其子年龄似在十五岁左右,据此推断魏万约在四十岁左右,其时李白已六十岁。

① 事见李白《送王屋山人魏万还王屋并序》、魏万《金陵酬李翰林谪仙子》《李翰林集序》。

② 《全唐文》卷六三八,中华书局,1983年,第6443页。

遥闻会稽美,一弄耶溪水。万壑与千岩,峥嵘镜湖里。秀色
不可名,清辉满江城。人游月边去,舟在空中行。此中久延伫,
入剡寻王许。笑读曹娥碑,沉吟黄绢语。

魏万言"雪上天台山",其到天台时已是冬季,估计他在越州逗
留时间较长,至少是在九至十一月时期。李白最为激赏的是月下行
舟的场景。如《越女词五首·其五》有曰:"镜湖水如月。"《梦游天
姥吟留别》言:"我欲因之梦吴越,一夜飞度镜湖月。"这一印象成为
他对越中特有的地理记忆。

第三站:天台登顶。

天台连四明,日入向国清。五峰转月色,百里行松声。灵溪
咨沿越,华顶殊超忽。石梁横青天,侧足履半月。

此处叙述的进天台山的路程也是当时进香者常走的线路,如日
僧成寻《参天台五台山记》记:他由杭州出发,七天乘船到剡县,再坐
轿三天,到达国清寺①。其天台景观的叙写又与中唐徐灵府《天台山
记》所记相同:

(自天台观西去瀑布寺一里……)寺北一里有岩,高百丈,名
百丈岩,岩下灵溪。孙兴公赋:"过灵溪而一灌,疏烦虑于心胸。"
寺引溪水经厨中过,还绕廊院。寺南九峰山,山高百余丈,周回
六里,亦天台有派干也,旧名九垅山。②

---

① [日]成寻《参天台五台山记》,花山文艺出版社,2008年,第19—24页。
② 本文在《通志》《直斋书录解题》中有著录,元后散佚,日本有存,黎庶昌《古
逸丛书》收录。此据日本国立国会图书馆藏抄本摘录。

其中"转月色"一语,与李白"楼栖沧岛月"(《天台晓望》)也是相似的,都以夜游来表现游兴之浓。

第四站:海行温州。

> 忽然思永嘉,不惮海路赊。挂席历海峤,回瞻赤城霞。赤城渐微没,孤屿前峣兀。水续万古流,亭空千霜月。

下天台山后,又由海上航行到温州。在海上回首岸上山岭,仍可见到天台山上赤城峰。李白《梦游天姥吟留别》首云:"越人语天姥,烟霞明灭或可睹。"正是描写了海上观天台山的景象,与会稽、天台一样,他将此处仍定格在月下观景的情景中。

第五站:恶溪观瀑。

> 缙云川谷难,石门最可观。瀑布挂北斗,莫穷此水端。喷壁洒素雪,空濛生昼寒。却寻恶溪去,宁惧恶溪恶。咆哮七十滩,水石相喷薄。路创李北海,岩开谢康乐。松风和猿声,搜索连洞壑。

到温州后,沿着瓯江上行,可达缙云,入丽水,李白没有留下道及这里的作品,诗中有自注曰:"李公邕昔为括州,开此岭路。""恶溪有谢康乐题诗处。"非亲历者不能道此,显然,他对这一线也是很熟悉的。

第六站:金华寻胜。

> 径出梅花桥,双溪纳归潮。落帆金华岸,赤松若可招。沈约八咏楼,城西孤岩峣。岩峣四荒外,旷望群川会。

　　绕过仙霞山脉达永康,再由水道到武义、金华,由山间一下进入广阔的水域,心境随之开阔,诗以点缀式叙述,表现出了行舟观景时的特定感受,对行进线路的介绍准确而细致,表明对这一带山水风光早已了然于心。之前他已说过"东阳素足女,会稽素舸郎"(《越女词五首·其四》)、"金华牧羊儿,乃是紫烟客"(《古风·其十七》),这说明泊舟金华渡口与企遇赤松,就是他关于此地最难忘的地理记忆。

　　第七站:富春访幽。

> 云卷天地开,波连浙西大。乱流新安口,北指严光濑。钓台碧云中,邈与苍岭对。

　　魏万由兰溪上溯至建德江、新安江,再东转到桐庐江,此处最易让人联想起吴均《与朱元思书》,然而对于已见过蜀、越山水的李白来说,此地最有名的景观却是严子陵钓鱼台。其诗近二十处提及严子陵,其《古风·其十二》有曰:"昭昭严子陵,垂钓沧波间。……使我长叹息,冥栖岩石间。"在他心目中,此地与其人格偶像是联系在一起的。

　　第八站:太湖泛舟。

> 稍稍来吴都,徘徊上姑苏。烟绵横九疑,漭荡见五湖。目极心更远,悲歌但长吁。回桡楚江滨,挥策扬子津。

　　由桐庐江东行,再沿江南运河苏州至杭州段北行,可达苏州并进入太湖。过苏州北行到京口入扬子江,再入邗沟又回到扬州。李白着力表现了在泛舟太湖与扬子江时由烟波浩茫景象引发出的惆怅之意。这是他在江南旅途中常有的感受,如"目随征路断,心逐去帆扬"
(《秋日登扬州西灵塔》)、"目极浮云色,心断明月晖"(《秋夕旅怀》)
可能也写于他由越返扬的途中。

　　以上三十二联,既似一篇浙东山水游记,又似一幅浙东山水导
游图,如严羽所评"一篇纪游文,胜情飞动"①。在送别诗中插入如此
内容,看似偏离主旨,但由全诗结构看,称叹魏万游兴可具体地展示
他"独往物表"的气质,同样突出了他"爱奇好古"的个性。同时,
由李白相关作品看,李白之所以将"游记"写得如此神采飞扬,还因
为魏万壮游之举激起了他对自己漫游江南的回忆与想象,全诗以记
他人之游的方式将自己关于江南的地理记忆串连起来了。诗中有
言"相逢乐无限,水石日在眼",这表明当时两人谈论最多的就是江
南旅程,类似经历与感受拉近了他与魏万的情感距离,这是性情相
近的两个好游者之间的对话与交流,故纪游也抒发了他们之间的
友情。

二、青春的记忆与魏氏壮游的契合

　　由以上笺解看,若要深入解析本诗的情感世界,还需要对李白
游越一事做更具体的分析。前此研究者虽对相关作品的系年做过
初步推论,但部分细节仍有待发覆,其中有以下几个问题需做专门
说明。

---

① 严沧浪、刘会孟评点《李杜全集》之《李太白集》卷一四,明崇祯二年刊本。参
　见詹锳《〈李白集〉版本源流考》,《李白全集校注汇释集评》,百花文艺出版
　社,1996年,第8册,第4612页;陈伯海、朱易安编撰《唐诗书目总录》,上海
　古籍出版社,2015年,第250页。

（一）"东涉溟海"与初游越中

李白《上安州裴长史书》言自己出蜀后"南穷苍梧,东涉溟海",后者即指初游越中之事①。他出发前写下《秋下荆门》:"霜落荆门江树空,布帆无恙挂秋风。此行不为鲈鱼鲙,自爱名山入剡中。"明言出发时间是秋季。其《别储邕之剡中》作于扬州,记录下了初次游越的行程。他先沿江东下入扬州,再由运河去越州。"荷花镜里香""辞君向天姥,拂石卧秋霜"表明夏秋之交上路,打算在天姥山度过秋天,他在越州所作《渌水曲》中就有"渌水明秋日"一句。又《越女词五首》组诗分地描述他在越中所见的女性,其中"长干吴儿女""吴儿""耶溪采莲女""东阳素足女"显示所经之地有金陵、苏州、越州、婺州等,"东阳素足女,会稽素舸郎"一联尤其值得关注。这种景象应出现在水运要道上,由当时条件看,应是指越州舟人至婺州时的情景。这一条舟行线路与他记叙的魏万行程是一致的,也应是由天台海行至温州,再经丽水到金华。其《估客行》:"海客乘天风,将船远行役。譬如云中鸟,一去无踪迹。"所写的航海商人的生活,或许就是在这次海行中所见到的场景,这一经历与"东涉溟海"的说法是相符的。虽然存诗不多,但"耶溪""天姥""海客""东阳"等词确实留下了可供推断的线索。他结束游程之后,又回到扬州,时间是当年的深秋,"露浩梧楸白,霜催橘柚黄"(《秋日登扬州西灵塔》)、"旅情初结缉,秋气方寂历"(《淮南卧病书怀寄蜀中赵征君蕤》)可为证。全程应是仲夏出发,深秋返回,费时三个多月。

李白有两诗直接写到天台之游:

---

① 参见郁贤皓《李白出蜀前后事迹考辨》,《李白与唐代文史考论》第一卷《李白丛考》,南京师范大学出版社,2008年,第11页。

天台邻四明,华顶高百越。门标赤城霞,楼栖沧岛月。凭高登远览,直下见溟渤。云垂大鹏翻,波动巨鳌没。风潮争汹涌,神怪何翕忽。观奇迹无倪,好道心不歇。攀条摘朱实,服药炼金骨。安得生羽毛,千春卧蓬阙?(《天台晓望》)

四明三千里,朝起赤城霞。日出红光散,分辉照雪崖。一餐咽琼液,五内发金沙。举手何所待? 青龙白虎车。(《早望海霞边》)

诸家多将此定在天宝六载,但由诗的内容看,将两诗归入第一次访天台时所作,可能更合理一些。因为唯有初次见到这种景象,才会在诗中表现出如此激动的心情。且诗中多为好道求仙之语,无离京后遗世失意之态,与天宝三载后相关诸作风格显有不同。诗中有"摘朱实"一词,与其初期所说"辞君向天姥,拂石卧秋霜"也是一致的。

(二)司马承祯与初游越中的动机

李白《大鹏赋并序》言:"余昔于江陵见天台司马子微,谓余有仙风道骨,可与神游八极之表。"所述地点明确。诸家多以此为坐标点考察李白初游时间。如果考实司马承祯(647—735)来江陵的时间,也就可以坐实李白与之会面的时间,进而推断出他东游越中的时间。《旧唐书·司马承祯传》言:

承祯尝遍游名山,乃止于天台山。则天闻其名,召至都,降手敕以赞美之。……景云二年,睿宗令其兄承祎就天台山追之至京,引入宫中,问以阴阳术数之事。……开元九年,玄宗又遣使迎入京,亲受法箓,前后赏赐甚厚。十年,驾还西都,承祯又请还天台山,玄宗赋诗以遣之。十五年,又召至都。玄宗令承祯于王屋山自选形胜，置坛室以居焉。

　　本传未言来江陵之事，但指出他开元十年后离京，十五年又被召入京城。司马承祯有《陶宏景碑阴记》言："子微将游衡岳，暂憩茅山。"似乎是沿江西上再入洞庭南下至衡山，有可能经过江陵，文中注明事在开元十二年九月十三日。张九龄有诗《登南岳事毕谒司马道士》表明开元十四年秋他仍在南岳。其入出衡山都有过往江陵的可能，但受诏而往停留的时间不会太长。李白在江陵与之见面，最大的可能是发生在开元十二年秋冬①，或十三年初②。依常理，由长江至衡山，径由岳阳入洞庭即可，不需北上至江陵。然江陵是当时江汉地区的道教中心，司马承祯经往此地也是很有可能的。

　　司马承祯是当时道教中的"明星"人物，武后、中宗、睿宗、玄宗都接见过他。玄宗《王屋山送道士司马承祯还天台》言："林泉先得性，芝桂欲调神。地道逾稽岭，天台接海滨。"对越中山水与隐逸修道关系进行形象的描述，玄宗在表彰司马承祯的制文中又有"遍游名山，密契仙洞"③之语，遍游名山已作为密契仙洞参悟道机的表现，

─────────

① 宋敏求《唐大诏令集》卷七四《命卢从愿等祭岳渎敕》有言："令……太常少卿张九龄祭南岳。"此诏下注："开元十四年正月。"（商务印书馆，1959年，第418页）张九龄诗《登南岳事毕谒司马道士》言："分庭八桂树，肃容两童子。"（《全唐诗》卷四七，上海古籍出版社，1986年，第143页）表明已是桂树飘香的时节，司马承祯离开衡山，应不早于开元十四年秋季。

② 卫凭《贞一先生庙碣》云："而后游句曲，步华阳之天，栖冥柏，入灵墟之洞，寻大鹤，采金瓶之实，登衡山……开元十二年，天子修明德之祀，思接万灵，动汾水之驾，将邀四子，乃征尊师入内殿，受上清经法，仍于王屋山置阳台观以居之。"（陈垣《道家金石略》，文物出版社，1988年，第121页）疑有误，其叙"汾水之驾"之事《通鉴》载在开元十二年。如果司马承祯开元十二年受诏，不当于本年仍由茅山往衡山，并于开元十四年仍在衡山。

③ 唐玄宗《赠司马承祯银青光禄大夫制》，《全唐文》卷二二，第257页。

这应是当时流行的一种知识观念。李白称自己"五岳寻仙不辞远，一生好入名山游"也是这一观念的表现。以当时身份看，李白约在二十三四岁，正是富有想象与激情的年龄，对司马承祯应带有明星崇拜意识，司马承祯遍游名山以及在天台隐居成名的经历，对年轻的李白一定会有吸引力。司马承祯对他的称赞更激发他有心效法这位明星的冲动。可以推想其"南穷苍梧"可能是追随司马承祯入南岳寻仙，"东涉溟海"则是探访司马承祯的成道之所。开元十三年春夏南游，入秋开始东游，与相关作品的系年也相合。

（三）频游越中与初游的记忆

初游之后到与魏万会面之前，李白至少还有三次到过越中。考订相关作品系年，可见出李白对越中地理不同的体验。

李白第二次到越中是在开元二十七年 ①，仅去了杭州，以下二诗可证：

> 携妓东山去，春光半道催。遥看若桃李，双入镜中开。（《送侄良携二妓赴会稽戏有此赠》）
>
> 挂席凌蓬丘，观涛憩樟楼。三山动逸兴，五马同遨游。天竺森在眼，松风飒惊秋。览云测变化，弄水穷清幽。叠嶂隔遥海，当轩写归流。诗成傲云月，佳趣满吴洲。（《与从侄杭州刺史良游天竺寺》）

---

① 据《与从侄杭州刺史良游天竺寺》《送侄良携二妓赴会稽戏有此赠》二诗中李良的信息可断此事。孙逖有《授李良等诸州刺史制》，约作于开元二十四年至天宝三载其为中书舍人间。劳格《读书杂识》卷七《杭州刺史考》列李良于杜元志与陆彦恭之间，以其为开元间刺史（《续修四库全书》第1163 册，上海古籍出版社，2002 年，第 275 页），极可能是在二十七年左右。

李良约在开元二十七年左右为杭州刺史，李白可能在这一年春天写诗送他到会稽，秋天与之一起游寺庙观海潮，未见有前往天台的作品。今人多将《见京兆韦参军量移东阳二首》系于第二次游越之时，诗曰：

> 潮水还归海，流人却到吴。相逢问愁苦，泪尽日南珠。（《其一》）
> 闻说金华渡，东连五百滩。全胜若耶好，莫道此行难。猿啸千溪合，松风五月寒。他年一携手，摇艇入新安。（《其二》）

顾炎武考订量移之事首见于开元二十年，并以李白此诗为证，今人多据此将本诗系于开元二十年。其实，顾氏考证有误，量移之事首见于《册府元龟》卷八五："（开元十一年）十一月戊寅……制曰：'……其左贬官非逆人五服内亲及犯赃贿名教者，所司勘实奏闻，量移近处。'"[1]韦参军是否属这一批量移人员，已难证实。"日南珠"，表明韦参军似从交趾或海南量移到金华。又"猿啸千溪合"，不似吴中水乡，而是山间。由地理推断，很可能作于李白晚年流放或放归途中，地点似在蜀山楚水一带。因为他对韦参军被贬之地很熟悉，所以能一气写出金华、若耶、新安这些地名。抑或作另一推论：诗言"闻说""他年"，似在其游越之前。量移诏书发布于开元十一年十一月，传至海南或交趾再到具体执行，自然需要很长时间，韦参军由贬所走到吴地费时更多，诗言"松风五月寒"，可能是在开元十二年或十三春天了，即在李白见司马承祯前。其时，李白对于金华、若耶、新安仍充

---

[1] 参见日本岛善高《唐代量移考》（《东洋法史的探究——岛田正郎博士颂寿纪念论集》，汲古书院，1987年）、台湾陈俊强《唐代"量移"试探》（中国唐代学会等编《第五届唐代文化学术研讨会论文集》，高雄丽文文化事业股份有限公司，2001年）。

满着想象。当然,开元年间量移事有很多次,韦参军属于哪一次,尚难定论,这只是选择了其中的可能性加以推断。

李白第三次游越是在天宝六载,这一次是为了驱散离京之后的烦忧,费时较长,诗中信息也较多。其临行前即有《东鲁门泛舟二首·其二》言:"若教月下乘舟去,何啻风流到剡溪。"《鲁郡尧祠送窦明府薄华还西京》言:"尔向西秦我东越,暂向瀛洲访金阙。"《梦游天姥吟留别》言:"我欲因之梦吴越,一夜飞度镜湖月。"入越后,他凭吊越王、贺知章遗迹,写有《越中览古》《对酒忆贺监二首》《重忆一首》,又有《同友人舟行游台越作》:

> 楚臣伤江枫,谢客拾海月。怀沙去潇湘,挂席泛溟渤。蹇予访前迹,独往造穷发。古人不可攀,去若浮云没。愿言弄倒景,从此炼真骨。华顶窥绝溟,蓬壶望超忽。不知青春度,但怪绿芳歇。空持钓鳌心,从此谢魏阙。

本诗中离朝失意之情非常明显,诗称"绿芳歇",当作于秋天,诗中对炼金骨之事仍有颇高的兴致。又有《古风·其十七》:

> 金华牧羊儿,乃是紫烟客。我愿从之游,未去发已白。不知繁华子,扰扰何所迫。昆山采琼蕊,可以炼精魄。

诗言"金华""发已白",似是五十岁左右作于金华,又表达了对采药炼精之事的向往,应是这一次入越之作。

其时又有《送杨山人归天台》一诗言:

> 客有思天台,东行路超忽。涛落浙江秋,沙明浦阳月。今游

方厌楚,昨梦先归越。且尽秉烛欢,无辞凌晨发。我家小阮贤,剖竹赤城边。诗人多见重,官烛未曾然。兴引登山屐,情催泛海船。石桥如可度,携手弄云烟。

诗中"剖竹赤城边"者当为姓李的台州刺史,《唐刺史考》列玄宗朝台州刺史姓李者仅李竞一人,时间在天宝八载,本诗可能作于天宝八载左右。这一次是他第二次全程游越,其时对道家飞升之术仍充满兴趣。

李白第四次越中之游,情绪大为不同,其《越中秋怀》曰:

越水绕碧山,周回数千里。乃是天镜中,分明画相似。爱此从冥搜,永怀临湍游。一为沧波客,十见红蕖秋。观涛壮天险,望海令人愁。路逾迫西照,岁晚悲东流。何必探禹穴?逝将归蓬丘。不然五湖上,亦可乘扁舟。

诗言"十见",应在离京后十年,约在天宝十二载。他以海为愁,又无意探禹穴,希望如范蠡一样潇洒于五湖之间。这一情趣与其后一年在宣城所作的"人生在世不称意,明朝散发弄扁舟"意趣相同。元人萧士赟评李白《对酒行·松子栖金华》曰:

此诗其太白知非之作乎?白少时见天台司马承祯,谓其有仙风道骨,继见贺知章,亦目其为谪仙人,后从道家者流受图箓,自负为三十六天帝外臣,有志于仙术亦可知矣。今而老之将至,前说茫无寸验,因思古之所谓仙人如赤松、安期者,亦不复再见于世,以知自古皆有死,死者无不化,所贵乎仙者,特其精神与天地同流耳,反老还童,留形住世之说诞也。①

李白"人非元气,安得与之久徘徊"(《日出入行》)、"六鳌骨已霜,三山流安在"(《登高丘而望远海》)、"尚采不死药,茫然使心哀"(《古风·其三》)、"但求蓬岛药,岂思农扈春"(《古风·其四十八》)都是在观海之中产生了对道家长生虚无之事的怀疑,应属于同期之作。这次游越心绪大变,不仅没有访山求仙的心情,而且也少了游山玩水的兴致。其《求崔山人百丈崖瀑布图》可能也作于此时:

> 百丈素崖裂,四山丹壁开。龙潭中喷射,昼夜生风雷。但见瀑泉落,如潆云汉来。闻君写真图,岛屿备萦回。石黛刷幽草,曾青泽古苔。幽缄倘相传,何必向天台!

这是一首题画诗,末一句虽是赞美画家的夸张之语,也可能是出于诗人行游的实情。这次他未登天台,因他已怀疑于天台洞天中取长生不老之药的说法,他喜好的只是越中的山光水色。

从魏万追寻李白行踪的行为方式看,李白天宝十二载似应有此一游,才引得魏万由扬入吴并有越中之行。李白来年春见到魏万时,刚刚结束越中之游,相同的旅游经历才会引得他如此兴奋。李白虽有多次越中之游,但唯有初游与魏万游程最接近。这是诗人首次漫游天下,是让他尤其兴奋与难忘的青春记忆,也是构成他的越中地理意识的核心内容。魏万的游兴激发了他的回忆,他由魏氏的身上看到了当年的青春活力,所以在诗中详述魏万行程,其中也渗透了对青春的回忆与怀想。

---

① 杨齐贤集注,萧士赟补注《分类补注李太白诗》卷六,四部丛刊本,第18A叶。

三、盛唐士人漫游江南之风与"《文选》化"的地理意识

除了以上具体原因外,李白如此激情地赞美魏万好游之兴,还缘于盛唐才子中流行的漫游江南之风。初唐时期,陇蜀经济关系密切,中原诗人多好游蜀,如初唐四杰早年都曾有过漫游蜀中的经历。经过了近百年运河经济的带动与海外贸易的刺激,开元时代以扬州为中心的江南吴越一带经济的发展已远在其他地区之上①,经济地位上升使得士人的旅游中心也转移至此。当然,除经济背景之外,此风之流行,还有两个更直接的文化因素:

一是道家的入名山求仙的传统意识,在道家名山系列中,以越中居多。如《抱朴子内篇·金丹》言:

> 古之道士,合作神药,必入名山,不止凡山之中,正为此也。又按仙经,可以精思合作仙药者,有华山、泰山、霍山、恒山、嵩山、少室山、长山、太白山、终南山、女几山、地肺山、王屋山、抱犊山、安丘山、潜山、青城山、娥眉山、绥山、云台山、罗浮山、阳驾山、黄金山、鳖祖山、大小天台山、四望山、盖竹山、括苍山,此皆是正神在其山中……若不得登此诸山者,海中大岛屿,亦可合药。若会稽之东翁洲、亶洲、纻屿,及徐州之莘莒洲、泰光洲、郁洲,皆其次也。今中国名山不可得至,江东名山之可得住者,

---

① 洪迈《扬州重建平山堂记》言:"方唐盛时,全蜀尚列其下,至有'扬一益二'之语。"(《全宋文》卷四九一九,上海辞书出版社、安徽教育出版社,2006年,第 222 册,第 92 页)

有霍山,在晋安;长山、太白,在东阳;四望山、大小天台山、盖竹山、括苍山,并在会稽。①

　　葛洪已将访名山与修道炼丹直接联系在一起,其列江东名山有七座,六座就在东阳、会稽。这一学说为司马承祯继承,其作有《天地宫府图》,系统提出十大洞天、三十六小洞天及七十二福地之说。在其所列的十大洞天中,有两处是传说之地,八处真实之所中有一半在江南,它们是台州黄岩县的委羽山洞、台州唐兴县的赤城山洞、润州句容县的曲山洞、处州乐安县的括苍山洞;三十六小洞天中有十二处在江南吴越之地,居三分之一;七十二福地有十八处,其中前五位就在吴越之地②。这一情况的出现当然是缘于这类道教著作多出现在东晋南朝,也与江南越中山水奇特的地形相关。司马承祯是玄宗时代道教的中心人物,其居所天台山也就更具仙气了。如其时祠部郎中崔尚受命写《唐天台山新桐柏观颂并序》对天台道家之灵气大加铺陈,言:"闻炼师之名者,足以激厉风俗;睹炼师之容者,足以脱落氛埃。"并认为:"道之行也,必有阶也;行道之阶,非山莫可。故有为焉,有象焉。瞻于斯,仰于斯。若舍是居,教将奚依?"③从而使天台桐柏成为当时人们向往的仙都,纷纷来到吴越之地寻仙访洞。另外,天台山自南朝以来就是佛教圣地,陈、隋之时智颉大师在此说法创立天台宗,影响甚大,成为隋及唐初佛教第一大名山,山上国清寺是天台宗祖庭,引得无数好佛者前来礼拜。但司马承祯的影响却大大提升了天台山道家仙山的地位,也掩抑了佛宗祖山的地位,这情况直至

---

① 王明《抱朴子内篇校释》卷四,中华书局,1985 年,第 85 页。
② 张君房编,李永晟点校《云笈七签》卷二七,中华书局,2003 年,第 608—629 页。
③《全唐文》卷三〇四,第 3090 页。

中唐后天台宗再次扩大影响才有所改变。当时人多以游仙的狂热叙写游越之事。如孟浩然在开元十七、八年（729、730）就曾游越[①]，其诗曰：

> 挂席东南望，青山水国遥。舳舻争利涉，来往接风潮。问我今何去，天台访石桥。坐看霞色晓，疑是赤城标。（《舟中晓望》）
> 吾友太乙子，餐霞卧赤城。欲寻华顶去，不惮恶溪名。歇马凭云宿，扬帆截海行。高高翠微里，遥见石梁横。（《寻天台山》）

此处列出恶溪（丽水、海行、石梁）正是由金华到天台的线路。与李白一样，在其纪游诗中寻仙访道是其中比较突出的内容。又如张子容《送苏倩游天台》：

> 灵异寻沧海，笙歌访翠微。江鸥迎共狎，云鹤待将飞。琪树尝仙果，琼楼试羽衣。遥知神女问，独怪阮郎归。

同样也是以游仙诗的素材来想象对方游天台之事，江南、越中山水之"仙气"与道名一直吸引着北地才子纷纷渡江而来。如上所述，李白出蜀后，直接奔此而来，就是受到了道家传奇人物司马承祯的感召与吸引。

二是以《文选》为中心的江左文化的影响。唐进士科诗赋多以《文选》诗文为题，学子多以《文选》为基本读物，如李善《上文选注表》所言："后进英髦，咸资准的。"《唐诗纪事》记李白年轻时曾三拟《文选》，杜甫告诫孩子习诗要法就是"熟精《文选》理"（《宗武生

---

① 刘文刚《孟浩然年谱》，人民文学出版社，1995年，第52页。

日》),这对唐人的地理意识具有初始化的作用。《文选》"游览""行旅"类诗,共选了十五位诗人,五十九首诗,除了曹丕、潘岳、潘尼、陆机四人共十一首外,其余十一位都是东晋、南朝诗人,共有四十八首,占百分之八十以上,涉及地区主要是建康及浙东与皖南。如《文选》卷一一收有孙绰《游天台山赋》,玄宗时李周翰注云:"孙绰为永嘉太守,意将解印以向幽寂,闻此山神秀,可以长往。因使图其状,遥为之赋。赋成示友人范荣期,荣期曰:'此赋掷地,必为金声也。'"① 这类"图状成文"与左思写《三都赋》"稽之地图""验之方志"的写作理念显然不同,想象化与审美化远过于各类地理志的记载。又谢灵运《山居赋》未入《文选》,然见于《宋书》与《艺文类聚》诸书,也应是唐人熟知的作品。谢赋约四千七百字,对会稽、四明山地作了细致描述,如写到野兽十六种、鸟类十种、鱼类十六种、树木十四种、果木十四种、蔬菜十余种、水草十六种等,以浓郁的越中地理色彩凸显了隐家妙境。唐代读书人借此很早就形成了关于六朝名士与江南山水的文化记忆与地理想象,很多青年学子完成早年苦读后,多以游历江南作为自己走出家门漫游天下的第一站,将文字与实景相对照,走入历史的空间中,既可验证自己所学,又可真切感受六朝名士风韵,满足累积已久的文化崇拜心理。经过百余年南北文化的融合,盛唐诗人已不再像初唐文人那样看待南朝文化,不再仅从政治层面上斥之为亡国之音,而能从审美的角度去接受、欣赏南朝名士文化,以《文选》中的文学地图来构建他们的江南地理意识。如杜甫二十岁时,开始了吴越之游,其《壮游》言:

　　　　东下姑苏台,已具浮海航。到今有遗恨,不得穷扶桑。王谢

---

① 萧统编,李善等注《六臣注文选》卷一一,四部丛刊本,第4B叶。

风流远,阖庐丘墓荒。剑池石壁仄,长洲荷芰香。嵯峨阊门北,
清庙映回塘。每趋吴太伯,抚事泪浪浪。枕戈忆勾践,渡浙想秦
皇。蒸鱼闻匕首,除道哂要章。越女天下白,鉴湖五月凉。剡溪
蕴秀异,欲罢不能忘。归帆拂天姥,中岁贡旧乡。

他在姑苏台已准备航海,又说渡浙,应是由苏州乘船沿着运河到
钱塘江,再渡江入越州,又沿剡溪到天台,再从天台附近入海向北航
行,入长江口返回。诗中言"荷芰香""五月凉""中岁",因是夏季,
时间不少于两个月①。传说曾让李白低首的崔颢也有过越中之游②,
其有诗曰:

> 梁日东阳守,为楼望越中。绿窗明月在,青史古人空。江静
> 闻山狖,川长数塞鸿。登临白云晚,流恨此遗风。(《题沈隐侯八
> 咏楼》)
> 鸣榔下东阳,回舟入剡乡。青山行不尽,绿水去何长。地气
> 秋仍湿,江风晚渐凉。山梅犹作雨,溪橘未知霜。谢客文逾盛,
> 林公未可忘。多惭越中好,流恨阅时芳。(《舟行入剡》)

由后一首看,他也是由金华入越州的。三人的诗与李白所叙内
容相似,海景壮阔,越中山水以及南朝沈约、王羲之、谢灵运遗迹,是
他们共同的地理记忆。当时很多诗人都写有送人游越之作,如:

---

① 陈贻焮《杜甫评传》,北京大学出版社,2003 年,第 47 页。
② 参见赵昌平《盛唐北地士风与崔颢李颀王昌龄三家诗》,《赵昌平自选集》,广
西师范大学出版社,1997 年,第 93—99 页。

　　南入剡中路,草云应转微。湖边好花照,山口细泉飞。此地饶古迹,世人多忘归。经年松雪在,永日世情稀。芸阁应相望,芳时不可违。(丘为《送阎校书之越》)

　　清旦江天迥,凉风西北吹。白云向吴会,征帆亦相随。想到耶溪日,应探禹穴奇。仙书傥相示,予在此山陲。(孟浩然《送谢录事之越》)

　　客路风霜晓,郊原春兴余。平芜不可望,游子去何如。烟水乘湖阔,云山适越初。旧都怀作赋,古穴觅藏书。碑缺曹娥宅,林荒逸少居。江湖无限意,非独为樵渔。(刘长卿《无锡东郭送友人游越》)

　　未习风波事,初为吴越游。露沾湖色晓,月照海门秋。梅市门何在,兰亭水尚流。西陵待潮处,落日满扁舟。(刘长卿《送人游越》)

　　他们送别的对象不是为了干谒而奔走,或为宦游而离别,更不像中晚唐士人为避难求食而南迁,而是出于纯粹性的旅游探胜的需求,这一时尚也只有在富庶而安定的开天时代才可能流行起来,对于盛唐诗人来说,这是一个极易触发诗兴的题材。

　　李白曾言:"余小时,大人令诵《子虚赋》,私心慕之。及长,南游云梦,览七泽之壮观。"(《秋于敬亭送从侄端游庐山序》)其人生的第一次远行就是受到早年诵读《文选》的影响。又其《夜泊牛渚怀古》于题下注曰:"此地即谢尚闻袁宏咏史处。"诗云:

　　牛渚西江夜,青天无片云。登舟望秋月,空忆谢将军。余亦能高咏,斯人不可闻。明朝挂帆席,枫叶落纷纷。

夜间他到了当涂牛渚,自然想到东晋谢尚遇袁宏之事。又如
《金陵城西楼月下吟》:

> 金陵夜寂凉风发,独上高楼望吴越。白云映水摇空城,白露
> 垂珠滴秋月。月下沉吟久不归,古来相接眼中稀。解道澄江净
> 如练,令人长忆谢玄晖。

来到金陵,看到水摇空城的景象又想到了谢朓"余霞散成绮,澄
江静如练"的名句。李白还写有多首送人游越之作[①],如:

> 闻道稽山去,偏宜谢客才。千岩泉洒落,万壑树萦回。东海
> 横秦望,西陵绕越台。湖清霜镜晓,涛白雪山来。八月枚乘笔,
> 三吴张翰杯。此中多逸兴,早晚向天台。(《送友人寻越中山水》)
> 海水不满眼,观涛难称心。即知蓬莱石,却是巨鳌簪。送尔
> 游华顶,令余发岛吟。仙人居射的,道士住山阴。禹穴寻溪入,
> 云门隔岭深。绿萝秋月夜,相忆在鸣琴。(《送纪秀才游越》)

前一首无具体人名,极有可能与其《渡荆门送别》类似,是一首
自送之作。"闻道"一词表明写诗时尚未到越中,这可能是出游前对
越地的想象。后一首,似乎是在鲁中病后所作。在诗中他非常热情
地向纪秀才介绍了越中名胜。他的《梦游天姥吟留别》既集合了游
仙诗的传统话语,又糅合了孙、谢之作赋中的地理意识,以特写的方

---

① 主要有《送友人寻越中山水》《送崔十二游天竺寺》《送杨山人归天台》《送
　　侄良携二妓赴会稽戏有此赠》《送祝八之江东赋得浣纱石》《金陵送张十一再
　　游东吴》《送纪秀才游越》《送二季之江东》《东鲁见狄博通》《送张舍人之江
　　东》等。

式集中闪现了越中文学地图中的仙气①。其"送魏"一首以纪游的形式,全程展示了对江南山水的地理体验,对于李来说,他的江南文化地图,不仅有缘于对南朝名士文化与道教文化的知识记忆,还在于他年轻时代特有的地理体验。于今人看来,李白一诗的意义就在于以饱满的激情与完整的叙述表现出了盛唐士人好游江南的时尚与盛世时代所特有的潇洒自适的生活情趣。

马尔坎·布莱德贝里《文学地图·序》言:"在最基础的文学要素中,地方、旅行与探险总是不可或缺的三件事。我们的诗、我们的小说、我们的戏剧自身就能绘出世界的图像。""地方本身通常会被提及它们的作品所改变,并且从文学中萃取其意义与神话般的特色。"②由上述分析看,李白的江南文学地图既有对"《文选》化"地理观念的认知,有对南朝名士文化与道家仙景的朝圣心理,又有知识记忆与实地考察相碰撞后产生出来的新的地理体验,其诗中江南山水既带有孙绰、谢灵运等南朝名家笔下的地理色彩,又以这种个性化的体验为后世江南文学地图着上了新的色调。因此,从地理意识角度解析李白送游诗中的文学地图,可更深入地认识其情感世界的构成与诗歌创作的心理机制。

作者系复旦大学中文系教授

论文原标题为《盛唐诗人江南游历之风与李白独特的地理记忆——李白〈送王屋山人魏万还王屋并序〉考论》,原载《文学遗产》2013年第3期,第39—48页

---

① 钱锺书将宋玉《高唐赋》、孙绰《游天台山赋》与李白《梦游天姥吟留别》"三篇合观,颇益文思"(见《管锥编》,生活·读书·新知三联书店,2001年,第3册,第35页)。

② [英]马尔坎·布莱德贝里(Malcolm Bradbury)著,赵闵文译《文学地图》,台北Argun出版社,2007年,第3页。

李白在天地行旅中浮现的浙东诗景

廖美玉

一、前言

李白成长于蜀地,读书匡山,二十五岁辞亲远游,有时乘扁舟,一日千里;有时泛舟清川,赏穷江山;有时流连胜境,终年不移,足迹几乎遍及天下。初入长安,越州永兴(今浙江萧山)贺知章(659—744)初见李白,呼为"谪仙人"①。阅读李白,天地一逆旅,风月长相知,浮云游子,落日故人,有李白命名的山与湖,有因李白一首诗而成为名胜、留名千古的。其中又以五入越中最具指标性,学者研究已多,查屏球《盛唐诗人江南游历之风与李白独特的地理记忆——李白〈送王屋山人魏万还王屋并序〉考论》一文,即以李白《送王屋山人魏万还王屋并序》作为"李白江南文学地图的一次完整组合","魏万之游兴激发了他的青春回忆,纪游既是对魏万名士之风的称赏,又是对自己多次浙东之游的回忆,体现了那个时代人关于江南的地理意识"②,具指标性意义。滕春红、庞飞《跟着李白游绍兴》聚焦在李白

① 安旗等《李白全集编年笺注》卷八,中华书局,2015年,第775页。
② 查屏球《盛唐诗人江南游历之风与李白独特的地理记忆——李白〈送王屋山人魏万还王屋并序〉考论》,《文学遗产》2013年第3期。

的绍兴之旅：

> 在会稽怀越国旧事,畅怀镜湖,再至上虞东山访谢安逸事,
> 拜曹娥碑,转而顺剡溪南下,在两岸叠竹翠绿中遍览越中名山胜
> 景,聆听采莲曲,追寻王子猷雪夜访戴的雅事,天姥寻仙,再至天
> 台寻道……是山水自然之旅,人文风情之旅,六朝回响之旅,更
> 是仙境朝圣之旅。①

都可见李白笔下的越中,洋溢着丰美多元的自然胜景与人文风情。
本文拟把李白的越中书写摆放在他的天地行旅中,从驻足与记忆两
个视角切入,探讨李白因浙东而生发的"诗景",成为唐诗学上不可忽
视的坐标。

二、驻足,浙东风景,一抹深情

在李白的天地行旅中,在宣州流留最久,除了为五松山、玉镜潭
命名,也改九子山为九华山②,留下许多传世佳作。相形之下,五入
越中的时间并不长,却是别饶意蕴。越中约为今浙东,系春秋吴越旧
地,南朝宋泰始七年(471)始设越州,领会稽、诸暨二县。隋大业元
年(605)改吴州置越州,治所在会稽县,辖区约今浙江浦阳江、曹娥
江流域及余姚等地。依刘昫《旧唐书·地理志》,唐初越州管越、台、
括、婺、泉、建六州,再调整为管杭、婺、衢、温、处、台等六州。高宗上

---

① 滕春红、庞飞《跟着李白游绍兴》,《中国鉴湖》第二辑,中国文史出版社,2015
　年,第304—321页。
②《旧唐书》卷一一,台北鼎文书局,1985年,第1128页;《旧唐书》卷一二,第
　1139页。

元二年（675），析出括州的永嘉、安固二县，别置温州。武则天垂拱二年（686），析婺州的信安、龙丘二县，置衢州。玄宗开元二十六年（738）从越州分置明州，至此越州凡管越、台、括、婺、温、衢、明、睦八州。天宝元年（742）改越州为会稽郡。肃宗乾元元年（758）设立镇东军节度使，大历五年（770）改为浙东观察使，治所在越州，辖越州会稽郡（今浙江绍兴）、明州余姚郡（今浙江宁波）、台州临海郡（今浙江临海）、温州永嘉郡（今浙江温州）、处州缙云郡（今浙江丽水）、婺州东阳郡（今浙江金华）、衢州信安郡（今浙江衢州）、睦州新定郡（今浙江建德）八州①。艾冲《论隋唐时期的越州都督府》指出：

> 在唐前期的景云元年，越州都督府管治地域最广时可达 10 州——越、台、括、婺、泉（闽）、建、温、衢、漳、武荣（泉）诸州，东临大海、西过浙江、北拒海口、南括漳州，几乎囊括今浙江、福建两省之地。开元末年，越府管 8 州——越、台、括、婺、温、衢、明、睦诸州，略近于今浙江省管境。……南朝至隋唐时期，江南运河通达钱塘江左岸，而浙东运河则联结着钱塘江与明州（今宁波）海港，沟通着日本、朝鲜等海外诸地的交往。②

可见越州管州虽有变化，大抵为今浙江省境，水路交通便捷，两条运河更可通达海港，具有与海外交通的优势。唐诗人所称越中，即越州。当代所称"浙东诗路"，主要是从钱塘江沿浙东运河经绍兴、上虞和浙东运河中段的曹娥江溯古代的剡溪（今曹娥江及其上游新昌江），经嵊州、新昌、天台、临海、椒江以及余姚、宁波，东达东海舟山和

---

① 《旧唐书》卷四〇，第1589页。
② 艾冲《论隋唐时期的越州都督府》，《绍兴文理学院学报》2010年第6期。

从新昌沿剡溪经奉化溪口至宁波。由此来看李白入越州,明确有作品者四次,疑似之间者一次,依安旗等《李白全集编年笺注》,并参照各家说法,李白入越的时间与作品如下:

(一)开元十四年(726)

暮春至扬州,秋游越中,停留到晚秋。相较于五松山下苟媪的劳苦茕独的身影,"越女"已成吴越最鲜明的符码,李白首入越中,所作诗即大幅聚焦在"越女"身上,有《越女词五首》云:

> 长干吴儿女,眉目艳星月。屐上足如霜,不着鸦头袜。
> 吴儿多白皙,好为荡舟剧。卖眼掷春心,折花调行客。
> 耶溪采莲女,见客棹歌回。笑入荷花去,佯羞不出来。
> 东阳素足女,会稽素舸郎。相看月未堕,白地断肝肠。
> 镜湖水如月,耶溪女如雪。新妆荡新波,光景两奇绝。①

李白从成都乘舟顺流而下,长江下游与吴越地方水系交织成的丰沛水资源,涵养得少年男女肤色白皙、眉目如画,荡舟与采莲的水上活动,素足新妆,卖眼佯羞,棹歌含笑,丰富的肢体语言,一路行过若耶溪、东阳、会稽、镜湖,放眼所见尽是如霜、似雪的水漾越女,眉目如月,湖水如月,结语"光景两奇绝",是初游吴越的欣喜见闻。又有《浣纱石上女》的"玉面耶溪女……两足白如霜"②,可见面白足露为越女的共同特色。严羽评《越女词》特别指出:"有此品题,始知女儿

---

① 安旗等《李白全集编年笺注》卷一,第71—73页。
② 安旗等《李白全集编年笺注》卷一,第74页。

露足之妙,何用行缠?"① 女儿露足,还需摆在水乡泽国的光景上,方见其妙。更大视野的风景,如《采莲曲》云:

> 若耶溪旁采莲女,笑隔荷花共人语。日照新妆水底明,风飘香袂空中举。岸上谁家游冶郎,三三五五映垂杨。紫骝嘶入落花去,见此踟蹰空断肠。②

若耶溪之美,大片的水面荷花与岸边垂杨,更引人注目的是成群的少年男女,新妆笑语,随风飘过,有荷花的香,也有少女的香,绮而不艳,秀色天然。王夫之《唐诗评选》许以:"卸开一步,取情为景,诗文至此只存一片神光,更无形迹矣。"③ 游冶郎、采莲女,青春男女,繁春盛景,取情为景,正可谓思无邪。至于《渌水曲》的"渌水明秋日,南湖采白蘋。荷花娇欲语,愁杀荡舟人"④,纯乎良辰美景,耳目所见,亦自有无限风情。由此浮现的越女西施,更饶深意,《西施》诗云:

> 西施越溪女,出自苎萝山。秀色掩今古,荷花羞玉颜。浣纱弄碧水,自与清波闲。皓齿信难开,沉吟碧云间。勾践征绝艳,扬蛾入吴关。提携馆娃宫,杳渺讵可攀。一破夫差国,千秋竟不还。⑤

---

① 詹锳《李白全集校注汇释集评》卷二四,百花文艺出版社,1996年,第3734页。
② 安旗等《李白全集编年笺注》卷一,第74—75页。
③ 王夫之《唐诗评选》卷一,文化艺术出版社,1997年,第19—20页。
④ 安旗等《李白全集编年笺注》卷一,第75—76页。
⑤ 安旗等《李白全集编年笺注》卷一,第76—77页;詹锳《李白全集校注汇释集评》卷二〇:"泛咏西施未必即作于吴越,此等诗殊不足以征行踪。"(第3150页)

一位苎萝山越溪女,终日与水为伍,从事着与所有越女一般的浣纱、采莲工作,难掩的今古绝艳,由越溪入吴宫,成了一桩翻转吴越两国的千秋兴亡故事。这样的身影,与眼前的新妆越女交互辉映,引导着李白对越中更多的追寻与思索。另一个引起李白关注的历史人物是王羲之,有《王右军》诗云:

> 右军本清真,潇洒在风尘。山阴遇羽客,要此好鹅宾。扫素写道经,笔精妙入神。书罢笼鹅去,何曾别主人。①

本性清真潇洒的王羲之,选择会稽山阴作为居所,性爱水禽鹅,临池写经换鹅去,一段风流佳话,映现出一位"笔精妙入神"的书法名家②。李白此行,记忆的越中代表人物西施与王羲之,都有秀色天然、清真出尘的特质,可与越中山水同其不朽。又有《见京兆韦参军量移东阳二首》,第一首写京官由日南(今越南南部)入吴,以"潮水还归海,流人却到吴"明其不得返京的愁苦,第二首乃为之开解,云:

> 闻说金华渡,东连五百滩。全胜若耶好,莫道此行难。猿啸千溪合,松风五月寒。他年一携手,摇艇入新安。③

李白此次越中行已走过会稽、若耶溪、东阳一带,故以"闻说"带出更多胜景,有金华双溪的五百滩,往上游延伸出千溪松风,五月不热疑清秋,景象自与若耶异,舟行更可上溯到新安江。新安江自歙州

---

① 安旗等《李白全集编年笺注》卷一,第77—78页。
② 《晋书》卷八〇记王羲之性爱鹅,有山阴道士许以"为写《道德经》,当举群相赠耳"(台北鼎文书局,1983年,第2100页)。
③ 安旗等《李白全集编年笺注》卷四,第319—320页。

黟县（今安徽黄山）东流入浙，是钱塘江的上游，既以宽慰友人，也是李白为自己规划的壮游浙东蓝图。

（二）开元二十七年（739）

由楚州、扬州至杭州等地，旋溯江至荆州。此行记忆的是更古老的春秋吴公子季札，有《送鞠十少府》诗云：

> 试发清秋兴，因为吴会吟。碧云敛海色，流水折江心。我有延陵剑，君无陆贾金。艰难此为别，惆怅一何深。①

一样的海色江心，因离别而有不同的心思，以延陵季子挂剑自许，以汉初使南越获赵佗赐金的陆贾为对照，一在越北，一在越南，而以"吴会吟"绾结，吴会乃吴郡、会稽合称，吴会吟指吴越吟诗的声调，有《夜泊黄山闻殷十四吴吟》云：

> 昨夜谁为吴会吟，风生万壑振空林。龙惊不敢水中卧，猿啸时闻岩下音。我宿黄山碧溪月，听之却罢松间琴。朝来果是沧州逸，酤酒提盘饭霜栗。半酣更发江海声，客愁顿向杯中失。②

李白在当涂黄山夜闻吴会吟，极力形容吟诗声调如风生万壑，如江海声，足使水龙惊、岩猿啸，与松间琴音迥然有别，感染力特深，可惜未见更多记载，未能进一步探究其中奥妙。此行应与从侄李良有关，其《与从侄杭州刺史良游天竺寺》云：

---

① 安旗等《李白全集编年笺注》卷四，第 323 页。
② 安旗等《李白全集编年笺注》卷一一，第 1104 页。

挂席凌蓬丘,观涛憩樟楼。三山动逸兴,五马同遨游。天竺森在眼,松风飒惊秋。览云测变化,弄水穷清幽。叠嶂隔遥海,当轩写归流。诗成傲云月,佳趣满吴洲。①

　　杭州近海,有挂席、观涛、览云的海天辽阔景象,有天竺寺古松夹道的松风、迭嶂阻绝的壮阔海面,别有归流弄水的清幽,共同形构出吴洲的佳趣。又有《送侄良携二妓赴会稽戏有此赠》,以谢安在会稽的携妓风流,想象李良"双入镜中开"的镜湖游踪②。李白此行,止于杭州,海景古寺之外,于吴会吟别有会心。

　　(三)天宝元年(742)

　　有李白与吴筠共游剡中之说。依刘昫《旧唐书·隐逸传·吴筠》,以吴筠鲁人,尝于开元中游天台:"筠尤善著述,在剡与越中文士为诗酒之会,所著歌篇,传于京师。玄宗闻其名,遣使征之。"安史乱起,"乃东游会稽。尝于天台剡中往来,与诗人李白、孔巢父诗篇酬和,逍遥泉石,人多从之。竟终于越中"。是李白与吴筠游越在安史乱后。惟《文苑传·李白》又作:"天宝初,客游会稽,与道士吴筠隐于剡中。既而玄宗诏筠赴京师,筠荐之于朝,遣使召之,与筠俱待诏翰林。"③两者不一。宋祁《新唐书·文艺传·李白》亦作:"天宝初,南入会稽,与吴筠善,筠被召,故白亦至长安。"④新、旧《唐书·李白传》都以天宝初有越中之行。王琦《李太白年谱》乃以"时太白游会

---

① 安旗等《李白全集编年笺注》卷四,第 324—325 页。

② 安旗等《李白全集编年笺注》卷四,第 326 页。

③《旧唐书》卷一九二,第 5129 页;卷一九〇,第 5053 页。

④《新唐书》卷二〇二,台北鼎文书局,1985 年,第 5762 页。

稽,与道士吴筠共居剡中"①。惟安旗则一再指出"天宝元年白与吴筠
同游越中一事,不可信"②,又于《南陵别儿童入京》指出"旧说谓白
本年有越中之游,奉诏后自宣州南陵别儿童入京",考李白行踪,"计
其时日,实难通融"③。而南陵又有鲁东与宣州二说,施逢雨《李白生
平新探》乃认为李白"在开元二十九年秋天前往杭州一带游历,直待
到天宝元年春",春夏间曾短暂返东鲁后再度南下,而于是年秋赴长
安,但他也说"这样的行踪似乎有些令人困惑"④。各家系诗的论证差
异颇大,疑则阙疑,姑存不论。

(四)天宝六载(747)

春在扬州、金陵,夏至越中,登天台山,岁暮至金陵。此行与贺知
章有关,感慨亦深。天宝元年李白入京,得遇贺知章,相知相惜。天
宝三载(744)贺知章还乡,李白有《送贺宾客归越》诗云:"镜湖流水
漾清波,狂客归舟逸兴多。山阴道士如相见,应写《黄庭》换白鹅。"⑤
以镜湖、养鹅的山阴道士与王羲之等越中胜景与故事⑥,点染贺知章
归越的惬意。惜贺知章归乡未几即卒,故李白作《重忆一首》诗云:

---

① 李白《李太白全集》卷三五,台南唯一书业中心,1975年,第820页。
② 安旗等《李白全集编年笺注》卷一,第70—71页;卷四,第325页。
③ 安旗等《李白全集编年笺注》卷四,第404—406页。
④ 施逢雨《李白生平新探》,台北学生书局,1999年,第99—103页。
⑤ 安旗等《李白全集编年笺注》卷六,第573页;又有《送贺监归四明应制》诗,
   今人陶敏指为伪作(《李白全集编年笺注》卷一六,第1660—1661页),亦置
   于伪诗中,故不录。
⑥ 徐坚《初学记》卷八引《舆地志》曰:"山阴南湖,萦带郊郭,白水翠岩,互相
   映发,若镜若图,故王逸少云:'山阴上路行,如在镜中游。'"(中华书局,2004
   年,第188页)

"欲向江东去,定将谁举杯。稽山无贺老,却棹酒船回。"①此行少了知己酒伴,不免索然。是以《对酒忆贺监二首》有《序》追忆两人相逢:"太子宾客贺公,于长安紫极宫一见余,呼余为谪仙人,因解金龟换酒为乐,没后对酒,怅然有怀,而作是诗。"两人都好道兼好酒,初见面就留下"谪仙人"与"金龟换酒"的佳话,诗有吊唁之意,云:

> 四明有狂客,风流贺季真。长安一相见,呼我谪仙人。昔好杯中物,今为松下尘。金龟换酒处,却忆泪沾巾。
> 狂客归四明,山阴道士迎。敕赐镜湖水,为君台沼荣。人亡余故宅,空有荷花生。念此杳如梦,凄然伤我情。②

二诗开头"四明有狂客""狂客归四明",人与地双拈,地有四明山、镜湖与松、荷,人乃风流旷达、好杯中物、善草隶书,相得益彰,也都是李白心所好尚者。又有《越中览古》诗云:"越王勾践破吴归,义士还家尽锦衣。宫女如花满春殿,只今惟有鹧鸪飞。"③把时间拉向远古,亟写越王君臣衣锦还家的盛况,而以一句"只今惟有鹧鸪飞"寄寓伤逝之情,系在此时,含蕴自深。又有《同友人舟行》,仍多怀古之情,云:

> 楚臣伤江枫,谢客拾海月。怀沙去潇湘,挂席泛冥渤。寒予访前迹,独往造穷发。古人不可攀,去若浮云没。愿言弄倒景,从此炼真骨。华顶窥绝冥,蓬壶望超忽。不知青春度,但怪绿芳

---

① 安旗等《李白全集编年笺注》卷八,第 777—778 页。
② 安旗等《李白全集编年笺注》卷八,第 775—776 页。
③ 安旗等《李白全集编年笺注》卷八,第 773 页。

歇。空持钓鳌心，从此谢魏阙。①

以屈原与谢灵运并举，古人不可攀，有江枫、潇湘、海月、溟渤等胜迹可供参访，是人与地分，而有出世之想，以登天台华顶峰望沧海蓬壶，与炼真骨而历倒景相比拟，超越时间之流而不再有伤春叹逝之苦。凡此都可视为吊忆贺知章的系列作品，亦可见两人相得之深。由人及地，有《天台晓望》诗云：

> 天台邻四明，华顶高百越。门标赤城霞，楼栖沧岛月。凭高远登览，直下见溟渤。云垂大鹏翻，波动巨鳌没。风潮争汹涌，神怪何翕忽。观奇迹无倪，好道心不歇。攀条摘朱实，服药炼金骨。安得生羽毛，千春卧蓬阙。②

天台与四明，虽不言贺知章，实有贺知章在。百越最高峰天台山，超然秀出，山有八重，安旗注引《方舆胜览》，华顶峰为天台第八重最高处，高一万丈，绝顶俗名望海尖，草木薰郁。又引《宁波府志》，由天台山发脉向东北涌为二百八十峰，方八百余里，峰上有四穴，可通日月星辰之光③。又有赤城山如门楼，孙绰《游天台山赋》即以"赤城霞起以建标"④，成为入天台山的标识，海月由此升起。登高远望，只见浩瀚无垠的大海，人迹罕至，大鹏与巨鳌的传说，与眼前的云涌波动幻化成大千世界，想落天外，迥异于初入越中所见的吴儿越女与荡

---

① 安旗等《李白全集编年笺注》卷八，第778页。
② 安旗等《李白全集编年笺注》卷八，第781页。
③ 安旗等《李白全集编年笺注》引《方舆胜览》，第779页；引《宁波府志》，第782页。
④ 张溥辑《汉魏六朝百三名家集（三）》，江苏古籍出版社，2002年，第208页。

舟、浣纱、采莲等日常细故。由此而生发的神仙之想,仿佛回应着贺知章"谪仙人"的呼唤。至于《早望海霞边》一诗,"四明三千里,朝起赤城霞。日出红光散,分辉照雪崖"四句,写朝景,仍是四明山水交错的壮阔景象,由此而有后四句的餐霞慕仙之情[①]。又有《越中秋怀》诗云:

> 越水绕碧山,周回数千里。乃是天镜中,分明画相似。爱此从冥搜,永怀临湍游。一为沧波客,十见红蕖秋。观涛壮天险,望海令人愁。路逶迤西照,岁晚悲东流。何必探禹穴,逝将归蓬丘。不然五湖上,亦可乘扁舟。[②]

越中山水,古来称胜,安旗注两引《水经注·浙江水》,一是治水的大禹"东巡狩,崩于会稽",一是江川水流于两山之间,急浚兼涛,常以月晦及望尤大,至二月八日更是"峨峨二丈有余"。远古事迹与眼前壮观,交织成李白的诗兴情怀,以"天镜"涵摄周回数千里的奇山胜水,更以"画相似"形容处处臻到的美景。由此展开的"湍游"与"冥搜",成了一种耽溺,更以沧波、红蕖、观涛、望海的越中记忆作为生命符码,以五湖、扁舟作为对生命流逝、神仙难求并得以超越政治拘限的归宿,可视为越中情怀的总结。

(五)至德元载(756)

李白最后一次的越中行,系因安史乱起,拟往剡中避难,有《经乱后将避地剡中留赠崔宣城》诗,面对"中原走豺虎……连兵似雪

---

① 安旗等《李白全集编年笺注》卷八,第782页。
② 安旗等《李白全集编年笺注》卷八,第780页。詹锳《李白全集校注汇释集评》卷二二以为"当是至德元载秋游剡中时作",第3377页。

山"，乃有"忽思剡溪去，水石远清妙。雪昼天地明，风开湖山貌。闷为洛生咏，醉发吴越调。赤霞动金光，日足森海峤。独散万古意，闲垂一溪钓。猿近天上啼，人移月边棹"①。越州剡溪，为曹娥江上游，即王子猷雪月访戴逵处，故有四望皎然的雪昼景象，更有风开水石清妙的湖山景象；再以洛下书生咏音重浊如老婢声的典故②，再度表达对吴会吟的好尚。记忆中的晓望赤霞与海峤，处处山水胜境，置身其中，足可形神俱化，成为乱世全身的最佳选项。暮春自宣城往越中，夏至初秋在杭州。此行多为人情酬赠之作，如《杭州送裴大泽时赴庐州长史》开端"西江天柱远，东越海门深"，杭州、庐州同属江南生活圈，因"去割辞亲恋"而有远游之感，好风流水亦可见眷恋乡土之情③。又如《赠常侍御》诗有云："安石在东山，无心济天下。一起振横流，功成复潇洒。大贤有卷舒，季叶轻风雅。"④以谢安东山高卧、淝水之战功成不居的卷舒自如，抒发安史丧乱的匡复之思。又有《赠友人三首》，多托言兰芳与古贤，以"蜀主思孔明，晋家望安石"自比，其三有"虎伏避胡尘，渔歌游海滨"，并以庄周寓言"莫持西江水，空许东溟臣"作结⑤，可见此行入越有杜甫《客夜》之"途穷仗友生"意⑥。乃至《感时留别从兄徐王延年从弟延陵》全诗一韵七十二句，写从兄弟为李唐王孙，坐贬永嘉、余杭，追叙"七叶运皇化""诸王若鸾虬""伊昔全盛日"以至"谪窜天南垂""佐郡浙江西"，叙事详赡，

---

① 安旗等《李白全集编年笺注》卷一二，第 1211—1212 页。
② 刘义庆《世说新语》卷下《任诞第二十三》记王子猷居山阴，雪夜乘舟至剡访戴安道事（中华书局，1991 年，第 186—187 页）；《轻诋第二十六》记顾长康不作洛生咏，以其若"老婢声"（第 210 页）。
③ 安旗等《李白全集编年笺注》卷一二，第 1228—1229 页。
④ 安旗等《李白全集编年笺注》卷一二，第 1234 页。
⑤ 安旗等《李白全集编年笺注》卷一二，第 1229—1231 页。
⑥ 《全唐诗》卷二二七，中华书局，1960 年，第 2459 页。

情辞缠绵,归于自述"骄阳何火赫,海水烁龙龟。百川尽凋枯,舟楫阁中逢",盖有依人意,以兄偃息,弟好道,临别期以"愿言保明德,王室仵清夷",安旗以为"意内言外,颇含隐情",云:

> 通观李集,凡游剡中之诗皆作于早年及中年,安史乱起后绝无剡中之作。故知《留赠崔宣城》题中所谓"避地剡中"乃托辞耳,此行实则专为谒见徐王延年而来。……则李白之来杭,如非游说徐王延年起兵勤王,别无可解。[①]

安旗等着力阐扬李白报国之志,并指"李白此次赴越,仅至杭州而止,并未继续前赴剡中,离杭后即自越返吴"。李白的越中行,就止于此。后因永王璘事件陷浔阳狱,判流夜郎,中途放还,晚年留连江南,来往于金陵、宣城、历阳、当涂数地,终未再入越。传有《琼台》诗云:"龙楼凤阙不肯住,飞腾直欲天台去。碧玉连环八面山,山中亦有行人路。青衣约我游琼台,琪木花芳九叶开。天风飘香不点地,千片万片绝尘埃。我来正当重九后,笑把烟霞俱抖擞。明朝拂袖出紫微,壁上龙蛇空自在。"[②]流传虽广,除《李太白集》录入,其他各家诗集不收,故存疑。

三、在梦想与记忆中浮现的浙东胜景

李白于开元十二年(724)离家远游,次年出峡至江陵再抵金陵,十四年(726)春赴扬州,开启了李白流连不已的江南行旅。依唐魏

---

① 安旗等《李白全集编年笺注》卷一二,第 1235—1244 页。
② 安祖朝编《天台山唐诗总集》,浙江古籍出版社,2018 年,第 140—141 页。

徵等《隋书·地理志》所记载,扬州于《禹贡》为淮海之地,与宣城、
毗陵、吴郡、会稽、余杭、东阳数郡乃"川泽沃衍,有海陆之饶,珍异所
聚,故商贾并凑"①。江南天然资源丰富,不论是李白《黄鹤楼送孟浩
然之广陵》的"烟花三月下扬州",或如孟浩然《广陵别薛八》所云"士
有不得志,栖栖吴楚间。广陵相遇罢,彭蠡泛舟还。樯出江中树,波
连海上山。风帆明日远,何处更追攀"②,吴楚江海交错的丰富地貌与
物候,成了士子诗人相追攀的胜地。扬州更是一个消费型城市③,李
白《上安州裴长史书》有云:"曩昔东游维扬,不逾一年,散金三十余
万。"④李白几度越州行,主要即是由扬入越,体验不同的风物与人情。

李白总计五入越中,实际留在越中的时间虽不长,却在更多作
品中浮现浙东的人文与胜景。特别是入越中前必先有诗,依安旗编
年,最早有关越中的诗作,当是出峡抵荆州,有《秋下荆门》的"此行
不为鲈鱼鲙,自爱名山入剡中"⑤,李白对江东的了解,是吴中的鲈鱼
鲙,而更具吸引力的是多名山的剡中。又于《送崔十二游天竺寺》诗
云"还闻天竺寺,梦想怀东越",天竺寺在余杭(今浙江杭州),晋时梵
僧慧理至此挂锡,李白由梦想而有"待我来岁行,相随浮溟渤"⑥,胜
刹与溟渤是李白对越中的更多了解。因此,其《别储邕之剡中》诗
乃云:

借问剡中道,东南指越乡。舟从广陵去,水入会稽长。竹色

---

①《隋书》卷三一,台北鼎文书局,1983年,第887页。

②《全唐诗》卷一六〇,第1642页。

③《旧唐书》卷八八记载苏瓌(639—710)于武则天长安年间累迁扬州大都督
　　府长史,直指:"扬州地当冲要,多富商大贾,珠翠珍怪之产。"(第2867页)

④安旗等《李白全集编年笺注》卷一七,第1763页。

⑤安旗等《李白全集编年笺注》卷一,第41页。

⑥安旗等《李白全集编年笺注》卷一,第50—51页。

溪下绿,荷花镜里香。辞君向天姥,拂石卧秋霜。①

李白离家出峡一路指向越中,主要依赖水路交通的便捷,由此想象水乡涵养的美景,有需水性强的岸边绿竹与水生植物荷花,即使秋到江南,满山秋色也把越中渲染得诗意盎然。江南的水乡泽国,水流纵横密布,以徽州歙县的新安江为上游,至浙西富阳的富春江为中游,至浙东余杭的钱塘江为下游,沿流汇集衢江、曹娥江等支流山溪,更多的河湖渠道,把吴越连成一气,"水入会稽长"提供李白后续的浙东行。

李白初游越中之后,开元十六年有《赠僧行融》云"待我适东越,相携上白楼",有文《早春于江夏送蔡十还家云梦序》,称蔡十"周流宇宙太多",自许"遐穷冥搜",两人"朗笑明月,时眠落花",结以"秋七月,结游镜湖,无愆我期。先子而往……无使耶川白云不得复弄尔"②,相期再度徜徉会稽镜湖与若耶溪的秋天美景,可惜未能成行。历经多年的求仕、成家、入京、游梁宋、居鲁,对浙东的心期,可以以天宝五载(746)在鲁作《梦游天姥吟留别》为代表,诗云:

> 海客谈瀛洲,烟涛微茫信难求。越人语天姥,云霞明灭或可睹。天姥连天向天横,势拔五岳掩赤城。天台四万八千丈,对此欲倒东南倾。我欲因之梦吴越,一夜飞度镜湖月。湖月照我影,送我至剡溪。谢公宿处今尚在,渌水荡漾清猿啼。脚着谢公屐,身登青云梯。半壁见海日,空中闻天鸡。千岩万转路不定,迷花倚石忽已暝。熊咆龙吟殷岩泉,慄深林兮惊层巅。云青青兮欲雨,

① 安旗等《李白全集编年笺注》卷一,第 69—70 页。
② 安旗等《李白全集编年笺注》卷一,第 91—92 页;卷一七,第 1750—1751 页。

水澹澹兮生烟。列缺霹雳，丘峦崩摧。洞天石扇，訇然中开。青冥浩荡不见底，日月照耀金银台。霓为衣兮风为马，云之君兮纷纷而来下。虎鼓瑟兮鸾回车，仙之人兮列如麻。忽魂悸以魄动，恍惊起而长嗟。惟觉时之枕席，失向来之烟霞。世间行乐亦如此，古来万事东流水。别君去兮何时还，且放白鹿青崖间。须行即骑访名山，安能摧眉折腰事权贵？使我不得开心颜。[1]

天姥山在越州剡县，与天台相对，主峰孤峭，仰望如在天表，谢灵运《登临海峤初发疆中作与从弟惠连见羊何共和之》诗写系缆临江，预计前程有"暝投剡中宿，明登天姥岑。高高入云霓，还期那可寻"[2]，以天姥如仙境，一入无还期。李白则以海上仙山难求，天姥虽高绝，仍有一窥究竟的机缘。先从地理上的认知谈起，浩瀚的大海中传说有瀛洲三仙山，临海的越州有连绵不绝的阔大峰峦，天姥山更是巍然峻拔于东南，高出赤城山、天台山而耸入云霄。李白以梦展开的天姥之游，乃从"云霞明灭"想象或显或晦的可睹情状，极见波澜。从会稽镜湖到上虞剡溪，追寻当年谢灵运夜宿剡山的踪迹，更进一步完成谢灵运未竟的青云梯，想象在半山腰目睹海日初升，第一道曙光唤起了第一声鸡鸣。继续往上攀登，则已超出人所能想象，山路萦回多歧，云雾掩蔽，深林幽暗，猛兽咆哮，岩壑瀑流，仿佛闪电雷击，巨响与暗黑带来"丘峦崩摧"的惊怖感。紧接着石门洞开，又是一番光景，青天蒙鸿无边无际，日月照耀下，群仙会聚，与霓、风、虎、鸾共同形构的仙境，恣肆幻化，莫可名状，引发李白的惊悸嗟叹。入梦出幻，

---

① 安旗等《李白全集编年笺注》卷七，第 721—722 页。
② 谢灵运撰，黄节校注《谢康乐诗注》卷三，台北艺文印书馆，1975 年，第 140—144 页。

梦时逼真,觉时悟人生如梦,不以功名富贵累心,乃再度兴起骑白鹿访名山之行。也可见李白心目中的越中名山,恰与胸次烟霞云石相呼应,足可与功名富贵相抗衡;而笔力驱驾,夭矫灵妙,又足与剡中名山共千秋。次年在鲁有《鲁郡尧祠送窦明府薄华还西京》诗云:"竹林七子去道赊,兰亭雄笔安足夸。尧祠笑杀五湖水,至今憔悴空荷花。尔向西秦我东越,暂向瀛洲访金阙。蓝田太白若可期,为余扫洒石上月。"① 参杂举出东越的兰亭、五湖、荷花、瀛洲、金阙,西秦的蓝田、太白,固是送别,已预告将有越中之游。赴越途中作《求崔山人百丈崖瀑布图》云:

> 百丈素崖裂,四山丹壁开。龙潭中喷射,昼夜生风雷。但见瀑泉落,如溅云汉来。闻君写真图,岛屿备萦回。石黛刷幽草,曾青泽古苔。幽缄倘相传,何必向天台。②

王琦注引《天台山志》,指天台县西北有百丈岩,"峭险束隘,四山墙立,下为龙湫,翠蔓蒙络,水流声溅然,盘涧绕麓,入为灵溪。由高视下,凄神寒骨"③。李白所见崔山人绘百丈崖瀑布图,即是如此景象,素崖丹壁,瀑泉喷射,风雷溅云,岛屿萦回,古苔幽草,写真如真,极见丹青之妙。一梦一图,前后呼应。同年入越乃有《天台晓望》等诗,闻名、梦想、图画与亲临,恰可相互映现,饶富兴味。

李白想象越中山水的另一名篇,是《送王屋山人魏万还王屋》。天宝十二载(753),魏万《金陵酬李翰林谪仙子》诗写慕李白而乘兴

---

① 安旗等《李白全集编年笺注》卷七,第705—706页。
② 安旗等《李白全集编年笺注》卷八,第772—773页。
③ 李白《李太白全集》卷二四,第552页。

"命驾来东土"，有云："二处一不见，拂衣向江东。五两挂海月，扁舟随长风。南游吴越遍，高揖二千石。雪上天台山，春逢翰林伯。"①魏万追寻李白的足迹，辗转吴越，经永嘉，游天台，于翌年春天与李白相遇于广陵（今江苏扬州）。魏万即魏颢，为李白作《李翰林集序》，追忆当时事有云："颢始名万，次名炎，万之日不远命驾江东访白，游天台，还广陵见之。"②两人相见泯合。李白《送王屋山人魏万还王屋》有《序》记魏万爱文好古，浪迹方外，"自嵩、宋沿吴相访……乘兴游台、越，经永嘉，观谢公石门，后于广陵相见"，诗中特别借魏万游踪召唤自己几度游越的记忆，全诗600字，摹写越中山水的文字超过一半，云：

东浮汴河水，访我三千里。逸兴满吴云，飘飘浙江汜。挥手杭越间，樟亭望潮还。涛卷海门石，云横天际山。白马走素车，雷奔骇心颜。遥闻会稽美，一弄耶溪水。万壑与千岩，峥嵘镜湖里。秀色不可名，清辉满江城。人游月边去，舟在空中行。此中久延伫，入剡寻王许。笑读曹娥碑，沉吟黄绢语。天台连四明，日入向国清。五峰转月色，百里行松声。灵溪恣沿越，华顶殊超忽。石梁横青天，侧足履半月。眷然思永嘉，不惮海路赊。挂席历海峤，回瞻赤城霞。赤城渐微没，孤屿前嶵兀。水续万古流，亭空千霜月。缙云川谷难，石门最可观。瀑布挂北斗，莫穷此水端。喷壁洒素雪，空濛生昼寒。却思恶溪去，宁惧恶溪恶？咆哮七十滩，水石相喷薄。路创李北海，岩开谢康乐。松风和猿声，搜索连洞壑。径出梅花桥，双溪纳归潮。落帆金华岸，赤松若可

①《全唐诗》卷二六一，第2905页。
②安旗等《李白全集编年笺注》附录，第1950—1951页。

招。沈约八咏楼,城西孤岩峣。岩峣四荒外,旷望群川会。云卷天地开,波连浙西大。乱流新安口,北指严光濑。钓台碧云中,邈与苍岭对。①

　　魏万先从山东西游河南,再从汴水一路东行入浙江。浙江即钱塘江,江北为杭州余杭,江南为越州会稽,便捷的水路交通,指挥之间就已串联成"逸兴满吴云",李白一一细数难忘的记忆。其一是樟亭钱塘观潮,涌入海门的浪涛,有如白马素车,奔腾冲击,雪横雷奔,骇人心目。其二是会稽的若耶溪与镜湖,除了南朝顾长康所称"千岩竞秀,万壑争流"的山川之美②,李白更欣赏水色月光所映现的"人游月边去,舟在空中行",又是另一种空灵之美。其三是值得"久延伫"的人物风流,有王羲之与许迈的遍游东中诸郡,采药石兼尽山川之美;有余杭孝女曹娥碑,留下蔡邕题八字碑,曹操、杨修读碑争胜的佳话。其四是天台山与四明山,除了是宗教圣地,五峰月色、百里松声的清景,可沿着灵溪恣意赏玩;再辛苦攀登天台最高处的华顶,眺望天台北峰石梁,如横天半月,异常险峻,是另一种风景。其五是滨海的温州永嘉,王羲之、谢灵运都曾在此驻足,近海扬帆,回眺天台的赤城山已隐没,浮现的是谢诗中的"挂席拾海月""孤屿媚中川"③,水月与亭共同形构出永恒的诗景。其六是处州的缙云山、石门山与恶溪,相传缙云为黄帝炼丹处,孤石干云,石门山为谢灵运所发掘,传为道教三十六洞天之第三十,两山都有瀑布,风吹如素雪,一片清凉

---

① 安旗等《李白全集编年笺注》卷一一,第1089—1090页。
② 刘义庆《世说新语》卷上记顾长康从会稽还,人问山川之美,云:"千岩竞秀,万壑争流。草木蒙笼其上,若云兴霞蔚。"(第34页)
③ 谢灵运撰,黄节校注《谢康乐诗注》卷二《游赤石进帆海》,第88页;《登江中孤屿》,第92页。

意；恶溪源出大盘山，两岸连云，高岩壁立，水石险怪，湍流处处，号称七十滩，至括州城下，李邕任括州刺史时开创有陆路岭行，成为探险搜奇的路线。其七为婺州金华，诸水汇流，直通钱塘潮，有赤松子得道的金华山，有岑立城西的沈约八咏楼，可以眺望群川，在云卷波连的辽阔天地间，辨识新安江汇入钱塘江处，以及孤峰耸立的严子陵钓台，乃至遥相对峙的台州苍岭，几乎含括了越中各州，可谓处处是名山胜景。随后的苏州姑苏与五湖，则不免有"目极心更远，悲歌但长吁"之感慨，广陵一见，方觉"相逢乐无限，水石日在眼"，并以"黄河若不断，白首长相思"作结，全篇以水贯串，严评本载明人批有云："此篇滔滔汩汩如长江（大）河，极浩瀚之观，尽萦回之致"，尤以"逸兴满吴云"以下"是全浙山水志并路程本"①，由魏万与李白的越中游历交织而成，亦可见越中山水在李白行旅中的意义与地位。

在李白的天地行旅中，自多送别忆旧之作，王子猷雪夜乘兴从山阴到剡溪访戴安道的故事，自然成为李白想念朋友的符码。有《秋山寄卫尉张卿及王征君》诗，见"月华若夜雪"，即生"虽然剡溪兴，不异山阴时"之感；在扬州遇雪，作《淮海对雪赠傅霭》有云"兴从剡溪起"；在江州寻阳（今江西九江）有《寻阳送弟昌峒鄱阳司马作》，以"寻阳非剡水，忽见子猷船。飘然欲相近，来迟杳若仙"，写相思难相见之情②。更多的越中记忆，不断浮现在李白与友人的对话中，如《送杨山人归天台》诗云：

客有思天台，东行路超忽。涛落浙江秋，沙明浦阳月。今游

---

① 詹锳《李白全集校注汇释集评》卷一四，第 2257—2282 页，引文见 2282 页。
② 安旗等《李白全集编年笺注》卷二，第 128 页；卷七，第 736 页；卷九，第 877—878 页。

方厌楚,昨梦先归越。……兴引登山屐,情催泛海船。石桥如可度,携手弄云烟。[1]

对于友人返乡,李白热情指点钱塘江、婺州浦阳江,甚至有厌楚归越的情绪语言,特别是谢安泛海与谢灵运登山的跻险览胜,留下的文士风流故事,更激起李白想要再游越中,与杨山人共同挑战天台石桥的壮举。未编年诗有《送友人寻越中山水》云:

闻道稽山去,偏宜谢客才。千岩泉洒落,万壑树萦回。东海横秦望,西陵绕越台。湖清霜镜晓,涛白雪山来。八月枚乘笔,三吴张翰杯。此中多逸兴,早晚向天台。[2]

罗列与越中有关的名人,除了前已论及的谢灵运与顾长康外,还有登越州秦望山以望南海的秦始皇,在浙江滨筑西陵城的范蠡,登越王城眺望的勾践,写下吴客观涛曲江的枚乘,宁取即时一杯酒的张翰,仿如游越行前功课,使诗人的"逸兴"与天台的奇景,成为越中深度旅游的指标。又有《送纪秀才游越》云:"海水不满眼,观涛难称心。即知蓬莱石,却是巨鳌簪。送尔游华顶,令余发岛吟。仙人居射的,道士住山阴。禹穴寻溪入,云门隔岭深。绿萝秋月夜,相忆在鸣琴。"[3] 相对于海上仙山的邈不可寻,李白细数旧游之地,有天台华顶峰、会稽射的山仙人、山阴道士、会稽禹穴、云门寺,无一不是心之所忆。至其《叙旧赠江阳宰陆调》,合吴越而言,由扬州、金陵而引出

---

① 安旗等《李白全集编年笺注》卷四,第 333 页。
② 安旗等《李白全集编年笺注》卷一六,第 1604 页。
③ 安旗等《李白全集编年笺注》卷一六,第 1605—1606 页。

"挂席候海色,乘风下长川。多酤新丰醑,满载剡溪船"①,把不同的行旅记忆收纳在一起。至德元年避难吴越,转趋庐山,有《赠王判官时余隐居庐山屏风叠》,其中"何处我思君? 天台绿萝月。会稽风月好,却绕剡溪回。云山海上出,人物镜中来"②,仍是回忆越中的天台、会稽、剡溪、海上与镜湖,成为李白形塑自我生命的重要载体。乃至有如《秋浦歌十七首》其六的"山川如剡县",《东鲁门泛舟二首》的"轻舟泛月寻溪转,疑是山阴雪后来""若教月下乘舟去,何啻风流到剡溪"③,无论在宣州或兖州,都有身在越中的错觉。至于《与谢良辅游泾川陵岩寺》所云"乘君素舸泛泾西,宛似云门对若溪。且从康乐寻山水,何必东游入会稽"④,陵岩寺在宣州泾县西的水西山上,泾川流经其下,李白以越州若耶溪、云门寺作比拟,以谢良辅比谢灵运,虽言"何必东游入会稽",实则句句可见会稽胜境。

李白对越中的另一个记忆是越女西施。有乐府《乌栖曲》,写吴王西施故事,历来多指有借古讽今意。范传正《唐左拾遗翰林学士李公新墓碑并序》记天宝元年在长安时,贺知章吟李白《乌栖曲》,直指"此诗可以哭鬼神矣"⑤,可见叹赏。诗为七言三韵七句,云:

> 姑苏台上乌栖时,吴王宫里醉西施。吴歌楚舞欢未毕,青山欲衔半边日。银箭金壶漏水多,起看秋月坠江波。东方渐高奈乐何。⑥

---

① 安旗等《李白全集编年笺注》卷八,第821—822页。
② 安旗等《李白全集编年笺注》卷一二,第1251页。
③ 安旗等《李白全集编年笺注》卷一一,第1116页;卷七,第670—671页。
④ 安旗等《李白全集编年笺注》卷一二,第1157—1158页。
⑤ 安旗等《李白全集编年笺注》附录,第1955页。
⑥ 安旗等《李白全集编年笺注》卷六,第613—614页。

越女西施入吴,吴王为筑姑苏台,吴歌楚舞,为尽日欢,日西斜,乌欲栖,欢未毕,继之以夜,而银箭传更,月又将坠,日渐东升,一轮日月,无限沉醉。不言西施之美,其美自见。此诗易使人误解,李白《赠薛校书》有"我有吴越曲,无人知此音。姑苏成蔓草,麋鹿空悲吟"之叹,安旗以为似谓《乌栖曲》[①],可见李白自有深意。王夫之《姜斋诗话》有云:"艳诗有述欢好者,有述怨情者,《三百篇》亦所不废。……至如太白《乌栖曲》诸篇,则又寓意高远,尤为雅奏。"[②] 又于《唐诗评选》云:"总此数语,由人卜度,正使后人误解,方见圈缋之大。"[③] 圈缋,原指圈套、窠臼、框架、一定格式等,禅林语指师家以言语、动作来试练、接引学人。此诗全述欢好,无一讥刺之辞,但见西施绝世之美。又有乐府《子夜吴歌四首》,其二云:"镜湖三百里,菡萏发荷花。五月西施采,人看隘若耶。回舟不待月,归去越王家。"郭茂倩《乐府诗集》作《子夜四时歌·夏歌》[④],直接以镜湖、荷花、越王、西施及观看的人群作为五月的指标,仍是亟写西施之美。至其《口号吴王美人半醉》所云:"风动荷花水殿香,姑苏台上见吴王。西施醉舞娇无力,笑倚东窗白玉床。"[⑤] 写眼前酒宴,吴王李祗实有其人,全诗仿如吴王夫差与越女西施行乐故事,丝毫不见逸乐亡国的政治指涉。又有《送祝八之江东赋得浣纱石》云:

　　西施越溪女,明艳光云海。未入吴王宫殿时,浣纱古石今犹

---

① 安旗等《李白全集编年笺注》卷六,第615—617页。

② 王夫之《姜斋诗话》卷下,郭绍虞《清诗话》,台北木铎出版社,1988年,第21页。

③ 王夫之《唐诗评选》卷一,第18页。

④ 安旗等《李白全集编年笺注》卷四,第413—414页;郭茂倩《乐府诗集》卷四五,中华书局,1979年,第653页。

⑤ 安旗等《李白全集编年笺注》卷八,第827页。

在。桃李新开映古查,菖蒲犹短出平沙。昔时红粉照流水,今日
青苔覆落花。君去西秦适东越,碧山清江几超忽。若到天涯思
故人,浣纱石上窥明月。①

　　经过漫长时间的淘洗,吴越之争的兴亡已成历史陈迹,诗人记忆
的是越溪女西施,浣纱于诸暨苎萝山下的浣江,野岸平沙,丝毫不掩
其艳若桃李的容颜,以"光云海""照流水"写其明艳。菖蒲犹短,青
苔覆落花,亘古如斯的季节交换,成了古往今来;人也在西秦东越的
往来中,不断面临离合存亡的生命情境,最后以浣纱石上的明月,作
为相思缠绵的见证。全诗命意深细处,在于使西施单纯只是一位绝
世佳人。

四、结语:驻足与记忆交织而成的浙东诗景

　　李白性乐山水,好结交朋友,行迹所至,每多佳篇,以诗所绘制的
天下图景,结合李白的豪放不拘与肆行来去,特别显得海天辽阔、无
有边际。本文聚焦在几度的越中行,时间并不长,也各有所见,学者
依现存诗歌所作系年,大抵可见李白的越中记忆,处处山水胜境,千
古风流人物,同是秀色天然,清真出尘,可谓同其不朽。耐人寻味者,
李白离开越中后,在不同的时间与地点,与不同人物的晤对,借由想
象与追忆,不断浮现的越中图景,显然比在越诗作更为丰富而细致。
概括而言,诗中涉及的越中,有吴越旧事、西施、谢安、谢灵运、王羲
之、王子猷、戴安道等人物风流,有会稽山、天姥山、赤城山、东山、钱
塘潮、剡溪、镜湖、若耶溪、越王台、曹娥碑、山阴兰亭等名胜,乃至华

---

① 安旗等《李白全集编年笺注》卷五,第471—472页。

顶日出、石梁飞瀑、赤城栖霞、双涧回澜等奇观,以及采莲曲、吴会吟等乐调,都成为李白天地行旅中不断浮现的标识,透过驻足与记忆,持续以诗帮助记忆、张扬自身形象,更与浙东人文风景联结成一种标记,让人识别并成为熟悉的景象。如柳宗元《邕州柳中丞作马退山茅亭记》先以"谢公之屐齿不及"为"岩径萧条"之叹,而有"夫美不自美,因人而彰。兰亭也,不遭右军,则清湍修竹,芜没于空山矣"的觉知①,自然的荒野属性,因人而成为美景,兰亭的清湍修竹,赖有王羲之而得以不芜没空山。查屏球即从越中仙山与"《文选》化"地理意识阐明盛唐士人游越之风②,尤赖有如李白等诗人的追踪、驻足与记忆,方能踵事增华、益见深蕴。

　　李白几度越中行,纵心调畅,深切体会到山川人物之美,足以使人心情开涤,觉日月清朗,更进而促成了"诗景"一词的出现。同属江南诗人的张籍与朱庆馀,有一段科举佳话。朱庆馀先有《近试上张籍水部》的"画眉深浅入时无",张籍《酬朱庆馀》乃云:"越女新妆出镜心,自知明艳更沉吟。齐纨未是人间贵,一曲菱歌敌万金。"③以新妆越女的一曲菱歌,说明人巧与天工的完美结合,可视为越中印象。"诗景"一词,最早即由张籍所提出,其《送从弟戴玄往苏州》诗云:

　　　　杨柳阊门路,悠悠水岸斜。乘舟向山寺,着屐到渔家。夜月红柑树,秋风白藕花。江天诗景好,回日莫令赊。④

① 蒋之翘《柳河东全集》卷二七,台北世界书局,1975 年,第 303—304 页。
② 查屏球《盛唐诗人江南游历之风与李白独特的地理记忆——李白〈送王屋山人魏万还王屋并序〉考论》,《文学遗产》2013 年第 3 期。
③ 《全唐诗》卷五一五,第 5892 页;卷三八六,第 4362 页。
④ 《全唐诗》卷三八四,第 4313—4314 页。

　　张籍原籍苏州,吴王夫差都于此,后归越所有,唐属江南东道,改隶浙西道。诗写水岸杨柳,舟行来往,夜月秋风,红柑树、白藕花,放眼尽是江天好景,丝毫不见萧条秋意,顺手拈出"诗景"一词,语出天然,非关人力。朱庆馀更直接用"诗景"一词形容越中风景,其《杭州卢录事山亭》诗云:

　　　　山色满公署,到来诗景饶。解衣临曲榭,隔竹见红蕉。清漏焚香夕,轻岚视事朝。静中看锁印,高处见迎潮。曳履庭芜近,当身树叶飘。傍城余菊在,步入一仙瓢。①

　　越中秋景,王献之已有"山川自相映发,使人应接不暇。若秋冬之际,尤难为怀"②的叹赏。即使是公署,满山秋色的大景,更有曲榭、翠竹、红蕉掩映成趣,朝视事,夕焚香,余暇登高观潮,闲步所见,除了季节性的草芜叶落,自有杭菊处处绽放,形构出秋到江南的丰美景象,唯有"诗景饶"足以形容。又有《送唐中丞开淘西湖夏日游泛因书示郡人》诗云:

　　　　萍岸新淘见碧霄,中流相去忽成遥。空余孤屿来诗景,无复横槎碍柳条。红旆路幽山翠湿,锦帆风起浪花飘。共知浸润同雷泽,何虑川源有旱苗。③

　　夏日泛舟杭州西湖,因官方主导的开浚、淘萍等芟除作业,显得

① 《全唐诗》卷五一四,第 5872 页。
② 刘义庆《世说新语》卷上,第 34 页。
③ 《全唐诗》卷五一四,第 5875 页。

水天异常辽阔,一片孤屿点缀湖心,成了最富诗意的景象。岸边的红旆、湖上的锦帆、充沛的水资源、良好的行政策施,共同促成了人天共好的永续生存环境。张籍与朱庆馀共同演绎的"诗景",跳脱出秋气肃杀与夏日苦旱的悲情,细意摹写秋到江南的丰美情景,与官民共享同乐的亲和景象,使"诗景"成为源自越中的特有语汇,在悲秋的抒情传统之外,另有使人应接不暇而尤难为怀的诗情,影响到中晚唐以下的山水美感与诗情画意,值得进一步关注。

作者系台湾逢甲大学中国文学系特聘教授

论文原载《绍兴文理学院学报》2018 年第 6 期,第 7—17 页

浙东唐诗之路上的 "胡声"

——兼论浙东唐诗之路与丝绸之路的汇通

龙成松

"浙东唐诗之路" 近年来逐步成为唐诗研究的热点。已有的成果多侧重于考索唐代诗人在浙东的行迹、诗篇,以及浙东唐诗与佛道文化的关联等,极少注意到浙东在对外交流及丝绸之路中的区位意义和文学书写情况。浙东地区在六朝时期已经显示出其在陆上、海上丝绸之路中的重要地位,吸引了不少胡僧、胡商流寓或定居,这些胡人与当地士族的交游成为六朝风流的一个重要侧面。隋唐时期,浙东在唐帝国经济、文化中的地位越来越高,在中外交通尤其是海上丝绸之路中的区位意义愈发凸显出来。浙东山水见证了唐诗的巅峰,浙东唐诗则铭刻了丝绸之路上绚烂多彩的胡音新声和光怪陆离的异域风情。浙东唐诗之路与丝绸之路的交会是唐诗万花筒中有待发掘的研究主题。

一、唐代浙东地区的胡人踪迹

以粟特商胡(中古史籍一般称之为 "昭武九姓")和天竺高僧为

代表的西域胡人 ①，是丝绸之路上非常活跃的两个群体。他们进入中古中国北方的历史，前人的研究取得了较多的成果，但他们进入南方尤其是江南地区的研究仍然存在不少空白。陈寅恪先生较早注意到蜀中、扬州、桐庐等地有胡人出现的情况 ②，此后学者们比较系统地梳理了蜀中、江淮、岭南等南方地区胡人聚落、流寓情况以及一些典型的案例 ③。有意思的是，环浙东一带胡人活动踪迹都引起了研究者的关注，而浙东仍有大片空白，这似乎与当地中外交通的地位不符。前人关注浙东地区的对外交通，主要是面对东北亚诸国，较少注意到与陆上丝绸之路的连接。事实上，从出土材料和传世文献看，西域胡人进入浙东地区的时间可以追溯到汉魏时期。上虞隐岭汉墓出土的黑釉胡俑头，深目高鼻、络腮胡须、头戴尖顶帽，就是典型的西域胡人形象。浙江东北部出土的三国西晋时期的胡俑更多，而且呈现

---

① 按：唐代"胡人"的所指，在当时文献及后世研究中存在多种说法，大致而言有三个层次的界定：广义上包括当时西北地区的外族；狭义一点是指伊朗系统的胡人，包括波斯胡、粟特胡、西域胡（塔里木盆地绿洲王国诸族）；更狭义上则专指粟特人。参考樊英峰主编《乾陵文化研究》第四辑连载荣新江《何谓胡人？——隋唐时期胡人族属的自认与他认》、李鸿宾《"胡人"亦或"少数民族"？——用于唐朝时期的两个概念的解说》二文，三秦出版社，2008 年，第 3—28 页。在唐研究中，"胡人"很难界定为单纯具有外族身份的人群，而是兼顾内迁和汉化后代，所以学者们也交替使用"胡族""胡裔""胡姓"等表述，这是古代民族融合的常态。另外，判断唐代"胡人"身份，学者们经常采用籍贯、姓氏、谱系、文化特征等要素，同时也关注自认、他认等主观认同因素。在本文中，我们采用"胡人"广义上的意义，同时灵活使用不同的表达，在"胡人"身份的判断上也兼顾多重要素。

② 陈寅恪《刘复愚遗文中年月及其不祀祖问题》，收入《金明馆丛稿初编》，生活·读书·新知三联书店，2001 年，第 363 页。

③ 荣新江《北朝隋唐流寓南方的粟特人》，收入《中古中国与粟特文明》，生活·读书·新知三联书店，2014 年，第 42—43 页。

出不同的身份阶层 ①。汉晋时期浙东墓葬文物上的各种胡人形象,学者认为反映了当地对于殊方人士、异域风俗的接触和认知,是中西海路交流的佐证 ②。东晋南朝以后,随着浙东地区的开发、人口的迁徙、商业的繁荣,胡人的活动更为频繁,从社会阶层来看主要有胡僧、胡商、胡族官员,他们的身份存在交叉。

（一）胡僧

中古时期浙东佛教昌盛,与胡僧的活跃有一定关联。传世文献显示,汉代以来陆续有不少胡僧在此传法弘教。比较早的是汉末的安世高和三国时期的康僧会,他们对会稽士人中的佛学传播起到了推动作用。康僧会《注安般守意经序》说:"此经世高所出,久之沈翳。会有南阳韩林、颍川文业、会稽陈慧,此三贤者,信道笃密,会共请受,乃陈慧义,余助斟酌。" ③ 东晋南北朝时期,进入浙东的胡僧越来越多,传法方式更为深入,影响也越来越大。如西域龟兹王族之后帛僧光,穆帝永和年间（345—356）"投剡之石城山……乐禅来学者,起茅茨于室侧,渐成寺舍,因名隐岳" ④。这是浙东地区胡僧建寺的较早记录。又如罽宾高僧昙摩密多,辗转西域、中土南北,后从会稽太守孟𫖮之邀,"于鄮县之山,建立塔寺。东境旧俗多趣巫祝,及妙化所移,比屋归正,自西徂东,无思不服" ⑤。影响又推而广之。此后又有康国高僧慧明,"齐建元中与沙门共登赤城山石室……更立堂

---

① 李刚《从汉晋胡俑看东南地区胡人、佛教之早期史》,《东南文化》1989 年第 2 期。
② 刘恒武《宁波古代对外文化交流:以历史文化遗存为中心》,海洋出版社,2009 年,第 27—31 页。
③ 慧皎撰,汤用彤校注《高僧传》卷一,中华书局,1992 年,第 7 页。
④ 慧皎撰,汤用彤校注《高僧传》卷一一,第 402 页。
⑤ 慧皎撰,汤用彤校注《高僧传》卷三,第 122 页。

室,造卧佛并猷公像"①。

隋唐时期浙东地区的胡僧更多,在当地的影响也愈加深入。如释吉藏,本粟特安国人,传称其"貌象西梵,言实东华",相貌上还保留胡人特征。隋平陈以后,他"东游秦望,止泊嘉祥,如常敷引"②,对当地佛学传播功劳至伟。他的弟子智凯也是安国胡人,在越州从"受《三论》,偏工领叠"③,其后一直追随。在越州开山立寺的胡僧还有智藏,"姓皮氏,西印度种族。祖父从华,世居官宦,后侨寓庐陵。……于三学各所留心,唯律藏也最为精敏。……及游会稽,于杭乌山顶筑小室安禅,乃著《华严经妙义》,宣吐亹亹,学者归焉"④。

天台山作为东南佛教胜地,也是胡僧流连之地。颜真卿在《天台智者大师画赞》中叙述智者大师在天台山传教,有"胡僧开道精感通"⑤。皇甫曾(一作权德舆)《锡杖歌送明楚上人归佛川》说道:"上人远自西天竺,头陀行遍南朝寺。口翻贝叶古字经,手持金策声泠泠。……佛川此去何时回,应真莫便游天台。"⑥明楚上人为天竺高僧,以译经见长,曾四处游历。佛川在湖州,皎然有《晚秋登佛川南峰怀裴例》诗及《唐湖州佛川寺故大师塔铭》。从湖州到天台正好在浙东唐诗之路上。

(二)胡商

进入中国的胡僧与胡商原本就有密切联系,这从粟特语、梵语中

---

① 慧皎撰,汤用彤校注《高僧传》卷一一,第 425—426 页。
② 道宣撰,郭绍林点校《续高僧传》卷一一,中华书局,2014 年,第 392—395 页。
③ 道宣撰,郭绍林点校《续高僧传》卷三一,第 1260 页。
④ 赞宁撰,范祥雍点校《宋高僧传》卷六,上海古籍出版社,2017 年,第 109 页。
⑤ 陈尚君辑校《全唐诗补编·全唐诗续拾》卷一二,中华书局,1992 年,第 928 页。
⑥ 《全唐诗》卷二一〇,中华书局,1960 年,第 2187 页。

"萨宝"("萨薄")兼商队领袖和宗教事务首领双重意义可以看出。浙东地区为内陆沿江丝路和海上交通的交汇处,六朝时期对外贸易已十分繁荣,唐代以后更是东南海上贸易的桥头堡。《钱亿碑》中说:"南琛交贸,有蛮舶以时来;东道送迎,有皇华而岁至。"① 形象地描述了以明州为枢纽的浙东贸易路线。当时海上贸易虽然没有"市舶使"这样的专门机构②,但也是地方政府的重要职能之一。宁波博物馆藏明代万历元年(1573)《李岱墓志》提及:"先世陕西西安人。鼻祖讳素立,由唐明州刺史(原误作'吏'),以夷人市舶事滨海,过台境,遂家台之大汾乡。"③ 其中透露了唐代明州刺史代行"市舶事"这一重要信息。唐代浙东商业圈已经形成了国际市场,在东北亚、东南亚、南亚、西亚都发掘出土了唐五代越窑青瓷。浙东地区繁荣的国际贸易,自然吸引了商业嗅觉灵敏的西域胡商,在唐诗中就有一些信息。寒山有一首诗:"昔日极贫苦,夜夜数他宝。今日审思量,自家须营造。掘得一宝藏,纯是水精珠。大有碧眼胡,密拟买将去。余即报渠言,此珠无价数。"④ 寒山长期隐居在天台山寒岩,诗中的"碧眼胡"即西域胡商,虽然这个主题在佛教典籍中常见,但寒山所在的天台山一代本为胡商、胡僧经行流寓之地,他取材所见所闻入诗也是可能的。

如果说寒山的诗还不算明显,那施肩吾的《过桐庐场郑判官》可

————————————

① 《全宋文》第4册,上海辞书出版社,2006年,第426页。
② 按:学术界对于唐代五代时期杭州、明州是否设置有"市舶使"颇有争议,支持明州有"市舶使"或相似机构的史料,多为晚近地方志,因而存在传讹问题。参见何勇强《钱氏吴越国史论稿》,浙江大学出版社,2002年,第321—327页。
③ 马曙明、任林豪主编《临海墓志集录》,宗教文化出版社,2002年,第162页。
④ 项楚《寒山诗注》,中华书局,2019年,第543页。

以确证当地胡商的活动："荥（原误作'荣'）阳郑君游说余，偶因榷茗来桐庐。幽奇山水引高步，暐煜风光随使车。……胡商大鼻左右趍，赵妾细眉前后直。"[①] 施肩吾为桐庐人，诗中自称"东郭野人"。此诗所叙为郑判官在桐庐"榷茗"的情形。唐贞元九年（793）正式开始征茶税，大中六年（852）置榷茶，设榷场由专司管理，施肩吾诗中提到的"桐庐场"即其一，郑判官则为榷场事务官。榷场虽然是官方专营，但并不完全排斥商人，后者可以从官府榷茶机构购买茶叶，交税后在政府指定地区营销。这自然就吸引了"利之所至，无所不在"的胡商。当然，从官方那里拿到茶叶销售资质并不容易，施诗中提到的"胡商大鼻左右趍"，非常鲜活地描绘了胡商在郑判官前后"走动"的情境，堪称"诗史"。

（三）胡族官员

唐代浙东官员中有不少出身西域胡族，并以不同的方式留下了踪迹。其中较早的是会稽康希铣家族。《姓氏急就篇》卷上"康氏"条云："唐有康子元、国安、康軿、希铣，亦西胡姓。"[②] 康氏家族为罕见的会稽西域胡族士族。据颜真卿撰《康希铣神道碑》，其高祖康宗谔，为山阴令，子孙始居会稽。其曾祖孝范，为临海县令，都是在浙东地区为官。康希铣本人则景云、先天年间（710—712）先后为睦州、台州刺史。其子孙又有多人在浙东诸县为官：可以说这是一个非常典型的浙东官宦家族[③]。康希铣家族在山阴兰亭、漓渚有别业、祖茔，历历可考；并且与浙东士族多有联姻关系。据《（万历）绍兴府志》载：

---

① 陈尚君辑校《全唐诗补编·全唐诗续补遗》卷六，第 406 页。

② 王应麟《姓氏急就篇》，《景印文渊阁四库全书》，第 948 册，台湾商务印书馆，1983 年，第 637 页。

③ 龙成松《唐代粟特族裔会稽康氏家族考论》，《新疆大学学报》2017 年第 3 期。

"康德言墓,在离渚厕石湖傍。湖之得名以其墓碑石厕。"① 今日绍兴漓渚仍有厕石湖,是会稽康氏留下的极少遗迹之一。康希铣本人曾在浙东台州、睦州为官,在当地颇有名望,并且被神化。《(淳熙)严州图经》卷一"陵仙坊"条载:"相传为康希仙飞升处,今创名。"② "陵仙角"条引《耆旧传》云:"唐永徽三年,睦州刺史康希仙登升之处,因以名其地。"③ 康希仙即康希铣。睦州诗人施肩吾有《赠凌仙姥》诗,或与此有关。浙东地区流传的康希铣升仙传说,与康希铣家族的道教信仰有关。

康希铣之后,浙东胡族高级官员有台州刺史康神庆。据《赤城志》,他于开元十九年(731)莅职,生卒不详④。康神庆之后,温州刺史康云间也是粟特胡人后裔。据贞元十五年(799)《嗣曹王李皋墓志》:"王在温州时……又尝与刺史康云间攻袁晁。"⑤ 李皋贬温州在上元元年(760),袁晁起义在宝应元年至二年(762—763)。康云间为温州刺史事应该是特殊时期的安排,此前一年他曾为江淮度支使。据《旧唐书·食货志上》:"肃宗建号于灵武,后用康云间、郑叔清为御史,于江淮间豪族富商率贷及卖官爵,以裨国用。"⑥《广异记》中还

---

① 萧良幹修,张元忭、孙鑛纂修,李能成点校《(万历)绍兴府志》,宁波出版社,2012年,第423页。

② 陈公亮修,刘文富纂《(淳熙)严州图经》卷一,《宋元浙江方志集成》第12册,杭州出版社,2009年,第5600页。

③ 陈公亮修,刘文富纂《(淳熙)严州图经》卷一,第5608页。

④ 吐鲁番阿斯塔那506号墓出土文书有开元十九年《□六镇将康神庆抄》一份,有学者认为是同一人,并据称康神庆为西州人,参见马曙明、任林豪《台州历代郡守辑考》,上海古籍出版社,2016年,第63页。然同年间,地理、空间如此悬殊,恐非一人。

⑤ 吴钢主编《全唐文补遗》第一辑,三秦出版社,1994年,第233页。

⑥ 按:《旧唐书》漏"康"字,参见尤炜祥《两唐书疑义考释》,西泠印社出版社,2012年,第170页。

记载康云间为江淮度支使时,其部录事参军李惟燕与波斯胡人鉴宝的故事。有学者指出,康云间出任江淮度支使与其粟特人身份关系密切,因为粟特胡人是丝路商贸网络中的主要联络者,更有利于同粟特商人进行官钱的交易①。康云间从江淮到浙东,也可能与他对江南商业网络的了解有关。刘长卿有《旅次丹阳郡遇康侍御宣慰召募兼别岑单父》诗,傅璇琮先生认为作于至德二载春,时长卿在吴郡做官(长洲尉、摄海盐令),丹阳郡指润州,"旅次"是以公事奉使出行②。此康侍御当即康云间,他任江淮度支使在至德、乾元之际,与刘长卿的行迹相合。

中晚唐浙东地区刺史级别的胡族高官还有李抱玉之子李幼清,本为凉州胡人安修仁之后,安史之乱后改姓。李幼清元和元年(806)为睦州刺史,杭州云泉山风水洞有"睦州刺史李幼清元和元年十一月廿□日题"摩崖题记③,即其入浙时题。李幼清在浙东期间颇有惠政,元和二年(807)被镇海节度使李锜所诬贬循州,元和三年(808)量移永州。李幼清与柳宗元交好,宗元有《同吴武陵赠李睦州诗赞并序》《与李睦州论服气书》等诗文,并为其妾马淑撰志及《尊胜幢赞并序》。

除了高级官员,浙东地区中下层官员中也不乏胡族后裔的身影,如刘长卿《送康判官往新安》(一作皇甫冉诗)之中的康判官,疑与施肩吾《过桐庐场郑判官》诗中的郑判官相似,也到睦州(古新安郡)桐庐榷茶而来。选择一个粟特胡族后裔做判官,可能也像康云间一样是为了便于和粟特胡商打交道。

---

① 陈海涛、刘慧琴《来自文明十字路口的民族——唐代入华粟特人研究》,商务印书馆,2006年,第253页。

② 傅璇琮《刘长卿事迹考辨》,《唐代诗人丛考》,中华书局,2003年,第275页。

③ 阮元《两浙金石志》卷二,浙江古籍出版社,2012年,第35页。

综上可知,唐代浙东地区西域胡人的活动具有相当的代表性。这一方面是中外交通不断拓展的结果,另一方面则是当地自然、人文环境吸引所致。西域胡人的到来,为浙东文化增添了异域的色调,也引出了浙东唐诗之路上的"胡声"与"胡风"。

二、浙东诗坛的"胡声"

浙东山水助成了唐诗的巅峰,西域胡族开创了丝路的繁荣,二者也是紧密相关的。沿着丝路内迁的西域胡人及其后裔,熏习汉文化以后逐渐踏上文学之路,并在璀璨的汉语诗坛发出了自己的光芒。浙东留下了众多胡族文人的足迹,他们通过自己的文学创作,给浙东文坛带来了特别的"胡声"。

(一)浙东本土胡族文学

浙东地区传统上属于汉人的聚集区。东晋以来,随着北方人口的大规模南迁,一些胡族也著籍于此,并逐渐成为地方士族,其中最有代表性的是粟特后裔会稽康氏。康氏未见于敦煌写卷《贞观氏族志》所载会稽郡姓,《新集天下姓望氏族谱》中被列入会稽郡姓十四种之一,其原因就与康希铣家族的崛起有关。颜真卿在《康希铣碑》(以下简称《碑》)中赞康希铣家族:"济济多士,东南有筠。缉熙代业,词章发身。"[1]会稽康希铣家族以胡族入华而跻身会稽士族之列,主要原因就在于其家族在文学领域的勃兴。

康希铣父康国安,《碑》云:"明经高第,以硕学掌国子监,领三馆

---

[1] 按:通行本多阙字,此依黄本骥编订《三长物斋丛书》本《颜鲁公文集》卷一〇。以下引《康希铣碑》文字,皆出自此版本。

进士教之；策授右典戎卫录事参军，直崇文馆、太学助教，迁博士、白兽门内供奉、崇文馆学士。"《旧唐书·罗道琮传》："道琮寻以明经登第，高宗末，官至太学博士。每与太学助教康国安，道士李荣等讲论。"[1] 康国安以明经登第，在高宗末先后在太学、崇文馆等重要中央文馆供职，与其学术修养密切相关。据《碑》载，他有《注驳文选异义》二十卷、《汉书□》十卷。巧合的是，显庆时期，李善曾"累补太子内率府录事参军、崇贤馆直学士，兼沛王侍读。尝注解《文选》，分为六十卷，表上之。……又撰《汉书辩惑》三十卷"[2]。崇贤馆显庆元年（656）改为崇文馆。从时间看，李善稍前，康国安稍后。二人既同馆为官，著述领域又重合，应该有密切的关系，疑为康国安祖述李善之学。康国安的学术成就，在其孙康子元那里得到了传承。康子元曾官秘书少监、会真四门博士、集贤侍讲学士，官历与康国安颇为类似。又著《周易异义》二十卷，且与张说等共同勘定《东封仪注》，其学说受到重用。《易》学、《礼》学是会稽学术的传统，康子元的成就应该是熏习地域文化的结果。

　　在文学上，康希铣家族也成就卓著。康国安有《文集》十卷、《自述文集》二十卷，惜皆亡佚。康希铣也有《文集》二十卷，亦佚。《碑》云："尝撰《自古以来清白吏图》四卷，仍自为序赞，以见其志。宰相黄门侍郎韦承庆、中书舍人马吉甫等美而同述焉，盛行于世。"康希铣之兄康显贞有文集十卷，另外在总集编撰方面卓有成就，撰《词苑丽则》二十卷、《海藏连珠》三十卷、《累璧》十卷。据《新唐书·艺文志》，《累璧》共四百卷，为许敬宗主持官修的大型类书。康显贞所著《累璧》十卷，疑为其预事时所辑。康显贞侄康珽娶许敬宗孙女，他参

---

① 《旧唐书》卷一八九上，中华书局，1975 年，第 4956—4957 页。
② 《旧唐书》卷一八九上，第 4946 页。

与许敬宗主持的文化工程,应该有这层关系。

康显贞编纂总集的经验成为康氏家学。《碑》载孙康南华有《代耕心镜》十卷。此书《宋史·艺文志》总集类著录作"南康笔《代耕心鉴》十卷"①。又《通志·艺文略》"案判"有"《代耕心鉴甲乙判》一卷,唐张南华集唐代诸家判"②,南康笔、张南华疑皆为康南华之讹。《代耕心镜》是为一部判文总集。《全唐文》存唐南华(即康南华)、康元怀(当为康元瑰之讹)、康子元、康璀、康濯等康氏人物判文多篇,疑诸人之作皆出康南华所编《代耕心镜》判文集。换言之,康南华《代耕心镜》有"家集"之性质。据《碑》,康希铣年十四明经登第,又应词藻宏丽举,再应博通文史举,再应明于政理举;康元瑰登才堪经邦科;康子元应文史兼优科。《碑》又云:"君之先君至南华,四代进士,登甲科者七人,举明经者一十三人。"可见康氏家族在科举道路上十分成功,而科举试判是催生唐代各种判文总集的重要原因③,康希铣家族的判文总集或由此而来。此外,《碑》还记其子康元瑰有《干禄宝典》三十卷,《宋史·艺文志》附在南康笔《代耕心鉴》下,或亦为一部总集。

康希铣家族在京城、浙东文坛颇有名望。《碑》云:"赴海州时,君兄德言为右台侍御史,弟为偃师令,俱以词学擅名,时同请归乡拜扫,朝野荣之。与狄仁杰、岑羲、韦承庆、嗣立、元怀景、姚元崇友善,至是咸倾朝同赋诗以饯之,近代未有此比。"可见康希铣在当朝的声誉。出土墓志有康子元撰景龙四年(710)《杜昭烈墓志》、开元六年(718)《沈嶷墓志》,分别是为秘书郎、安国相王府东阁祭酒时作,也

---

①《宋史》卷二〇九,中华书局,1977 年,第 5397 页。

② 郑樵撰,王树民点校《通志二十略》,中华书局,1995 年,第 1794 页。

③ 吴承学《唐代判文文体及源流研究》,《文学遗产》1999 年第 6 期。

显示了他在长安的文名。天宝三载（744）正月，贺知章致仕还乡，唐玄宗率群臣祖饯，亲作诗并序，李白等三十八人奉和，康希铣之侄康珽亦在其中，诗亦流传。

康希铣家族人物与浙东衣冠交往，参与地方文化事务（如助缘寺观、题写名胜）的记录，也见于文献记载。《（嘉泰）会稽志》中叙录康希铣家族人物碑刻，多为会稽士族所撰，如《康珽夫人许氏墓志》，王寿撰，褚庭诲正书；《康德言碑》，徐浩正书篆额；《康珽告身碑》，徐浩行书。康希铣本人也多次参与会稽地方文化事务，如开元三年（715）《龙兴寺碑》，为康希铣撰，徐峤之正书；开元十一年（723）《香严寺碑》，康希铣撰，徐峤之正书。万齐融《法华寺戒坛院碑》中提及，元俨律师在越州时："故洺州刺史徐峤之、工部尚书徐安贞，咸以宗室设道友之敬；国子司业康希铣、太子宾客贺知章、朝散大夫杭州临安县令朱元慎，亦以乡曲具法朋之礼。"[1]徐峤之、徐浩、褚庭诲、贺知章等人皆会稽名人。《碑》中还提到康希铣从台州刺史任致仕时："邹自然、陈光璧、闾邱景阳、陶暹送至越州，邑子谢务迁、僧陆鉴、校书郎陈齐卿恒为文酒之会，论者休焉。"清人洪颐煊认为："希铣在台州凡两任，四人疑皆台士也。"[2]这是康希铣在台州的交往圈子。康希铣后人多在浙东州县为官，也说明他们家族在地方上的声望。

（二）浙东流寓胡族文学

浙东自然山水和人文景观吸引了不少西域胡族出身的文人前来漫游、隐居。如大历诗人韩翃《和高平米参军思归作》诗中的"米参

---

①《全唐文》卷三三五，中华书局，1983年，第3393页。

②洪颐煊著，徐三见点校《台州札记》，中国文史出版社，2004年，第21页。

军"①,就是一位粟特胡人。从诗中的内容看,他在北方为官,但寄家
越中。韩翃此诗为和米参军之作,可见其人能诗,诗又云"佳句唯称
谢法曹"②,比之谢惠连,表明这位米参军诗歌造诣不凡。巧合的是,
晚唐时期李中《宿青溪米处士幽居》诗也记录了一位隐居青溪的米
姓胡人高士。从李中诗云"静虑同搜句"③可知,这位米处士应该也
能作诗,二人还有唱和雅事。建德至越中俱见典型粟特胡人米氏人
物的活动,应该与这条路线上活跃的胡商有关,其中汉化较深者遂成
为文人雅士。

　　大历时期,粟特后裔康仲熊游览睦州,留下了《陪遂安封明府游
灵岩瀑布记》一文。此文连同刻石书法得到欧阳修的高度评价,称
其"有幽人之思,迹其风尚,想见其人。至于书画,亦皆可喜"④。康仲
熊人称"幻真先生",在道教养生术方面颇有贡献。《新唐书·艺文
志》著录其《服内元气诀》一卷、《气经新旧服法》三卷、《康真人气
诀》一卷。《服内元气诀》又称《幻真先生服内元炁诀》,《道藏》收入
洞神部方法类,为道教服内养生术的重要典籍⑤。康仲熊的气功修法
学问或有西域文化背景。中古时期,西域胡僧、胡商曾将瑜伽术、医
学知识(天竺"五明"之一)传入中土,其中就包括炼气、运气修行功
法。这些知识与传统道教的导引吐纳之术结合多有案例。康仲熊
书、文俱佳,且能融汇中西医理,可谓入华粟特胡人汉化的典范。

---

① 按:《全唐诗》此诗"米参军"一作"朱参军",作"米"为是。米氏为粟特胡
　　姓,形貌上有胡人的特点,所以诗称其为"髯参军"。另外,高平为米氏望非朱
　　氏望,《通志·氏族略》《古今姓氏书辩证》、碑刻墓志中俱载之。
②《全唐诗》卷二四三,第2728页。
③《全唐诗》卷七四九,第8532页。
④ 欧阳修《集古录跋尾》,人民美术出版社,2010年,第199页。
⑤ 黄永锋《〈幻真先生服内元炁诀〉辨析》,《上海道教》2008年第2期。

在流寓浙东的西域胡族诗人中,较为有名且诗作流传较多的是盛中唐之际的戎昱。中古谱牒多以戎氏为古戎族,但据近年新出唐代戎氏家族戎进、戎谅、戎瑚墓志,可以确定戎氏为西域胡人。戎氏一族南朝时由西域经河南道进入中华,后辗转入仕北朝,最后定居隋唐京师长安①。戎昱虽然未详是否为戎进后人,但戎氏为稀姓,见于中古文献者极少,他们系出同族的可能性很大。前人考戎昱为江陵或长安人,也与戎进家族的迁徙路线相合。此外,《云溪友议》等书载京兆尹李銮(一作崔瓘)以女妻戎昱,嫌其姓戎而令其改之,昱辞以"千金未必能移姓"事,虽为小说家之言,但其中也有通性之真实,表明唐人对于戎氏"戎胡"的联想,这是戎昱出自胡族的旁证②。戎昱生平疑点颇多,据傅璇琮先生研究:他大约生活于开元至贞元年间(713—805),肃宗时曾为颜真卿浙西幕僚,代宗时先后在荆南卫伯玉、湖南崔瓘、桂管李昌夔使府,德宗时一度入京为官,后出又为辰州、虔州、永州等州刺史③。此外,他还曾在蜀中、陇西、浙东等地生活或为官④。戎昱在浙东时也创作过一些诗歌,如《闰春宴花溪严侍御庄》:

---

① 周伟洲《一个入华西域胡人家族的活动轨迹——唐〈戎进墓志〉疏解》,《西域研究》2018 年第 3 期;《一个入华西域胡人家族的汉化轨迹——唐〈戎进墓志〉〈戎谅墓志〉续解》,《西域研究》2019 年第 2 期。

② 按:戎昱改姓传闻可能也与安史之乱后唐人排斥胡人的态度有关。荣新江先生指出,粟特胡人在内的众多唐代胡人后裔,在安史之乱后采用改换姓氏、郡望等方法来转胡为汉,以规避"非我族类"的歧视。参见《安史之乱后粟特胡人的动向》,收入《中古中国与粟特文明》,第 79—113 页。

③ 傅璇琮《戎昱考》,《唐代诗人丛考》,第 351—374 页。

④ 臧维熙先生认为,戎昱贞元元年可能还一度担任过浙东某州刺史,参见《戎昱诗注·前言》(上海古籍出版社,1982 年),但其说并无实质证据,附此待考。

一团青翠色,云是子陵家。山带新晴雨,溪留闰月花。瓶开巾漉酒,地坼笋抽芽。彩缛承颜面,朝朝赋白华。[①]

此诗是在友人严某家做客时作,集中《题严氏竹亭》诗应该也作于同时。据《大明一统志》:"密浦山,在永康县东北五十里,上有仙坛,为乡人祈祷之所。南有水源,号花溪。……花溪,在永康县东北五十里。清浅可爱,方春桃红李白,夹堤如绣。"[②] 花溪为富春江上游水系,所以戎昱两首诗皆用严子陵典。

戎昱生活在盛唐和中唐之交,与岑参、王季友等诗人有交游,小有诗名。《新唐书·艺文志》著录《戎昱集》五卷,《全唐诗》存诗一卷。其诗多军旅离别之思,边塞诗自成一格,徐献忠誉之"锐情古作,力洗时波……铿然金石之奏"[③]。他在《逢陇西故人忆关中舍弟》说:"数年家陇地,舍弟殁胡军。"[④] 可见他在胡、汉交汇的陇西地区有过一段生活经历,这或许是他热衷边塞题材的重要动因之一。他的边塞诗如《咏史》("汉家青史上")《塞下曲》《苦哉行》《泾州观元戎出师》《从军行》等,表现出对边塞胡人、胡风的谙熟和复杂感情,或许与其家世和认同有关。边塞胡笳胡曲与浙东瑶琴清音哀为一集,戎昱诗歌可以说是丝绸之路与浙东诗路交汇的典范。

晚唐五代时期粟特安国后裔安守范曾游天台禅院,并与杨鼎夫等人联句,事见《野人闲话》。安守范父安思谦为并州人,事孟知祥,后从孟入蜀。并州是中古粟特胡人活跃的主要地区之一,也是沙陀李克用的根据地,沙陀在族源上与粟特本有密切关系。安思谦在后

---

① 臧维熙《戎昱诗注》,第31页。
② 李贤等撰《大明一统志》卷四二,三秦出版社,1990年,第712—713页。
③ 徐献忠《唐诗品》,周维德集校《全明诗话》,齐鲁书社,2005年,第1290页。
④ 臧维熙《戎昱诗注》,第54页。

蜀官匡圣指挥使、山南道节度使,位高权重。据《益州名画录》《宣和画谱》等载,他博雅好古,爱好收藏名画,与黄筌、石恪等画家有交往。其子安守范能诗也跟其家庭熏习有关。

　　浙东唐诗之路留下了五百五十余位诗人超过两千五百首唐诗①,包括众多唐代诗坛巨星和经典作品,胡族诗人和"胡声"诗歌虽然在其中仅占极小的比例,但意义非凡。无论浙东本土士族康希铣家族,还是流寓浙东的戎昱等诗人,身后都连带着丰富的丝路文化信息,他们的"胡声"构成了浙东唐诗之路和整个唐诗之路互联的重要一环,也是胡、汉融合在唐代文学上的重要见证。

三、浙东唐诗之路与丝绸之路的交会

　　浙东唐诗之路与丝绸之路交会,是浙东特殊地理位置、文化传统的自然延伸。这里的丝绸之路,不仅包括海上,也包括陆上。一般认为,陆上丝绸之路的起点是长安或洛阳。然而近些年来的研究表明,"起点论"已经不是丝绸之路的必备要素了。丝绸之路原本就不是一条相互连通的、真正的路,而是依托各个商业据点(聚落),通过中介转运接力的方式进行网络状贸易的方式②。可以说唐帝国的主要城市,都在丝绸之路的网络中。浙东地区在六朝时期得到迅速开发,并吸引了胡商和胡僧的到来。当时进入浙东的胡商,有经海路进入者,也有经河南道沿江而来者,也有跨越南北边境而来者。进入唐代,尤其唐后期,浙东成为帝国重要的经济支柱,更是吸引了为数众多经陆

---

① 据卢盛江编撰《浙东唐诗之路唐诗全编》(中华书局,2022年)统计。
② [美]芮乐伟·韩森著,张湛译《丝绸之路新史》,北京联合出版公司,2015年,第9—11页。

路、海路而来的胡商。不仅如此,开放的丝路,也为浙东文化的传播提供了途径。因为丝绸之路的连接,包括丝绸、茶叶、瓷器等重要商品,以及宗教、文艺等元素都得以在西域、浙东之间传播流通。

在文化输出方面,我们可以看浙东丝绸、文艺通过丝路在西域传播的案例。浙东是唐代重要的丝绸产区之一,《新唐书·地理志》所载浙东诸州土贡可见一斑,如越州宝花、花纹等罗,白编、交梭、十样花纹等绫,轻容、生谷、花纱、吴绢,睦州文绫,明州吴绫、交梭绫,名目之多,为诸州之冠。至唐后期,浙东丝织品产业尤其发达,还出现了"吴绫越产"现象。浙东丝织品也通过丝绸之路传到甘肃、青海、新疆等地①。另外,敦煌写卷中还保存了浙东文人的作品及其他文人在浙东创作的作品,表明浙东文学曾在丝路上传播。如贞元三年(787)《越州诸暨县香严寺经藏记》,为越州诸暨县香严寺经藏记沙门志闲撰,草堂僧守清书。荣新江先生据此认为:"贞元三年吐蕃刚刚开始统治敦煌,远在东南沿海的越州的碑刻摹本可能是在沙州回归唐朝统治以后(848年后)才传到敦煌,这表明在晚唐时期,即使在相隔遥远的越州和敦煌之间,也有碑刻抄本的流传。"② 这是浙东文学在丝绸之路传播的实物证据。

在文化输入方面,浙东地区也是接纳丝绸之路上的商品及宗教文化的开放地区。前文已经论及六朝以来西域胡商、胡僧在浙东活动的情况。事实上,不止佛教,中古时期"三夷教"之一的摩尼教也曾传播到浙东。摩尼教传入中国约在武后时期,信徒主要是西域胡人;其后传入漠北,得到回鹘统治者的大力扶持,成为国教。安史之

---

① 赵丰、王乐《敦煌丝绸》,甘肃教育出版社,2011年,第210—215页。
② 荣新江《石碑的力量——从敦煌写本看碑志的抄写与流传》,《唐研究》第23卷,北京大学出版社,2017年,第313页。

乱后,因回纥助唐平乱有功,摩尼教借回纥的支持在华广泛传播。大历六年(771)"回纥请于荆、扬、洪、越等州置大云光明寺,其徒白衣白冠"[①]。越州置摩尼教大光明寺,是摩尼教在浙东传播的一个重要信号。此外还有一些旁证,如李德裕《赐回鹘可汗书意》中提及天宝以后,摩尼教因为回鹘信奉,"始许兴行,江淮数镇,皆令阐教";至会昌中,"缘自闻回鹘破亡,奉法者因兹懈怠。蕃僧在彼,稍似无依。吴楚水乡,人性器薄,信心既去,翕习至难"[②]。这里提到摩尼教在"江淮""吴楚"也与上面越州之域相契,而且明确提到当地有"蕃僧"和信众。另外,《太平广记》引《报应记》载:"吴可久,越人。唐元和十五年居长安,奉摩尼教。妻王氏亦从之。"[③] 有学者认为吴可久夫妇有可能在越时已信奉摩尼教[④]。浙东地区唐以后成为摩尼教(明教)的重要传教区,宋代慈溪的崇寿宫、温州苍南选真寺,都是著名的摩尼寺院,追根溯源,唐代摩尼胡僧的传教之功不能忽视。

　　胡僧、胡商、胡人的流寓、定居,胡族文化的传播流行,给浙东地区带来了"胡气",也给浙东诗人留下了深刻的印象。浙东唐诗之路与丝绸之路的连接,吟诵声与驼铃声的交织,构成了唐代文学图版上一副奇妙的景观。"浙东唐诗之路"和"丝绸之路"的交会,通过唐诗以不同的方式得以书写。

　　唐代诗人赓续浙东胡、汉交往的六朝遗事,并建构了另一幅独特的文学景象。六朝胡僧事迹,尤其是他们开山建寺、与文人交往的风

---

① 志磐著,释道法校注《佛祖统记》卷四一,上海古籍出版社,2012 年,第962 页。

② 李德裕撰,傅璇琮、周建国校笺《李德裕文集校笺》卷五,中华书局,2018 年,第 81 页。

③ 李昉等《太平广记》卷一〇七,中华书局,1961 年,第 727 页。

④ 林梅村《英山毕昇碑与淮南摩尼教》,《北京大学学报》1997 年第 2 期。

流余韵,已成为唐代诗人关于浙东胡文化记忆的一个重要方面。六朝时期一些胡僧原本就是诗人,如东晋时期的白道猷有诗传世,白居易《沃洲山禅院记》曾引之,证成沃洲人文渊薮及脉络之说。白道猷的事迹、遗迹也成为唐代浙东诗文中常见的主题。又如南齐胡僧康宝月,曾为齐竟陵王萧子良文学集团中人,存《估客乐》等诗。钟嵘在《诗品》中将他与帛道猷同列下品,并评说:"康、帛二胡,亦有清句。"①宝月与南朝诗人交游的逸事成为唐人诗文中的美谈。更为有趣的是,宝月的传说还被后来的浙东胡僧重新阐释。据《宋高僧传》载:

> 有会稽云门寺释无侧者,外国人,未知葱岭南北生也。若胡若梵,乌可分诸?……后栖越溪云门寺修道。然善体人意,号利智梵僧焉。相传则是康宝月道人后身也,必尝以事征验而知。与名德相遇,谈话终夕。吴兴皎然题侧房壁云:"越山千万云门绝,西僧貌古还名月。清朝扫石行道归,林下眠禅看松雪。"②

无侧为西域胡人,而且入华不久,形貌特征依然明显,所以皎然诗中特别标出。除了宝月,唐代会稽永欣寺后僧会传为三国胡僧康僧会后身,"永徽中见形于越……神气瑰异,眉高隆准,颐峭眸碧,而瘦露奇骨,真梵容也"③。"后身"说成为浙东胡僧形象的格套故事。

唐代浙东诗人笔下的胡僧也将浙东山水与漫漫丝路联系在一起。如会稽高僧清江的《送婆罗门僧》:"雪岭金河独向东,吴山楚泽

---

① 曹旭《诗品集注》(增订本),上海古籍出版社,2011 年,第 560 页。
② 赞宁撰,范祥雍点校《宋高僧传》卷二九,第 665—666 页。
③ 赞宁撰,范祥雍点校《宋高僧传》卷二九,第 424 页。

意无穷。如今白首乡心尽,万里归程在梦中。"[①] 这里提及了胡僧在丝路东、西两端漫长的行程。崔涂《送僧归天竺》也是写给天竺胡僧的,诗云:

> 忽忆曾栖处,千峰近沃州。别来秦树老,归去海门秋。汲带寒汀月,禅邻贾客舟。遥思清兴惬,不厌石林幽。[②]

这位天竺高僧曾寓居沃州,今欲归本国。秦树指长安,海门当指明州等港口。这位胡僧或是从陆路自西沿着丝绸之路入华,而据"贾客舟"句,他应该是依胡商从海路返回天竺。浙东山水为这位归国的胡僧助兴,或许他也形之于诗咏("清兴")。

　　胡商、胡僧从国外带来的珍奇宝物,则给唐代浙东诗人增添了"异域的想象"。《全唐诗》中存有不少浙东诗人吟咏胡中异物的诗篇,只是不知是否在浙东所作。但浙东作为丝路重要区域,琳琅满目的域外商品映入诗人的眼帘是必然的。白居易《和微之春日投简阳明洞天五十韵》称越州"瑰奇填市井"[③],证明当地市场上商品种类的繁多。方干《怀桐江旧居》诗亦云:

> 长向新郊话故园,四时清峭似山源。春潮撼动莺花郭,秋雨闲藏砧杵村。市井多通诸国货,乡音自是一方言。此中别有无归计,唯把归心付酒尊。[④]

---

① 《全唐诗》卷八一二,第 9146 页。
② 《全唐诗》卷六七九,第 7776 页。
③ 谢思炜《白居易诗集校注》卷二六,中华书局,2006 年,第 2063 页。
④ 陈尚君辑校《全唐诗补编·全唐诗续补遗》卷九,第 439 页。

前文已指出桐庐有榷场之利，又有成熟的丝、瓷贸易网络，所以当地的市场颇具国际化色彩，就连市井中的商品都具有如此国际特色，证明桐庐地区商业的繁荣。另外有一些与浙东有关的诗歌中，出现了"胡姬"形象。如贺朝《赠酒店胡姬》：

> 胡姬春酒店，弦管夜锵锵。红毾铺新月，貂裘坐薄霜。玉盘初鲙鲤，金鼎正烹羊。上客无劳散，听歌乐世娘。①

贺朝为会稽人，与于休烈、万齐融、包融等"为文词之友，齐名一时"②。《徐浚墓志》也说："常与太子宾客贺公，中书侍郎族兄安贞，吴郡张谔，会稽贺朝、万齐融，余杭何誉为文章之游。凡所唱和，动盈卷轴。"③此诗不一定写于会稽，但颇有"胡风"。任半塘先生说："(《乐世娘》)其调入胡乐甚明。"④又如桐庐诗人施肩吾的《戏郑申府》诗："年少郑郎那解愁，春来闲卧酒家楼。胡姬若拟邀他宿，挂却金鞭系紫骝。"⑤也写到胡姬。不论这些诗歌所写是否为浙东的情况，这些诗人在家乡耳目所及，对胡人、胡物非常熟悉，其篇什中出现这些形象，也是非常自然的。

丝绸之路与浙东的连接，在会稽康希铣家族的记忆中也有精彩的呈现。《全唐文》中收录康子元《参军鹘子判》一道，题目为："西州人逯鹘子先任沙州参军，永淳二年赴选冬集，归至甘州，病经二年。今于沙州取选解，不于京台铨试，直赴神都。选曹司判不许，称乡路

----

① 《全唐诗》卷一一七，第 1181 页。
② 《旧唐书》卷一四九，第 4007 页。
③ 吴钢主编《全唐文补遗》第八辑，三秦出版社，2005 年，第 62 页。
④ 任半塘《敦煌歌辞总编》，上海古籍出版社，2006 年，第 388 页。
⑤ 《全唐诗》卷四九四，第 5608 页。

阻远,既有田收,合便赴选。"对曰:"域中有道,天下无外,虽在戎落,亦挂周行。鹘子运偶南薰,地滨西域,久沐唐虞之化,获参州郡之班。万里牵丝,俄毕子荆之任;九流悬镜,行披彦辅之云。"① 这道判文应该是一篇拟作,判文中对逯鹘子(回鹘人)从西州入京赴选的"虚拟"或许正与康子元家族从西域内迁中原,再迁徙到浙东的历史记忆有关。

由康希铣家族联系起来的浙东与丝绸之路记忆还有下面一则故事。《太平广记》引《仙传拾遗》载:

> 司命君者,常生于民间。幼小之时,与御史康元瑰同学。……宝应二年,元瑰为御史,充河南道采访使。……后十年,元瑰奉使江岭……赠元瑰一饮器,如玉非玉,不言其名。……一日,有胡商诣东都所居,谓元瑰曰:"宅中有奇宝之气,愿得一见。"元瑰以家物示之,皆非也。乃出司命所赠饮器与商。起敬而后跪接之,捧而顿首曰:"此天帝流华宝爵耳。致于日中,则白气连天;承以玉盘,则红光照室。"②

康元瑰为康希铣之子,康希铣在洛阳章善坊有宅。章善坊邻近洛阳南市,其西有波斯寺,东有祆祠,唐代不少胡人聚居于此。康希铣家族有宅于此,证明了他们之间的联系。这个故事也透露出康希铣家族先世或为胡商的信息,故家中有奇宝,而后来的胡商能鉴之。这一故事中,浙东元素、洛阳元素、岭南元素、丝路元素都被结合在一起,显示了康希铣家族复杂的文化背景,这或许正是浙东唐诗之路与丝

---

① 《全唐文》卷三五一,第 3554 页。
② 《太平广记》卷二七,第 178—179 页。

绸之路交会融合出现的精彩现象。

四、结语

　　学界对浙东唐诗之路的研究多将观察范围局限在浙东,将焦点放在浙东山水诗篇、文人行迹和宗教文化等方面。事实上,浙东唐诗之路并不是一条封闭的路,它连接着整个唐帝国陆上、海上交通网络,也连接着全国的唐诗之路。浙东地区自汉代以来陆续有西域胡僧、胡商活动,留下了丰富的文学形象和历史记忆。进入唐代,西域胡僧在浙东的活跃度不减,在当地的影响更加深入。随着唐代浙东丝、瓷、茶等在国内、国际贸易中地位的不断上升,西域胡商沿着陆上、海上丝绸之路纷至沓来,唐朝廷还为此设置了特别的商业网点(如榷场)和管理机构。胡僧、胡商之外,唐代也有不少胡族官员和文人漫游、仕宦、流寓浙东,并且留下了优美篇什。胡汉僧俗、官宦、文人交游唱和,山水清音与胡音新声相映成趣,共同构筑了浙东唐诗之路的特殊景观。因为与丝绸之路的接驳,浙东唐诗之路已不仅是一条文学之路,还是一条多民族文化交流、碰撞、融合之路。我们不仅看到丝、瓷、茶等物质文化通过丝绸之路在浙东、西域、南海之间流通,也看到了书籍、写本及多种宗教文化在浙东、西域、东北亚之间传播和流行。浙东胡汉文化的交流通过胡汉文人的交往表现出来,也通过他们的诗文创作得以记录和呈现。浙东、西域之间万里同风的现象,不仅丰富了浙东唐诗之路的内涵,扩大了整个唐诗之路的格局,也为唐代开放、包容的文化气象增加了新的注解。

作者系大连理工大学中文系副教授
论文原载《浙江大学学报》2022 年第 7 期,
第 106—117 页